Pascale Fautrier est professeure agrégée de lettres, spécialiste de Simone de Beauvoir et de Nathalie Sarraute. Elle tient un blog sur Mediapart et est l'auteur de deux biographies (*Chopin* et *Napoléon Bonaparte*).

Les Rouges est son premier roman.

DU MÊME AUTEUR

Pour un oui ou pour un non, de Nathalie Sarraute
Édition commentée
Bibliothèque Gallimard, 2006

Les Grands Manifestes littéraires
« Folio classiques », nº 175, 2009

Chopin
« Folio biographies », nº 64, 2010

Napoléon Bonaparte
« Folio biographies », nº 83, 2011

Pascale Fautrier

LES ROUGES

ROMAN

Éditions du Seuil

TEXTE INTÉGRAL

ISBN 978-2-7578-5217-0
(ISBN 978-2-02-112318-0, 1re publication)

« Je pense à ces millions d'hommes et de femmes de notre peuple, qui, deux siècles durant dans la paix et la guerre, par le travail et par le sang, ont façonné l'histoire de France sans y avoir accès. »

François Mitterrand,
discours d'investiture, 21 mai 1981.

Une foule noire, couronnée de drapeaux rouges, serpente en remontant la côte de Mailly sur la route de Vézelay. Les hommes ont levé le poing et chantent à l'unisson. *Debout les damnés de la terre*. Au milieu de la procession, les chevaux entraînent le corbillard couvert de fleurs.

Une voix hurle : « Dispersion ! » C'est un sauve-qui-peut général, un indescriptible désordre, des cris.

La vision se défait. Une autre lui succède.

Dans la gueule béante de la haute cheminée où dix hommes peuvent se tenir debout, le cliquetis des cavaliers en armes envahit le versant nord de la colline. Je m'approche du feu, je les vois danser, oriflammes au vent. Sur un monticule, dominant le champ creusé en coquillage, un petit homme sec au crâne tonsuré, la croix portée en avant de lui, tonne. « Dieu le veut ! »

Onze cent quarante-six, à Vézelay, saint Bernard prêche la seconde croisade sur le flanc nord de la colline.

Mille neuf cent trente-deux, à Mailly, l'enterrement de Camélinat, le dernier des communards.

La voix nasale et légèrement voilée de Madeleine couvre *L'Internationale* et la cadence litanique de sa machine à coudre.

J'ai quatre ans, j'ai dix ans, j'ai seize ans. Elle souffle dans mon oreille au rythme de l'aiguille perforant le tissu de la robe qu'elle maintient bien à plat, et guide doucement, pendant que son pied bascule la pédale. Elle articule soigneusement, comme pour me faire la dictée.

Sa voix par-delà la mort : la doublure qu'elle a cousue au fond de mon cerveau.

Paris était vide comme toujours le dimanche. Ça s'est imposé à moi une fois la Seine passée aux guichets du Louvre : la porte d'Orléans, l'autoroute du Sud. Je ne suis pas sortie à Joigny, j'ai laissé passer Auxerre. Ce n'est pas à Migennes que je voulais aller. C'est à Vézelay.

Dans l'autoradio, la faillite de la banque Lehman Brothers, l'effondrement des Bourses, l'affolement des marchés, le début de la *crise*. Je me gare tout en haut du village, sur la petite place vide, devant la basilique de la Madeleine.

Le ciel est blanc, le vent glacé, les rues désertes. Des nuées d'oiseaux noirs décrivent des cercles au-dessus de l'ancienne abbatiale. Je m'engouffre sous une porte cochère, tout de suite à droite, en redescendant la rue Saint-Pierre. L'hostellerie de l'abbaye bénédictine, où Bernard de Clairvaux, Louis VII et Aliénor d'Aquitaine ont dormi le 30 mars 1146, est aujourd'hui un café. On y entre après avoir traversé une courette couverte des branches enchevêtrées d'une glycine.

Dans la salle gothique éclairée de hautes fenêtres à croisées d'ogives, les mêmes couleurs sépia que dehors, des objets exhibant la matière brute, béton brossé au sol, dames-jeannes ventrues, marbre des tables et bois ciré des chaises, rondins en guise de tabourets, blocs bruts de calcaire au pied des trois colonnes centrales ouvragées, soutenant les voûtes à arceaux du plafond. Dans l'immense cheminée capable de contenir dix hommes debout, un feu d'énormes bûches. Partout, au sol ou sur les étagères, des alambics d'alchimiste, rabots et rouets, vieilles cafetières, brocs en fer-blanc, marchepied rouillé d'un carrosse fantôme. Sculpté dans un pommier creux, un corps féminin sans tête s'ouvre en armoire. Le menu de la carte offre une nourriture frugale, du pain « fait maison », du bouillon, du fromage tête-de-moine, des cœurs d'artichaut et des tomates séchées, des thés indiens et chinois, Kashmiri, Darjeeling, O'Sishung. « Cabalus, une maison d'un autre temps ».

Une petite femme en cheveux blancs coupés à la garçonne, au visage impénétrable, me présente une tasse de thé en terre cuite sur un plateau d'ardoise. J'en bois une lampée dans le souvenir de son regard curieux et réticent, avec le sentiment d'accomplir un rituel. Gravé sous la tasse, un labyrinthe crétois. Sur le rebord de la fenêtre, une énorme ammonite, ces fossiles en forme de spirale que les sorcières autrefois appelaient des pierres serpents.

En face de moi, de l'autre côté de la vitre, une ruelle dévale la pente vers les remparts sud du village. Au fond, une brèche ouverte entre deux hautes maisons de pierre beige, les collines du Morvan au-dessus des toits bruns. Posé sur la ligne de crête plus sombre de la forêt, un petit cube jaune : le château de Bazoches, où vivait le maréchal de Vauban.

Sur la gauche, la lourde présence, invisible à cette place, de la Madeleine. Tournée vers le soleil levant et le tombeau du Christ à Jérusalem, la Basilique autrefois indiquait l'orient.

Qu'est-ce que je viens faire ici ?

« Le nouveau capitalisme organise la désorientation des individus. »

C'est écrit dans le journal.

Un vertige me prend, une torpeur. Je m'accroche au *Libé* que j'ai acheté sur l'autoroute pour lutter contre les visions qui m'assaillent et les voix qui bourdonnent dans ma tête. Le journaliste s'interroge sur le succès de Joan Baez à la fête de l'Humanité : « Qui ont-ils applaudi ? La star mondialement connue ? L'icône absolue de la conscience de gauche à une époque où plus personne ne sait ce que ça veut dire ? »

Plus personne ne sait ce que ça veut dire, une *conscience de gauche*. Il paraît.

Il paraît que la gauche, c'est fini.

La tête me tourne, peut-être la tiédeur du café après le vent froid de la rue Saint-Pierre, la fatigue du voyage. Moi aussi, je suis désorientée.

À vingt kilomètres au nord-ouest, à Mailly-la-Ville, les tombes de mes ancêtres paysans bouffeurs de curé.

On venait les visiter le dimanche. Il fallait d'abord passer devant la maison de Jules, mon arrière-grand-père. Madeleine, ma grand-mère, montrait l'endroit où se trouvaient autrefois les écuries, la forge. Puis c'était le cimetière en plein champ, de l'autre côté du canal et de l'Yonne. La première pierre tombale devant laquelle Madeleine s'arrêtait était éventrée par le temps, l'inscription effacée. Mais ensuite elle lisait tout haut, et commentait, de sa voix nasale, au timbre légèrement voilé : « Antoine le Jacobin, l'ancêtre. Jean, fils d'Antoine, soldat de l'Empereur. Antoine-Cyprien, fils de Jean, le premier des forgerons de la lignée, démoc-soc en 1848. Jules-Antoine, fils d'Antoine-Cyprien. » Devant la tombe de son père, Jules, fils de Jules-Antoine, Madeleine s'éternisait dans le vent glacé. « Mon père », disait sa voix blanche. Dans la même tombe que Jules, le bébé de Madeleine, Simon-Gabriel, mort à trois mois, en 1945. Son petit visage en médaillon incrusté dans le marbre. Elle ne prononçait pas son nom, essuyait une larme. On reprenait la marche, à son rythme, lent.

Venait presque à la suite, dans la troisième travée, la tombe de René Millereau : « René, autrement dit le Commandant Max, un des chefs de la Résistance communiste dans l'Yonne. » Et au bout de l'allée, celle de Camélinat, le grand-oncle de René : « Zéphirin Camélinat, le dernier des communards. Sa famille depuis toujours liée à la nôtre », précisait fièrement Madeleine. Sa voix avait repris son timbre sourd, grave, net.

Grâce à René, à Camélinat surtout, la promenade devenait tout à fait gaie. Grâce à eux, on entrait dans l'Histoire. Il n'y avait plus qu'à monter à Vézelay.

La « colline éternelle » était le point d'orgue de la promenade dominicale. Dans la pente raide de la rue Saint-Pierre, devant chaque maison, Madeleine faisait à nouveau longuement station. Elle répétait en reprenant son souffle : « C'est historique » et, exaltée, continuait d'égrener son chapelet : « Romain Rolland, 1866-1944, l'auteur de *Jean-Christophe* et de *Colas Breugnon*, pacifiste en 14, communiste en 1930. Théodore de Bèze, 1519-1605, un des meneurs protestants, bras droit de Calvin à Genève. L'ancienne hostellerie de l'abbaye, où saint Bernard est venu dormir la veille de son prêche, le 30 mars 1146. »

Ces fragments de savoir, ça lui revenait du début de l'autre siècle, de son institutrice, Mme Rocher, à l'école de Mailly, lorsque la République était l'apothéose d'une nouvelle Histoire sainte, intégrant ces limbes qui l'avaient préparée, la Religion, vénérant ses nouveaux prophètes, les Écrivains.

De l'autre côté de la rue Saint-Pierre, au pied d'une grille rouillée, le trottoir est fait de pierres irrégulières ajointées, luisantes sous la neige fondue. Le paysage alentour s'y reflète en diaprures orange, verdâtres ou bleutées. Comme si collines et forêts du Morvan, toits bruns et murs beiges, la voûte bicolore de la Madeleine, son unique tour et ses trois porches, son Christ-Roi gothique décapité par mes ancêtres révolutionnaires de 1793, son tympan en pierre de Mailly reconstruit par Viollet-le-Duc, toutes les formes venaient se désagréger sur le bord de ce trottoir, en une mosaïque de reflets chaotiques, aspirées là comme l'eau par le siphon d'une baignoire qui se vide. Je vacille. Mon cerveau aussi est liquide. Ça tourne. De plus en plus vite. La spirale engloutit le paysage entier. Je m'accroche à la table. Mais le marbre coule entre mes doigts. Plus rien ne tient.

Je vais tomber de ma chaise quand, soudain, le mouvement s'inverse. Le tourbillon redevient ciel en haut, terre en bas. Ça se redresse, ça se solidifie, ça se reforme. Arbres et maisons, ruelles et château, pierres blanches et pierres brunes se réalignent en arcs de voûte. S'ouvre à nouveau le royal chemin roman vers l'envol gothique du chœur.

Et puis ça recommence, ça tangue à nouveau, ça tremble, ça s'effondre dans l'œil avide qui s'ouvre sur le trottoir d'en face.

Cette fois je laisse faire. Je me laisse emporter par le courant. Je ne lutte plus. Je flotte. C'est un perpétuel mouvement d'aspiration et d'expansion, d'anéantissement et de résurrection, d'évolution et d'involution. Ça fait comme un tremblement léger dans mes membres, une danse, une transe mais douce, un balancement aérien. Mon cœur cogne, mon sang bat dans mes artères, ma respiration s'approfondit jusque dans mes talons. Je suis la spirale. Je suis l'œil au centre de tout, là-bas, sur le trottoir d'en face. Je tourne doucement depuis toujours, dispersée partout, je suis une histoire qui est la mienne et pas la mienne, ancienne, actuelle, future, finie et jamais finie. Je suis dedans, en plein centre et disséminée à la périphérie. Je suis dans le soleil et face au soleil. Et ça n'a pas d'importance.

Prisonniers des villes tentaculaires qui éclairent le ciel la nuit, bombardés d'informations contradictoires, menacés par l'apocalypse en cours de la *crise,* des individus affolés errent, isolés, écrasés, dépossédés de leur propre histoire, poussant frénétiquement devant eux leur petit caddie, et collectionnant à l'aveugle les rebuts indéchiffrables des arts, des pratiques et des croyances venus de toute la terre et de tous les temps.

J'ai tout de suite aimé le café Cabalus. Son décor flatte notre vieux goût des mystères, non sans une espèce de distance ironique : néo-celtisme, néo-christianisme, franc-maçonnerie, orientalisme, gothique certifié et nostalgie postindustrielle de l'authentique, rien ne manque du grand bazar New Age qu'est devenue l'ancienne aspiration spirituelle à l'unité.

Je bois une autre gorgée de thé Kashmiri. Au vertige, à l'angoisse, à l'ivresse, a succédé un parfait état d'éveil, une quiétude complète, une certitude souple. J'avale un *galantino,* sorte de clafoutis aux fruits secs, inventé par l'énigmatique femme aux cheveux blancs dont je connaîtrai bientôt le prénom : Ingrid.

Plus tard je lui ai demandé pourquoi, partout, ces spirales et ces labyrinthes gravés dans la terre et dans la pierre. Dans son style laconique et crypté, Ingrid m'a répondu que le nom de Vézelay est formé, dit-on, sur le celte *Vezh lech* : la pierre du temps.

En moi, ça résiste à tout, la « conscience de gauche ». Comme une ritournelle, comme le souvenir d'un très ancien amour. Ça se confond avec la voix sourde de Madeleine. Ça pèse son poids au fond de mon cerveau, comme une dette impayée, un remords. « La tradition des générations mortes pèse comme un cercueil sur le cerveau des vivants », disait Karl Marx au début du *Dix-Huit Brumaire de Louis-Napoléon Bonaparte*.

Je vais rester ici.

Je vais rester le temps qu'il faudra.

Et je vais leur expliquer.

La « conscience de gauche », notre foi, devenue aussi indéchiffrable que les signes maçons dans la pierre de la basilique, je vais leur raconter.

Je vais la raconter depuis le jour où mes ancêtres paysans l'ont décapité, le Christ-Roi, sur le tympan de la basilique de la Madeleine. Je vais raconter leur irruption en 1793 sur la scène de l'histoire dans cet idiome dérivé du latin que le grand bâtisseur militaire du Roi-soleil, Vauban, parlait si bien, et dont ils étaient les exclus. Je le mets au défi, son château en face de moi, d'inscrire dans la langue des puissants la mémoire des miens, leurs archives, leurs récits, leurs *vies minuscules*. Je vais raconter comment elle s'est transmise d'eux à moi, l'ancienne religion nouvelle : la politique.

Ma mémoire est une foule noire couronnée de drapeaux rouges, et elle s'appelle Madeleine. Madeleine, c'est la basilique de Vézelay. Madeleine, c'est ma grand-mère. Madeleine, c'est moi.

C'est elle qui, la première, m'a raconté *notre histoire*, dans le ronron de sa machine à coudre, à Migennes. J'avais quatre ans, j'avais dix ans, j'avais seize ans. À force d'écouter ses récits de *dans l'temps,* je suis devenue Madeleine. Dans sa voix, j'écoutais d'autres voix, venues du début de l'autre siècle et de celui d'avant : la voix de Jules, son père ; la voix de Jules-Antoine, son grand-père ; la voix du grand-oncle Armand Perreau, déporté en 1852 ;

la voix de Camélinat, venant redire à la forge ses conversations avec Marx et Jaurès, la fondation de la Première Internationale ouvrière et l'écrasement de la Commune.

La voix, plus proche, dans la salle à manger des cités, à Migennes, de René le résistant ou de Prosper Môquet, le député communiste de l'Yonne, et de sa femme Juliette. Quand Madeleine récitait par cœur la dernière lettre de leur fils fusillé à Châteaubriant, je ne savais plus qui parlait, Madeleine, Juliette ou Guy Môquet.

Et puis, interrompant sa petite femme, la voix rocailleuse de Camille, mon grand-père, vitupérant au micro de la radio locale de Migennes en 1982, éternellement en colère.

À Vézelay, chez Cabalus, en juillet 2010, je réécoute les bandes enregistrées de l'émission, et je transcris.

Par en dessous, corrigeant les fautes, les oublis, les erreurs, la basse continue de Bernard, mon père, mes doigts sur le clavier de l'ordinateur rivalisant de vitesse avec ses souvenirs, qu'il vient me raconter là, pendant trois jours entiers, à Vézelay, chez Cabalus, en novembre 2011.

Le 10 mai 1981, j'avais seize ans et je n'étais que cela, ce chœur de voix. J'étais Madeleine.

Mon père était à côté de moi, place de la Bastille, lorsque pour la première fois je l'ai vu. Profitant de la cohue, un jeune homme s'était emparé du micro sur le podium dressé sous la pluie. Le soir du 10 mai 81, sur le podium de la place de la Bastille, un étudiant trotskiste rêvait tout haut de la continuer, *notre histoire*. Sa voix, sur le podium de la place de la Bastille le 10 mai 81, c'était la victoire de la gauche. Sa beauté, c'était *notre* victoire.

Six ans plus tard, au printemps 1987, juste avant qu'ils deviennent amants, dans les restaurants où ils se rencontraient, Madeleine lui avait tout raconté, depuis le Moyen Âge, depuis saint Bernard de Clairvaux venant prêcher la seconde croisade à Vézelay. Le jeune dirigeant étudiant venait d'adhérer au parti socialiste. Il était question qu'il se présente aux législatives l'année suivante, qu'il devienne député. Député socialiste. Comme Camélinat après tout, se rassurait Madeleine.

Mais s'il allait *trahir* ? S'il se ralliait, comme Mitterrand en 1983, à la pause, à la rigueur, au réalisme économique ? C'est pour l'éprouver qu'elle lui avait donné à entendre l'oratorio des voix en elle. Elle lui avait raconté *notre histoire* dans le détail, bien longuement, depuis le commencement des temps, depuis le XIIe siècle. Antigone communiste, devant lui, elle jurait fidélité à ses morts. Plutôt que son amour pour lui les trahisse, elle préférait s'emmurer vivante dans leur sépulcre. Le sépulcre de la gauche.

Pendant trente ans, elle a espéré et désespéré, Madeleine, que sa foi et la soif de pouvoir du député puissent s'accorder. Les périodes d'opposition étaient encore passables, mais lorsque la gauche était au pouvoir, la stupeur et l'indignation décourageaient son amour. Il se mettait en colère :

– Rien ne trouve grâce à tes yeux. Tu te complais dans ton splendide isolement.

Mais répondait quand même à ses attaques par retour de SMS, point par point, patiemment, tirant argument de ses réponses mêmes :

– Au moins moi, je continue le dialogue avec la gauche de la gauche.

Pendant trente ans, à eux deux, Madeleine et le député socialiste, poursuivant leur amoureuse dispute, ils ont fait et défait l'Union de la gauche et la Gauche plurielle. Quand, en juin 2010, pendant ce déjeuner à Vézelay, elle lui avait annoncé qu'elle voulait l'écrire, leur histoire, il avait tenté de l'en dissuader :

– Notre histoire, tu ne peux pas la raconter, parce qu'elle n'est pas finie.

J'ai tremblé de ne pas savoir, de ne pas pouvoir, mais j'ai tenu bon.

L'écrire, *notre histoire*, c'était le châtiment qu'elle lui infligeait pour avoir prétendu en être l'héritier. On ne fait pas impunément le JC sous les yeux de Madeleine. Et après tout, le député socialiste, appelons-le JC, l'amant céleste de Madeleine, il était depuis longtemps une des voix en elle.

À Vézelay, une après-midi neigeuse de l'automne 2008, Madeleine est devenue la femme-armoire sans tête du café Cabalus, remplie de leurs documents qu'au fil du temps j'avais accumulés. À nous tous, d'Antoine le Jacobin à JC, aucun doute qu'on la racontait, l'histoire de la gauche, depuis la Révolution, depuis le XIIe siècle, et jusqu'à ce jour.

Je me suis contentée de suivre le sacré, le saint ordre historique. Fantôme voletant au-dessus des tombes de Mailly-la-Ville, *notre histoire*, c'était l'histoire de la « conscience de gauche ».

Contre leurs accusations d'avoir été les fourriers d'un nouveau fascisme, je ne plaide pas l'innocence.

Je veux juste nous donner une chance de faire nous-mêmes l'inventaire de notre grandeur et de notre misère. Une chance d'apercevoir l'anicroche minuscule où la foi et le rêve s'échouent sur la loi du plus fort. Une chance de trouver dans le tissu serré du *nous* la maille filée de l'aveugle et intéressée loyauté de parti, par où le meurtre de masse se fraie une voie fatale. Je veux nous donner une chance d'apprendre qu'il n'y a pas de lutte finale et que jamais le droit gagné ne l'est pour toujours. Une chance de comprendre qu'aucun régime politique n'incarnera jamais une définitive justice. Et que le combat doit être indéfiniment recommencé.

Je veux donner une chance à Madeleine de dire enfin *je*.

PREMIÈRE PARTIE

Le côté de Mailly-la-Ville

« Ich weiß nicht, was soll es bedeuten, Daß ich so traurig bin, Ein Märchen aus uralten Zeiten, Das kommt mir nicht aus dem Sinn. »

« Je ne sais pas ce que ça veut dire que je sois si triste. Une histoire des anciens âges hante mon souvenir. »

Heinrich Heine, *Die Lorelei.*

I

Antoine le Jacobin

Le partage de la terre

La comtesse Mahaut sculptée en pied dans sa longue robe de pierre, au fronton de l'église Saint-Adrien de Mailly-le-Château, offrant la charte d'affranchissement à ses vilains représentés de chaque côté d'elle, la tête courbée pliant sous le faix des colonnettes soutenues par leurs nuques : l'événement fondateur de *notre histoire* est le plus ancien souvenir de Madeleine. C'était au milieu du XIIIe siècle et au début du XXe. Noémie, sa mère, l'emmenait les dimanches à la messe, malgré les protestations véhémentes des hommes.

Un soir, son grand-père Jules-Antoine lui avait raconté que la liberté, ça avait commencé là, en 1229, lorsque la comtesse Mahaut avait affranchi les serfs de Mailly. Depuis, chaque dimanche, Madeleine tirait sa mère par la manche avant d'entrer dans l'église, et la tête renversée en arrière, elle s'arrêtait pour la contempler, la grande Mahaut, enveloppée dans sa longue robe de cour. La reine du peuple.

Plus tard, à l'école, son institutrice, Mme Rocher, lui avait appris le vrai nom de Mahaut : Mathilde de Courtenay. La comtesse avait hérité son titre de son père, Pierre II de Nevers, comte de Courtenay, d'Auxerre et de Tonnerre, éphémère empereur de Constantinople, mystérieusement disparu en Orient après son enlèvement par un Grec. La Maison féodale de Nevers régnera sur cette terre bourguignonne jusqu'à l'orée de l'époque moderne.

Dans les premiers siècles de l'ère chrétienne, entre la rive orientale de l'Yonne et les coûtas, comme on appelle ici les collines de roches calcaires, la villa romaine, installée par les sujets de l'empereur Hadrien sur des terres défrichées par les Celtes, était devenue un petit bourg. Au début du XIIIe, de l'autre côté du fleuve, au bord de la montagne et dominant à pic la rive ouest des méandres de l'Yonne, le château fort des Nevers venait d'être reconstruit en pierre. Du chemin de ronde sur les remparts plus tard détruits, on apercevait tout le pays, des lieues à la ronde, comme aujourd'hui de la terrasse.

En bas, au-delà du pont en dos d'âne, pendant cinq siècles, du XIIIe au XVIIIe, les manants de Mailly s'étaient transmis de père en fils les tenures éparpillées dans la plaine de chaque côté du fleuve. Le village assemblé de Mailly-du-Bas et des hameaux alentour élisait un syndic, publiait les bans de récolte, nommait les garde-messiers, discutait les droits d'usage inscrits dans le terrier, le grand livre répertoriant les propriétés et droits seigneuriaux et communaux : ramassage du bois mort dans la forêt du Frétoy, partage des terres communautaires et pacage. Pendant cinq cents ans, bon an mal an, ils vivront comme ça, mes ancêtres laboureurs, au gré des récoltes bonnes ou mauvaises, propriétaires de minuscules arpents de terre dispersés dans les hameaux du Bouchet ou d'Avigny, dormant dans les maisons basses en pierres sèches ou en torchis, enterrés à même la terre, sans drap ni tombe, sans nom, pliant sous le faix des impôts et de la terrible justice des abbés de Vézelay dont ils dépendront jusqu'au XIVe siècle, pris en otages dans la guerre que se mènent les habitants des hauteurs, les comtes de Nevers et les moines de l'abbaye, tantôt alliés aux premiers pour mieux combattre les autres, arrachant, en tiers dans leurs luttes, les libertés communales.

Leur haine de la religion romaine, aux *nôtres*, elle vient de là : des sept cathares pendus par les bénédictins de Vézelay au XIIe siècle, des légions de paysans battus, lapidés, brûlés, les yeux crevés pour prix de leurs pauvres rapines, maigres braconnages et sporadiques révoltes, toujours sauvagement réprimées. Un jour, au XIe siècle, un des leurs avait vengé les autres, et ils s'en souvenaient toujours : Simon était entré dans la Madeleine, il avait assassiné l'abbé de Vézelay, nommé Artaud.

Madeleine était sûre que protestants, ils avaient dû l'être, les Sautreau et les Camélinat. En tout cas ces noms, ceux de mes ancêtres, apparaissent sur les registres paroissiaux au début des années 1550 – en même temps que la religion réformée dans les vallées de l'Yonne et de la Cure. Un peu plus loin à l'est, mais si peu, la guerre des réformés, c'était leur guerre à eux, la guerre des paysans.

En 1561, au colloque de Poissy que Michel de L'Hospital avait convoqué pour la reine Catherine de Médicis, le réformé Théodore de Bèze, né à Vézelay dans une famille catholique de maîtres de forges et devenu le bras droit de Calvin à Genève, avait fait preuve d'une intransigeance égale à celle du jésuite Lainez et du cardinal de Lorraine : les Valois, incapables d'arbitrer le violent conflit nouveau, s'enferront ensuite dans les massacres au nom de Dieu, provoquant la chute de la dynastie.

En 1569, les protestants emmenés par le capitaine Sarrazin, paysans et bourgeois mêlés, avaient mis l'abbaye de Vézelay à sac, brûlant les reliques dans la crypte de la plus belle abbatiale d'Occident, brisant les statues, dévastant le monastère, massacrant les moines franciscains d'Asquins, lançant des raids meurtriers sur Mailly et Accolay. Dans leur fureur iconoclaste, le souvenir des *nôtres*, lapidés, pendus, brûlés vifs par les moines de Vézelay depuis le Xe siècle.

L'année suivante, l'amiral Coligny campait à Escolives, Cravant et Vermenton. Le 8 août 1570, la paix de Saint-Germain est signée, la liberté de conscience rétablie, les villes de Vézelay et de Mailly sont autorisées à accueillir un lieu de culte réformé. Mais, après la Saint-Barthélemy, Rochefort, le seigneur d'Auxonne, dont le fils est l'abbé de Vézelay chassé par les protestants, rejoint la Ligue ultra-catholique et reprend le combat au nom d'Henri de Guise contre le duc de Nevers fidèle à Henri III. Au même moment, parvenu aux portes de Paris, Henri de Navarre, l'hérétique héritier du trône, sur le point d'emporter la victoire des protestants, décide de se convertir au catholicisme pour fonder une dynastie nouvelle. Rochefort se rallie à lui et fait flotter son emblème, l'écharpe blanche, sur Mailly et Vézelay reconquises.

Est-ce que le peuple l'aimait autant que le disaient les manuels d'histoire de la Troisième République, le bon roi Henri IV et sa poule au pot du dimanche ? Madeleine en avait toujours douté.

Toujours est-il que, par le fait, continuait-elle, c'était juste avant l'assassinat d'Henri IV, au début du XVIIe siècle, que le Grand Prieur de France et d'Aquitaine, Georges de Régnier de Guerchy, avait fait construire à l'emplacement de l'ancienne cour de justice le petit château de la Cour-des-Maillis. Ça avait été leur manière, aux seigneurs royalistes et papistes, de marquer du sceau catholique l'ancienne place forte protestante devenue prévôté royale.

Mais quelques années plus tard, Louis XIII et son ministre Richelieu assignaient à résidence dans sa terre des Maillis le trop bouillant Henri II de Bourbon-Condé, gouverneur de Bourgogne, meneur des grands féodaux insoumis à la monarchie absolue. Bourbon-Condé, père du grand Condé et du prince de Conti, avait épousé une Montmorency. Jusqu'à la veille de la Révolution, les deux Maillis du haut et du bas appartiendront aux Conti. Frondeur sous la minorité de Louis XIV, le prince de Conti deviendra janséniste après la révocation de l'Édit de Nantes. Son arrière-petit-fils, Louis-François de Bourbon, cinquième prince de Conti, fidèle au jansénisme et favorable aux philosophes des Lumières, tête de pont de la fronde parlementaire qui annonce la Révolution, rend visite à Jean-Jacques Rousseau au Mont-Louis, à Montmorency, et le protège.

Ainsi c'est par les grands que l'esprit de révolte revient visiter Mailly.

Dans les années 1770 et 1780, Marie Magdeleine Sautreau, lingère de son état, racontait à son petit-fils Antoine la Fronde des Princes contre le roi, la révolte janséniste des religieuses de Port-Royal, et la mise à l'index par le pape de monseigneur de Caylus, l'évêque janséniste d'Auxerre.

Marie Magdeleine avait été la femme de chambre de la vieille princesse douairière de Conti. Elle l'avait servie à la Cour-des-Maillis, et tenait ses récits de la bouche même de sa maîtresse. Comme ses fils et petit-fils, le quatrième et le cinquième prince de Conti, Louise Élisabeth de Bourbon-Condé, jolie femme galante sous la Régence, longtemps très coquette et venue tard à la religion mais du fond du cœur, avait protégé comme elle avait pu le bon évêque Charles de Caylus. L'évêque d'Auxerre avait fait de son diocèse un bastion janséniste en instituant l'aumône générale pendant les graves disettes de 1709 et 1713. Marie Magdeleine contait à son petit-fils Antoine, futur jacobin, et Madeleine à Madeleine, la chasse aux prêtres jansénistes à la mort de l'évêque, en 1754, et comment la princesse douairière de Conti en avait fait cacher plusieurs chez ses cousins Luxembourg au château de Montmorency. Le remous que ça avait provoqués dans tout le pays ! Le petit peuple détestait les curés papistes et jésuites.

Au début du XXe siècle, d'Antoine le Jacobin à son arrière-petit-fils Jules-Antoine, dans la forge de Mailly-la-Ville, résonnaient encore les souvenirs jansénistes de Marie Magdeleine et la geste des Conti. Madeleine me racontait à Migennes, au milieu des années 1970, les larmes aux yeux, l'austère sédition des moniales de Port-Royal, choisissant, au prix de la réclusion et de la mort, d'obéir à leur foi plutôt qu'au pouvoir. Son récit circonstancié était nourri du *Port-Royal* de Sainte-Beuve qu'admirait son institutrice de Mailly, et de l'adaptation télévisée de la pièce de Montherlant, dont elle n'avait manqué aucune des trois rediffusions.

De la doctrine janséniste, Madeleine ne retenait que la grâce opérante et efficace : elle avait oublié Dieu, ce Roi du Ciel décapité par les siens en 1793, mais pas les miracles de la foi, de la charité et de l'amour. Elle n'avait pas lu *Les Provinciales* de Pascal, mais j'en ai découvert, en l'écoutant, l'esprit, avant d'en saisir la lettre : les œuvres des hommes, leur volonté et leur raison calculante, ne sont rien si elles ne sont illuminées par la grâce.

C'est à l'époque de la jeunesse de Marie Magdeleine Sautreau et de la princesse douairière de Conti, sous la Régence, que les grands vignobles d'Auxerre, d'Irancy et de Vézelay, plantés par les Romains, s'étaient étendus jusque sur les coûtas de Mailly : les Camélinat et les Sautreau étaient devenus vignerons entre 1745 et 1748. Ils devaient le rester pendant plus de deux siècles.

À la veille de la Révolution, les quelques arpents de vigne que l'ancêtre Antoine Sautreau reçoit de son père Edmé, le fils de Marie Magdeleine, au hameau d'Avigny, sont loin de donner du bon vin. « Mais par le fait, il en tire toujours un meilleur prix que des céréales » :

on envoie les feuillettes par voie d'eau à Paris où tout ce qui se boit se vend. Seigneurs et clergé possèdent les meilleures terres, à peu près la moitié des surfaces arables : laboureurs et vignerons les cultivent en sus des leurs, *pour les autres*, comme ils disent, et leurs héritages se sont un peu étendus.

Pour être petit propriétaire, Antoine n'en est pas moins prolétaire : les vignerons ploient autant sous les impôts que la nuque des serfs affranchis par la comtesse Mahaut sous les colonnettes de l'église Saint-Adrien. Pour payer ces impôts ou quand la vigne ne donne pas, il faut vendre son temps, travailler chez les autres pour compléter le revenu. En automne et en hiver, les Camélinat et les Sautreau vont aider les flotteurs du port de Mailly, qui confectionnent les trains de bois descendant l'Yonne jusqu'à Paris (le canal du Nivernais n'est pas encore creusé) : tout le bois de chauffage qui brûle à Paris vient des forêts du Morvan. On tire les bûches hors de l'eau, on les empile sur la rive pour les charroyer. Et à la moisson, les années de disette, tout le village, même les femmes et les enfants, part à pied ou à coche d'eau pour aller se louer dans les riches plaines à blé de la Brie et de la Beauce.

En 1788, récoltes et vendanges ont été détestables. À l'automne, des orages violents ont ravagé les cultures. Pendant l'hiver, les loups sont sortis du bois et ont tué des enfants ; c'est Antoine Sautreau et son compère Jean-Baptiste Camélinat qui ont organisé les battues. Ils sont connus pour leur force, l'Antoine et le Jean-Baptiste, trapus comme des taureaux et noirs de cheveux, se ressemblant comme des frères.

Et puis pire que tout, la vigne a gelé. Au printemps, le résultat de toutes ces calamités a été que le pain et le blé ont enchéri, augmentant le nombre des malheureux. On ne trouve même plus où s'employer tant le monde est nombreux à peiner. Il y a de plus en plus de peuple dans les campagnes et dans les bourgs, et pas davantage d'ouvrage dans les villes. « On n'avait p'us assez pour se nourrir, par le fait. La disette, ça venait aussi de ce que tous les hommes s'étaient mis à la vigne, si bien que le pays ne produisait p'us de grain en suffisance pour nourrir son monde », disait Madeleine.

Alors à l'assemblée de Mailly, en mars 1789, l'ancêtre Antoine et son compère Jean-Baptiste Camélinat, qui a épousé une cousine, délibèrent le ventre creux : le roi Louis XVI a fait convoquer les états généraux, et la mode en est venue dans le pays de rédiger un cahier de doléances pour consigner les revendications du petit peuple.

Les voilà pris à la politique. C'est comme ça que ça a commencé. Et ça n'a plus cessé.

D'abord ils votent pour les représentants du Tiers, et le curé Boyer, un janséniste, écrit sous leur dictée – Madeleine citait à peu près le cahier de doléances de Mailly-du-Bas, que mon frère, en 2011, a retrouvé sur un site Internet : « Est-ce chrétien qu'ils viennent tourmenter le pauvre cultivateur jusque dans sa vigne et même dans sa maison pour lui enlever à leur choix une partie de ses récoltes, parce qu'ils sont nés seigneurs et nous pésans ? Est-il un loup ou le ministre du Christ, le curé entré dans la bergerie pour choisir le plus bel agneau du troupeau et prenant dans le potager la dîme de légumes que nos femmes avions semés pour notre subsistance et celle de nos enfants ? »

Tout le monde l'aime bien au village, le curé Boyer : il a toujours vécu comme les villageois, à la portion congrue de la dîme. C'est pas comme les évêques et les fainéants de moines qui prennent tout pour eux, ripaillent et s'encanaillent, et n'ont plus rien pour les miséreux. Boyer, c'est tout le contraire d'Étienne Lasserteux, le curé du château, un jésuite celui-là, qui se fera réfractaire à la constitution civile du clergé. Dans le cahier de doléances de Mailly-du-Haut, Lasserteux écrit qu'il faut « punir ceux qui passent les offices dans les cabarets et violent la sanctification des dimanches et des fêtes par un travail public » (« c'est-à-dire tous les hommes valides de Mailly », disait Madeleine). Il sera déporté en 1793, mais il reviendra en 1795 dans les valises du Directoire, le cafard !

Le vieux curé Boyer, lui, il ne se fera pas prier pour prêter serment à la constitution civile du clergé en 1790, comme la plupart des curés de la région. Et avec sa grosse tête blanche qu'il secoue et ses gros yeux qu'il roule, il soupire à tout bout de champ : « La vraie République est dans l'Évangile ! » Son bréviaire, c'est celui de l'évêque d'Auxerre protégé par les Conti au début du siècle ; les disciples de Caylus le lui avaient transmis avec le rituel et le grand catéchisme janséniste. Il s'en servait malgré l'interdiction, comme son successeur fera après lui.

Après la Grande Peur de juillet 1789 et aussi pour se garantir des loups, la Garde nationale a été formée. Chaque feu de propriétaire ou presque a son fusil. On couche avec, par habitude et puis par goût : le 14 Juillet, la nuit du 4 Août, l'abolition des privilèges, ça a d'abord été ça, le droit de chasse, autrefois réservé aux seigneurs, manger le gibier qui dévaste les cultures. Pour le reste, les impôts seigneuriaux n'ont pas été rachetés et il faut continuer à les payer. C'est vrai qu'on n'y met plus tant de zèle.

En 1790, l'abbaye de Reigny, l'hôpital de Coulanges-la-Vineuse et le prieuré de Bois-d'Arcy, devenus biens nationaux, sont mis en vente. Cette faim de terre qui les prend, les paysans. Antoine Sautreau et Jean-Baptiste Camélinat, et puis aussi le meunier du hameau du Bouchet, François Perreau, ils sont faits comme les autres : pour eux, de la possession en titre de la *tarre,* comme ils disent, dépend que plus jamais le temps de l'esclavage ne revienne, la loi brutale des seigneurs. Antoine, Jean-Baptiste et Perreau, ils veulent se suffire. Être leur propre maître. Et tant pis si les bourgeois des villes et les gros laboureurs raflent encore les meilleures et les plus grandes parcelles.

En mars 1792, quand les flotteurs jettent leurs outils dans l'Yonne et rejoignent ceux de Clamecy pour attaquer la maison du marchand de bois Ledoux l'affameur, la Garde nationale des Maillis refuse de marcher contre eux. « Tu comprends, c'était des copains, disait Madeleine. Et la garde de Mailly, c'était eux, Antoine Sautreau, le grand-père du grand-père de mon père, c'était Jean-Baptiste Camélinat, le grand-père de Camélinat le communard qu'on a enterré en 32. Sûr que le 10 août 92, s'ils n'avaient pas été pris par la terre et la nécessité de nourrir les gosses, Antoine et Jean-Baptiste, ils seraient montés à Paris sur le fleuve prendre les Tuileries avec les flotteurs ! »

En tout cas, le lendemain de la victoire de Valmy, c'est à Mailly, sur la place, devant l'église Saint-Adrien, qu'ils l'ont chanté pour la première fois *La Marseillaise* ! Et puis *La Carmagnole* : *Ah ça ira, ça ira, ça ira, les aristocrates à la lanterne, ah ça ira, ça ira, ça ira, les aristocrates on les pendra.* « Ce jour-là, le 21 septembre 1792, c'était enfin les temps nouveaux, le temps du peuple, le temps de la République », disait Madeleine. Fini le calendrier chrétien, c'est le début du nouveau calendrier révolutionnaire.

Mais la vie n'a pas changé tout de suite : il a fallu encore attendre l'arrivée au pouvoir des Jacobins et le décret de la Convention du 17 juillet 1793, pour que le régime féodal et les impôts de l'esclavage soient abolis. C'est seulement à la moisson 93 que la terre a enfin été libre de tout droit.

Fou de joie, Antoine Sautreau s'est fait robespierriste. C'est ce qui lui a valu au village son surnom d'Antoine le Jacobin, qui lui est resté dans la famille depuis.

Son compère, Jean-Baptiste Camélinat, ne l'est pas moins : vigneron aussi, il fait à l'occasion le carrier et, en juillet 1793, il va donner le coup de main à ceux de Vézelay pour marteler les images de l'abbatiale. Antoine l'accompagne.

À Vézelay, c'est l'abbé Lecoq, passé de l'ancienne religion à la nouvelle, celle de la Liberté, qui est le chef des Jacobins : la Société populaire se tient dans la chapelle des Ursulines, qui avait été autrefois le temple des protestants ; Lecoq a chargé le tailleur de pierre Lerond de réunir une équipe pour détruire tout ce qui ressemble aux saints et aux prophètes. Lerond se prétend le descendant des compagnons du Saint-Devoir de Dieu qui ont construit la Madeleine aux XIe et XIIe siècles, et il explique aux hommes, pour animer leur ardeur : « La Madeleine, c'est not' bien. C'est nos ancêtres qu'on l'a construite. Et not' bien, on le reprend. »

Pour montrer l'exemple, agile comme un chat, et au péril de sa vie, Lerond grimpe tout en haut du fronton du XIIIe siècle et coupe la tête au Christ-Roi qui trône entre Madeleine et Marie ! Tout le pays est assemblé en bas, retenant son souffle, pour voir ça, et c'est un « Hourra » terrible quand la tête tombe et se fracasse au sol. On se rue tous dessus, c'est à qui en aura un bout. Dans leur fureur iconoclaste, à Jean-Baptiste Camélinat et à Antoine le Jacobin (Madeleine ne doutait pas qu'ils avaient participé à l'acte sacrilège fondateur de la religion nouvelle), le souvenir des nôtres lapidés, pendus, brûlés vifs par les moines de Vézelay depuis le Xe siècle. Longtemps, un caillou drôlement façonné, gros comme le poing, a trôné sur la cheminée de pierre, au hameau du Bouchet, jusqu'à ce qu'on ne se souvienne plus de ce que c'était.

À Mailly, l'église Saint-Adrien est transformée en temple de la Raison c'est-à-dire en salle de réunion de la Société populaire. « C'est là que not' curé, le père Boyer, apprend à lire au fils cadet d'Antoine, Jean. Oh, pas dans les Évangiles, non, dans le grand Sieyès : "Qu'est-ce que le Tiers État ? Tout. Qu'a-t-il été jusqu'à présent dans l'ordre politique ? Rien. Que demande-t-il ? À y devenir quelque chose" », récitait Madeleine.

Madeleine, en 1912, avait le même âge que Jean en 1789. Jules-Antoine, son grand-père, lui avait appris un dimanche, après la messe, leurs articles de foi aux ancêtres. Comme Jean, le fils d'Antoine le Jacobin, elle sait mieux la déclaration des droits que son catéchisme : « Tous les hommes naissent et demeurent libres et égaux en droits. »

Comme de juste, Antoine Sautreau le Jacobin ne met jamais les pieds aux offices. Mais tout illettré qu'il soit (il sait juste signer son nom), il est fier de son fils Jean : Jean est le premier de la famille à savoir lire et écrire – si l'on excepte la grand-mère Marie Magdeleine, à qui la princesse de Conti avait appris pour lui faire la lecture dans ses vieux jours. « Tant que le peuple sera ignorant, le pouvoir comme la terre, c'est toujours les riches qui les prendront. » Voilà ce qu'il répétait, Antoine le Jacobin, et son fils Jean après lui, et Jules-Antoine, et Madeleine à Madeleine, et Madeleine à JC.

À Mailly, on n'a pas besoin que l'Incorruptible commande la nouvelle religion des martyrs de la Révolution pour vouer un culte au châtelain de Saint-Fargeau, Louis-Michel Lepeletier. L'ex-marquis, rejeton d'une famille propriétaire, au moins depuis la comtesse Mahaut, du château de Saint-Fargeau (le gros gâteau rose assis sur son bourg à cinquante kilomètres à l'ouest), avait résigné son titre : franc-maçon, devenu président de la Constituante et président du département de l'Yonne, dont il était le député montagnard, auteur avec Condorcet d'un projet d'instruction du peuple, il vote la mort du roi en 1793. Et la veille de l'exécution de Louis XVI, un ancien garde du corps du Palais-Royal le poignarde. Lepeletier de Saint-Fargeau : premier martyr de la Révolution. Antoine et Jean-Baptiste brûlent des cierges devant son image. « Le peuple aime quand les grands se joignent à lui. Sa reconnaissance est éternelle », disait Madeleine.

Au début de l'hiver 1793-1794, c'est à nouveau la disette. La loi du maximum pousse les laboureurs et les fermiers à garder le grain dans leurs greniers. Antoine le Jacobin, Jean-Baptiste Camélinat et François Perreau le meunier votent la réquisition avec les autres, et l'annulation des arrérages (les arriérés d'impôts féodaux). Ils réclament le maintien des droits d'usage des bois et le partage des communaux entre les petits de la commune. Ils ont d'autant moins de scrupules que le nouveau seigneur des deux Maillis n'est pas du pays : le comte Denis-François Angran d'Alleray, lieutenant civil du Châtelet, a racheté en 1774 la terre des Conti et de la vieille princesse douairière, qui venait de mourir (Marie Magdeleine ne lui a pas survécu).

Au printemps 1794, la situation s'aggrave encore, tout le monde a faim. Le comte d'Alleray s'obstine à exiger le paiement des impôts dus, et il a engagé ses propres gardes champêtres pour empêcher les villageois d'aller ramasser le bois mort pour se chauffer. C'est des hurlements de joie quand la Garde nationale reçoit du district d'Auxerre le mandat d'arrêter monsieur le comte comme suspect : il est soupçonné d'être en relation avec les émigrés et de leur envoyer de l'argent, particulièrement à ses deux filles Marie-Adélaïde et Félicité, exilées à Coblence. Les hommes assemblés dans l'église Saint-Adrien décident d'aller prendre les armes à la mairie. Antoine, Jean-Baptiste et François remontent au hameau décrocher leurs fusils. On sonne le tocsin et on bat la générale.

Toute la population des deux Maillis escorte les gardes nationaux dans leur montée triomphale au château, aux cris de « Pendez-les, tuez-les, il y a assez longtemps qu'ils nous volent ! » et au son du charivari de tout ce que le village compte de casseroles en cuivre et autres ustensiles qui sonnent. On chante *La Carmagnole, Ah ça ira, ça ira, ça ira, les aristocrates à la lanterne.* En passant, on réquisitionne le blé du fermier. Au château, la foule force le portail.

Le comte d'Alleray, la perruque poudrée et le gilet en soie bleu pervenche luisant sous le soleil, s'avance dans la cour et demande avec hauteur à parler au maire. Il refuse de livrer le terrier où sont répertoriés les propriétés et droits seigneuriaux. Ceux qui sont devant répètent ses paroles à ceux qui sont derrière. Les piques se lèvent, et le boucan du charivari reprend.

Les deux gardes nationaux d'Auxerre font mine de protéger l'ancien lieutenant du Châtelet contre la foule grondante des paysans entrés dans la cour, et Angran d'Alleray est bien obligé de les suivre.

Devant le château, d'où l'on domine en terrasse tout le pays à des lieues à la ronde, le silence se fait. On laisse passer le seigneur qui s'en va pour toujours. Il s'avance en faisant claquer ses talons, dédaigneux et fier, seul à ne pas comprendre qu'il ne reviendra jamais. D'Auxerre, les gendarmes l'escortent à Paris où il est jugé et guillotiné.

Antoine le Jacobin et Jean-Baptiste Camélinat allument le grand feu pour brûler le terrier devant l'église Saint-Adrien. Une feuillette de vin a été remontée de la cave seigneuriale et mise en perce sur la place. On danse et on chante autour. « À nous, la *tarre* ! » hurle Antoine le Jacobin. « La terre est à nous », répétera son fils Jean à son fils Antoine-Cyprien, et Antoine-Cyprien à Jules-Antoine, et Jules-Antoine à Madeleine. « Le monde nous appartient enfin », disait Madeleine à Madeleine.

– Au prix de la Terreur ? demandait le député socialiste.

– Parce que tu crois qu'il se serait laissé dépouiller sans combattre jusqu'à la mort, le sieur Angran d'Alleray ? Tu crois qu'il n'était pas tout prêt à rejoindre les émigrés à Coblence pour abattre la Révolution et les droits nouveaux ? Tu penses qu'il ne les aurait pas fait massacrer jusqu'au dernier, les jacobins de Mailly-du-Bas, s'il en avait eu le loisir ? répondait Madeleine.

Pendant des siècles, les révoltes paysannes impitoyablement écrasées, pendant des siècles, *les nôtres* pendus, lapidés, massacrés, saignés à blanc. La Terreur n'est considérée comme scandaleuse que parce qu'elle a atteint ceux-là mêmes qui ont eu, pendant si longtemps, le droit de haute, moyenne et basse justice : le droit de tuer, d'écarteler, d'incarcérer, de fouetter. Mais qui s'en soucierait aujourd'hui si cette révolte-là, une de plus, avait été écrasée dans le sang comme jadis les guerres de paysans ?

Quand les biens de la famille d'Alleray sont vendus à Auxerre, ils achètent ce qu'ils peuvent Antoine, Jean-Baptiste et François Perreau, oh pas grand-chose, les bourgeois de la ville et les gros laboureurs sont encore venus rafler la meilleure part.

Et puis tout de suite après, à Paris, c'est son tour au Robespierre de se faire raser la tête. « Par le fait, c'était justice. Danton sur l'échafaud l'avait prévenu que ce serait bientôt son tour. Il avait exagéré le jour où il avait fait guillotiner ses anciens camarades. La Révolution mange ses enfants », concluait Madeleine dans un gros soupir. Madeleine, sa petite-fille, s'est longtemps cognée à cette image : la Justice – elle ne doutait pas que ce fût la Justice – écrasée entre le marteau et l'enclume du Meurtre et du Martyre, comme la mâchoire de Robespierre agonisant sous les coups de ses assassins au 9 Thermidor.

À l'automne 1794, les bûcherons de Mailly et des hameaux alentour se mettent en grève : ils réclament quatre fois rien, la *broutille* (le petit bois coupé rapporté le soir pour se chauffer chez soi), et des augmentations de salaire, juste de quoi manger son pain tous les jours. La Garde nationale de Mailly refuse de marcher contre eux. Malgré les livraisons de riz et la pomme de terre qu'on a plantée sans l'aimer, la faim revient, le pain coûte une livre de plus que ce que le journalier gagne par jour. « Ça n'en finira donc jamais ? Il faudra donc que nous autres malheureux, nous crevions », répète Antoine le Jacobin, qui a fait teindre en noir ses habits à la mort de Robespierre. Depuis le 9 Thermidor, des cierges brûlent dans les deux chandeliers d'argent « empruntés » à l'église Saint-Adrien que Jules-Antoine a pieusement posés sur la cheminée devant l'image de Lepeletier, en guise d'ex-voto de la religion nouvelle.

La Révolution est finie. Ça ne fait rien. Antoine Sautreau et Jean-Baptiste Camélinat ont leurs vignes sur les coûtas. François Perreau, plus heureux encore, il a ses moulins. Ni froidure ni gelées ne nous reprendront la liberté. Ni roi, ni pape, ni guerres. Plus de comtes ni de marquis pour nous faire ployer la tête comme aux serfs à la comtesse Mahaut.

On a un fusil au-dessus du foyer.

Les deux fils aînés d'Antoine, appelés à la conscription, vont coucher au bois : pas question de se faire trouer la peau pour les *guerdins* du Directoire.

Victor Sautereau, un cousin d'Antoine, a été élu maire du village de Mailly-la-Ville. Les deux Maillis, celui du haut et celui du bas, ont été séparés et rebaptisés : Mailly-le-Château en haut, Mailly-la-Ville en bas. Un laboureur aisé qui se fait donner du baron, Heurtebise, a racheté le château et s'est fait élire maire de Mailly-du-Haut.

À Vézelay, Gaspard-Étienne Flandin est devenu un fervent du Directoire : le marchand de bois, arrêté pour modérantisme début 1794, relâché par la réaction thermidorienne en août 1795, s'est enrichi en vendant pierre par pierre l'ancien château des abbés qu'il a fait démolir. Ses descendants, devenus notaires, occuperont pendant cent cinquante ans, presque sans discontinuer, la charge de conseiller général. « Vichy compris », précisait Madeleine : Pierre-Étienne Flandin, chef de file de la droite libérale et quelques mois président du Conseil dans les années 1930, sera ministre des Affaires étrangères sous Pétain. Un descendant des Flandin proche du Front national est aujourd'hui élu dans le Vézelien. L'actuel président du Conseil général de l'Yonne, centre droit, a été intronisé par le dernier conseiller général Flandin : Paul Flandin (1958-1992).

À quelques exceptions près, ce sont ces bourgeois enrichis par la Révolution qui ont gouverné la France impériale puis républicaine jusqu'à aujourd'hui. Ce sont eux qui ont confisqué le pouvoir politique pour gouverner à leur profit. Voilà la France. Une certaine France. Madeleine ne s'en désespérait pas : le roman de sa France à elle était écrit quelque part. Elle citait de mémoire *Les Misérables* de Victor Hugo : c'est la lutte ancienne « du fait et du droit ». Le droit est l'exception, proclamé comme principe par la Révolution, drapeau du peuple. Le fait est l'inertie sociale, dont la règle absolue veut que les riches gouvernent.

– À chaque génération, la lutte reprend du droit contre le fait, avec plus ou moins de vigueur selon les époques, et des défaites souvent. Parfois, des succès. Le premier d'entre eux : la Convention, quoi qu'on dise, disait Madeleine à JC.

II

Jean
Soldat de l'Empereur

La maison d'Antoine le Jacobin, au hameau du Bouchet, est faite de pierres ramassées dans les champs ou au rebut de la carrière et posées les unes sur les autres. À l'intérieur, la pièce principale de quinze mètres carrés s'ouvre sur la cour, l'écurie attenante, et, vers l'arrière, la chambre des enfants : les deux fils aînés sont établis, il en reste tout de même cinq à la maison. Jean est le plus grand.

La seule ouverture pour donner du jour dans la salle ne sert guère, puisqu'on ne se tient à l'intérieur qu'à la nuit tombée. Au crépuscule, toute la famille s'entasse sur les bancs autour de la grande table de bois pour les repas, et après la soupe, à la veillée, on reste blottis les uns contre les autres dans la très large cheminée où mijote le ragoût de légumes et de lard que touille de temps en temps Madeleine, la mère de Jean. Seul de la maisonnée à savoir lire, Jean déchiffre à haute voix les papiers nouvelles.

Dans le coin le plus sombre, le lit à quenouilles, très haut, la fierté de Madeleine, avec la couette de plumes d'oie : on couche dessous en hiver, dessus en été. Un traversin, un oreiller, une couverture de poulangis, des rideaux de grosse serge. Le coffre à hardes sert d'escabeau. Dans la chambre des enfants, les paillasses sur les châlits, avec la toile où on fourre la plume d'oie, et l'armoire à linge pleine de gros draps et de chemises avec le bouquet de mariée sur le dessus. Le sol est de terre battue, les animaux, poules, canards et le cochon, s'y promènent en liberté. Les bêtes, le potager, le linge : le domaine des femmes. Les hommes sont tout le jour à la vigne, dans les cabanes des meurgers, ces murs en pierres sèches qui délimitent les héritages, sur les coûtas.

Tout le monde écoute Jean lire les nouvelles dans les odeurs de chou, d'ail et d'oignon. C'est plus intéressant que les légendes de sorciers, de chercheurs de trésors ou de croque-avoine, que racontent les vieux depuis la nuit des temps. Et puis comme ça, on en sait un peu plus long que le tambour, à l'avance de tout le monde : les campagnes d'Italie et le Bonaparte devenu Premier Consul, puis Empereur. Arcole, Rivoli, la campagne d'Égypte, Marengo, l'exécution du duc d'Enghien et le couronnement : un vrai feuilleton.

Napoléon, on l'aime bien au village, il est du peuple, il est sorti du rang. On y a un peu perdu avec les droits d'usage et les servitudes communales qu'ils n'ont pas voulu faire inscrire au code, mais enfin, tant que le P'tit Tondu est là, les seigneurs et les évêques, ils ne viendront pas les reprendre, les biens nationaux. Une gravure de bataille orne le dessus de la cheminée, entre les deux chandeliers de bronze, unique fortune de la famille. Ils encadrent la figure de Lepeletier de Saint-Fargeau qu'Antoine vénère toujours. C'est un saint homme et Popoléon est son vicaire.

Le 30 prairial an XIII (19 juin 1805), Jean quitte la maison : il se marie. Trois mois après, peu enclin à faire le manouvrier pour compléter le revenu des maigres arpents de vigne que son père lui a donnés, le fils d'Antoine le Jacobin s'engage comme simple cavalier dans la Grande Armée, histoire de voir du pays. C'est ça la liberté nouvelle. Quitter l'esclavage de la *tarre*. On peut même finir empereur comme le P'tit Tondu. Voilà une idée qui ne serait pas venue à l'esprit de son père, ni d'aucun de ses ancêtres. « Il était pourtant remuant, l'Antoine », disait Madeleine, comme si elle avait connu le Jacobin.

Le lendemain de la conception de son premier fils, en septembre 1805, Jean confie sa femme à son père et à son frère aîné, celui qui est vigneron à Avigny, et part rejoindre son régiment à Auxerre.

À Austerlitz, il n'a pas la chance de Fabrice à Waterloo, de voir le Bonaparte passer de loin sur sa monture. Mais il apprend à ferrer les chevaux.

En 1807, revenu tout de même avec quelque argent, il achète de la vigne, accroissant l'héritage paternel et engrossant de nouveau sa femme. Au début de 1812, un troisième fils, Antoine-Cyprien, lui naît. Deux mois après, le tambour de la conscription repasse. Il n'y résiste pas et repart suivre le P'tit Tondu chez les cosaques.

Un an plus tard, alors que l'Empereur est à Paris depuis décembre, Jean n'a toujours pas réapparu. Ses frères le croient mort : ils font ses vendanges puis le labour de sa vigne.

Et puis un soir de la fin mai 1813, on l'aperçoit sur la route d'Auxerre, clopin-clopant sur sa jambe de bois. Jean a un peu de difficulté à reprendre son bien, femme comprise : les mauvaises langues disent que Théodore (sa femme s'appelle Théodore, peut-être une obscure réminiscence du protestant Bèze) couchait en tiers dans le lit de son frère. Jean se fâche, menace de son fusil. Les autres profitent de sa violence pour se tenir quittes de tout et accaparer une partie de ses terres. On ne lui rend que Théodore : sa bonne femme doit se faire employer comme manouvrière pour nourrir les autres enfants qui leur naissent encore.

Après la défaite de Leipzig et celle de Paris, « l'année des cosaqs » commence. Victor Sautereau, « not'cousin le maire », inscrit cette formule pour mémoire, « L'année des cosaqs », en tête du registre de l'état civil consacré à 1814 (j'ai pu le consulter sur Internet). Les cosaques traversent Mailly comme au IXe siècle les Vikings, pillant le grain, volant les poules, insultant les femmes – et ramenant le frère du roi raccourci dans les bagages de la sainte alliance du sceptre et du goupillon. L'exil du 'Poléon à Elbe, Antoine le Jacobin en meurt de rage, croit savoir Madeleine.

Jean répète que le P'tit Tondu ne va pas se laisser faire comme ça. Le 19 mars 1815, il juche ses trois fils sur sa charrette, Jean l'aîné, Benjamin le deuxième, et son dernier-né Antoine-Cyprien : les flotteurs et les mariniers sont venus dire que l'Empereur est débarqué à Golfe-Juan, et qu'il doit coucher à Auxerre.

Mais il arrive trop tard, Jean. Le P'tit Tondu est reparti depuis deux jours.

Et cent jours plus tard, il fond en larmes quand l'Empereur rend les armes à Fontainebleau, et qu'il s'en va mourir dans son île au milieu de l'Atlantique. À compter de ce jour, Jean fait la grève du travail et passe ses journées au cabaret, pendant que sa femme Théodore s'échine à travailler chez les autres pour nourrir son monde. Les enfants aident leur mère, qui n'est pas commode.

Ils sont revenus en Puisaye et dans le Morvan, les seigneurs, mais pas seuls : les grands propriétaires terriens, à présent, c'est aussi bien de gros bourgeois des villes que des barons de l'Empire – comme Fauvelet de Bourienne, l'ancien secrétaire de Napoléon, député de l'Yonne sous Louis XVIII. Dans l'Auxerrois et surtout en Puisaye, la grande propriété foncière s'est reconstituée. Sans compter qu'aux anciens émigrés il a fallu leur payer le milliard pour les dédommager, soi-disant. « J'te garantis que le paysan l'a senti passer. »

– Sans parler de la Terreur blanche en 1795 et en 1815 : les lois d'exception, la chasse aux jacobins. Cette Terreur-là, on n'en parle jamais, disait Madeleine à JC.

C'est vrai qu'elle a fait moins de ravages. Mais est-ce que les victimes de la Révolution ont été plus nombreuses que celles des seigneurs de l'Ancien Régime ? Qui dénombrera les légions de paysans pendus, lapidés, torturés à mort depuis le Moyen Âge ?

Jean, lui, n'est pas inquiété. On le dit *carbonaro*, pourtant : il aurait été entraîné dans la société secrète par Amédée Patasson, qui n'était sûrement que son caporal dans la Grande Armée mais qu'on appelle le général Patasson. En tout cas, depuis l'exécution des quatre sergents de La Rochelle en 1822, Jean a mis au point un mixte de nostalgie de l'Empire et de tirades jacobines empruntées à son défunt père Antoine.

Dans le village, il s'annonce par le clopinement de bois et son chapeau de feutre à grand rebord emprunté aux anciens seigneurs du temps de l'esclavage, et la fumée de sa pipe culottée. De près, on voit que le tour en soie de son chapeau est tout mité et que sa veste en drap vert, la couleur de l'Empereur, est entièrement rapetassée. Les dix années qui lui restent à vivre, il les passe tout le jour au cabaret, et même le soir, à siroter l'eau-des-braves en racontant ses batailles, accessoirement celles du P'tit Tondu, d'Elchingen à Ulm, de Vienne à Austerlitz, de Iéna à Berlin. Et comment, au retour de Moscou, le lendemain de la bataille de Krasnoïe, le 19 novembre 1812, il s'était réveillé sous la neige au milieu des morts, la jambe droite entièrement gelée, devenue insensible, coincée sous son cheval éventré. Il se rappelait seulement la poussière du boulet, la douleur, la chute. Et puis le mois passé dans ce village, à soixante kilomètres à l'ouest de Smolensk, chez un couple de paysans. « Des gens comme nous, au fond, les cosaques, à suer sur leurs terres et à traire leurs vaches. » On lui avait coupé la jambe à l'aine pour que la gangrène ne se prenne pas. Cinq cents lieues sur une jambe, deux mille quatre cents kilomètres : Minsk, Varsovie, Dresde, Nuremberg, Stuttgart, Auxerre, Mailly. Il en avait rapporté des bribes de langue russe.

On le moque, Jean, mais on l'écoute. Antoine-Cyprien surtout, son petit dernier : « Aujourd'hui n'est que le cadet d'hier. Le bon dieu continue à nous promettre le royaume du ciel, et les riches à garder celui de la terre. Le pésan, lui, il a seulement changé de seigneur : à présent, c'est l'impôt et l'usure. On n'est pas plus avancés. Le bourgeois a confisqué notre Révolution et au jour d'aujourd'hui il vole au coin du feu, c'est plus profitant que de ramasser ce qui traîne dans les bois. Mais ça ne fait rien. Le Peuple a la vie dure, il ne meurt pas, il a le temps pour lui. Il est patient. Ils perdent rien pour attendre. »

Antoine le Jacobin était mort le lendemain de l'entrée dans Paris du gros Louis XVIII, le 3 mai 1814. Jean, lui, survit cinq ans à l'Empereur. Quand il meurt, début 1827, Antoine-Cyprien, son dernier fils, a quinze ans.

III

Antoine-Cyprien le forgeron

Le deuxième dimanche de mai 1852

Antoine-Cyprien Sautreau, petit-fils d'Antoine le Jacobin, et Rémi Camélinat, fils de Jean-Baptiste Camélinat, ils ont le même âge et ils sont inséparables. Rémi est le père de Camélinat, le dernier des communards. Il répète à Antoine-Cyprien que son dieu à lui, c'est le Christ-Roi décapité à Vézelay, en 1793. Dans le pays, on l'appelle « Camélinat le Rouge ». Il le croit dur comme fer, que c'est son père, Jean-Baptiste, qui lui a coupé le cou, en 1793, au Christ de Vézelay. Va savoir.

« En tout cas, en juillet 1830, Rémi, le fils du vieux briseur d'images, et Antoine-Cyprien, le cadet sans terre de Jean le Soiffard, sont tous les deux républicains fervents », disait Madeleine.

À respectivement dix-huit et dix-neuf ans, ils fêtent ensemble à l'auberge du père Pellemoine les trois jours d'insurrection parisienne, le retour du drapeau tricolore et de la Constitution. Louis-Philippe, roi des Français ? Tant pis : la République, ça sera pour la Prochaine. En 1830, la Révolution est de nouveau là, ils le sentent, ils le savent, c'est pour bientôt. 1789 promettait 1792. 1830 attend 1848.

Madeleine avait lu *Les Misérables* vers 1920. Victor Hugo situait l'action de son roman dans l'entre-deux de 1830 et de 1848 et il montrait comment les principes de la Grande Révolution, l'égalité devant la loi, la liberté de la conscience, la liberté de la parole, la liberté de la presse, l'accessibilité de toutes les aptitudes à toutes les fonctions, avaient continué à fermenter sous la Restauration. En dépit des habiles, c'est-à-dire des médiocres, qui confisquent le pouvoir le lendemain des Trois Glorieuses, de ce nouvel élan insurrectionnel naissent des théories nouvelles : la question sociale et le droit de la femme, la contestation des capitalistes industriels et des banquiers (souvent les mêmes), ces nouveaux féodaux. La charbonnerie se dissout : certains de ses chefs ont rallié Louis-Philippe. Mais des hommes nouveaux s'agitent dans l'ombre, qu'on peut désigner tous par le titre générique de socialistes. Les sociétés secrètes, l'attentat (la machine infernale de Fieschi), l'émeute, l'insurrection couvent, et éclatent là-haut, à Paris.

Antoine-Cyprien habite depuis peu Mailly-du-Bas, en face de chez l'ami Rémi, au pied des coûtas, parce qu'il fait l'ouvrier à la forge de Vincent Perreau, le fils cadet de François le meunier, celui qui formait le trio avec Antoine Sautreau et Jean-Baptiste Camélinat en 1793. Jean avait quand même pris le temps de lui apprendre à ferrer les chevaux, entre deux chopes au cabaret. « Ça te fera un vrai métier. C'est mieux que de suer sang et eau sur la *tarre.* » Quant au métier de soldat, à la fin de sa vie le vieux grognard en était bien revenu, malgré l'espèce de gloire louche dont ça l'avait toujours auréolé aux yeux de son fils et du village tout entier. Le souvenir d'ailleurs en demeurait. Pour Antoine-Cyprien, la forge, c'est une voie de salut entre l'agitation maussade de Théodore, sa mère, et l'oisiveté avinée de l'ancien soldat de l'Empereur. Son nouvel état de forgeron lui est une sorte de mission : il s'applique.

Son maître, Vincent Perreau, tient la forge de sa femme Marie-Madeleine, une cousine Sautereau. Victor Sautereau, « Victor not'maire par le fait » (« cette branche de la famille porte un *e* en plus », expliquait Madeleine à Madeleine), maître forgeron, avait donné la forge en dot à sa fille parce qu'il se faisait vieux. Là-dessus, en 1829, le frère aîné de Vincent, Louis Perreau, meurt prématurément : Vincent est bien forcé de reprendre l'héritage paternel, le moulin du Bouchet. Devenu meunier prospère, il acquiert en sus le moulin du Pont (c'est le début de son opulence). Il n'a plus le temps de faire le maître forgeron par-dessus le marché. Alors il pousse Antoine-Cyprien à faire son Tour de France, comme lui l'a fait dix ans plus tôt.

Un matin de l'automne 1830 à l'aube, Antoine-Cyprien enfile sa blouse, attache sa ceinture, chausse ses sabots, serre ses dix sous dans sa culotte, attrape son baluchon et le v'là parti, sur la route de Clamecy, par le chemin de halage : il va à l'embauchage. À Clamecy, un rouleur du Devoir de Liberté le reconnaît aspirant, lui donne sa canne de compagnon. Suivant la rive est de l'Yonne, il dévore l'horizon qu'on aperçoit de la terrasse du château de Mailly-le-Haut. Il s'en va du village, comme Jean son père, moins loin que chez les cosaques, c'est vrai. Et se gardant bien des embûches : le vin du cabaret qui a tué le père, les bagarres et les petites femmes. « D'un naturel réservé et soupçonneux, disait Madeleine, il est le premier de la famille à avoir les yeux clairs et la peau blanche, et à porter moustache. Un homme sec, musculeux, dur comme du bois d'orme, pas grand. »

À ce moment du récit, Jules-Antoine et son fils Jules, et après eux sa petite-fille Madeleine, faisaient toujours une pause pour marquer le coup. Jules-Antoine et Jules, ils l'avaient fait aussi, leur Tour de France, et ils mélangeaient un peu les souvenirs de leurs père et grand-père avec les leurs propres. Le compagnonnage, c'était chose sacrée, et ils tâchaient de bien l'expliquer.

La coterie de compagnons créée par un serrurier d'Auxerre, Pierre Moreau, à laquelle les trois générations de forgerons avaient appartenu, elle s'appelait le Devoir de Liberté. Ceux de la Liberté, comme on disait, ils voulaient faire l'union avec les autres sociétés secrètes compagnonniques pour dépasser les combats fratricides entre frères et corps de métiers, et créer une grande association de tous les œuvriers de France. On les appelait aussi les Indépendants ou les Révoltés. « Agricol Perdiguier, l'ami prolétaire de George Sand, en était », précisait Madeleine à Madeleine (Madeleine parlait de la châtelaine de Nohant comme d'une amie de la famille, et j'ai longtemps cru qu'elle en faisait partie). Dix ans plus tard, en 1840, c'est avec ceux de la Liberté que la militante féministe et socialiste, Flora Tristan, fera son Tour de France. Tout ça, c'est Mme Rocher, son institutrice de Mailly, qui l'avait appris à Madeleine.

Dans l'temps, ceux de Dieu avaient exclu de leurs rangs les cathares et les albigeois, les juifs et les mahométans, et puis les protestants, au moment des guerres de Religion. Les autres devoirs, gavots, renards, loups et étrangers, étaient nés de ces exclusions et avaient rejoint le Devoir de Liberté. Ceux du Devoir de Dieu, qui prétendaient avoir construit les cathédrales, ils faisaient la guerre à ceux de la Liberté : on s'étripait dans les chemins creux. Antoine-Cyprien maniait bien sa canne et ne s'en laissait pas compter.

De 1830 à 1834, il visite toutes les grandes forges de la Nièvre et du Midi. Du Midi, il remonte par l'ouest : Bordeaux, Poitiers, le Cher et, la dernière étape, Paris. Toujours à pied. Sauf que lui, c'est pas comme Jean revenant de Smolensk amputé, il a ses deux jambes de vingt ans.

À Lyon, en décembre 1831, Antoine-Cyprien arrive à la Croix-Rousse juste après l'arrestation des canuts lyonnais. « La Révolte des canuts, la première insurrection ouvrière », martelait Jules-Antoine en frappant du poing sur la table, et Jules après lui. Madeleine, au rythme de sa machine à coudre, psalmodiait: « Le textile, ça a été la première industrie en France, les compagnons de la soie ne travaillaient pas encore dans des usines en ce temps-là. Les maîtres artisans, qui possédaient les métiers à tisser, les employaient à la journée. Des négociants banquiers, les fabricants, commandaient et commercialisaient les pièces et faisaient jouer la concurrence entre les ateliers. Les maîtres canuts, tout maîtres qu'ils fussent, étaient assujettis aux commandes des fabricants et partageaient le sort de leurs hommes. L'ouvrier, payé à la pièce, travaillait seize heures par jour, même des fois la nuit en cas de commande urgente, et crevait de faim quand il n'y avait pas de travail. Depuis l'époque de Napoléon le Premier – c'est l'Empereur qui avait encouragé le métier –, le niveau de vie avait baissé: les fabricants avaient réussi à réduire les coûts de moitié. Alors tu penses s'ils en avaient la nostalgie, les canuts, du 'Poléon! Ce sont eux, les tisserands, qui l'ont les premiers subie, la misère qui est née dans les grandes villes chez les artisans et les fils de paysans transformés en *prolétaires.* »

– Jules-Antoine et Jules la détestaient, la révolution industrielle, expliquait Madeleine à JC. Propriétaires de leur outil de travail, fiers de leur état d'artisans et de compagnons libres, le salariat, autant dire l'esclavage dans les fabriques, c'était l'enfer sur terre auquel ils avaient échappé grâce à la forge, mais de justesse: les ouvriers des villes, c'étaient leurs frères moins chanceux.

En tout cas, à Lyon, en novembre 1831, les compagnons de la soie étaient entrés en grève pour obtenir que les fabricants respectent le tarif: le salaire journalier minimal qu'ils venaient de réussir à faire fixer par le préfet – oh juste de quoi manger à leur faim. Après une rude bataille et des dizaines de morts, ils avaient pris le contrôle de la ville le 23 novembre, dans le calme, sans pillage. Les canuts : la première Commune ouvrière libre.

Mais Louis-Philippe, poussé par le ministre banquier Casimir Perier, avait fait donner la troupe sous le commandement du maréchal-traître, Soult. La révolte des canuts avait été matée quasiment sans combat, quatre-vingt-dix d'entre eux avaient été emprisonnés.

Dans les cabarets de Lyon, comme sur la route ensuite, début 1832, on ne causait que de ça : cette défaite, mais après une vraie victoire. Qui en annonçait d'autres : là-dessus, tous les compagnons étaient d'accord, et Antoine-Cyprien comme eux. Tous pensaient que tôt ou tard il faudrait faire comme les canuts : réclamer le salaire minimum, organiser des sociétés mutuelles d'entraide.

En mai 1834, Antoine-Cyprien arrive à Paris – dernière étape de son périple – et fignole son chef-d'œuvre chez un marchand de tubes du quai de Jemmapes dont la femme est du pays. Ils sont drôles tout de même, ces Arminacs, comme on appelle les Parisiens depuis la guerre de Cent Ans dans sa province bourguignonne : chez la Mère, l'auberge du Devoir de la rue Neuve-Saint-Jean (aujourd'hui rue du Château-d'Eau), où il loge avec les autres compagnons, et qu'on nomme le café du Vote universel, c'est tous les soirs, dans la fumée des pipes, plein de grands braillards grimpés sur les tables comme il n'en a jamais vu, les cheveux longs et le foulard rouge noué au-dessus de la blouse, la casquette sur le coin de l'œil, la bouche remplie de la Prochaine. « Et vive le suffrage universel ! Vive la République ! »

Un soir, l'un d'eux, debout sur la grande table du milieu de la salle, se présente comme un rescapé du cloître Saint-Merry, frais élargi de la prison de Sainte-Pélagie où il croupissait depuis juin 1832 ; le gars se met à raconter la barricade du mois précédent, montée par les républicains à l'annonce de la seconde révolte des canuts de Lyon.

Rue Transnonain (aujourd'hui rue Beaubourg), comme l'émeute se mourait faute de combattants, le coup qui était parti d'une fenêtre avait atteint un officier : la Garde nationale à cheval avait aussitôt chargé, massacrant pêle-mêle les hommes désarmés, les femmes, les enfants. Le même jour à Lyon, le 14 avril de sinistre mémoire, après une semaine de combats meurtriers, l'armée écrasait l'insurrection : six cents canuts étaient restés sur le pavé, dix mille avaient été emprisonnés. C'était la première Semaine sanglante d'Adolphe Thiers. Le ministre de l'Intérieur de Louis-Philippe avait mis au point une tactique qu'il reprendra pour écraser la Commune de Paris en 1871 : sortir de la ville, l'encercler, donner l'assaut.

Jules-Antoine, appuyé sur sa canne, à ce moment de son récit, faisait silence : Madeleine le revoyait encore, plus de cinquante ans après, relevant doucement la tête et commençant à fredonner de sa grosse voix tremblante *Le Chant des canuts*. Composé par Aristide Bruant en 1894, ce sera l'un des chants les plus populaires de l'Internationale socialiste.

> Pour gouverner il faut avoir
> Manteaux et rubans en sautoir.
> Nous en tissons pour vous
> Grands de la terre
> Mais nous pauvres canuts
> Sans drap on nous enterre.
> C'est nous les canuts
> Nous allons tout nus.

Dans le cabaret de la rue Neuve-Saint-Jean, le copain juché sur la table continuait : « Parce qu'il faudra bien en finir avec les Orléans, comme on en a fini avec les Bourbons aux Trois Glorieuses. Parce qu'il faudra en raser quelques-uns comme en 93 de ces bourgeois et de ces loups-cerviers de la finance et de la banque qui saignent les prolétaires des villes comme des champs. Parce que les seigneurs de l'industrie, qui spéculent sans bouger de leurs lits sur la sueur et la misère de l'ouvrier, de sa femme et de ses enfants, qu'i' font trimer douze à quinze heures par jour dans leurs fabriques, faudra bien qu'un jour ils émigrent à leur tour ! On n'en veut plus de tous ces philippards que le soi-disant roi des Français a nommés princes de la Constitution. La vérité, c'est qu'ils ont rétabli l'esclavage ! »

Et tous les hommes dans le cabaret se lèvent comme un seul pour l'acclamer, le copain qui a bien parlé, et debout, serrés les uns contre les autres, ils entonnent le dernier couplet des *Canuts*. Madeleine levant l'aiguille se mettait à chanter avec eux, elle apprenait la chanson à sa petite-fille Madeleine, qui reprenait très fort :

Mais notre règne arrivera,
Quand votre règne finira,
Nous tisserons le linceul du vieux monde
Car on entend déjà la révolte qui gronde.
C'est nous les canuts,
Nous n'irons plus nus.

Le copain redescendu de la table après la chanson expliquait à Antoine-Cyprien : « Des hommes neufs, voilà ce qui nous faut, des Armand Barbès, des Auguste Blanqui, des François-Vincent Raspail, dignes fils de nos pères de 93 et de 97, qui sont leurs maîtres, et du premier d'entre eux, Gracchus Babeuf ! Heureusement qu'eux, le vieux Corse Philippe Buonarroti et Lepeletier de Saint-Fargeau, ils sont toujours de ce monde. »

À ce nom du pays, dans le brouillard des autres noms tout nouveaux pour lui, Antoine-Cyprien sursaute : c'est qu'il l'a souvent regardée, la figure du châtelain régicide de Saint-Fargeau, au-dessus de la cheminée, entre les deux cierges que son grand-père, Antoine le Jacobin, faisait brûler du temps de son enfance. À sa mort, la mère de Cyprien, Théodore, de peur que ça attire le mauvais œil, avait bazardé le caillou drôlement façonné et balancé la gravure dans la cheminée. Soudain il en avait du regret, Cyprien, et presque un remords, de cette gravure jetée au feu.

Antoine-Cyprien paie une chope au copain pour qu'il lui raconte. Le rescapé de l'émeute du cloître Saint-Merry en 1832 et de la fusillade de la rue Transnonain d'il y a un mois, il s'appelle Auguste Salières. Il est ouvrier imprimeur, et il en sait un bout. Le Lepeletier dont il parle, c'est le frère cadet du martyr de la révolution assassiné en 1793, que le grand-père d'Antoine-Cyprien vénérait. Après la mort tragique de son frère, Félix Lepeletier le jeune avait été un des cinq conspirateurs de la Conjuration des Égaux de 1797, avec Gracchus Babeuf et l'Italien Philippe Buonarroti. Lui, Lepeletier, il en avait réchappé. Et avant d'être exécuté par les bourgeois du Directoire, le grand Babeuf lui avait confié son fils, Émile. « Lepeletier, il lui a donné une éducation, à l'Émile », rigole l'ouvrier imprimeur. Jules-Antoine, quand il racontait ça, était fier de lui dire, à sa petite-fille Madeleine, que l'*Émile ou De l'éducation*, c'était un ouvrage de Jean-Jacques Rousseau, le philosophe de la liberté nouvelle et de la souveraineté du peuple. « L'homme est né libre, et partout il est dans les fers », récitait Madeleine à Madeleine.

« Toujours est-il que l'Émile Babeuf, le fils du premier des communistes, élevé par Lepeletier le jeune qu'était retourné dans ses terres, il était devenu libraire à Paris. – Et comment qu'il était devenu communiste,

Babeuf ? » demandait Antoine-Cyprien à Auguste. Il ne savait au juste ce que ce mot voulait dire mais il n'osait pas demander. « Babeuf ? Un ouvrier qui s'est fait tout seul : apprenti terrassier sur le canal de Picardie à douze ans, mais avec quelque chose dans la caboche ! À dix-sept, il se fait embaucher chez un notaire. Après quoi il devient géomètre et même journaliste. Et il en est pas moins resté du côté des blouses ! Un ouvrier instruit, c'était rare à l'époque, il y en a tant aujourd'hui, et même des poètes, Jasmin, le coiffeur d'Agen, Reboul, le boulanger de Nîmes, Charles Poncy, le maçon. Babeuf, c'est notre ancêtre à tous. Il a écrit la première doctrine communiste pour expliquer que la terre n'est à personne, que ses fruits sont à tout le monde, et que l'ouvrier doit posséder ses outils. »

Là-dessus, quelqu'un, à l'autre bout de la salle, entonne la chanson de Béranger à la gloire de l'Empereur. Aussitôt les chaises se mettent à voler. L'Auguste regrimpe sur la table et hurle : « À bas l'Ogre, il a saigné le Peuple tout comme les autres avec la Réquisition. On n'en veut plus des tyrans, ni Orléans, ni Bourbons, ni rois de la Constitution, ni empereurs, ni militaires. Ce qu'on veut, c'est la République ! »

Antoine-Cyprien réfléchit ; jusque-là l'Empereur et la Révolution, la gloire nationale et la République, il avait mis tout ça dans le même sac, le sac de ses père et grand-père, Antoine le Jacobin et Jean le Grognard. Mais dans le fond, ça l'arrange de se débarrasser des frasques militaires du paternel : est-ce que ça n'est pas à cause de l'ivrognerie de Jean qu'il est si ignorant qu'il ne peut pas déchiffrer les papiers nouvelles que lui lit Auguste ? Il a passé son enfance à la vigne et à aider sa mère au potager, ou à soigner les bêtes. Pas le temps d'aller à l'école. Tout haut, il dit : « C'est vrai ça, koiksa nous a rapporté à nous autres du peuple d'aller tâter du cosaque à l'autre bout du continent ? Jean lui-même le disait, que pendant ce temps, les bourgeois des villes avaient remplacé les féodaux. On était bien avancés. – Et les bourgeois des villes, c'est-y pas souvent des barons de l'Empire ? » reprend Auguste qui a recommandé deux chopines. « Quand même, le 'Popoléon, ça reste quelque chose », s'attendrit Cyprien, un peu gris. Mais l'autre proteste qu'il a fait revenir les émigrés, qu'il n'est pas tant du peuple qu'on le prétend, et que s'il en était, ça prouve juste que le peuple peut gouverner ses affaires lui-même.

Soudain Auguste plonge par-dessus la table et se met à parler bas dans l'oreille de Cyprien, parce que l'Orléans, il vient juste de les interdire à nouveau, les sociétés secrètes et les clubs. La Société des Droits de l'Homme fondée par Blanqui a été démantelée, et Barbès veut en fonder une autre. La charbonnerie c'est du passé, il y a trop de *carbonari* entrés au gouvernement des Guizot, des Casimir Perier et des Thiers. Ce qu'il faut, c'est s'organiser, comme les Égaux de 1797, pour préparer la Prochaine, établir la Seconde, la République démocratique et sociale, par le peuple et pour le peuple. « Ce qu'il faut, c'est réclamer le suffrage universel, le droit de vote pour tous les citoyens, même les indigents, comme en 93, disait Auguste. Et revendiquer la journée de dix heures. »

Cinq ans plus tard, le 12 mai 1839, il en sera, Auguste Salières, l'ouvrier-imprimeur, de l'insurrection qui tentera de renverser Louis-Philippe, avec Barbès, Blanqui (et Raspail) et le club des Saisons. De nouveau arrêté, emprisonné au mont Saint-Michel avec Blanqui et Barbès, il aura le temps de méditer avec eux. Blanqui continuera à soutenir que la Révolution est l'affaire d'une avant-garde déterminée, minoritaire – que l'adhésion du peuple vient après. Mais Barbès ne sera plus d'accord : la première cause de l'échec, c'est l'isolement ; pour proclamer la République, il faut une *base* populaire.

– Tu vois, c'est ça un social-démocrate, disait JC à Madeleine.

Pendant ce temps-là, Antoine-Cyprien est retourné dans sa campagne, emportant bien serrés dans son baluchon les brochures et les journaux qu'Auguste lui avait refourgués : quelques vieux numéros du *Globe*, le journal de Pierre Leroux, des brochures communistes de Blanqui et du député bourguignon Étienne Cabet, le fondateur du *Populaire*, un journal de Dijon.

De retour à Mailly, Antoine-Cyprien entre pour toujours dans la pièce noire de suie éternellement plongée dans la pénombre. Il enfile le tablier de cuir pour ne plus le quitter, les deux pieds calés dans les sabots de bois, activant sans trêve le foyer avec le goupillon de crin, plongeant le fer rougi dans l'eau de l'auge, le faisant sonner sur l'enclume, son bras lançant le marteau avec la régularité d'un balancier d'horloge. Il aime regarder dans sa tenaille le fer rougeoyant qui commence à prendre tournure, et se faire respecter des chevaux les plus difficiles, devinant leur mal du bout de sa pince.

Peu à peu il gagne la confiance de ses *pratiques* : les clients habituels commencent à lui faire une réputation. Une fois le mois, il cercle les roues du cousin charron, Louis Larcher, son autre meilleur copain après Rémi Camélinat.

Le soir, et parfois dans la journée, le temps de s'envoyer un petit canon de la bouteille dans la cave, Antoine-Cyprien retrouve Rémi et Louis. Il leur raconte les cabarets de Paris, les conversations avec le copain Auguste Salières. « C'est chez la Mère, au "Vote universel", que je suis devenu un Rouge. Et même un rouge foncé. »

« Le rouge, la couleur de ceux qui veulent pas de quartier pour les tyrans, les contre-révolutionnaires et les affameurs du peuple », commentait Jules-Antoine. « Le drapeau rouge, c'est notre emblème depuis juin 1832 », disait Madeleine. Depuis l'enterrement-manifestation du républicain Lamarque : un homme monté sur un cheval noir avait fendu la foule noire un drapeau rouge au poing. Dessus, c'était écrit : « La liberté ou la mort ».

Cette fois-là, en 1832, ça avait été la mort. L'insurrection avait été noyée dans le sang au cloître Saint-Merry. Le petit Gavroche s'était fait tuer et Auguste Salières arrêter. Dans les années 1970, Madeleine insérait dans le récit de la vie de son arrière-grand-père des épisodes tirés des *Misérables* de Hugo : elle racontait à ses petits-enfants comment Gavroche n'avait pas eu le temps de prononcer le nom de Rousseau qu'une balle venait le faucher sur la barricade de la rue de la Chanvrerie. Je dévalais l'escalier du perron quatre à quatre et courais rejoindre mes cousins au fond du jardin en chantant à tue-tête : *Je suis tombé par terre / C'est la faute à Voltaire / Le nez dans le ruisseau / C'est la faute à...* Grimpé sur la margelle du puits, José mimait le Gavroche fauché par une balle sur la barricade. Gérard poursuivait Madeleine dans les haricots grimpants, en hurlant le refrain de Béranger : *Turlututu chapeau pointu !*

Un dimanche soir, au cabaret du père Pellemoine, L'Étoile, en haut de la côte de Mailly, sur la route de Clamecy, Rémi Camélinat déchiffre à voix haute les papiers nouvelles de Paris, mais c'est lent, il a du mal. On perd le fil. Il faut aller les porter au gars du père Foin.

Emmanuel Foin, le jeune instituteur de Mailly, est le fils d'un vigneron du village avec qui tout le monde est plus ou moins apparenté et il a des idées avancées. Tous les dimanches soir, il tient table avec le maître d'Antoine-Cyprien, Vincent Perreau le meunier, qui est devenu adjoint au maire de Mailly-la-Ville.

D'habitude, Antoine-Cyprien, Rémi et Louis jouent aux cartes ou aux dés dans leur coin, en buvant du ratafia et en fumant la pipe. Ce soir-là, la casquette à la main, Antoine-Cyprien et Rémi s'approchent de la table de Perreau et d'Emmanuel Foin, mais Cyprien ne trouve pas ses mots. Il n'est pas tant impressionné par son maître que par l'instituteur, jeune mais habillé comme un monsieur, en gilet et cravate. Et puis, c'est aussi qu'il n'a jamais mis les pieds à l'école. Mais c'est surtout que la fille au père Pellemoine, la belle Reine, arrive juste à ce moment-là pour desservir les chopines : il en ressent comme une espèce de commotion. Comme si l'air était si bousculé autour de cette jolie rose ronde qu'on ne peut plus respirer.

Rémi est moins embarrassé, alors à la fin c'est lui qui cause. Antoine-Cyprien se contente de montrer les brochures et les journaux d'Auguste Salières. Foin tire de dessous la table une espèce de valise en carton et l'ouvre en rigolant : elle est remplie de bouquins et de journaux tout pareils, il a la collection entière du *Globe*. Foin se ravitaille chez Pezé, le libraire blanquiste de Brienon. Et depuis peu, fréquente la chambrée de l'Union républicaine à Auxerre, animée par Eude Dugaillon et Victor Guichard. « Pourquoi on ne se réunirait pas ici entre nous ? » propose Perreau. Et d'énumérer les copains qui pour sûr en seraient.

Du début de 1835 jusqu'en 1851, les Rouges se réunissent tous les dimanches chez le père Pellemoine, autour de la grande table de la salle du fond, pas tant pour s'isoler du café qu'à cause de la porte de derrière où ils peuvent s'enfuir par la cour et grimper sur le coûtas dans les vignes, en cas que les gendarmes viendraient. Les soirées d'hiver ou lorsqu'il y a des événements, les autres rejoignent Antoine-Cyprien à la forge ou dessous, à la cave.

D'accord pour préparer la Prochaine qui l'établirait pour toujours, la République sociale, il y a d'abord eu la famille, le cousin Louis Larcher le charron, pratique et copain d'Antoine-Cyprien, et un cousin Sautreau, marchand de vin à Paris, qui passe quand il est de descente à Mailly pour tâter les barriques ; il rapporte toujours des nouvelles et des journaux de la capitale. Rémi, de son côté, a ramené les carriers : le cousin Charles Camélinat et son compère Louis Briet. Vincent Perreau, le meunier et propriétaire de la forge d'Antoine-Cyprien, devenu adjoint au maire, vient avec son neveu Louis, le meunier du Pont, Paul Savereau, le tailleur d'habits, et Jean-Baptiste Chapotot, le chapelier. Le frère de Paul, Louis Savereau, qui tient boutique à Vermenton, ne vient que les jours où il fait sa tournée pour vendre ses sabots. Et Gibras, pareil : le marchand de parapluies d'Auxerre court de ville en village et sert d'agent de liaison à toutes les chambrées rouges de l'Auxerrois et de la Puisaye. Et puis il y a encore le vétéran de la bande, le flotteur Alexandre Moreau, un cousin à Pierre Moreau, le serrurier d'Auxerre promoteur du Devoir de Liberté. Alexandre Moreau, on l'appelle le vieux Rouge parce que né en 1770 il a connu la Grande Révolution : il était de compagnie avec Antoine le Jacobin, Jean-Baptiste Camélinat et François Perreau en 1793, bien qu'il soit plus jeune. C'est lui qui baptise la chambrée : La Marseillaise. Adopté *illico* à l'unanimité du vote à main levée. D'autres, mariniers et flotteurs, ouvriers terrassiers employés à creuser le canal, clients habituels ou occasionnels du café se joignent à eux, s'en vont, reviennent, écoutent un moment, repartent. Dans les années 1970, Madeleine se rappelait tous leurs noms ou presque (et j'ai retrouvé les autres dans le mémoire d'un historien qui a dépouillé les archives de la police conservées à Auxerre après les arrestations de 1851).

Tous se plaignent que les seigneurs sont revenus sous d'autres figures, et qu'eux les petits propriétaires de terres ou de leur atelier d'artisan, sans parler de ceux qui ne possèdent rien, comme Antoine-Cyprien ou Rémi, ils sont écrasés par les gros pour qui beaucoup travaillent, et à qui, pour acheter de la terre ou seulement payer leurs impôts, ils sont obligés d'emprunter de l'argent à taux d'usure. Antoine-Cyprien en sait quelque chose : endetté par le rachat des vignes que ses oncles avaient volées à son père en 1813, il travaille comme un damné pour rembourser Chosin du Vivier, le nouveau châtelain de Mailly, anciennement marchand de bois et à présent usurier. Il lui reste à peine de quoi vivre, à Antoine-Cyprien. Il aurait bien voulu racheter la forge et s'établir à son compte, se marier, mais faut même pas y songer. Dans cinq-six ans, peut-être.

Ça discute ferme au cabaret du père Pellemoine, et Emmanuel Foin a bien du mal à tenir la séance. Il est censé distribuer la parole, mais le plus souvent tout le monde cause en même temps ou en petits comités.

Alors à un moment, il se lève de sa chaise, et après un sonore « Citoyens ! » destiné à obtenir le silence, il commence à lire à voix haute un article ou deux du *Populaire*, le journal démocrate et social du député de la Côte d'Or, Étienne Cabet, qui s'est réfugié en Angleterre pour échapper à la prison. À partir de 1843, c'est plutôt le journal du député radical Ledru-Rollin, *La Réforme.* Et bien sûr, dès qu'il commence à paraître, *L'Union républicaine*, dont le rédacteur en chef est l'Auxerrois Eude Dugaillon, l'auteur des *Montagnardes, satires politiques* (en 1850, Dugaillon réunira en volumes ses chroniques). Pendant l'interdiction ou la suspension des journaux (entre 1835 et 1841, *Le Populaire* cesse de paraître), on relit les vieux numéros.

Au député communiste Cabet, au socialiste Louis Blanc et même au radical Ledru-Rollin, Foin préfère de loin Pierre Leroux, l'ami de George Sand. Il lit et relit ses articles du *Globe* puis de la *Revue indépendante*, et les brochures de son *Encyclopédie*, au fur et à mesure qu'elles paraissent. L'instituteur de Mailly s'adapte sans broncher aux évolutions de son mentor qui a été d'abord contre le socialisme : c'est même lui, Leroux, qui a lancé le mot pour critiquer l'idée de la propriété collective. Son idée, et c'est l'idée de Foin aussi : l'égalité avec la liberté. « Un girondin », râle le vieux Moreau. Leroux, rallié à l'idéal socialiste, l'interprète à sa façon : ce qu'il faut, d'après lui, c'est revenir au fondement démocratique et égalitaire du christianisme, et la réaliser enfin, la promesse trahie du Christ. Dans une société nouvelle, fondée sur l'association.

Les sermons de Foin, à Antoine-Cyprien, ça lui rappelle la phrase du curé janséniste Boyer, que citait souvent son père pour la moquer : « La vraie république est dans l'Évangile. » Lui, il n'est pas davantage allé au catéchisme qu'à l'école, alors la Bible ! D'autant que depuis 1824, les curés jansénistes ont tous été remplacés par des jésuites. La République sociale, il la veut tout de suite, le compagnon forgeron, pas à la fin des temps ! Rémi Camélinat est encore plus remonté que son copain contre les cafards (le nom que les anti donnaient aux curés) : « C'est de l'histoire ancienne ! À bas les jésuites ! » Et de chanter le couplet de la *Carmagnole* : *La Vierge à la voirie, Le Christ à l'écurie.* Foin se bouche les oreilles, Moreau le vieux Rouge approuve bruyamment.

La plupart du temps, ça finit en gueuleries parce que les deux frères Savereau, et Chapotot le chapelier, qui ont fait leur catéchisme, se disent chrétiens ; ils ne sont pas de la Liberté, comme Antoine-Cyprien et Rémi, ils sont du Devoir de Dieu, et traitent les autres de voraces. Mais le fond de l'affaire, et ça, Jules-Antoine le tenait de Rémi Camélinat et de son fils, c'est que toutes ces têtes brûlées sont amoureux de la fille Pellemoine. Surtout

Antoine-Cyprien et Paul Savereau, devenus, au fil des dimanches, les prétendants favoris. Savereau est d'autant plus enragé à se déclarer bon catholique que la maman Pellemoine mène sa fille tous les dimanches à l'église.

Reine devient belle et approche maintenant les vingt ans. Le père Pellemoine hésite : l'un est pauvre (Antoine-Cyprien), l'autre laid (Paul Savereau). Et puis il trouve sa fille encore bien jeune pour se marier, d'autant qu'il a besoin d'elle. Reine semble hésiter aussi, bien contente de son état de fille. Elle se sent attirée par la bonne mine d'Antoine-Cyprien, mais il est si farouche. D'ailleurs Paul, maigre et même un peu bossu, et qui a la figure grêlée, compense son physique ingrat par un caractère bouillant et expansif : il passe pour le chef de la chambrée, et le peu de bien qu'il a, sa maison, l'atelier, le tissu à tailler, ça pue moins que la corne des chevaux.

Plus le temps passe, plus Antoine-Cyprien se désespère. Il faudrait qu'il finisse de payer ses emprunts pour en contracter un nouveau, et l'acheter enfin, la forge : alors, il serait son propre maître, et c'est sûr qu'à la fin il emporterait l'avantage, le pétillant œil noir de Reine le lui dit souvent.

Pas grand de taille, ses muscles secs donnent le sentiment de sa force et il a pour lui ses yeux verts bien fendus, son poil noir et son teint blanc, sa moustache rousse. Mais tous ses efforts ne le conduisent qu'à l'enchaîner davantage au travail, au point qu'il arrive souvent en retard à la chambrée, et que même des fois il ne vient pas.

Ce petit bonnet de dentelles ne soutiendrait sûrement pas la comparaison avec les chapeaux à bavolet lilas qu'il a vus à Paris. Mais c'est ce bonnet-là qu'il lui faut. Son regard fixe inquiète.

En juin 1839, les flotteurs sont à nouveau en grève, et le vieux Moreau les a tous fait venir chez le père

Pellemoine ; c'est juste après l'insurrection parisienne manquée, organisée par la Société secrète des Saisons. Antoine-Cyprien a appris par le cousin Sautreau, le marchand de vin, l'arrestation de Barbès et d'Auguste Salières, enfermés au mont Saint-Michel ; Blanqui en fuite sera arrêté un peu plus tard.

Pour se changer les idées, entre marteau et enclume, Antoine-Cyprien fixe sa pensée sur Barbès, Blanqui, et surtout Salières – celui-là, au moins, il connaît sa figure. En voilà qui sont plus malheureux que lui.

Pellemoine offre un banquet pour la naissance du premier fils de Rémi, plus heureux que son copain (« Zéphirin Camélinat, le futur communard, est né le 14 septembre 1840 », précisait Madeleine), Foin, à la fin du repas, se lève solennellement, et lit quelques pages de *Qu'est-ce que la propriété ?* de Joseph Proudhon, qui vient de paraître. Pezé, le libraire blanquiste de Brienon, le lui a recommandé. Très vite, des commentaires bruyants (et égayés par le vin) l'interrompent. Est-ce que vraiment il faut y renoncer, à son bien, et mettre tout en commun ? Antoine-Cyprien, qui ne possède que ses dettes et trois lopins de terre, il est plutôt pour, Rémi aussi. Mais ni Vincent Perreau ni son neveu Louis ne veulent lâcher leurs moulins, ni Louis Larcher ni Charles Camélinat leurs vignes, ni Jean-Baptiste Chapotot le chapelier, Paul Savereau le tailleur et son frère le sabotier, leurs boutiques. L'instituteur aussi est contre le collectivisme. Le ton monte : comme d'habitude, ce sont Paul et Rémi qui gueulent le plus fort. Rémi se prononce pour la propriété collective, comme pour les communaux. Chapotot le traite de communiste. « Et alors ? Oukilèlmal, hurle Moreau. Vive Babeuf ! » Paul traite le vieux Rouge de bohémien et de chemineau qui ne pense qu'à prendre le bien des autres. Rémi va pour répondre, mais il n'en a pas le temps : Antoine-Cyprien, blême de rage, a décoché un coup de poing dans l'œil droit de Savereau. « Et que ça saigne, rigole le vieux Moreau. V'là des hommes ! »

Antoine-Cyprien a pris pour lui l'insulte de Savereau : « Est-ce que son nom de famille, Sautreau, ça ne veut pas dire saute-ru, vaurien, court-les-bois, vagabond sans feu ni lieu, et donc, par le fait, chemineau ? » disait Madeleine.

Ça dégénère en bagarre généralisée, Louis Larcher, Rémi et Antoine-Cyprien d'un côté, les deux Savereau et Chapotot de l'autre. Résultat : trois chaises cassées, sans parler des chopes et du miroir du fond, volé en éclats. Ce soir-là, le père Pellemoine, plutôt bonhomme en temps ordinaire, Jules-Antoine et Jules l'avaient connu à ses vieux jours, et qui tolérait depuis des années les hurlements dans son arrière-salle malgré les remontrances de sa femme, il se fâche vraiment : Paul Savereau et Antoine-Cyprien sont interdits de séjour chez lui. Foin, qui est contre la violence et la dictature, sermonne tout son monde, pire que le curé de Mailly-le-Haut.

La chambrée de Mailly-la-Ville suspendue, une autre naît aussitôt à Mailly-le-Château, chez le cabaretier Giraud, comme par un fait exprès. Giraud a envoyé sa femme à la forge, chez Antoine-Cyprien, dès le lendemain de la bagarre, qui a vite été connue dans le pays. La femme de Giraud, c'est une cousine, mais Antoine-Cyprien a beau manger *gratis pro deo,* pour parler le latin de Foin, et se sentir chez lui chez eux malgré la vastitude des lieux (la salle est presque aussi grande que l'église), non, ça ne vaut pas l'arrière-café du père Pellemoine. Le vrai, c'est qu'il se torture à l'idée que Paul voie Reine le dimanche, à l'église Saint-Adrien : le cabaret est juste en face.

Pellemoine, à qui la chambrée manque, et pas seulement parce qu'il est désolé de voir ses pratiques fréquenter la concurrence, fait savoir un dimanche de l'hiver 1843 que l'interdiction est levée, et qu'il offre sa tournée.

Au début, l'ambiance est tendue dans la petite arrière-salle. Pour une fois, Foin n'a aucun mal à diriger la séance. Dans l'idée de réconcilier chrétiens et communistes qu'il veut ramener à des sentiments plus fraternels, il lit des passages du *Voyage d'Icarie* d'Étienne Cabet. Ça raconte l'histoire d'une communauté fondée dans une île du Nouveau Monde, dont les membres ont mis tout ce qu'ils possédaient en commun, comme les premiers chrétiens, et ont pris pour devise : « À chacun suivant ses besoins. De chacun suivant ses forces ».

– Tu sais que cette formule, disait Madeleine à JC, est à peu près celle que Marx reprend à l'anarchiste Kropotkine dans *L'Idéologie allemande* : « De chacun selon ses capacités, à chacun selon ses besoins ». Le socialiste Louis Blanc, partisan de remplacer l'exploitation capitaliste par un système d'association des salariés, en avait proposé une première formulation en 1839, dans son livre *L'Organisation du travail* : « L'égalité n'existera d'une manière véritable que lorsque chacun produira selon ses facultés et consommera selon ses besoins. » C'est toujours la formule de l'idéal communiste, le principe d'action qui définit la vraie gauche.

« En somme, conclut Foin content de son effet, les communistes eux-mêmes le reconnaissent : ils sont les continuateurs de Jésus-Christ. » Rémi, interloqué, ne trouve d'abord rien à répondre. C'est Antoine-Cyprien qui demande tout haut : « Alors pourquoi qu'nos pères lui ont coupé la tête au Jésus de Vézelay, en 93 ? »

Le plus drôle, c'est que depuis 1840, la pierre que Rémi et les autres carriers extraient de la carrière de Mailly, elle sert à la reconstruire, la basilique de la Madeleine qui pleurait ruines depuis la Révolution.

Le maître d'œuvre, Viollet-le-Duc, a décidé de restaurer les porches de l'antique abbatiale avec cette pierre tendre et très blanche, un peu trop blanche et tendre.

« Mais les sculpteurs de Vézelay, Lerond en tête (le petit-fils du jacobin Lerond), ils refusent de lui retailler une tête au Christ-Roi », continue Rémi. Et, pas peu fier d'en remontrer à l'instituteur : « La tête coupée au Christ de Vézelay, c'est l'emblème de not'religion à nous, la religion de la Révolution. La religion des Rouges. Une religion sans cafards et sans Église, une religion d'insoumis, où le royaume de dieu c'est le règne des hommes libres et égaux entre eux, vivant de leur travail, respectueux les uns des autres. Pas au ciel, sur la terre ! Qu'est faite pour contenter tous ceux qu'elle porte. »

Le vieux Moreau, réveillé par Rémi qui a haussé le ton au fur et à mesure, grommelle : « La vérité vraie, c'est que vous êtes tous une bande de calotins ! Des calotins de la démocratie, des capucins ligueurs, des fanatiques de la Foi républicaine ! Vous vous ferez plumer comme la volaille de 91. Ce qu'il faut, c'est la dictature ! »

La fille Pellemoine lui apporte sa chopine au vieux Rouge, et il redevient chien couchant. Foin lève les yeux au ciel.

À l'automne 1847, les vendanges ont été bonnes, mais depuis le printemps la disette est de retour à cause des mauvaises récoltes des deux années précédentes et de la maladie de la pomme de terre. Comme beaucoup de fils de paysans, comme son compère Rémi Camélinat, Antoine-Cyprien s'est encore endetté : il a racheté de la vigne à défaut de la forge, pour arrondir le maigre héritage du père Jean, qu'il cultive en sus de son travail de forgeron. En quelque sorte pour tromper sa faim et faire meilleure figure de prétendant devant le père Pellemoine. Mais pour que Chosin du Vivier lui avance l'argent, il a été obligé d'hypothéquer tous ses biens. Pour comble de malheur, le nouveau châtelain, comme on appelle l'usurier dans le pays avec une ironie mauvaise, s'est installé en bas, à la Cour-des-Maillis, construite par le grand prieur de l'ordre de Malte Guerchy au début du XVIIe siècle. Il a cédé le château du haut à son gendre Badin d'Heurtebise, le maire de Mailly-le-Château. Antoine-Cyprien le rencontre tous les jours et ça ne profite pas à son moral. Entre les impôts et les intérêts énormes du prêt, tout le produit de la vigne y passe, sans parler de son salaire d'ouvrier forgeron : il ne dépense rien d'autre que le pain qui a salement renchéri ces temps-ci. La soupe est maigre et sans sel. Son rêve de s'établir s'envole tout à fait.

Chez Pellemoine, le silence est plus pesant que les engueulades. Avec Savereau, c'est la paix armée. Les hommes se regardent en chiens de faïence pendant la chambrée. On sent qu'une étincelle pourrait mettre le feu à la poudre. Reine aussi a perdu sa gaieté, et même un peu de sa fraîcheur : elle va sur ses vingt-neuf ans, et son embonpoint promet de ne pas s'arranger avec l'âge, si on en juge par la mère. Le soir, elle pleure très haut dans sa chambre pour faire enrager le père. Pellemoine ne veut plus entendre parler de mariage avec ces deux vauriens et attend un parti miraculeux qui ne vient pas.

Un dimanche, Foin lit dans *Le Populaire* que, défiant l'interdiction des réunions politiques, un banquet a eu lieu à Dijon, où l'on portait des toasts à l'abaissement du cens et au droit de vote pour tous. Un autre banquet se tient quelques jours plus tard à Auxerre sous la présidence de Victor Guichard. Les chambrées des deux Maillis décident d'en monter un ensemble. Ça se passera chez Georges Giraud, à Mailly-le-Château, parce qu'il y a davantage de place. Tous sont pour, sauf, évidemment, Pellemoine, Paul Savereau et Antoine-Cyprien.

Au banquet de Mailly-le-Château, en novembre 1847, c'est la cousine d'Antoine-Cyprien qui sert les chopines : Marie-Denise Sautreau, remariée à Georges Giraud, est veuve de Louis Perreau, le frère de Vincent Perreau le meunier propriétaire de la forge. De son premier mariage, elle a eu un fils, Armand Perreau. « Oh ça je l'ai bien connu, reprenait Madeleine, il était encore de ce monde en 1930 bien que né en 1829 ; c'était le neveu de Vincent Perreau, par le fait, et bourrelier de son état (j'ai vérifié sur les registres d'état civil, Armand Perreau est bien mort à cent un ans). Il était toujours fourré à la forge. Quand Camélinat n'était pas là, c'était lui qui racontait 1848 et 1851, et mieux que le fils de Rémi, qui était trop jeune pour bien se souvenir. »

Emmanuel Foin ouvre le bal des toasts en lisant dans le *Courrier de la Côte d'Or* les discours que Louis Blanc, Ledru-Rollin et Étienne Arago avaient prononcés au banquet de Dijon : « Quand les fruits sont pourris, ils n'attendent que le passage du vent pour se détacher de l'arbre », avait dit Louis Blanc. Et l'assemblée de se lever d'un coup avec des Hourras et des Vive la République. Seules redingotes au milieu des blouses d'ouvriers : le rédacteur en chef de *L'Union républicaine* d'Auxerre, Eude Dugaillon, qui est proudhonien, le docteur Robineau-Desvoidy de Saint-Sauveur, ami du républicain Raspail avec qui il correspond, Victor Guichard, avocat à Sens, qui a présidé le banquet d'Auxerre et publié en 1842 un *Manuel politique* républicain, Alexandre Dethou, le châtelain rouge de Bléneau, conseiller d'arrondissement, partisan de l'instruction gratuite et obligatoire. Ce sont les invités de marque : leurs chapeaux hauts de forme posés sur la table, ils portent haut les toasts chacun son tour. On boit à la République et au suffrage universel, mais aussi pour l'égalité des conditions, l'association des petits (les ouvriers et les paysans) contre les gros (propriétaires), pour l'abolition des dettes, le crédit gratuit et la banque hypothécaire. Antoine-Cyprien applaudit des deux sabots frappés sur le plancher. Mais comme d'habitude, c'est Paul Savereau, grisé par les discours et le vin et oublieux de son amertume, qui trouve moyen de faire le plus de bruit. Il hurle : « C'est le début de la fin pour les philippards ! Les fruits sont mûrs, ils commencent à pourrir ! Vive le vent ! »

Vers une heure du matin, juste après le départ en voiture des redingotes, le tambour du village débarque dans la grande salle de l'auberge en roulant ses baguettes, *Ran ran ranpataplan*. Il s'arrête sous l'arche de la porte, à distance respectueuse de l'immense rectangle de tablées poissées de vin : les hommes assis dessus ou à l'écart en petits groupes se retournent vers lui et font silence, amusés. Le père Briet (c'est le nom du tambour) déplie lentement la feuille de sa poche, pas trop rassuré, tousse deux ou trois fois, et d'une voix chevrotante, débite lentement la proclamation du 25 décembre 1847 sur l'interdiction des banquets. Louis-Philippe et Guizot s'étaient résolus à cette décision radicale qui sera fatale à leur gouvernement.

Le patron, Georges Giraud, s'esclaffe : « Tu pouvais pas le dire plus tôt ? » Le Tambour répond dans sa barbe que le maire Heurtebise l'a convoqué le matin mais qu'il a pas voulu déranger. Toute la salle éclate de rire. « Tu parles ! Le maire, il sait que s'il nous envoie les gendarmes, ça va chauffer », dit Vincent Perreau, qui est l'adjoint au maire de Mailly-la-Ville. « Ouais, on va réquisitionner au château ! crie un petit gars monté debout sur sa chaise. La Garde nationale, c'est nous ! » Le petit gars, c'est Zacharie Minet, un maçon criblé de dettes de la chambrée de Mailly-le-Château. « Et moi je gueulais Aux armes, citoyens ! » racontait Armand Perreau à la forge vers 1920. Son copain Alex Sauvageot, qui n'a pas dix-sept ans, entonne *La Marseillaise*.

Ils chantent jusqu'au jour. Et le père Briet chante avec eux. Lui, Armand, il est le chef de la chambrée malgré ses dix-neuf ans, mais le petit Alex, le fils du cantonnier qui est vigneron chez les autres, il en a seize, et ce qu'il en fait, c'est plutôt pour faire le rigolo.

À Paris, quelques jours plus tard, ça rigole plus. À l'aube du 24 février 1848, les mariniers racontent au cabaret du père Pellemoine : la veille, les républicains ont protesté contre l'interdiction d'un banquet dans le XIIe, et riposté aux coups de feu des municipaux. Il y a eu des morts et des blessés.

Le lendemain, Louis-Philippe abdique en faveur de son petit-fils, le comte de Paris. À la Chambre, le député de Paris Marie, originaire d'Auxerre et ami du républicain Victor Guichard, propose la formation d'un gouvernement provisoire. Le républicain Ledru-Rollin réclame une Convention. Mais à l'Hôtel de Ville, le poète Lamartine repousse le drapeau rouge que lui tendent les ouvriers, et choisit le drapeau tricolore comme emblème de la nouvelle révolution « parce qu'il a fait le tour du monde avec La Fayette ». Au nom des prolétaires, Raspail exige la proclamation immédiate de la République.

À Auxerre, Eude Dugaillon, le rédacteur en chef de *L'Union républicaine,* s'installe à la préfecture avec Victor Guichard.

Le 25 février au petit jour, Antoine-Cyprien, Rémi et les copains des deux chambrées sortent tout armés des hameaux et des maisons, et se constituent Garde nationale devant l'église Saint-Adrien. Un arbre de la Liberté est planté à Mailly-le-Château, un autre à Mailly-la-Ville, et pareil dans les hameaux, à Avigny, au Bouchet.

Des feux de joie brûlent tard dans la nuit. Le fils de Rémi, Zéphirin Camélinat, le futur communard, n'a pas encore ses huit ans, il se tient quillé sur ses deux jambes comme un petit coq devant le feu, bec en l'air et s'égosillant toute la nuit en criant : Vive la République démocratique et sociale ! Vive la Rouge !

Le 26 février, la royauté est abolie, le 29, la République proclamée. La Seconde République. À Mailly et ailleurs, ça fait dix-huit ans qu'on l'attend, et cette fois, ça y est, c'est *leur* République, la République par le peuple pour le peuple, la Bonne, la Vraie, la Belle. La République sociale. La République de l'égalité. « Ils croient qu'les cailles vont leur tomber toutes rôties parce qu'ils ont planté leur arbre », raille Alexandre Moreau, le vieux Rouge.

Les républicains, malgré la victoire, sont tout de suite très divisés. Et les engueulades repartent de plus belle à la chambrée de Mailly à propos de l'impôt additionnel des quarante-cinq centimes, décidé par le Gouvernement provisoire. « Je vous l'avais bien dit, qu'on se ferait plumer comme des oies par ces républicains du lendemain », tonne le vieux Moreau. Tous sont d'accord pour se plaindre d'être étranglés par l'impôt, mais la discussion porte sur les responsabilités. Paul Savereau soutient que c'est la faute aux vauriens de chômeurs que l'État entretient dans les ateliers nationaux, que c'est nous qui les payons avec nos impôts. « Ce qu'il faudrait, c'est un homme fort, un 'Poléon. »

Il paraît que justement le neveu de Napoléon, Louis-Napoléon Bonaparte, exilé en Angleterre, s'apprête à rentrer en France.

Foin, qui revient de la chambrée d'Auxerre, explique que le ministre Marie a créé les ateliers nationaux parce qu'on ne peut pas laisser crever de faim tous ces ouvriers qui ont été jetés à la rue à cause des faillites. Tout ça c'est la faute à la crise économique qui sévit depuis 1847 : qu'est-ce qu'ils peuvent faire les républicains socialistes, que de vouloir sauver l'État criblé de dettes, au bord de la banqueroute ?

« Tu veux dire que nos impôts, ils servent à renflouer les loups-cerviers de banquiers et de financiers qui prêtent de l'argent au gouvernement ? » s'étrangle Antoine-Cyprien. Sa colère lui fait danser devant les yeux une armée de Chosin du Vivier en redingotes assassinant la Marianne républicaine. Il faut dire qu'en venant, sur le pont de l'Yonne, il a été terrassé de honte par les semonces dédaigneuses du châtelain qu'il ne sait pas comment rembourser. Il se venge de l'humiliation subie en donnant de la voix plus que d'ordinaire. Et puis il ne partage pas les préjugés de Savereau sur les ouvriers parisiens : il les a fréquentés lui, en 1834, et il continue de les fréquenter à Mailly : avec Rémi, ils ont travaillé une saison avec eux au terrassement du canal du Nivernais. « Les arminacs étaient un peu fiérots, c'est vrai, mais pas pire que les autres. Quelle différence avec nous ? »

Après la manifestation des ouvriers parisiens au Champ-de-Mars, dispersée par les gardes nationaux parisiens, Foin lui-même doute. D'autant qu'à la chambrée d'Auxerre l'ambiance est très tendue entre Eude Dugaillon qui est démocrate radical et Victor Guichard, le républicain modéré. Dugaillon est d'accord avec les ouvriers parisiens : il faut reporter les élections qui doivent avoir lieu en avril, sinon la droite va gagner. L'instituteur penche de son côté.

Le libraire Pezé lui a vendu l'ouvrage de Pierre Malardier, *L'Évangile ou la République, Mission sociale des instituteurs*. Il en est tout enthousiasmé, même si ce coup-ci il s'est gardé de le lire à la chambrée. Robert, le candidat démocrate radical local aux élections de la Constituante, un orientaliste, traducteur du Tasse et ami du ministre démocrate radical Ledru-Rollin, n'est pas bon orateur. Il a besoin de soutien. Foin, à une réunion commune aux deux chambrées, chez Georges Giraud, fait venir Malardier.

La salle du cabaret est comble. Malardier, grand gaillard à barbe et à cheveux longs, lui-même candidat socialiste dans la Nièvre, éclaire l'affaire de l'impôt et des ateliers nationaux : « Tout le mal vient de ce que Louis Blanc et les ouvriers ont été écartés du pouvoir. La Commission du Luxembourg créée en février, dirigée par Blanc et l'ouvrier Albert Martin, composée de délégués ouvriers des différentes corporations de métiers, a obtenu deux mesures : la journée de dix heures à Paris et la suppression du livret ouvrier. » Applaudissements dans la salle. « Louis Blanc avait une autre idée : les ateliers sociaux. Sociaux, pas nationaux. Ce qu'il voulait c'était, par le fait, des coopératives ouvrières », expliquait Madeleine. Mais Lamartine avait opté pour la contre-proposition du ministre Marie : les ateliers nationaux. « Et les ateliers nationaux du ministre Marie, ça n'avait plus rien à voir avec le socialisme, s'indigne Malardier : ils ont embauché des chômeurs, sans aucun rapport avec leurs capacités, à des travaux de terrassement dont personne ne sait à quoi ils servent. En somme, ce sont des espèces de travaux forcés. Non seulement ils ne permettent pas d'endiguer le chômage, mais ils coûtent très cher à l'État. Du coup, les républicains du lendemain en tirent argument pour mettre sur le dos des ouvriers les quarante-cinq centimes d'impôt supplémentaire. Alors que ce sont leurs amis bancocrates et spéculateurs vivant sur la dette de l'État qui en profitent ! Ce sont eux, les nouveaux aristocrates de la finance, qui ont provoqué la crise de confiance, en retirant les capitaux des banques au déclenchement de la Révolution, et cela a conduit à la dépression qui sévit à présent, dont l'endettement de l'État est une conséquence. Ce sont eux les vrais responsables et les profiteurs de la crise économique. »

« Des solutions, il y en avait pourtant d'autres, continue Malardier. Imposer les plus riches ou nationaliser la banque : cette proposition est défendue depuis longtemps par Louis Blanc. Mais naturellement, elle a été repoussée par les conservateurs et les républicains du lendemain, Marie et la bande du *National*, Odilon Barrot, Thiers et consorts. Sans parler des légitimistes. Ne laissons pas les républicains du lendemain nous confisquer la République ! » conclut Malardier. Sifflements dans la salle. Et il appelle à voter pour les candidats socialistes et démocrates radicaux pour une vraie République sociale gouvernée par le peuple pour le peuple.

Malardier est très applaudi, et Robert, le traducteur du Tasse, devient député de l'Assemblée constituante. Un autre démocrate radical est élu dans le département : Carreau, un propriétaire de Tannerre-en-Puisaye. Mais ailleurs en France les élections du 23 avril sont un échec pour les républicains : les conservateurs sont largement majoritaires. Dans l'Yonne, deux républicains modérés sont également élus députés, Victor Guichard et le ministre des Travaux publics, l'inventeur des ateliers nationaux : Alexandre Marie de Saint-Georges dit Marie, natif d'Auxerre.

Chez le père Pellemoine, les mariniers racontent que le 15 mai le petit peuple de Paris a envahi l'Assemblée nouvellement élue et remplie jusqu'à la gueule de royalistes et d'orléanistes : les ouvriers parisiens réclament du travail et du pain. « À leur tête, Barbès et Blanqui, à nouveau réunis malgré leurs désaccords », disait Madeleine : Barbès s'est rapproché de Lamartine et a fondé son club.

Le lendemain, la commission du Luxembourg est supprimée, Louis Blanc inculpé, l'ouvrier Albert-Martin arrêté. Auguste Salières en était sûrement, il doit être à nouveau en prison à l'heure qu'il est, se dit Antoine-Cyprien.

À la chambrée suivante, le premier dimanche de juin, Paul Savereau porte un toast au retour en France de Louis-Napoléon Bonaparte et appelle à voter pour lui : le ministre Marie a démissionné de son mandat de député de l'Yonne et le 'Poléon la crapule, comme le vieux Rouge nomme le neveu de l'oncle, se présente dans l'Yonne aux élections partielles du 16 juin. Foin, appuyé par Rémi et Antoine-Cyprien, qui se souvient de la leçon de Salières au cabaret de la Mère en 34, se récrie qu'on n'a pas besoin de messie botté ni d'aventurier assoiffé de pouvoir. Vincent Perreau, très influent dans le village, hésite : il est séduit par Louis-Napoléon. Est-ce que le neveu du grand Napoléon ne s'est pas déclaré pour la République ?

La chambrée de Mailly est coupée en deux, et les partisans du candidat démocrate radical sont minoritaires. Il faut dire que ça n'est pas facile d'argumenter : ceux du gouvernement républicain, Lamartine, Ledru-Rollin, Marrast, se sont persuadés qu'ils n'ont pas d'autre choix que de courtiser les seigneurs de la finance. En même temps, ils veulent sauver du chômage les ouvriers des ateliers nationaux et en reculer la fermeture. Ils vont même jusqu'à proposer la nationalisation du chemin de fer ! Et ça, c'est la goutte d'eau qui fait déborder le vase pour les conservateurs.

Le 16 juin, Savereau mène ses partisans voter aux cris de « Assez d'impôts, À bas les riches, À bas la République, Vive l'Empereur » ! Louis-Napoléon Bonaparte est élu dans cinq départements (c'était possible à l'époque), dont l'Yonne, où il recueille une majorité écrasante de voix. Les deux Maillis ont plutôt bien résisté au raz de marée bonapartiste. Antoine-Cyprien enrage contre Savereau.

'Poléon la crapule est malin : il démissionne dès le lendemain de son élection pour ne pas avoir à se prononcer à l'Assemblée sur la dissolution des ateliers nationaux que les conservateurs réussissent à imposer le 21 juin, soi-disant dans le but de réduire la dépense publique. Cent vingt mille ouvriers parisiens sont jetés à la rue, acculés à la famine : « Et il n'y avait aucune protection sociale contre le chômage à l'époque ! » Deux jours plus tard, dix mille d'entre eux reforment les barricades de février. Le gouvernement affolé fait décréter l'état de siège et donne tous pouvoirs au général Cavaignac. Face aux baïonnettes, les blouses se battent en désespérés, mal armés, sans direction. Ils sont écrasés.

Le 26 au soir, le cousin Sautreau, le marchand de vin, annonce le premier la nouvelle chez Pellemoine : après quatre jours de combats, l'armée, les gardes mobiles et les gardes nationaux de province sont venus à bout de la résistance héroïque des ouvriers. « C'est un massacre, une tuerie, des cadavres partout sur le pavé de Paris. La troupe a tué quatre mille hommes. »

Pendant l'été, la chambrée de Mailly suit l'affaire dans *L'Union républicaine* : mille cinq cents insurgés sont fusillés sans jugement, quinze mille prisonniers sont déportés. Joseph Proudhon, l'un des trois principaux théoriciens socialistes avec Pierre Leroux et Louis Blanc, déclare devant l'Assemblée son entière solidarité avec l'insurrection de juin. Louis Blanc est contraint à l'exil : l'Assemblée vote la levée de son immunité parlementaire, malgré les protestations de Ledru-Rollin. « L'hypocrite », raille le vieux Moreau.

– Ledru-Rollin a déjà tous les défauts de sociaux-démocrates, disait Madeleine à JC : sous-estimation de la force et de la détermination des possédants, qu'ils croient circonvenir à coups d'arguments, ou pire, en l'occurrence, de complicité dans le crime. Et réaction indignée avec trois trains de retard, quand le mal est fait.

Cavaignac et les républicains conservateurs alliés aux légitimistes et aux orléanistes se sont emparés de l'exécutif depuis le 28 juin : le parti de l'Ordre est au pouvoir et ne le lâchera plus. Marie, le natif d'Auxerre, devient ministre de la Justice : il fait voter une loi contre la presse en août, fait poursuivre Louis Blanc et Caussidière.

Antoine-Cyprien se demande si Auguste Salières fait partie des morts, des fusillés ou des déportés, et approuve Rémi qui propose de collecter des sous pour les femmes et les orphelins des victimes de Juin, comme ça se fait à Auxerre : il tient ça du marchand de parapluies Gibras. Les autres sont gênés, mais votent pour. Même la bande à Savereau. « Votre révolution, elle est pas plutôt commencée qu'elle est déjà finie », décrète le vieux Rouge.

Et Madeleine au député socialiste :

– Les massacres de Juin 1848, c'est un coin sanglant enfoncé dans le camp démocrate et socialiste. Le premier divorce entre les prolétaires et la République, entre les ouvriers et les sociaux-démocrates – dont Lamartine et Ledru-Rollin sont les grands ancêtres. La première grande fracture de la gauche.

À l'automne, la chambrée se divise en deux camps qui ne se parlent plus que pour s'agonir de sottises. En septembre, le Bonaparte démissionnaire a été réélu député sans surprise, et son score à l'élection présidentielle du 2 décembre est encore plus écrasant : près de quatre-vingt-quinze pour cent des voix dans l'Yonne pour un score national de soixante-quatorze pour cent. Le petit peuple a voté Louis Bonaparte contre Cavaignac et les républicains bourgeois. Les notables ont plébiscité Louis-Napoléon contre la République. Même à Mailly, Ledru-Rollin, candidat des républicains radicaux, ne fait qu'une poignée de voix. Foin, Antoine-Cyprien et Rémi ont voté Ledru-Rollin, malgré les massacres de Juin : depuis, écarté du gouvernement, l'ancien membre du Gouvernement provisoire et de la Commission exécutive appartient clairement à l'opposition ; il est même poursuivi pour sa gestion du ministère de l'Intérieur à l'époque du Gouvernement provisoire. Quant à Lamartine, il a recueilli si peu de voix qu'il se retire de la vie politique.

C'est au printemps suivant que les relations se dégradent tout à fait à la chambrée de Mailly-le-Bas. En février, les socialistes et les démocrates radicaux ont décidé, dans un grand banquet parisien, de se présenter ensemble aux élections législatives de mai : on les nomme démocrates-socialistes, démoc-socs ou encore parti rouge, comme disent les conservateurs. Foin soumet au vote l'adhésion de la chambrée de Mailly à la Solidarité républicaine, fondée par Ledru-Rollin et Charles Delescluze (*L'Union républicaine* d'Auxerre en est aussi membre) – autrement dit au parti rouge. Savereau et ses amis votent contre : c'est la rupture.

Les nouvelles que Foin lit dans le journal sont pourtant sans ambiguïté : le prince démagogue Louis-Napoléon B., métamorphosé dès son élection en homme fort du parti de l'Ordre, a trahi sa promesse électorale d'instauration de l'impôt sur le revenu, rétabli l'impôt sur le sel et l'impôt sur le vin particulièrement impopulaire dans ce pays de vignes, supprimé les clubs, restreint la presse : *L'Union républicaine* d'Auxerre est en procès, mais Eude Dugaillon se défend comme un beau diable. Et la cerise sur le gâteau : en janvier 'Poléon la crapule se fait voter par l'Assemblée de somptueuses dotations pour éponger ses dettes personnelles et payer la solde des malfrats de sa garde rapprochée baptisée société du Dix-Décembre, et chargés de lui faire la claque et de bastonner les gêneurs de l'opposition politique.

Savereau et ses amis, restés fidèles au Bonaparte par entêtement, et sûrement pour des raisons plus personnelles en ce qui concerne Savereau, sont mis en minorité : Vincent Perreau a basculé du côté des Rouges, parce qu'à la fin « ça ne prend pas d'essayer de monter les prolétaires des villes contre les prolétaires des champs ».

Les bonapartistes n'acceptent pas leur défaite, et c'est à nouveau la bagarre dans l'arrière-café au père Pellemoine. Savereau se bat à trois contre un. Seulement cette fois Pellemoine s'en prend à lui, il le jette dehors et lui interdit l'entrée de son cabaret pour toujours.

Désormais donc, Antoine-Cyprien reste seul en lice : il devient le prétendant en titre de la belle Reine et soupe tous les soirs chez les Pellemoine. Sa situation financière ne s'est pas arrangée, mais le cabaretier n'est plus opposé au mariage : le gars a montré qu'il était dur au travail et qu'il pensait bien. Antoine-Cyprien veut quand même attendre encore un peu d'avoir remboursé la plus grosse partie de sa dette.

À quelque temps de là, à Brienon, Foin trouve chez Pezé un journal – *Le Peuple souverain,* 26 mars 1848 – entièrement rédigé par Auguste Salières, et un livre signé aussi du copain d'Antoine-Cyprien. Le titre du livre lui plaît bien : *Le Panthéon démocratique et social. Histoire des réformateurs philosophes, politiques, socialistes, depuis les sectes du Moyen Âge jusqu'à nos jours*, précédé d'un aperçu sur la marche du progrès pendant la période chrétienne, avec une préface de Robert (du Var), 1849. Il ramène le tout à la chambrée, comme de juste.

Comme Rémi et Antoine-Cyprien, comme Vincent Perreau et les autres, Foin a été frappé par les massacres des ouvriers en juin 1848, et depuis l'élection de Louis-Napoléon et le ralliement des conservateurs à son pouvoir, il s'est radicalisé. À la chambrée, c'est avec émotion qu'il lit les écrits d'Auguste Salières :

> Nous ne sommes pas des perturbateurs ; nous aimons l'ordre autant que les propriétaires, les maîtres, les fabricants, et ceux qui exploitent les sueurs de la masse laborieuse, mais, nous l'avouons, nous ne comprenons qu'à grand-peine que la République, appuyée sur cette devise Liberté, Égalité, Fraternité, maintienne ce qui

a constitué la racine de tous les abus et privilèges sociaux. Liberté ! Mais où est le fou, où est le charlatan qui prétende assurer la liberté des prolétaires sans une réorganisation nouvelle de la propriété ? Ce qui fait la liberté civile et politique, ce qui en fait une chose réelle, vivante, et non une trompeuse et perfide abstraction, c'est la propriété ; donc, ou il faut faire autant de propriétaires, ou il fait socialiser la propriété de manière à ce que nul citoyen ne dépende matériellement de tout autre citoyen ; hors de là, pas de salut, et je vous défie de réaliser l'une ou l'autre de ces deux hypothèses sans contredire votre principe menteur de respect à la propriété. Ce qui est vrai pour la liberté est également vrai pour l'égalité et la fraternité. Quoi ! Soutenir qu'il faut des riches et des pauvres, des rentiers et des producteurs, des exploitants et des exploités, est-ce là l'égalité, la fraternité ? À qui fera-t-on jamais croire que le paysan et l'ouvrier, dont l'existence, en maintenant l'état des choses, est éternellement suspendue au caprice du propriétaire et de l'entrepreneur, verront jamais un égal et un frère dans ce propriétaire et dans cet entrepreneur ? Vous vous moquez, en vérité, quand vous nous bernez de telles rapsodies. Ouvriers, travailleurs, ne dormons pas ! On nous a dit : Liberté, Égalité, Fraternité. Alors prenons la République au mot : demandons sans cesse la réalisation pleine et entière de cette trinité immortelle.

Antoine-Cyprien est ému et fier d'avoir connu Salières – lequel a acquis, grâce à lui, à Mailly, une notoriété tout à fait inespérée. Toujours est-il que cette gloire rejaillit sur lui, et il la dépose aux pieds de Reine. Foin promet de lui offrir *Le Panthéon démocratique et social* en cadeau de mariage, à condition qu'il apprenne à lire. Mais le forgeron n'a pas le temps : il doit se marier d'abord, et y a encore du pain sur la planche. Et puis il veut être bien certain d'être le préféré de Reine – ce que personne ne saurait dire.

L'idylle personnelle et politique dure jusqu'en juin 1849 : l'élection de l'Assemblée législative en mai 1849 est un succès pour les démocrates-socialistes (deux cents élus), surtout dans la Nièvre (où Pierre Malardier devient député) et le Cher voisin, même si le parti de l'Ordre est largement majoritaire nationalement. Dans l'Yonne, les Rouges ont trente et un pour cent des voix dans le canton de Vermenton (vingt-cinq pour cent dans tout le pays), et plus de cinquante pour cent dans trois cantons de Puisaye ; mais ça ne suffit pas, et aucun démoc-soc n'est élu.

Le 13 juin, brusquement ça se complique. Les chefs de la Montagne (les parlementaires démocrates-socialistes), Ledru-Rollin en tête, déposent à l'Assemblée une mise en accusation de Bonaparte et de ses ministres, à propos du bombardement par les troupes françaises de la toute jeune République romaine. « C'est un viol de la Constitution, explique Foin, où il est écrit : "la République française n'emploie jamais ses forces contre la liberté d'aucun peuple." » La Montagne appelle à une grande manifestation pacifique.

Le gouvernement conservateur se frotte les mains et fait mine de croire à une insurrection : la troupe disperse les manifestants pacifistes et désarmés, arrête les meneurs. L'état de siège est décrété. Après Louis Blanc, c'est au tour de Ledru-Rollin de prendre le chemin de l'exil.

– C'est une leçon pour vous, les sociaux-démocrates, disait Madeleine au député socialiste : vous vous imaginez qu'il suffit de brandir la loi, la Constitution, la République, la Démocratie, et de faire la morale aux possédants pour qu'ils renoncent à leurs dividendes boursiers. Évidemment, les autres passent outre. La Démocratie, la République, ce n'est leur affaire que lorsqu'il s'agit de défendre leurs propriétés. Ils n'hésitent pas, eux, à se débarrasser de vous, une fois que vous avez fait le sale boulot.

À Mailly, les conséquences de l'état de siège tardent à se faire sentir : certes la Solidarité républicaine déclarée « société secrète » est interdite en novembre. Mais on continue à se réunir chez Pellemoine et chez Giraud comme si de rien n'était. L'arrivée à Auxerre, le 19 mai 1850, du préfet Haussmann (le futur destructeur du vieux Paris), qui déclare « vouloir lutter en priorité contre les Rouges », rompt les liens avec ceux d'Auxerre, sans parler de Paris. Les maires sont mis sous tutelle : le châtelain rouge de Bléneau, ou Alexandre Dethou ; maire et conseiller d'arrondissement, Dethou a été suspendu. Les gendarmes quadrillent le département et prétendent contrôler l'activité des instituteurs. À Mailly-le-Château, c'est le curé jésuite qui fait l'école, comme sous l'Ancien Régime. À Mailly-la-Ville, Foin n'est pas inquiété ; il est sous la protection de Vincent Perreau, qui est bien avec le maire et qui a le bras long : le maître d'Antoine-Cyprien est devenu un des plus riches propriétaires du village.

Tout de même, après la perquisition chez Eude Dugaillon à Auxerre, les gendarmes de Vermenton font une descente dans l'arrière-salle du café au père Pellemoine : on leur paie le coup et ils repartent gentiment. Ce jour-là justement, Gibras, le raccommodeur de parapluies d'Auxerre, qu'on voit arriver de loin avec sa blouse bleue et ses engins vieux ou neufs cliquetant sous son bras, est venu collecter les sous pour les familles des déportés de juin 1849. Et il répète ce qu'il a entendu dire au docteur Fourquaud à Saint-Amand : « Le deuxième dimanche de 52, vengeons le peuple de six mille ans d'oppression par une jacquerie universelle. – Ouais, faudra plutôt *ouar* à marcher sur les châteaux et à dresser la liste des Blancs à arrêter, réplique le vieux Moreau. – Chosin du Vivier en tête, ajoute Antoine-Cyprien. – Les châteaux, on n'aurait pas dû les laisser debout en 93 et 94, tout le mal vient de là, reprend l'autre. – Patience, patience jusqu'en 52, dit Foin. – Qui sera pire que 93 ! » crie le vieux Moreau.

En mai 1850, la restriction du suffrage universel retranche des listes électorales trois millions des électeurs les plus pauvres : dans les campagnes, les journaliers et les tout petits propriétaires en sont exclus, et parmi eux Antoine-Cyprien et Rémi. Pierre Malardier a été arrêté à Clamecy pour écrits séditieux. Mais Foin continue à entretenir l'espérance du deuxième dimanche de mai 52, date de la prochaine élection présidentielle. Les chambrées des deux Maillis sont pleines à craquer d'électeurs et de non-électeurs : tous sont persuadés que le 'Poléon la crapule sera balayé ce jour-là. Et que le deuxième dimanche de mai 52, ce sera vraiment le début de la Belle, de la Vraie, de la Bonne, de celle qu'on leur a confisquée : la République sociale. Bien que ce soit interdit, toutes les réunions du dimanche chez le père Pellemoine se concluent par le même cri : « Vive la Rouge ! » Et tous se quittent en chantant *La Marianne* de Duvivier : *Mourons pour la République, s'il le faut, en 52.*

Tous, sauf le vieux Moreau, plus que jamais pour la dictature, et qui rigole dans son coin : « Ils l'attendent comme le messie, leur deuxième dimanche de mai 52. »

À l'automne 1851, il y a des arrestations en Puisaye et à Auxerre. Le préfet Haussmann a été remplacé par Rodolphe d'Ornano, le fils de l'ancienne maîtresse de Napoléon, Marie Walewska, qui est pire encore. Mais le parti rouge se renforce dans les petits pays, et l'atmosphère de résistance énergique et optimiste qui emplit l'air agit sur Antoine-Cyprien : il se décide à épouser Reine Pellemoine. Faut dire que la grossesse de Reine commence à se voir et que la mère Pellemoine en est toute retournée. Il a trente-huit ans et elle en a trente et un.

Le mariage a lieu au cabaret, le 1er décembre 1851. Toute la soirée, il neige. À minuit, les hommes chauffés par l'eau-de-vie surgissent comme des diables de la maison et montent en procession jusqu'à la Cour-des-Maillis. Là, de dessous les vestes empesées du dimanche, sortent des clochettes et des grelots et des casseroles et des mailloches.

Dans la jolie bâtisse autrefois construite par les Templiers (c'est ce que les vieux disent, et qu'il y a un trésor caché), Chosin du Vivier, l'usurier marchand de chevaux, et Badin d'Heurtebise, son gendre, le maire et nouveau châtelain de Mailly-le-Château, reçoivent, une fois n'est pas coutume, le marquis de Boisgelin, qui les méprise, et le comte de Chastellux, le châtelain de Quarré-les-Tombes, qui ordinairement les ignore. Louis Flandin, conseiller général du canton de Vézelay, est venu en voisin. Ces messieurs sont passés à la bibliothèque, leurs femmes sont restées au salon.

Alfred de Chastellux, député sous la Restauration, n'est pas sorti de son château médiéval depuis la chute de Charles X. Il y vit avec son père et son fils, ne recevant personne, pas même sa femme qu'il a reléguée dans la maison du jardinier, parce que cette pièce rapportée, toute baronne Beauvoir qu'elle soit, n'est pas plus digne que les autres de côtoyer la lignée qu'elle a été appelée à servir le temps d'assurer la survie du nom. Le vieux féodal est en rage. Il déblatère sur tous ces parlementeux à la Thiers et à la Guizot du parti du *Dés*ordre, qui se disent monarchistes ou orléanistes, et que cette canaille de Bonaparte a bien raison de vouloir mettre au pas. Le Parlement, c'est la voie ouverte à la rougeaille, aux partageux, aux cosaques. Si on les laisse faire, les jacques et les communistes, en mai 52, ça sera la Terreur rouge – pire qu'en 93.

Balzac, tout faux noble qu'il soit, a raison : « Le communisme, c'est la logique vivante et agissante de la démocratie. »

Chastellux s'interrompt. Le boucan que fait dehors la bande à Pellemoine est parvenu à ses seigneuriales oreilles. Il bondit : « Je vais les tirer comme des lapins ! » Chosin du Vivier a le plus grand mal à l'empêcher de mettre son fusil en joue : « Calmez-vous, cher ami, vous allez tous nous faire tuer. On fera un rapport au préfet d'Ornano, et croyez-moi, les meneurs que je vois là, on les enverra casser des cailloux à Cayenne. Patience, le Bonaparte sait ce qu'il fait, c'en sera bientôt fini de l'anarchie républicaine. »

Trois jours après, le 4 décembre 1851, vers dix heures du matin, Gibras surgit à la forge avec ses parapluies : « L'Assemblée est dissoute. La Montagne arrêtée. » Les affiches sont mises partout dans Auxerre. La nouvelle est arrivée à Saint-Florentin la veille au soir par la route nationale 5.

L'Assemblée nationale dispersée, la Constitution de la Seconde République abolie, Louis-Napoléon Bonaparte, appuyé par le parti de l'Ordre, des légitimistes aux républicains conservateurs, a décidé de ne pas se soumettre au verdict des urnes. C'est un coup d'État.

Il n'y aura jamais de dimanche de mai 52.

Louis Larcher, Rémi Camélinat et Louis Briet sont d'abord descendus rejoindre Antoine-Cyprien, et de là, chacun est allé prévenir deux ou trois copains. Tous se retrouvent chez le père Pellemoine où la chambrée siège toute la nuit. Alex Sauvageot, le copain d'Armand Perreau, est venu dire que les Rouges de Mailly-le-Château sont rassemblés chez Georges Giraud. Il paraît qu'à Saint-Florentin les républicains du café Langrand ont décidé de s'emparer des fusils de la Garde nationale et de marcher sur Auxerre.

Au petit jour, un bûcheron de Quarré-les-Tombes annonce qu'Avallon est en armes. François Cœur, journalier à Sougères, descend de son cheval quelques minutes après : son village s'est soulevé et toute la Puisaye avec. À Saints, la ville est insurgée. À Saint-Privé, les hommes du cabaretier Pic, ceux du sabotier Dufour de Rogny, les cabétistes du coutelier Portier et du tailleur Roux de Saint-Fargeau, ceux du cordonnier Laplagné de Bléneau, qui est un fervent de Barbès et de Piat, tous se sont mis en marche sur Toucy.

Louis Briet revient de Clamecy, qui est en insurrection. Dans toute la Nièvre, le tocsin sonne sans discontinuer depuis la veille. À Saint-Amand, un commissaire a tiré sur la foule et tué un homme, et à présent la colonne des insurgés avance sur Nevers. Druyes, Andryes, Asnières marchent sur Clamecy.

Le maréchal-ferrant de Moutiers, Bourguignon, arrive de Saint-Sauveur : là-bas, c'est jour de foire et un comité révolutionnaire a été formé chez l'aubergiste David. La mairie a été investie et les fusils saisis, une colonne est partie sur Auxerre, une autre par Thury, Lain, Sementron, Ouanne, Leugny, pour soulever la Forterre, et rejoindre ensuite la première colonne et ceux de Toucy à Leugny.

À Toucy, c'est jour de foire aussi, les copains de la société secrète siègent depuis la veille, mais le soir ils ont dû se replier hors les murs parce que le conseil municipal s'est rangé du côté de l'Ordre. Rejoints par les villages, les nôtres ont repris la ville à deux heures du matin. Une fois la place assurée, ils marcheront sur Auxerre. À Ouanne, les Rouges du canton de Courson attendent ceux de Saint-Sauveur et de Toucy arrivés par Leugny, avec qui ils doivent se diriger sur Auxerre par Chevannes et Villefargeau.

Vers dix heures du matin, un revenant débarque chez Pellemoine : Louis Savereau. Un silence glacial l'accueille : « Je viens parce que je marche avec vous. » Il arrive de Vermenton où le préfet d'Ornano a fait enfermer tout ce que la ville compte de républicains, même les modérés. Son frère aussi est prêt à marcher, et Chapotot. Après un temps d'hésitation, Pellemoine fait signe qu'ils peuvent venir. Antoine-Cyprien blêmit.

Gibras débarque pour communiquer le mot d'ordre : que toutes les colonnes convergent sur Auxerre. Le message est transmis partout : à Bléneau, Saint-Sauveur, Toucy, et aussi au nord et à l'est du département, de Saint-Florentin à Tonnerre, où Ernest Cœurderoy dirige le soulèvement.

Les chambrées des deux Maillis se retrouvent devant l'église Saint-Adrien. La foule des paysans venus des hameaux alentour, armés de piques aiguisées et de faux emmanchées à l'envers, hurle : « Du sang ! Vive la guillotine ! Vive la Rouge ! Vive la Sociale ! » Et chantent *J'vons les tuer tous les riches*, sur l'air des *Lampions*. On se compte : soixante-douze hommes, vingt-sept fusils en état de marche, des faux, des piques, des fourches, des fusils sans baguettes ou sans pierre, trente-trois poignards flambant neufs à peine sortis de la fabrique de Toucy.

Une délégation de vingt hommes part à la mairie du haut, avec un papier signé de Paul Savereau au nom du Comité de la République qu'on vient de constituer. Paul est venu frapper à l'épaule d'Antoine-Cyprien, et il a repris sa place de grande gueule en chef comme si de rien n'était, tout ça parce que Foin est contre la violence et défaitiste, et qu'il est le seul à savoir écrire.

À la mairie de Mailly-le-Château, on ne rencontre aucune résistance. Trois caisses de munitions et trente autres fusils sont réquisitionnés. Le tocsin sonne dans les deux villages à toute volée. Les Blancs se terrent au château, à la Cour-des-Maillis et chez les gros fermiers.

Il y a pas mal d'allées et venues de ce côté-là, mais aucune menace directe. Les chefs des chambrées Paul Savereau et Armand Perreau délibèrent chez Giraud : « Faut-y marcher sur Auxerre par Vermenton et Cravant, ou sur Clamecy ? »

On vote à main levée. Clamecy l'emporte : c'est la ville la plus proche, vingt-cinq kilomètres seulement. L'adjoint au maire qui est des nôtres a entendu dire que les Blancs voulaient y envoyer la troupe pour faire un exemple. Mais n'importe, les Rouges en sont maîtres.

La colonne des deux Maillis s'ébranle, drapeau rouge en tête. On repasse les deux ponts de l'Yonne et du canal. Devant la forge, Reine, la femme d'Antoine-Cyprien, regarde les hommes passer. Antoine-Cyprien vient l'embrasser, Paul les regarde, Reine baisse les yeux. De l'autre côté de la rue, le petit Zéphirin Camélinat pleure : il s'est fabriqué un fusil avec un bâton et veut aller avec son père. Quand il aperçoit Rémi, il gueule : « Vive la Sociale ! » Armand Perreau et son copain Alex Sauvageot ferment le ban, un peu à la traîne.

Les hommes en marche dans le soir entendent sonner de loin le tocsin de Merry-sur-Yonne, puis celui de Châtel-Censoir, de Crain, de Lucy-sur-Yonne. À chaque village traversé, d'autres hommes en armes les rejoignent malgré la nuit tombée. Ils sont environ cent cinquante lorsqu'ils arrivent à Clamecy vers trois heures du matin.

Paul Savereau présente aux blouses qui montent la garde à la porte de la ville la proclamation rédigée par les chambrées de Mailly : « Nous citoyens en armes, répondons à l'appel de la constitution violée. À bas Bonaparte, à bas les ministres. Vive Barbesse [*sic*], vive Drurolin [*sic*] ! »

Un comité révolutionnaire s'est constitué à la mairie. On vote le désarmement des gendarmes et la marche sur Auxerre. Dehors, sur la place, le pharmacien franc-maçon

Jules Miot, un des chefs démocs-socs de la Nièvre, lit, grimpé sur un tonneau, le discours que Pierre Malardier a envoyé de sa prison (Malardier a été de nouveau arrêté le 3 décembre à la barricade de la rue Sainte-Marguerite à Paris) : « Le socialisme cherche par la démocratie radicale des remèdes à la question sociale et à la question politique. Il y a une lutte entre la bourgeoisie et le peuple, les riches sont tous ligués contre le peuple pour l'opprimer, le clergé s'associe à toutes les lâchetés. Vive la fin de la misère et de l'inégalité ! Que tous travaillent en hommes libres. Plus de domestiques, plus de prolétaires ! »

La foule l'acclame en lançant les piques en l'air et en scandant : « Vive la Rouge ! Vive la Sociale ! » Jules Miot reprend : « Les bourgeois au labour ! Libération des dettes ! Crédit gratuit ! La terre aux paysans ! L'instruction pour tous ! » À chaque slogan, la foule hurle : « Vive la Rouge ! Vive la Sociale ! » Un détachement de dix gendarmes essaie de se frayer un chemin jusqu'à la mairie. Quelqu'un crie : « Ils sont armés ! » Une bousculade s'ensuit ; un des gendarmes, pris de panique, sort son arme, trois paysans se jettent sur lui, lui confisquent le fusil. Dans la bousculade, un coup part. Le gendarme est tué d'une balle dans le ventre.

Au même moment, à Paris, le ministre de la Guerre, informé des événements dans la Nièvre, le Cher et le sud-ouest de l'Yonne, envoie un télégramme au général Pellion : « Marchez sur Clamecy pour faire un exemple. »

Le comité révolutionnaire de Clamecy, sommé de se rendre, envoie des émissaires au-devant de la troupe pour entamer une négociation et, peut-être, rallier les soldats : leurs médiateurs sont passés par les armes.

Cernée par l'armée, Clamecy se rend dans la nuit du 7 au 8.

À Auxerre, le préfet qui a succédé à Haussmann, Rodolphe d'Ornano, fait sillonner la ville par des détachements en armes. À Toucy, les hommes du 15e léger et les gendarmes venus d'Auxerre, appelés en renfort par la mairie, tirent sur les insurgés, qui se débandent. La troupe se porte sur deux colonnes de mille deux cents hommes : la fusillade fait un mort et de nombreux blessés. À Escamps, les villageois partis d'Ouanne se heurtent à un autre régiment : il y a sept morts du côté des insurgés.

Dans les jours qui suivent, toute la Puisaye est occupée par la troupe. Dénonciations et arrestations pleuvent, les prisons des cinq sous-préfectures de l'Yonne sont pleines à craquer de tout ce que le département compte des plus fervents républicains : mille huit cent cinquante-neuf détenus dont dix-neuf femmes.

– L'année 1852 devait être celle de la Belle, de la République démocratique et sociale : elle est l'année de la plus terrible répression policière que les campagnes françaises aient connue entre la Terreur blanche de 1815 et la répression de la Résistance en 1944, disait Madeleine à JC.

Le 22 décembre, au petit jour, un détachement de soldats fait une descente dans les deux Maillis : onze hommes sont arrêtés sur dénonciation à Mailly-le-Château, et cinq à Mailly-la-Ville. Parmi eux, le meilleur ami et cousin d'Antoine-Cyprien, Louis Larcher le charron, qui était témoin à son mariage, Louis Savereau le voiturier de Vermenton, réfugié chez son frère Paul Savereau le tailleur, est arrêté aussi, et Jean-Baptiste Chapotot le chapelier. À Mailly-le-Château, sont cueillis dans leur lit le chef de la chambrée Armand Perreau, le cousin d'Antoine-Cyprien qui est aussi le neveu de Vincent Perreau, Alexandre Sauvageot, dit P'tit Alex, le copain rigolo d'Armand, Zacharie Minet, le maçon endetté, et Augustin Petit, cultivateur. Les hommes sont entassés dans une charrette devant l'église Saint-Adrien, menottes aux mains. Ils traversent les deux Maillis, escortés par les gendarmes et les soldats.

Tout ce que les deux villages comptent de femmes et d'enfants les suivent, les vieilles se lamentent, les femmes courent en pleurant chercher des vêtements pour leurs hommes, Marie-Denise Sautereau, la mère d'Armand, suit la charrette en tordant son mouchoir. Emmanuel Foin regarde passer le convoi de derrière les vitres de sa classe. Zéphirin Camélinat, le futur communard, onze ans, très pâle, fixe la charrette de toutes ses forces : s'il se concentre bien, il réussira à la retenir.

Antoine-Cyprien regarde de derrière le carreau de la cuisine. Il a échappé à l'arrestation mais enrage d'être là, impuissant, calfeutré chez lui, alors que les autres, ses copains, ses cousins, son rival Paul Savereau, sont arrêtés. Son poing frappe la table et fait tomber tout ce qui s'y trouve. Reine, très pâle, essaie de le calmer. Il la repousse violemment et part s'enfermer à la forge.

Rémi Camélinat, qui habite la maison presque en face, ne se montre pas davantage. Et pour cause : il cache dans les futailles vides de sa cave huit républicains clamecycois en fuite.

À Auxerre, la prison est pleine : on doit répartir les prisonniers à la caserne d'infanterie, dans le préau de la salle d'asile, dans les galeries du champ de foire ou à l'ancien Hôtel-Dieu. Les conditions de détention sont si mauvaises que la dysenterie se déclare. Un des prisonniers en meurt. Louis Larcher, le charron, est libéré le 6 février sur ordre du préfet à la suite des démarches entreprises auprès des autorités par Vincent Perreau, le meunier, et Foin, l'instituteur de Mailly. Mais Paul Savereau et Jean-Baptiste Chapotot, Zacharie Minet et Augustin Petit (tous la trentaine), Armand Perreau (vingt-deux ans), Alexandre Sauvageot (dix-neuf ans) sont condamnés à la déportation en Algérie : en résidence libre pour les deux premiers, en camp de travail pour les autres. Les dossiers de police archivés à Auxerre disent que Paul Savereau est « un des principaux chefs des sociétés secrètes », et Zacharie Minet, un « orateur de club extrêmement ardent ». La répression est politique, m'explique l'historien qui a dépouillé ces archives et m'en envoie des copies sur mon adresse électronique : elle vise les dirigeants du mouvement.

Le 30 janvier 1852, les hommes de Mailly font partie du convoi pour Paris, où ils sont enfermés à Bicêtre pendant six semaines. De là on les conduit au Havre : deux heures après leur arrivée, ils sont embarqués sur la frégate *Le Magellan*. Les trente jours de mer sont un calvaire pour ces paysans qui n'ont jamais quitté leurs terres bourguignonnes et voyagent à fond de cale, avec à peine un peu d'eau potable et de pain moisi.

L'arrivée en Algérie est un choc : le climat, le désert, la nuit froide et humide dans la tente, couchés à même la terre, la vermine, la dysenterie toujours, la faim, les hurlements des hyènes, les chants étranges, au loin, des Arabes qu'on ne voit jamais et qu'on craint. Armand Perreau, Paul Savereau et Zacharie Minet sont envoyés à Lambessa. Sous le soleil impitoyable comme ils ne l'ont jamais vu, on leur fait construire des routes, creuser des fossés, casser des pierres. Quatorze des quatre cent quarante-trois condamnés de l'Yonne meurent au bout de quelques mois, dont le P'tit Alex : Alexandre Sauvageot, le copain rigolo d'Armand.

Les démarches de Vincent Perreau et Georges Giraud pour faire libérer Armand, leur neveu et beau-fils, aboutissent enfin : le 7 avril 1852, la peine d'Armand est commuée en placement sous surveillance de la haute police par décision du général Canrobert.

Armand Perreau revient à Mailly un mois et demi plus tard, hâve et malade. Mort en 1930, il racontera à la forge l'histoire des Rouges de 1848 et l'insurrection de décembre 1851 aux générations qui se succéderont. Mais pas tout de suite.

Après l'espoir suscité par la Révolution de 1848 et celle, rêvée, de 1852, le silence s'abat sur les villages avec la déception et la défaite. Les Rouges sont montrés du doigt. Le déshonneur et la misère s'abattent sur les familles des prisonniers et transportés, privées des bras qui les font vivre. Le désespoir pousse nombre d'anciens democs-socs au suicide : le bottier Paumier de Coulanges se pend, le serrurier de Vermenton se tire une balle dans le cou. Paul Savereau, le rival d'Antoine-Cyprien, se jette dans le canal quelques jours après son retour de déportation. Antoine-Cyprien s'enferme dans un mutisme buté dont il ne sortira plus. Il a le sentiment d'avoir tout perdu, le combat et l'honneur du combat : pourquoi faut-il que ce soit ce bonapartiste repenti, cette tête brûlée de Paul Savereau, qui soit mort et pas lui ?

Les langues ne se délieront que trente ans plus tard, lorsque la Troisième République ouvrira une procédure de réparation pour les victimes de 1851. Mais Antoine-Cyprien ne sera plus de ce monde.

IV

Les ouvriers

Camélinat et la Commune de Paris

Antoine-Cyprien n'a jamais eu un caractère commode, mais après 1851 il est devenu impossible. Pas moyen de lui tirer de la bouche plus de trois mots à la suite. Son unique enfant grandit dans sa colère muette, ponctuée de brèves explosions, le poing qui s'abat sur la table, la vaisselle qui tremble, la stupeur apeurée de Reine, la mère. Le père ne s'adresse au fils que pour lui montrer les gestes du métier de maréchal. Et le battre, comme à regret, par acquit de conscience, quand il a fauté. Parfois, dans ses moments de relâchement, après deux ou trois chopines, Antoine-Cyprien prononce tout d'un trait : « Ça ne fait rien. Le peuple est patient. Il a le temps pour lui. Ils perdent rien pour attendre. »

Jules-Antoine, fils d'Antoine-Cyprien, fils de Jean, fils d'Antoine le Jacobin, il est comme le peuple après le coup d'État de Napoléon III : il attend. Il attend que se résolve l'énigme qu'est pour lui le père. Il attend la réalisation de la prophétie du père.

Et puis un dimanche de pluie, le gamin grimpe à l'échelle du grenier. Sa bille de bois lancée trop haut a crevé les toiles d'araignées et elle est retombée dans une vieille caisse. Ce coin-là est sombre, la lucarne est de l'autre côté. Jules-Antoine plonge son bras avec répugnance. Sa main rencontre une matière inconnue qui cède sous la pression des doigts. Du papier. Du papier journal mangé par l'humidité. Il doit avoir dans les sept ou huit ans, puisqu'il a déjà dû apprendre à lire dans la classe d'Emmanuel Foin et qu'il croit se souvenir du mot *Globe* aperçu sur les journaux avant qu'ils tombent en charpie. À moins que ce ne soit Foin qui lui ait dit, beaucoup plus tard, que c'étaient de vieux numéros du journal de Pierre Leroux. Il y a aussi des livres tout mités, certains reliés de cuir, d'autres non. Un trésor. Le trésor caché du père.

Le cœur battant, Jules-Antoine nettoie les livres avec un soin religieux, les replace dans la malle en se racontant tout haut des histoires de dans l'temps. Et revient tous les dimanches les observer, les tâter, les flairer, les feuilleter, les lire enfin en ânonnant les phrases. Pendant quinze ans il les déchiffre un à un, ligne à ligne, jusqu'à la dernière page, en secret. Le sens en est obscur au début. Il n'ose pas interroger le père, mutique, dur à la tâche, les reins courbés jour après jour sur les jarrets des chevaux.

Quand il épouse la petite-nièce de Vincent Perreau, en 1874, il les a tous lus. Antoine-Cyprien est mort depuis trois ans : avec le savoir-faire de maréchal-ferrant et quelques arpents de vigne sur les coûtas qui seront détruits par le phylloxéra en 1884, c'est tout l'héritage que le forgeron a laissé à son fils. Mais il est d'autant plus précieux. Le trésor du père, descendu du grenier, trône à présent sur le manteau de la cheminée entre les deux chandeliers d'Antoine le Jacobin. Tous les soirs, Jules-Antoine relit un paragraphe ou deux à la chandelle. Tous les soirs de sa vie.

Vers 1970, dans la maison de Migennes, Madeleine demande à Madeleine de monter chercher les livres de son grand-père dans un endroit du grenier qu'elle lui indique.

Elles regardent ensemble les vieilles reliques étalées sur la table en bois ciré. Les pages jaunes sont piquetées de noir, de violet et d'ocre : les champignons microscopiques, explique Madeleine à Madeleine. Il y a d'abord *Hourra les cosaques,* l'histoire de l'insurrection de décembre 1851 dans l'Yonne, racontée par Ernest Cœurderoy, le communiste de Tonnerre. Et puis deux volumes reliés et dépareillés de *L'Encyclopédie* de Pierre Leroux. Mais celui que Madeleine préfère, c'est *Le Panthéon démocratique*, comme on l'appelle dans la famille. *Le Panthéon démocratique et social,* sous-titré *Histoire des réformateurs philosophes, politiques, socialistes, depuis les sectes du Moyen Âge jusqu'à nos jours*, par Auguste Salières, 1849 : la bible de Jules-Antoine, son bréviaire, celui parmi tous ses livres qu'il relisait le plus souvent. Son père, Antoine-Cyprien, avait connu l'auteur, Auguste Salières, à Paris, en 1834, à l'auberge de la Mère, rue Neuve-Saint-Jean.

À la mort de Jules-Antoine, en 1917, Madeleine hérite du trésor d'Antoine-Cyprien. Aujourd'hui, il est dans la maison à Migennes, au grenier, irradiant de sa présence génératrice les milliers d'autres livres amassés dans toutes les autres pièces par son fils Bernard.

Pour Zéphirin Camélinat – Rémi Camélinat, son père, anticuré comme il était, lui avait donné ce drôle de prénom pas bien chrétien –, pour Zéphirin donc, l'insurrection de 1851, ça n'était pas, comme pour Jules-Antoine, un conte du vieux temps, une songerie vaguement mythique, une promesse à réinventer. Contrairement au fils d'Antoine-Cyprien, âgé seulement de quelques mois au moment des événements et qui ne pouvait pas se souvenir, le fils de Rémi avait assisté à l'arrestation des Rouges de Mailly : il avait onze ans, et il en avait été profondément marqué.

Rémi Camélinat, c'est à cette époque qu'on avait commencé à l'appeler Camélinat le Rouge au village : parce qu'il était aussi intarissable sur la Seconde Révolution et le coup d'État qu'Antoine-Cyprien muet. Bravant les moqueries et les injures des villageois bien-pensants et très catholiques, le vieux braillard racontait de sa basse sonore, à la maison aussi bien qu'au cabaret, l'arbre de la Liberté planté en 1848 et rasé sur l'ordre du nouveau dictateur : Napoléon III. Il racontait comment Armand Perreau, l'oncle de la petite Louise, la future femme de Jules-Antoine Sautreau, « mon grand-oncle par le fait », disait Madeleine, comment Armand, donc, était allé à Joigny voir passer le président Louis-Napoléon Bonaparte pas encore couronné empereur des Français : le futur Napoléon III inaugurait la ligne de chemin de fer qui traversait le département de l'Yonne. C'était en août 1850, un an avant le coup d'État. Quand le Président s'était montré à la fenêtre du wagon, Armand avait crié avec les républicains Naigeon et Saillot et une poignée d'autres : « À bas Napoléon ! Vive la Rouge ! » La troupe avait chargé. Prenant ses jambes à son cou, le neveu de Vincent Perreau avait fait d'une traite le chemin du retour de Joigny à Mailly-la-Ville par le chemin de halage. Douze lieues sans s'arrêter. En arrivant au cabaret Giraud, chez son beau-père, il s'était écroulé. On l'avait cru mort. « Mais c'était écrit qu'il devait vivre encore quatre-vingts années. » D'ailleurs Madeleine, cette histoire, elle l'avait entendue raconter de la bouche même d'Armand.

Au récit des *nôtres*, tués, déportés, suicidés en 1851, Rémi Camélinat mêlait ce qu'il savait de l'exil des proscrits célèbres, Victor Hugo à Jersey, Ledru-Rollin en Angleterre, l'ouvrier Martin déporté à Belle-Île avec Blanqui, Barbès et Raspail. Et il brodait sur les aventures d'Auguste Salières, le copain d'Antoine-Cyprien, dont il ne savait rien. Pour Rémi, tous ces noms-là, c'était comme qui dirait la famille. D'ailleurs tous les ans à la Saint-Hubert, après les vendanges, le gros vigneron Bossières leur montrait, sous ses fusils et ses trophées de chasse accrochés au mur, le portrait en pied de Raspail. Son descendant, Jean-Claude Rocher, l'a toujours dans son salon. Ça le frappait, Zéphirin, qu'il y eût des gens de chez nous si importants qu'on ait l'idée d'en conserver la figure en peinture. Dans sa caboche de jeune garçon, il se voyait, posant devant le peintre, plus tard, après la Révolution. Parce que ça aussi, il le tenait de Rémi : « Dur comme fer qu'il y en aurait une de Prochaine. »

Toute son enfance, Zéphirin la passe au printemps au potager, à bêcher, l'automne à la vigne, l'été à la pêche, ou à lire *Robinson Crusoë* dans la paille. Et les six mois d'hiver à l'école, où Emmanuel Foin fait la classe. Le soir, il n'a qu'à traverser la rue pour aller à la forge d'Antoine-Cyprien. Là, le petit Jules-Antoine sur les genoux, il s'extasie devant la braise pétillante en écoutant la masse du forgeron frapper sourd sur le fer rouge qui absorbe le choc, et rebondir sur l'enclume froide. Il s'entend bien avec le forgeron, qui est aussi peu causant que lui. C'est en regardant Antoine-Cyprien forger qu'il prend goût au travail du fer, qu'il préfère à la pierre. S'il doit se choisir plus tard un métier, ce sera celui-là. Il ne sera pas carrier comme son père.

Napoléon la crapule devient Empereur le 2 décembre 1852, et les deux années qui suivent, les vendanges sont catastrophiques à cause des fortes gelées. Pendant les hivers 1853 et 1854, Rémi est obligé, pour nourrir ses quatre enfants, de mendier l'aide du curé Chiupet. « Et crois-moi que ça lui coûte, à lui le mécréant. Mais Chiupet n'est pas des pires : c'est un janséniste, un fils au curé Boyer », rigolait Jules-Antoine. Toujours est-il que le curé fait embaucher Rémi aux ateliers de travail ouverts par la mairie de Mailly dans le but de « venir en aide aux classes ouvrières malheureuses ». Mais l'année suivante, Camélinat le Rouge est quand même obligé d'hypothéquer toutes ses vignes – sa seule possibilité de les garder. Et c'est au tour de Chiupet de trinquer :

son traitement est suspendu par le conseil municipal de Mailly-le-Château dont dépendent les deux cures. Le châtelain Heurtebise, le gendre de l'usurier Chosin du Vivier, soupçonne le curé de Mailly-la-Ville d'être en cheville avec les Rouges : sinon, est-ce qu'il leur distribuerait l'argent des honnêtes citoyens ? L'alliance des gros avec l'Église, c'est à condition que le sermon du dimanche justifie l'inégalité des conditions. « En contrevenance des Évangiles ! » râle Rémi, qui a retenu les leçons de Chiupet. « De toute façon, les Heurtebise et les du Vivier, ça n'est pas la foi qui les étouffe, tu penses bien », disait Madeleine.

En 1855, Zéphirin s'en souviendra toujours parce que c'est l'année de l'ouverture de la gare et que, pour la première fois à Mailly, le train à vapeur répand son *tchou-tchou* et son odeur de réglisse rôtie : à cause du nouveau prêt à hypothèque, qu'il faut rembourser, il n'y a pas assez à manger chez les Camélinat. Zéphirin a quinze ans, il n'est pas grand, mais il est fort et il est l'aîné : au printemps 1856, c'est à son tour d'aller chercher du travail pour nourrir la famille.

Le 1er mars 1857, il part avec un cousin et un copain du village à Auxerre, en passant par Val-de-Mercy, un petit patelin où c'est fête. Après deux trois tours de rigodon avec les filles, les trois garçons reprennent la route et attrapent la malle-poste à Ozoir-la-Ferrières en Seine-et-Marne. Pendant un mois et demi, ils binent les betteraves puis, à l'automne, montent faire les vendanges dans les villages qui ceinturent Paris. Après quoi, les sous prévus récoltés, le fils de Camélinat le Rouge va acheter des places de diligence pour le voyage du retour. Dans la file d'attente, juste en face de lui, le nom de « Paris », inscrit sur l'ardoise, l'attire.

Sa décision de partir le prend là, comme une force venue de ce nom, Paris. Ça le prend aux cheveux de par-derrière le crâne : quand il sera sûr que les siens ont de quoi passer l'hiver et le printemps, il rejoindra la Ville des Révolutions.

À peu près au moment où le petit Jules-Antoine découvre au-dessus de la forge la bibliothèque rouge d'Antoine-Cyprien, le fils de Rémi le carrier rejoint la grande vague d'exode rural qui commence à dépeupler les campagnes. Le silence qui s'était abattu sur Mailly après 1851 venait aussi de ça : la révolution industrielle ruinant l'antique civilisation agraire avait pris les Camélinat à la gorge, les poussant à l'exil.

Ruinés par les hypothèques, les paysans expropriés, déjà prolétaires des champs, se font prolétaires des villes. Antoine-Cyprien, Jules-Antoine et son fils Jules, eux, ils seront épargnés jusqu'en 1914, grâce à la forge.

Après l'arrestation des Rouges le 22 décembre 1851, ça fait comme un trou noir dans le récit, on ne sait plus très bien ce qui s'est passé au village, sinon la répétition des mêmes gestes, les fumées noires de la forge, l'odeur de corne brûlée, le marteau qui sonne sur l'enclume au rythme de l'aiguille qui s'enfonce dans le tissu que Madeleine maintient bien à plat.

– Mailly avant 1914, c'est l'histoire suspendue, l'âge d'or de la France rurale avant la chute dans la modernité industrielle, le sursis accordé à un mode de vie millénaire, disait Madeleine à JC.

De la mutation anthropologique en cours, Jules-Antoine avait pourtant l'intuition mélancolique : l'histoire née avec la Révolution s'était enfuie de Mailly au printemps 1857 avec le fils Camélinat. Dans ses mains, Jules-Antoine n'en tenait plus que l'Idée. L'idée menaçante et prometteuse du Progrès, poison et remède : révolution industrielle côté pile, révolution sociale côté face.

Le sens de ses livres s'était construit peu à peu, la ligne générale s'en était dessinée dans sa tête au fil des ans. Sa réussite à lui, Jules-Antoine, devenu propriétaire de la forge en 1874 grâce à la dot de sa femme, née Louise Perreau, c'était la preuve que le peuple peut devenir maître chez soi, comme il le répétait à Madeleine vers 1912-1913. Mais une preuve fragile, partielle, provisoire, en quelque sorte perdue dans la campagne, en sursis, accordée dans un recoin de l'histoire par une espèce de hasardeux détour, et condamnée par le progrès technique et l'agriculture mécanique. La véritable bataille, la dernière manche de la grande lutte du peuple pour établir définitivement la propriété des petits, ce n'est pas à Mailly qu'elle aurait lieu. La promesse contenue dans les mots du père, dépliée dans ses livres, ce n'est pas lui, Jules-Antoine, qui aurait à la défendre à mains nues. Ce sont les paysans devenus prolétaires des villes, comme le fils Camélinat et comme, bientôt, ses propres fils.

L'histoire dont Jules-Antoine avait pressenti dans ses livres qu'elle continuait à se dérouler ailleurs, il la retrouvera dans les récits que lui fera Zéphirin Camélinat vers 1880 au retour de son exil anglais. L'épopée nouvelle, la naissance du mouvement ouvrier, ça se confondait avec la vie du fils Camélinat parti de Mailly un jour de février 1857. *Notre histoire*, celle que Madeleine transmettait à Madeleine, c'est le fils de Camélinat le Rouge qui en devenait le héros, à partir de cette date. Pas Jules-Antoine. Lui Jules-Antoine, son rôle, ça aura été de lire à voix haute ses livres au coin de son feu, et de conserver la flamme, de la transmettre à ses enfants, pour les préparer aux futurs combats.

Dans les années 1910-1920, après la mort de Jules-Antoine, Madeleine écoutera Zéphirin Camélinat, devenu un vieillard à barbe blanche, raconter à la forge la fondation de la Première Internationale, les premiers syndicats, l'écrasement de la Commune de Paris, sa rencontre avec Marx, son amitié avec Jaurès et l'unité des Rouges dans la SFIO. Vers 1970, Madeleine s'en souvenait comme si c'était hier.

Par une froide après-midi de la fin mars 1857, Zéphirin Camélinat, seize ans, en sabots, veste et culottes longues, débarque gare de l'Est et demande son chemin pour se rendre rue Volta, dans ce qui est aujourd'hui le IIIe arrondissement de Paris. La femme qui l'accueille au 22 est une *payse* de Mailly-la-Ville, une amie de sa mère, née Victoire Briet. Son mari, Reuss, est fabricant de tubes en cuivre : il embauche Zéphirin comme apprenti.

À l'auberge du Devoir de la rue Neuve-Saint-Jean, l'actuelle rue du Château-d'Eau, où Antoine-Cyprien avait rencontré autrefois Auguste Salières, il se fait lui aussi un copain : Ambroise Coupat est un peu plus vieux que lui (il a vingt-cinq ans, Zéphirin dix-sept), mais maigrelet, la poitrine creuse soulevée par une toux à fendre l'âme, les yeux noirs fiévreux dans le petit visage rectangulaire très pâle. Un jour, Coupat emmène Zéphirin visiter son atelier rue de Lancry, chez le sculpteur Ferdinand Barbedienne : le fils de Rémi le carrier et le petit-fils du coupeur de tête au Jésus de Vézelay est épaté par les chefs-d'œuvre de la sculpture européenne reproduits en bronze dans la fameuse fonderie d'art : le *David* de Michel-Ange, le *Persée* de Cellini, la *Porte du Paradis* de Lorenzo Ghiberti, l'*Apollon du Belvédère*. Par Coupat, avide de savoir et d'instruction, grand discoureur fébrile et généreux mêlant tout, la cause des prolétaires, sa passion pour Michel-Ange et les machines à vapeur dernier cri, Zéphirin Camélinat découvre un monde nouveau : l'autre lui transmet sa soif de grand malade. Et il le suit aux cours du soir des Arts et Métiers, où se retrouvent des types comme eux, des ouvriers, des artisans, qui n'ont pas pu continuer l'école.

À l'exemple de Coupat, Zéphirin s'inscrit à l'école Turgot au 17 de la rue du Vert-Bois. À la sortie des cours d'histoire, de géographie ou d'anglais, il danse d'allégresse au-dessus du trottoir, tellement qu'un soir il manque de se faire renverser par une voiture à chevaux. Ça ne fait rien, de petite souris coincée dans son trou, il est devenu un aigle survolant d'immenses territoires jusque-là insoupçonnés. Le soir, Mme Reuss fournit la chandelle en cachette pour qu'il puisse continuer ses lectures.

Quelques mois plus tard, fatigué de débiter à longueur de journée des tubes de cuivre comme on coupe du macaroni, et lassé des remontrances du père Reuss qui le traite de fainéant parce qu'il s'use les yeux à lire des livres, il trouve une place, par l'entremise de Coupat, chez un fabricant de petits bronzes, pas loin de là, au 71 de la rue des Gravilliers.

Habile de ses mains, heureux de travailler le métal en fusion comme il en rêvait à la forge d'Antoine-Cyprien à Mailly, Zéphirin devient en deux ans monteur en bronze et ciseleur.

Son salaire a doublé, alors il prend un logement en garni avec Coupat, qui tousse de plus en plus. Depuis peu, on a dû rajouter une paillasse pour Lin Camélinat : le frangin est venu de Mailly faire son apprentissage de soudeur en cuivre.

Le dimanche, on se retrouve pour flâner dans Paris, visiter les monuments et s'exclamer au Louvre devant les originaux des Barbedienne, la *Diane de Versailles* ou la *Vénus de Milo*, au milieu des bourgeois hautains et scandalisés de devoir frayer avec les blouses. L'après-midi, à la barrière de Belleville ou à la guinguette de la Courtille, on s'attable avec d'autres copains de chez Barbedienne ou de la rue des Gravilliers pour discuter de la meilleure manière d'organiser la solidarité entre ouvriers, malgré l'interdiction des regroupements professionnels et la répression de la police impériale. On adhère à la Société ouvrière du crédit mutuel du bronze créée par Henri Tolain, un bronzier parisien de trente-deux ans, grand de taille, portant barbe – « comme le socialiste Proudhon », explique Coupat. Il s'agit de mettre en commun des sous pour venir en aide aux malades et aux vieux. La maladie de Coupat n'est pas pour rien dans ce premier engagement de Camélinat : pas seulement parce que le copain lui transmet son ardeur de fervent communiste, mais aussi parce que, devenu trop faible pour travailler, il est dans le cas de recevoir du secours de la mutuelle.

Le 17 octobre 1861, à l'auberge du Devoir, entre deux quintes de toux, Coupat lit tout haut l'article de *L'Opinion nationale* qu'a rédigé Henri Tolain. Le pouvoir y est mis au défi de « permettre aux ouvriers parisiens d'élire eux-mêmes et sans contrainte les représentants des différentes corporations à l'Exposition universelle », qui doit se tenir à Londres l'année suivante. Le bronzier proudhonien réclame la légalisation de la grève et la création de chambres syndicales.

Le dimanche suivant, comme il fait encore beau et chaud malgré l'automne avancé, on se lève à l'aube pour aller danser sur le bord de la Seine à Joinville. Un ami de Coupat, Garancher, a ramené sa femme, Zoé, une jolie rousse pétillante aux yeux verts et aux joues roses. Zéphirin, saisi, n'arrive plus à détacher ses yeux de ce visage en face du sien, de l'autre côté de la tablée. Ça fait rigoler les copains, mais c'est plus fort que lui. La mèche brune, les yeux noirs et brillants de Camélinat dans le visage carré et pâle, ses manières douces et réservées plaisent à Zoé. La jeune lingère est aussi volubile et agitée que le bronzier immobile et taiseux. Quand enfin il prononce un mot, un éternel sourire sur ses lèvres, il a l'air de vouloir excuser sa locution un peu embarrassée et son rocailleux accent bourguignon.

Au printemps suivant, la succession des dimanches au bord de l'eau fait le reste. Le mari s'aperçoit de l'idylle. Il se met à boire et à battre sa femme. Zoé s'attriste et maigrit.

La mort de Coupat, en juin, resserre les rangs mais personne ne se parle. Camélinat se sent lâché par cet aîné trop fragile qui lui avait donné la beauté et la ferveur. Est-ce que vraiment ça vaut la peine, l'art, l'histoire, la géographie, le crédit mutuel, si c'est pour crever comme un chien à trente ans ?

Fin août, un soir, alors que Zéphirin revient le pas lourd d'une réunion de la Société ouvrière, il trouve Zoé endormie contre la porte de son garni de la rue des Gravilliers. Il la fait entrer chez lui. Elle n'en sortira plus : leurs quatre enfants seront élevés dans le péché du concubinage et les deux pièces du logis.

Garancher, mortellement atteint par la mort de Coupat et la trahison de Zoé, devient en quelques mois une de ces épaves qu'on voit mendier sur le pavé. Il y a des copains qui en veulent à Camélinat de ce gâchis. « Tout ça pour une femme. »

Zéphirin, chagriné, s'en tire par le travail : patient et concentré, appliqué et doué, il reconquiert peu à peu le respect et l'amitié des siens. Il a changé de patron et crée maintenant des modèles d'appareils à gaz chez Martel. Un architecte le repère et l'engage sur le chantier de décoration d'un très bel hôtel particulier de l'avenue des Champs-Élysées : on lui confie la rampe de l'escalier, les lampadaires, les lustres, les grilles ajourées des foyers. Le commanditaire est la Païva, la plus célèbre des courtisanes du Second Empire. Il la voit passer quelquefois de loin, le chignon épais couronné d'un grand chapeau violet, descendant de son cabriolet en découvrant son soulier : « Une créature superbe », se souvenait encore Camélinat à la forge de Mailly dans les années 1920. Il ne lui serait pas venu à l'idée de lui adresser la parole. «Les petites femmes, c'est assez d'ennuis comme ça», commentait Jules-Antoine vers 1912, qui croyait en savoir quelque chose.

Sur ce chantier, Zéphirin croise le statuaire Dalou et se lie d'amitié avec lui. Il est devenu davantage qu'un simple ouvrier: un maître d'art. Mais le Crédit mutuel des bronziers ne l'occupe pas moins, et même plus que jamais.

L'article de Tolain a fait son effet: des élections au suffrage secret sont organisées pour désigner les délégués des différents corps de métiers. Sous la pression des saint-simoniens qui l'entourent, Napoléon III a renoué avec les discours démagogiques du temps de la République en se prétendant l'ami des ouvriers. Tolain est secrétaire adjoint de la Commission de la rue du Temple chargée d'organiser les élections des délégués parisiens. Rue du Temple comme à la Société ouvrière, l'autorité de Camélinat grandit avec sa réputation dans le métier: membre de la Commission électorale chargée de l'élection des délégués bronziers, il parle peu mais on l'écoute.

En septembre 1862, venu livrer des tubes chez un imprimeur, Zéphirin est reçu par un bel homme d'une soixantaine d'années, les cheveux blancs encadrant un visage avenant. Amusé par son accent bourguignon, l'autre l'interroge. De fil en aiguille, on en vient à causer de l'insurrection de Clamecy en 1851, l'arrestation des Rouges à Mailly, la montée à Paris, la Société ouvrière, la mort de Coupat. L'homme se raconte à son tour: son élection à la Constituante de 1848, sa rencontre avec le socialiste Proudhon, son aisance passée d'industriel rallié à la République et sa gêne récente: Charles Beslay, c'est son nom, vient de se ruiner en créant une nouvelle Banque du Peuple, sur le modèle de celle de Proudhon en 1849. Pour sûr que l'intention était bonne: les taux d'usure pratiqués du crédit privé, voilà la cause de toute la misère du peuple. Beslay travaille maintenant pour l'imprimeur, un républicain, comme précepteur de ses enfants. Il invite Camélinat à venir le dimanche suivant aux réunions qu'il organise dans son petit appartement du 84 de la rue du Cherche-Midi.

Zéphirin est intimidé la première fois qu'il pénètre dans ce salon en bois tourné et guéridons de marbre, capitonné de moelleuses tapisseries. Jérôme Langlois, l'avocat Gustave Chaudey et Georges Duchêne font cercle autour de Joseph Proudhon, tout juste revenu de son exil belge : le théoricien du socialisme avait dû fuir la France après la publication de son livre *De la justice dans la révolution et dans l'Église : nouveaux principes de philosophie pratique*. La barbe blonde en bataille constellée de tabac, cet homme mûr portant lorgnon, le menton appuyé sur sa canne, cesse de parler quand il aperçoit le jeune homme gauche, la veste informe et la casquette à la main. Fils d'un brasseur et d'une cuisinière, ancien ouvrier typographe, Proudhon a beau parler grec et latin, il se souvient de l'étudiant pauvre et studieux qu'il a été, il accueille Zéphirin d'un sonore : « V'là les Rouges de Bourgogne ! » Et reprend aussitôt son exposé : il a déclaré sa solidarité avec les insurgés de Juin 48, contrairement à Beslay d'ailleurs, mais il désapprouve l'émeute et l'insurrection, et aussi la grève, parce que la violence se retourne toujours contre les ouvriers. C'est justement parce qu'ils en sont les éternelles victimes qu'il faut la combattre et inventer son contraire : la paix sociale, retrouver la fraternité détruite par les nouveaux féodaux capitalistes. Beslay, qui est membre des cercles républicains, met les élections sur le tapis : « Entourloupe ! » crie Proudhon. Tout le cirque de la démocratie bourgeoise en 48, on a vu à quoi ça a conduit : au coup d'État de Napoléon la crapule en 51. L'idée de Proudhon, c'est l'auto-organisation des ouvriers par eux-mêmes, tout de suite, sans attendre l'autorisation, bâtissant dans leur coin un monde nouveau sur la base de sociétés d'entraides ouvrières et de coopératives.

En écoutant le vieux maître, Camélinat reconnaît la théorie de leur pratique, à lui et aux autres copains bronziers : Tolain, qui a mis sur pied la Société ouvrière du crédit mutuel, a lu Proudhon, il le sait par le « pauvre Coupat ». Mais il y a des divergences. Sur la question de la grève, par exemple : c'est vrai qu'il faut éviter la violence, mais la cessation du travail est un moyen pacifique de pression sur les patrons et il faut demander sa légalisation, comme Tolain l'a fait dans son texte de l'année passée.

Quant à la question des élections, Camélinat n'est pas d'accord non plus. Il pense à Tolain : à l'heure qu'il est, il doit avoir embarqué au Havre avec les cent quatre-vingt-dix-neuf autres délégués ouvriers élus, autorisés par Napoléon III à assister à l'Exposition universelle de Londres.

À son retour à Paris, Tolain tient réunion sur réunion, à la Commission de la rue du Temple ou à la Société ouvrière des bronziers, et raconte encore tard le soir au cabaret de la rue Neuve-Saint-Jean et encore le dimanche chez Beslay : les ouvriers anglais travaillent en moyenne une heure de moins par jour et sont mieux payés. Et ils ont obtenu ça parce qu'ils sont organisés en syndicats, les Trade-Unions. Mais en France, l'Empereur, qui est un faux jeton, veut intégrer les organisations ouvrières dans des organismes cogérés par les patrons et les capitalistes. Tolain refuse de se résigner à agir dans le cadre contraint de la légalité impériale : ce qu'il faut, c'est arracher au pouvoir des chambres syndicales indépendantes et autogérées par les ouvriers.

Parmi les délégués ouvriers envoyés à Londres, beaucoup rechignent à heurter le pouvoir de front. Au cabaret de la rue Neuve-Saint-Jean, Tolain, Camélinat, Limousin, Perrachon et les autres copains travaillent au corps les « résignés », comme on les appelle : ils sont, pour la plupart, comme Proudhon, hostiles au rapprochement avec les républicains, et c'est un autre sujet de dispute. On en vient vite aux mains. L'arrivée des gendarmes calme tout le monde.

En novembre 1862, chez Beslay, ça ne va pas mieux. Soutenu par Camélinat, Beslay défend contre Proudhon l'idée de Tolain de présenter des candidats ouvriers aux élections législatives du printemps suivant : la liberté d'association ne peut s'obtenir que par une lutte politique. Mais Proudhon maintient sa position : si les ouvriers briguent des mandats électoraux, ils seront brisés par une machine qui n'est pas faite pour eux, corrompus par la vanité qu'ils en tireront. Leur seule voie, c'est la séparation, les sociétés mutualistes, les coopératives, s'organiser par eux-mêmes pour eux-mêmes, en ne comptant que sur leurs propres forces, commencer dès maintenant à bâtir la cité nouvelle sur les ruines de la tyrannie oligarchique et bancocratique – qui s'anéantira d'elle-même parce qu'elle ne répond qu'à des intérêts égoïstes et contradictoires.

Pour Beslay comme pour Camélinat, les candidatures ouvrières, c'est au contraire proclamer la fidélité à l'idéal démocratique et social de 1848 et de 1793. Pas de démocratie sans justice sociale. L'égalité ne doit pas être seulement formelle, le droit ne doit pas seulement protéger la propriété mais garantir une réelle égalité des chances en fonction des mérites, et non de l'héritage. « Là-dessus, disait Camélinat à la forge, je n'ai jamais varié : je me suis battu toute ma vie pour la représentation politique des ouvriers. » Proudhon, ébranlé par la détermination des autres, finira par céder : dans son dernier ouvrage, publié peu avant sa mort, le livre le plus lu dans le milieu prolétaire, *De la capacité politique des classes ouvrières* (1865), il se rallie finalement à l'idée d'en passer par la conquête du pouvoir d'État et de la représentation parlementaire.

Début 1863, au comité électoral mis en place par les républicains pour les élections législatives des 31 mai et 1er juin, Charles Beslay exige et obtient que des ouvriers se présentent. Mais les deux candidats ouvriers, imposés contre l'avis de la majorité, obtiennent des scores symboliques. Déçu par les républicains modérés et persuadé qu'il n'y a rien à attendre du pouvoir impérial, Tolain décide de rédiger un texte programmatique à l'occasion de sa propre candidature à la législative partielle de la Seine, en mars 1864.

On se retrouve au Café Voltaire, place de l'Odéon, en face du théâtre. En plus de Tolain et Camélinat, il y a là le journaliste socialiste Henri Lefort et un jeune avocat, Léon Gambetta : le futur leader républicain de la Troisième République a seulement deux ans de plus que Zéphirin, mais il est impressionnant avec son œil mort et ses reparties brillantes. Le monteur en bronze Perrachon et le passementier Limousin en sont aussi.

Lefort consigne, parfois sans en changer un mot, ce que dit Tolain : « Nous savons qu'on ne dit pas candidatures industrielles, commerciales, militaires, journalistes, etc. ; mais la chose y est si le mot n'y est pas. Est-ce que la très grande majorité du corps législatif n'est pas composée de grands propriétaires, industriels, commerçants, de généraux, de journalistes, etc., etc., etc. ? Alors pourquoi pas des candidatures ouvrières ? Pas de démocratie sans représentation des petits. Depuis 1789, tous les Français sont égaux devant la loi. Nous qui n'avons d'autre propriété que nos bras, il nous est bien difficile de croire à cette affirmation. L'égalité écrite dans la loi n'est pas dans les mœurs, elle est encore à réaliser dans les faits. »

Et il ne faut pas oublier les autres revendications : l'abolition de la loi sur les coalitions – « pour ainsi dire, précisait Madeleine, le droit de réunion et d'association » –, la création de chambres syndicales, l'instruction primaire et professionnelle gratuite. Camélinat insiste sur « le savoir et l'instruction, qui est la dignité du peuple » : il pense à Coupat, si intelligent, et qui aurait peut-être survécu s'il avait pu faire des études comme Gambetta. Il serait peut-être même à sa place à l'heure qu'il est. « Nous repoussons l'aumône, nous voulons la justice, continue Tolain. Le suffrage universel nous a rendus majeurs politiquement, mais il nous reste encore à nous émanciper socialement. »

La jeune serveuse apporte les cafés, et la question des femmes arrive sur le tapis : « Nos femmes désertent le foyer pour un travail excessif, contraire à leur nature, et détruisant la famille », relit Lefort. Camélinat opine du chef : il est transi d'effroi à l'idée que Zoé traîne dans les rues. Heureusement, elle n'est pas obligée de travailler, et tant pis si le deux-pièces est étroit pour trois adultes et deux enfants (deux autres naîtront bientôt rue des Gravilliers). « La liberté du travail, le crédit, la solidarité, voilà nos rêves », conclut Tolain. Lefort reprend, déplace des phrases, mais le manifeste est bouclé. Il est le temps. « Ça ferme », crie le patron.

Dans les jours qui suivent, soixante copains, presque tous prolétaires, acceptent de le contresigner.

Le Manifeste des soixante, publié le 17 février 1864 dans *L'Opinion nationale,* a un grand retentissement. Le 25 mai 1864, Napoléon III abolit le délit de coalition (et donc, de fait, la loi Le Chapelier de 1791) et accorde aux ouvriers un droit de grève restreint (loi Ollivier).

« C'est notre première grande victoire », disait Camélinat à la forge de Mailly. Et après lui Jules-Antoine à Madeleine, Madeleine à Madeleine. Une victoire qu'on ne doit qu'à nous. Karl Marx, le communiste allemand que Tolain a entrevu à Londres, écrira plus tard à propos du Manifeste des soixante qu'il fut « la première charte de classe d'un mouvement ouvrier français en voie de devenir adulte ».

– Condescendance émerveillée d'un père pour l'enfant adopté qu'il préfère aux siens, disait Madeleine à JC.

– Je ne crois plus que le prolétariat soit l'avant-garde, répondait le député socialiste. Ce n'est pas la sociologie des gouvernants qui fait une politique juste, mais une politique juste qui construit la dynamique permettant les avancées sociales.

– Mais s'il n'y a qu'une classe sociale qui gouverne, elle fait nécessairement, sans même avoir à y penser, la politique de ses intérêts. Tu ne crois pas ? répondait Madeleine.

Du reste, personne n'a eu l'idée d'aller chercher Tolain ou Camélinat, et c'est parce qu'ils se sont manifestés haut et fort que Napoléon III ou les républicains, l'un par calcul, les autres par logique démocrate, ont accepté de les admettre ou de faire semblant de les admettre dans le jeu.

Cette irruption des salariés pauvres sur la scène démocratique est éternellement à recommencer.

Il y en a, des toasts portés à la République démocratique et sociale, et des chopines descendues rien que pour la joie au cabaret de la rue Neuve-Saint-Jean et au Café Voltaire. Tolain n'en est pas. Son prochain article sera pour condamner les cabarets et les romans, lieux de perdition du peuple.

Trois mois plus tard, le 28 septembre 1864, le bronzier est au St. Martin's Hall à Londres pour l'ouverture du Congrès ouvrier européen : on vote la création d'un Comité central permanent et international luttant partout

« pour l'émancipation définitive de la classe travailleuse, c'est-à-dire pour l'abolition définitive du salariat ». L'Association internationale des travailleurs (AIT), dite plus tard Première Internationale, naît ce jour-là, à l'initiative des syndicalistes anglais et des délégués ouvriers français, auxquels se joignent les communistes allemands exilés à Londres sous l'égide de Karl Marx et de Friedrich Engels. L'adresse inaugurale de l'Internationale est rédigée par Marx : « L'émancipation des travailleurs doit être l'œuvre des travailleurs eux-mêmes. »

Le 8 janvier 1865, de retour à Paris, Tolain crée la Section française de l'Internationale ouvrière. C'est Camélinat qui trouve le local, au rez-de-chaussée de son immeuble, 44 rue des Gravilliers. Il n'a pas vingt-cinq ans et il est le plus jeune membre de la commission adjointe au premier bureau de Paris. Le vieux Charles Beslay et d'autres quarante-huitards y adhèrent également.

Quelques jours plus tard, le bureau de la Section française au grand complet suit le cercueil de Proudhon jusqu'au cimetière du Montparnasse. Proudhon meurt, le mouvement ouvrier vient de naître.

La réputation de Camélinat grandit encore dans son métier : alors qu'il dirige la construction des appareils d'éclairage du Grand Café sur le boulevard des Capucines dans le nouveau quartier de l'Opéra imaginé par le baron Haussmann, Charles Garnier le fait embaucher pour ciseler les bronzes de l'Opéra de Paris. Du côté de la rue Scribe, les palmes de deux tonnes, les chapiteaux et les aigles entourant le buste de Garnier sont l'œuvre de Camélinat. C'est drôle, quand on y pense, que lui, Camélinat, ait participé à cette entreprise de ségrégation sociale menée d'une main de fer par l'ancien préfet de l'Yonne pourfendeur des Rouges en 1850. Haussmann a détruit le Paris de Rutebeuf et de François Villon, où riches et pauvres se mêlaient, les pauvres ont été repoussés dans les arrondissements de l'Est.

Mais à la même époque, le fils de Rémi le Rouge est l'un des quinze membres de la commission dirigeante de la Section française de l'Internationale avec Eugène Varlin, Édouard Vaillant et le petit dernier, Benoît Malon, qu'il a fait adhérer en 1865. Il en devient secrétaire correspondant, grâce à ses connaissances en anglais. En septembre 1866, il se rend pour la première fois à l'étranger : au premier Congrès des internationaux, comme on les appelle.

Le Congrès de Genève réunit soixante délégués venus de France (de Paris, Lyon et Rouen), d'Angleterre, de Belgique, de Suisse et d'Allemagne. C'est encore bien peu. La résolution sur la limitation du temps de travail à huit heures par jour est adoptée à l'unanimité. Zéphirin se lève ensuite et, « bien ému tu peux me croire », présente une proposition de résolution contre le travail des femmes et des enfants dans les usines et les manufactures. Il l'a rédigée avec Édouard Fribourg et le monteur en bronze Perrachon, son ami le plus proche depuis la mort de Coupat : « La femme n'est pas faite pour travailler, sa place est au foyer de la famille : elle est l'éducatrice naturelle de l'enfant, elle seule peut le préparer à l'existence civique, mâle et libre. » Eugène Varlin et quelques minoritaires votent contre, mais la résolution est adoptée.

Camélinat n'aime pas les dissensions, les divergences, les discussions entre copains. Il ne comprend pas la position de Varlin. Est-ce que les femmes ne sont pas à protéger, comme les enfants ? Est-ce que ça n'est pas le premier devoir de l'homme d'être leur bouclier ? Mais le soir chez l'international suisse qui les héberge, Varlin explique que, plutôt que de réclamer le retour des femmes au foyer, il faut les aider à s'organiser pour défendre elles-mêmes leurs droits, qu'elles doivent avoir les mêmes que les hommes parce qu'elles subissent la même oppression. Surtout, il parle longuement à Camélinat de Nathalie Le Mel, l'ouvrière qui a organisé avec lui la grève des relieurs, deux ans auparavant. Quand il parle de Le Mel, Varlin prend un ton spécial, son œil, qu'il a perçant, brille dans un visage rond et barbu (c'est la mode).

De douze ans leur aînée (Varlin et Camélinat ont le même âge), mère de trois enfants, Nathalie Le Mel tenait une boutique de librairie-reliure avec son mari à Quimper : ils font faillite en 1861 et montent à Paris se faire embaucher comme ouvriers. Le mari de Nathalie ne supporte pas le coup, il boit, mais elle, elle devient une militante socialiste et féministe, et adhère à l'Internationale après la première grève. Pendant la deuxième grève, l'année passée, elle a tellement épaté tous les copains par son courage et ses qualités d'organisatrice qu'ils l'ont élue déléguée syndicale : une première pour une femme.

Camélinat la connaît, il l'a aperçue rue du Temple, menue, bien droite, le corps sec, un petit visage sérieux, un peu chiffonné. Il l'a entendue intervenir sur la question du salaire des femmes, qui sont moins bien payées à travail égal. Mais sur le moment, ça ne lui a paru qu'un argument de plus pour qu'on leur épargne ce fléau infligé aux hommes : le salariat. « Le récit de Varlin l'impressionne, mais il n'était toujours pas très convaincu dans les années 1920, disait Madeleine. Ses filles l'en plaisantaient à la forge, surtout Zélie, qui était communiste et féministe. »

En février 1867, c'est au tour des ouvriers bronziers de cesser le travail pour exiger des augmentations de salaire. Le Crédit mutuel des bronziers décide de les soutenir : Camélinat devient l'un des dirigeants de la grève avec Albert Theisz, un ouvrier ciseleur sur bronze de son âge qu'il fait adhérer à l'Internationale. Les copains l'envoient à Londres collecter des fonds de soutien auprès des Trade-Unions. La victoire des grévistes est totale : ils obtiennent vingt-cinq pour cent d'augmentation. Camélinat est définitivement gagné à la nécessité de la grève, légale ou pas, et à l'organisation de « sociétés de résistance » : les syndicats. Tolain est plus réservé sur la lutte syndicale illégale. Peu nombreux en raison de l'interdiction des réunions publiques (mille deux cents adhérents en 1866), les internationaux, très actifs dans les luttes, acquièrent un grand prestige chez les ouvriers parisiens.

Mais l'Internationale se divise à nouveau. Au Congrès de Lausanne en septembre 1867, Varlin et Malon se rapprochent des collectivistes allemands et des communistes qu'on commence à appeler marxistes : ils rompent avec le dogme de Proudhon selon lequel la propriété individuelle garantit la liberté. Là encore, Camélinat a du mal à suivre les deux copains, pourtant plus proches de lui que Tolain par l'âge et l'origine paysanne. On a beau lui représenter que, dans les grandes fabriques du textile, dans les mines, dans les aciéries ou les chemins de fer, l'outil de la production ne peut pas être individuel, il n'en démord pas. Depuis que son grand-père Jean-Baptiste Camélinat a planté l'arbre de la Liberté devant l'église de Mailly avec Antoine le Jacobin en 1792, ce qu'on veut, nous les paysans et les petits artisans, c'est un bout de la terre à nous et l'outil pour faire travailler nos bras. Être son propre maître, de la terre ou de l'atelier, c'est la condition de la dignité, de la liberté. Il n'y en a pas d'autre. Si le « moyen de production appartient à tous », comme a dit Marx à Lausanne, qui dirigera l'usine ? Si les usines appartiennent à l'État, il y aura de nouveau des gros qui commanderont d'en haut, et des petits qui exécuteront ; ceux qui n'ont que leurs bras, et ceux qui pensent. Comment faire pour que ceux qui organisent la production n'en accaparent pas le profit, même si, théoriquement, ils la gèrent pour le bien de tous ?

«L'idée de Proudhon n'était pas si mauvaise», se souvenait Camélinat à la forge dans les années 1920: c'est par le bas qu'il faut organiser l'association, non par le haut; ce qu'il faut, c'est mutualiser la production et la décision, qu'elle soit économique ou politique. Organiser les fabriques comme les mutuelles ouvrières, qui appartiennent à tous les cotisants et sont gérées par le vote des comités dirigeants.

Mais Varlin n'a pas tort non plus quand il objecte que, depuis la Révolution française, on n'a rien trouvé de mieux que la loi pour faire appliquer le droit, et que le mal vient de ce que les capitalistes ont accaparé à leur profit le pouvoir d'État. Qu'il faut d'abord le leur reprendre pour faire respecter l'égalité citoyenne, et ensuite s'organiser entre nous, sans que les uns accaparent le profit du travail des autres.

Varlin avait raison, disait Camélinat à la forge, de poser la question au niveau politique. La politique, si elle n'est pas accaparée par les dominants, c'est une autre manière de résoudre la division du travail entre ceux qui pensent et ceux qui exécutent: la politique, ça signifie que chacun pense la place qu'il occupe dans la production et dans la société, et participe à la décision en donnant son opinion. Penser, c'est la clé du pouvoir partagé, c'est-à-dire de la liberté réalisée. Et le partage du pouvoir, ça ne peut s'organiser qu'en élisant des représentants sur un programme discuté en commun, des représentants qu'on puisse très régulièrement et librement renouveler – ou révoquer, s'ils trahissent leur mandat.

C'est parce qu'il est d'accord sur la politique qu'au Congrès de Lausanne en septembre 1867, Camélinat, avec d'autres proudhoniens, accepte de voter la motion finale, en partie rédigée par Karl Marx, selon laquelle «l'émancipation sociale des travailleurs est inséparable de leur émancipation politique».

La *politique*, c'est aussi trouver des compromis entre les copains qui ne sont pas d'accord. Mais de compromis, Tolain, jaloux de son pouvoir, ne veut pas en entendre parler. Et à Paris, Camélinat ne parvient pas à empêcher la rupture : Varlin et Malon reprochent à Tolain son attentisme et sa complaisance envers le pouvoir impérial, qui cherche à séduire les ouvriers pour mieux les détacher des républicains.

D'ailleurs, sous la pression des oligarchies industrielles et financières ulcérées par les grèves à répétition, et inquiet de l'influence croissante des marxistes au sein de l'Internationale, Napoléon III vient de faire volte-face. À partir de février 1868, les internationaux sont poursuivis pour « constitution interdite d'association de plus de vingt personnes » et le bureau parisien est dissous : Eugène Varlin, Benoît Malon ou Charles Longuet sont condamnés à des amendes, d'autres sont emprisonnés. De vieux républicains rouges comme le journaliste démocrate-socialiste Charles Delescluze sont aussi dans le collimateur du pouvoir impérial : âgé d'une soixantaine d'années, commissaire de la République en 1848, le fondateur avec Ledru-Rollin et Agricol Perdiguier de la Société républicaine démocrate radicale et socialiste qui avait gagné les élections en 1849, a créé, à son retour de déportation en 1860, un journal démocrate radical proche de l'Internationale, *Le Réveil*, où il vient de lancer une souscription pour la famille du député Jean-Baptiste Baudin, mort lors des affrontements parisiens de 1851. *Le Réveil* est condamné pour outrage à l'Empereur, malgré l'éclatante plaidoirie de l'avocat Gambetta, que Camélinat lit le lendemain dans le journal. Zéphirin est impressionné par le discours du petit avocat qu'il avait croisé au Café Voltaire : son réquisitoire contre le coup d'État et la répression qui avait suivi, c'était l'entrée en scène du futur leader républicain.

Le pouvoir impérial a beau faire, les républicains et les internationaux ont le vent en poupe. L'Internationale est obligée de se faire discrète, mais le nombre de ses membres a considérablement augmenté. Tolain est sur la touche, Varlin en passe de devenir secrétaire. Conscient de l'échec de sa politique répressive, Napoléon III change à nouveau de tactique : en mars 1868, les chambres syndicales sont tolérées, la loi du 6 juin de la même année accorde une relative liberté de réunion, et le 2 août, la primauté de la parole du maître sur celle de l'ouvrier en cas de contentieux est abolie. Nouvelles victoires décisives. Les syndicats ouvriers, qui ne seront légalisés qu'en 1884, se multiplient. Camélinat crée avec les autres copains la Chambre syndicale des ouvriers bronziers qui adhère à la Fédération parisienne des sociétés ouvrières, et rejoint l'Internationale. La Commission ouvrière élue en 1867 à l'occasion de l'Exposition universelle de Paris se réunit dans de nouveaux locaux, à la Corderie du Temple.

Sous l'influence de Varlin et de Malon, le conseil général de la section française devient majoritairement socialiste révolutionnaire (c'est-à-dire collectiviste anti-autoritaire). Au congrès de Bâle en septembre 1869, Camélinat, moins doctrinaire que Tolain, est séduit par le compromis que propose le Russe Bakounine entre le collectivisme centraliste des marxistes et les positions anti-étatistes et anticentralistes de Proudhon. Hostile à la dictature du prolétariat, Bakounine considère que la prise du pouvoir au niveau de l'État (la révolution) risque de reproduire un système d'oppression hiérarchique ; et que la constitution fédérative de corps de métiers est le seul moyen d'assurer le succès de la révolution sociale. L'action doit se mener par une radicalisation des luttes syndicales. C'est la conviction qui fonde l'anarcho-syndicalisme, mais le terme apparaîtra bien plus tard : tous les internationaux français ou presque sont sur cette ligne. Sauf Tolain : le pionnier du mouvement ouvrier reste fidèle à l'orthodoxie proudhonienne et s'isole dans une toute petite minorité (six pour cent des mandats au Congrès de Bâle).

Comme Varlin et Malon, et comme Bakounine, Camélinat se méfie des marxistes (ils ont un tiers environ des mandats). Mais contrairement à l'anarchiste russe, il ne pense pas qu'il faille « renoncer à toute action ayant pour but d'opérer la transformation sociale au moyen des réformes politiques nationales ». Et il suit Karl Marx lorsque le communiste allemand, très influent au Conseil général de l'Internationale à Londres, affirme que « l'abstention politique est funeste par ses conséquences pour notre œuvre commune et que chaque membre doit intervenir, autant que faire se peut, dans la politique ». La division du mouvement ouvrier sur cette question de l'engagement politique démocratique durera jusqu'à Jaurès, et resurgira plus tard. Les prolétaires, depuis juin 1848, et malgré le Manifeste des soixante, se méfient de la représentation parlementaire. La voie est bien étroite à vouloir concilier, dans un cadre national, les thèses anti-autoritaires de Proudhon et l'idéal démocratique et égalitaire de la Révolution française : ce sera la ligne de Jaurès. En attendant, les mois qui viennent vont mettre tragiquement à l'épreuve le refus de la dictature cher aux internationaux français.

L'année 1870 commence très fort avec les funérailles quasi insurrectionnelles du journaliste républicain Victor Noir, assassiné par le cousin de Napoléon III : Pierre Bonaparte est le fils de Lucien Bonaparte. L'émeute tourne court, mais les grèves se multiplient, comme aux usines Schneider du Creusot. Les élections législatives de mai 1869 ont été un succès pour l'opposition républicaine menée par Léon Gambetta. Le pouvoir impérial, lâché par les oligarchies industrielles et financières et désormais aux abois, cherche à nouveau un appui populaire, « mais l'approbation plébiscitaire de la nouvelle Constitution, en mai, est un emplâtre sur une jambe de bois », disait Camélinat. Le gouvernement impérial libéral mécontente à la fois le prolétariat et les élites économiques. Aux élections, Eugène Varlin et Benoît Malon défendent un programme de nationalisation des banques, des assurances, des mines et des chemins de fer : les ouvriers parisiens se rapprochent des républicains et les sociétés ouvrières continuent de se fédérer à Paris, Lyon et Rouen. Il ne reste plus au neveu de l'oncle qu'une seule carte à jouer : la guerre.

Le 12 juillet 1870, Camélinat signe le Manifeste des internationaux contre la guerre, et une poursuite est engagée contre lui et les autres copains. Le 19 juillet, la France déclare la guerre à la Prusse. Le 23, Marx rédige une *Adresse du Conseil général de l'Internationale*, expliquant que le bellicisme de la classe dirigeante est la conséquence du refus de l'Empire de concéder des réformes sociales et politiques.

– Tel est le dilemme des gouvernants depuis la Révolution : « Nationalisme va-t-en-guerre ou démocratisation politique et sociale », disait Madeleine à JC. Dès qu'ils abandonnent une option, l'autre devient inévitable.

Rapidement, la très prévisible force de frappe prussienne tient en échec l'armée française : les défaites s'accumulent. L'Assemblée nationale réclame dès le 9 août la formation d'un Comité exécutif de défense nationale et l'armement de la Garde nationale. Le 2 septembre, à Sedan, les Prussiens encerclent les troupes du maréchal de Mac-Mahon. Napoléon III est fait prisonnier. Guillaume de Prusse et surtout Otto von Bismarck, chancelier de la Confédération d'Allemagne du Nord, qui voulait la guerre pour parfaire l'unité allemande, sont maîtres de la situation.

À Paris, le 4 septembre, deux jours après la défaite de Sedan, le petit peuple, ouvriers, artisans, boutiquiers, et avec eux Camélinat et les internationaux envahissent l'Assemblée nationale : ils réclament des élections municipales, l'amnistie politique, la suppression de la police, la liberté de presse et de réunion, et la levée en masse pour contrer l'invasion prussienne. À quatre heures de l'après-midi, au balcon de l'Hôtel de Ville, l'avocat Léon Gambetta, député de Belleville depuis un an, proclame la République. À vingt-deux heures trente, un Gouvernement provisoire de Défense nationale est formé sous la présidence du gouverneur de Paris, le général Trochu. Gambetta est ministre de l'Intérieur, Jules Favre ministre des Affaires étrangères, et Jules Ferry secrétaire du gouvernement. La Troisième République est en train de naître, l'accouchement sera sanglant.

Le lendemain, 5 septembre, à l'école de la Rue-au-Maire, Camélinat, Varlin, Malon, Tolain, Charles Beslay et cinq cents ouvriers appellent à constituer des Comités républicains d'arrondissement de vigilance et de défense.

Le surlendemain, 6 septembre, à la Corderie du Temple, dans une réunion conjointe de l'Internationale et de la Fédération des sociétés ouvrières qui dure quatre heures, on décide la formation d'un Comité central des vingt arrondissements, constitué de deux membres de chacun des comités d'arrondissement. Il sera mis sur pied cinq jours plus tard. Dans la foulée, Camélinat signe avec (entre autres) Beslay, Tolain, Longuet, Édouard Vaillant, un *Appel des internationaux parisiens à la démocratie socialiste allemande*, invitant les soldats allemands à repasser le Rhin, puisque l'Empire français fauteur de guerre a été remplacé par la République. Côté allemand, les deux dirigeants socialistes August Bebel et Karl Liebknecht sont en prison pour avoir pris position en faveur d'une paix honorable sans annexion et refusé de voter les crédits de guerre au Reichstag. Les communistes allemands ont signé le 5 septembre un manifeste contre l'annexion de l'Alsace et de la Lorraine, et la transformation de la guerre défensive prussienne en guerre offensive et invasive. Mais il est beaucoup trop tard : la furie nationaliste, virus meurtrier propagé par les journalistes bellicistes à la solde du pouvoir impérial, s'est emparée des deux peuples.

Le même jour, tous les Parisiens inscrits sur les listes électorales (cinq cent quatre-vingt-dix mille hommes environ) sont convoqués pour effectuer leur service dans la Garde nationale. Les gardes nationaux parisiens suspectent le Gouvernement provisoire de positions capitulardes face à l'invasion prussienne et de vouloir confisquer la République. Dans la tradition de la Garde nationale révolutionnaire, on veut à la fois défendre la Patrie en danger et imposer une démocratie sociale. Eugène Varlin commande le 193e bataillon, Auguste Blanqui le 169e.

Le 14, le Comité central des vingt arrondissements, dans lequel les internationaux sont très présents (Varlin, secrétaire du Conseil français de l'Internationale, en est membre), fait placarder dans Paris l'Affiche rose, appelant de nouveau à des élections municipales et à la réquisition des marchandises en prévision du siège.

Gambetta convoque Camélinat à l'Hôtel de Ville : le nouveau ministre de l'Intérieur, qui connaît Zéphirin depuis le Manifeste des soixante, lui confie la mission de réquisitionner du bétail dans les environs de Paris au nom du Comité d'approvisionnement. Avec quelques copains armés de revolvers (Limousin, Perrachon), il ratisse la campagne jusqu'à Melun et revient à Paris dans la nuit du 17 au 18 septembre conduisant des troupeaux de vaches et de moutons. Le lendemain, les Prussiens encerclent la capitale. Le siège va durer cinq mois.

Le 20 septembre à l'Alcazar, les cent cinquante-sept délégués du Comité central des vingt arrondissements réclament « la résistance à outrance, la levée en masse, l'élection de la Commune de Paris », et mettent en cause l'attentisme du Gouvernement provisoire. Mais la manifestation qu'ils organisent le 8 octobre devant l'Hôtel de Ville est un échec. D'autres mouvements communalistes, inspirés par le fédéralisme anarchiste, éclatent dans les villes de province, à Lyon, Saint-Étienne, Toulouse, Limoges, Marseille. Le 9 octobre, le gouvernement expédie Gambetta à Tours pour les réprimer. D'abord réticent, le ministre de l'Intérieur accepte finalement de quitter Paris assiégé en montgolfière.

À la fin du mois, la nouvelle arrive à Paris de la capitulation précipitée du maréchal Bazaine à Metz : Gambetta, devenu ministre de la Guerre et partisan de la « guerre à outrance », dénonce cette trahison. Le 31 octobre, Auguste Blanqui déclenche une insurrection en accusant le Gouvernement provisoire de négocier la paix en sous-main : l'Hôtel de Ville est occupé quelques heures par les blanquistes, mais le peuple de Paris ne bouge toujours pas. Le vieux révolutionnaire, éternel partisan du coup de force minoritaire, échappé de Sainte-Pélagie en 1865, fuit une nouvelle fois : il a déjà passé en prison ou en exil la moitié de sa longue vie (soixante-cinq ans).

Après l'échec de l'insurrection blanquiste, le Gouvernement provisoire organise un plébiscite le 3 novembre, et des élections municipales le 5 : Charles Delescluze est élu maire du XIXe arrondissement. L'international Benoît Malon, membre comme Varlin du Comité central des vingt arrondissements, est élu maire adjoint du XVIIIe arrondissement. Camélinat devient le secrétaire du maire adjoint du XIe arrondissement, Henri Tolain, et quelques jours plus tard, porte-drapeau de son bataillon, le 209e.

Le siège est dur, la faim et le froid deviennent vite intolérables. Le maire de Paris Jules Ferry a bien du mal à organiser le ravitaillement. Avec Varlin et Nathalie Le Mel, Malon met sur pied l'assistance publique pour les Parisiens les plus pauvres. Dans les rues, on baptise les casseroles de soupe « marmites Varlin ». L'international Eugène Varlin, déchu après l'insurrection du 31 de son commandement du 193e bataillon de la Garde nationale, devient aussi populaire qu'est impopulaire « Ferry l'affameur ».

À Champigny-sur-Marne, entre les 28 novembre et 2 décembre 1870, Camélinat se sert de son chassepot pour la première fois (il n'avait pas été tiré au sort pour le service militaire lors de la mobilisation de juillet) : son bataillon de gardes nationaux participe à l'offensive contre les troupes assiégeantes tentée par le gouverneur de Paris Trochu. C'est un échec, et le bilan est lourd côté français. Trochu, Jules Favre et Thiers entament des pourparlers de paix secrets avec Bismarck.

À l'approche de la nouvelle année, les Parisiens sentent que tout est perdu : le Comité des vingt arrondissements et l'Internationale, dont Varlin est devenu le secrétaire, sont de plus en plus écoutés. Les clubs politiques et les journaux se multiplient comme en 1848, comme en 1789. Le 30 décembre, l'ordre du jour du Comité central des vingt arrondissements est le suivant : « De la Commune révolutionnaire et des moyens pratiques pour l'installer révolutionnairement. » Camélinat fait partie des cent quarante signataires de l'Affiche rouge rédigée par l'écrivain et journaliste Jules Vallès, trente-huit ans, et le médecin-philosophe Édouard Vaillant, trente ans, membre de l'Internationale ; les deux hommes ont participé à l'insurrection blanquiste du 31 octobre. Placardée le 7 janvier, quelques heures après le début du bombardement de Paris, l'Affiche réclame la démission du gouvernement capitulard et conclut : « Place au peuple ! Place à la Commune ! »

Le 19 janvier, Trochu, qui continue de négocier en sous-main avec Bismarck, ordonne une sortie dans l'unique but de calmer le peuple de Paris, exaspéré par le siège. Camélinat combat avec ses hommes à la bataille dite de Buzenval, dans la colonne de gauche : postées à Saint-Cloud, les troupes placées sous les ordres du général Vinoy s'emparent de la redoute de Montretout à onze heures du matin. À trois reprises dans l'après-midi, le fort est perdu puis reconquis. Mais la nuit venant, le feu de l'ennemi est toujours aussi violent. Les trois colonnes subissent de lourdes pertes. Le gouverneur de Paris ordonne la retraite à sept heures du soir. Quatre mille hommes ont trouvé la mort, dont plus de mille gardes nationaux. Tous savent que c'est la fin, que l'entrée des Prussiens dans la capitale est imminente.

Le 21 janvier, l'atmosphère dans les rues de Paris est surchauffée : le mot d'ordre court de groupe en groupe d'une manifestation devant l'Hôtel de Ville le lendemain, pour appeler à la « lutte armée contre les capitulards ». Dans la nuit, une troupe de gardes nationaux force l'entrée de la prison de Mazas, en face de la gare de Lyon, et délivre Gustave Flourens : le républicain rouge, ex-professeur au Collège de France et farouche libre-penseur, commandant d'un bataillon de gardes nationaux de Belleville, avait été arrêté le 31 octobre.

Le 22, le rassemblement devant le siège du Gouvernement provisoire ne réunit pas autant de monde que prévu. Mais les hommes présents, dont Camélinat, sont prêts à tout pour éviter la capitulation de Paris. Dans l'après-midi, ils sont rejoints par des gardes nationaux armés menés par les blanquistes Raoul Rigault et le fondeur internationaliste Émile Duval. Avec eux, la blanquiste Louise Michel : institutrice à Montmartre, l'organisatrice des clubs de femmes est en habit de garde national.

Gustave Chaudey, adjoint au maire de Paris Jules Ferry, reçoit une délégation de manifestants : l'avocat, que Camélinat avait rencontré chez Charles Beslay en 1862 et qui avait défendu Proudhon ou Rigault et l'international Charles Longuet après leur arrestation au Café de la Renaissance en 1866, a viré à droite.

Sur la place, un coup de feu part : la panique s'empare des gardes mobiles suisses qui protègent l'Hôtel de Ville. Chaudey donne l'ordre de tirer. Les gardes nationaux répliquent, la foule s'éparpille. Des passants, des femmes, des gardes nationaux, des enfants sont blessés. Quatre adultes et un garçonnet de neuf ans sont tués. Le soulèvement est un échec : Ferry l'affameur, le général Clément-Thomas, commandant en chef de la Garde nationale, et le généralissime Joseph Vinoy, devenu gouverneur de Paris après la démission de Trochu, font arrêter les meneurs (quatre-vingt-trois personnes en tout). Parmi eux, le journaliste Jules Vallès et le vieux démocrate-socialiste Charles Delescluze, démissionnaire de son mandat de maire du XIXe arrondissement depuis le 6 janvier, pour protester contre la capitulation annoncée du gouvernement.

Les Rouges sous les verrous, leurs clubs et leurs journaux suspendus (en particulier *Le Réveil* de Delescluze), Jules Favre peut tranquillement négocier l'armistice que Bismarck signe le 28 janvier 1871. Gambetta démissionne. Les Parisiens, et Camélinat comme les autres, sont exaspérés : la proclamation de la République, cinq mois de faim, de froid, de rat-goût-de-mouton, les Rouges assassinés ou emprisonnés, tout ça pour voir les Prussiens profaner la galerie des Glaces à Versailles ?

Le Gouvernement provisoire organise dans l'urgence des élections législatives qui ont lieu le 8 février : les monarchistes et les légitimistes sont nationalement majoritaires. Mais contrairement aux ruraux, les Parisiens votent pour la République. Ils élisent le jacobin Charles Delescluze et quatre socialistes révolutionnaires, dont deux internationaux, Benoît Malon et Henri Tolain. Mais aussi des radicaux gambettistes, le socialiste modéré Louis Blanc, Victor Hugo revenu d'exil, le peintre Gustave Courbet. Et l'aventurier italien du *Risorgimento*, Giuseppe Garibaldi, principal artisan de l'unité italienne : débarqué en octobre sur nos côtes pour soutenir la nouvelle République française contre le roi de Prusse, le « général de la République romaine » a repris Dijon avec les corps francs dont Gambetta lui avait confié le commandement en octobre, ne cessant le combat que par la faute de l'armistice entrée en vigueur le 28. Mais Garibaldi n'a pas la nationalité française et doit renoncer à ses mandats.

Ce qui entraîne la démission de Victor Hugo. Les autres députés républicains ont déjà démissionné pour protester contre la cession de l'Alsace-Lorraine et prévenir la restauration de la monarchie : la nouvelle Assemblée majoritairement ultraconservatrice a choisi comme chef du pouvoir exécutif Adolphe Thiers, l'ancien ministre de Louis-Philippe.

Thiers au pouvoir, « la messe est dite ». À la forge de Mailly, chez Jules-Antoine, vers 1885, puis après la mort de Jules-Antoine, chez son fils Jules entouré de ses enfants, Madeleine, P'tit Louis, Lucien, Henriette, Élise, Camélinat racontait : « La soi-disant République de Thiers, c'était la farce de 1850 qui recommençait en pire. Mais les Parisiens ont de la mémoire : ils vomissent les monarchiens et les capitulards, et refusent qu'on les désarme. »

Les murs de Paris se couvrent une nouvelle fois des affiches signées par l'Internationale, la Fédération ouvrière et le Comité des vingt arrondissements appelant à « l'avènement politique des travailleurs, à la chute de l'oligarchie gouvernementale et de la féodalité industrielle ».

Le 6 février, les gardes nationaux se réunissent en assemblée générale au Cirque d'Hiver pour réclamer le maintien en armes de la Garde nationale et décident de se constituer en Fédération. Le 15, dans la salle du Tivoli-Vauxhall, au-dessus de la place du Château-d'Eau (actuelle place de la République), les délégués de tous les arrondissements sauf deux (Ier et IIe) élisent une commission provisoire chargée d'en rédiger les statuts. Le 24 février, au même endroit, plus de deux mille délégués représentant plus de deux cents bataillons votent le maintien en armes : c'est une déclaration de guerre des Parisiens au gouvernement de Thiers. Ce bras de fer est appuyé par le Comité des vingt arrondissements et l'Internationale, qui appellent à manifester : « Ce jour-là, le 24, on était nombreux autour de la colonne de Juillet à Bastille pour réclamer des élections et garder nos fusils, se souvenait Camélinat. Quelqu'un crie : "Feu !" La troupe refuse de tirer et fraternise avec nous ! »

Le 28, les troupes allemandes occupent les XVIe et XVIIe arrondissements. Les comités d'arrondissement appellent à éviter les provocations, mais font enlever les canons abandonnés sur les Champs-Élysées et dans les parcs, et les répartissent entre les quartiers des Buttes-Chaumont, Belleville, Charonne, La Villette et Montmartre. Le 3 mars, un Comité exécutif provisoire est élu, dont trois observateurs de l'Internationale et des délégués du Comité central des vingt arrondissements. Varlin en est. Le lendemain, le nouveau Comité déclare que la Garde nationale « sera organisée de manière à protéger le pays mieux que n'ont pu le faire jusque-là les armées permanentes et à défendre, par tous les moyens possibles, la République menacée ».

Plein de mépris pour ces anarchistes en guenilles qui prétendent contester son pouvoir, Thiers compte bien les écraser d'un revers de manche : le 9 mars, il fait nommer commandant en chef de la Garde nationale le général de division Aurelle de Paladines, ancien bonapartiste et royaliste déclaré, de surcroît soupçonné de trahison. Il supprime la solde de un franc cinquante des gardes nationaux ; Blanqui et Flourens sont condamnés à mort par contumace, et les insurgés de janvier à la prison – parmi eux, Jules Vallès ; leurs journaux sont interdits, dont les plus lus, *Le Père Duchesne* ou *Le Cri du peuple,* créé par Vallès le 22 février. Le 10, l'Assemblée réunie à Bordeaux décide de ne pas réintégrer Paris : elle siégera désormais à Versailles. Dans le même élan de mépris violent pour le peuple, les députés monarchistes annulent le moratoire sur les effets de commerces : les échéances du semestre précédent (celui du siège) sont immédiatement exigibles.

Mauvais calcul : l'exaspération des boutiquiers et artisans, déjà exsangues et affamés, et maintenant acculés à la ruine, se mue en détermination désespérée – plus rien à perdre. Les gardes nationaux réunis en assemblée générale récusent d'une seule voix le commandement d'Aurelle de Paladines et, dans un enthousiasme fébrile, proclament « la fin de l'armée permanente et le gouvernement par eux-mêmes des citoyens libres ». La garde républicaine est obligée d'évacuer sa caserne de la rue Mouffetard. Trois bataillons de gardes mobiles se mutinent.

L'agitation dans Paris est à son comble. Le Comité provisoire de la Garde nationale, le Comité des vingt arrondissements, l'Internationale et la Fédération ouvrière veulent éviter le massacre : que pèsent les cinq cent mille fusils et les deux cent vingt-sept canons de la Garde nationale face aux troupes régulières hostiles aux Parisiens ? Ils appellent au calme et à de nouvelles élections municipales.

Mais le 15 mars, mille trois cent vingt-cinq délégués des gardes nationaux réunis au Tivoli-Vauxhall élisent un Comité central de trente-trois membres, qui devient de fait le nouveau gouvernement de Paris. Les Fédérés, comme on les appelle depuis ce jour-là, font sécession avec le gouvernement central. L'affrontement est devenu inévitable. Le Comité central propose le commandement de la Garde nationale à Garibaldi – qui refuse, il ne veut pas s'immiscer dans cette affaire franco-française. Charles Lullier, l'irascible marin, sorte de Garibaldi raté, internationaliste par aventure, en prend provisoirement la tête.

Le 16 mars, Thiers fait placarder des affiches partout dans Paris réclamant la reddition sans condition des « fous furieux » (c'est l'expression que l'ancien ministre de Louis-Philippe emploie) qui entraînent les Parisiens à leur perte.

Camélinat, envoyé à Bordeaux par le Comité des vingt arrondissements, explique à des députés qui ne l'écoutent pas la volonté pacifique des ouvriers parisiens de créer une Fédération communaliste. Il apprend que l'Assemblée nationale a décidé de siéger à Versailles. Cette décision est lourde de menaces pour les Fédérés et, à son retour le 17 mars dans l'après-midi, Camélinat en rend compte au Comité qui se réunit tout près de chez lui : il habite maintenant au 34 de la rue de la Folie-Méricourt. En sortant de la réunion, vers minuit, il confie à l'ami Albert Theisz ses sombres pressentiments. Est-ce que Thiers n'a pas fait construire les forts de Paris sous la monarchie de Juillet autant pour défendre la capitale de l'ennemi que pour réprimer les insurrections parisiennes ? On dit qu'en février 1848 il avait proposé à Louis-Philippe d'assiéger les révolutionnaires.

De fait, la veille, Thiers a convoqué un conseil de guerre qui a décidé la mobilisation de quinze mille hommes de troupe, nombre jugé suffisant pour mater Paris. Le même jour, le louis-philippard a fait arrêter

Blanqui, malade et qui se repose chez un ami dans le Lot, avec l'ordre de l'exécuter en cas de rébellion. Interné en Bretagne, l'idole des anarchistes pourra servir de monnaie d'échange, si la force tarde à réduire les rebelles.

À l'heure où Camélinat quitte Theisz pour monter se coucher, l'ordre est donné aux troupes régulières de ligne de s'emparer des deux cent vingt-sept canons de la Garde nationale. Les soldats ne rencontrent aucun obstacle et passent le reste de la nuit à attendre tranquillement les charrois pour le transport. Mais au petit matin, l'alerte est donnée et ça se gâte.

Fatigué par le long voyage de retour de Bordeaux à Paris, Camélinat dort comme un loir. Ce sont les cloches de Saint-Ambroise qui le réveillent. Elles sonnent à toute volée. Le jour se lève à peine. « Ma femme me dit : "Dors ! C'est la Saint-Alexandre." Mais sous les fenêtres, une voix ardente, impérieuse hurle : "Camélinat ! Camélinat ! Aux armes, on assassine nos frères !" Nom de dieu, je saute du lit. Zoé bredouille par manière d'excuse : "Je me doutais bien qu'i se passait quelque chose, mais j'voulais t'laisser reposer !" Je cours aux renseignements. Paris est en train de se couvrir de barricades. »

Camélinat va de l'une à l'autre. Les femmes sont en première ligne.

À Montmartre et à Belleville, une nouvelle fois, les soldats sommés de tirer mettent la crosse en l'air et fraternisent avec les insurgés. La joie des uns et des autres fait comme une énorme vague irrésistible qui recouvre tout. Le maire de Paris, Jules Ferry, est contraint d'abandonner l'Hôtel de Ville au Comité central des gardes nationaux. Thiers, installé au ministère des Affaires étrangères, donne l'ordre d'évacuer au Mont-Valérien et se réfugie à Versailles. Les voitures de milliers de Parisiens de l'Ouest, riches bourgeois avec domesticité et fonctionnaires, forment un long embouteillage de Paris à Versailles.

À Montmartre, contre l'avis du comité d'arrondissement et malgré l'intervention du maire du XVIIIe Georges Clemenceau, le général Clément Thomas – le fusilleur de juin 1848 a été reconnu par les Fédérés – et le général Lecomte, qui avait commandé le feu contre la foule et que les Fédérés prennent pour Vinoy, sont fusillés.

Le soir, Camélinat est à l'Hôtel de Ville lorsque le drapeau rouge est hissé. Ce jour-là, le 18 mars 1871, le peuple de Paris commence d'inventer une nouvelle liberté : la Commune de Paris, démocratie communaliste, premier maillon d'une société fédérative, organisée par le bas.

Le lendemain matin, Jules Vallès arrive à l'Hôtel de Ville. Il cherche le Comité central : « Le Comité ? Une demi-douzaine de garçons à gros souliers, avec un képi à filets de laine, vêtus de la capote ou de la vareuse, sans une épaulette ni une dragonne, éparpillés sous le plafond fleurdelisé. L'un écrit, l'autre dort. Celui-ci raconte une histoire drôle en rafistolant un revolver qui a eu la gueule fendue. Celui-là cause, assis à moitié sur une table, le képi sur l'œil. » Les maires modérés veulent que les Fédérés remettent le pouvoir et l'Hôtel de Ville entre leurs mains, et négocient avec le gouvernement de Thiers. « J'aimerais mieux me faire sauter le caisson que de leur laisser la place », dit le képi. Assis sur des chaises de part et d'autre de la table, Camélinat et Tolain luttent pied à pied. Comme le théoricien socialiste modéré Louis Blanc, Georges Clemenceau, le député-maire du XVIIIe, ou le député franc-maçon de la Martinique Victor Schoelcher, qui avait signé le décret d'abolition de l'esclavage en avril 1848, Tolain, toujours maire du XIe, désapprouve l'insurrection, veut la conciliation et rétablir l'autorité régulière. Pour lui, toute cette affaire, c'est encore un coup des énervés blanquistes : « Sans nous vous n'êtes rien ! vocifère-t-il. – Mais vous, qui vous êtes ? » reprend l'homme au képi. Et à Camélinat : « Si la municipaillerie et la députasserie se mettent à la tête du mouvement, on est foutus ! » Zéphirin, qui est toujours adjoint au maire de Tolain, argumente : « Pourquoi rester fidèles à un gouvernement qui nous a trahis ? Attendez au moins les élections communales que le peuple tranche. Si les communalistes sont majoritaires, tu n'crois pas que c'est le moment de commencer à la mettre sur pied, la Fédération que voulait le Vieux (Proudhon) ? »

L'argument est de taille. Tous les copains du Comité central et du Comité des vingt arrondissements sont d'accord : ce qu'on veut, c'est les communes de France élues par le peuple et se fédérant par la base. Pour ce qui concerne l'organisation du travail, c'est plus flou. Les socialistes révolutionnaires sont tous pour collectiviser la production. Mais ils sont en désaccord sur les moyens pour y arriver. Les uns, souvent des internationalistes, rêvent toujours de transformer pacifiquement les Fédérations de sociétés ouvrières en coopératives de production. Les autres, blanquistes et jacobins centralistes nostalgiques de 1793, veulent, comme Charles Longuet est en train de l'écrire sur un coin de table (ce sera publié le lendemain 20 mars dans le *Journal officiel*), que le « prolétariat s'empare du pouvoir » et instaure la dictature.

En fait, ce n'est pas la vieille fracture entre centralistes autoritaires et associationnistes anarchistes qui divise les Fédérés. C'est le rapport à la violence. Les blanquistes veulent marcher sur Versailles sans attendre et renverser le gouvernement de Thiers. Mais la majorité du Conseil sous l'influence des hommes du Comité des vingt arrondissements, ceux-là mêmes qui avaient voulu empêcher l'exécution sommaire des généraux Lecomte et Clément Thomas, se rallie à l'idée que les Parisiens ne peuvent pas décider seuls du sort de la France, que la Commune parisienne doit attendre que d'autres communes se fédèrent avec elle, et que son premier devoir est d'organiser de nouvelles élections municipales pour remplacer les maires restés fidèles à Thiers. Fatale erreur, jugera Marx, persuadé que Blanqui emprisonné était le chef qui avait manqué aux communards. Mais les internationaux français le répéteront dans une séance du Conseil fédéral le 29 mars : « Nous voulons fonder le droit du travailleur et le droit ne s'établit que par la force morale et la persuasion. » Rien ne les fera changer d'avis, pas même le massacre final.

Le 21 mars, tous les arrondissements sont sous le contrôle de la Garde nationale, sauf les Ier, IIe et XVIe arrondissements aux mains du parti de l'Ordre. Les Amis de l'Ordre organisent des manifestations ce jour-là et le lendemain pour empêcher la tenue des élections municipales. Le 22, le jacobin Bergeret, délégué du Comité à l'état-major de la Garde nationale, est débordé par la manifestation anticommunaliste de la place Vendôme ; Lullier refuse d'envoyer des renforts, et Bergeret fait tirer sur la foule.

Le même jour, Camélinat est parmi les dix qui vont à l'Hôtel de Ville offrir au Comité central de la Garde nationale le concours du Comité des vingt arrondissements pour organiser les élections. Le lendemain, c'est au tour de l'Internationale d'apporter son soutien à la Commune. Camélinat signe en tant que représentant des bronziers le Manifeste de ralliement de l'Internationale et de la Fédération ouvrière au mouvement communaliste : « L'indépendance de la Commune est le gage d'un contrat dont les clauses librement débattues feront cesser l'antagonisme des classes et assureront l'égalité sociale.

Qu'avons-nous demandé ? L'organisation du crédit, de l'échange et l'association ("autrement dit la coopérative", précisait Madeleine) afin d'assurer au travailleur la valeur intégrale de son travail ; l'instruction gratuite, laïque et obligatoire ; le droit de réunion et d'association ; la liberté absolue de la presse, celle du citoyen. »

À Versailles, le 24 mars, une loi est promulguée qui prévoit la mise sur pied de bataillons de volontaires ruraux pour écraser Paris. Le 25, les maires modérés (Clemenceau, Tolain, etc.) se rallient au Comité central et signent les affiches du Comité central placardées dans Paris pour appeler les Parisiens aux urnes le lendemain : « Citoyens, ne perdez pas de vue que les hommes qui vous suivront le mieux sont ceux que vous choisirez parmi vous, vivant de votre vie, souffrant les mêmes maux. Défiez-vous autant des ambitieux que des parvenus ; les uns comme les autres ne consultent que leur propre intérêt et finissent toujours par se considérer comme indispensables. Nous sommes convaincus que si vous tenez compte de ces observations, vous aurez trouvé des mandataires qui ne se considéreront jamais comme vos maîtres. » Ce à quoi des affiches versaillaises répondent en qualifiant les Fédérés communards de « criminels » et d'« insensés » en révolte ouverte contre la souveraineté nationale.

Grâce aux criminels et aux insensés, les élections du 26 mars se déroulent dans un calme et une légalité irréprochables. Le 28, le Comité central de la Garde nationale remet le gouvernement de Paris à un Conseil de la Commune de quatre-vingt-douze membres, tous élus le 26 mars. Ceux qui siégeront (plus d'une soixantaine) sont des républicains ultra-rouges (les élus anticommunalistes ne siégeront pas). Parmi eux, vingt-cinq ouvriers et artisans, comme Gabriel Ranvier, ouvrier peintre blanquiste, maire du XXe, mais aussi des journalistes et des écrivains : Jules Vallès, Auguste Vermorel, le blanquiste

Raoul Rigault, l'international Charles Longuet, les jacobins Gustave Flourens, Charles Delescluze, Félix Pyat, Paschal Grousset, Prosper-Olivier Lissagaray, Jean-Baptiste Clément, l'auteur du *Temps des cerises*, qu'on chantera plus tard en souvenir de la Commune ; des artistes peintres, Gustave Courbet et Alfred Billioray, un dessinateur sur étoffe, Eugène Pottier, qui composera le poème *L'Internationale* en juin, caché dans Paris ; des enseignants comme Édouard Vaillant ou l'ex-instituteur Gustave Lefrançais ; et même un comptable : l'amoureux montmartrois de Louise Michel, le blanquiste Théophile Ferré ; un ex-juge, Charles Gambon ; un employé, le blanquiste Émile Eudes. Les blanquistes sont une dizaine et les jacobins une vingtaine, les internationaux sont au nombre de quatorze, presque tous ouvriers : d'abord, bien sûr, Eugène Varlin, le secrétaire de l'Internationale ; Benoît Malon, son compère ; Albert Theisz, le copain bronzier de Camélinat ; l'orfèvre hongrois Léo Fränkel, qui représente la section allemande de l'Internationale ; Augustin Avrial, ouvrier mécanicien ; Auguste Serraillier, ouvrier cordonnier ; Camille Langevin, ouvrier tourneur ; le blanquiste Émile Duval, ouvrier fondeur ; le jacobin Jules Bergeret, ouvrier typographe. Presque tous ces hommes ont dans la trentaine comme Camélinat, sauf les quarante-huitards : Delescluze, Beslay, le comptable François Jourde ou l'international jacobin Jules Miot, le pharmacien de la Nièvre déporté en 1851, monté à Paris et élu dans le XIXe. Camélinat élu à la mairie du XIXe arrondissement a cédé sa place, à tout seigneur tout honneur, à Menotti Garibaldi, le fils aîné du *condottiere* italien de la République.

Le 28 mars, la nouvelle Commune, précédée par un défilé de Fédérés, entre à l'Hôtel de Ville dans le flamboiement des drapeaux rouges portés par la foule en liesse au son des salves d'artillerie, du *Chant du départ* et de *La Marseillaise*. C'est le maire du XXe,

Gabriel Ranvier, qui lit la proclamation. Salle Saint-Jean, le vieux Charles Beslay, l'ami de Proudhon et de Camélinat, doyen d'âge, prononce un sage discours. Jules Vallès griffonne un article sur un bout de table pour son journal *Le Cri du peuple* :

> Quoi qu'il arrive, devrions-nous être de nouveau vaincus et mourir demain, notre génération est consolée. Nous sommes payés de vingt ans de défaites et d'angoisse. Toi, marmot qui joue aux billes derrière la barricade, viens que je t'embrasse ! Le 18 mars te l'a sauvé belle, gamin ! Tu pouvais, comme nous, grandir dans le brouillard, patauger dans la boue, rouler dans le sang, crever de honte, avoir l'indicible douleur des déshonorés ! C'est fini ! Nous avons saigné et pleuré pour toi. Tu recueilleras notre héritage. Fils des désespérés, tu seras un homme libre !

Dix commissions sont créées, remplaçant les anciens ministères – sauf celui des Cultes, supprimé. Plusieurs églises sont fermées, d'autres, comme Saint-Ambroise, Saint-Eustache ou Saint-Bernard de la Chapelle à Montmartre (où se réunit le club de la Révolution animé par Louise Michel), accueillent les clubs surgis pendant le siège : à Saint-Nicolas-des-Champs, un copain affuble le Christ de l'écharpe rouge. Les services publics sont rétablis en un temps record.

Les commissions travaillent dans une relative autonomie, surtout la commission militaire aux mains des jacobins et des blanquistes. La Commission exécutive ne contrôle pas grand-chose : censée assurer la cohésion des décisions, elle est composée de deux jacobins, de deux blanquistes et de deux internationaux, Édouard Vaillant et Gustave Lefrançais, qui ont bien du mal à s'entendre entre eux.

Le 2 avril, les troupes de Thiers s'emparent du Mont-Valérien, par la faute d'une négligence de Lullier, et sont à Courbevoie et Puteaux. Les Fédérés sont obligés de se replier sur Neuilly, et le jacobin Bergeret devient commandant de la place de Paris. Le 3, en accord avec les blanquistes Eudes et Duval, Bergeret et le jacobin Flourens engagent la lutte contre les versaillais sans en référer à la Commission exécutive à laquelle Bergeret appartient pourtant. Cette sortie est un désastre : le libre-penseur Flourens est fusillé dans la soirée, et l'international fondeur en fer blanquiste Émile-Victor Duval, général de la Commune, fait prisonnier au Petit-Clamart, est fusillé le 4 sur l'ordre de Vinoy, en réponse à l'exécution des généraux Lecomte et Clément Thomas.

Le même jour à Paris, une trentaine de prêtres dont le curé de la Madeleine et l'archevêque de Paris Darboy sont arrêtés par le blanquiste Raoul Rigault qui dirige la commission de la Sûreté générale (la police) : ils rejoignent en prison le président de la Cour de cassation Bonjean, des sergents de ville et des gardes républicains versaillais. Pour venger Flourens et Duval, Rigault rédige un décret stipulant que l'exécution d'un Fédéré sera immédiatement suivie de celle d'un nombre triple d'otages pris parmi les soixante-quatorze prisonniers versaillais aux mains des communards. Le décret de Rigault sur les otages est adopté le 5 avril.

Dès le début d'avril, Rigault avait proposé au gouvernement de Versailles d'échanger les otages contre la libération de Blanqui. Mais Thiers, qui sait détenir un prisonnier auquel les communards tiennent par-dessus tout, refuse obstinément. Sont repoussées de même toutes les tentatives de conciliation des francs-maçons ou des députés de Paris modérés comme Clemenceau ou Schoelcher. En fait, Thiers, en marge des pourparlers de paix, s'entend secrètement avec Bismarck pour liquider l'insurrection parisienne : le chancelier allemand accepte de libérer des prisonniers de guerre qui viennent grossir les rangs des quatre-vingt mille puis cent soixante-dix mille hommes massés sous les murs de la capitale. Mac-Mahon, le général colonisateur de l'Algérie, réputé royaliste, est nommé général en chef de cette armée de guerre civile. L'ordre rétabli à Paris, c'est la condition que les banques exigent pour payer aux Allemands l'indemnité de guerre prévue par le traité de paix.

Malgré le harcèlement meurtrier des versaillais et les bombardements intensifs sur Neuilly, les communalistes continuent leur croisade contre la violence : le 6 avril, le 137e bataillon de la Garde nationale met le feu aux bois de la guillotine aux cris de « Mort à la mort, Mort à la peine de mort ! ». La suppression de l'assassinat d'État est en contradiction directe avec le décret de Rigault sur les otages adopté la veille. L'avocat Protot, délégué à la Justice, un blanquiste dissident rallié à la minorité sur les questions de protection de la liberté individuelle, est chargé le 8 par le Conseil de la Commune d'« instruire sur les arrestations ordonnées par le Comité central et la Sûreté ». Le 14, un nouveau décret est voté, exigeant la notification au délégué de la Justice, sous peine de poursuites, de toute arrestation et de toute détention non justifiées, ainsi que l'interdiction des perquisitions et réquisitions sans mandat régulier. Une guerre sans fin s'ensuit entre Protot et Rigault qui se terminera par la démission de Rigault après l'arrestation de Chaudey, l'ancien secrétaire de Proudhon qui avait ordonné le feu sur les insurgés du 22 janvier. Le 12 avril, alors que le siège des versaillais ne se relâche pas, dans le même esprit que la suppression de la peine de mort, l'armée régulière est abolie. Le 18 avril, Lissagaray fait interdire toutes les feuilles anticommunalistes, même les plus modérées, passant outre l'opposition farouche de Vallès et de beaucoup d'internationaux.

Les mesures sociales et politiques, par contre, font l'unanimité. L'international Léo Fränkel, délégué de la Commission du Travail, de l'Industrie et de l'Épargne, est assisté des internationaux Varlin, Malon, Avrial, Theisz, Serrailler. Dès le 29 mars, la remise totale et générale des loyers d'octobre 1870 à avril 1871 est décrétée, les expulsions de locataires sont interdites, des logements réquisitionnés pour les gardes nationaux, les bureaux de placement privés supprimés ; le 12 avril, les dettes et échéances des commerçants et artisans sont suspendues ; le 16, un délai de paiement de trois ans leur est accordé. La vente des objets déposés au Mont-de-Piété est arrêtée ; le 6 mai, le dégagement des dépôts d'une valeur de moins de vingt francs et les effets d'habillement, de meubles, de linge, de livres, d'objets de literie, d'instruments de travail deviennent gratuits : le coût très faible des 41 928 objets dégagés entre le 12 et le 25 mai en dit long sur la misère du petit peuple parisien.

Le 16 avril, Avrial présente le décret de remise en exploitation des ateliers désertés par leurs patrons partis dans les valises de Thiers, et confie aux chambres syndicales ouvrières l'étude d'une reprise par les travailleurs des ateliers abandonnés, sous forme de sociétés coopératives fédérées. Il est prévu que les patrons déserteurs seront indemnisés. Les délégués ouvriers de toutes les corporations et des deux sexes se réunissent une première fois le 15 mai, puis à nouveau le 18 pour organiser la Commission d'enquête chargée de l'inventaire des ateliers et de leur réorganisation en coopératives ; des inventaires commenceront le 20 mai, interrompus le lendemain par l'entrée des versaillais dans Paris.

L'international Édouard Vaillant, délégué à la Commission de l'Instruction publique et des Beaux-Arts, débarqué le 2 avril rue Saint-Dominique, a du mal à en déloger un autre Édouard, le cordonnier Rouiller, installé depuis dix jours dans le fauteuil de l'ex-ministre, ses galoches sur le bureau d'acajou, et en pleine conversation avec Vallès. Vallès racontera plus tard dans *L'Insurgé,* beau roman brûlant : « Maniaque de la contradiction, Rouiller défend toutes les libertés – celle de la soûlaison comme les autres » : « Gn'ia qu'deux questions ! Primo : l'intérêt du Cap'tal ! Il avale l'i avec la joie d'un homme qui mange le nez de son adversaire. – Segondo : l'autonomie ! Vous devez connaître ça, Vallès, vous qui avez fait vos classes ? Ça vient du grec, à c'qui disent, les sorbonniots ! Ils savent d'où ça vient, mais pas où ça les mène ! » Et de rire en sifflant une fine. Dans un style plus sobre mais pas moins farouche, Vaillant supprime l'enseignement religieux ; sur proposition de l'institutrice féministe de Montmartre Louise Michel, l'école devient laïque, gratuite et obligatoire ; l'enseignement primaire est réorganisé après la défection des cléricaux envolés comme les corbeaux après l'orage ; le programme d'un enseignement technique est dressé et l'ouverture d'une école professionnelle rue Lhomond annoncée pour le 23 mai. Elle ne verra jamais le jour.

– Cette politique d'économie associative de la Commune n'a rien à voir avec la collectivisation d'État autoritaire imposée par les bolcheviks en Russie à la fin des années 1920, disait Madeleine à JC. On se frotte les yeux quand on regarde le documentaire que le parti communiste avait fait réaliser dans les années 1950 sous la direction politique d'André Marty : les communistes présentaient la Commune comme une « première ébauche de la dictature du prolétariat », et les communards comme de vaillants précurseurs, malheureusement dépourvus d'un « grand parti organisé, capable d'appliquer le socialisme scientifique marxiste ». Le proudhonien Camélinat va d'ailleurs jouer un rôle essentiel dans cette assimilation des communalistes à la geste communiste. Comme si les communards avaient eu un quelconque rapport avec Marx et le marxisme.

Marx et surtout Engels le leur ont assez reproché, leur manque d'audace, leur timidité à exercer la violence, et de ne pas avoir mis la main sur la Banque de France ! Certains clubs blanquistes ou jacobins le réclamaient. « Nous, la minorité, on était contre », se souvenait Camélinat. Nous, c'est-à-dire : Jourde, le délégué aux Finances, le vieux proudhonien Beslay, délégué à la Banque de France, qui s'était ruiné sous le Second Empire en créant une banque d'échange et de crédit. Et lui, Camélinat, nommé le 3 avril, par Jourde, directeur de la Monnaie.

Camélinat s'était présenté quai Conti le 4 avril au matin, mais les fonctionnaires ne voulaient pas entendre parler du gouvernement de la Commune : il avait été obligé d'aller chercher en renfort quelques hommes de sa compagnie pour pouvoir entrer dans la place. Une fois à l'intérieur, il s'est entouré d'ouvriers compétents de l'Internationale : André Murat comme chef de fabrication, le copain Perrachon commissaire général, Lampérière chargé du monnayage, Jean Garnier contrôleur des coins et poinçons, et Lin, son frère, gardien des collections du médailler. Lin Camélinat se relève tout juste d'une fluxion de poitrine qui le tient depuis février. Il est marié à présent et il a un enfant. L'échelle des salaires est revue à la baisse : tous, cadres et ouvriers, gagnent un peu moins qu'un bronzier d'élite. Des représentants ouvriers et employés entrent au conseil d'administration. Camélinat touche la moitié du traitement d'un sous-directeur en temps normal : cinq cents francs mensuels.

Son objectif : relancer la fabrication de la monnaie. C'est la condition de l'autonomie financière de la Commune : depuis le 18 mars, les sommes sont versées selon les procédures anciennes, sous condition de l'accord du gouverneur de la Banque de France demeuré en place. Mais le sous-gouverneur de la Banque de France, le marquis de Ploeuc, refuse de livrer des lingots de métal.

En attendant les lingots qui n'arrivent pas, Camélinat étudie les différentes étapes de production et fait installer un système de captation des vapeurs incommodantes qui s'échappent des creusets de fusion, améliorant les conditions de travail des ouvriers. Il choisit le déférent de la nouvelle monnaie, un trident, déjà utilisé en l'an IV de la Révolution, et veut remplacer la devise « Dieu protège la France » par « Garantie nationale, Travail », mais le maître graveur Nicolas Lupot s'y oppose.

Le 12 avril est décidée, en même temps que l'abolition de l'armée régulière, la démolition de la colonne Vendôme, symbole du militarisme bonapartiste (elle a été fondue, sur ordre de Napoléon, dans les canons pris à l'ennemi à Austerlitz). Camélinat fournit un devis de l'abattage, du charroi et de la fonte du bronze : il calcule qu'on peut frapper un million de pièces de menue monnaie dans un alliage de bronze et de cuivre ajouté, et réaliser ainsi un bénéfice de huit cent quarante-cinq mille francs sur l'ensemble de l'opération.

Au conseil de la Commune, les proudhoniens, anarchistes, indépendants, radicaux, hostiles au centralisme dictatorial et groupés autour de Varlin, de Vallès et des hommes de l'Internationale, ont de plus en plus de mal à se faire entendre et sont mis en minorité par les jacobins et les blanquistes, alliés et majoritaires. Les minoritaires se comptent à l'enterrement de Pierre Leroux à la mi-avril : annonciateur de la fin d'une époque, l'enterrement du pape des démocrates-socialistes de sensibilité chrétienne est en un sens aussi celui des socialistes utopiques, comme les nomme Marx avec une condescendance appuyée. D'autant que les plus modérés sont passés du côté versaillais avec Tolain, exclu de l'Internationale le 12 avril, et le théoricien de l'associationnisme étatiste, Louis Blanc. Les ingénieurs saint-simoniens inspirateurs du premier socialisme, celui des années 1820, leur avaient frayé la voie en se vendant au bonapartisme et au féodalisme industriel.

Quelques jours après l'enterrement de Leroux, le 19 avril, la *Déclaration au peuple français* lue à l'Hôtel de Ville par Vallès réaffirme les convictions fédéralistes des minoritaires :

> La Révolution du 18 mars a pour objet la reconnaissance et la consolidation de la République, l'autonomie absolue de la Commune étendue à toutes les localités de la France et n'ayant pour limite que le droit d'intervention égal pour toutes les autres communes adhérentes au contrat dont l'association doit assurer l'unité française.

C'est le chant du cygne des internationaux proudhoniens : à cette date, toutes les tentatives communalistes spontanément surgies à Lyon sous l'impulsion de l'anarchiste Michel Bakounine ou à Marseille sous son influence, ou encore au Creusot, à Saint-Étienne, à Narbonne, à Toulouse, à Limoges, Perpignan, Grenoble, Bordeaux ou Périgueux, sont déjà écrasées.

Le 21 avril, la Commission exécutive est remaniée sur proposition de Charles Delescluze : apparemment plus équilibrée, elle est en réalité aux mains des jacobins et des blanquistes, qui envoient des délégués dans les autres commissions pour assurer le contrôle de leurs décisions. Le 22, un jury d'accusation est institué comme en 1793, en spécifiant tout de même la liberté de la défense.

Quai Conti, la volonté de Camélinat de relancer la fabrication des pièces de monnaie se heurte à la résistance passive des cadres. Le 24 avril, il doit à nouveau recourir à la force : un commissaire débonnaire nommé

Beautés, accompagné de six gardes nationaux en armes, ramène le calme sans coup férir. Les fonctionnaires fidèles aux versaillais sont renvoyés chez eux, leur logement de fonction leur est laissé contrairement aux ordres venus de la Commission exécutive.

On ordonne à Camélinat de fondre l'argenterie et les objets d'art saisis dans les palais nationaux, les églises fermées et les communautés religieuses. Mais il refuse. Il doit, lui, un simple ouvrier, à sa réputation d'honnêteté d'occuper ce poste de confiance, davantage qu'à ses compétences de fondeur en bronze. Il n'est pas un voleur.

– C'est l'« effroi des pauvres », typique de l'obsession de probité propre aux communards et à la mentalité ouvrière évoquée par Vallès dans *L'Insurgé,* expliquait Madeleine à JC : « Ce tremblement des mains noires, qui n'ont touché que l'argent du travail aux soirs de paie, devant les billets de banque en tas et les monceaux d'or sous clé. »

En attendant de pouvoir produire de la monnaie, Camélinat vient en aide à l'ami Theisz nommé directeur des Postes après la fuite de Rampont-Léchin : le 30 mars, l'ancien député de l'Yonne avait rejoint les Versaillais en emmenant avec lui la caisse, les documents comptables et la majorité du personnel. Quarante-huit heures après la nomination de Theisz, les services postaux fonctionnent à nouveau, mais les timbres manquent. Camélinat trouve à la Monnaie un trésor de guerre de huit cent mille timbres, et surtout, dans un atelier, des planches gravées destinées à l'impression des timbres. Un homme de confiance réussit à rapporter à Paris en contrebande du papier spécial d'Angoulême et, du 22 avril au 21 mai, quatorze millions de timbres sont émis, trois millions deux cent mille vendus.

Le général allemand de Fabrice a autorisé les troupes françaises à passer par les forts de la rive droite de la Seine que l'armée prussienne tient. Le 26 avril, l'avancée des versaillais reprend : ils occupent le village des Moulineaux et prennent le fort d'Issy le 29.

Le 1er mai, en réaction à ces revers, les jacobins et les blanquistes durcissent leur position : la Commission exécutive se transforme en Comité de salut public sur la proposition du Nivernais Jules Miot. Varlin, Vallès, Malon, Longuet, la majorité des internationaux, et même le robespierriste Vermorel votent contre : ils sont largement battus (vingt-trois voix contre quarante-cinq). Écartés du gouvernement de la Commune, les minoritaires se replient sur le Comité central des vingt arrondissements qu'ils continuent à diriger. Louis Rossel, le nouveau délégué à la Guerre et seul officier supérieur à être passé du côté de la Commune, reprend le fort d'Issy.

Le même jour, grâce à Charles Beslay, Camélinat obtient enfin les lingots attendus et relance la fabrication de la monnaie. Soixante-douze heures plus tard, les pièces de cinq francs en argent sont livrées à la Banque de France, avant la date exigée par le sous-gouverneur toujours méfiant. Mieux : la *frainte* (le déchet) a été éliminée grâce aux innovations dans la technique de frappe introduites par Camélinat : elles seront conservées par les administrations qui succéderont à la Commune. La pièce de monnaie de la Commune, dite Hercule au trident, est très recherchée aujourd'hui par les numismates.

Le 8 mai, le gouvernement versaillais lance un ultimatum aux Parisiens exigeant la reddition sans condition de la ville. En réponse, Thiers et Jules Favre sont mis en accusation par le Comité de salut public. Le 9 mai, alors que les versaillais reprennent le fort d'Issy, Camélinat annonce que la Monnaie est à nouveau en mesure d'assurer le change de pierres précieuses pour les particuliers. Le 10, Delescluze devient délégué à la

Guerre en remplacement de Rossel. Le 12, la maison de Thiers est rasée sur ordre du Comité de salut public. Un bataillon de Fédérés envahit la Banque de France et cherche à arrêter le sous-gouverneur de Ploeuc, mais Charles Beslay s'oppose à son arrestation et a gain de cause. Jourde répète : « Ne revenons pas à 93. » Le 13, les versaillais occupent le fort de Vanves. Le 16 mai, soit quatre jours avant d'être acculés à la guerre totale par les monarchistes déguisés en républicains du gouvernement de Versailles, les communards abattent la colonne Vendôme, symbole du militarisme. Le 19 mai, le Comité central des vingt arrondissements dirigé par les minoritaires s'autodissout. Le 20 mai dans l'après-midi, à la faveur de la trahison du piqueur Ducatel, les troupes régulières versaillaises entrent dans Paris par la porte de Saint-Cloud.

Le dimanche 21 dans la journée, les minoritaires du Conseil de la Commune se présentent à l'Hôtel de Ville : ils ont décidé de siéger à nouveau avec le Comité de salut public. « Mieux vaut accepter une dictature renouvelée du déluge, insulte à la révolution nouvelle, que paraître abandonner le combat ! » explique Vallès à Zéphirin. À l'Hôtel de Ville, dans la nuit du 21 au 22, Jaroslaw Dombrowski, le nouveau général de la Commune, un noble polonais qui a participé dans son pays à l'insurrection de 1863, met sur pied avec Charles Delescluze un plan d'ensemble de résistance militaire. Des proclamations sont placardées pour appeler les Parisiens à la guerre révolutionnaire : « Citoyens, aux armes ! Place aux combattants aux bras nus ! »

De nouvelles barricades sont dressées où les hommes, et des femmes, beaucoup de femmes, et des milliers d'enfants, petits gavroches qui n'ont pas lu *Les Misérables,* s'activent dans une exaltation fiévreuse et efficace, prêts à donner leur vie pour la démocratie et l'égalité sociale, entrevues pendant ces quelques semaines dans les discussions de clubs, de cafés et d'ateliers.

Le 21 et le lundi 22, Camélinat continue à dresser l'inventaire des objets et des fonds en dépôt. Le mardi 23, les combats se rapprochent et il fait évacuer le bâtiment.

Les portes de Sèvres et de Versailles sont ouvertes, le XVe et le XVIe arrondissement occupés. Les versaillais avancent inexorablement : déjà, ils sont à la caserne de la rue de Babylone. Les exécutions sommaires se multiplient. Au nord, les barricades des Batignolles ont cédé et les massacreurs arrivent à Montmartre. Rue des Rosiers, où le 18 mars avaient été fusillés leurs généraux Lecomte et Clément Thomas, les représailles des lignards versaillais sont terribles. Le Trocadéro est pris. On se bat au carrefour de la Croix-Rouge, aux quais, rues de l'Université, de Grenelle, de Saint-Dominique, de Rennes, au carrefour Vavin et sur le boulevard Arago, d'où les blessés affluent. Dombrowski s'est retranché à la Butte-aux-Cailles. Maxime Lisbonne, Longuet et Vallès se battent au Panthéon ; et au-delà de la gare de l'Est, on construit des barricades dans les rues d'Aubervilliers et de Flandre. Le Comité de salut public appelle les soldats à la fraternisation : « Faites comme vos frères du 18 mars ! Unissez-vous au peuple dont vous faites partie ! Laissez les aristocrates, les privilégiés, les bourreaux de l'humanité se défendre eux-mêmes et le règne de la justice sera facile à établir. Vive la République ! Vive la Commune ! »

Un bataillon fédéré, commandé par le lieutenant-colonel Pinteau, arrive dans la soirée quai Conti, avec *l'ordre* d'entreposer dans les caves de la Monnaie cinq barils de poudre et des caisses de munitions. Camélinat s'y oppose et donne *l'ordre* de déposer les explosifs dans la cour. Le lendemain matin, mercredi 24, il fait très beau et très doux, mais l'air est empuanti par les fumées, les Tuileries toutes proches flambent, des incendies se déclarent partout, au ministère des Finances, à la Légion d'honneur, à la Cour des comptes, au Conseil d'État, et dans certains immeubles de la rue du Bac, rue de Lille et à Saint-Sulpice ; les barricades de la rue de Rennes et de la Croix-Rouge ont cédé. Les troupes versaillaises se rapprochent du Panthéon et du Val-de-Grâce. La Banque de France, le Louvre et le Palais-Royal sont entre leurs mains.

Rigault a fait exécuter Chaudey, l'ancien secrétaire et avocat de Proudhon, responsable de la fusillade du 22 janvier.

Camélinat menace le lieutenant-colonel Pinteau de son revolver : l'autre voulait faire sauter l'hôtel de la Monnaie pour couvrir la retraite de ses hommes. Cent cinquante-trois mille francs de pièces neuves n'ont pas pu être livrés à la Banque de France : les mannes sont chargées sur deux fourgons d'artillerie. Vers midi, Zéphirin, Pinteau et Lampérière se mettent en route sous le feu de la mitraille, couverts par une poignée de gardes nationaux déployés en tirailleurs. Place Saint-Michel, ils aperçoivent les pantalons rouges des versaillais. Un mulet est tué. On vient leur dire que le Panthéon est aux mains de l'ennemi, malgré la résistance héroïque de Lisbonne, Varlin, Vallès, Allemane et tous les anonymes des barricades. Une énorme détonation retentit : la poudrière a sauté. Lampérière les quitte au pont de la Tournelle. Rue Gay-Lussac, les massacreurs ont recommencé les fusillades : on les entend passer par les armes tous les prisonniers fédérés et communards, hommes, femmes et enfants. Parmi eux, Rigault.

Un commandant se distingue particulièrement par sa cruauté inouïe, le marquis de Galliffet : il désigne des prisonniers au hasard avec sa badine et les fait fusiller sur-le-champ. On estime à trois mille le nombre de ses victimes.

De l'autre côté de la Seine, l'Hôtel de Ville est en feu : ce qui reste de dirigeants communards et du Comité central s'est replié sur la mairie du XIe. Camélinat y arrive avec Pinteau et ses hommes dans le milieu de l'après-midi. Les membres de la Commune présents lui délivrent un reçu en bonne et due forme de la somme livrée. On prélèvera dessus la solde des Fédérés.

Toute la rive gauche est aux mains des Versaillais, Dombrowski est mort. Sur la rive droite, la barricade de la Chaussée-d'Antin a été enfoncée.

La mission de Camélinat est accomplie : le bâtiment de la Monnaie et les lingots seront rendus intacts aux autorités versaillaises. Engels écrira à l'occasion du vingtième anniversaire de la Commune, en 1891, que ce « saint respect » pour « le mur d'argent fut une lourde faute : la Banque aux mains de la Commune, cela valait mieux que dix mille otages. Cela signifiait la pression de toute la bourgeoisie française sur le gouvernement de Versailles dans l'intérêt de la paix avec la Commune ».

La grande salle de la mairie du XIe est pleine de braillards de toutes sortes, exaspérés par la prise de Montmartre. Zéphirin aperçoit Charles Delescluze et quelques autres copains. Tout le monde délibère et personne ne prend de décision. Varlin, absent, a été nommé délégué à la Guerre. Par terre, des dizaines de blessés : parmi eux Léo Fränkel, atteint au faubourg Saint-Antoine et sauvé par Élisabeth Dimitrieff. La féministe russe envoyée par Marx animait avec Nathalie Le Mel l'Union des femmes pour la défense de Paris. Elle est blessée aussi. Nathalie Le Mel la soigne. Toutes les têtes se tournent lorsque Varlin entre dans la salle : il vient de la rive gauche.

Pour Nathalie, Eugène Varlin n'est pas seulement le secrétaire de l'Internationale et le nouveau délégué à la Guerre. Il est l'homme qui l'a fait admettre à la direction du Crédit mutuel des relieurs, et avec qui elle a fondé le syndicat à une époque où presque aucune femme ne militait. Un grand bien-être l'envahit à le voir vivant.

À quelques mètres d'elle, debout près de la porte, dans un conciliabule muet, Benoît Malon et la romancière féministe Léodile Champseix, dite André Léo, rédactrice principale de la feuille communaliste *La Sociale* : ils se tiennent les mains. Elle ne veut pas qu'il parte et le retient par les yeux.

Sur un mauvais galetas, Vermorel, ce « vouleur terrible », ce « travailleur à outrance », agonise dans les bras de Camélinat, récitant une dernière fois son « bréviaire rouge », se repassant mentalement la « vie des saints révolutionnaires », invoquant son dieu, Robespierre, heureux, au fond, de rejoindre la longue cohorte des martyrs de la religion nouvelle. Vallès, pas loin de là, l'observe et se défend à son habitude, par l'ironie mordante qui passe à tort pour de l'amertume, contre la mort des amis, contre les crimes, contre la vieille douleur, plus ancienne, plus intime, de l'éternelle défaite des pauvres. Il ressasse la vengeresse péroraison funèbre du copain en train de crever dans la béatitude de sa foi, et note fébrilement sur son carnet un portrait magistral et universel du militant révolutionnaire :

> Vermorel n'a jamais entendu frissonner une source, jamais regardé babiller un oiseau – portant son ciel en soi, jamais il n'a contemplé l'horizon pour y suivre une nuée folle, une étoile d'or, le soleil mourant. Il n'admet le sol qu'à la façon d'un échiquier sur lequel il y a des fous à conduire, des cavaliers à désarçonner, des rois à faire mat. Au fond, il rêvait la dictature. Pour ceux qui ont cru au ciel, souvent la terre est trop petite ; et, en attendant d'être frappés ou de frapper en plein soleil sur les marches d'un Vatican de faubourg, ils se dévorent les poings dans l'ombre, ces déserteurs de la chair ! Dire que c'est pour ça, le vieux rêve inconscient du supplice, qu'il a défendu le tueur d'Hébert et de Danton ! Parce que les défroqués ne font que changer de culte et que, dans l'hérésie même, ils logent des souvenirs de

religion ! Leur foi ou leur haine ne fait que se déplacer ; ils marcheront, s'il est utile, comme les jésuites – leurs premiers maîtres ! – par des chemins de scélérats au but qu'ils ont juré d'atteindre.

Et c'est le spleen rouge, la mélancolie des révoltés, qui fait si blême la face du blanquiste Ranvier, « destiné par sa précoce pâleur au martyre, portant d'avance la marque d'une vie de douleur et d'une fin tragique ». L'ouvrier Ranvier, maire du XXe, avait proclamé la Commune le 18 mars, en pensant à sa défunte femme, à sa femme au cœur vaillant, qui l'avait éduqué à la Révolution, et morte, l'avait laissé seul avec leurs six enfants.

Ils sont là aussi, les enfants de Ranvier, assis autour d'une table, étrangement silencieux et graves, les plus petits sur les genoux des plus grands, examinant les reproductions des tableaux de Delacroix dans un grand livre qu'on a tiré pour eux de la bibliothèque. Vallès, voyant génial, arrachant de son cœur sa propre foi de révolté, la place toute sanguinolente devant lui et décrit froidement ce mal qui les ronge et le ronge aussi : le spleen rouge. Au dévouement sacré de la mère, « les petits qui sont là doivent une éternelle reconnaissance. Et une éternelle détresse, pour le levain de colère sociale que la mère fit fermenter dans leur cœur, en leur prêchant la solidarité avec les humbles et le droit de révolte des meurtris, même du haut de son grabat d'agonie » !

Camélinat sort : il suit Varlin qui rejoint Charles Delescluze au Château d'Eau (aujourd'hui place de la République). Il n'est plus question de minorité et de majorité. On se serre la main. La barricade craque très vite. L'ordre est donné de se replier sur le boulevard Voltaire. Delescluze désespéré avait prévenu : à soixante-trois ans, il ne se sentait « plus le courage de subir une nouvelle défaite après tant d'autres. Avec son air de pianiste allemand, secouant ses longs cheveux plats graissant le col de la redingote qu'il n'a pas quittée depuis de longs jours, roulant des yeux mourants contre les verres de ses lorgnons », il saisit soudain un drapeau rouge et monte calmement sur les pavés amoncelés, à portée de fusil allemand. Il a seulement le temps d'articuler de sa voix forte : « Vive la Commune ! » Il est tué sur le coup.

Quand Camélinat rentre place Voltaire, quelques heures plus tard, toujours avec Varlin, ils sont avertis par les cris : une foule de fous furieux et de femmes en cheveux hurle : « La mort, la mort ! » Avec Louis Piat, le cordonnier Rouiller et Alavoine, Camélinat essaient de s'opposer à la fusillade des otages, mais ils sont mis une fois de plus en minorité. L'archevêque Darboy et les autres sont fusillés à sept heures du soir. Rigault, le vengeur de Flourens et Duval, qui les avait fait arrêter, est déjà mort. D'autres otages seront passés par les armes le 26 : quatre-vingts en tout. Quelques hommes, si l'on compare, et s'il est pertinent de compter les morts, avec les milliers de communards en train d'agoniser tout autour.

Quand Vallès et Longuet reviennent de leur tournée des barricades, on leur apprend la nouvelle des otages fusillés : « La folie de la défaite », dit Vallès.

Et puis, dans le silence : « C'est tout pensé ! Je reste avec ceux qui fusillent et qui seront fusillés. » Tous approuvent.

Au loin, une voix enrouée de fatigue crie : « À mort les déserteurs ! »

À la nuit tombée, il ne reste plus que les XIe, XIIe, XIXe et XXe arrondissements aux mains des Fédérés. Dans la nuit, il faut évacuer la mairie du XIe et tant bien que mal les blessés. On se replie sur la mairie de Belleville. « C'est la lutte finale qui commence », comme l'écrira quelques jours plus tard le chansonnier Eugène Pottier réfugié dans une mansarde de Belleville.

Toute la journée du 25, Camélinat est avec Varlin. Ils reculent pas à pas vers la mairie de Belleville. Le vendredi 26, les derniers otages sont fusillés rue Haxo.

Le 26 au soir, le cercle de la mort s'est encore resserré ; entre le canal de l'Ourcq et la porte de Vincennes, le bassin de La Villette, le canal Saint-Martin, le boulevard Richard-Lenoir, la rue du Faubourg-Saint-Antoine tiennent encore. Zéphirin passe chez son frère Lin qui a trouvé refuge avec sa femme et son fils rue Dénoyez dans le XXe arrondissement. Mais il n'arrive pas à articuler un mot. En embrassant Lin avant de repartir se battre, il réussit seulement à dire : « On fait tous des bêtises, on n'a plus qu'à se faire tuer. »

Le samedi 27, à l'aube, Zéphirin descend vers la rue d'Angoulême avec Vallès, Theisz et Cournet. Son bataillon, le 209e, tient vaillamment la barricade et lui fait une ovation. Il reste là avec Theisz. À l'arrière, des femmes servent le bouillon et le rata. Les enfants mangent, les hommes aussi, chacun son tour. Des blouses, des porteurs de képi, des ceintures rouges. Vallès part rejoindre son bataillon, le 191e, en bas de la rue de Belleville. Varlin arrive : toute coordination est devenue impossible, chaque barricade mène un combat solitaire et désespéré.

Le soir, accablés, exténués, honteux des fautes commises, convaincus qu'ils vont mourir et que tout est terminé, écrasés de douleur et en même temps sombrement exaltés par l'immense sacrifice de vies humaines dont ils veulent être certains qu'il servira un jour les vivants, Camélinat, Varlin, Louis Piat descendent ensemble la rue de Belleville.

Camélinat offre à ses amis de grimper jusqu'au sommet d'un escalier d'où l'on voit tout Paris. Un spectacle grandiose et tragique s'offre à leurs yeux. La Ville des Révolutions brûle : le théâtre de la porte Saint-Martin, le Grenier d'abondance ne sont plus que d'immenses brasiers. De hautes flammes s'élèvent, vacillent, clignotent dans la nuit qui vient. D'immenses gerbes d'étincelles fusent vers le ciel. Des obus éclatent. La fusillade crépite au lointain. Une âcre odeur de fumée couvre tout.

Émus, ils prennent la rue des Couronnes jusqu'au boulevard de Belleville où, silencieusement, le cœur éteint, les copains se quittent après un long serrement de main. Camélinat suit des yeux Varlin qui se dirige vers la rue d'Angoulême. Il ne le reverra jamais.

Le dimanche 28, avec Ferré (l'amoureux de Louise Michel), Gambon et Ranvier, Varlin fera tirer un dernier coup de canon fédéré rue de Paris, et tiendra jusqu'au bout la dernière barricade, rue Oberkampf. Comme il remontait la rue La Fayette pour fuir, un prêtre le reconnaîtra et le dénoncera : à Montmartre où il sera traîné, la foule le lynchera et l'éborgnera. C'est à moitié mort que les lignards le fusilleront. Il avait trente et un ans.

Camélinat s'est battu jusqu'à la fin place des Trois-Bornes. Quand les troupes de ligne ont lancé l'assaut final, quelqu'un a crié : « Sauve qui peut ! » Titubant de fatigue, Zéphirin a vu le moment où il allait s'effondrer d'épuisement, et il a senti qu'on l'attrapait à bras-le-corps. Il s'est laissé faire. C'est le bijoutier Joseph Jault, directeur de la police de la Commune, qui l'a soutenu jusqu'à une maison, tout près de là, rue Moret, et l'a fait entrer chez des copains dévoués à la cause, le cordonnier Bordier et son épouse.

Dans la petite pièce au plafond bas, il est affalé sur une chaise, les yeux ouverts mais incapable d'articuler un mot. Mme Bordier le débarbouille, le sang qui lui couvre le visage n'est pas le sien, c'est celui des copains. Il pleure en silence parce qu'il vient d'apprendre la mort de Varlin.

Dans une demi-conscience, il revoit leurs beaux visages à lui et à Nathalie Le Mel, ils se touchaient presque, elle le retenait par les boutons de sa veste, elle ne voulait pas qu'il parte se faire tuer.

Mme Bordier rase sa barbe et le haut de son front : l'effet est saisissant, il est méconnaissable. Bordier et Jault le rebaptisent Eugène. Pour tous, pendant trois mois, il sera M. Eugène, le nouvel ouvrier du voisin ébéniste. Son tout jeune fils s'appelle aussi Eugène, par amitié pour Varlin. Tout le voisinage est dans la confidence : « C'est le secret ouvrier, cette vieille pratique du compagnonnage », disait Camélinat à la forge.

La mort au cœur, il ne lui faut que quelques jours, grâce à ses mains habiles, pour apprendre à manier les outils de l'ébéniste : il menuise, assemble, ponce et vernit. L'effort qu'il doit fournir pour maîtriser ce nouvel art le sauve des sombres pensées. Il doit s'empêcher d'aller voir sa femme. Et ses enfants. Il ne faut pas. Début juin, Zoé a été arrêtée en même temps que son frère Lin : on les a jetés tous les deux en prison pour les obliger à le livrer. À cause de lui, ils souffrent l'enfermement, la faim, les mauvais traitements, des sévices peut-être. Les enfants ont été séparés et accueillis dans des familles amies.

Les gendarmes cherchent Camélinat jusqu'à Mailly. Le 25 juin, ils perquisitionnent la maison familiale, en face de la forge un peu plus loin sur la droite. Antoine-Cyprien assiste à la scène : il n'a que soixante ans, mais c'est un homme usé par le travail, et malade. Depuis le 4 septembre 1870, il a la fièvre. Son fils Jules-Antoine s'est fait arrêter en juillet parce qu'il a mis la crosse en l'air. À la préfecture, on le dit déporté quelque part dans les îles, mais impossible de savoir où. Léontine Perreau, la petite-nièce de Vincent le meunier, a épousé l'année passée un apprenti bronzier qui s'est placé à Paris, chez Reuss, comme Camélinat dans l'temps. Enceinte, son mari a réussi à la faire évacuer de Paris fin janvier : revenue à Mailly, elle raconte à la forge la faim pendant le siège, les soupes sans légumes et sans viande, le *rat-goût-de-mouton*. Antoine-Cyprien l'écoute avidement ; depuis qu'est arrivée à Mailly la nouvelle de l'insurrection parisienne, il ne dort plus. Fin mars, des Rouges, dont certains qu'il a connus en 1851, ont tenté sans succès de prendre l'hôtel de ville à Clamecy. Le petit-neveu de Vincent, Armand Perreau, est allé crier avec eux : « La crosse en l'air ! Vive la Commune ! Vive la Sociale ! » Il a manqué de se faire arrêter, une fois encore. Antoine-Cyprien aurait voulu être là-bas avec Armand, mais ses jambes ne le portaient déjà plus. L'annonce de la défaite de la Commune et des massacres de la Semaine sanglante l'a terrassé. Le fils d'Armand, monté à Paris en janvier, est en prison. Et de son fils à lui, Jules-Antoine, il n'a pas de nouvelles.

Antoine-Cyprien interroge les gendarmes : Camélinat est vivant, ils en sont sûrs. Sûrs aussi qu'il n'est pas passé en Angleterre et qu'ils finiront par lui mettre la main dessus pour l'envoyer aux travaux forcés. « Ces anarchistes et ces pétroleurs qui ont fait flamber Paris, tous ces pillards qui ont tout volé, c'est tous les tuer qu'il faudrait. » Antoine-Cyprien fait un effort pour ne rien répondre. Mais quand il rentre à la forge, il étouffe. Reine essaie de le faire boire, mais il n'arrive pas à reprendre son souffle, son visage devient violet, il tombe sur le carreau de la cuisine. Reine fait appeler le docteur. Antoine-Cyprien meurt six jours plus tard, le 2 juillet, dans son lit, sans avoir repris connaissance.

Le même jour, à Paris, vers deux heures, le concierge passe devant l'atelier de Camélinat et fait le signe convenu pour prévenir qu'il y a danger. Il est trop tard pour fuir : deux gendarmes se présentent à l'atelier. Mais en fait, ils cherchent un ancien habitant du quartier. Zéphirin les guide dans la maison voisine, où il sait qu'ils ne trouveront qu'un garni depuis longtemps déserté.

Cette alerte le décide à l'exil. Un ami bronzier a renoncé à un engagement à Londres et lui donne ses papiers. Le 4 septembre 1871, jour anniversaire de la naissance de la Troisième République, il attend son tour à la douane du Havre avant d'embarquer. Le guichetier lui demande de parapher le document : sa main ne tremble pas pour imiter la signature qui figure sur le passeport, il s'est bien entraîné.

V

Camélinat

De Marx à Jaurès, de l'exil à l'Assemblée nationale
Les républicains socialistes

« À la forge, Camélinat n'évoquait jamais son exil à Londres, ou seulement en passant, pour évoquer ses rencontres avec Marx », disait Madeleine à Madeleine. Et Bernard, plus tard, racontait à Madeleine qu'à la mort de Camélinat en 1932 ses papiers, et parmi eux sa correspondance avec Marx, avaient mystérieusement disparu. « Ce qui est certain, c'est qu'à Londres, il avait été heureux de retrouver les copains de la Commune. »

Dès qu'il entre chez Pot, l'hôtelier-restaurateur français qui sert de cantine aux exilés français, l'atmosphère qui y règne lui saute à la figure : à la fois très bohème, voire un brin trop débraillée pour son goût, gaie en apparence, ou du moins très électrique, comme on commence à dire, mais sur un fond de noire mélancolie. De beuverie désespérée en engueulade hystérique, proudhoniens, bakouninistes, marxistes et blanquistes ruminent à longueur de journée et de soirée les causes de la défaite. Trop de centralisme, pas assez, on s'envoie des noms d'oiseaux, on se bat. Parmi eux, pendant quelques semaines, deux poètes, plus désordre et braillards que les autres, l'un très beau et très violent, l'autre très doux et très alcoolique ; on les dit pédérastes.

– Est-ce que tu crois que Camélinat a jamais su qu'il s'agissait de Rimbaud et de Verlaine ? demandait Madeleine à JC.

Et elle lui récitait :

> Oh ! splendides lueurs des forges et des révolutions !
> Plus de mal, Plus !
> Et personne, surtout, ne nous fera ployer !
> *On aura un fusil au-dessus du foyer…*

Sur le coup, l'ami Theisz et Landrin (un autre bronzier) n'ont pas reconnu Zéphirin à cause de son nouveau visage imberbe, mais ensuite c'est la fête, suivie le soir même de sa première réunion de proscrits : une chaleur l'enivre plus que le vin à parler là, librement, avec les autres ; des jours et des jours qu'il n'a pas respiré de tous ses poumons comme ce soir-là.

Theisz a été coopté au Conseil général de l'Internationale avec Charles Longuet et le blanquiste Édouard Vaillant. Huit jours après son arrivée, le 12 septembre, Bastelica et Theisz proposent de le coopter lui, Camélinat, ainsi qu'Avrial. Au grand scandale de tous, Marx s'y oppose. Le communiste allemand s'en explique dans une lettre à sa fille Laura, la compagne de Paul Lafargue, qui est restée en France :

> À côté d'autres réfugiés français, nous avions accueilli au Conseil général de l'Internationale Theisz, Chalain et Bastelica. À peine arrivé, ce dernier proposa Avrial et Camélinat, mais *est modus in rebus*, nous avons estimé qu'il y avait suffisamment de proudhoniens dans nos rangs. Sous divers prétextes, le choix de ces deux honorables personnages fut donc repoussé jusqu'à la conférence de Londres, puis abandonné après cette même conférence qui avait en effet pris une résolution où l'on nous priait de ne pas admettre un trop grand nombre de réfugiés. D'où les grandes colères des citoyens Avrial et Camélinat.

Contre les manœuvres politiciennes du Conseil général centraliste et collectiviste, les anciens minoritaires français se regroupent dans la Section fédéraliste française de l'Internationale, dont Camélinat devient, forcément, le trésorier : c'est fatalement la fonction que toutes les organisations assigneront désormais à l'ancien directeur de la Monnaie de la Commune. Lorsqu'il se présente avec Chautard à la réunion du Conseil général de l'Internationale pour représenter la nouvelle section, on le prie de se retirer. Après quoi, Marx, en pleine lutte contre les anarchistes bakouninistes, pose comme condition de leur admission la modification des statuts pourtant dûment votés par les nouveaux sectionnaires. Avrial, Theisz et Camélinat envoient une lettre de protestation à laquelle l'auteur du *Manifeste communiste* répond par l'ironie féroce dont il sait admirablement user. Theisz claque la porte du Conseil général : la rupture est consommée. Vermersch, le rédacteur en chef du *Père Duchesne,* l'autre grand journal de la Commune avec celui de Vallès, et les dissidents de la Section fédéraliste se déchaînent contre le Conseil général et l'autre section française qui s'est alignée sur les positions marxistes.

Le doux Camélinat qui sourit presque toujours est désolé de ces conflits fratricides. Il trouve que les choses sont allées trop loin : avec Theisz et Avrial, il se désolidarise de la Section fédéraliste, qui éclate. Le 20 janvier 1872, les trois amis fondent le Cercle d'études sociales dont l'objet principal est de collecter les documents nécessaires à la rédaction d'une histoire véritable de la Commune, calomniée, insultée, condamnée journellement à Paris par les anciens versaillais au pouvoir. Édouard Vaillant, Jules Vallès, Charles Longuet, Léo Fränkel, Ranvier, Séraillier, Jean-Baptiste Clément, Cournet, Eudes, Leverdays, La Cecilia, Landrin, Langevin, Le Moussu, Régère, Chatelain, Combault adhèrent au Cercle. Mais c'est Lissagaray qui s'attellera vraiment à la tâche et se chargera finalement de rédiger une *Histoire de la Commune de 1871,* qu'Eleanor, la plus jeune fille de Marx, traduira en anglais.

Contrairement à beaucoup de réfugiés, Camélinat ne fait pas que de la politique. Il a repris son métier de bronzier sans difficulté très peu de temps après son arrivée à Londres, et cessé de fréquenter la bohème communarde du restaurant Pot, dont il ne partage ni le mode de vie ni les difficultés financières : ce sont les intellectuels et les artistes, comme Rimbaud et Verlaine, qui ont surtout du mal à trouver du travail et tirent le diable par la queue. Sa femme a été libérée fin novembre, enfin, et après un court séjour à Mailly pour se remettre, elle le rejoint à Londres avec leur petite fille Jeanne, qui a sept ans, et Eugène, qui en a trois. Leur fille aînée, Eugénie, est restée à Paris. Très affaiblie par sa détention et les duretés de la vie à Paris pendant le siège, Zoé est isolée dans ce pays dont elle ne parle pas la langue. Vers le début de l'année 1872, elle se rend compte qu'elle est enceinte. Des hémorragies répétées lui font craindre de perdre l'enfant.

Au local de Francis Street que Camélinat a déniché pour le Cercle d'études sociales, c'est la Commune reconstituée avec toutes ses tendances. Marx lui-même adhère, histoire d'enterrer la hache de guerre – d'autant que la Première Internationale ouvrière, que Camélinat avait vue naître en 1864, laminée par les scissions, est en train d'agoniser. L'exclusion de Bakounine en septembre 1872, obtenue de haute lutte par les marxistes, sera le coup de grâce. Theisz, Longuet et Lissagaray sont devenus des familiers du couple Marx et de leurs filles : Longuet se fiance avec Jenny Marx qu'il épousera en octobre, Lissagaray courtise Eleanor. Les dissidents fédéralistes protestent contre ces rapprochements avec les communistes marxistes. Mais Camélinat laisse dire. Ses deux obsessions sont satisfaites : célébrer la mémoire de la Commune et contribuer à l'union de toutes les tendances du mouvement ouvrier socialiste. C'est la ligne politique et philosophique qu'il se fixe alors et dont il ne changera plus : témoigner pour le mouvement ouvrier, travailler à son unité et à sa représentation politique.

La veille du grand meeting qui doit se tenir à St. George's Hall pour le premier anniversaire de la Commune, Camélinat est invité à dîner chez les Marx avec ses trois amis.

Ces dernières semaines, après sa prise de distance avec la Section fédéraliste, il a lu *Les Luttes de classes en France, Le Dix-Huit Brumaire de Louis-Napoléon Bonaparte* et *La Guerre civile en France – 1871*. Comment ne pas être impressionné par cette mécanique rhétorique d'une redoutable efficacité, à la fois limpide et retorse, qui ne laisse pas le temps de souffler, à peine de réfléchir, et qu'on sent portée par un travail gigantesque d'économiste, d'historien, de philosophe ? Une pensée claire comme une vaste prairie défrichée et pavée de connaissances certaines vous fait glisser en pente douce vers un horizon exaltant : la victoire du prolétariat et la « société sans classe et sans État ». Aucun doute : ce type est le plus fort de tous les hommes que Camélinat a rencontrés jusque-là – même Proudhon ne fait pas le poids. Marx cumule les qualités d'écrivain surdoué, de pamphlétaire féroce, de logicien implacable et de manœuvrier politique impitoyable, sectaire et méprisant. Le mélange est explosif, souvent désagréable, mais toujours stupéfiant ; et après la terrible défaite de la Commune, les trois cent trente mille lettres de dénonciation, les dix-sept mille à vingt-cinq mille fusillés de la Semaine sanglante, les cent quarante-sept fusillés du 28 mai contre le mur d'enceinte du Père-Lachaise, leurs cadavres entassés qu'on arrose de pétrole aux Buttes-Chaumont, les coulées de sang dans la Seine, les interminables listes de copains morts qui arrivent tous les jours de Paris, il est bon et même salutaire de s'abandonner à cette intellectualité puissante. Et quel tour de force d'avoir écrit dès le 30 mai 1871 l'histoire de la Commune ! Dès le 30 mai ! Deux jours après la défaite.

C'est en effet le 30 mai que Marx a lu en séance du Conseil général cette brillantissime Troisième Adresse, connue sous le nom de *La Guerre civile en France,* écrite dans l'urgence, avec les moyens du bord, sa correspondance personnelle avec les Parisiens, les journaux qu'il reçoit à Londres. Camélinat se sent redevable au leader communiste de se faire le panégyriste génial de la Commune proudhonienne et blanquiste.

– Si peu marxiste, disait Madeleine à JC. Comment ne pas lui savoir gré d'avoir écrit des phrases comme celles-ci :

> Le Paris ouvrier, avec sa Commune, sera célébré à jamais comme le glorieux fourrier d'une société nouvelle. Ses martyrs sont enclos dans le grand cœur de la classe ouvrière. Ses exterminateurs, l'histoire les a déjà cloués à un pilori éternel, duquel toutes les prières de leurs prêtres n'arriveront pas à les racheter.

Comme il est heureux, Camélinat, de lire sous la plume du communiste que « la Commune fut la forme positive de cette République sociale » proclamée en février 1848 par Raspail et le petit peuple parisien : c'est exactement ça, pense Camélinat dans le fiacre qui le conduit chez les Marx. Il s'agissait bien, comme l'écrit l'Allemand contre ses propres convictions centralistes et collectivistes, d'établir « l'autogouvernement des producteurs et de faire de la propriété individuelle une réalité, en transformant les moyens de production en simples instruments d'un travail libre et associé dans des associations coopératives ». Les larmes lui viennent aux yeux en pensant à Varlin et à Nathalie Le Mel, à ses propres efforts à la Monnaie, et à tous les copains de l'Internationale, lorsqu'il découvre ces phrases affirmant à la face du monde et pour toujours que, pendant la Commune, de simples ouvriers, « pour la première fois, osèrent empiéter sur le privilège gouvernemental de leurs soi-disant "supérieurs naturels", élites autoproclamées, et, dans des circonstances d'une difficulté sans exemple, accomplirent leur œuvre modestement, consciencieusement et efficacement, pour des salaires dont le plus élevé atteignait à peine le cinquième du minimum réclamé par le secrétaire d'un certain conseil de direction des écoles de Londres ».

Est-ce qu'il n'y a pas là de la part du communiste autoritaire qu'est Marx un louable effort pour réaliser l'unité du mouvement ouvrier et des socialistes, alors qu'à Paris une loi vient d'être votée par les versaillais pour priver de droits civiques et emprisonner tout individu soupçonné d'appartenir à l'Internationale (cette loi ne sera abrogée qu'en 1901) ?

Pourtant, dans ce fiacre qui le mène chez les Marx, Camélinat ne peut s'empêcher de penser à un autre aspect des textes politiques du leader allemand, qui le gêne beaucoup. Fils de vigneron, il ne peut admettre qu'on oppose le prolétariat des villes (les ouvriers) et le prolétariat des champs (les paysans), comme le fait le théoricien dans tous ses textes, les seconds étant sommés d'accepter les premiers comme leurs « guides politiques naturels ». « Alors que ce sont les mêmes », protestait encore Camélinat à Mailly : les ouvriers sont tous des fils de paysans. Du reste Marx lui-même décrit très bien ailleurs les raisons de l'exode rural et l'inéluctable transformation des travailleurs des campagnes (les deux tiers de la population au début du XIXe siècle) en salariés des villes :

> La dette hypothécaire, accroupie comme un incube sur la parcelle de sol, transforme les paysans en un prolétariat foncier qui grandit chaque jour, et conduit à terme à l'expropriation de la parcelle à une allure de plus en plus rapide, par le développement de l'agriculture moderne et la concurrence du fermage capitaliste.

Alors comment peut-il prétendre dans *Le Dix-Huit Brumaire* que « cette classe de la population n'est absolument pas capable d'initiative révolutionnaire » ? Et comment ose-t-il parler de la « stupidité naturelle des paysans français » votant pour Louis-Napoléon Bonaparte en 1848, alors qu'il donne les raisons de ce vote : la garantie des droits de propriété de la terre acquis à la Révolution et consolidée par Napoléon ? Pourquoi enfin ignore-t-il l'insurrection de 1851, et le lourd tribut payé par les provinces et les paysans ? Zéphirin pense à son père, Camélinat le Rouge, le carrier vigneron de Mailly, étranglé par l'usure hypothécaire, prenant le fusil pour chasser Napoléon la crapule, cachant les insurgés de Clamecy dans sa cave, et à son copain maréchal-ferrant, Antoine-Cyprien Sautreau.

De ce mépris de l'intellectuel et de l'urbain Marx pour la classe paysanne découle par contraste sa description de l'ouvrier en héros de la modernité : parvenu au pouvoir, le prolétaire est censé, d'un coup de baguette magique, métamorphoser la catastrophe anthropologique de l'exploitation capitaliste de masse en nouvelle Icarie communiste où s'accompliront les promesses de progrès techniques de la révolution industrielle et d'égalité de la Révolution française. Camélinat ne peut suivre l'Allemand quand il affirme que la Commune de Paris aurait « nécessairement » abouti à la « dictature du prolétariat » et au collectivisme, puisque, écrit-il, « la production nationale » devait être réglée « sur un plan commun », en se confondant avec une direction politique nationale. Alors qu'au contraire, pour les internationaux proudhoniens et pour Camélinat lui-même, il s'agissait de fonder une fédération politique des communes, distincte des fédérations de coopératives ouvrières et de secours mutuel : cette séparation des pouvoirs économiques et politiques, dans leur esprit, visait précisément à éviter le centralisme étatique, et à garantir la propriété *individuelle* des moyens de production. Mais malheur aux vaincus, Marx a beau jeu de rendre hommage aux communards : c'est contre leurs espérances qu'il fonde sa propre conception de la « révolution prolétarienne » et la nécessité de ce qu'il considère comme son outil privilégié : le parti communiste.

Depuis le Manifeste des soixante, Camélinat se bat pour la représentation politique des ouvriers et il continuera jusqu'à la fin de sa vie. Mais il sait que sa révolte contre la condition d'*esclave salarié* livrant les hommes corps et biens entre les mains de ceux qui les paient tire son origine de la fierté paternelle à posséder la terre et les outils de travail : tous les ouvriers sont comme lui, ils gardent en eux la nostalgie de la petite propriété paysanne et artisanale, et leur force de révolté social, quand elle a survécu à l'acculturation de l'exil urbain, ils la tirent précisément de cette joie immense de leurs ancêtres paysans libérés des impôts du servage à la Révolution. Rien ne peut faire que ce mode de vie paysan, pour éloigné des normes bourgeoises de la vie urbaine qu'il soit, ne soit pas vécu par l'immense majorité comme un paradis perdu.

– Et aujourd'hui plus que jamais, disait Madeleine à JC.

Marx méprise cette nostalgie qu'il qualifie de « petite-bourgeoise », et dont il accuse les socialistes dits « utopiques », Proudhon en premier lieu. Il affirme au contraire que la révolution industrielle est un progrès pour l'humanité. On ne peut pas revenir en arrière, explique l'historien économiste ; il faut au contraire souhaiter que l'expropriation paysanne parvienne à son terme, de manière que la condition prolétaire devienne celle de « l'immense majorité ». Alors « nécessairement », l'immense majorité (les salariés) se débarrassera des parasites qui lui sucent le sang et vivent sur son dos : les exploiteurs capitalistes et les banquiers. Il écrit :

> Le développement du prolétariat industriel dépend en règle générale du développement de la bourgeoisie industrielle. C'est seulement sous la domination de celle-ci qu'il accède à cette existence d'ampleur nationale qui lui permet d'élever sa révolution à une hauteur nationale ; c'est alors seulement qu'il crée les moyens de productions modernes qui deviennent autant de moyens de sa libération révolutionnaire.

C'est dit : les moyens de productions modernes sont des moyens de libération révolutionnaire. L'« expropriation des producteurs immédiats » (les paysans et les artisans) doit « nécessairement » conduire, parce que c'est la logique du développement des forces productives, à ce qu'il appelle l'« expropriation des expropriateurs », que doit accomplir la dictature du prolétariat.

Camélinat veut bien se voir en héros de l'Histoire, en un sens ça le flatte, et la vie rurale de son enfance lui semble si loin, comme plongée dans un sommeil séculaire, nul doute que l'Histoire désormais ne se fasse dans les villes. Mais il sait qu'il reviendra à Mailly dans ses vieux jours comme à un bonheur manqué qui était à portée de nos mains. Et en admettant même que la conquête du pouvoir d'État et son contrôle par la dictature des prolétaires soient souhaitables, reste à comprendre pourquoi Marx la décrit comme inéluctable.

Justement, pendant le dîner, le théoricien qui continue à rédiger son œuvre majeure, *Le Capital,* explique longuement à ses invités sa « conception matérialiste de l'histoire » et la « dialectique » du monde concret qui la sous-tend. Le philosophe Hegel l'a dit le premier : la vérité de l'être est dans la contradiction et le mouvement. L'analyse des contradictions doit permettre de comprendre le mouvement qui les détermine à s'opposer, puis à se dépasser dans un nouvel état de choses. Ce mouvement de dépassement des contraires est à la fois action et pensée ou esprit, prise de conscience de l'unité dans la contradiction : dans le système de Hegel, les mouvements sont tous déterminés par une finalité dernière (une compréhension absolue) prédéterminée, que le philosophe de Iéna nomme Dieu. Marx explique à ses hôtes que, s'il reprend l'idée de mouvement dialectique, la finalité dernière n'est pas pour lui idéale, elle est la compréhension « scientifique » de la totalité concrète du monde, ressaisie par les hommes dans son unité. Il applique la méthode dialectique aux contradictions concrètes du monde réel et de l'histoire dans un but de connaissance scientifique et non morale ou métaphysique.

Toutes les grandes évolutions de l'humanité sont nées du dépassement d'une contradiction : le travail, et le premier d'entre tous, l'agriculture, a été le moyen trouvé pour surmonter le manque récurrent de moyens de subsistance qui opposait le chasseur-cueilleur préhistorique à la nature ; de l'agriculture sont nées la sédentarisation, la division du travail, la spécialisation des hommes et, en conséquence, les classes sociales. Avec le travail, la contradiction est devenue interne aux groupes humains. Pour la décrire, Marx a repris à Hegel la dialectique du maître et de l'esclave : l'esclave, voué à la production par le maître, fait l'expérience de l'autonomie dans son travail, et prenant conscience de son autosuffisance, il en vient à revendiquer de réaliser politiquement sa souveraineté en s'affranchissant du maître ; ce que l'esclave révolté vise au-delà de sa personne, c'est la libération de l'humanité tout entière dépassant ses conflits internes pour réaliser son unité concrète grâce à l'égalisation des conditions. Les diverses formes d'organisation politique, aristocratie, monarchie, république, empire, ont été toutes plus ou moins provisoires et instables parce qu'elles ne sont pas parvenues à surmonter la contradiction sociale.

À partir de la révolution industrielle, la bourgeoisie capitaliste est devenue dominante. Tous les objets du monde ont eu désormais deux valeurs, une valeur d'usage et une valeur d'échange. Quant aux hommes, les uns (les dominants) s'identifient à la possession et à la fructification de leurs capitaux mobiliers et immobiliers, les autres (les salariés) sont contraints de monnayer leur force de travail en *gagnant* leur vie sur le marché du salariat. Un nouveau type de tyrannie est apparu, les bourgeois se servant des prolétaires comme moyen de leur enrichissement.

Cependant les prolétaires (les salariés) peuvent d'autant moins admettre d'être le moyen passif de l'enrichissement des autres que la suppression des privilèges nobiliaires par la Révolution française a imposé l'idée d'un partage en droit de la souveraineté politique entre tous les hommes : la citoyenneté. Le prolétaire, le salarié, *esclave moderne*, se voit considéré à la fois comme un outil mort, une machine servile par ses maîtres, les patrons capitalistes qui l'emploient, et comme un homme souverain doué d'autonomie et de raison dans l'exercice de droit et de fait de sa citoyenneté politique. Cette contradiction d'un nouveau genre – politique, explique Marx – ne peut que trouver sa résolution dialectique dans une révolution, seule en mesure de surmonter « définitivement » la contradiction sociale par une appropriation collective des moyens de production, les outils du travail, instruments privilégiés de la libération. Devenant l'immense majorité (sur ce point, certes, il avait vu juste : aujourd'hui le salariat est la condition majoritaire), le prolétaire (le salarié), par la grâce conjuguée d'un autre principe dialectique, la transformation du quantitatif en qualitatif, est ainsi voué à la révolte *politique* : c'est-à-dire, dans le langage de la dialectique, à nier la négation de sa liberté qu'est son aliénation aux expropriateurs bourgeois. Sa mission historique est d'exproprier les expropriateurs pour réaliser l'unité de l'humanité en faisant disparaître la contradiction entre intérêt individuel et intérêt collectif, et à terme, en conséquence, la nécessité même de l'État. Et Marx de conclure, comme il l'avait écrit à l'un de ses correspondants en 1865 : « La classe ouvrière est révolutionnaire, ou elle n'est rien » (lettre à J. B. Schweitzer, 13 février 1865).

– Ainsi Marx, disait Madeleine à JC, a assigné au prolétaire la *mission historique* qui était celle de l'État prussien dans la dialectique de Hegel. Est-ce que son matérialisme historique échappe pour autant à l'idéalisme qu'il reprochait à Hegel ? Son système n'est-il pas tout autant un « système logique plaqué sur la réalité au risque de faire rentrer celle-ci de force dans le moule forgé par l'esprit », pour reprendre la formule d'Engels à propos du philosophe de Iéna ?

Quant à Camélinat, ça sonne agréablement à son oreille, cette affaire de mission historique du prolétariat, comme l'air d'une chanson oubliée, quelque chose de très ancien. Soudain, il sait : ça lui rappelle le père Foin, son instituteur à Mailly, qui citait Pierre Leroux et voyait dans le socialisme un nouvel évangile, un horizon providentiel, la promesse réalisée du christianisme. Si l'avenir dépend de la conversion du prolétaire à la mission historique que Marx lui assigne, Leroux n'avait-il pas raison de voir dans le socialisme un nouvel évangile ? Le doux Camélinat se sourit à lui-même, mais personne ne s'en aperçoit. C'est qu'il se souvient du vieux Proudhon tonnant contre Marx le dimanche, chez Beslay, dans les années 1860 : n'avait-il pas raison, le Vieux, quand il opposait à cette nouvelle religion politique collectiviste et millénariste ce qu'il appelait son « scepticisme métaphysique » ? « La société ne sera jamais Une ! » répétait-il. Jamais les antagonismes ne seront résorbés ! Ils peuvent être dépassés mais il en surgira toujours de nouveaux ! La dictature du prolétariat, c'est la voie ouverte aux petits chefs et aux caporaux du socialisme !

Marx lui-même avait pourtant prévenu : « Toutes les Révolutions perfectionnent la machine d'État au lieu de la briser. » Quel dommage que ce type génial n'ait pas médité davantage cette autre phrase par lui écrite : « La meilleure forme de l'État est celle où les antagonismes sociaux ne sont pas estompés, ne sont pas jugulés par la force, c'est-à-dire par de simples artifices, donc en apparence seulement. La meilleure forme de l'État est celle où ils entrent en lutte ouverte et trouvent ainsi leur solution. »

– Mais l'État se dissout-il si facilement dans les solutions trouvées ? se demandait Madeleine.

– L'avenir a prouvé que non, répondait JC, l'expérience du communisme étatique en Europe de l'Est et ailleurs l'a démontré.

Camélinat ne pouvait se douter de cela, mais son attachement à l'outil de travail et à la terre, sa méfiance venue de Proudhon envers le centralisme étatique et la collectivisation impersonnelle des moyens de production offraient chez lui une résistance solide à la machine rhétorique marxiste : finalement, ce socialisme *utopique* français libertaire, si moqué par Marx, mal en point après la défaite de la Commune et enterré corps et biens par les marxistes après 1914, n'était-il pas un antidote politique et moral autrement puissant aux catastrophes humaines et écologiques produites par l'industrialisation forcée et la marchandisation globale des biens terrestres ? Au fond, l'assentiment de Marx à la technicisation du monde a ouvert la voie aux bureaucrates du collectivisme étatique, relayant au XXe siècle les capitaines d'industrie capitalistes des siècles précédents, et qui se sont chargés, de la Russie à la Chine et ailleurs, de transformer à une vitesse record, au nom du *socialisme*, sans passer par la case Révolution bourgeoise et accumulation du capital, d'immenses masses paysannes expropriées en masses immenses de prolétaires urbains ou semi-urbains, déracinés, atomisés, privés des solidarités de villages ancestrales, esclaves modernes, main-d'œuvre exploitable à merci par les géants du capitalisme d'État (la Chine) ou du capitalisme privé mondialisé, les deux finissant par s'entendre comme larrons en foire avant, peut-être, de s'affronter.

JC, agacé comme tous les anciens marxistes par cette mise en cause de leur ancien maître à penser, et au fond persuadé, comme Marx, qu'on ne peut pas revenir en arrière, qui n'avance pas recule, protestait que la modernisation industrielle n'est pas mauvaise en soi, elle est inachevée.

Malicieuse et changeant de tactique, Madeleine ajoutait, à l'intention de l'ancien trotskiste devenu social-démocrate, qu'après tout Marx avait peut-être raison de penser que l'immense majorité des salariés, harcelés, usés, frustrés, appauvris moralement et pour finir, matériellement, par l'hystérie hyperconsumériste, l'avidité toujours plus folle et plus égoïste de l'exploitation salariale capitaliste, finiraient bien par se révolter.

Camélinat écoute Marx et ne confie rien de son débat intérieur – peut-être pas si nettement formulé. Il écoute l'homme savant qui improvise maintenant brillamment la résolution que lui, Camélinat, lira sagement au meeting du lendemain pour fêter le premier anniversaire de la Commune. Il est émerveillé par l'éclat de cette prose guerrière qui, sous couvert de dialectique, ouvre l'avenir aux forceps. Pendant tout le dîner, il est muet, le doux Camélinat qui sourit toujours, comme la pâle Eleanor et comme le vaillant Lissagaray, sauf que lui, il mange de son bon appétit de paysan, tandis que ces deux-là n'ont pas touché à leur assiette. Jenny et Charles non plus n'ont rien avalé, trop occupés à se jeter de petits coups d'œil amoureux. Dans quelques mois, en octobre 1872, Zéphirin assistera à leur mariage.

Eleanor, la quatrième fille de Marx et dit-on la plus douée, est aussi la plus liée à son père. Au grand étonnement de Camélinat, elle l'appelle son ami et compagnon : en plus d'être la secrétaire dévouée du grand homme en train d'inachever son grand œuvre, *Le Capital*, elle traduit en anglais *Madame Bovary* de Flaubert. Mais ce soir elle a décidé de faire la grève de la faim : son père lui a défendu d'épouser Lissagaray dont elle est éperdument amoureuse, et elle est en plein désarroi. Marx est inflexible, il trouve ce prétendant trop vieux pour elle : l'ancien communard a trente-quatre ans, Eleanor en a dix-sept. Lissagaray rentrera en France après l'amnistie en 1880, elle l'oubliera. En 1898, quand elle apprendra la trahison amoureuse de son compagnon, le socialiste-révolutionnaire Edward Aveling, elle se suicidera. Elle se suicidera comme l'Emma Bovary de Flaubert.

– Comme l'Emma de Flaubert, elle *l'aima* à mort, disait Madeleine à JC. Elle aima qui ? Le militant révolutionnaire, l'amant divin, l'Amour absolu, un Karl Marx qui dissout Dieu dans la Révolution, un nouveau Jules César qui serait en même temps un autre Jésus-Christ : le JC de la politique, le dieu des communistes ?

La terreur tricolore de la République versaillaise a emprisonné 38 568 communards (des deux sexes), 651 enfants, 29 573 hommes et femmes seront jugés, 23 hommes sont fusillés, plus de 10 000 hommes et femmes condamnés à la déportation en Nouvelle-Calédonie comme Louise Michel, ou sur l'île de Nou (Nouvelle-Calédonie), 3 000 hommes et femmes mourront en prison ou sur les pontons.

Camélinat fait partie des 3 761 condamnés par contumace : le 12 juillet 1872, le jour de la naissance de son fils Albert, les tribunaux prononcent contre lui une peine de dix-huit mois de déportation en enceinte fortifiée pour « insurrection, pillage et vol à la Monnaie de cent cinquante-trois mille francs ». Comble d'infâme iniquité : il s'agit de persuader la société tout entière que les prolétaires et les socialistes révolutionnaires sont par essence des voleurs de poules.

Deux mois plus tard, en septembre 1872, le jour de l'exclusion de Bakounine au Congrès de La Haye, le bébé Albert meurt. Zoé Camélinat pleure et tousse, tousse et pleure. L'automne est morose.

Début 1873, Zéphirin s'installe à Birmingham, où il a trouvé un emploi stable et correctement rémunéré d'argenteur dans la prestigieuse maison Elkington spécialisée dans le placage de l'or et de l'argent. Un an plus tard, jour pour jour, après la mort de son fils, Zoé, épuisée par les privations de la prison, l'exil, la solitude, la maladie et le chagrin, s'éteint à son tour.

En août 1874, Camélinat épouse une jeune femme avenante et débrouillarde : Emma Aston est la fille d'un ouvrier qui a travaillé en France où elle est née ; elle lui donne deux autres enfants, Zélie en 1875 et Berthe en 1878. Il l'aide à ouvrir un petit commerce d'épicerie et de fruits et légumes, au 189 Dudley Road dans le quartier de Winson Green, qui devient vite florissant. De temps en temps, une réunion du Cercle d'études sociales, devenu un peu trop modéré à son goût, le rappelle à Londres. Il y retrouve les camarades de l'Internationale moribonde. À Birmingham, militant du Syndicat des mécaniciens, il fréquente le milieu des ouvriers français, et organise avec eux une souscription pour les déportés de la Commune.

En France, la victoire des républicains aux élections législatives de 1877 et 1878, l'élection de Gambetta dans le XXe arrondissement de Paris, et surtout, en 1879, la démission du massacreur Mac-Mahon auquel succède Jules Grévy – « le premier président de la République qui fût républicain et n'eût pas fusillé », disait Lissagaray – sonnent enfin l'avènement d'un régime plus démocratique. À la Chambre, le débat fait rage sur l'amnistie des communards, défendue par le radical Georges Clemenceau et soutenue plus timidement par le républicain opportuniste Gambetta. Elle est votée au printemps 1880, et c'est pour tous le signe d'un nouveau départ de la République. Rochefort, Vallès, Benoît Malon sont acclamés en juillet à leur arrivée gare du Nord, Louise Michel débarque quelques mois plus tard gare Saint-Lazare dans la même euphorie.

Camélinat, lui, prend son temps pour rentrer en France ; sa vie en Angleterre est confortable et agréable, sa famille et lui-même sont bien intégrés. Lorsqu'il se décide enfin, en 1882, Jeanne et Eugène, les enfants de Zoé, ne le suivent pas.

Dès son retour à Paris, il est élu président de la chambre syndicale des ouvriers du bronze, qu'il représente en août 1883 à l'exposition d'Amsterdam et en décembre à celle de Boston, d'où on l'invite au banquet internationaliste de New York. Il y commence son intarissable travail de témoin de la Commune. C'est aussi à ce double titre d'ancien communard et de représentant syndical d'une des plus prestigieuses corporations ouvrières françaises, les bronziers, que sa candidature est proposée pour les élections législatives.

Le 4 octobre 1885, à la faveur du scrutin de liste, Camélinat est élu député de Paris (de la Seine en fait), en même temps qu'un jeune agrégé de philosophie de vingt ans son cadet : Jean Jaurès, élu dans le Tarn. Lui, Zéphirin, il a quarante-cinq ans et commence à perdre ses cheveux bruns sur le dessus de la tête. *Le Figaro* écrit que les yeux noirs « prolétariens et rêveurs » ont gardé tout leur éclat. Comme Jaurès, qui est à l'époque républicain dit opportuniste, proche de Gambetta et plus encore de Jules Ferry, il a été élu avec les républicains : dans la Seine, au deuxième tour, les radicaux et les différentes sectes socialistes, comme on dit, ont dû se regrouper sur une liste de « concentration républicaine ».

Fraîchement élu, Camélinat s'explique dans sa *Lettre aux électeurs de la Seine* : « Je viens simplement vous dire avec franchise comment je comprends le mandat que vous avez confié à un ouvrier socialiste. Ancien militant de l'Internationale, ancien combattant de la Commune de Paris, je m'efforcerai d'être à la Chambre l'homme de mon passé communaliste et socialiste. » Il ne veut se faire « inscrire à aucun groupe constitué », mais annonce qu'il « votera avec les radicaux-socialistes contre la politique coloniale, pour l'impôt sur le revenu, pour l'abolition du budget des cultes, pour l'autonomie communale, qu'il œuvrera en faveur d'une législation internationale du travail, d'une législation sociale, et qu'il fera de son mieux pour toute mesure pouvant hâter la substitution graduelle et rapide du travail associé au salariat ».

Marx est mort depuis deux ans. Et c'est son bras droit, Friedrich Engels, qui salue comme un « grand événement de l'année la constitution d'un parti ouvrier à la Chambre par le mineur Basly et Camélinat ». Un autre ouvrier a en effet été élu : Émile Basly, secrétaire du syndicat des mineurs d'Anzin dans le Nord-Pas-de-Calais. En 1886, Camélinat et Basly interpellent le gouvernement à propos de la grève des mineurs à Decazeville, réprimée par la troupe. Avec Clovis Hugues, un ancien communaliste marseillais, radical intransigeant, Antide Boyer, un communiste du parti ouvrier, les socialistes Planteau et Numa Gilly élus sur des listes radicales-socialistes, Prudon et Brialou, également socialistes, ils constituent à la Chambre le « groupe ouvrier », et se font connaître en publiant un manifeste dans *Le Cri du peuple* de Vallès, où ils dénoncent le déclassement du travail qualifié dans les usines, les faiblesses de la législation du travail et les « abandons » des radicaux – tout en se déclarant « acquis à toutes les améliorations politiques réclamées par la démocratie, suppression du budget des cultes, abolition des sinécures, transformation du système d'impôt, réforme constitutionnelle, réforme judiciaire ». Engels s'en félicite : « Le plus beau, c'est que les radicaux ont présenté ces gens dans l'espoir de les circonvenir, ils en sont pour leurs frais. Moi aussi, j'étais très réservé à l'égard de Camélinat, ancien proudhonien, mais le fait qu'il ait tout de suite trouvé du travail à Birmingham plaidait en sa faveur. Longuet doit être furieux que son vieil ami, et, croyait-il, son protégé Camélinat, l'ait abandonné. »

Beaucoup d'amis de Camélinat sont en effet des réformistes : Benoît Malon, devenu rédacteur en chef de la *Revue socialiste,* y accueille des papiers modérés ; Charles Longuet, l'époux de Jenny Marx, écrit dans le journal du radical Clemenceau et fonde l'Alliance républicaine et socialiste (ARS) pour contrer les marxistes du parti ouvrier de Jules Guesde et Paul Lafargue, l'époux de Laura Marx. Camélinat adhère un temps à l'ARS. Et il est un familier du diamantaire Elie May, futur Grand Maître de la Grande Loge de France, qui le coopte en 1889 à la loge des Trinitaires où il retrouve d'autres communards. Parmi eux, Léo Seguin. Devenu maçon la même année que Marcel Cachin, le futur dirigeant communiste, et admis au grade de rose-croix en février 1892, il s'éloignera de la maçonnerie au début du siècle, comme Cachin, tout en restant toute sa vie très lié à May.

Mais en fait, à partir de 1887, l'homme dont Camélinat se sent le plus proche est Jaurès. Cette année-là, Jean Jaurès est le rapporteur à la Chambre de la « loi instituant des délégués mineurs à la sécurité ». Camélinat est impressionné par le discours inspiré de ce petit homme aux yeux bleus, qui lui ressemble par sa stature de paysan : de ce corps lourd nourri au cassoulet sortent des phrases ailées qu'il n'aurait pas pu concevoir. Dans une imprévisible envolée, le sort des mineurs préfigure soudain le destin de l'humanité tout entière.

C'est l'époque où Jaurès, déçu par les républicains opportunistes et particulièrement par Ferry, lequel, dit-il, « s'arrête au seuil du problème social », se découvre des affinités grandissantes avec les socialistes, et commence à mettre au point sa très particulière métaphysique républicaine et sociale – si méconnue dans le fond. Camélinat, qui ne se lassera plus de l'écouter ni de lire ses articles dans *La Dépêche, La Petite République* et plus tard *L'Humanité*, trouve dans les périodes lyriques du petit homme une solution au problème que lui avait posé la dialectique marxiste. Opérant une magistrale synthèse des socialismes français, celui de Proudhon et celui de Leroux, Jaurès se réclame d'un christianisme sans dogme et sans Église, dont l'aspiration essentielle à l'unité (à l'amour) et en conséquence à la justice et à l'égalité, fut selon lui reformulée et laïcisée par la Révolution française : il définit le socialisme comme l'accomplissement logique de la promesse républicaine, et applaudit Marx lorsque le philosophe allemand, que lui, Jaurès, germaniste, lit dans le texte, fonde sa conception matérialiste de l'histoire sur la description des contradictions sociales visant à se dépasser dans l'harmonie (l'unité) de l'égalité et de la liberté réalisées. Le petit homme aux yeux bleus précise seulement que, selon lui, même si la marche vers l'harmonie est inscrite comme un « mystère de douceur » dans la réalité sensible, cette évolution n'est pas mécanique, le « besoin d'unité » échappe à la dialectique économique et sociale, c'est un affect, une foi et un combat, dont nul ne peut dater la victoire, et dont la lutte politique pour la République sociale n'est qu'une modalité. Elle est une *espérance* de bonheur qui fait le prix et la dignité de la vie humaine.

– Oui, contrairement à Lénine, pour Jaurès, le besoin d'unité n'est pas une affaire de classe, disait JC.

– Ça ne l'empêchait pas, répondait Madeleine, d'affirmer contre Bernstein, contrairement aux sociaux-démocrates libéraux de la fin du XXe siècle, que « la ligne de démarcation subsiste et subsistera entre les possesseurs des moyens de production et ceux qui, n'ayant que leurs bras et leur intelligence à vendre, doivent lutter ». Du reste, le « vrai dieu de l'histoire », pour lui comme pour Marx, c'est le travail, « sombre forgeron » : même asservi aux fins particulières du profit capitaliste, le travail montre aux hommes la voie de l'émancipation, parce qu'il leur donne le goût, par la fierté de l'œuvre accomplie, de la force et de l'autonomie – et finalement de la foi en eux-mêmes et en leur capacité à établir la paix universelle.

Madeleine faisait remarquer que, dans le fond, Jaurès restait fidèle, contrairement à Bernstein, au révolutionnarisme de la tradition socialiste française. Mais elle était surtout frappée du fait qu'en pleine éruption anticléricale le petit homme aux yeux bleus n'avait pas cessé de souligner le fondement religieux de son engagement socialiste : « L'avènement du socialisme sera comme une grande révélation religieuse », écrivait-il en 1892. Comme Hegel, il ne répugne pas à nommer Dieu la totalité du monde concret dont Marx prétendait donner une vision scientifique : l'unité cachée sous la pluralité contradictoire des événements historiques et des phénomènes sociaux est appelée à se révéler en une parousie dont l'autre nom est la République sociale. Et c'est précisément la lucidité quant à sa foi socialiste qui lui permet de railler les grands prêtres de l'« orthodoxie marxiste ».

Tour à tour éduqué par Foin, l'instituteur de Mailly lecteur de Leroux, puis par Proudhon, et fréquentant finalement Marx, Camélinat est enthousiasmé par cette brillante synthèse des théories française et allemande. Mais elle ne lui serait rien, si Jaurès le philosophe, descendu du ciel évangélique de la justice, n'acceptait de combattre dans l'arène dangereuse, épuisante, asséchante, dirimante et souvent désespérante de la lutte ouvrière et politique. Tel est le prix pour mener cette « action vaillante et juste qui continue l'œuvre de Dieu » : la défaite de l'humanité serait d'« immobiliser la justice ». Et la justice, c'est : des « délégués à la sécurité pour les mineurs, des aides pour les fermiers, les métayers et les ouvriers agricoles frappés par la crise ». *La Revue socialiste* de Benoît Malon applaudit.

La Première Internationale morte en 1872, la Deuxième reformée en 1889 à l'initiative d'Engels a décidé de commémorer tous les ans, au 1er Mai, par une grande manifestation internationale, le massacre des ouvriers de Chicago attaqués par la troupe le 1er mai 1889, alors qu'ils réclamaient la journée de huit heures.

Le 1er mai 1891, à Fourmies, ville ouvrière du nord de la France, Paul Lafargue, un des deux principaux dirigeants du parti ouvrier (marxiste), appelle à la grève générale pour exiger la journée de huit heures. Le commandant de la troupe de ligne qui barre l'accès des manifestants à la mairie, affolé, fait tirer à bout portant : en quarante-cinq secondes, les fusils Lebel font neuf morts, un homme de trente ans, deux de vingt, quatre jeunes filles de dix-sept à vingt ans et deux enfants de onze et douze ans. Le radical Clemenceau prononce à la Chambre un discours retentissant : « Le Quatrième État s'est levé. Il y a quelque part, sur le pavé de Fourmies, une tache innocente qu'il faut laver à tout prix. Prenez garde ! Les morts sont de grands convertisseurs, il faut s'occuper des morts. » Les radicaux font voter l'amnistie des manifestants arrêtés. Jaurès propose une motion de censure du gouvernement, qui est rejetée. Mais autour de la double commémoration américaine et française des morts du 1er Mai, de fait, l'unité du mouvement ouvrier est de nouveau à l'ordre du jour, syndicalistes et socialistes toutes chapelles confondues marchent côte à côte. Et c'est *L'Internationale* que l'on chante chaque 1er Mai : le poème du communard Pottier sur lequel l'ouvrier musicien Pierre Degeyter (Camélinat le connaît bien) vient d'écrire une musique martiale en passe de supplanter *La Carmagnole*.

Comme Jaurès, Camélinat est partisan de conjuguer les efforts de la lutte parlementaire et du syndicalisme ouvrier, en plein essor depuis sa légalisation en 1884 (le vieux camarade bronzier, Tolain, devenu républicain opportuniste et détesté par ses anciens camarades communalistes pour sa trahison de 1871, a été le rapporteur de la loi). Ce qu'il faut, comme Jaurès le répète à chaque meeting, c'est resserrer les liens de la République et du socialisme, et, dans cet objectif, construire un parti socialiste ouvrier unifié, capable de défendre les droits de tous les salariés en intelligence étroite avec les organisations syndicales ; et accueillant aussi les petits propriétaires paysans, les artisans, les fonctionnaires, les ingénieurs, les petits patrons. Les ouvriers ne s'émanciperont pas seuls, ils ont besoin des démocrates venus de tous les horizons. Il faut « disloquer le bloc bourgeois et conquérir une majorité de Français au socialisme ».

Comme Jaurès, Camélinat a été battu aux législatives de 1889 : il se présentait dans le XIXe arrondissement sur une liste soutenue par le Comité révolutionnaire central blanquiste de son ami Édouard Vaillant ; le scrutin d'arrondissement en vigueur depuis cette élection oblige à une campagne de terrain à laquelle son métier l'a empêché de s'astreindre. Il habite maintenant au 135 de la rue de Belleville et c'est dans le quartier de Belleville et Saint-Fargeau qu'il est à nouveau candidat en 1893 sur une liste de la Fédération des socialistes indépendants, à laquelle appartiennent Millerand et Viviani, Lissagaray, Vallès, Malon, et qui est soutenue par le journal *La Petite République* : Jaurès qui dirigera bientôt ce journal y publiera en 1898 une série d'articles retentissants, prouvant l'innocence du capitaine Dreyfus. Et il se représente dans le Tarn.

En août 1892, le patron de la mine de Carmaux, le marquis de Soulages, avait licencié Jean-Baptiste Calvignac, élu au printemps maire de la ville. Les mineurs, très attachés à leur maire, ont aussitôt déclenché une grève qui a eu un retentissement national. Calvignac est allémaniste, du nom de l'ouvrier typographe, ancien déporté de la Commune, Jean Allemane : ce non-marxiste a claqué la porte du parti ouvrier français et prône « la grève générale comme moyen d'action révolutionnaire ». Très minoritaire chez les socialistes, cette position a un succès grandissant chez les syndicalistes non encartés, méfiants à l'égard de la politique. Avec Calvignac et les mineurs, Jaurès découvre en profondeur les débats qui agitent le milieu ouvrier, et défend la grève dans ses articles de *La Dépêche*. Le gouvernement accepte d'arbitrer le conflit et exige la réintégration de Calvignac. Soulages démissionne de son poste de député, et les mineurs demandent à Jaurès d'être leur candidat. Comme Camélinat, il se présente avec l'étiquette « socialiste indépendant », et, sous l'influence des « citoyens-camarades carmausins », il défend le programme du parti ouvrier français, comme se nomme maintenant le parti communiste marxiste de Guesde et de Lafargue.

Camélinat lui est battu, mais malgré sa défaite personnelle il est heureux de la première grande victoire des socialistes : vingt et un sur trente-sept des députés socialistes élus sont des indépendants, et il a des amis partout. En fait, pendant ces années 1890, Jaurès et Camélinat servent chacun à sa manière de trait d'union entre les différentes sectes socialistes. Comme Jaurès, Camélinat condamne les attentats anarchistes, et dans les meetings où il intervient un peu partout, il travaille à réconcilier les ouvriers avec la légalité républicaine et la politique. Dans l'ombre de Jaurès, il contribue à la future unité des socialistes.

Ses mains sont devenues moins habiles et il a dû abandonner son métier de bronzier pour celui de négociant en vins au début des années 1890 : il commerce notamment avec l'Angleterre, où son fils Eugène, demeuré à Birmingham, dirige une épicerie sur Dudley Road, de l'aide à consolider un solide réseau de clients (dont le Parlement anglais). Plus tard, Eugène, devenu ouvrier tourneur décolleteur dans la métallurgie, fondera une entreprise de bouilloires fantaisie encore en activité en 1980.

L'hiver, Camélinat vit rue de Belleville avec ses deux filles, Zélie et Berthe, qui travaillent dans la haute couture, et l'été à Mailly-la-Ville, dans la petite maison de ses parents défunts, « en face la forge un peu plus haut sur la droite ». L'âge venant, il y passe de plus en plus de temps, surtout après la mort d'Emma, sa seconde femme, en 1903.

Dès son retour en France, il a appris à connaître le nouveau maréchal, Jules-Antoine, le fils d'Antoine-Cyprien.

Déporté sur l'île Nou à vingt ans, Jules-Antoine a promis à sa femme de ne plus jamais faire de politique. Depuis son mariage en 1874, il est rivé à la forge que lui a apportée en dot la sévère et pieuse Louise Perreau, petite-nièce de Vincent Perreau, le plus riche propriétaire du village, demeuré conseiller municipal malgré son passé rouge. Aussi fin conteur que son père était muet, il ne parle jamais de sa déportation, mais transforme en légende la saga familiale des Sautreau et des Camélinat depuis la Révolution. Ses deux fils Jules et Henri constituent tout son auditoire : Jules, l'aîné, a eu son certificat d'études en 1888, un des premiers au village, mais c'est Henri, plus rêveur que son frère, qui l'écoute le plus volontiers. En 99, Henri se noie en plongeant du pont du canal. Il avait dix-neuf ans.

Quand Zéphirin vient discuter le coup à la forge, Jules-Antoine se tait et écoute, pour pouvoir raconter plus tard : la fondation de la Première Internationale, la Commune, Proudhon, Marx, il enregistre tout. Et il se passionne pour les débats des socialistes.

En 1899, la Fédération socialiste autonome de l'Yonne, pourtant proche des indépendants, est hostile à la participation d'Alexandre Millerand au gouvernement Waldeck-Rousseau, dont le ministre de la Guerre n'est autre que le massacreur de la Commune, l'ignoble marquis de Galliffet. Gustave Hervé, professeur à Sens, mène la fronde contre Jaurès qui soutient la participation de Millerand. En 1901, Hervé acquiert une audience nationale et se fait révoquer de l'enseignement en publiant un article violemment antimilitariste dans *Le Travailleur socialiste de l'Yonne* : il lance l'idée très reprise ensuite de déclencher une insurrection en cas de déclaration de guerre. Dans son sillage, les jeunes socialistes du département créent un journal antimilitariste, *Le Piou-piou de l'Yonne.* Jules-Antoine, qui a mis la crosse en l'air en 1870, est séduit par Hervé : il déteste tout ce qui porte un uniforme depuis ce jour de décembre 1851 où il a vu les gendarmes arrêter le cousin Armand Perreau et Louis Larcher, le copain de son père. Et il est déchiré entre ses convictions et sa fidélité à Jaurès et Camélinat. Ça s'arrange provisoirement en 1902, avec la création du parti socialiste français sous la houlette de Jaurès, qui regroupe les indépendants, les allémanistes et les fédérations autonomes, dont la Fédération de l'Yonne.

C'est aussi en 1902 que Camélinat se présente aux législatives dans l'arrondissement de Vermenton. Il se fait battre de peu par le radical-socialiste Merlou. Le mois suivant, Jules-Antoine marie son fils Jules, le seul enfant qui lui reste.

On fait venir le photographe à la forge. Pour le mariage, mais aussi pour immortaliser dans leurs œuvres les deux Jules, le père et le fils : le marteau sur l'épaule, sabots aux pieds, plus petit encore que son fils, l'œil clair, malicieux et intelligent, la moustache blonde, Jules-Antoine passe le témoin à son aîné. La force, la fierté et la joie émanent d'eux. Quelque chose qui vient de loin se transmet là et s'affirme dans le geste du père adoubant le fils posté au centre du cadre avec les instruments du forgeron, le corps tourné vers lui et le regard droit dans l'objectif comme pour présenter son fils au monde.

Sur la photo du mariage, Jules est encore au centre, debout, le torse de taureau un peu à l'étroit dans le paletot ; à côté de lui, sa femme Noémie, une belle brune à la taille bien prise dans sa robe blanche, nez court et grands yeux gris sous les sourcils épais. Les parents de Jules sont assis à leur gauche. Louise Perreau, très droite, est corsetée jusqu'au cou dans un étau de dentelles, son petit visage resserré tiré vers le haut par une espèce de coiffe noire, hautaine et fière, autoritaire et revêche. Jules lui ressemble : « même autorité, même noir intense des yeux plantés dans la figure comme des boutons de culotte », disait Madeleine à Madeleine. Jules-Antoine, le haut-de-forme à la main, les bacchantes rousses insolemment retroussées, l'œil vert plissé, mi-mélancolique, mi-goguenard, l'épaule basse et la tête penchée, s'écarte de sa femme et se tient le pied en avant, comme s'il redoutait ses coups et s'apprêtait à fuir. Son attitude trahit à la fois de la désinvolture et de la timidité, presque de la soumission à une force qui l'écrase.

Pas un instant depuis son mariage, Louise ne lui a laissé oublier qu'il lui doit la forge. C'est le vieux Vincent, le grand-oncle de Louise, qu'on aperçoit aussi sur la photo, qui a arrangé le mariage. Il l'avait promis à Antoine-Cyprien sur son lit de mort que la forge appartiendrait à son fils. Mais à quel prix, a l'air de penser Jules-Antoine. Il se réconforte en pensant que son fils Jules, lui, sera pleinement propriétaire à sa mort.

Malgré les désaccords sur la participation gouvernementale des socialistes (la Fédération de l'Yonne, sous l'égide d'Hervé, reprend son autonomie et rompt avec le parti de Jaurès, le PSF), malgré la fracture de l'Internationale autour de la question de l'adoption du marxisme et du collectivisme d'État comme dogme officiel du socialisme, l'unité des socialistes avance pas à pas. Les blanquistes vaillantistes ont fusionné avec le nouveau parti de Jules Guesde, le parti socialiste de France (PSDF). Pourvu que l'unité se fasse, Jaurès laisse les guesdistes prendre l'initiative et imposer leurs conditions : à la salle du Globe, le 23 avril 1905, naît à Paris la Section française de l'Internationale ouvrière, la SFIO, le parti socialiste unifié comme on dit aussi, le parti de tous les démocrates socialistes, le parti rouge.

Camélinat préside la séance d'ouverture du Congrès d'unification. Il appartient au conseil d'administration et est nommé… trésorier. Il le reste jusqu'au changement de majorité en 1918. La SFIO comptera jusqu'à quatre-vingt-dix mille adhérents à la veille de 1914. On est loin des mille deux cents ouvriers de la Première Internationale en 1866. Jules-Antoine a adhéré en cachette de Louise.

En fait, c'est seulement au Congrès de Toulouse de 1908 que Jaurès devient le leader incontesté, adulé bien au-delà de la SFIO, et haï par ses ennemis.

– Très aimé et très seul, disait JC.

La synthèse du socialisme républicain qu'il incarne et qu'il propose, et qui ne lui survivra pas, il en a forgé la théorie depuis bien plus longtemps, depuis sa thèse de philosophie de 1892. Et au tournant du siècle, il l'a passée au feu de la gigantesque *Histoire socialiste* dont il a écrit le premier tome, faisant de la Révolution française la matrice de l'histoire contemporaine, et réhabilitant au passage Robespierre, à qui il refuse « de faire grief d'avoir cherché dans une sorte d'adaptation moderne du christianisme un supplément de force morale et de joie qu'en son pessimisme social il n'attendait pas du progrès naturel des sociétés ». La « foi humaniste rédemptrice » de Jaurès, dira l'historien Jean-Pierre Rioux, qu'il a puisée autant dans la Révolution française que dans la morale chrétienne, la lutte des classes et la conception marxiste de l'histoire, porte bien au-delà de l'unification socialiste : elle fonde son *insurrection optimiste*, selon les mots de la grande historienne Madeleine Rébérioux. En 1892, il écrivait :

> Le socialisme dialectique s'accorde avec le socialisme moral, le socialisme allemand avec le socialisme français, et l'heure est proche où convergeront et se joindront de toutes parts, en un seul et même socialisme, tous les esprits, toutes les forces et facultés de la conscience, et aussi la fraternelle communion chrétienne, la dignité et la véritable liberté de la personne humaine et même l'immense dialectique des choses, de l'histoire et du monde.

– Devine comment Jaurès a nommé son unique fille, née en 1889 ? demandait Madeleine à JC.

– Madeleine, évidemment.

À la nuit tombée, au café du Croissant, rue Montmartre à Paris, en plein cœur du quartier des journaux, Jaurès sort avec Camélinat des locaux du journal qu'il a fondé en 1904 : *L'Humanité*. Ils veulent manger un morceau avant le bouclage. Dans la fumée des longues pipes en écume de mer et la chaleur de l'absinthe qu'on appelle la fée verte, Camélinat le vieux communard, dont la barbe blanchit, il a soixante-quatorze ans en 1914, écoute le petit homme aux yeux bleus essayer sa pensée : Jaurès rédige en parole un article futur, ses poings fermés boxant en avant de lui, et tout à l'heure, il se taira soudain, laissant la conversation se poursuivre sans lui. Concentré, le dos droit, il s'appliquera à faire courir son stylo sur la feuille, jetant dans un ordre médité les pensées qui l'agitent. Mais pour l'instant, il essaie ses formules à voix haute et ça donne à peu près ceci : « Ce qui fonde l'engagement politique socialiste est quelque chose qui l'excède, la liberté de conscience, d'abord, un grand Non au malheur que les hommes s'infligent les uns aux autres. Et puis, de manière moins réfléchie et plus profonde, un grand Oui. Leroux avait raison contre le vieux rationaliste Proudhon, l'engagement politique est un avatar de la conscience religieuse. Il revient bien au socialisme de réaliser la promesse trahie du christianisme. Mais cette foi, elle n'est pas celle de la cléricature scélérate intéressée à confondre la tyrannie des puissants et la Providence. »

Jaurès balaie l'air d'un grand mouvement du bras, doigt en l'air, comme pour écarter tous les tartufes et autres grands inquisiteurs de la soumission servile aux autorités.

« À l'inverse, gare à ceux qui, sous prétexte d'éradiquer la conscience religieuse, subordonnent la liberté de conscience et la nostalgie de l'unité à une soi-disant science prophétique de l'histoire dont ils se font les nouveaux prophètes ! Ceux-là sont pires que les prêtres, car Péguy l'a dit : "Une religion de la raison cumulerait tous les vices religieux avec tous les envers des vertus rationnelles." »

Jaurès fait allusion aux guesdistes, bien sûr : les marxistes ne sont-ils pas des grands prêtres d'un nouveau genre, plus habiles que les plus retors des jésuites à faire passer leur conception collectiviste et étatiste du socialisme pour la loi même du « développement des forces productives » ?

« Marx à la fin de sa vie, argumente Jaurès, avait du mal à reconnaître sa propre pensée dans le "matérialisme économiste" et ce néo-déterminisme scientiste que lui renvoyaient en miroir inquiétant ses propres amis. Il aimait à déclarer : "Je ne suis pas marxiste." Le vrai est que, dans ses textes, il renvoyait aux calendes grecques ou mosaïques de la succession infinie des générations humaines la résolution dialectique de la contradiction sociale et politique par la science finalement confondue avec la politique. L'important n'est pas la date de l'avènement du socialisme. L'important est de rendre perpétuellement des comptes à la réalité, à la vie. Si les théories expliquaient tout l'infini sauf sur un point, c'est cette parcelle réfractaire qui aurait raison contre elles. »

– Considérer, comme le faisait Jaurès, que la liberté de conscience (le désir de vérité), et la liberté d'affect (le besoin d'unité, la conscience religieuse) sont irréductibles à l'ordre politique, fût-il parfait, dont elles fondent en même temps la légitimité, n'était-ce pas, demandait Madeleine à JC, le contre-poison trouvé aux futures dérives staliniennes ? N'avons-nous pas à reconnaître que la politique depuis la Révolution est une *foi* nouvelle, née de la mutation industrielle de la technique et de la revendication par la masse des individus du droit de se choisir un destin ? La politique est la religion séculière des peuples entrés tout entiers dans l'histoire.

« "Une religion nouvelle", continue Jaurès, et non un "mythe appelant à l'action", comme le prétend le philosophe Georges Sorel à propos de la grève générale insurrectionnelle chère aux socialistes révolutionnaires. » Dans ses *Réflexions sur la violence,* Sorel analyse parfaitement les raisons de la particularité française du mouvement socialiste, coupé du mouvement ouvrier contrairement à ce qui se passe en Allemagne et en Angleterre : les révolutionnaires libertaires, qu'ils soient proudhoniens ou bakouninistes, se sont retranchés dans la Confédération générale du travail (CGT), et ont inscrit le principe de l'indépendance de l'action syndicale dans leur Charte d'Amiens en 1906. Partisan d'outrepasser le cadre républicain légal, entre autres par la grève, ils se sont érigés en avant-garde de la démocratie sociale parce qu'ils ne croient pas à l'action parlementaire républicaine, mais seulement à la grève générale insurrectionnelle. Ils accusent les dirigeants de la SFIO de vivre sur la bête, et pensent, pas tout à fait à tort, que le confort de la situation d'élu de la République corrompt les plus déterminés des socialistes. Ça rejoint d'ailleurs la thèse d'un jeune sociologue italien, Roberto Mitchell : les partis politiques sont, comme les sociétés, soumis à la « loi d'airain de l'oligarchie ». Insensiblement se forme dans toute organisation une élite dirigeante coupée de la base, qui adopte les manières de penser le monde des autres oligarchies sociales, propriétaires, financiers, industriels, et finit par devenir inamovible en se consacrant entièrement et uniquement au maintien des privilèges acquis grâce au parti ou au syndicat.

En écoutant Jaurès, Camélinat pense à l'évolution d'Alexandre Millerand : le premier socialiste à entrer dans un gouvernement français et auteur des premiers décrets sur la réglementation du temps de travail et la garantie du repos hebdomadaire est un bon exemple de cette dérive oligarchique. Il avait ensuite rejoint les radicaux – et puis se ralliera finalement à la droite après la guerre.

« On imagine facilement ce qu'il en serait, *a fortiori*, d'un parti unique, fût-il ouvrier, qui prendrait le pouvoir, comme le souhaitent les guesdistes marxistes, continue Jaurès. Pour autant les socialistes révolutionnaires ont-ils raison de récuser le cadre républicain ? La démocratie, certes aujourd'hui dominée par les oligarchies bourgeoises, n'est-elle pas le seul régime à garantir l'expression politique pluraliste et à permettre en conséquence que la vigilance citoyenne s'exerce à l'égard des partis ? Au reste, les syndicats ont bien raison de vouloir conserver leur indépendance, même si eux non plus ne sont pas à l'abri de la loi d'airain de l'oligarchie. »

Camélinat suggère à Jaurès que le fonctionnement fédéraliste des syndicats reste la solution pour lutter contre le centralisme autoritaire : n'est-il pas urgent que le parti socialiste resserre davantage les liens avec les fédérations ouvrières et présente des candidats issus de leurs rangs ? Jaurès approuve de la tête et reprend son monologue.

L'ancien ouvrier bronzier n'écoute plus, il médite sur sa propre situation. S'il s'est coupé du mouvement syndical parce qu'il n'exerce plus son métier, il se revendique pourtant toujours du socialisme *libertaire*, tout en ayant accepté le compromis jauressiste avec les marxistes : condamnation de la violence révolutionnaire et substitution par la voie parlementaire de la propriété sociale à la propriété capitaliste, acceptation donc d'un collectivisme d'État, mais décentralisé. Parfois, l'optimisme de Jaurès sur les avancées de la modernité le heurte, comme le heurtait l'assentiment de Marx à la révolution industrielle : est-ce que vraiment « le socialisme ne peut exister sans les forces mises en œuvre par le capitalisme : la technologie, l'organisation du travail, la propriété » ? Il lui semble que le déclassement du travail qualifié qu'il a combattu comme parlementaire est le symptôme d'un mal moral plus vaste, dont les socialistes ne se préoccupent pas : les ouvriers dans les usines sont dépossédés de l'œuvre accomplie, ils n'en jouissent pas comme lui pouvait le faire de ses bronzes ciselés. Comment le travail peut-il être libre, si sa finalité échappe à l'ouvrier ? Les coopératives ne sont-elles pas le seul remède à ce mal ?

Cependant Jaurès s'est lancé sur un autre sujet, le sujet du jour : la guerre internationale, préparée de longue main par la guerre souterraine de tous contre tous. La méfiance des syndicalistes révolutionnaires envers la République, le nationalisme fanatique et l'antisémitisme attisé par l'affaire Dreyfus, la corruption de certaines élites dirigeantes révélée par le scandale de Panama, le déchaînement des avidités et des rivalités dans les colonies ont préparé la catastrophe qui vient. Même lui, Jaurès, ne l'a pas compris tout de suite : il a fallu l'insistance de Lucien Herr pour lui faire abandonner ses propres réflexes antisémites, et à présent, il est atterré de voir que le nationalisme xénophobe et antirépublicain des Barrès, Daudet ou Maurras et d'une grande partie de la droite bonapartiste ou libérale, a contaminé la gauche, presque dans toutes les chapelles socialistes. Même Gustave Hervé s'est rallié au nationalisme va-t-en-guerre ! Même Péguy ! Pourtant la guerre est la véritable ennemie du progrès socialiste. Et si elle survenait, elle serait un coup d'arrêt terrible, irréparable, à la marche engagée depuis les années 1880 vers la République sociale.

Jaurès, prophétique, pressent les catastrophes qui couvent, et cela, il se tait pour l'écrire :

> D'une guerre européenne peut jaillir la révolution, et les classes dirigeantes feront bien d'y songer ; mais il en peut sortir aussi, pour une longue période, des crises de contre-révolution, de réaction furieuse, de nationalisme exaspéré, de dictature étouffante, de militarisme monstrueux, une longue chaîne de violences rétrogrades et de haines basses, de représailles et de servitudes. Tant qu'une classe restreinte d'hommes possédera les grands moyens de production et d'échange, tant que cette classe pourra imposer à la société qu'elle domine sa propre loi, qui est la concurrence illimitée, la lutte incessante pour la vie, le combat quotidien pour la fortune et pour le pouvoir, tant que cela sera, toujours cette guerre politique, économique et sociale des classes entre elles, des individus entre eux, dans chaque nation, suscitera les guerres armées entre les peuples. C'est de la division profonde des classes et des intérêts dans chaque pays que sortent les conflits entre les nations.

Quelques jours plus tard, le 31 juillet 1914, le petit homme aux yeux bleus est assassiné par le nationaliste ultra Raoul Villain, dans cette même salle du café du Croissant où Camélinat était venu si souvent le retrouver. La veille, des ouvriers manifestaient dans toute la France contre la guerre. Le lendemain, l'ordre de mobilisation générale est proclamé. Cinq jours plus tard, le 4 août, les parlementaires SFIO votent *comme un seul homme* les crédits de guerre et l'état de siège qui restreint les libertés démocratiques.

La mort de Jaurès est le dernier obstacle levé à la folie nationaliste et meurtrière de la Grande Guerre. Avec lui disparaît une certaine idée du socialisme républicain. L'unité des Rouges, dont il avait fourni la théorie la plus achevée, se trouve, jusqu'à preuve du contraire, *ruinée à jamais*.

Plus grave, mais pas sans lien : les élites capitalistes entrent dans la mondialisation par la guerre. Une fois encore, le marché de la destruction supplante celui de la production des biens ; la guerre la plus meurtrière que l'humanité ait connue jusqu'alors (dix millions de morts) vient clore par l'extrême violence un cycle dont la logique allait vers la redistribution républicaine des richesses et les avancées démocratiques. De ce coup de force sanglant préparé de longue date par le capitalisme mondialisé belliciste, naîtront la Révolution bolchevik et le nazisme. Le Goulag et la Shoah. Les soixante-huit millions de morts de la Seconde Guerre mondiale.

DEUXIÈME PARTIE

Les communistes

« Le communisme, cette logique vivante et agissante de la démocratie. »

Balzac, *Les Paysans.*

VI

Le côté de Dampierre

En mai 1982, Camille raconte sa vie d'homme moderne au micro de la radio libre de Migennes. Dans le studio du HLM où a lieu l'enregistrement, les deux Madeleine sont là, la grand-mère et la petite-fille.

– Camille, disait Madeleine à JC en 2010, c'est l'homme nouveau de la révolution industrielle, le paysan exilé à la ville. Son destin, ça commence le 1er août 1914.

Il a six ans, les sabots aux pieds. Le tocsin sonne à l'église de Bouhy, le bourg voisin. La guerre, la guerre, la guerre. Tous sont sortis sur le pas de leurs portes et restent là à commenter la nouvelle. La guerre, la guerre, la guerre. Eugène, son père, l'attrape par le bras : c'est au tour de la petite église de Dampierre de faire entendre ses cloches.

Parce qu'il vient de là, Camille. De Dampierre-sous-Bouhy. La *forte terre*. Le nord de la Nièvre. La terre rouge et noire du Morvan.

Eugène, le père, est bedeau. Lui, Camille, son fils cadet, il fait l'enfant de chœur à l'église.

Ici, comme partout, les hommes partent la *fleur au fusil*. Les paysans se croient à la veille de Valmy en 1792 à défendre la Patrie en danger contre les Prussiens. Ils ne veulent plus de l'humiliation de l'occupation, de la défaite. Ils veulent la revanche de 70. Ça fait quarante ans qu'on leur serine qu'ils la prendront.

Eugène a été démobilisé pour maladie quelques semaines après le début de la guerre. Mais en 18, ceux qui sont partis, ils reviennent « la queue entre les jambes ». Enfin, ceux qui reviennent. Le cousin Auguste Alexandre Abel a été tué à l'ennemi le 6 avril 1915 à l'âge de vingt-quatre ans dans un village de Meurthe-et-Moselle. Pas une famille qui n'ait son mort ou son blessé et même plusieurs. Une hécatombe.

Le jour de l'armistice, Eugène et son fils Camille font sonner les cloches jusqu'à minuit. La Paix. Les voisins apportent des barriques de vin dans l'église, des tables sur les tréteaux : « On se serait cru à l'auberge. Ils chantent des chansons pas très…, des chansons de plaisir. » Et ça se termine par un grand bal au café d'à côté de l'église, le piano mécanique joue des valses, tout le monde danse jusque sur la place, sous l'arbre de la Liberté planté en 1848.

La grande affaire d'Eugène, c'est l'église : l'angélus le matin à six heures, les chasubles, l'encensoir, l'hostie, le vin, le saint-sacrement, et le ménage au presbytère. Sonner la cloche, allumer les cierges, nettoyer les chandeliers, les messes et les baptêmes et les mariages et les enterrements, dans cette grosse bâtisse avec son allure pataude de halle au blé reconvertie, emplie de tout son monde, sublimée par les dentelles, les fleurs, la chasuble du prêtre, l'odeur de l'encens, le ronronnement antique du latin, la solennité apaisante du cérémonial catholique. Au lutrin, Eugène entonne le plain-chant de sa belle voix grave, bien timbrée. Camille répond au père, et reprend le refrain avec les autres enfants.

À la messe, Eugène exulte, il est heureux. Le reste de son temps, il lit les Évangiles et l'Ancien Testament. « Il s'est instruit », dit Camille. Il voulait être prêtre. Mais les jeunes seins de Marguerite, ses appas de nourrice morvandelle à damner le plus chrétien, l'ont fait succomber. C'était la nuit de la Saint-Jean dans les meules de foin, après la fête, les feux, la danse, le vin. Il avait vingt-quatre ans, et elle en avait seize. Elle est tombée enceinte, il a fallu l'épouser. Bien contente qu'elle était, la Marguerite, de s'allier avec cette famille de vignerons et de tisserands un peu plus à son aise que la sienne. Mais la finaude, elle a bien déchanté. Dans le remords qui le tenait, l'Eugène lui a fait cinq autres enfants de suite, et pris le métier de bedeau pour assouvir son autre passion de la religion. Et voilà qu'à présent il s'en prend à la bohémienne du bout du village.

Comme ça ne rapporte pas assez, l'église, Eugène fait des journées de tâcheron chez les paysans pour nourrir la marmaille ; il déteste ça. Les jours où il y va, le soir, ça ne manque pas, il se soûle à mort au café au lieu de rentrer. Dans ses délires éthyliques, il se persuade que son aîné, Édouard, n'est pas de lui et, accouru à la maison comme fou, menace sa femme de son fusil décroché de dessus la cheminée. Après quoi, brusquement, il s'affale sur une chaise, s'arrache les cheveux du regret de ses frasques et de ses scènes. Et il pleure. Ses crises, ça lui arrive de plus en plus.

À cause de tout ça, des querelles et des coups à la maison, du pain noir et encore, pas toujours à suffisance, du bois mort et des racines pour se chauffer qu'il faut aller ramasser sur les terres au châtelain de Dampierre, de cette maladie du tourment que la croyance au bon dieu et à ses saints lui a inoculée, Camille lui en veut, au père. Il l'appelle le loup, à cause du conte que racontent les vieilles l'hiver, de l'homme qui se transforme en loup à certains jours.

Et il hait le curé de Bitry avec ses boniments par-devant, qu'il vient dire à la messe de Dampierre et qui font tant de mal au père, et par-derrière, pour lui, Camille, les roustes, à la moindre faute. Heureusement qu'il y a le chant. Il aime bien chanter, Camille. Il se souvient encore par cœur d'un *Salve Regina* qu'il se met à fredonner en 1982, à l'antenne de Radio Triage.

Un jour, avec son copain Nohant Chesnay, ils ont enduit la queue de son âne d'essence de térébenthine, et quand le prêtre a voulu l'atteler après la messe, il n'y a pas eu moyen, l'âne ruait et brayait, un vrai charivari. Ils s'y étaient mis à deux avec Eugène, et finalement, l'âne était parti en flèche ! « Le curé de Bitry, il avait fait tout le trajet de retour chez lui, debout dans la voiture, en hurlant des *Ooooh* terrorisés qu'on entendait dans tout le pays, et manquant plusieurs fois de verser. » Ce qu'ils avaient ri, Nohant et lui ! Ils avaient couru à perdre haleine derrière la carriole et l'avaient suivie tant qu'ils avaient pu voir. À bout de souffle, écroulés dans le fossé, ils riaient, riaient à en crever. Soixante ans plus tard, à Radio Triage, Camille en riait encore.

Quand il était rentré à la nuit, ça avait été une autre histoire, il avait reçu une sacrée dégelée au fouet : son père avait compris qui avait fait le coup.

Les curés, Camille ne le leur pardonnera jamais le malheur du père. Eugène avait été chez lui le petit dernier, pas souhaité, mal loti, de vingt ans plus jeune que son frère aîné. Et sa famille l'avait rejeté à cause de cette « démangeance » qu'il avait de devenir curé, et à cause ensuite de son échec et de sa mésalliance avec une Marguerite Patin qui n'apportait rien comme terre.

Très brun, trapu, costaud, sanguin, la moustache drue, Eugène aurait voulu être sans corps, comme cet enfant de Marie trop chétif qu'il a eu pour second fils : petit, malingre, roux aux yeux verts, la peau très blanche comme Marguerite et les Patin, Camille est tout le contraire de son père. Il est le fils préféré : et cadet au moins, Eugène est sûr que c'est le sien. Et puis c'est un cadet, comme lui : un sans-terre. Eugène l'a baptisé Moïse, un nom biblique, comme c'est de tradition dans la famille : son frère aîné s'appelle Abel, le plus lointain ancêtre dont on se souvienne est un nommé Élie, qui a vécu au début du XVIIe siècle. Madeleine s'est souvent demandé si cette tradition ne venait pas d'un reste de protestantisme, le côté de Dampierre n'ayant pas moins subi que le côté de Mailly l'influence de la Réforme. À moins qu'au tournant du siècle Eugène n'ait croisé l'un de ces illuminés darbystes ou baptistes pentecôtistes qui sévissaient dans les campagnes et prônaient le retour aux textes.

Toujours est-il que Marguerite s'obstine, dans son ignorance crasse, à appeler son fils cadet de son second prénom : Camille, et l'habitude s'en est prise. Eugène en rit intérieurement : Camille, c'est le nom que les prêtres romains donnaient à leurs enfants de chœur aidant aux sacrifices en l'honneur des dieux, et ça, tout bedeau qu'il soit, lui au moins il le sait.

Longtemps après la mort de son père, Camille, en s'entendant appeler par son nom de baptême, sentira venir l'espèce de sueur froide qui lui coulait dans la nuque quand le père approchait avec le fouet.

Comme Édouard, son frère aîné, il a pris parti pour les Patin contre la famille de son père : à Dampierre, village de cinquante maisons, tout appartient à des oncles ou des cousins. Certains sont prospères : les meuniers, les propriétaires de bois. Depuis le XVIIIe siècle, trois d'entre eux ont été maires du village. Eugène est le paria, le prolétaire de cette petite communauté de paysans. Et un peu, aussi, le fou.

C'est d'ailleurs ce que pense Édouard de son père : ça ne l'empêchera pas de demeurer fervent catholique toute sa vie. Et il deviendra un gros fermier, grâce à l'héritage de la tante Marquet, mais j'anticipe. Camille, au contraire, rejette très vite la foi maladive d'Eugène, mais s'identifie tout aussi violemment au désir de père de ne plus faire le paysan.

Eugène meurt le 12 janvier 1921 à l'âge de trente-neuf ans. Une cirrhose peut-être dégénérée en cancer. Il y a six curés à l'enterrement. Et le lendemain, plus un seul. Et pas un sou. Camille a douze ans, Gilberte, la petite dernière, n'en a pas deux. Francine, Marcelle et Gabrielle pas huit. Sans compter le frère de lait (un petit gars de la ville : Marguerite est nourrice). Rien à manger. « Six curés à l'enterrement et le lendemain p'us un seul pour nous venir en aide. » Édouard, à peine quatorze ans, part travailler chez les autres. Marguerite aussi. Camille, trop fragile pour le travail de la terre, est placé en apprentissage à Entrains chez un cousin boucher, M. Guillet.

La veille de son départ, le curé de Bitry passe pour le renouvellement de sa communion. Il se fait recevoir ! Camille refuse tout net. Et déclare qu'il ne croit plus ni au bon dieu ni à ses saints. « Je me suis fait drôlement attraper. » Le lieutenant Patin, l'un des frères de sa mère, celui qui a gagné du galon pendant la Grande Guerre, lui aurait administré une volée si son autre oncle, Maurice, qui était là aussi, ne l'en avait empêché. Les deux frères en viennent aux mains à cause de lui, et le lieutenant cède à la force du cantonnier : « L'oncle Maurice Patin, il était cantonnier, libre-penseur et socialiste SFIO. » Ce jour-là, Camille décide qu'il sera un Rouge, comme lui. Pendant longtemps, « je serai le seul de mes frères et sœurs à avoir des options un petit peu gauchistes ».

L'apprentissage à la boucherie, c'est une autre affaire que de chanter à l'église. Se lever à quatre heures tous les jours et finir à neuf heures du soir, le ventre toujours creux : « La misère des ouvriers de l'époque, et c'était avec un coup de pied dans le derrière qu'on était récompensé. »

Sa première place de commis en 1924, à Saint-Fargeau, sur la place, c'est un meilleur souvenir, à cause du château, juste en face : ses tours roses, grosses comme des montagnes de guimauve, une vraie féerie. Il va porter la viande tous les jours dans la cuisine immense, où ça sent bon le rôti et la peau fraîche des jeunes bonnes. Il est toujours bien reçu, on lui donne « un p'tit kèkchose », un grand bol de café chaud, un verre de vin, un gâteau. Dans le village, on dit que les châtelains de Saint-Fargeau étaient pour le peuple à la Révolution. Monsieur le comte organise un bal tous les dimanches. Camille n'ose pas faire danser les filles, rachitique comme il est. « Je prendrai ma revanche quatre ans après. »

Il reste sept mois à Saint-Fargeau, et puis le lieutenant Patin lui trouve une place de commis boucher dans sa ville, à Bourges, chez un épicier Félix Potin.

Chez l'oncle Patin à Bourges, il cesse enfin d'avoir faim. Et il grandit ! Grâce à la cuisine de la tante Mathilde et au cross-country. Un jeune de chez Félix Potin l'a amené un dimanche à une course à pied de l'Union sportive du Berry. Il s'y est inscrit, et un beau jour, le plus beau de sa vie d'alors, il arrive deuxième aux cinq mille mètres.

Lui, le petit crevard d'enfant de chœur, il se découvre une force : son pouls, lent, quarante-quarante-cinq battements la minute. Il peut courir des heures sans s'essouffler, son cœur ne s'emballe pas.

L'Union sportive du Berry est gérée par les communistes, alors il « prend des contacts », va aux réunions des JC (les Jeunesses communistes) et, de fil en aiguille, distribue des tracts, lit un peu la feuille locale, tant bien que mal et plutôt mal que bien : parti de l'école à douze ans, il n'a pas son certificat d'études.

À seize ans, il est de toutes les manifestations. « C'était pour la défense de la classe ouvrière, contre la misère des ouvriers, déclamait Camille à Radio Triage en 1982. Pour que personne n'ait plus jamais faim. Et aussi pour emmerder les curés, ces bonimenteurs, j'étais bien placé pour le savoir. » C'est pour la journée de huit heures, pour l'augmentation des salaires, contre la guerre au Maroc, contre les trois ans de service militaire. On est à l'époque du Cartel des gauches, et les ouvriers du bâtiment font grève à Paris.

C'est aussi contre l'exécution, à Boston, des ouvriers Sacco et Vanzetti. Le lendemain de l'exécution des deux anarchistes italo-américains, le 23 août 1927, Camille a envie de chialer. Il est fier aussi : là, dans la rue Moyenne à Bourges, avec les copains, ils ne sont pas nombreux, ils n'ont l'air de rien avec leurs galoches aux pieds sur la belle rue pavée ; mais ils se tiennent bien serrés, en rangs compacts, et ils savent que, partout dans le monde, ils sont comme eux des milliers, des millions peut-être, à pleurer Sacco et Vanzetti. Leur petit cortège avance dans un silence impressionnant. Camille est le plus petit, il porte le drapeau rouge en tête du cortège, comme d'habitude.

« Mais enfin ça fait quand même mal au cœur : la grève qu'ils ont faite le 8 août pour empêcher qu'ils soyent exécutés, les copains qu'ont été condamnés à mort pour des crimes qu'ils n'ont pas commis, les affiches collées partout dans la ville avec leurs visages en noir et blanc, aux deux ritals, et ils sont morts quand même. » Pourtant, il y en a eu des comités de soutien, en Amérique, dans tous les pays d'Europe, partout. Si Camille n'avait pas été communiste, il n'aurait jamais soupçonné l'existence, de l'autre côté des mers, de gars comme lui.

Bartolomeo Vanzetti était né en 1888 dans un petit village du Piémont, soit quelques années après son père Eugène, et comme Camille, apprenti chez un pâtissier à treize ans : les coups, la faim. Vanzetti tombe malade, sa mère meurt, et le voilà au Havre, embarqué pour l'Amérique sur un de ces grands paquebots blancs. À Plymouth, il est ouvrier et mène la grève pendant un mois : *black-listé* par les patrons, il ne retrouve pas de travail, devient marchand de poisson, part au Mexique pour échapper à la guerre. En 1920, la police l'arrête. On le condamne à mort pour un braquage meurtrier qu'un autre avouera plus tard et, en fait, parce qu'il est un Rouge. « Ils veulent combattre le péril rouge, comme ils disent. Tout comme les Croix-de-Feu et l'Action française ici, par le fait », interrompait Madeleine, à l'antenne de Radio Triage, en 1982. Timide au début, Madeleine s'enhardissait peu à peu, répondant aux sollicitations d'Alain Vincent, prenant l'initiative de préciser telle ou telle affirmation approximative de Camille.

La brève histoire de Bartolomeo Vanzetti se finit cette nuit, à Boston : sur la chaise électrique. Ça aurait pu aussi bien lui arriver à lui, Camille. Il ferme les yeux : très vite, dans un éclair, à la place de ses deux bras qui portent le drapeau rouge, il voit la croix et le panier d'osier tressé pour aller quêter des œufs à Pâques dans les hameaux, son père mort dans le cercueil en bois, le christ en pierre dans l'église de Dampierre, les yeux clairs et la moustache de Vanzetti sanglé sur sa chaise, la brûlure électrique. Vanzetti a seulement le temps de crier : « Vive l'anarchie ! » Aux juges, il avait dit : « Cette agonie, c'est notre triomphe. » Une prière pour Vanzetti. Mon Christ à moi, c'est Vanzetti, pense Camille.

Et cette pensée, ça lui donne du courage.

Juste quand il en est là de ses réflexions, qui il voit arriver face à lui ? Le capitaine Delambre, le commandant Renard et l'oncle Patin. Le commandant (le lieutenant Patin a pris du galon) se précipite sur lui en l'engueulant et veut lui arracher le drapeau rouge des mains. Camille s'accroche de toute sa force à la hampe, les copains autour font le coup de poing contre les Croix-de-Feu qui arrivent de la cathédrale. Les raclées pleuvent, la bagarre est générale, l'oncle est obligé d'abdiquer.

Le soir, quand Camille entre dans l'appartement, le commandant Patin l'attend dans son fauteuil, qu'il a installé face à la porte. Il se lève lentement, fixe son neveu férocement, la main au gilet, comme Napoléon, et débite solennellement le petit discours qu'il a préparé : « Chez moi on porte pas le drapeau rouge. Chez nous, y'a pas de Rouges. Demain t'iras loger à l'hôtel, ou tu te débrouilleras comme tu voudras. »

Camille fait son baluchon et va dormir chez un copain de chez Félix Potin qui lui trouve une chambre : un coin sous les toits avec juste une paillasse par terre. La paillasse, ça n'y faisait rien, seulement il a recommencé à avoir faim. Peu de temps après, la convocation pour le service militaire l'envoie à Nevers. Le médecin militaire est impressionné par son pouls lent. Ils le gardent seulement treize jours : réformé numéro deux, pour faiblesse de constitution. Intérieurement, Camille rigole, et il rigolait encore soixante ans plus tard, au micro de la radio libre de Migennes.

Après quoi, il s'en retourne au pays faire le commis boucher là où on veut bien le prendre, à Bouhy, à Arquian, dans d'autres petits pays. Ne restant jamais très longtemps dans une place, c'est pas difficile de trouver du travail à l'époque : « Le patron vous emmerdait, on lui disait Mon vieux, je m'en vas, donne-moi mon compte. Y avait pas de chômage, le lendemain on retrouvait un nouveau patron. »

C'est à Bouhy qu'il apprend, pour l'héritage de la tante Marquet. La tante Marquet ? Une sœur de son père et de son oncle, montée bonne chez des bourgeois qui logeaient dans un hôtel particulier à Neuilly, avenue de la Grande-Armée. Elle s'était fait épouser par le fils unique, et puis tout le monde était mort, l'époux sur le front, les parents de vieillesse. « Et à présent v'là que c'est son tour, à la tante, de clamser. Elle n'était pas bien vieille non plus, elle en aura pas profité bien longtemps. » L'héritage est partagé entre Abel, le fils aîné de l'oncle

Alexandre, qui n'a eu qu'un fils, et puis eux, les six enfants d'Eugène. Quatre-vingt mille francs chacun. Une fortune. Édouard achète une ferme à Lavau, Gabrielle une boulangerie à Dampierre, le commandant Patin place l'argent des filles. Gilberte fera un beau mariage : le fils d'un marchand de vin de Saint-Sauveur. Francine s'amourachera d'un beau maçon de Bitry qui montera son entreprise. Marcelle rêve de se faire épouser par le châtelain de Dampierre.

Camille, lui, dès qu'il touche les sous, il arrête de travailler et il mange. Des fruits confits. Des oranges. Des tablettes de chocolat, du pain d'épice et des nonnettes de Dijon. D'un coup, il grandit de cinq centimètres et atteint sa taille définitive : un mètre soixante-sept. Quand il est rassasié, il veut voir du pays. Il s'achète une moto, une Thomann Sport : « C'étaient les premières ! » Et puis un phonographe de marque Gramophone, avec une centaine de disques 78 tours : dans les années 1950, ses enfants, Francis et Bernard, joueront au volant avec, et dans les années 1970 ses petits-enfants : Madeleine, Gérard et José.

Et puis encore des manteaux de fourrure, un paletot de cuir et des bagues en or, des gros cabochons à rubis, des foulards en soie et des souliers italiens, des bottines à boutons et des boutons de manchettes. Des chemises blanches à ne pas savoir qu'en faire et des gants beurre frais. Des litres de parfum à prendre des bains dedans : une dizaine de flacons de *Cuir de Russie*, son préféré. Sur la boîte, une paysanne en jupe verte et fichue danse avec un cosaque en chasuble rouge, culottes bouffantes, bottes et chapka. Ça sent les sous-bois en avril, le cuir neuf, la mandarine et la bergamote. Il se frotte avec partout sur le corps. Une fois par semaine, le coiffeur de Saint-Amand lui fait une permanente, les cheveux bien raides, la raie au milieu, c'est la mode. Tous les jours il se les graisse avec la Gomina pour que ça brille bien. Des habitudes qu'il gardera toute sa vie.

Et il y a les copains, l'ami Nohant et trois autres, qui ne le quittent pas. Camille paie les tournées, organise des virées, à Nevers, à Dijon, à Paris. La petite bande vit plus ou moins à ses crochets, il distribue exprès les billets qu'il a plein les poches, il s'en fout : ça ne lui a rien coûté. C'est même pas pour crâner, juste pour leur faire voir à tous qu'il est au-dessus de ça, au-dessus des paysans avares et des bourgeois « es'ploiteurs » : un seigneur, comme le châtelain de Saint-Fargeau. Il y a bien quelques bagarres quand il monte à Bouhy avec ceux de Dampierre. Mais le grand plaisir, le seul vrai plaisir, c'est danser, c'est chanter. Le bal. La musique. L'accordéon.

Le samedi, il y a forcément bal dans un des bourgs, à Saint-Martin-des-Champs, à Saint-Privé, à Saint-Amand, à Saint-Loup, à Saint-Fargeau, surtout à Saint-Privé.

Avec Nohant Chesnay, ils arrivent sur la place vers deux-trois heures de l'après-midi, tout le monde vient autour regarder les belles machines, les enfants et les vieux, et les femmes. « C'était rare les gars qui avaient des motos à l'époque. » Et puis ça commence, les farces, les blagues, les filles. Camille, il ne tient pas en place, il fait rire tout le monde. Il apporte le bonheur partout où il passe. Mais au fond c'est un timide, il lui reste quelque chose du gamin rachitique et affamé, les filles l'impressionnent. Et puis il a peur de tomber jaloux, comme son père, s'il s'attache. Il se méfie d'elles, surtout les coucheuses, alors plus ou moins, il se contente de les faire danser. Et pour danser, il danse ! Il est le premier et le dernier sur la piste, des tangos, des pasos, les valses musettes de Mimile Prud'homme, qu'est garçon boucher comme lui. Des journées et des nuits entières, sans la moindre fatigue. Toujours son pouls lent. Quand il s'arrête enfin, c'est pour chanter à pleine voix les chansons de Damia : *Une cigarette, une cibiche, ça n'engage à rien*, ou bien *C'est aujourd'hui dimanche.* Toujours lui qui commence.

Le jour où le comte Lepeletier de Saint-Fargeau l'autorise à faire danser sa fille au bal qu'il donne sur la place, devant le château, c'est son apothéose. Plus rien à prouver à personne après ça. Il est le roi.

Sa bonne humeur perpétuelle, cette réputation qu'il a d'amener le soleil avec lui – « Camille, quand il arrivait, c'était la fête », disait Madeleine –, il la conserve une fois que ses sous sont épuisés et qu'il lui faut retourner gagner sa croûte. C'était déjà un trait de caractère chez lui avant l'héritage de la Tante Marquet, et maintenant c'est devenu sa façon d'être, sa marque de fabrique. Ce qu'il a acquis en plus : l'élégance, ce nuage de *Cuir de Russie* qui le suit et le précède avec un peu trop d'insistance, sa manière de ne jamais se mettre en bras de chemise ; quand il bêche le jardin de Marguerite, il garde le gilet.

VII

L'enterrement de Camélinat

Quand Camille arrive à Mailly-la-Ville le 15 mars 1932, avec sa moto et son blouson de cuir à col de fourrure, c'est un tourbillon dans le petit village. Le patron boucher Godin, un *pays* de Dampierre presque de son âge, l'a embauché comme commis : ils étaient voisins étant petits. La boutique du boucher est à cinquante mètres d'une forge. On entend son marteau frapper l'enclume toute la journée.

Le jour même de son arrivée, le maréchal-ferrant lui fait un petit signe : Camille s'essuie les mains à sa blouse, traverse la rue et vient s'accoter au marronnier. Ils discutent le coup pendant que Jules Sautreau (c'est le nom du maréchal) regarde si les chevaux qu'il vient de ferrer trottent bien. Camille raconte Dampierre, Bourges, la tante Marquet, et qu'il est communiste. Jules l'emmène à la cave boire une chopine à la santé des Rouges. « Moi aussi je suis un Rouge. » Et il le présente aux copains, le soir, chez la Mère Hamelin, le café un peu plus haut sur la petite place en triangle. « Qu'existe toujours, par le fait », précisait Madeleine en 1982 à Radio Triage. Aujourd'hui, il a disparu, comme beaucoup de cafés de village.

Jules a ses habitudes chez la Mère Hamelin depuis avant guerre. Il y a sa table. Ça date de l'époque où il a commencé à faire chambre à part. Il venait fumer une pipe et boire une cerise avant de partir chez sa maîtresse. Maintenant, à près de soixante ans, il est dans la force de l'âge mais ne fréquente plus guère les « petites femmes ». Il préfère rester là, sur la terrasse, ou derrière la vitre en hiver, à regarder passer le monde, à pied, à cheval, en voiture, et causer de la dernière foire ou des élections cantonales en sirotant son café arrosé.

Tout lui plaît chez Camille, l'air fier, le franc-parler, la belle humeur, la vivacité, l'adresse à faire le travail vite fait, bien fait, sa haine des corbeaux qu'on n'aime guère non plus dans la famille Sautreau depuis la Grande Révolution, la noce qu'il a faite pendant deux ans, l'héritage flambé sans regret. Et plus que tout, parce qu'il est pour les bolcheviks.

À Camille, Jules lui rappelle son père, pas au moral, mais au physique : les bacchantes brunes à la pointe retroussée et grisaillante, les petits yeux noirs, la force qui éclate dans le corps trapu, bien planté sur ses jambes. Au moral, Jules est tout ce qu'il aurait voulu que son père soit : aimant le travail physique, faisant les choses sans jamais se poser de questions superflues, ne croyant ni à dieu ni à diable, implacablement serein, jamais impressionné par rien ni par personne, tranchant de tout, se donnant toujours raison, orgueilleux de ce qu'il est, incapable de se figurer une autre vie que celle qu'il mène, content de son bien, de sa vigne qu'il soigne et laboure en plus de la forge, de ses bois, de ses deux maisons, de ses deux gars et de ses trois filles, se vantant de son million en francs-or amassés à la sueur de son front, de son vin, de ses bois de chêne, de ses noix étalées par terre dans sa chambre dont il tient une comptabilité rigoureuse, causant haut et fort des affaires de tous et de toutes, envieux de rien ni de personne, plaisantant tout le monde, surtout ceux qui portent la canne et le panama. Même Camélinat.

À prononcer ce nom, Jules s'attendrit. Il fait une pause. Et raconte à Camille, la voix changée, le grand événement qui vient d'avoir lieu à Mailly : l'enterrement de Camélinat.

Ils l'ont mis en terre le dimanche d'avant, le 13 du mois de mars. « L'avant-veille de l'arrivée de Camille, par le fait », disait Madeleine. C'était pas un enterrement, c'était une manifestation. Des drapeaux rouges partout, les meneurs du parti communiste en tête du cortège, presque tout le Comité central, Marcel Cachin, Paul Vaillant-Couturier, Maurice Thorez, les élus et délégations locales, les militants. Jacques Doriot et Renaud Jean, le tribun des paysans, ont fait des discours. Il y avait aussi des centaines de militants socialistes du département et des départements voisins, des charrettes entières de roses rouges, des dizaines de fanions et de couronnes, on n'avait jamais vu ça à Mailly. « Un monde ! C'est simple, toute la rue en était noire, du bal de l'Étoile à la forge, et de la forge à l'autre côté du canal et du pont de l'Yonne, et encore sur la place de l'Église, et au-delà, en plein champ, après la gare, jusqu'au cimetière », se souvenait Madeleine. Un long ruban de silhouettes sombres et de drapeaux rouges dans le vert tendre du printemps naissant. Une foule noire couronnée de drapeaux rouges, c'est ce qu'on voyait de l'Étoile, qui est au bout du village, en haut de la côte, sur la route de Châtel-Censoir.

Camille a dû voir des photos de Camélinat dans *L'Huma*. Mais il n'est pas bien sûr de savoir vraiment qui c'est. Alors Jules avale d'un coup sa cerise, bourre sa pipe, et se lance. Ça dure des soirées entières à la forge ou chez la Mère Hamelin, dans les volutes de tabac et les odeurs d'anisette.

Pour bien expliquer qui ils sont les Camélinat et les Sautreau, il faut remonter à loin. Il faut remonter à la comtesse Mathilde, ou au moins à la Grande

Révolution. Parce que c'est là que tout a commencé. « Avant, nous les paysans, on vivait comme depuis toujours, comme depuis le XIIe siècle, comme depuis la préhistoire. »

Chaque soir, Jules en raconte un bout, pas forcément dans l'ordre, mais on s'y retrouve. C'est Camille qui demande, mais faut pas lui dire deux fois au maréchal. Pour mieux écouter, il repousse son mazagran, se roule une cigarette de gris. Personne ne lui a encore jamais raconté l'histoire à Camille. Les communistes, à Bourges, ils organisaient les actions, ils n'avaient pas le temps d'expliquer. Là, il apprend tout d'un coup : les Romains, le comte de Nevers et les abbés de Vézelay, les protestants, la Révolution, 1848, l'Internationale, la Commune de Paris. Jules l'emmène voir à la mairie l'énigmatique dieu du silence en bronze, le doigt sur la bouche, trouvé par les ouvriers qui ont creusé le canal en 1830, et la médaille de l'empereur Hadrien.

Et puis Camélinat.

Pauvre Zéphirin. En janvier 1917, il disait encore qu'il fallait aller jusqu'à Berlin « pour y proclamer la République ». Faut dire qu'il était déjà bien vieux. Si seulement Jaurès n'était pas mort. À Mailly, en 14, trente-cinq hommes sont tués au front, dont quatre Sautreau. Ils n'étaient pas nombreux ceux qu'ont été contre la guerre. Il y a bien eu Romain Rolland, l'écrivain prix Nobel de la paix, un *pays* à Camille, un gars de Brèves, où ses aïeux étaient maîtres de forges.

Mais quand la Révolution russe a éclaté, en février 1917, Camélinat a tout de suite été pour. Les soviets, pour lui, c'était la Commune, tout pareil. Au Congrès de Tours, en décembre 1920, quand la SFIO s'est brisée en deux branches ennemies, il n'était plus trésorier depuis quelques mois, mais il détenait en nom propre les actions de *L'Humanité*, le journal fondé par Jaurès. Le vieux paysan rusé, plus honnête et légitimiste que jamais, a distribué les actions au *prorata* des votes. C'est comme ça que *L'Humanité* est passée aux communistes. Sûrement que Marcel Cachin, qui avait succédé à Jaurès comme directeur de *L'Humanité*, a joué son rôle dans l'affaire.

Si Camélinat a rallié la Troisième Internationale bolchevik, c'est par souci de l'unité des Rouges, et par candide loyauté : il pensait qu'il fallait suivre la majorité. D'ailleurs ses vieux amis, Blum par exemple, ne lui en ont pas voulu. D'autres ont été moins tendres : certains dirigeants de l'ancienne majorité, Renaudel par exemple, fâchés qu'il ne cède pas à leurs amicales pressions, ont sous-entendu que sa gestion de la trésorerie, artisanale, n'était pas au-dessus de tout soupçon. Cette attaque insupportable de sa probité avait révolté le vieux communard et facilité la rupture.

Après 1920, le parti communiste a fait de Camélinat le porte-drapeau de la Commune – il était le seul survivant depuis la mort d'Édouard Vaillant en 1915. Ça lui convenait bien : partout, en public, en privé, il ne parlait que de ça, la Première Internationale, les débuts du mouvement ouvrier, la Commune. Tout ce qui s'était passé ensuite, son mandat de député, la SFIO, Jaurès, il en parlait moins, peut-être à cause de la gêne d'avoir rallié les bellicistes en 1914. Tous les ans, le 28 mai, il faisait un discours au Mur des Fédérés : *L'Humanité* publiait sa photo aux côtés de Cachin, Thorez, Vaillant-Couturier. Sauf en 1928 : cette année-là, Marcel Cachin, André Marty et Paul Vaillant-Couturier étaient emprisonnés à la Santé, Camélinat leur avait rendu visite avec Zélie. « Zélie pourra te le dire, disait Jules à Camille, elle est toujours fourrée chez nous avec ma fille Madeleine. »

En 1924, le parti communiste avait présenté Camélinat comme candidat à la présidence de la République.

– Les bolcheviks centralistes marxistes-léninistes voulaient démontrer que le mouvement ouvrier, la Commune, c'était eux, rien qu'eux, que ça avait toujours été eux : les communistes, disait Madeleine à JC.

Le lendemain de la mort de Camélinat, le 6 mars 1932, *L'Humanité* titrait : « Camélinat est mort ! Vive la Commune ! » André Marty écrivait : « Camélinat est mort, mais la Commune triomphe en Russie. » L'ancien mutin de la mer Noire racontait que c'était un discours de Camélinat au Mur des Fédérés qui lui avait fait comprendre « la nécessité de travailler d'arrache-pied à forger l'outil qui manqua aux communards : le parti bolchevik ». Marcel Cachin parlait du « réconfort pour le PCF de trouver en ses rangs l'un des fondateurs en 1864 de la Première Internationale ». Le 9 mars, *L'Humanité* appelait à venir en masse pour accompagner le cercueil de la rue de Belleville à la gare de Lyon : « Avec Camélinat ! Pour la commune soviétique ! » Et ils y étaient tous en première ligne, les Marcel Cachin, les Doriot, les Vaillant-Couturier, les André Marty, les Monmousseau, les Pierre Sémard, les Thorez, le Comité central au grand complet. Le dimanche 13, ils étaient venus à Mailly accompagner le cercueil jusqu'à sa dernière demeure, comme on dit.

« Lui, Jules, le marxisme, la propriété collective, il était pas très pour, disait Camille à Radio Triage en 1982. Il avait placé ses économies en emprunts russes avant 1914, alors la Révolution bolchevik, ça l'a fait un peu râler quand même. » Mais le maréchal vote communiste à cause de la guerre : avant guerre, il était hervéiste, comme Jules-Antoine, son père. Sauf aux cantonales : sa voix va à Monsieur Jacques, le vétérinaire qui lui apporte des pratiques et qui est radical.

En 1914, trop vieux pour le front (trente-neuf ans) et trop pourvu d'enfants, Jules avait été mobilisé au Creusot. Il a découvert les usines, la ville ouvrière (vingt mille ouvriers pour trente-cinq mille habitants), les cadences infernales, jusqu'à soixante-douze heures par semaine. Les ouvriers avec qui il travaillait lui ont raconté l'horreur du front : la boue, le froid, la peur, le gaz moutarde, les hommes fusillés quand ils ne voulaient pas sortir de la tranchée.

C'est au Creusot qu'il les a rencontrés, les syndicalistes révolutionnaires passés dans la clandestinité, les vieux internationaux de la section qu'Eugène Varlin avait montée là-bas en 1869, les vétérans des grandes grèves de 1870 et de 1899 qui passaient leurs journées à raconter leurs exploits au café. Et puis les minoritaires bolcheviks. Ensemble, les anarchistes et les marxistes montaient des grèves contre les cadences infernales et les salaires de misère, faisaient de la propagande antiguerre, et pour la Révolution russe. Les meneurs étaient arrêtés et envoyés au front.

En 1917, les minoritaires SFIO, Cachin et Frossard, ont réclamé « une paix de compromis sans arrière-plans ni indemnités ». Jules et Jules-Antoine applaudissaient : ils vomissaient les parlementaires socialistes qui avaient voté la guerre. Jules-Antoine est mort peu après, juste avant la Révolution bolchevik.

Après l'armistice, tous étaient de cœur avec les marins de la mer Noire, avec Charles Tillon et André Marty, qui avaient refusé d'aller se battre contre les copains soviétiques.

– C'est à cause de la guerre que les minoritaires pacifistes sont devenus majoritaires en 1918, et que beaucoup de syndicalistes révolutionnaires sont entrés au parti communiste après les grandes grèves de 1920, disait Madeleine à JC.

Jules entraîne Camille dans la cuisine de sa maison qui donne sur la rue, et à l'arrière sur la forge. C'est la pièce des femmes : Noémie, imposante comme une tour, s'agite près de la cheminée où mijote un énorme ragoût. Depuis son mariage avec Jules en 1902, sa taille a forci et elle a perdu sa beauté, mais une sorte de bonté triste et résignée émane d'elle. La petite servante avec qui Camille a déjà causé dans la rue met le couvert sur la table. C'est la première fois que Jules le fait entrer chez lui : il ôte sa casquette et salue joyeusement de sa voix rocailleuse de Morvandiau.

Une voix un peu voilée lui répond : il se retourne, il ne l'avait pas vue en entrant, la jeune femme qui coud devant la fenêtre. Elle est très brune, comme son père et sa mère, les cheveux coupés au carré à la garçonne, de grands yeux gris malicieux, et la bouche fermée un peu tirée sur le côté par un drôle de p'tit sourire. Camille a déjà aperçu le beau visage grave derrière la vitre, mais il ne s'est jamais trouvé devant elle. Impressionné, il esquisse une sorte de révérence comique avec sa casquette : « Bien le bonjour chez vous, mam'zelle. »

Jules, qui ne prend pas la peine de saluer les femmes, le tire par le bras et lui montre au mur son certificat d'études encadré. Et la photo de lui à vingt ans, posant à côté de son père, le marteau sur l'épaule. Et celle de son mariage. Camille demande qui est la dame en collet de dentelles noires : « On dirait une duchesse. » C'est Louise Perreau, la mère de Jules, morte en 1914. « Je regarde cette photo tous les jours pour bien me ressouvenir de jamais me laisser emmerder par une femme », dit Jules. Noémie lui balance un coup d'œil charbonneux de dessous ses gros sourcils en broussaille, et hausse les épaules. « Allons don(c), Papa », fait la voix nasale et voilée, pleine d'autorité. Camille se retourne, étonné, vers la jeune femme qui n'a pas cessé de coudre : il n'aurait jamais imaginé qu'on puisse s'adresser de cette façon au père Jules. « Tu lui ressembles à ta mère », continue Madeleine. C'est vrai que Jules ressemble à Louise Perreau : le regard dru est plus rieur, mais il a la même manière de tenir la tête rejetée en arrière, le menton posé le plus haut possible au-dessus du col, la même fierté de propriétaire éclate dans tous ses gestes et jusque dans son embonpoint.

Héritier de la forge depuis la mort de Jules-Antoine en 1917, Jules retire un contentement de chaque instant de ne rien devoir qu'à sa peine. Maître et seigneur chez soi. Alors les cosaques, comme il appelle les communistes, ils peuvent toujours essayer de venir la lui prendre, la forge. Il les recevra avec le fusil qu'est accroché au-dessus de la cheminée. En même temps il les aime bien : « Parce que tu vois, mon petit Camille, au Creusot j'ai compris que tout le monde n'a pas la chance de posséder son outil de travail. Mes fils, Lucien et Louis, ils seront peut-être bien obligés de travailler chez les autres, va savoir : avec tous ces progrès, l'automobile, le train, bientôt plus personne n'aura besoin de ferrer les chevaux. » Il en parle souvent avec Vattaire, le maquignon qui habite l'ancien relais de poste avec le toit en ardoises, juste en face de la forge.

« Camélinat le disait toujours, conclut Jules qui montre son fusil de chasse à Camille : C'est avec les chassepots qu'on fait les meilleures révolutions. »

Madeleine, le nouveau commis boucher, elle l'a vu arriver au village de derrière le carreau de sa fenêtre, avec sa raie au milieu dans les cheveux gominés, sa moto et ses bagues. Zélie Camélinat, qui travaille chez Coco Chanel à Paris, lui a soufflé le nom du parfum dont il s'arrose : *Cuir de Russie*. Elles en rient dans leur mouchoir.

Les histoires que Jules raconte à Camille, Madeleine les connaît par cœur. Depuis toute petite, à la forge, les soirs d'hiver, blottie dans la cheminée de la cuisine avec ses frères et ses sœurs, elle a écouté les récits du père

Camélinat. Avec sa barbe blanche, sa pipe et son grand tablier, il avait l'air d'un saint Nicolas ou d'un bûcheron. « Ici à Mailly, il faisait peuple, mais à Paris il s'habillait en bourgeois, chapeau rond à large bord et cape », disait Madeleine à Madeleine, dans les années 1970, à Migennes. Drôle de bourgeois, avec, plein sa hotte, en guise de jouets et de bûches de Noël les vingt-cinq mille morts de la Commune, les trente-cinq mille fantômes des victimes de la répression, pesant sur ses épaules larges et enfonçant davantage sa silhouette râblée dans le sol en terre battue de la forge. Les jours de gaieté, il arrivait avec le manuscrit original de la partition de *L'Internationale* que lui avait dédicacé Pierre Degeyter : l'ami typographe en avait composé la musique en 1888. Madeleine entonnait avec lui les paroles d'Eugène Pottier le communard : *Le monde va changer de base, Nous ne sommes rien, soyons tout.*

Quand Camélinat n'était pas là, c'était le grand-père Jules-Antoine qui racontait. À la fin du repas, avant que les enfants montent se coucher, en guise de prière du soir, il leur lisait quelques pages de son livre, *Le Panthéon démocratique*. Ses sœurs aînées Henriette et Élise, sans parler du petit dernier, Lucien, ils n'y comprenaient rien. « Louis n'était pas encore né », disait Madeleine.

Madeleine avait dix ans quand Jules-Antoine est mort, en 1917. Ça lui a fait beaucoup de chagrin, elle l'aimait beaucoup. Trois ans auparavant, elle n'avait pas été tellement affectée par la mort de la grand-mère Louise Perreau, qui se plaignait toujours des enfants trop bruyants et qu'elle trouvait méchante. Jules-Antoine avait été enterré entre deux cérémonies en l'honneur des appelés de Mailly tombés au front. Ses grands yeux gris pensifs, son maintien fier et sage avaient valu à Madeleine d'être choisie par Mme Rocher, son institutrice, pour réciter à chaque enterrement le poème de Victor Hugo : « Gloire à la France éternelle ! Gloire à ceux qui sont morts pour elle ! » Le poète barbu et son grand-père Jules-Antoine se confondaient dans la tête de Madeleine – et tous les soldats morts avec eux. La poésie l'enivrait davantage chaque fois qu'elle la déclamait et les larmes lui coulaient aux yeux en la récitant à Madeleine dans les années 1970 à Migennes.

À la mort de Jules-Antoine, elle avait emporté ses livres dans sa chambre, et continuait chaque soir à la chandelle, pour elle seule, le cérémonial de la lecture du *Panthéon démocratique* : « Ce qui fait la liberté civile et politique, ce qui en fait une chose réelle, vivante, et non une trompeuse et perfide abstraction, c'est la propriété ; donc, ou il faut faire autant de propriétaires, ou il faut socialiser la propriété de manière à ce que nul citoyen ne dépende matériellement de tout autre citoyen. » C'est de cette époque que date son goût pour les livres.

Sur la table de la cuisine, Jules et Camille trinquent « À la Prochaine ». Jules hausse le ton comme s'il défiait les murs : « Le peuple a la vie dure. Il ne meurt jamais, il a tout le temps pour lui. Il est patient. » Madeleine sourit : le père répète ce que disait son père, mais jamais il n'a lu une ligne de ses livres. Jules sent dans son dos l'ironie de sa fille.

« Ma fille, elle est plus instruite que moi, y a pas à dire. Cette maladie du père Antoine de lire plus qu'il ne faut, v'là que ça les a tous pris, les enfants, surtout Antoinette », se plaint Jules, qui a remarqué que Camille rougissait chaque fois qu'il tournait la tête vers la jeune femme.

Antoinette, dite Nénette, c'est le nom d'usage de Madeleine. L'hostilité aux droits féodaux des abbés et des évêques, l'anticléricalisme révolutionnaire, la répression royale du protestantisme puis du jansénisme ne sont sûrement pas pour rien dans cette habitude de se faire appeler par un autre prénom que son prénom de baptême : Cyprien se faisait appeler Antoine, Antoine voulait qu'on l'appelle Jules. Mais Jules est Jules, le premier de sa famille à coïncider avec lui-même.

« Aux martyrs ! Aux vaillants ! Aux forts ! À ceux qu'enflamme leur exemple, Qui veulent place dans le temple, Et qui mourront comme ils sont morts ! » lance Madeleine à son père, du défi dans les yeux.

Un frisson parcourt l'échine de Camille. Jules interrompt sa fille d'un geste sans réplique : « Quand elles sont toutes les deux avec mon aînée, Henriette, y a plus moyen de les arrêter, toutes les poésies qu'elles ont apprises à l'école y passent, et Lucien, mon fils aîné, il est pareil. »

Le maréchal est content que ses enfants aient le certificat d'études, mais quand Nénette a voulu continuer, il a été intraitable. Il a fallu qu'elle apprenne la couture, parce que les filles de Camélinat, à Paris, elles gagnent bien. Madeleine a eu beau lui expliquer que c'est grâce à leur connaissance de l'anglais, qui est leur langue maternelle, que Zélie et Berthe travaillent comme vendeuses dans la boutique de Mlle Chanel, il n'a rien voulu entendre, elle a dû céder, quitter l'école. Elle, Madeleine, elle aurait voulu devenir institutrice, comme Mme Rocher, ou médecin.

Pour se consoler, elle lit des nuits entières. Quand Jules rentre tard le soir du café ou de chez sa maîtresse, et qu'il monte l'escalier de son pas lourd, elle cache vite la lampe à pétrole sous le lit. Mais c'est toujours trop tard. Il a vu le rai de lumière sous la porte, et il grogne qu'elle va s'abîmer les yeux. Après les livres de Jules-Antoine, le *Dictionnaire* de Pierre Leroux, *Hourra !!! ou la Révolution par les cosaques* d'Ernest Cœurderoy, Madeleine a dévoré les livres que Mme Rocher lui prêtait : *Port-Royal* et *La Révolution française* de Michelet, *93* et *Les Misérables* de Hugo, *Jean-Christophe* et *Colas Breugnon* de Romain Rolland, *La Petite Fadette* de

George Sand, *Jacquou le Croquant* d'Eugène Le Roy ou *L'Insurgé* de Jules Vallès.

Elle s'est fait sa petite philosophie à elle, mêlant la promesse de la Révolution, la française et la russe, et la Prochaine, au souvenir des protestants et des jansénistes persécutés. L'histoire doit s'achever dans le feu d'artifice d'une poésie sans fin lue par une jeune vierge sur la tombe des Justes. Camélinat est l'un d'eux. Au cimetière de Mailly, la sépulture de l'ex-candidat communiste à la présidence de la République est un mémorial de gloire à tous les morts de la Commune et de 1851 :

> Aux martyrs ! Aux vaillants ! Aux forts !
> À ceux qu'enflamme leur exemple,
> Qui veulent place dans le temple,
> Et qui mourront comme ils sont morts !

« Et bonne couturière avec ça, continue Jules. Celui qui la prendra pour femme, il aura de la chance. » Coup de coude et clin d'œil à Camille : « Elle lit même des romans d'amour. »

C'est vrai qu'à dix-huit ans Madeleine s'est passionnée pour *La Princesse de Clèves* et *Le Grand Meaulnes* d'Alain-Fournier, ou pour les romans anglais que Zélie ou Berthe rapportaient de Paris, des traductions de *Jane Eyre* de Charlotte Brontë, *Poussière* de Rosamond Lehmann, *Orgueil et préjugés* de Jane Austen.

Il y a trois ans, un beau jour de printemps comme aujourd'hui avec un ciel pur et l'air doux qui embaume, un jeune homme vraiment très bien était entré dans la cuisine noire des fumées de la forge : le fils de Monsieur Jacques, le vétérinaire de Vermenton. Jules avait ordonné aux femmes de faire les honneurs de la maison au joli jeune homme brun, très mince, très élégant avec son panama, sa canne, ses costumes clairs et sa moustache.

Tout l'été, il était revenu sous un prétexte ou un autre, et il restait là à causer sur le banc devant la maison, sous le marronnier. Ses yeux noirs la dévisageaient pendant qu'elle continuait à coudre, au su et au vu du monde qui passait dans la grand-rue.

Madeleine s'était confiée à Zélie pendant les essayages du premier vrai-faux tailleur Chanel qu'elle eût fait. Une des amies de la fille de Camélinat, qui travaillait directement avec la Grande Mademoiselle, lui en avait offert le patron. Ça n'était pas la première fois que Zélie rapportait des modèles. Elle avait compris que Madeleine n'aimait pas son métier, et elle avait trouvé ce moyen de la consoler. Madeleine s'était prise au jeu et elle était devenue vraiment habile. Elle avait d'abord confectionné toute la garde-robe de Zélie, de Berthe ; et puis ses sœurs Henriette et Élise, cousine Jeanne et Mme Rocher avaient réclamé leur tour. Sa clientèle s'était étendue jusqu'à Vermenton et Saint-Sauveur, on lui avait confié des apprenties et, faisant de mauvaise fortune bon cœur, elle se faisait un point d'honneur d'être la meilleure couturière du pays. Du coup, les filles du père Jules, avec leurs coupes à la garçonne qui n'étaient pas si répandues dans les campagnes, surtout dans les petits villages, et leurs robes droites sous le genou à la parisienne, elles avaient la réputation d'être les mieux mises du canton.

Le fils de Monsieur Jacques avait été tout surpris de découvrir cette perle dans la cuisine noire du père Jules. En causant avec Madeleine, il s'était rendu compte qu'elle avait lu les livres qu'il préférait, *Le Grand Meaulnes* par exemple. Bref, le fils de Monsieur Jacques s'était entiché de cette Petite Fadette qui aurait eu la classe d'Yvonne de Galais.

Monsieur Jacques avait d'abord fait la grimace puis il s'était habitué à l'idée, d'autant qu'il savait que Jules possédait aussi des vignes, des bois de chênes sur les coûtas et du côté d'Avigny, et des économies. On pouvait supposer que la dot ne serait pas inconséquente. Transportée dans un autre milieu, la toute petite jeune femme au beau visage grave et aux yeux gris, douce de manières et élégante de mise, intelligente et fine, pourrait passer pour une femme de notaire tout à fait convenable. Mais Jules, en paysan rusé qui voit le bourgeois venir, invite Monsieur Jacques à goûter sa fine et fait mine de lui confier que ses vignes ne donnent pas, que le métier est dur, que son million a salement été entamé par les emprunts russes et le mariage de ses filles aînées, etc. « Dans ce cas... », laisse échapper l'autre. Le maréchal, vexé, fanfaronne aussitôt que par-dessus le marché il n'est pas question de marier sa fille à un bureaucrate. À quoi Monsieur Jacques réplique aussi sec que son fils ne manque pas de beaux partis et que sa lubie lui passera.

À Madeleine, encore fumant de colère, Jules déclare le soir après la soupe : « Si tu penses encore à ce bourgeois, je te renie comme ma fille. »

Et c'est comme ça que, fin septembre, le beau jeune homme brun était reparti faire son droit à Paris. La tristesse de Madeleine, sublimée en pensive mélancolie pendant les nuits de lecture, avait creusé des cernes sous les yeux gris et, dans le regard, une amertume. Elle conservait, serrée à l'intérieur des pages du *Grand Meaulnes*, la rose ancienne très pâle que le fils de Monsieur Jacques lui avait offerte le jour de son départ. Ses sœurs se moquaient gentiment, surtout Henriette : « Tu portes bien ton nom, Toinette, tu es comme le grand-père Antoine, qui ne quittait jamais son livre. » Jules avait jeté au feu les lettres qui arrivaient de Paris. Zélie n'avait rien dit pour ne pas nourrir cet amour sans espoir.

Tout cela est loin à présent. Le fils de Monsieur Jacques a fait, dit-on, un beau mariage. Mme Rocher, son ancienne institutrice, qui est devenue une vraie amie, l'a aidée à transformer sa mélancolie en ironie distante.

Socialiste SFIO, cette fille et petite-fille de républicains (au mur du salon de sa maison en brique qui jouxte la forge, trône le portrait de Raspail) est aussi membre de l'Union fraternelle des femmes. Habillée de pied en cap à la garçonne par les soins de Madeleine malgré la soixantaine qui arrive, elle fait partager à la jeune couturière son combat pour le droit de vote des femmes en France, son admiration pour les suffragettes anglaises, pour Louise Weiss et Jeanne Valbot, Olympe de Gouges et les féministes de la Révolution française, celles de 1848 et de la Commune, Élisabeth Dimitrieff et Louise Michel. Son mari, vigneron et journalier, s'occupe du jardin mais aussi du ménage et des repas, au grand scandale de Jules, qui en fait des gorges chaudes chez la Mère Hamelin. « C'est pas chez moi que les femmes porteront la culotte. »

Les dimanches, les sœurs de Madeleine reviennent à Mailly : Henriette est mariée à un petit paysan propriétaire du Cueillies, un hameau près de Saints, et Élise a épousé l'ouvrier de Jules, Pierre Martin, et tient avec lui le café-épicerie-forge de Merry-Sec. L'été, on se réunit presque tous les jours dans la cuisine du père Jules ou dans le salon de Mme Rocher : il y a aussi Zélie et Berthe Camélinat, ou encore cousine Jeanne. Cousine Jeanne est la plus âgée de cette petite société de femmes, toutes plus brunes les unes que les autres, gaies, vives, spirituelles. Née à Paris en 1869, Jeanne croit se souvenir du « rat-goût-de-mouton », dont parlait Léontine, sa mère. Divorcée en 1914, elle s'est engagée sur le front comme infirmière. Depuis elle habite seule à Paris dans le Xe et travaille à la Croix-Rouge. L'été, elle revient habiter sa maison, tout au bout du village, sur la route de Séry. À Mailly, elle passe pour une extravagante.

Les deux filles de Camélinat sont communistes, comme leur père ou plutôt bien davantage : c'est d'elles que Madeleine tient ce qu'elle sait de la spartakiste Rosa

Luxemburg, assassinée par les socialistes réformistes pendant la Révolution allemande, ou de Clara Zetkin, la députée du Reichstag à l'origine de la Journée internationale des femmes et qui vient justement d'appeler à combattre le nazisme, ou encore de la Russe Alexandra Kollontaï, ambassadrice en Suède, première femme à avoir fait partie d'un gouvernement : le gouvernement bolchevik issu de la Révolution de 1917. Denise Sautet, la jeune apprentie de Madeleine, tend l'oreille : Zélie a baissé la voix d'un ton pour expliquer que Kollontaï est favorable à la « monogamie successive ». Madeleine hausse les épaules : pour elle, sa philosophie est faite, elle ne se mariera jamais.

Les deux filles de Camélinat, « vouées au culte fervent de leur vieux père, portant le deuil telle l'Antigone antique », comme l'écrivait dans *L'Humanité* le fils de Charles Longuet le jour de l'enterrement, font remarquer à cousine Jeanne que, depuis 1925, le parti communiste présente des femmes aux élections municipales. Malheureusement à Mailly, déplore Mme Rocher, la mairie est dominée depuis 1851 par les cléricaux. Il faudrait changer ça, refaire l'union des Rouges (l'institutrice est restée fidèle à la vieille maison). Cousine Jeanne, elle, est une fervente admiratrice de Clemenceau et résiste aux deux Antigones communistes.

« Oh je n'en lis plus », réplique sèchement Madeleine à son père à propos des romans d'amour. Par le fait on croit aimer mais c'est une illusion. En juin, elle aura vingt-quatre ans et passera catherinette à la Toussaint : son père finira bien par se lasser de vanter ses mérites à tous les célibataires qui passent.

Toutes les semaines, Denise Sautet revient du bal de l'Étoile amoureuse d'un nouveau garçon. Elle « croit être » amoureuse, mais ce n'est qu'une vaine apparence. L'important, c'est le sérieux, l'application dans le travail, le désir de perfection. « Il vaut mieux être que paraître », disait encore Madeleine à Madeleine dans les années 1970. Rien ne paraît supérieur à Madeleine que le destin de l'écrivain potier protestant Bernard Palissy, brûlant son plancher pour continuer ses recherches sur les émaux. En ce moment, elle est en train de lire la nouvelle que cette histoire a inspirée à Balzac : *La Recherche de l'absolu.*

Honteuse d'en avoir tant dit, Madeleine se tait. Elle se reproche d'avoir plaisir à sentir le jeune homme à la moto sous son charme, et que son flot de paroles dément leur sens. Camille est un peu inquiet aussi de tous ces signes contradictoires qu'il ne sait comment interpréter. Jules non plus n'est pas content. Il pousse le jeune homme dehors : « Elle ne veut pas se marier, c'est une forte tête. L'autre samedi d'avant la mort de Camélinat, un hypnotiseur est venu sur la place, devant le café Hamelin. Elle a dit "Moi, c'est impossible". L'autre l'a mise au défi, mais il n'y a rien eu à faire : il a endormi tout le monde sauf Nénette. Mais chez moi, c'est moi qui fais la loi. Toutes ces histoires de bouquins, faut pas se laisser impressionner, des contes de bonnes femmes, des fanfreluches tout comme leurs robes. » Il donne une bonne tape dans le dos à Camille : « T'en fais pas, mon petit Camille ! Tiens, si elle te plaît, ma fille, je te la donne. À toi. Et tu verras, ça fera une bonne petite femme pas plus emmerdante que les autres. Mais j'te préviens : pas moins ! »

Là-dessus, Louis et son copain René arrivent en courant du pont : ils sont tout essoufflés. Jules les attrape, mais ils se dégagent et s'engouffrent dans la maison. Noémie appelle pour déjeuner : le maréchal serre la main de Camille et n'a pas le temps de retraverser la rue que deux gendarmes à cheval foncent droit sur lui. Sur la route du Parc, la nuit précédente, deux garnements ont écrit à la peinture blanche « À bas le président Doumer », et la maréchaussée a de fortes raisons de penser qu'il t de Louis Sautreau et de René Millereau. Ça e mal : le président Paul Doumer vient justement : assassiné par un fou à Paris. Noémie sort les s de fine : ce ne sera pas de trop pour messieurs ndarmes. « Ils repartiront comme ils sont venus », tait Camille à Radio Triage en 1982.

iis Sautreau est le petit dernier de Jules. Né en lors que ses parents faisaient déjà chambre à part, une drôle de paire avec René, de deux ans plus que lui : l'un est aussi court sur pattes et rond que re est grand et maigre. Depuis tout petits, les deux inséparables se sont décrétés les plus rouges des Rouges et viennent de se déclarer trotskistes. René Millereau est le petit-neveu de Zéphirin Camélinat.

VIII

La cellule Camélinat
1936

Le 15 octobre 1932, Jules entre au bal de l'Étoile, sa fille au bras, suivi de Camille et Noémie, des deux familles et des amis. Sur la photo prise à la sortie de la mairie, le regard de Madeleine est toujours aussi malicieux mais comme voilé par la stupeur. Les beaux seins en poire et la croupe généreuse disparaissent sous l'épure de la robe fluide en satin blanc redoublée par le châle de voiles coulant à partir du col dur en corolle, d'où émerge, distingué et impérieux, le joli visage graphique encadré par une ligne de cheveux noirs, serrés dans la mantille en dentelle blanche. Camille est très fier, les yeux clairs, le nez droit, la bouche charnue largement fendue, les oreilles légèrement en chou-fleur, le corps élancé et élégant, mais un peu trop raide, pas très souriant. Entourés par les corps lourds qui les entourent, Camille et Madeleine ont l'air de deux figurines en émail que la vie insufflée en eux s'apprête à briser en morceaux. Leurs têtes se rapprochent comme pour parer ensemble le coup mortel qu'ils s'apprêtent à recevoir.

Lui le petit paysan de Dampierre, le commis boucher, il épouse une princesse. La première fois qu'il l'a invitée à danser au bal du samedi à l'Étoile, elle l'a refusé. « Vous en faites pas, Camille, quand ça commence comme ça, ça finit par un mariage », avait prédit Georges Bernard, le cabaretier de l'Étoile.

« Oh il dansait, il danse encore très bien, mais enfin la première fois qui m'a demandé, je l'ai refusé. Pourquoi ? J'en sais rien au juste, j'avais dit Oh c'est une blague, ça m'embête », disait Madeleine en 1982, à l'antenne de Radio Triage. Elle aime bien danser, Madeleine, alors, la seconde fois, elle a accepté. Camille est si gentil, si attentionné, si respectueux, si amoureux. Et puis, ils ont tous tellement insisté, ça avait l'air de leur faire tellement plaisir. Jules surtout. Alors ma foi. Zélie et Berthe, revenues à Mailly pendant l'été, avaient encouragé chaleureusement Madeleine à fréquenter le jeune communiste. Camille était pressé, il avait peur que le conte de fées se dissipe, il voulait se marier sans tarder : « Moi je disais : On peut attendre au printemps prochain. Mais alors lui : Non non non non non, c'était à l'automne, c'était tout de suite. »

Un an jour pour jour après la mort de Camélinat, le 5 mars 1933, Camille et Madeleine fondent ensemble la cellule du parti communiste de Mailly-la-Ville. Camille en est élu secrétaire à l'unanimité. Le nom est vite choisi : « Camélinat », propose Madeleine sans lever la tête de sa couture, et tout est dit. Pendant les trois ans qu'ils restent habiter chez le père Jules, la cellule Camélinat, c'est le seul enfant qu'ils font.

Les réunions ont lieu dans la cuisine noire des fumées de la forge, et Madeleine a repris sa place près de la fenêtre, sa couture sur les genoux. Autour de la table, les hommes : son mari, son père, ses deux frères, l'aîné, Lucien, et le cadet, Louis dit P'tit Louis, René Millereau, Gustave Joublot, bientôt rejoints par Émile Paris, fermier à côté de la gare, Georges Bernard, le patron du bal de l'Étoile, Bourgeois, Puissant. Douze ou treize gars, en tout. Ça fait du monde et la cuisine de Jules se faisant trop étroite, on se réunit bientôt dans l'arrière-salle de l'Étoile. Lucien, le fils aîné de Jules et frère de

Madeleine, est en même temps membre des Jeunesses socialistes, très à gauche localement, dans la tradition des Pioupious de l'Yonne et de l'antipatriote Gustave Hervé, lequel est devenu patriotard en 1912 et mussolinien en 1922. Mme Rocher, qui est SFIO, est venue aussi avec sa couture. Elle est assise près de la fenêtre, en face de Madeleine, et se réjouit de l'unité retrouvée des Rouges.

– C'est l'époque où Thorez est en train de prendre le contrôle du Parti et d'abandonner la ligne gauchiste d'affrontement classe contre classe, expliquait JC à Madeleine. Cette ligne sectaire, datant de la fin des années 1920, s'appuyait sur l'analyse de la guerre de 1914 élaborée par la Troisième Internationale (communiste). Les communistes assimilaient tous les partis politiques de la République parlementaire, socialistes compris, aux fascistes bellicistes mussoliniens et nazis. Tous avaient été des fauteurs de guerre. Tous avaient voté les crédits de guerre en 1914. En Russie, le refus de la guerre avait déclenché la Révolution : les ouvriers récusant un conflit qui ne les concernait pas avaient rallié les bolcheviks. Les contradictions interétatiques de la domination politique du capitalisme n'ayant pas changé depuis, se profilait à l'horizon, selon eux, une nouvelle guerre impérialiste.

– Ils n'avaient pas complètement tort, l'interrompait Madeleine. Le prochain conflit était censé nécessairement provoquer une révolution prolétarienne à l'échelle mondiale, la fraternisation internationale des ouvriers retournant leurs armes contre leur véritable ennemi : le capitalisme international. La priorité accordée à la lutte contre la guerre impérialiste imposait en conséquence une stricte politique internationaliste classe contre classe, excluant toute collaboration avec les appareils d'État nationaux en place, fussent-ils, comme en France, démocratiques.

– Jusqu'à l'arrivée de Hitler au pouvoir en 1933, les communistes ont compté sur une révolution soviétique en Allemagne, malgré l'écrasement des spartakistes allemands et l'assassinat de Rosa Luxemburg en 1919, ajoutait Bernard à Vézelay en 2011.

L'autre raison politique de cette ligne gauchiste était l'alliance des communistes marxistes et des anarcho-syndicalistes contre les ministériels, qui avait donné naissance au parti communiste à Tours en 1920. D'ailleurs, si Camélinat a été transformé en icône par les communistes, c'est bien pour cimenter cette alliance des marxistes guesdites et des syndicalistes révolutionnaires de la CGTU.

Dans l'Yonne, du côté socialiste, la Fédération SFIO conduite par Étienne Marcoux s'était ralliée tout entière à la majorité communiste. Mais membre de la Ligue des droits de l'homme et franc-maçon, Marcoux avait refusé de se désaffilier comme l'exigeait la Troisième Internationale. Contraint de quitter le PC, il avait reconstruit tant bien que mal la SFIO sur une ligne très à gauche d'unité avec les communistes : nationalement, il s'était rapproché des socialistes de la tendance Zyromski (néo-guesdiste). Marcoux était entouré notamment d'instituteurs comme Paul Verneiges, Robert Simon, ou Jean Mader, le maître de Louis et Lucien à Mailly : Mader les avait fait adhérer aux Jeunesses socialistes. Mme Rocher appartenait également à cette mouvance, sans être autant impliquée. Au moment où la cellule Camélinat se forme à Mailly, d'autres socialistes de la Fédération, cependant, dissidents de droite de la SFIO comme Aristide Jobert, le premier député socialiste de l'Yonne, ou comme le futur député Maxence Roldes rallié plus tard aux néos de Déat, sont très hostiles à l'unité avec les communistes.

Après l'arrivée de Hitler au pouvoir, Staline et Dimitrov (le dirigeant bulgare du Komintern à partir de 1934), inquiets du réarmement de l'Allemagne, imposent à l'Internationale l'abandon de la ligne gauchiste sectaire (– Qui sera reprise par certains trotskistes pendant la Seconde Guerre mondiale, disait JC à Madeleine), et prônent la politique du Front populaire antifasciste. Après la signature du pacte Laval-Staline d'assistance militaire mutuelle de la France et de la Russie contre une éventuelle agression de l'Allemagne nazie, le parti communiste français, sur l'ordre de Staline, abandonne son pacifisme intégral et se convertit aux nécessités de la Défense nationale. Thorez, poursuivant l'évolution amorcée en 1933-1934, théorise une voie d'accès spécifiquement française au socialisme, s'inscrivant dans la tradition des valeurs républicaines et démocratiques de la Révolution française. Cet infléchissement spectaculaire s'accompagne d'un discours productiviste et nationaliste à la gloire de la production industrielle française, et de l'appel à constituer un Front populaire. Dans les meetings, on chante à nouveau *La Marseillaise* en plus de *L'Internationale*.

– Dans le fond, Thorez est l'héritier de Jaurès, disait Madeleine à JC.

– Thorez ! Aux ordres de Moscou, et si sensible aux honneurs ! s'étranglait JC. Non, Jaurès n'a pas d'héritier.

Toujours est-il que les communistes s'affichent comme des champions de l'unité contre le danger fasciste et proposent aux socialistes de réaliser à la base le front unique du mouvement ouvrier – que la cellule Camélinat de Mailly réalise de fait, trotskistes compris.

Louis Sautreau et René Millereau, qui ne manquent pas une réunion de la cellule communiste, continuent à vendre *La Vérité*, ou du moins se baladent beaucoup dans Mailly avec deux ou trois exemplaires du journal de Trotski à la main, en général vieux de plusieurs semaines. À la réunion, ils interviennent pour critiquer avec Lucien Sautreau, qui est aux Jeunesses socialistes, le fonctionnement centraliste du PC, le « centralisme démocratique », et surtout l'interdiction du droit de tendance ; ils refusent d'admettre que le régime soviétique dirigé par l'autocrate Staline ait un quelconque rapport avec la Commune de Paris, comme le proclamait *L'Huma* à la mort de Camélinat.

Camille lance à René en guise d'ultime contre-argument : « Si ton oncle Camélinat était encore vivant, il te botterait les fesses. – Camélinat était proudhonien, pas marxiste, objecte Lucien avec hauteur. – Et Lénine, il a pas été enterré dans le drapeau rouge de la Commune, peut-être ? réplique Camille. – Mon Camille a raison, tranche Jules, qui donne systématiquement raison à *son* Camille pour emmerder ses fils. Il paraît même que le Soviet suprême a voulu faire embaumer Camélinat. – On te dit pas le contraire, et Lénine, je veux encore bien, concède Louis, mais il est mort en 24 ! C'est de Staline dont on te parle à c't'heure. C'est lui qu'est au pouvoir à présent et qu'a imposé la collectivisation forcée des terres ! C'est ton Petit Père des peuples qu'a mis en prison tous les grands dirigeants historiques d'Octobre et fait zigouiller par dizaines de milliers les petits paysans propriétaires comme toi. – S'il te plaît, mon garçon, tu vas *ouar* à adopter un autre ton avec ton vieux père, pour commencer. Et si vous voulez que les Blancs continuent à gagner les élections haut la main, continuez comme ça. »

Là-dessus, Jules se lève et fait mine de regagner sa forge en esquissant trois pas vers la porte. Mais comme personne ne le rappelle, il se ravise.

Lucien, de sa voix plus sourde et plus nasale et plus voilée encore que celle de Madeleine, s'en prend à son frère Louis : « Dis donc, ton *Troski*, c'est bien lui qui voulait les faire zigouiller, les paysans, quand il était le chef de l'Armée rouge, c'est lui qui voulait imposer la collectivisation forcée à l'époque de la NEP. Et c'est Staline qu'était contre. Et avant ça, en 1921, Staline et Trotski et Lénine, ils étaient tous pour les supprimer, les soviets ! Tu sais ce que ça veut dire *soviet* en russe, ça veut dire assemblée populaire. Alors sans soviets, pas de Commune russe ! Camélinat, il était vieux, il a des excuses d'avoir cru que les bolcheviks étaient des communalistes. Et il a rallié les communistes à cause de la guerre. Mais la vérité, c'est que lui était fédéraliste. Et donc contre la propriété collective et le blanquisme sauce tartare de Lénine, pour parler comme Blum. »

Tout le monde regarde Lucien, le moins rouge du clan, avec du meurtre dans les yeux, particulièrement Jules, qui pourtant n'a adhéré ni au parti communiste ni au parti socialiste, n'est pas le moins du monde *trosskiste,* et assez bien placé pour savoir que son fils n'a pas tort. « Mais jamais il ne l'aurait reconnu », disait Madeleine. Le fond de l'affaire, c'est que Jules supporte mal les manières de bourgeois efféminé de son garçon. Il veut obliger Lucien, qui est son aîné, à reprendre la forge : il vient de lui confisquer d'autorité toutes ses économies pour l'empêcher de monter un magasin de vélos. Affaibli depuis son enfance par des otites à répétition, grand lecteur comme Madeleine, fragile et rêveur, complexé par son énorme tarin en forme de patate, Lucien doit endurer perpétuellement les sarcasmes du père sur sa peau de fille, et son incapacité notoire à manier le marteau plus de cinq minutes. Mais il tient tête. Comme Madeleine, il voue un culte à son grand-père Jules-Antoine – qui a mis la crosse en l'air en 70. Et considère Jules comme un indécrottable paysan endurci, un peu épais de la cervelle. Lui, Lucien, ce qu'il veut, c'est épouser Marcelle, la jeune sœur un peu snob de Camille, dont il est tombé amoureux le jour du mariage de Madeleine. Elle vit à Bourges chez le commandant Patin, qui est Croix-de-Feu.

Solidaire du père Jules, Camille se décide à porter l'estocade contre Lucien : « Vous avez-t-i'voté les crédits de guerre en 14, oui ou non ? Vous avez-t-i'pas assassiné Rosa Luxemburg et Karl Liebknecht ? Vous les socialistes, j'vas te dire mon point de vue, un fleuve de sang nous sépare : vous êtes des sociaux-traîtres, des diviseurs de la classe ouvrière. Tu vas pas me dire le contraire. »

Lucien hausse les épaules, franchement méprisant à l'égard de son beau-frère, ce faux gandin endimanché que le père Jules a trouvé bon d'imposer comme mari à sa pauvre sœur, et qui n'a même pas le certificat d'études. « Allons, allons, les enfants – Mme Rocher, assise à côté de Madeleine, réussit à faire baisser la tension de sa voix douce –, vous vous égarez. Hitler vient de prendre le pouvoir en Allemagne, Mussolini est au pouvoir en Italie, les fascistes menacent toute l'Europe. Le vrai danger actuel, c'est le fascisme. »

Mme Rocher propose de monter à Mailly un comité Amsterdam-Pleyel : les deux écrivains Henri Barbusse et Romain Rolland, courageux pacifistes hostiles à la guerre de 14 et ralliés à la Troisième Internationale, sont à l'initiative de ce mouvement lancé en 1932 à Amsterdam dans un grand congrès contre la guerre impérialiste.

Depuis que les émeutes fascistes du 6 février 1934 à Paris et les six morts communistes de la manifestation interdite du 9 ont provoqué une grande double contre-manif unitaire trois jours après, l'unité PS-PC est en marche. Camille, à Radio Triage, en 1982, racontait encore, très ému, la fusion des deux manifestations parisiennes, PS-CGT et PC-CGTU, place de la Nation, à laquelle il n'avait pourtant pas assisté : « Il y a eu l'embrassade des ouvriers, il y a eu l'unité syndicale ! » Quelques jours plus tard, à la Bourse du travail d'Auxerre, deux mille personnes créent un comité de vigilance contre le fascisme regroupant Ligue des droits de l'homme, SFIO, francs-maçons, CGT : en gros les socialistes. Paul Verneiges propose l'adhésion au comité Amsterdam-Pleyel.

Les jeunes instituteurs socialistes Simon, Verneiges et Mader ont fait adhérer Mme Rocher au syndicat des instituteurs. Ce sont eux qui lui ont parlé du comité Amsterdam-Pleyel. En leur compagnie, elle est allée écouter Robert Jospin venu à Avallon faire une conférence au nom de la libertaire et pacifiste intégrale Ligue internationale des combattants de la paix, dont le père du futur ministre socialiste Lionel Jospin est secrétaire général.

Communistes et socialistes de Mailly, communistes-socialistes et socialistes-trotskistes, tous adhèrent au comité Amsterdam-Pleyel de Mailly, et ça fait une raison supplémentaire de se réunir ensemble à l'Étoile. Mme Rocher en est élue présidente et Madeleine secrétaire. La droite de la vieille SFIO locale, d'abord hostile, surtout les déatistes, a été contrainte d'entériner la proposition de Verneiges. Le comité départemental est dirigé par l'instituteur communiste Louis Aubry et par Robert Simon, qui appartient à la tendance gauche trotskisante Marceau Pivert du parti socialiste.

Aux réunions suivantes, encouragée par son succès, la petite femme ronde au visage sympathique, habituellement intimidée par la présence de Jules qui n'aime pas les bas-bleus, s'enhardit, et propose de faire venir à Mailly Hélène Bertault du Comité mondial des femmes, Louise Gaudinot de l'Union des femmes françaises et Maria Valtat, membre du comité fédéral du parti communiste. Jules lève les bras au ciel et envoie un coup de coude à Camille : « À nous les petites femmes. » Au fil des semaines, d'autres responsables passent à la forge ou à l'Étoile : les socialistes Robert Simon, Paul Verneiges, Jean Mader, les communistes André et Georges Varenne, René Roulot.

Camille conclut invariablement les réunions par sa phrase fétiche : « L'intérêt du cap'tal, c'est la division de la classe ouvrière. » Le fleuve de sang ressort bien quelquefois en cas de besoin : en vrai « maniaque de la contradiction », le secrétaire de la cellule ne craint pas de mêler la ligne du jour à celle de l'avant-veille, heureux quand il a le dernier mot contre Lucien, ce beau-frère qui l'intimide et l'humilie sans cesse. D'ailleurs, plus il y a de la rouspétance et l'occasion de donner de la voix, plus la réunion lui paraît réussie.

La coalition électorale républicaine du Front populaire PS-PC-radicaux en vue des élections législatives d'avril-mai 1936 atténue cependant la vivacité des discussions : la grande famille rouge démocrate-socialiste est à nouveau réunie. Pour l'instant, elle est plus forte que les appareils.

Camille a cessé de faire le commis boucher : ce métier le répugne depuis longtemps, et il le trouve indigne de sa femme. Mais c'est compliqué de trouver un emploi stable depuis la fin des années 1920, et le chômage guette. Ouvrier un temps chez Carré à Mailly, l'usine à balais (qui fabrique aussi des raquettes et des queues de billard), il est embauché ensuite à la Laiterie : « On ramassait le lait dans les fermes avec un cheval et une grosse voiture. » Dans les deux entreprises, il se syndique, essaie de monter une section locale CGT-U (le syndicat scissionniste communiste), se fait rapidement remercier, et se retrouve à faire les jardins comme le mari de Mme Rocher.

Au fond il aime bien ça, mais vit comme une déchéance de faire le paysan. Courant 1935, une pratique du père Jules lui propose de tenir un magasin « Économique troyen » à Toucy : l'idée lui plaît, il en a vraiment marre de ne pas avoir de chez-soi. Installés à Toucy, sur la place, très ignorants des ficelles du commerce, trop gentils et arrangeants, trop orgueilleux pour préférer leurs intérêts à leur réputation d'honnêteté, Camille et Madeleine font crédit à toute la petite ville. Au bout de cinq mois, c'est la faillite.

En rentrant à Mailly, ça ne va pas fort : la moto est vendue. Les coups de marteau sur l'enclume et les « mon petit Camille » de son beau-père commencent à lui peser. Heureusement il y a la politique.

À Mailly, la cellule communiste se confond avec le comité Amsterdam-Pleyel, qui est à son apogée (six mille militants dans l'Yonne), et devient de fait un comité de soutien au Front populaire : on décide d'organiser un grand meeting unitaire à la mairie de Mailly-la-Ville sur le modèle de celui qui s'est tenu à Auxerre le 14 juillet 1935. Madeleine, aidée par Mme Rocher, confectionne le drapeau du comité dans un beau velours rouge, brodé d'un liseré bleu et blanc, et de l'étoile à trois branches en fil doré : les trois branches des ouvriers, des paysans et des *intellectuels*, le mot vient d'arriver dans les campagnes. Dans les années 1970, de temps en temps, Madeleine le descendait du grenier pour l'aérer et le dépoussiérer.

Le jour du meeting, des jeunes monarchistes et fascistes venus de tout le département se massent dès six heures du soir devant la mairie. Lucien et Louis sont allés au-devant des frères Varenne et de Roulot qui auraient dû être déjà là, mais qui sont retenus à Auxerre. Les copains ne sont pas encore arrivés. « Les camelots du roi, ils se sont payé not' tête, racontait Camille à Radio Triage en 1982, ils ont dit qu'eux au moins ils étaient pas en retard, et que la ponctualité, c'est la politesse des rois. » Les copains arrivent enfin et à vingt heures, ils sont tous là, une centaine, arrivés des villages alentour. Ils veulent entrer dans la salle, mais les camelots font barrage. Un premier coup part, et ça dégénère en bagarre générale. « Ils avaient amené une camionnette remplie de charbonnettes de bois (des petites buchettes) qu'ils avaient jetées dans la cour d'en face, et les gars ont vite compris leur manège : ils sont allés chercher les charbonnettes. Pour finir, les camelots sont chassés, leur beau camion retourné sans vitres et sans glaces, et le meeting se tient dans le bonheur. C'était inoubliable, cette soirée. C'était la lutte pour la défense de la classe ouvrière », disait Camille à Radio Triage.

Ce jour-là, ils commencent à y croire, à la victoire du Front populaire. Et les 26 avril et 3 mai, elle n'est plus un rêve : les communistes, les socialistes et les radicaux sont majoritaires aux élections législatives. Nationalement le parti communiste a obtenu soixante-douze des trois cent trente-six sièges de gauche. Pourtant dans l'arrondissement d'Auxerre-Avallon II, dont dépend Mailly, Pierre-Étienne Flandin, descendant du conventionnel qui avait fait fortune à Vézelay en vendant le château des abbés, ex-président du Conseil, candidat anti-Front populaire, leader national de la droite libérale, futur ministre de Pétain, obtient soixante pour cent des voix. Mais deux députés socialistes sont élus, Paul Campargue à Sens, et Maxence Roldes dans le Jovinien. Roldes obtient soixante-dix pour cent dans la « cité rouge » du département : la ville cheminote de Migennes. Des grèves spontanées éclatent partout. Les Rouges de la cellule de Mailly sont sur la ligne de Thorez : pour la participation au gouvernement Léon Blum. Mais Thorez est mis en minorité par le Comité central du Parti. « Les gars à la base sont déçus. »

Pour que le comité puisse se rendre ensemble à la grande manifestation d'Auxerre, Camille loue un car chez Richer, le patron rouge du garage qui jouxte la maison des Vattaire, et tout le monde grimpe dedans.

Les copains ont mis des cravates rouges et tout le dessus du car est orné de drapeaux rouges. « Les fassistes [*sic*] et les réactionnaires, ils regardaient ça de derrière leurs fenêtres, l'air pas très tranquillisés », disait Camille en 1982. On défile en rangs serrés à Auxerre, salués par les ouvriers de chez Guillet (une usine de machines-outils) grimpés sur les toits, en scandant « Front populaire » le poing fermé. Toutes les usines sont occupées. Au marché couvert, il y a vingt mille personnes à l'intérieur, sur la place et aux alentours. À la tribune, les députés du parti socialiste et les dirigeants départementaux du parti communiste ont pris la parole : Froissart, Roulot. « Boully, le député radical, il n'a pas voulu parler parce qu'il trouvait qu'il y avait trop de drapeaux rouges », rigolait encore Camille en 1982.

« 1936, c'est la grande victoire du peuple de France, c'est là qu'on a eu les quarante heures hebdomadaires, les congés payés, les augmentations de salaire, les comités d'entreprise, que les Chemins de fer ont été nationalisés. Ça a été merveilleux pour la classe ouvrière française, qui ne possédait ni voiture, ni aucun bien-être, de voir ses fils, ses femmes partir en vacances et découvrir la mer pour la première fois, se mélanger, comme i'disaient, les réactionnaires. »

« Par le fait on les reconnaissait p'us des fils de capitalistes », ajoutait Madeleine à Radio Triage.

Mais « faut dire la vérité » : la discorde est bientôt arrivée. Parce que ça n'a pas duré dix-huit mois. « Y a eu la pause. Les radicaux ont repris la main, la baisse du temps de travail (les quarante heures hebdomadaires) a été supprimée. Blum a fait le chien couchant, ça a permis à Franco de battre les républicains, à Hitler d'apporter ses armements en Espagne et de briser la classe ouvrière espagnole. C'est tout ça qui a amené la guerre. Le manque de courage de laisser l'Allemagne réoccuper la Rhénanie en 1936 et l'Autriche en 1938. »

À l'Assemblée, seuls les députés du parti communiste (et trois autres) votent contre la ratification des accords de Munich.

Camille était entré à la SNCF le 13 juillet 1936 : les chemins de fer nationalisés avaient embauché massivement à la faveur des quarante heures. Il est homme d'équipe à Cravant pendant un an et se syndique à la Fédération cheminote CGT réunifiée. La semaine, Madeleine habite avec lui dans la cité à côté de la gare. Ils passent les jours de repos à Mailly. « Et puis ensuite, je suis nommé garde-signaux à Tracy-Sancerre, dans la Nièvre » : c'est là, dans le village de Saint-Thibaut où ils louent une petite maison, que leur premier fils naît, Francis. Camille milite à la section de Saint-Satur « dont le secrétaire était Catanéo ». Il est du comité de section avec Lerat, Laloue, Laura, qui sera déportée pendant la guerre. Farouchement anticatholique « quoiqu'étant été élevé d'dans », il critique la politique de la main tendue aux chrétiens. La Fédération de la Nièvre demande qu'un blâme soit voté contre lui : sur cent présents à la conférence de section, quatre-vingts copains refusent. Le blâme est rejeté.

Un camarade du Comité central descend à la section : « Il nous a expliqué que c'était pas la main tendue aux curés ni au pape, mais que c'était à l'ouvrier catholique qu'on tendait la main, qui souffrait des mêmes mals que nous. Alors là je me suis rallié à la position du Parti. »

En juillet 1938, nouveau déménagement, à Cosne-sur-Loire. Camille passe des examens pour devenir aiguilleur : Madeleine lui apprend à bien écrire sans fautes et repasse ses leçons avec lui le soir. Il est élu délégué du personnel, suit quelques cours de l'école du Parti et milite activement à la cellule cheminote du PC qui compte quarante adhérents. Le député du XXe arrondissement de Paris, Adrien Langumier, descend à Cosne défendre son vote contre les accords de Munich.

Camille aime bien Langumier : ce dirigeant régional CGT-U puis CGT est le fils d'un ami de Camélinat, un sabotier d'Auxerre, secrétaire de la section socialiste. Langumier a fondé à dix-sept ans, avec René Roulot, les Jeunesses syndicales locales, de sensibilité anarcho-syndicaliste. Pendant les grèves cheminotes de 1920, il a transformé la gare d'Auxerre en bastion inexpugnable, et amené la troupe à fraterniser avec les manifestants. Le député communiste explique pourquoi, entré en politique révolté par la guerre après la mort de son frère tué sur le front en Champagne, il pense qu'aujourd'hui la guerre contre le fascisme est nécessaire. Que la paix ne pourra pas s'obtenir en offrant des peuples en sacrifice aux nazis. Qu'on ne peut pas vivre en paix au prix de la mise à mort de la République tchécoslovaque contresignée par Chamberlain, Daladier, Hitler et Mussolini. Camille est fortement impressionné.

D'autant qu'à Mailly, le week-end, la discorde fait à nouveau des ravages.

Le comité Amsterdam-Pleyel, devenu le comité Paix et Liberté, a implosé dans l'Yonne : la direction départementale s'est alignée sur les positions pacifistes intégrales de Paul Faure et de Déat, et a scissionné. « La classe ouvrière ne veut pas mourir pour Dantzig », claironne Louis Aubry : l'instituteur, en désaccord depuis 1935 avec la nouvelle ligne thorézienne de la Défense nationale, a quitté le PC et adhéré à la SFIO tendance Paul Faure. Robert Simon est d'accord, quoique sur une ligne plus révolutionnaire : lui, il a quitté la SFIO pour rejoindre le mouvement de Pivert, le parti socialiste ouvrier et paysan, noyauté par l'entrisme trotskiste (les trotskistes y adhèrent massivement pour gagner des militants et préparer la fondation du « vrai parti révolutionnaire »). Simon explique aux deux fils Sautreau,

Lucien et Louis, qu'au lieu de réarmer il faut exiger la révision de l'odieux traité de Versailles qui a poussé les Allemands dans les bras des nazis, et préparer l'insurrection ouvrière internationale, seule capable de vaincre le fascisme. L'ancien du PC et les socialistes trotskisants sont sur la ligne gauchiste du PC des années 1920 : la guerre qui se prépare est une guerre impérialiste qui ne concerne pas la classe ouvrière, les ouvriers doivent la refuser pour mieux préparer la révolution. Le défaitisme est la vraie ligne révolutionnaire.

Par contre Paul Verneiges et sa femme, la sœur de Simon, ou encore le Migennois socialiste Georges Paupy (de la tendance Zyromski néo-guesdiste de la SFIO) ont fait le chemin inverse. Écœurés par Munich, ils ont quitté la SFIO et adhéré au parti communiste : « Si on laisse les mains libres à Hitler, on aura la guerre et le fascisme », dit Verneiges. Après la démission d'Aubry et Simon, Verneiges et Paupy reprennent en main la direction du comité Paix et Liberté et le réaxent sur l'antifascisme. À Mailly, Lucien et Louis sont sur les positions de Simon et Aubry. Le comité et la cellule communiste ont cessé d'exister. Au niveau départemental, les deux comités issus de la scission végètent.

L'ambiance à la forge est très tendue. Élise est revenue habiter chez son père : la jeune femme a contracté une tuberculose et s'affaiblit de jour en jour. Madeleine passe ses journées et ses nuits à son chevet. Entre Lucien et Louis, c'est à couteaux tirés – pas tant à cause de Munich que de la guerre d'Espagne. René et Louis collectent des fonds pour les républicains espagnols. Lucien argumente que Blum aurait été pour l'intervention, si au gouvernement les radicaux ne l'avaient pas bloqué et si les socialistes fauristes ne l'avaient pas mis en minorité. « Mais si tu es pour l'aide aux républicains espagnols, comment tu peux être d'accord avec Faure et Déat sur

Munich ? demande Camille. Comment tu ne vois pas que l'accord que Daladier et Chamberlain ont passé avec Hitler soi-disant pour éviter la guerre, c'est un chèque en blanc à Franco et à l'invasion de la Tchécoslovaquie ? »

Mais alors arrivés là, les deux frangins s'unissent à nouveau pour lui tomber sur le paletot, à Camille : ils prétendent que les communistes sont militaristes et bellicistes parce qu'ils sont partisans de la dictature et inféodés à Moscou. Ça finit chaque fois par la même tirade sur la dictature en Russie, les procès de Moscou, les exécutions en masse, la collectivisation forcée des terres qui a provoqué la famine. « Ton Staline, nouveau tsar de toutes les Russies, il a passé un accord avec Laval, parce que son objectif, c'est pas la Révolution mondiale, c'est le socialisme dans un seul pays. Ça signifie en clair : les opposants, en Sibérie. Et ton Thorez, c'est Staline le Petit déguisé en Napoléon. »

Maintenant qu'il est cheminot et délégué syndical, Camille ne se laisse plus impressionner par les frères de sa femme et il n'a plus besoin du soutien de Jules. D'ailleurs le père Jules a d'autres soucis : sa fille qui est en train de mourir, les pratiques qui se font rares avec la concurrence du train et de l'automobile. Et il a encore du mal avec le peu de travail qu'il a parce qu'il se fait vieux. Heureusement que son cadet, Louis, qui est aussi costaud que lui, l'aide bien.

Mais ses fils ne pourront pas vivre de la forge.

IX

Le maquis Camélinat

La mort d'Élise referme définitivement le monde de l'enfance, de la jeunesse, de la vie douce au village à l'époque de la prospérité de Jules. La petite flamme malicieuse a disparu des yeux de Madeleine. Elle a trente ans. Le grand exil des prolétaires commence.

Le lotissement noir de charbon qu'on habite avec les autres ouvriers rue de Predelle derrière la gare, la différence qu'il y a avec les aisances de la maison de Mailly, les sous qu'il faut compter et recompter pour élever correctement le gamin, la maison à tenir propre, le linge à frotter au lavoir qui devient tout noir sur les fils à cause des fumées des locomotives, les robes de rien cousues et vendues trois sous à des femmes d'ouvriers déformées par la peine, dans des tissus qui ne tiennent pas et des couleurs qui passent au lavage. Et Camille qui trouve quand même moyen, pour améliorer l'ordinaire, en plus des réunions politiques et de la dureté des trois huit et du travail de nuit, de cultiver des légumes dans son bout de jardin plein de scories.

Au début, ça a été dur, mais maintenant le pli est pris. Et puis il y a le Parti. Le Parti à Mailly, c'était de la rigolade. À Cosne, c'est du sérieux. Le Parti, c'est devenu toute leur vie. Ce qui soude leur couple. Camille le dit partout, il le disait encore à Radio Triage en 1982 comme s'il avait besoin de s'en convaincre lui-même : sa femme, elle est entièrement avec lui. Leur espérance, elle est tout entière dans le Parti.

Le Parti, c'est se battre pour qu'un jour son petit garçon, lui, peut-être, puisse se libérer de l'esclavage du salariat. Pour que tous les trois, ils ne soient pas broyés par cette vie volée par le souci matériel. Pour que quelque chose les élève au-dessus de tout ça. Quelque chose en quoi croyaient le grand-père de Madeleine et le grand-père de son grand-père, en quoi Camélinat croyait. Le Parti, ça les distingue, c'est leur *foi* et leur *aristocratie* à eux – leur tradition, leur religion.

Que là-bas, en URSS, ce soient les ouvriers qui commandent, il en est sûr, Camille, parce que ça le console de tout, des brimades des chefs, de la fatigue et du découragement de pas pouvoir offrir davantage à sa femme et à son enfant. Et parce qu'il faut bien que le monde soit juste en un endroit. Et si, dans la patrie des ouvriers, il y a des traîtres à la cause, oui, il faut les fusiller : « Y a pas d'omelette sans casser des œufs. » C'est ce qu'il dit à ses beaux-frères pour les faire taire, mais au fond il n'est pas très sûr. C'est comme quand Robespierre guillotine Danton, « c'est pas bien », dit Madeleine, mais qu'est-ce qu'on y peut ? La Révolution mange ses enfants. C'est une fatalité comme une autre, comme celle qui oblige à vendre son temps pour gagner sa vie. Et puis qu'est-ce qu'on en sait s'ils disent la vérité, les journaux d'ici ? Leurs salades, c'est toujours « tromperies et menteries ». Pourquoi il faudrait leur faire plus confiance qu'au Parti ?

Le 23 août 1939, Staline signe un pacte avec Hitler. Ribbentrop serre la main à Molotov. Les nazis main dans la main avec les communistes ? « Y a pas à dire, ça fiche un coup. » Lucien ricane : « C'est l'apocalypse des croyances. »

Mais huit jours après, le 3 septembre, la mobilisation générale recouvre tout. La guerre, on l'a vue venir, mais on a peur quand même. Lucien, Louis et René partent. Camille, exempté de service militaire à cause de son pouls lent, est réquisitionné sur place. Le nouveau régime à la gare : douze heures par jour, et pareil de nuit. Pas vraiment le temps de penser.

Le 26 septembre, le parti communiste est dissous. À la gare de Cosne, tout le monde sait qui est communiste et qui ne l'est pas. Mais personne n'est arrêté. Il faut dire que la plupart des copains sont soldats.

Ceux qui restent passent le soir chez Camille rue de Predelle. Boulineau surtout. On met du papier bleu aux fenêtres à cause du couvre-feu et on allume une bougie sur la table débarrassée. « Sûr que s'il n'y avait pas eu le pacte germano-soviétique, ils l'auraient inventé. Ils n'attendaient que ça tous les revanchards de 1936 qui prétendent que les ouvriers ne travaillent plus depuis le Front popu. Staline, il est comme Daladier, comme Chamberlain, il cherche à gagner du temps. C'est de la faute aux Anglais et aux Français qui n'ont pas voulu s'entendre avec les Soviétiques : qu'est-ce qui lui restait à Staline si son pays était pas prêt à faire la guerre et que la Russie soviétique allait se faire écrabouiller par les Allemands ? Oui mais justement : lorsque Chamberlain et Daladier avaient fait la même chose avec Hitler à Munich, on avait dit que. Et puis la grande Armée rouge : ça veut dire qu'elle ne peut pas venir à bout de l'autre crevette à moustaches ? On nous avait pourtant dit que… La survie de l'Union soviétique, la patrie des ouvriers : tout ce qui compte. Cette guerre impérialiste, elle ne concerne pas la classe ouvrière. » Mais voilà : c'est contre cet argument *gauchiste* que Camille a ferraillé pendant deux ans avec ses beaux-frères munichois.

On dit que Langumier est contre le Pacte : le député du XXe arrondissement de Paris que Camille aime bien est l'un des vingt et un démissionnaires du groupe communiste à l'Assemblée. Les camarades de Cosne disent qu'il s'est mis de lui-même en dehors du Parti. Difficile de se faire une idée avec *L'Huma* qui ne paraît plus et le contact perdu avec l'appareil à cause de la répression. Il y a des éléments d'appréciation que nous n'avons pas. Le Parti va nous expliquer.

En janvier 1940, la police descend en gare : Boulineau est arrêté comme communiste et envoyé au camp de Vaudeurs, qui était jusque-là un camp de rétention pour « indésirables », comme on appelait les immigrés clandestins avant guerre. Au camp, il y a aussi beaucoup de réfugiés républicains espagnols.

Camille se fait convoquer pour une visite médicale à la caserne de Cosne : « Si vous étiez malade du cœur, on ne vous aurait pas pris au chemin de fer comme aiguilleur », qu'il dit le gars. Résultat : expédié au service armé à Bordeaux comme fantassin. Camille envoie sa gamelle par la poste à Madeleine et Francis réfugiés à Mailly chez Jules. Il l'a toute poinçonnée avec un couteau et le fusil en guise de marteau : « À ma petite femme et à mon fils chéri. » En avril 1940, sur le front belge, ça commence à cogner dur, mais dans le Sud, on ne se bat pas, c'est toujours la *drôle de guerre.* Il y a quelques bombardements tout de même. Quand les Allemands arrivent, Camille est déjà parti à Marseille : on l'a balancé chef cuistot à l'hôpital de Caudéron. « Parce que j'ai été boucher. Là, un beau jour, le lieutenant me dit : "Allez Camille, on s'en va." Un copain qui travaillait au journal *La Croix* a pas voulu partir : "Moi je m'en vais pas. Les boches, i'vont me libérer." Manque de pot, il a fait cinq ans dans les stalags. » Lui, Camille, il est encore resté un mois avec l'armée à Bouc-Bel-Air, et a été démobilisé à Sémiane le 14 juillet comme cheminot.

À Mailly, Madeleine a installé un petit lit pour son fils dans sa chambre de jeune fille. En juin, l'avancée des troupes allemandes entrées dans Paris le 14 jette sur les routes des hordes de pauvres gens affolés : ils tirent des charrettes à bras remplies de bagages et de meubles, l'ancêtre juché là-dessus, les petits qui trottent derrière, mendient un bout de pain en passant. Parfois les malheureux traînent leur vache, un âne, des chevaux. C'est à faire pitié. Jules dit : « Moi les boches, je les attends. On en a vu d'autres à Mailly : les Vikings, les cosaques. À la Révolution, ils sont tous allés dans les bois, et nous, les Sautreau et les Camélinat, on n'a pas bougé. »

Et puis ils sont arrivés, les vert-de-gris. Leurs chars ont traversé le village à toute allure. « Ils en ont quand même s'mé kekzuns au passage : quatre-cinq Allemands ont réquisitionné la maison des Carré, les propriétaires de l'usine à balais. »

Le 10 juillet 1940, le radical Georges Boully et le député socialiste Maxence Roldes ont voté les pleins pouvoirs à Pétain, comme quatre-vingt-cinq autres députés SFIO (trente-cinq ont voté contre, dont Léon Blum). L'autre député socialiste de l'Yonne, Paul Campargue, s'est abstenu. Louis Aubry, l'ancien communiste devenu socialiste fauriste, est à présent franchement pétainiste, comme Paul Faure, du reste, le dirigeant socialiste. Robert Simon a déserté, s'est fait arrêter puis s'est évadé. Lucien a été emmené en captivité en Allemagne. On n'a pas de nouvelles de René Millereau, le copain de P'tit Louis.

P'tit Louis est revenu. Il a été fait prisonnier à la débâcle et cantonné dans le camp de prisonniers établi à Entrains-sur-Nohains, le pays de Camille. Quand le camp a été évacué et que sa colonne a été en vue du village de sa sœur Henriette au Cueillies, il a profité d'un moment de confusion à cause des vaches qui barraient la route, et il a sauté dans le fossé. Marguerite, Marcelle et Denise, la cousine de Camille, l'ont caché un temps.

Camille, revenu de Marseille, a découpé le cochon que Jules venait de tuer. Après quoi les deux hommes partent à la chasse. Le soir à la cuisine, les engueulades sont à fronts renversés. P'tit Louis qui était munichois, l'armistice de Pétain, elle lui est restée en travers de la gorge. Il gueule à présent contre le pacte germano-soviétique et l'assassinat de Trotski par le NKVD. « Mais est-ce que Charles Tillon, responsable du Parti pour tout le Sud-Ouest, n'a pas écrit un tract, le 17 juin 40, la veille de l'Appel du général de Gaulle, appelant à la lutte contre le fascisme hitlérien ? disait Camille à Radio Triage en 1982. – Oui, mais le même jour, Jacques Duclos négociait avec les Allemands la reparution de *L'Humanité* : les pourparlers ont tourné court du fait d'Otto Abetz, le gouverneur de Paris », objectait Louis.

Après manger, Camille reprend le train avec Madeleine, le petit et toutes les provisions.

En gare de Cosne, beaucoup de copains sont revenus aussi. Boulineau a été libéré du camp de Vaudeurs parce qu'il a signé le papier l'engageant à renoncer à toute activité politique, contrairement à la consigne du Parti. Camille lui dit de garder ça pour lui.

Le gouvernement de Pétain installé à Vichy constitue dès septembre 1940 des Brigades spéciales anticommunistes et lance de nouvelles vagues d'arrestations : vingt mille communistes environ sont en prison. Le Parti entre en clandestinité complète. À Cosne, au début, le travail est surtout syndical : des tracts contre la vie chère, les cadences infernales, pour gagner le maximum de copains. Certains qui étaient adhérents avant guerre ont peur, d'autres qui ne l'étaient pas viennent voir les communistes. Camille intègre Boulineau dans l'appareil clandestin.

Le chef de gare a accordé deux jours de congé à Camille, qui est convoqué par sa mère à Dampierre. Il avait pris l'habitude d'être en désaccord avec les siens, mais alors là ! « La mère, les sœurs, ils sont tous pour

Pétain, sauf Maurice le cantonnier, bien sûr, qui était SFIO avant guerre, et ses enfants : Denise et son frère. Francine, ça va encore : son mari, Ficelle, maçon à Bitry, est un brave gars, mais Gabrielle, Gilberte et Marcelle ! Alors que leurs deux maris sont prisonniers, Gilberte, la plus jeune, fait la nouba à Saint-Sauveur et Gabrielle du marché noir dans sa boulangerie. » La pire, c'est Marcelle : c'est à cause d'elle que Marguerite a fait venir Camille. Son aîné, Édouard, depuis qu'il a acheté sa terre à Lavau, n'a plus le temps de venir.

À vingt-cinq ans, Marcelle est la seule sœur de Camille à ne pas être mariée : elle s'est mis en tête de se faire épouser par le fils du châtelain de Dampierre qu'elle fréquente. La mère Guiguitte, sévère et rude, vient de découvrir des lettres d'amour, et c'est le scandale. Elle a bouclé sa fille dans la chambre du fond.

Le dimanche, vers deux heures, une belle auto blanche s'arrête devant la maison : un gandin en sort, avec son beau costume, il vient les chercher « elles deux, Marcelle et Gilberte ». C'est Goujat le bien nommé, un type à Déat, homme à tout faire et ami du châtelain. « Il met pas longtemps à remonter dans son auto, je te garantis, disait Camille en 1982. Il restait une seconde de plus, je lui foutais une toise. »

Marcelle, élevée en partie à Bourges chez le commandant Patin, était allée quelques semaines au lycée, chose rarissime chez les enfants de paysans – surtout les filles. Elle y avait attrapé une durable mythomanie, se faisant passer pour la fille du commandant ou d'un imaginaire capitaine au long cours. Depuis, elle prétend qu'elle a le baccalauréat. Tante Mathilde, désolée de ne pas avoir d'enfant, la gâtait et l'habillait comme une petite dame. Sa taille minuscule, sa maigreur de chatte nubile et une certaine distinction naturelle dans le visage triangulaire mangé par deux grands yeux verts ont fait le reste : elle s'est persuadé d'avoir un destin à part, déteste Dampierre, hait sa paysanne de mère rosse et teigne, et méprise son frère à qui elle ressemble pourtant beaucoup. Camille essaie de la morigéner, mais il ne se sent pas trop dans la peau du rôle. Elle l'impressionne, Marcelle, avec ses drôles de manières de poule de luxe, cette queue de renard qu'elle a autour du cou. Au fond, il pressent sans se le dire que ce qu'ils font tous, les enfants d'Eugène, et lui aussi Camille, c'est autant de façons de fuir la hantise de la misère et de la faim. Il réussit quand même à articuler : « Tout ce que tu vas gagner, c'est de te faire mettre enceinte, tu seras bien avancée. » Marcelle réplique sèchement que ce n'est pas parce qu'il a épousé une femme qui l'a pris comme pis-aller, qu'il faut se venger sur elle.

Stupéfait de cette méchanceté inattendue, secrètement blessé, Camille sort et se dirige vers le château. Il veut en avoir le cœur net. Le jeune marquis n'est pas là, mais son père le reçoit avec une condescendance appuyée : « Mon garçon, je vais vous parler en homme. Vous m'avez l'air d'avoir la tête sur les épaules. Mon fils s'amuse et votre sœur est, paraît-il, très spirituelle. Elle s'est jetée à sa tête, mais il n'a jamais eu l'intention de l'épouser. Si vous voulez qu'il n'arrive pas un malheur, je vous conseille de l'éloigner. »

Pendant tout le voyage, Camille se fait l'effet d'un type qui va noyer une portée de jeunes chats, il est griffé de partout. L'arrivée de Marcelle à Mailly fait sensation. Désagréable, hautaine avec tout le monde, la tigresse, comme l'appelle P'tit Louis, s'enferme dans l'ancienne chambre d'Henriette que Noémie lui a préparée, et refuse de descendre pour dîner parce qu'elle ne veut pas manger dans cette cuisine toute noire. Lucien, le frère de Madeleine, est aux anges. Il monte à la donzelle ses plateaux de repas, passe ses après-midi à lui faire la lecture, essuie avec délices ses vacheries. Le soir, impossible de s'arracher d'elle pour regagner son lit juste derrière le mur. Marcelle, qui s'ennuie, se radoucit et se renseigne : « Mais si ton père a du sou de côté, pourquoi vivez-vous comme des paysans ? » Elle lui fait promettre que, si elle accepte de l'épouser, ils changeront tout ça (grand geste circulaire). Lucien promet tout.

Le 22 juin 1941, l'URSS est envahie par la Wehrmacht. « L'entrée en guerre des Soviétiques, c'est un soulagement pour nous, disait Madeleine, ça clarifiait les choses. » Le 21 août, Pierre Georges (le colonel Fabien) descend l'aspirant Moser au métro Barbès.

Maintenant les tracts et les mots d'ordre sont clairement dirigés contre l'occupation allemande et plus seulement contre Vichy : « Plus un train pour Hitler ! »

– Le 24 août, Adam Rayski, responsable national de la MOI, l'organisation des travailleurs immigrés communistes, écoute Radio Moscou, disait Bernard à Madeleine en 2011 à Vézelay. Il entend cette phrase : « L'extermination des Juifs d'Europe a commencé. »

Pétain a devancé la politique nazie : plus de trois mille Juifs étrangers ont été arrêtés dès le mois de mai. Le 2 juin ledit « statut des Juifs » a été promulgué. À Mailly-le-Château, l'officier en retraite André Hesse, blessé de 14-18, est arrêté en même temps qu'un couple d'instituteurs de Trucy : dénoncés comme juifs par le chef de brigade de gendarmerie de Coulanges-sur-Yonne, ils mourront en déportation.

Camille s'occupe de la CGT clandestine et dirige un triangle du Front national, l'organisation politique de la Résistance communiste – dont le nom a été usurpé aujourd'hui par une organisation d'extrême droite. On se réunit par groupes de trois ; théoriquement, un seul des trois est en contact avec un autre triangle – sauf que tout le monde se connaît. « Les deux autres copains du triangle sont socialistes, Legras et Dumas ; ils adhéreront au Parti à la fin de la guerre. » Tout le monde fait tout sans distinction, travail syndical, propagande politique contre Vichy, duplication des *stens* pour sortir les tracts, distribution de *L'Humanité* clandestine (un recto-verso hebdomadaire rédigé par Duclos).

En gare de Cosne, les responsables de la CGT, du PC et du Front national, ce sont les mêmes. Nationalement aussi ça se confond. Benoît Frachon est à la fois le numéro deux du Parti après Duclos (Thorez est en Belgique, puis à Moscou), et le dirigeant national de la CGT clandestine. Auguste Lecœur est secrétaire à l'organisation et dirige la grande grève des mineurs de mai-juin 1941. Charles Tillon organise les activités de résistance : le Front national est créé en mai 1941, et sa branche armée, les Francs-Tireurs et Partisans FTP, se structure à partir de janvier 1942, unifiant les divers groupes communistes d'action directe, MOI, Jeunesses communistes, Organisation spéciale. Dans l'Yonne, René Roulot a confié l'organisation du Front national à un ancien socialiste pivertiste, André Cornillon, qui le dirige avec deux autres socialistes. Les FTP sont menés localement par des communistes, mais la direction des maquis est souvent confiée à des hommes qui ne le sont pas, comme Émile Proudhon, dit le Père Robert, petit-neveu du grand Proudhon, le socialiste libertaire qu'avait connu Camélinat : Proudhon appartient au triangle de direction départementale des FTP.

À partir de l'automne 1941, en représailles des attentats, la politique dite des otages est appliquée. En première ligne, les militants communistes emprisonnés : les otages ont souvent été arrêtés avant l'armistice par le gouvernement du radical Daladier. Par exemple l'un des plus célèbres fusillés, le dirigeant syndicaliste cheminot Pierre Sémard : il a été inculpé le 20 novembre 1939 d'infraction au décret de dissolution du parti communiste du 26 septembre et est en prison depuis trois ans quand il est passé par les armes à Évreux le 7 mars 1942. Un autre fusillé encore plus célèbre, Guy Môquet, a été arrêté le 13 octobre 1940 sur dénonciation pour distribution de tracts, en vertu de la prorogation par le gouvernement de Vichy du décret de Daladier interdisant le PC. D'où le lourd tribut payé par les communistes dès le début de la guerre : ils sont la cible majeure d'une répression très politique, même lorsqu'ils ne sont pas impliqués dans l'action directe. La répression qui les touche les transforme de fait en résistants

Dans l'Yonne, le 18 avril 1942, René Roulot est fusillé à Troyes avec deux autres copains. Le 25 avril suivant, le Migennois Pierre Picard et Abel Minard sont fusillés à Auxerre. Cinq autres militants communistes sont fusillés le 30 avril. La population est choquée par le caractère arbitraire des exécutions même si beaucoup d'apolitiques ont peur, et que d'autres sont franchement hostiles aux terroristes bolcheviks. « Tout de même une atmosphère favorable à la Résistance commence timidement à émerger à partir de fin 1941 », disait Madeleine.

Le 5 août 1942, Madeleine accouche à Cosne de son second fils. Elle le prénomme Bernard – en hommage à Bernard Palissy, le potier chercheur d'absolu. En octobre, deux mariages sont célébrés en même temps à la mairie de Mailly-la-Ville et au bal de l'Étoile : Lucien épouse Marcelle, et P'tit Louis la cousine de Camille, la jolie, pimpante et très gaie Denise Patin, aussi gentille et simple que Marcelle est peste : elle est la fille de Maurice le cantonnier SFIO, le seul membre de la famille de Camille à ne pas être catholique et de droite.

Jacques et Lucette Vattaire, les deux amis d'enfance de Lucien et Louis, assistent au double mariage : les enfants du maquignon de la maison d'en face « sont très bien avec les Allemands ». Marcelle est liée avec les deux élégants jeunes gens, elle s'est mise en frais pour eux dès qu'elle a daigné sortir de sa chambre : enfin des gens convenables. Il a fallu que Camille interdise à sa sœur d'inviter à son mariage l'officier allemand qu'elle a rencontré chez eux.

Dans un coin de la salle du bal, à l'Étoile, vers minuit, Georges Bernard, René Millereau et Louis, Denise, Camille et Madeleine s'agacent de la présence des enfants Vattaire. René et Louis voudraient faire quelque chose contre l'occupation, mais depuis que Camille et Madeleine sont partis, ils ont perdu tous les contacts. Madeleine leur explique ce qu'est le Front national : « Vous avez qu'à nous rejoindre, nous au Parti on est organisés. Je sais que vous avez vos idées, mais après la guerre, quand on aura gagné, vous reprendrez votre liberté. » Camille dit qu'il *faut ouar*, mais que le plus urgent est de trouver moyen d'éloigner les Vattaire de Lucien et Marcelle. René et Louis adhèrent au Parti quelques jours après.

Un matin, Camille et des hommes du service de la Voie prennent le train pour aller réparer un tronçon du côté de Tracy-Sancerre. Vingt gars du Service du travail obligatoire ont été embarqués avec eux. « Arrivés à la gare de Tracy-Sancerre, les Allemands sont sur le quai à contre-voie. Neuf des gars sautent du train et courent jusqu'au petit bois qu'est près de la gare. Là ils n'ont plus qu'à se cacher dans les anciennes carrières. Le train redémarre, on se tape dans les mains : les *bahnhofs* ont été joués. Un gars de chez nous est allé les chercher dans les carrières pour les emmener dans une ferme qu'était des nôtres. » Des groupes FTP, la branche armée du Front national, se mettent en place, et organisent les premiers sabotages de voies.

Un jour d'octobre 1943, Albert Meunier vient frapper chez Jules. Il est un des cinq principaux dirigeants clandestins du parti communiste dans l'Yonne. C'est dans la cuisine noire que se forme, comme la cellule dix ans avant, le groupe sédentaire du Front national de Mailly, avec les mêmes : de jeunes hommes, René Millereau (il a vingt-cinq ans), Louis et Lucien Sautreau (vingt-trois et vingt-neuf ans), et de plus âgés comme Gustave Joublot (quarante-cinq ans), Émile Paris, fermier à côté de la gare, Georges Bernard, le patron du bal de l'Étoile, Bourgeois, Puissant, Lebreton d'Avigny. Tous ceux de la cellule de 1932. Le groupe est baptisé… Camélinat. Évidemment.

Les Vattaire, les enfants, Jacques et Lucette, et leur mère, sont repartis à Paris. On dit que Marcelle a couchaillé avec Jacques, et que Lucien pour ne pas être en reste a fait de même avec Lucette. Ça s'est mal terminé : ils se sont fâchés. Lucien et Marcelle se sont rapprochés de Louise et Denise, et « comprennent la situation ».

– Il était temps, disait Bernard à Madeleine.

Le groupe sédentaire de Mailly héberge les responsables du Front national ou des FTP, cache les copains recherchés : c'est surtout Georges Bernard et les Paris qui s'en chargent. À partir du printemps 1944, Paris ravitaille les maquis alentour en nourriture, mais aussi en armes. Les armes sont stockées derrière la forge, dans le puits sec. Les deux femmes, Marcelle et Denise, vont chercher les tracts à bicyclette à Coulanges-la-Vineuse chez André Vildieu, et elles apportent les paniers préparés par le père Paris jusqu'à la cabane en bois au cœur de la forêt du Frétoy. Elles aiment ça quand les hommes du maquis les accueillent avec les yeux allumés et de grands rires. Un jour, la fille au père Paris, Germaine, qui n'a pas quinze ans, fait le chemin jusqu'au maquis d'Avigny avec une guirlande de grenades planquée autour de la taille, sous sa robe.

Fin février 1944, René, Louis et Ernest Pavard vont se poster sur la route de Courson : ils arrêtent des paysans qui venaient livrer leurs chevaux aux Allemands à cause de la réquisition ; ils s'emparent des chevaux et les renvoient chez eux. René est armé d'un revolver, Pavard d'un simple bâton et Louis… de sa pompe à vélo.

René, qui est célibataire et a perdu ses deux parents à trois jours d'intervalle en août 1941, s'engage à fond. À partir de début mars 1944, il devient l'adjoint d'André Chamfroy, le CER (Commissaire aux effectifs régionaux) des FTP de l'Yonne, sous le pseudonyme de Commandant Max, recrute des volontaires, organise les maquis FTP sur toute la moitié sud du département, particulièrement celui des bois d'Avigny : le maquis Camille Desmoulins, intégré plus tard à la compagnie Colbert. Sa haute taille élégante et sa timidité, son grand visage allongé à la Albert Camus encadré par les cheveux crépus et les gros sourcils, son caractère doux et les mots qui se bousculent dans sa bouche, son regard triste et passionné, tout cela inspire sympathie et confiance. Il circule à bicyclette et est le bienvenu partout. Madeleine est très fière de René, de dix ans son cadet, le copain de P'tit Louis, le petit-neveu de Camélinat, très fière de l'avoir incité à rejoindre la Résistance communiste, elle parle tout le temps de lui. Jusqu'à sa mort, elle en parlera avec des tremblements dans la voix.

Après la mort de Pierre Picard, le cheminot fusillé par les Allemands, Louis Riglet, un charpentier communiste venu du dépôt de Villeneuve-Saint-Georges, a remonté un groupe FTP en gare de Migennes. Le 25 août 1943, il a fait sauter dix-huit locomotives, et le 25 septembre une grue de cinquante tonnes. Pour l'anniversaire de la mort de Pierre Sémard, le 7 mars 1944, Riglet et Séguinet décident de faire dérailler un train de munitions à hauteur du pont aux Vaches sur la ligne d'Auxerre, dite du tacot. Georges Laurent, Dédé Bruchard et Soupirot, « qui seront des copains après guerre », disait Camille en 1982, vont chercher le matériel de sabotage chez le boulanger de Cheny, Abel Carré, et commencent à déboulonner les éclisses. Mais les boulons résistent, ils réussissent quand même à détirefonner et à écarter le rail. À vingt et une heures, le convoi passe, roulant sans encombre sur un seul rail pendant une dizaine de mètres. Séguinet donne l'ordre de détourner le second rail pour le train suivant : un train de troupes allemandes. Le conducteur, Robert Lapeyre, a été prévenu. Il ne ralentit pas et se met en balançoire pour amortir le choc et être éjecté de la locomotive. Trente-cinq militaires allemands sont tués, les blessés sont innombrables, le mécanicien-conducteur est indemne, mais le chauffeur est grièvement blessé.

Dans la nuit du 31 mars au 1er avril, la maison de Riglet est cernée. Il est conduit enchaîné à la prison d'Auxerre. Pendant quatre jours il est torturé. On le conduit devant chaque FTP emprisonné. Abel Carré le boulanger de Cheny est l'un d'eux. À chaque fois, Riglet répond rageusement : « Non je le connais pas », et reçoit des coups de charbonnette sur la tête et dans le ventre. Les gestapistes se relaient pour le frapper jour et nuit à coups de barre de fer et de nerf de bœuf. De plus en plus faible, il trouve encore la force de leur cracher à la face. Cela dure, dure plus longtemps que toute une vie, jusqu'à ce que son corps sanglant glisse à terre complètement désarticulé. Il meurt sans avoir parlé. Il avait trente-quatre ans.

Le 17 avril 1944, les Allemands arrêtent Gustave Joublot à Mailly : il a été dénoncé par un type de Châtel-Censoir. Jules, qui est en train de ferrer un cheval devant la forge, le voit sortir de chez lui menottes aux poignets et monter dans le car, où deux autres hommes ont déjà été embarqués : Jules Lacombe, qui tient le café-hôtel près de la gare, et son fils, tous deux affiliés à un autre réseau de résistance, proche des socialistes, Libération-Nord. Joublot regarde Jules : il a son visage habituel, rond et jovial, à peine plus grave. Sa femme, muette et digne, essaie de lui attraper encore le bras, mais les chleuhs l'écartent. Elle tombe. Jules traverse la rue pour l'aider à se relever. Les Allemands s'arrêtent une centaine de mètres plus loin devant l'hôtel de l'Étoile. Quand Georges Bernard voit le car arriver, il s'effondre sur une chaise : ce jour-là, il héberge Robert Loffroy et son adjoint Guy Garoche, les deux dirigeants FTP de l'Yonne. Il est persuadé qu'ils viennent pour lui et pour eux. Mais le gradé allemand lui demande seulement son chemin.

Madeleine et Camille, prévenus, arrivent à Mailly le lendemain, et à la nuit ils aident à déménager le matériel qui est à la forge : les tracts sont brûlés et les armes planquées chez les Vattaire qui ne sont pas revenus de Paris. Marcelle et Lucien ont les clés de la petite maison de derrière : tout est monté dans leur grenier. Lucien et Louis se réfugient dans la maison du chef de gare. Madeleine et Camille repartent à l'aube à Cosne.

Gustave Joublot est torturé pendant deux jours à la Kommandantur d'Auxerre. Il ne parle pas. Aucun membre du groupe Camélinat ne sera inquiété. Sa femme reçoit par la poste un paquet qui contient le linge ensanglanté de son mari. Lacombe reviendra de déportation, mais Joublot, déporté à Dachau puis à Flossenburg, sera exécuté à la mitrailleuse lors de l'évacuation du camp en avril 1945.

Une nuit que Camille est de service en gare de Cosne, deux gars surgissent d'entre deux wagons : un curé et un camarade nommé Brissé, un gars de Dampierre. Ils viennent de se sauver de la prison de Cosne grâce à un sergent de ville natif de Bitry (un petit patelin à côté de Dampierre) : « Le sergent, il leur avait dit : "Vous me foutrez un coup de poing dans la gueule." Mais alors, les deux autres, ils l'avaient rudement matraqué ! » Le pauv'gars de Bitry lui avait montré après, à Camille, les traces des coups. « Mais c'était pour son bien. » Camille va trouver les deux copains du triangle, Dumas et Legras. Ils vont tous au vestiaire, et le curé et le camarade, on les habille en cheminots. On dirait que ça dure des heures, « pas facile de trouver tout ce qu'i'faut à leur taille ». En sortant, Camille tombe sur le chef de section, Baucher, qui cause avec un *bahnhof* : l'alerte a été donnée de l'évasion des deux prisonniers.

Camille sait que son chef de section, Baucher, qui est lieutenant de réserve, l'aime bien. Il joue le tout pour le tout : « Fallait laisser le temps aux deux copains de se sauver avant que les chleuhs rappliquent avec les chiens. » Baucher accepte de le suivre dans le bureau du service de la Voie, et là, Camille lui montre le matériel : les machines à photocopier, les ronéos, les réserves de papier : « C'est notre QG. » Le chef de section regarde, ahuri : « I'peut pas le croire. Le QG de la Résistance communiste, dans son bureau, à lui, Baucher. » Camille sort un paquet de tracts de dessus l'armoire en fer, des stens, des *Huma,* des pains de plastic, les crayons de cuivre rouge, les ampoules d'acide, et ajoute : « C'est ici qu'on tire les tracts, et le reste. » Baucher est blême : le QG de la Résistance, c'est *son* bureau. Désormais, il est dans le bain.

Quand Baucher et Camille ressortent, un train de marchandises s'ébranle sur la première voie : les deux copains sont cachés dedans, sauvés.

Le contact est pris avec le maquis du château de Bannay. Il ne s'agit plus de planquer des hommes ni du matériel de propagande, mais de faire passer des armes.

Le marquis de Vogüe dirige le maquis : « Vogüe, le président des verreries de Saint-Gobain, c'était un antisyndicaliste et un anticommuniste, mais faut dire la vérité, ce Monsieur à l'époque, il était résistant, il était contre les Allemands, il était contre l'occupation allemande de la France. Et c'est chez lui, dans son château, qu'i'y avait tout le matériel des responsables du Cher. Après la guerre, comme de juste, il a repris ses anciennes habitudes et il nous a laissés tomber. Boulineau le disait bien, quand il passait le soir rue de Predelle : "On va libérer le pays, on se bat, on paie le prix fort, et puis après, les ingénieurs, les inspecteurs, les patrons, i'vont revenir nous manger la laine sur le dos, comme si de rien n'était. Ça recommencera tout comme avant, et on sera les dindons de la farce." »

Le lendemain matin, Camille est dans son jardin en train de bricoler. « Qu'est-ce que je vois en levant la tête, un flic français. Ils étaient trois. Si encore ça avait été des Allemands. Ils venaient voir si j'avais pas caché le curé et le camarade chez moi. » Les Allemands étaient restés plus loin, ils encerclaient le quartier avec les chiens. Ils fouillent partout, voient la carte du front russe sur le mur, mais heureusement pas les cartouches dans le pot à salé. Ne trouvent personne.

« Mais tandis qu'i'restaient là, qu'i'partaient pas, ils en envoient d'autres à l'école de mon fils Francis. Ces policiers français, avec l'impudence de la collaboration, ils ont été chercher mon fils de sept ans à l'école pour l'interroger. Ils lui ont offert des bonbons pour qu'ils dénoncent ses parents, et même des sous, pour qu'il dise s'il n'était pas venu quelqu'un à la maison, si quelqu'un n'avait pas couché chez nous. Et mon fils, il a dit : "Non, y est venu jamais personne chez nous." Ils ont insisté, mais il a tenu bon, il a dit : "Y est venu personne !" Il serait venu quelqu'un, n'importe qui aussi bien, coucher chez nous, même que ça aurait pas été le camarade qu'ils recherchaient, l'histoire aurait pu s'arrêter là », ajoutait Madeleine à Radio Triage en 1982. « Surtout que j'étais pas très aimable avec les *bahnhofs* en service, disait Camille. Boulineau me le disait toujours en rigolant : "Toi, Camille, tu parles trop." »

C'est vrai qu'il parle avec tout le monde, Camille. Tout le monde sait qu'il est communiste, et il continue d'aller tous les dimanches au marché. Il compte sur le fait qu'il est « bien aimé », bien au-delà du cercle des gars du syndicat et du Parti. En un sens c'est un atout, parce qu'il est toujours au courant de tout. Mais il y a des camarades FTP qui commencent à trouver qu'il fait trop le fanfaron, qu'il ne respecte pas les règles de la clandestinité, qu'il prend trop de risques.

Madeleine a peur qu'il se fasse arrêter, qu'on lui demande ses papiers au marché, qu'il se fasse emmener en Allemagne comme juif à cause de son prénom de baptême, Moïse. Elle sait que les Juifs, ils n'ont aucune chance de s'en sortir. Un midi, les sirènes retentissent. Une peur panique la prend. Elle se met à trembler. Peut-être aussi parce qu'elle est à nouveau enceinte et que ça l'affaiblit. La nourriture, malgré les provisions de Mailly, devient de plus en plus rare.

La voie stratégique militaire avait été remise en état de marche en septembre 1939 par Camille et les hommes d'équipe : les croix de Saint-André qui la barraient avaient été enlevées. Elle traverse la gare de triage et passe directement sur les arcs-boutants pour s'en aller sur l'est. Les trains de munitions passent par là, et elle a souvent été sabotée. C'est elle que les bombardiers alliés visent.

Quand les sirènes hurlent la fin de l'alerte, Madeleine remonte de la cave avec Francis, Bernard dans les bras, mais le tremblement ne s'arrête pas. Tout à coup un hurlement : « Madeleine ! » C'est Camille qui balance son vélo par terre et se jette sur elle hors d'haleine, fou d'inquiétude.

Le 6 juin 1944, les Anglo-Américains débarquent. Dans quelques villages, le Front national, les FTP et les Milices patriotiques nouvellement créées prennent les mairies et plantent le drapeau tricolore. Mais l'insurrection échoue, la population ne suit pas. Les communistes sont obligés de se replier sur les maquis. Il y a des dénonciations.

Sur la carte du front russe affichée dans sa cuisine, tous les jours, avec des épingles, Camille marque l'avancée des troupes soviétiques. Un matin, il entre dans le bureau du *bahnhof* pour une obligation de service, et il le trouve en train de changer de place des petits drapeaux nazis sur la carte affichée derrière son bureau. Il fait le tour du bureau, et lui prend les drapeaux des mains : « Non, les Russes, i'sont déjà là, là et là. » Le *bahnhof* est tellement estomaqué qu'il se tait. « Il avait peut-être ses raisons », ajoutait Madeleine.

René Millereau, le copain de P'tit Louis, devenu le Commandant Max chez les FTP, décide de venger Riglet et Joublot en faisant sauter les trois plaques tournantes du dépôt de Migennes le 14 juillet. Georges Laurent est allé chercher les explosifs à la Fourchotte. En arrivant en gare, il se fait arrêter par un barrage de *feldgendarmes* qui lui ordonnent d'ouvrir sa sacoche. Il l'ouvre : dedans son casse-croûte et sa chopine de piquette. Les autres le laissent passer : le matériel était planqué dessous. Les explosifs sont préparés pendant la nuit chez Gisèle, l'infirmière du dépôt : trois grosses boules de plastic, deux petites et deux petites bombes aimantées. Vers seize heures trente, André Dessèvre, dit Dany, tout petit et très agile, plonge dans la première fosse, place l'explosif sous la plaque tournante et plante le crayon détonateur. Même chose dans la rotonde centrale. René fait le guet ; un Français habillé en bourgeois s'approche de lui : « Que fait votre camarade ? » René, plus élégant que jamais dans ses culottes de golf, le regarde de son air calme et désabusé : « Il est ingénieur, il vérifie que tout fonctionne bien. » L'homme, peu convaincu, s'apprête à donner l'alarme. René lui colle dans le dos le canon de son revolver camouflé sous sa veste, et l'oblige à se diriger vers la troisième rotonde. Dany plonge dans la troisième fosse. Il leur reste dix minutes pour aller placer des charges d'explosifs sur les voies principales. Les deux bombes aimantées sont accrochées à deux locomotives déjà sous pression, conduites par des Allemands. Après quoi René et Dany libèrent leur otage et se mettent à courir aussi vite qu'ils peuvent. Dany lance au passage une grenade sur le transformateur pour couvrir leur fuite. Dix-sept heures vingt : deux premières explosions retentissent : les voies. René et Dany ont enfourché leurs vélos. Les rues de la cité sont pleines de monde, on les laisse passer. Dix-sept heures vingt-cinq : la première plaque tournante saute. Cinq minutes après, c'est au tour de la rotonde centrale : les vitres se brisent, la terre tremble. Une pauvre vieille croit à un bombardement : « Les salauds, ils n'ont même pas donné l'alerte », l'entend dire René. Cinq minutes encore : la dernière plaque tournante explose. René et Dany sont loin : ils ont atteint l'Yonne. Gisèle et Valéry, l'éclusier de la Gravière, les attendent dans une barque. « Riglet serait content », dit René. Gisèle en larmes le serre fort.

Depuis la fin juin 1944, les FTP sont entrés dans l'état-major FFI où ils sont représentés par René/Max. Deux chefs d'état-major FFI successifs du département sont arrêtés coup sur coup, Ancel le 4 juillet et Choupot le 17. Adrien Sadoul, dit Colonel Chevrier, leur succède et ne fait pas l'unanimité. C'est un homme de droite et même très à droite, qui s'oppose aux représentants locaux du Conseil national de la Résistance, constitué dans le département par un socialiste de Libération-Nord, d'où la surreprésentation socialiste : trois socialistes, un communiste, un républicain de droite.

Un soir, à Cosne, après son service, Camille va au café de la gare avec le chef de la manutention. La radio est à fond : Pétain fait un discours. « Le sang me monte à la figure et j'dis tout fort : "C'est-il pas malheureux, un vieillard comme ça, qui peut pas crever pendant qu'y a tant de jeunes qui meurent !" L'Allemand se lève. Y avait deux gendarmes avec lui, Lelièvre que je connaissais, et un autre. Ils m'ont appelé. L'Allemand a dit avec son accent : "Emmenez-le." Arrivés rue Zardayan, vers le carré des cheminots, on appelait comme ça la cité, Lelièvre me détache : "Allez, fous le camp." Tous les policiers étaient pas des collaborateurs, y avait quand même kèk'gendarmes qu'étaient honnêtes. Je suis rentré à la maison où Baucher est venu me dire de quitter la ville immédiatement. Les Allemands venaient pour m'arrêter. C'est comme ça que je me suis retrouvé au maquis. »

Un mois avant la libération de Cosne, Camille rejoint le maquis du château de Bannay à vélo. Madeleine et ses deux fils, comme convenu, se réfugient à Dampierre.

À Mailly-la-Ville, ça chauffe fort. Le 22 août, Léon Fermier, un employé de la gare, prévient Lucien qu'un convoi hippomobile allemand fait mouvement vers le village par la route du Parc. P'tit Louis réunit les copains du maquis d'Avigny dirigé par Michel Feldmann, dit Armand, basé aux Avillons, et ceux de la compagnie La Marseillaise, à laquelle le groupe Camélinat a été intégré. Les hommes se disposent de part et d'autre de la route encaissée derrière les rochers. Quand le chariot apparaît dans le barrage, un premier coup de bazooka tue les deux servants allemands, deux chevaux et un chien-loup. Des rafales d'armes automatiques se répondent de part et d'autre. Les Allemands s'enfuient dans les bois en tiraillant, d'autres se replient sur Mailly-le-Château avec leur capitaine, en abandonnant tout le matériel. Le butin récupéré est précieux pour la Résistance : vingt-quatre fusils-mitrailleurs, un chariot de caisses de cartouches de chargeurs FM, un chariot de grenades, du linge militaire, des colis destinés aux prisonniers de guerre volés à Mont-de-Marsan, du vin fin et des denrées alimentaires provenant de réquisitions ou de pillages. Lucien écrit dans son cahier le lendemain : « Le soir, les deux colonnes du groupe Camélinat et du maquis Marceau, le premier chante *L'Internationale*, le second *La Marseillaise*, se rejoignent devant le café de la Mère Hamelin (aujourd'hui place Joublot) sous les vivats et les applaudissements de tout le village. Tout le monde se retrouve ensuite à l'Étoile où Georges Bernard a préparé un immense rata haricots-pommes de terre. » Deux jours plus tard, le groupe Camélinat et la compagnie La Marseillaise entrent dans Auxerre libérée sous la conduite du lieutenant Giot.

Quand les gars du maquis arrivent dans Cosne, les boches sont toujours à Mesves-Bulcy. « Un homme habillé en commandant arrive et déclare : "Ici c'est moi qui commande." J'y réponds : Écoute, tu me permettras de t'dire que v'là quinze jours, tu baptisais ton gosse, et qu'y avait quarante boches au baptême. Alors fais-moi le plaisir de rentrer chez toi, parce que sans ça, tu vas t'en ressentir autrement, ça va te péter dans les dents. Le gars se l'est pas fait dire deux fois », racontait Camille à Radio Triage.

Le lendemain, des jeunes gars de vingt-deux, vingt-trois ans, des types des Milices patriotiques formées sur ordre du Parti et qui recrutent un peu n'importe qui, ramènent dix jeunes filles pour qu'on leur coupe les cheveux : « Qu'elles avaient soi-disant couché avec des Allemands. Alors là, avec le camarade Boulineau, on leur a dit : "On va aller ensemble rue Saint-Aignan voir les belles femmes de ces messieurs qui prenaient le thé la semaine passée avec les officiers allemands, et c'est à elles qu'on va couper les cheveux. Après seulement on coupera les cheveux aux p'tites filles." Et il s'est passé que, quand on est arrivés rue Saint-Aignan, toutes ces femmes qui faisaient les jolis cœurs avec les Allemands kèk'jours avant, elles étaient p'us là. Les bourgeois et les patrons de Cosne, ils étaient partis, leurs commis tenaient les boutiques. C'était pourtant eux les vrais collaborateurs : ils ont été partis trois ou six mois, et puis ils sont revenus. Mais j'te garantis qu'les petites filles, elles ont grandi avec leurs ch'veux. »

Camille et Madeleine trouvent que certains résistants ou pseudo-résistants sont de « petits voyous ». Ils ont toujours été un peu sceptiques concernant certaines actions, comme l'assassinat du maire de Joigny, abattu d'une balle dans la nuque le lendemain de la Libération : ils ne trouvent pas que ça mérite qu'on s'en vante.

– Ils n'exprimeront jamais aucune nostalgie à propos de l'époque violente qui vient de se refermer, seulement de l'horreur, disait Madeleine à JC.

La seule fois où Madeleine a entendu Camille raconter la Résistance, c'est à Radio Triage, en 1982.

Et en même temps qu'ils pleurent tous leurs morts, la rage de voir des maires et des conseillers municipaux mis en place par les préfets de Pétain reconduits comme si de rien n'était : à Avallon par exemple, ou bien à Auxerre, la reconduction dans ses fonctions du maire pétainiste Jean Moreau, ou encore à Vézelay, la famille Flandin qui va régner sur le conseil général de l'Yonne jusque dans les années 1970 alors que Pierre-Étienne Flandin a été ministre de Pétain. Les comités locaux de Libération sont investis par des résistants de la veille, voire du lendemain, et les nouvelles autorités ne sont en rien représentatives de la population résistante ultra-minoritaire : cinq cent trente-quatre résistants tués dans l'Yonne, la Résistance comptait peut-être dix fois ce nombre pour l'ensemble du département, et sûrement moins. Il n'y a jamais eu autant de résistants qu'après la Libération.

Un matin, Camille monte dans l'autocar d'Auxerre pour aller rejoindre Madeleine à Mailly. Sur la rangée de droite, un visage connu appuyé contre la vitre : Langumier. Ce qu'il voit, c'est d'abord le député du XXe arrondissement de Paris qu'il a tant admiré avant guerre. Et puis il voit le traître. Quitter le Parti au moment du pacte germano-soviétique alors que les communistes étaient interdits et emprisonnés est une impardonnable trahison. Mais l'ancienne sympathie l'emporte – ou l'insurmontable besoin de contact de Camille. Il va lui serrer la main. L'autre lui sourit, reconnaissant de ce geste. Camille ne peut pas s'empêcher de lui dire, par foncière honnêteté, et porté par des sentiments plus troubles (– la peur qu'il a de sa propre violence, disait Madeleine à JC) : « Écoute, Langumier, j'comprends pas ce que tu fais là, tu devrais quitter le coin. Si les gars te chopent, ils te foutent une balle dans la tête. »

Les déportés et les prisonniers sont revenus. Des ombres d'hommes. Camille et Madeleine ont appris : les Juifs dans les chambres à gaz. Ils avaient toujours su que, comme juif, on n'avait aucune chance de s'en sortir. L'homme qui dirigeait le maquis des Avillons (hameau de Mailly) était un intellectuel juif allemand, Michel Feldmann : clandestin total, il s'était improvisé bûcheron. Il y avait d'autres Juifs étrangers dans la Résistance, comme l'ingénieur hongrois André Berckowicz. Personne ne pouvait ignorer que ceux-là « n'avaient rien à perdre ». Mais ça. Les camps d'extermination. Les chambres à gaz. On sait que c'est vrai, et pourtant c'est difficile à croire.

Une antenne de propagande des FTP-MOI avait été montée à Carisey dès 1942 par des Espagnols. Ils orientaient les immigrés vers les autres maquis où il y avait beaucoup d'étrangers : des républicains espagnols, des Italiens, des prisonniers soviétiques évadés, des Annamites et des Indochinois, des tirailleurs « nord-africains, comme on disait », disait Madeleine. Le groupe Mohamed de la compagnie Michel avait participé à l'attaque du convoi hippomobile à Mailly. L'un de ces Nord-Africains, connu sous le nom de Ahmed, est mort en déportation. Ils étaient pour la plupart les « indésirables » des camps de rétention d'étrangers mis en place par les gouvernements républicains bien avant que les Allemands n'entrent dans Paris et que les députés ne votent les pleins pouvoirs à Pétain. Le nationalisme xénophobe d'avant guerre avait pour le moins facilité la tâche du gouvernement pétainiste et des nazis.

Sur le quai de la gare, à Auxerre, Raymond, le mari de Gabrielle, descend d'un convoi de prisonniers : une jeune fille s'est approchée de lui avec un bouquet de fleurs. Il lui envoie deux gifles dans la figure. De quoi est-ce qu'on vient le féliciter ? Cette France collaborationniste largement épargnée par la guerre, il a envie de lui cracher dessus. Dans le monde, soixante-huit millions de morts. Sept fois plus qu'en 1914. Six millions de Juifs exterminés. En France, trois fois moins de morts qu'en 14.

À Cosne, Camille est au comité de section du Parti et responsable à la propagande : il organise une exposition itinérante sur les crimes nazis. Sur les panneaux, les photos des monceaux de cadavres découverts dans les camps d'extermination par les troupes américaines et soviétiques. Les clichés lui ont été envoyés avec le dossier du Xe Congrès du PCF qui a eu lieu le 26 juin 1945.

Dans les années 1970, Madeleine les découvrira dans le grenier de la maison de Migennes.

Alors certes, le cauchemar est fini. Certes, sur la place de Cosne, Hitler a été brûlé en effigie. Certes ce jour-là, André Marty, le marin de la mer Noire, a pris Francis dans ses bras. Certes il ne manque que quelques voix à Camille pour être élu conseiller municipal à Cosne. Certes, quatre-vingts copains adhèrent, cent au parti communiste en deux jours.

Que ne sont-ils venus avant ?

Le droit de vote des femmes a été proclamé par ordonnance du Gouvernement provisoire le 5 octobre 1944, malgré l'opposition d'une partie de la droite et des radicaux, et les femmes votent aux municipales d'avril 1945. Jules et Camille répètent avec un mépris appuyé (est-ce une crainte ou un souhait ?) : « Elles vont voter comme leur mari. »

« Comme de juste », ajoutait encore Madeleine dans les années 1970, au grand scandale de sa petite-fille Madeleine.

La nuit de Noël 1944, Madeleine a mis au monde un petit Simon-Gabriel. Elle se promène d'un bout à l'autre du deux-pièces-cuisine, son bébé dans les bras, tout en surveillant les enfants qui jouent dans la cour : Francis, sept ans, Bernard, deux ans et demi. Ils brûlent la poupée à Dédée Hilaire, la fille de la voisine, qui pleure, comme ils ont vu faire sur la place avec l'effigie de Hitler. Cela fait deux jours que Simon-Gabriel ne dort pas et Madeleine non plus. Son bébé tousse, il pleure, il tousse, il suffoque, il tousse, il devient tout bleu. Le docteur est venu le matin : une bronchite. Bernard tousse aussi. Elle lui crie de rentrer. Il n'entend pas.

Une nuit, la petite boule de chair chaude, les yeux écarquillés, ne trouve plus le souffle. Simon-Gabriel est mort.

C'est le soir. Camille est de nuit. Le corps est dans le petit cercueil ouvert sur la table de la cuisine. Une ampoule nue au plafond l'éclaire. Madeleine se tient les mains pour s'empêcher de toucher son bébé. Au moindre bruit, elle tressaille : peut-être qu'il respire. Peut-être qu'il est vivant. Cela fait mille fois qu'elle vérifie depuis la veille. Mais non. Il est froid. Dur. Elle ne veut pas qu'on l'enferme dans cette petite boîte. Bernard appelle. « *Manman !* » Sa voix caverneuse s'étrangle dans une quinte de toux. Madeleine s'essuie les yeux avec sa manche. Dans l'autre lit, Francis dort. Son souffle à lui est paisible et régulier. Les grands yeux de Bernard creusés par la fatigue et la maladie : « *Manman,* le drapeau rouge, il est tombé. » Madeleine raccroche le drapeau rouge au-dessus du lit de son fils. Tous les soirs avant de dormir depuis qu'il est malade, il embrasse le drapeau rouge que lui a donné son père, et il faut le remettre en place, toujours de la même manière, au-dessus du lit, entre les clous plantés par Camille. Sinon Bernard pleure.

À Mailly, le petit cercueil a été mis en terre dans la deuxième allée à gauche. La quatrième rangée. La troisième tombe. Le trou. À côté d'Élise. *À notre fils et frère chéri, décédé le 23 février 1945 à l'âge de deux mois. Regrets.* Il fait froid. Madeleine s'éloigne pour pleurer dans son mouchoir. Là-bas, tout au fond à gauche, Camélinat. C'est comme si elle accrochait sa propre dépouille à cette plaque qui vient d'être posée par le Parti :

> Zéphirin Camélinat (14 septembre 1840-5 mars 1932).
> Directeur de la Monnaie sous la Commune.
> Militant fidèle du parti communiste de 1920 à sa mort.

La plaque, commémorant le centième anniversaire de la naissance du communard, aurait dû être posée en septembre 1940, mais il y a eu la guerre. Lui ne mourra jamais : « Il est l'espérance et la résurrection. »

Le médecin dit que Bernard aussi est condamné. Son enfant est là-haut dans sa chambre de jeune fille. La respiration sifflante, comme un soufflet de forge, les yeux collés par la fièvre. Contre l'avis de tout le monde, Madeleine fait appeler le docteur Lamasson, un médecin homéopathe qui était de la Résistance à Arcy-sur-Cure. Lucien va le chercher. Elle guette toute la journée. Le soir enfin, il arrive.

Toutes les deux heures, deux gouttes de ce flacon-ci, et trois gouttes de celui-là. Deux gouttes de ce flacon-ci, trois gouttes de ce flacon-là.

Le docteur Lamasson n'est pas optimiste, mais si le petit passe la nuit, il est sauvé.

Dans la maison, la famille rassemblée, venue pour l'enterrement de Simon. Tout le monde veille le mort et le mourant. La respiration de Bernard est de plus en plus faible.

À l'aube, on ne l'entend plus. La mère Guiguitte se penche sur le lit pour lui faire avaler les gouttes de médicament. L'enfant ouvre les yeux : « Va-t'en, c'est pas toi, c'est *manman*. »

Dix fois, cent fois Madeleine a raconté à Madeleine la résurrection de son père.

– Ma mère m'a fait naître deux fois, disait Bernard en 2011 à Vézelay.

Bernard est deux fils à la fois, le mort et le ressuscité. Il a pris la place de l'autre : celui qui était né la nuit de Noël. Il est tous les morts de Madeleine qui n'auraient pas dû mourir. Tout le monde l'appelle Bébé.

X

Les staliniens de Migennes
Camille

> « C'était déjà du socialisme de construire un chemin de fer là où il y avait un canal. »
>
> Karl Marx, *Le Dix-Huit Brumaire de Louis Bonaparte*, 1852.

Migennes, la ville où je suis née, est *moderne* comme Camille. Ce n'est pas loin de Mailly, à cinquante kilomètres au nord, à soixante-dix kilomètres de Vézelay, et pourtant c'est déjà un lieu d'exil, sur les marches de l'ancien duché de Bourgogne, un ou deux vallons avant que ne commencent les grandes plaines de l'Île-de-France au nord-ouest, et le plateau de Langres à l'est. Le Vieux-Migennes du Moyen Âge est juché sur une colline au nord de la confluence marécageuse de l'Yonne et de l'Armançon. Les Romains avaient nommé *Mitigana*, milieu des marais, ces lieux régulièrement envahis par les eaux. Les hommes de la révolution industrielle ont construit là un canal creusé entre l'Armançon et la colline, puis un chemin de fer : la ligne Paris-Lyon-Marseille. Au nord des voies, la ville proprement dite sur les flancs de l'ancien village. Entre les voies et l'Armançon : le quartier cheminot. À l'ouest, le port.

Camille est nommé aiguilleur au poste III en gare de Migennes en mars 1946. Il s'entend tout de suite bien avec les meneurs de la cité rouge. Les anciens de la grande grève de 1920, autonomes, durs à cuire, gueulards, ce sont tous des fils de paysans ou d'artisans, comme lui.

Marcel Thibault est fils et petit-fils de gueules noires, arrière-petit-fils de forgeron. Il habite la première maison et longtemps la seule du Bout-de-Cheny, comme on disait au début du siècle : elle a été construite par son grand-père vers 1860 à deux cents mètres du pont de l'Armançon. « Migennes a le même âge que le mouvement ouvrier » : au café du Rond-Point, en bas du pont du chemin de fer qui relie les deux parties de la ville, Marcel Thibault raconte à Camille la naissance de la ville américaine, comme on l'appelle aussi.

D'abord, il y a eu les *canalous*. Le canal de Bourgogne commence ici, là où l'Armançon, venant du sud-est, se jette dans l'Yonne, qui descend plein sud. Henri IV en avait conçu l'idée au début du XVIIe siècle pour relier l'Yonne à la Saône, et traverser le pays par voie d'eau de Paris à Marseille par le Rhône. Il n'a été achevé qu'en 1832. Autour des deux vastes bassins du port de transit, sous le village de La Roche-sur-Yonne bâti sur les coteaux, des maisons sont construites, des commerces ouverts. Les *canalous* (les ouvriers du port) fondent leur compagnie ouvrière pour protéger leurs emplois et leurs salaires.

La ligne impériale de chemin de fer Paris-Dijon est inaugurée en 1849 et une modeste station première classe accueille les voyageurs sur la rive sud du canal, à l'est du port. En 1919, la gare dite de La Roche-sur-Yonne devient Laroche-Migennes : les constructions s'étendent bientôt jusqu'au village de Migennes.

L'ouverture de la ligne Auxerre-Clamecy en 1855 fait de la petite gare un nœud ferroviaire. En septembre 1870, quelques jours après qu'elle a été proclamée, la République, les *canalous* et les ouvriers de la gare, à présent majoritaires en nombre, élisent comme maire un maître marinier, Justin Ternuel. La guerre fait rage entre les paysans du Haut-Migennes (qu'on appellera plus tard le Vieux-Migennes) et les prolétaires d'en bas. Ils ont mauvaise réputation, les immigrés de la gare, tous paysans ou fils de paysans venus des campagnes de la Puisaye ou de la Nièvre, « comme toi, Camille, dit Marcel, et comme mon grand-père ». On dit que ce sont des *chemineaux,* autrement dit des vagabonds, des voleurs de poules et des sans-dieu.

– En fait, on leur reproche d'avoir abandonné la vie immobile et multiséculaire de leurs campagnes pour se faire embaucher au chemin de fer, disait Madeleine à JC.

Eux, les enfants de la révolution industrielle, ils sont fiers de ne plus être des culs-terreux. Ils aiment le progrès, la vitesse. Ils sont *modernes*.

En 1881, le dépôt de machines est déplacé de Tonnerre à Migennes, et devient le plus grand dépôt de la ligne Paris-Lyon-Marseille (PLM). Les bourgeois de Joigny ont refusé d'en héberger un dans leur ville, pourtant plus importante, à cause des fumées, du carbi, de l'odeur, du fracas, et des cheminots aux visages noirs.

L'immense rotonde puis deux autres sont construites à l'est de la gare pour abriter les plaques tournantes servant au changement de voie et à garer les locomotives : il y en aura jusqu'à deux cents en 1939, des Grandes-Roues, et des prototypes fameux, les Pacific, les Mountains. Les mécaniciens-chauffeurs, comme le père de Marcel, qu'on appelle les gueules noires parce qu'ils n'arrivent pas à se débarrasser du *crassin* de charbon sous leurs ongles et autour de leurs yeux, sont amoureux de leurs machines.

Au tournant du siècle, les cheminots sont plus nombreux que les *canalous*, et vivent entre eux à la cité PLM, au sud des voies, à l'est de la gare, sur le territoire de Migennes. La compagnie privée Paris-Lyon-Marseille, sous l'influence des polytechniciens saint-simoniens, pratique une politique paternaliste : garantie d'emploi, caisses de retraite et de secours contre les risques de maladie et d'accident, habitat collectif pour les employés, jardins cheminots, écoles confiées à Migennes aux sœurs de la confrérie Saint-Vincent-de-Paul qui gèrent aussi le Centre d'œuvres.

Au printemps 1871, le père de Marcel rapporte de Paris les journaux des communards et raconte la Semaine sanglante. Les années suivantes, les cheminots prennent en main leurs affaires : *ni Dieu ni maître*. Ils deviennent la « locomotive du mouvement ouvrier » parce que, conscients d'être mieux lotis que les prolétaires du milieu industriel, ils cherchent à s'émanciper de la Compagnie PLM, et à transformer en droits pour tous garantis par l'État leurs relatifs privilèges octroyés. La machine qu'ils conduisent et qu'ils aiment d'amour, pourquoi elle n'est pas à eux ? Les denrées de la coopérative gérée par les sœurs dont ils négocient les prix avec les paysans et qu'ils transportent dans leurs locomotives, pourquoi devraient-ils s'en remettre à d'autres pour les redistribuer à bas prix aux copains ? Ils fondent leurs propres mutuelles, comme la Fraternelle, gèrent leurs propres coopératives et unions sportives ou musicales laïques. À Migennes, la chambre syndicale réclame dès 1890 la nationalisation du chemin de fer, la création de prud'hommes, l'uniformisation et la légalisation des retraites, la journée de huit heures, le droit de grève sans mise à pied. En 1895, les cheminots jouent un rôle dirigeant dans la naissance du syndicalisme confédéral : la Confédération générale du travail (CGT).

En 1884, les députés ont voté la loi Waldeck-Rousseau sur la légalisation des syndicats, mais les cheminots anarchistes et révolutionnaires se méfient des partis politiques. Ils se souviennent de 1848 et de la Commune de Paris, ne croient qu'en la grève générale, condition nécessaire du soulèvement victorieux du prolétariat salarié. La loi Cordelet-Trarieux votée en 1894 renforce leur méfiance : les parlementaires républicains leur interdisent la grève et les « coalitions formées dans le but de suspendre ou de faire cesser le travail dans les exploitations de l'État et les compagnies de chemin de fer ».

En 1898, ils déclenchent la grève pour exiger le droit de la faire. Mais la gare est investie par la troupe : cent hommes de l'infanterie d'Auxerre sont relayés par les dragons de Joigny. Ce n'est pas de l'agitation : à Fourmies, dans le Nord, en 1891, les soldats avaient tiré. La première vraie grève a lieu en 1910. Les révocations pleuvent mais les cheminots obtiennent l'année suivante la fixation légale de leur système de retraite.

La réputation des cheminots de Migennes est faite : ce sont des Rouges. La ville vote plus à gauche que tout le reste du département : radical puis socialiste puis communiste. Les gueules noires font *crôa crôa* quand passe la soutane noire de Babouinard, comme ils ont surnommé l'abbé Magne, et les sœurs ont bien du mal à remplir les offices à la chapelle.

– L'abbé Émile Magne est pourtant un républicain convaincu : en 1902, il crée une chambrée du Sillon à Migennes. Les thèses démocrates et sociales de Marc Sangnier, le fondateur du Sillon, s'inscrivent dans la tradition démocrate-chrétienne du curé Lamennais, qui dénonçait dans les années 1830 le nouvel esclavagisme industriel, disait Madeleine à JC.

Plus récemment, le pape Léon XIII, dans son encyclique *Rerum novarum*, avait posé les premiers jalons de ce qu'on a appelé ensuite la doctrine sociale de l'Église. Mais en 1910, le pape Pie X désapprouve les thèses de Sangnier – comme le pape Grégoire XVI avait condamné en 1834 celles de Lamennais. L'abbé Magne n'en reste pas moins fidèle au Sillon.

En 1924, actionnaire du PLM et propriétaire foncier, Magne fait construire, sur un terrain qui lui appartient, l'église du Christ-Roi, une des premières constructions en béton : il veut faire de Migennes la Lourdes des cheminots. En riposte, les gueules noires exigent et obtiennent que les cloches du Christ-Roi restent muettes : ils prétendent qu'elles troublent leur sommeil.

En 1911, la mairie vote le nouveau nom des rues : la rue principale de la cité PLM est baptisée Maurice-Berteaux, le promoteur de la loi sur les retraites. Les cheminots migennois s'approprient les grands noms de la IIIe République : la route du Bout-de-Cheny devient la rue Victor-Hugo, la place de la Mairie place Gambetta, et autres place de la République, rues Jules-Ferry, ou Paul-Bert et Pierre-Larousse, deux républicains originaires de l'Yonne. Le lion sculpté sur la façade de la mairie en 1883 ne symbolise plus seulement la démocratie municipale : lorsque éclate la guerre de 14, les cheminots commencent tout juste à s'identifier aux institutions républicaines nationales.

En février 1920, démarre la première vague de grèves. La scission de la CGT n'a pas encore eu lieu. « Fin avril 1920, un nouveau mot d'ordre de grève générale est lancé par la Fédération CGT (un quart des cheminots en sont adhérents) pour protester contre la mise à pied d'un gars de Villeneuve-Saint-Georges », racontait Marcel à Camille au café du Rond-Point. Il y a deux morts à la manifestation de Paris du 1er Mai, une centaine d'arrestations. Les dirigeants CGT sont inculpés de complot contre la sûreté de l'État : le cheminot Gaston Monmousseau et l'imprimeur Pierre Monatte, fondateur du journal syndical *La Vie ouvrière*, sont emprisonnés à la Santé par le gouvernement Millerand. Lucien Midol, le leader de la grève cheminote, passe dans la clandestinité.

Dix-huit mille révocations parmi les cheminots. Dont le père de Marcel Thibault.

Au café du Rond-Point, le père Thibault prend le relais de son fils pour raconter à Camille. Marcel se tait à regret : il admire son père mais il ne l'aime pas. Autoritaire, violent, ayant la religion du travail et de sa locomotive, le père Thibault est un tyran domestique. Le mouchoir rouge passé dans l'anneau, les deux bouts retombant sur la vareuse, droit dans ses galoches, la casquette à l'envers, levant le poing en souvenir de la défaite, parce que quand même, c'était une défaite, toutes ces révocations. Il entonne pour finir de sa vieille voix fatiguée la chanson du communard Pottier :

Devant toi, misère sauvage,
Devant toi, pesant esclavage,
L'insurgé se dresse
Le fusil chargé.
L'insurgé ! Son vrai nom c'est l'homme,
Qui n'est plus la bête de somme,
Qui n'obéit qu'à la raison,
Et qui marche avec confiance,
Car le soleil de la science
Se lève rouge à l'horizon.

Et puis il y a eu la scission syndicale : il s'en souvenait bien, le père de Marcel, de Pierre Sémard, venu à Migennes le 20 janvier 1922. Les syndicalistes révolutionnaires et les anarcho-syndicalistes de la Fédération des cheminots avaient massivement décidé de suivre Sémard et Monmousseau dans la nouvelle CGT-U ; ils vomissaient les ministériels SFIO qui avaient voté les crédits de guerre en 1914. Leur but à eux, c'était la victoire par l'action de masse et par la grève. Fidèles à l'esprit de la charte d'Amiens adoptée en 1906 par la

CGT, les syndicalistes CGT-U voulaient garder leur autonomie vis-à-vis du parti communiste et du Komintern (la IIIe Internationale communiste née en 1919), mais s'étaient tout de même déclarés solidaires de la toute nouvelle République des Soviets : ils avaient adhéré à l'ISR, l'Internationale syndicale rouge, fondée en 1921 à Moscou.

Le 20 janvier 1922, Sémard, nouveau secrétaire général de la Fédération des cheminots, était venu expliquer aux copains à la tribune du marché couvert de Migennes que, quand même, ils avaient gagné : le statut d'avril 1920 leur octroie cinq jours de congés payés supplémentaires, des délégués du personnel, une nouvelle échelle salariale.

Camille est ému en écoutant Marcel Thibault : parce qu'il sait comment il est mort depuis, Sémard, fusillé comme otage par les Allemands en mars 1942.

En gare de Migennes, tous les anarcho-syndicalistes n'avaient pas rallié la CGT-U : beaucoup appartenaient à la minoritaire CGT-SR (Syndicalistes révolutionnaires), et les socialistes étaient, comme le dirigeant socialiste de l'Yonne, Marcoux, de tendance Zyromski néo-guesdiste : la section socialiste de Migennes avait même fait voter une motion en faveur de la collectivisation. Pendant la Résistance, la plupart des socialistes et des anarchistes sont devenus communistes – comme l'autre grand copain de Camille, Georges Laurent : le compagnon de Louis Riglet et de René Millereau avait adhéré au PC après l'exécution de Pierre Picard en 1942. Les explosifs qui avaient fait sauter la plaque tournante en juillet 1944, planqués sous le casse-croûte, c'était lui.

Dès juillet 1946, quatre mois après son arrivée, Camille est élu délégué du personnel CGT à quatre-vingts pour cent des voix des mille cinq cents cheminots migennois. Il est tout de suite populaire, parce qu'il est efficace et entraînant avec sa bonne humeur perpétuelle, et aussi parce qu'il gueule plus fort que les autres. Souvent ses idées se contredisent, mais on retrouve toujours quelque chose de son idée à soi dans ce qu'il dit, et ça s'enchaîne bien, alors tout le monde est content. Il restera délégué du personnel jusqu'à sa retraite : « Vingt-cinq années de délégué du personnel, sur vingt-sept ans et demi de carrière », disait Camille en 1982 au micro de Radio Triage. En arrivant, il fonde la cellule Guy-Môquet de Cheny, puis dirige la section de Migennes avec Georges Laurent.

Le p'tit gars de Dampierre-sous-Bouhy, il s'est reconnu en eux, les vieux cheminots migennois, syndicalistes révolutionnaires et résistants : leurs traditions et leur esprit, il les a tout de suite faits siens. À Migennes, il a trouvé ses vrais pairs : déchaînés contre toutes les autorités, même celles des syndicats, individualistes forcenés, braillards se tenant pour le début et la fin de tout, plus anticléricaux que lui, si c'est possible.

L'odeur perpétuelle de ferraille et de fumée, qui flotte sur la petite ville, ça n'est pas précisément qu'il l'aime, mais la cité rouge, elle lui ressemble : elle a poussé toute drue, avec ses alignements de rues au cordeau et à angle droit, reléguant dans un immémorial passé tous les villages moyenâgeux de cette terre paysanne dont il s'est arraché. Elle est moderne comme lui, moderne comme le socialisme. Son *pays,* à quatre-vingts kilomètres au sud, c'est le passé.

Madeleine, par contre, la trouve bien laide la ville américaine. Faut dire que les bombardements anglo-américains des 25 et 31 juillet 1944 l'ont détruite à soixante pour cent. Partout des amoncellements de pierres, de gravats, des mares, des fossés d'eau croupie, des terrains vagues là où les maisons écroulées ont dû être rasées. Sur les ruines, l'herbe recommence à pousser. Deux cents travailleurs algériens reconstruisent le pont et la ligne PLM ; on les loge dans les cabanes en planches en Fouchy et à la Belle-Idée.

Du coup Camille, pour faire plaisir à sa femme, trouve un trois-pièces à louer au village de Cheny chez le boulanger Abel Carré, juste de l'autre côté de l'Armançon, en haut du pont qui fait la frontière entre Cheny et Migennes. En face de la boulangerie, la rue de la République part vers la place de l'Église : les gérants du café de la place, père, mère et fille, réputés collabos et dénonciateurs, ont été abattus par des résistants d'une rafale de mitraillette Sten en 1944. À gauche du pont et de la route de Migennes, entre la rivière et la maison des Carré, commence le chemin qui conduit au pont aux Vaches au-dessus duquel passe le tacot, et au lavoir, et au-delà, à la confluence marécageuse de l'Yonne et de l'Armançon. « Le tacot qu'on avait fait sauter en 44 », racontait le boulanger Carré à Camille.

Dans l'aile gauche au premier étage, deux familles de cheminots sédentaires, les Chassanis et les Barandon. Au rez-de-chaussée, à gauche, une famille très pauvre avec une grande enfant idiote ; au centre, Camille, Madeleine, Bernard et Francis. L'aile droite est occupée par l'appartement des Carré au premier et la boulangerie au rez-de-chaussée.

Quand le linge sèche sur le fil, que le repas est fini ou que le prochain est en train de cuire, Madeleine s'installe sur une chaise devant la porte qui donne sur la cour de derrière, en compagnie des autres femmes, sa couture sur les genoux. Elle est à nouveau enceinte. Les enfants jouent : Francis, Bernard dit Bébé ou Grosse Tête, René Barandon dit Néné. Francis n'a pas de surnom, mais son copain Gérard Paul, c'est Jeff. Le père de Jeff est mort en camp ; il était de Séry à côté de Mailly et, avec sa femme et sa fille, il avait fait de son épicerie de Cheny un foyer de la Résistance. Le demi-frère de Jeff, Roland Guillemot, a été tué par les Allemands qui encerclaient son maquis. La mère et la sœur sont revenues très abîmées de déportation.

Madeleine cherche Bernard des yeux ; il y a deux minutes encore, Bébé jouait avec la jeep en bois que Camille lui a fabriquée pour Noël : sur le capot, à la peinture rouge, la faucille et le marteau ; et maintenant il a disparu avec. Tout à coup, un hurlement : Bébé s'est coincé la tête entre les barreaux de l'escalier et il ne peut plus la retirer. « Il est pas normal, ce gamin-là, t'as vu la grosse tête qu'il a », dit la maman de l'idiote qui cherche des compagnons d'infortune.

Peu après la naissance de Françoise, en octobre 1947, Bébé, d'un coup de sa grosse tête, défonce de rage la porte d'entrée : pas content de se voir détrôner par ce paquet de linges piailleur.

Le matin il ne faut pas faire de bruit, Abel Carré, tout juste revenu de déportation, va se coucher dès que le pain sort du four. L'après-midi, il vient s'asseoir avec les femmes et il reste des heures prostré sur sa chaise au soleil. Et puis brusquement le boulanger se met à raconter aux enfants le visage en sang de Louis Riglet à la prison d'Auxerre. « Ils attachaient les résistants nus les bras en l'air, et ils lâchaient les chiens, les clebs leur déchiquetaient le corps. Les chleuhs avaient amené devant Abel et les autres copains Riglet matraqué à mort, agonisant. "Et lui, tu le connais ?" répétait l'Allemand. Et Riglet réussissait à ouvrir sa bouche tuméfiée pour répéter encore une fois : "Non, je ne le connais pas." » Tous les jours de sa vie et toutes les nuits dans ses rêves, Abel Carré entend Riglet répondre : *Non je ne le connais pas.* Et les trente-quatre Allemands en bouillie sous la ferraille tordue au pont du tacot, à cent mètres de là. Abel soulève son pull et montre aux enfants les marques des tortures sur son torse et sur son ventre, les coups de lanières. Il donne un franc à celui qui met son doigt dans le trou de la cicatrice qu'il a à l'aine. « Les souffrances qu'il a endurées, disait Camille en 1982, les atrocités. » Abel Carré le boulanger, épuisé physiquement et psychiquement, meurt peu de temps après, il n'a survécu qu'une vingtaine de mois à la Libération.

C'est dimanche. Le curé en longue soutane noire passe voir pourquoi les enfants de la cour ne sont pas envoyés au catéchisme. Camille, avec un grand sourire, lui ouvre toute grande la porte d'entrée de l'appartement : sur le mur en face de la porte, au-dessus de la table de la cuisine, les portraits noir et blanc de Maurice Thorez, Charles Tillon, Gabriel Péri, Benoît Frachon, Marcel Cachin, Joseph Staline. Camille les a accrochés là pour que ce soit la première chose qu'on voie en entrant. Ses enfants vont à l'école communale de Cheny. Ils y resteront même quand la famille déménagera à Migennes : pour ne pas aller à l'école des sœurs des cités SNCF.

Dès qu'ils peuvent, Camille et Madeleine reviennent à Mailly. Camille part chasser dans la forêt du Frétoy avec Jules, et Madeleine reprend possession de sa chambre de jeune fille. Elle rêve de revenir vivre dans le petit village épargné par la guerre, où la vie ancienne et douce a l'air de continuer. Elle rêve d'y avoir sa maison. Lucien a pris les commandes de la forge, entrepris de grands travaux, tente sans grand succès de se convertir à la ferronnerie d'art : Marcelle trouve ça plus chic. Ses ambitions sont aussi vastes que nulles ses capacités de gestionnaires. Mais Marcelle est contente : elle a renouvelé le mobilier et fait construire une salle de bains. Jules, relégué avec les vieux meubles et sa femme Noémie au sous-sol, signe acte de vente sur acte de vente : les bois de chêne et les vignes sont sacrifiés à la modernité et au minois pointu de Marcelle.

Le plus souvent, c'est Jules et Noémie qui viennent à Cheny rendre visite à Camille et Madeleine, les paniers pleins de provisions de bouche. Le frère de Madeleine, P'tit Louis, et sa femme Denise, la cousine de Camille, passent prendre le café. Louis a intégré la grande confrérie des gueules noires. Bientôt il va entrer en formation pour devenir conducteur des nouvelles locomotives électriques. Ils habitent à deux pas, rue de la République. Dans les années 1950, ils feront construire aux confins de Cheny, sur la route de Bonnard.

Le bonheur est complet quand René Millereau est là. L'ex-Commandant Max est comme toujours : élégant, triste et doux. Peu causant. Tout le monde l'aime. Sa popularité est à son comble. Pourtant, il ne parle jamais de la Résistance. Loin, très loin, de cette France pétainiste qui va se raconter ses imaginaires exploits pendant trente ans. Lui, René, il a trop pleuré : trop de camarades morts, Louis Riglet, Maurice Sellier alias Michel, André Chamfroy alias Clair, Georges Varenne à Auschwitz en 1942, Picard, Joublot. Avec Camille, il soupire : « Les meilleurs sont partis les premiers. »

Fin décembre 1944, après l'incorporation des FFI dans l'armée régulière, René avait constitué une unité, le 2e Bataillon de l'Yonne : on l'avait envoyé d'abord garder la frontière suisse puis occuper l'Allemagne. L'armée française lui a ensuite demandé de partir en Indochine. Il a refusé par anticolonialisme, et parce qu'il était nostalgique de son hameau d'Avigny. Son grade de commandant lui a été retiré.

Démobilisé en 1946, son activisme politique ne remplit pas le vide laissé par la fièvre de l'action clandestine. Éternel amoureux de Gisèle, l'infirmière du dépôt, mariée, avec qui il avait passé la nuit la veille avant de faire sauter les plaques tournantes, il vivote comme permanent du Parti (très mal payé) et appartient au secrétariat fédéral. Sa mélancolie en fait un piètre dirigeant.

Quand tout le monde est réuni, c'est le grand jeu. Jules fait sauter Bébé sur son genou : *La rivière a débordé,*

Dans le jardin de Monsieur le curé, You les petits cailloux. Et quand il juge le moment opportun, le vieux maréchal-ferrant juche l'enfant debout sur son genou et lui demande de répéter après lui. Bébé, le petit poing en l'air, très droit, s'exécute fièrement en écorchant drôlement les mots : « *Moi-Mau'ice-Tho'ez-chef-du-pa'ti-communiste-f'ançais.* » C'est la grande rigolade. Jules prend sa carte au Parti.

À la gare, après les grandes grèves d'août 1944, le travail avait repris avec la journée de huit heures (quarante-huit heures par semaine) et puis très vite ça a été le retour aux cinquante-quatre heures. Les cheminots sous-alimentés en bleus usés, chaussures trouées, sans savon pour se débarrasser du cambouis sur les mains et sur la figure, renâclent et réclament du vin et de la viande. Le pouvoir d'achat est à quarante-huit pour cent de ce qu'il était en 1938. Camille ronchonne avec eux mais explique aux gars qu'il faut prendre patience : « Attendez voir, les gars, les patrons, ils ont rien perdu pour attendre. Mais en attendant, comme l'a dit le camarade Thorez, il faut se retrousser les manches pour la reconstruire, la France. » Le secrétaire général du Parti a accepté la dissolution des milices patriotiques exigée par de Gaulle et lancé la bataille de la production.

Le 21 novembre 1945, le bon score des communistes aux élections de l'Assemblée constituante oblige le général résistant à nommer cinq communistes ministres du Gouvernement provisoire : Maurice Thorez, Charles Tillon, Marcel Paul, Auguste Lecœur et Ambroise Croizat.

Dans son autobiographie, *Fils du peuple*, écrite par un autre, Thorez raconte son grand-père militant du syndicat des mineurs de Basly (l'autre député ouvrier élu en 1885 en même temps que Camélinat). Fils et petit-fils de mineurs, mineur dès l'âge de douze ans, gueule d'ange autodidacte à vingt dans un corps massif de paysan, le secrétaire général du parti communiste est ministre de la Fonction publique (il accorde le droit de grève aux fonctionnaires), et bientôt candidat à la présidence du Conseil. Tous se reconnaissent en lui. Camille, par malice, ne manque jamais une occasion de rappeler en rigolant, et encore sur l'antenne de Radio Triage en 1982 : « Tout de même, le camarade Thorez, il était bien au chaud à Moscou pendant la guerre. »

N'empêche. « La Libération, c'est l'apothéose de l'ouvrier : les nôtres sont aux commandes », conclut Camille en 1982. Le Parti des fusillés est incritiquable. Le nombre d'adhérents double entre décembre 1944 et la fin 1946 (huit cent mille). La *foi* communiste n'a jamais été si forte. Le culte de la personnalité est à son apogée. Staline est un dieu vivant. Thorez, son apôtre français, déclare au *Times* de Londres : « Il existe d'autres voies du socialisme que celle des soviets et de l'URSS. » « Oui, quoi, ajoute Camille : on n'est pas des cosaques. On est la France de la Révolution, la France de la République, la France de Jaurès. »

Le Programme du Conseil national de la Résistance a été en partie rédigé par Pierre Villon (de son vrai nom Roger Ginsburger), le dirigeant du Front national qui représentait le PC au sein du CNR. Il est mis en œuvre dès l'automne 1944 par le premier Gouvernement provisoire présidé par Charles de Gaulle auquel participaient déjà deux communistes, Charles Tillon et François Billoux. La Sécurité sociale est créée en octobre 1945 et organisée par le communiste Croizat. Les grandes compagnies d'assurances, la Banque de France et quatre autres banques de crédit, les Charbonnages, le gaz, l'électricité et Renault sont nationalisés.

Dans le Nord-Pas-de-Calais où les communistes contrôlent le bassin minier, des équipes de mineurs sont jumelées avec des mineurs soviétiques du Donbass (Ukraine, mer Caspienne, Don), et le Parti organise des concours d'émulation : Camille est heureux que les mineurs français gagnent haut la main le concours contre les grands frères stakhanovistes.

Son copain Robert Roux, ancien pivertiste devenu communiste, râle : « Quand on aura reconstruit le pays, i'nous foutront au chômage. » Ce qui fait marrer un autre copain, Marcelin Mulet. Né le même jour que Camille, Mulet n'a pas encore adhéré au PC. Ça ne fait rien, installé à l'aube à la sortie du dépôt avec Antoine Cairon, Camille vend jusqu'à cent cinquante *Fils du peuple* dans la matinée.

Cairon vient d'épouser la veuve du fusillé Pierre Picard. Paul Verneiges, l'instituteur SFIO devenu communiste, s'est remarié avec Geneviève Bouchard : son mari mort en déportation avait été le dirigeant départemental du PC clandestin de l'Yonne avant d'être arrêté par la Gestapo. Robert Simon, l'ancien dirigeant socialiste du comité Amsterdam-Pleyel, arrêté pour désertion, évadé du stalag, devenu clandestin, a rejoint les maquis FTP et adhéré au parti communiste. Membre du groupe Valmy, chargé par les FTP de missions spéciales, arrêté, torturé et déporté à Mauthausen, il en est revenu. Il dirige *Le Travailleur de l'Yonne*, devenu l'organe local du PC après avoir été celui de la SFIO.

Verneiges, Geneviève Bouchard, l'ancien résistant Lucien Prost et René Millereau sont avec le dirigeant cheminot cégétiste Prosper Môquet, aiguilleur de son métier comme Camille, les dirigeants de la Fédération de l'Yonne. Le père de Guy Môquet siège depuis octobre 1945 à la Seconde Assemblée constituante, et il est réélu le 10 novembre 1946. Député de Paris depuis 1936, arrêté le 10 octobre 1939, il a été déporté avec vingt-six autres députés communistes dans le camp de rétention de Maison-Carrée en Algérie en 1941 et libéré par le général Giraud deux mois après le débarquement américain. Quand Prosper est revenu à Paris en 1944, ses deux fils étaient morts : Guy Môquet avait été fusillé par les Allemands à Chateaubriant, et Serge, son cadet, venait de mourir d'une méningite à l'âge de douze ans. Prosper Môquet continue d'habiter à Paris et descend à Migennes quand il vient dans l'Yonne : la cité rouge, centre ouvrier du département, est la place forte communiste. Avant guerre, Camille avait admiré Langumier, orateur brillant : il aime encore mieux Prosper, qui cause comme lui et lui ressemble en tout comme un frère, grande gueule et mauvais caractère. Il s'identifie à ce père en deuil, qui parle de son fils Guy pendant un quart d'heure à chaque début de réunion ou de meeting au marché couvert de Migennes.

De Gaulle démissionne de la présidence du Gouvernement provisoire en janvier 1946, et Thorez échoue de peu à l'élection de la présidence du Conseil en décembre. Fin de l'idylle gaullo-communiste tardivement adoubée par Staline. Le 5 mai 1947, le nouveau président du Conseil, le socialiste Ramadier, écarte les ministres communistes du gouvernement et annonce cent mille licenciements dans les transports.

« Ça a déclenché les grandes grèves de 47 », disait Camille à Radio Triage. Le 2 juin, la grève des cheminots s'étend à toute la France, et très vite, à d'autres secteurs d'activité. De Gaulle qui a créé son parti, le RPF, traite les communistes de séparatistes. Lucien Prost envoie un télégramme à la section de Migennes : « Charles XI arrive au pouvoir. » À Migennes, tous en sont certains : l'insurrection ratée de 44 est à nouveau à l'ordre du jour. Camille va chercher Pilu à Cheny, et ils foncent ensemble à vélo chez Baudet. « Je frappe. Personne. » Ils insistent, se nomment. Paul Baudet (un ancien du groupe Riglet-Séguinet qui avait participé à plusieurs déraillements) a tiré la table devant la porte. « Il finit par ouvrir. Sur la table, les armes de la Résistance que Thorez et de Gaulle avaient exigé de rendre : Baudet est allé les chercher au fond de son puits, et il était en train de les astiquer quand les copains ont cogné à la porte. Alors, tu penses, il a eu peur que ce soit les flics : il reprenait les armes à lui tout seul », racontait Camille en rigolant, à Radio Triage, en 1982.

En gare, un premier comité de grève s'est formé le 7 juin, et le travail reprend le 12, après la signature du protocole d'accord dans la nuit du 11 au 12.

En octobre, Camille manque de peu d'être élu conseiller municipal à Migennes malgré un score plus qu'honorable de neuf cent deux voix (il est deuxième sur la liste). À Moscou, Jdanov rappelle à l'ordre les partis communistes italien et français, trop enclins à participer à la démocratie bourgeoise. Thorez est personnellement visé. Le Kominform est créé, en remplacement du Komintern, dissous pendant la guerre pour complaire aux Anglo-Américains. En France, une épreuve de force est entamée avec le gouvernement qui va durer jusqu'à la fin de l'année.

En gare, la grève reprend en août, et plus fort encore à partir du 25 novembre. L'autre gros bastion communiste cégétiste, les mineurs, a cessé le travail le 24 octobre. Le PC et la CGT créent un Comité central de grève. Le parti socialiste dénonce une grève « politique ».

– Pas complètement tort, disait JC à Madeleine.

À Migennes, trois cent trois cheminots ont voté pour la grève et huit cent soixante-quatre contre : la grève est très dure, la tension avec les *jaunes* (les non-grévistes) intense, certains sont roués de coups, de la peinture jaune est déversée sur la porte de leur maison ou de leur appartement. Lucien Prost et Prosper Môquet ont du mal à calmer les esprits. « P'tit Louis, il s'était couché devant les roues de la locomotive quand son chauffeur avait voulu la remettre en marche. » Le charbon incandescent des foyers de locomotives est jeté sur les voies. « Le 28, les copains occupent les rotondes et bouchent quatre voies en renversant les chaudières des locomotives à vapeur. La police est venue, on était avec Antoine Cairon et Dédé Lafeuille, c'était Dumas qu'était chef de gare à Migennes. Je lui ai dit : "Chef, vous êtes le patron dans votre gare, vous devez interdire à la police d'y entrer." Et Dumas a couru à la passerelle pour dire aux flics : "Ici je suis maître chez moi." C'était un gars du Midi, C'est moi le maîtr-e de la ga-re de Migen-nes, vous ne rentrerez pas dans la ga-re. » Camille, pas débarrassé de son fort accent morvandiau, imitait l'accent du Midi, en accentuant les finales, à l'antenne de Radio Triage. « Et en effet, i'sont pas rentrés ce coup-là ; mais alors le lendemain, à onze heures du matin, les v'là qui rent' par-derrière. Y avait mon beau-frère Sautreau (P'tit Louis), qu'était là à côté des pylônes en train de garder les machines. Les gendarmes, ils ont expulsé tout le monde. Ça a été comme ça ksassèpassé, c'est la vérité vraie. »

L'avis de licenciement de tous les membres du comité de grève a été remis au chef de dépôt, qui promet aux gars qu'il le fera annuler si les feux des locomotives sont rallumés. Il a fallu huit jours pour les remettre en état, et la grève a continué.

Dans la nuit du 2 au 3 décembre, un sabotage fait dérailler le train Paris-Lille, provoquant une vingtaine de morts. On n'a jamais su s'il s'agissait d'une provocation policière ou le fait de militants cégétistes : « Peut-être d'anciens activistes de la clandestinité, qui avaient cru arrêter un train de CRS envoyé pour briser la grève », disait Madeleine.

Le gouvernement cède : les cheminots obtiennent une prime de mille cinq cents francs, pas de blocage des salaires, le salaire garanti, la majoration des allocations familiales. Pour la troisième fois, Thorez explique qu'il faut savoir arrêter une grève. « La première fois, c'était en 1936, la deuxième fois, aux mineurs en 1945 », se souvenait Camille. La reprise du travail le 10 décembre est mal vécue par les gars de la base.

Les grèves insurrectionnelles ont échoué. La division syndicale est le coup de grâce de l'unité des Rouges : le syndicat Force ouvrière est créé le 7 décembre 1947. C'est à nouveau la division du mouvement ouvrier, l'isolement des communistes, le repli, localement et nationalement, sur la CGT et le Parti.

« Faut dire qu'en 47 après les grèves des mineurs du Nord, après les grèves des cheminots, après toutes les grandes grèves, eh bien le résultat a été un petit peu anéanti parce que c'est là que nous sommes retombés, et que nous avons quand même été longtemps avant que la classe ouvrière se relève. »

Du coup Camille le répétera toute sa vie : « On a loupé le coche à la Libération. »

Dans les années 1970, Bernard ajoutait : – Si vous aviez pris le pouvoir en 47, vous auriez instauré un régime stalinien, comme en Tchécoslovaquie.

Les mois suivants sont particulièrement durs pour Camille et Madeleine ; ils habitent maintenant les cabanes en planches des travailleurs algériens : la chaux au mur, le béton teint en rouge par terre, le froid. Ils ont tout le temps peur que Françoise, encore bébé, attrape du mal. Heureusement il y a un petit jardin ouvrier du côté de l'étang, dont Camille s'occupe.

Ils emménagent aux cités-casernes PLM début 1949, dans une certaine euphorie (leur nom vient de ce qu'elles ont été construites par les prisonniers de guerre allemands de la guerre de 1914). Le quatre-pièces au troisième étage du 23 rue Pierre-Sémard a des toilettes à chasse d'eau et du parquet par terre. Jamais ils n'ont vécu dans un endroit si confortable depuis la maison de Mailly. Prosper Môquet et sa femme Juliette viennent dormir à la maison quand ils descendent dans l'Yonne. Les réunions du bureau fédéral ont lieu dans la salle à manger. À vingt-deux heures, on met le poste. Les douze coups sonnent, et puis le speaker annonce : « Minuit vient de sonner au clocher du Kremlin. » L'hymne soviétique retentit. « L'union indestructible des Républiques libres a été réunie pour toujours par la Grande Russie. » C'est Radio Moscou.

Tous les 8 Mai, la CGT dépose une gerbe aux deux plaques commémoratives du dépôt et de la gare, et Marcel Delinon, le secrétaire de l'Union départementale CGT, prononce un discours. Évidemment, Camille est au premier rang. Depuis novembre 1946, quatre rues du quartier des cités portent les noms des résistants communistes Pierre Sémard, Louis Riglet, Pierre Picard, Henri Surier (le responsable de la CGT clandestine en gare de Migennes, mort des suites de ses tortures à la prison d'Auxerre le 11 mai 1944). La cellule des cités dont Madeleine est secrétaire s'appelle Péri-Riglet.

Bébé a huit ans. Antoine Cairon le surnomme Maurice à cause d'une vague ressemblance avec Thorez jeune : les yeux clairs, le visage carré. Du printemps 1949 à l'été 1955, c'est-à-dire de sept à treize ans, Bébé place vingt-cinq *Humanité Dimanche* toutes les semaines dans les cités, et aussi deux *France-Nouvelle*, le journal des intellectuels du Parti, qu'il vend à Georges Laurent et à Marcelin Mulet, des *Femmes françaises*, des *Vaillant* et des brochures – par exemple en 1952, la brochure contre la guerre de Corée.

Dans les années 1970 à Migennes, Madeleine montrait de temps en temps à Madeleine la photo de juillet 1949 où Bébé, en culottes courtes, debout sur l'estrade, tend un bouquet à Juliette Môquet. Il doit ce privilège à sa qualité de plus jeune vendeur de *L'Humanité* du département, mais aussi au fait d'être le fils du très populaire Camille, responsable CDH (Comité de défense de *L'Humanité*) et CDLP (les livres et les documents) de l'Yonne : le Parti lui a confié cette fonction parce qu'il a mis sur pied la vente de *L'Huma Dimanche* à Migennes à la Libération. Il la conservera jusqu'à la fin des années 1960.

Sur la photo, derrière Bébé, Camille et Georges Laurent, François Billoux, l'ex-ministre du premier Gouvernement provisoire et membre du Bureau politique, Marcel Delinon, le secrétaire de l'Union départementale CGT, et Prosper Môquet. Deux autres enfants sont aussi sur l'estrade : le fils de Paul Baudet, et la fille Jeuilly.

La nuit, Bébé se rêve en héros de la Résistance communiste sauvant des nazis une princesse, qu'il fait entrer au Parti : elle a le visage de la fille Jeuilly. D'autres fois, il erre dans le cimetière de Mailly et n'arrive plus à trouver la sortie.

Le plus souvent qu'elle peut, Madeleine les emmène tous les trois à Mailly, Francis, Bébé et Françoise, accomplir le périple rituel : la troisième allée à gauche, la quatrième rangée de tombes. Madeleine se recueille longtemps sur la tombe de Simon-Gabriel, puis viennent celles d'Élise et de Jules-Antoine. C'est triste. Et ensuite le moment joyeux : Camélinat.

– L'avenir radieux de la promesse révolutionnaire abolit la mort, disait Bernard à Madeleine, en 2011, à Vézelay.

Pour le soixante-dixième anniversaire du camarade Staline, la section de Migennes envoie à Paris un avion en acier fabriqué par les cheminots du dépôt : il est exposé avec les cadeaux venus de toute la France à l'occasion d'un meeting le 21 décembre 1949. René Millereau montre à Migennes le film qui y a été projeté : *L'homme que nous aimons le plus.* Le commentaire en off est rédigé et lu par Paul Éluard. C'est l'époque où une violente campagne anticommuniste réclame la dissolution du Parti. Aragon commence à publier *Les Communistes* en volumes, il y en aura sept jusqu'en 1951, qu'on vend en souscription aux copains. En remerciement du cadeau à Staline, la section reçoit de Moscou un hideux portrait en velours et en pied du Petit Père des peuples. « On ne savait pas où le mettre, par le fait », disait Madeleine. Le menuisier de Migennes lui fait un cadre et il est entreposé dans un placard.

En 1950, après l'appel de Stockholm pour la paix et la mise hors la loi de l'arme nucléaire, une course de relais de Paris à Prague est organisée : *Plus jamais Hiroshima*. Bébé porte le flambeau du pont du chemin de fer au pont de Cheny, tout le long de la rue Victor-Hugo. Dans les rues des cités, il crie « Des sous pour l'école, pas des sous pour la guerre ». À la cérémonie, sur l'estrade, François Billoux explique la différence entre une guerre impérialiste et la violence révolutionnaire, et pourquoi l'Union soviétique est un rempart contre la guerre. Bébé récite *Ô soldats de l'an deux* :

> La Révolution leur criait : – Volontaires,
> Mourez pour délivrer tous les peuples vos frères !
> Contents, ils disaient oui.
> – Allez mes vieux soldats, mes généraux imberbes !
> Et l'on voyait marcher ces va-nu-pieds superbes
> Sur le monde ébloui !

Madeleine marmonne avec lui chaque vers de Hugo. C'est elle qui lui a appris. C'est elle, là, sur la tribune, c'est elle au cimetière de Mailly en 1917 :

> Aux martyrs, aux vaillants, aux forts,
> À ceux qu'enflamme leur exemple,
> Et qui mourront comme ils sont morts.

À la fête, le soir, place du Rond-Point, où de grandes tablées ont été installées en plein air, les gars « murmurent » : ils ne sont pas contents. François Billoux, le membre du Bureau politique, n'a pas payé ses escargots. Camille lui tape sur l'épaule : « Dis donc, camarade Billoux, faudra *ouar* à payer ton repas comme tout le monde. »

Depuis l'échec des grèves de 1947, l'atmosphère s'est fortement dégradée à la direction fédérale de l'Yonne : Lucien Prost, secrétaire fédéral depuis 1944, résistant notoire, est débarqué par le Parti en mars 1948. Les résistants Paul Verneiges et Geneviève Bouchard sont mis en retrait de la direction fédérale. *Le Travailleur de l'Yonne* a cessé de paraître. Toujours permanent mais plus dirigeant, René Millereau s'occupe d'un cinéma itinérant. On va voir en famille les films soviétiques qu'il projette au cinéma du Rond-Point : *Un homme véritable, La Journée des Tourbine, Il était une fois une petite fille,* qui se passe dans le désert de Gobi.

Deux jeunes instituteurs venus du Cher, Jean Cordillot et Guy Lavrat, sont les nouveaux premiers secrétaires fédéraux du département. Ils le resteront jusque dans les années 1990.

Dès leur arrivée à la fin des années 1940, Migennes a paru suspecte aux deux jeunes dirigeants. La *cité rouge* a mauvaise réputation, même dans le Parti. Camille et Georges Laurent, les dirigeants locaux, ne sont pas très disciplinés, et les réunions de section sont hurlantes, violentes, contradictoires, désordonnées. On se coupe la parole, on se saisit par le col, on se crie dans la figure, on en vient aux mains. Il arrive au secrétaire de section (Camille) de claquer la porte. « On peut dire que c'était animé », disait Madeleine. La politique se mêle à des considérations très étrangères à la victoire du prolétariat, des histoires de femmes aux tendances des uns et des autres à l'alcoolisme ou à la bagarre. Les sédentaires s'opposent aux roulants. Les seconds, dans la tradition de leurs ancêtres gueules noires, et malgré l'électrification qui a rendu moins spectaculaires leurs compétences de mécaniciens-chauffeurs, se considèrent comme l'aristocratie de la classe ouvrière cheminote : ils sont payés jusqu'au double du salaire des sédentaires, boivent moins et font moins d'enfants. Partisans du contrôle des naissances, ils sont hostiles aux allocations familiales réclamées par les sédentaires : la « prime au lapinisme », comme ils disent.

– Parmi les sédentaires, une famille sur trois a plus de quatre enfants, un homme sur trois est alcoolique, disait Bernard à Madeleine en 2011 à Vézelay.

En 1949, au café du Rond-Point, la conférence fédérale dure de huit heures du soir à huit heures du matin : douze heures d'engueulades homériques pour élire les vingt-cinq membres du comité fédéral. Cordillot et Lavrat, les deux nouveaux fédéraux, « tu penses, des instits ! », ils n'en peuvent plus. L'absence totale de trace écrite des débats et de toute utilisation de l'écrit, le caractère théoriquement nul des discussions, voire franchement éloigné de la ligne politique, tout est incompréhensible et insupportable aux deux jeunes dirigeants. Les déviations de la section cheminote déteignent dangereusement sur le reste du département : sa tendance à l'autonomie lui vaut un blâme pour titisme – du nom du dirigeant communiste yougoslave, Tito, rappelé à l'ordre par le Kominform à la fin des années 1940, pour ses velléités d'indépendance vis-à-vis de Moscou. Dans la salle à manger du 23 rue Pierre-Sémard, avec Prosper Môquet et quelques autres attardés, Camille, l'aiguilleur sédentaire père de trois enfants, et son beau-frère P'tit Louis, le roulant qui vient d'avoir un fils qu'il veut unique, continuent à s'engueuler tard dans la nuit en fumant des gauloises sans filtre et en sirotant le vin rouge du père Jules. Camille boit peu, très surveillé par sa p'tite femme. Madeleine le lui dit toujours, quand il revient du café : « Je préfère que tu sentes la femme que le vin. »

À côté, dans la cuisine, après la vaisselle, Juliette Môquet raconte à Madeleine la mort de son fils Serge. Elle récite les larmes dans les yeux la dernière lettre de Guy. Madeleine la connaît par cœur. Elle la récite à Madeleine dans les années 1970, à Migennes :

> Ma petite maman chérie, mon tout petit frère adoré, mon petit papa aimé, Je vais mourir ! Dix-sept ans et demi, ma vie a été courte, je n'ai aucun regret, si ce n'est de vous quitter tous. Ce que je vous demande, toi, en particulier ma petite maman, c'est d'être courageuse. Moi je le suis et je veux l'être autant que ceux qui y sont passés avant moi. Certes j'aurais voulu vivre. Mais ce que je souhaite de tout mon cœur, c'est que ma mort serve à quelque chose.

– Quand je pense qu'un président de la République très à droite a osé s'approprier cette lettre ! disait Madeleine à JC. La mémoire de Guy Môquet n'appartient pas à tous les Français. Elle appartient aux Rouges.

Madeleine à son tour, tout en surpiquant la robe de Juliette, raconte la mort de Simon-Gabriel et la résurrection de Bernard. Et Camille qui crache du sang depuis quelques jours ! Et il continue à fumer comme une cheminée ! Les deux femmes communient dans la douleur des fils perdus – non sans déplorer que les camarades ne soient pas des saints. Juliette a fait partie du Comité parisien de Libération et a été élue municipale de Paris de 1945 à 1947. Elle raconte l'atmosphère au siège du Parti à Paris, 44 rue Le Peletier, la brutalité de Tillon et Marty, la sécheresse de la femme de Thorez, Jeannette Vermeersch, lui disant, le jour où de Gaulle avait décerné à Guy Môquet la croix de guerre à titre posthume : « Quand on a la chance d'avoir un fils comme le tien, on ne pleure pas. » Juliette hait la Vermeersch, qui malheureusement joue un rôle de premier plan depuis que Thorez a eu une attaque d'hémiplégie et qu'il est parti se faire soigner à Moscou. Par contre elle aime bien Lecœur, « un gars simple » : le grand orchestrateur des grèves de mineurs pendant la guerre, ministre à la Libération, est, dit-on, le dauphin de Thorez. Mais il a beaucoup d'ennemis dans le Parti.

Camille ne veut pas reconnaître qu'il est malade, mais une fièvre de cheval se déclare brusquement et il est bien obligé de s'aliter : c'est la tuberculose, la maladie dont Élise, la sœur de Madeleine, est morte en 1938. Madeleine a peur.

Aux yeux de la direction fédérale, Camille cumule à lui seul tous les défauts des prolétaires migennois certes « dévoués », mais incontrôlables et illettrés. Cependant Cordillot fait observer à Lavrat que, depuis qu'il est malade, les *Huma* ne se vendent plus, la section de Migennes végète.

Dès que Camille est remis sur pied (grâce aux antibiotiques qui viennent d'être inventés), ça repart comme avant. C'est lui qui dirige avec Antoine Cairon et Georges Laurent la grève éclair de mars 1951 : quatre-vingt-dix pour cent de grévistes en gare le deuxième jour. C'est aussi un succès par le résultat obtenu nationalement : deux mille trois cents francs d'augmentation.

Jean Cordillot, contre l'avis de Lavrat, coopte Camille au bureau fédéral. Excellent et très efficace CDH, « le camarade est exceptionnellement dévoué et lié aux masses, il sait ce que les gens pensent, il a du flair politique », écrit Cordillot dans un rapport. Accessoirement, cette promotion de Camille vaut à Cordillot le soutien sans faille de la section de Migennes. En retour, Camille le tient au courant de ce qui se passe dans le Parti et au-delà :

– Il parle de tout avec tout le monde, des gens de tous les bords politiques, il est au courant de tout, disait Bernard à Madeleine en 2011 à Vézelay.

Brillant normalien, Cordillot cache son esprit vif sous des airs modestes et des rondeurs physiques et morales appréciées par les cheminots. Et puis il a épousé Suzette, la fille du fusillé Georges Varenne, institutrice à Laroche. À Sens, où le couple s'est installé, Cordillot construit une section plus conforme que la section de Migennes à l'idée qu'il se fait d'une organisation marxiste-léniniste. L'implantation communiste est faible dans la sous-préfecture mais la circonscription est gagnable et Cordillot veut devenir député. Et ce n'est pas sans regrets qu'il a abandonné ses études pour prendre la direction politique du département.

Le 17 avril 1951, Camille remplit un questionnaire censé permettre au Comité central de juger de la pertinence de son intégration à la direction fédérale de l'Yonne. On peut le consulter dans les archives du PCF : « Avez-vous dans votre parenté ou dans vos relations des policiers ou des adversaires caractérisés du Parti ? – Non. Quelles activités dans la Résistance : – Presse clandestine ; sabotage de fil téléphonique et signaux et aiguilles SNCF. Quels ouvrages de Marx, Engels, Lénine, Staline avez-vous lus ? – Plusieurs passages du *Capital*. » Le secrétaire fédéral (Bolzan) remplit le 19 avril la case « Appréciations politiques, compréhension de la ligne du Parti et fermeté politique pour son application. Les motiver sur la base de résultats précis positifs ou négatifs obtenus par le camarade intéressé dans son travail » : « Bon militant. Très dévoué. Réalise bien : ne demande qu'à être conseillé pour faire mieux », note Bolzan. Le secrétaire fédéral, pourvu de nombreux enfants, vivote comme permanent du Parti ; il mourra noyé dans le canal de Bourgogne une nuit d'ivresse.

– Ancien résistant, il était originaire du canton d'Ancy-le-Franc, où le PCF faisait trente pour cent des voix après guerre, disait Bernard à Madeleine.

Camille, responsable local CDH et CDLP, tient à noter que ses enfants diffusent *Vaillant* et *L'Humanité Dimanche*. C'est vrai qu'il a lu quelques extraits du *Capital* de Marx : avant guerre, il avait suivi quelques cours de l'école du Parti à Cosne-sur-Loire. Mais sa connaissance du marxisme-léninisme s'arrête là.

Bébé va avoir neuf ans et fait la lecture de *L'Huma* à son père : c'est la campagne des législatives de juin 1951. Il n'ignore rien des mécanismes électoraux et en particulier du système des apparentements : le premier arrivé en tête bénéficie des voix des autres. Mis en place par le centre MRP, UDSR et socialistes minoritaires qui sont au pouvoir, le système des apparentements est défavorable aux communistes et aux gaullistes. Toute la journée, Bébé parcourt Migennes et Cheny avec Francis, Jeff et Jean-Claude Jobard pour déchirer les affiches des concurrents : les quatre gamins se font courser par les socialistes jusque sur la route de Brienon, où ils tombent sur la voiture du Parti conduite par Camille qui revient justement d'un meeting avec Monfront, et qui va porter la contradiction au meeting socialiste du marché couvert de Migennes : les mômes grimpent à l'arrière de la camionnette.

À la tribune du marché couvert, le député socialiste Gérard Vée, militant paysan, conseiller de l'ancien ministre socialiste de l'Agriculture du Gouvernement provisoire, frère d'un dirigeant icaunais de Libération-Nord, tente de reconquérir l'électorat populaire perdu par les socialistes.

– À l'époque, on allait aux réunions des formations politiques concurrentes porter la contradiction. C'était plus vivant, non ? disait Madeleine à JC.

Le socialiste Vée, usant et abusant de l'argumentaire anticommuniste axé sur la dénonciation du pacte germano-soviétique, agite une photo du nazi Ribbentrop serrant la main du Soviétique Molotov. Camille saute à la tribune et hurle : « C'est des menteries de la propagande bourgeoise ! » Et il contre-attaque en citant les noms des deux députés SFIO de l'Yonne qui ont voté les pleins pouvoirs à Pétain. Bébé, Francis, Gérard Paul et Jobard, le poing en l'air, scandent à toute voix : *Pro-sper Môquet, Pro-sper Môquet*. Et les copains disséminés un peu partout dans la salle entonnent avec eux *Le Chant des partisans* et *L'Internationale*.

Le lendemain, les enfants sont encore de meeting : cette fois Camille est à la tribune à côté du député sortant. Georges Laurent lui tend le micro : « Je passe la parole à Moïse F. » – prononcé *moâse.* Toute la salle éclate de rire. Moïse sauvé des eaux, comme on l'appelle, bat l'air de ses mains et tempête sur le système des apparentements ou le rapprochement des socialistes et des chrétiens, voulu par Léon Blum avant sa mort : « Sous la rrrobe des currés, il n'y a que honte et ignominie », déclame-t-il avec les roulements de *r* de son accent morvandiau, assuré de son succès. Et Prosper conclut : « Dimanche, les socialistes iront planter leurs choux. » Cette pique antipaysanne plaît dans la ville ouvrière, même si le vote communiste est en grande partie dans l'Yonne un vote de la petite paysannerie. Seulement voilà, deux jours après : « Manque de bol, c'est Môquet qui va planter ses choux », disait Camille à Radio Triage, en 1982. L'aiguilleur, le cheminot, le copain, le frère, « le gars Prosper quoi », il est battu !

Cette défaite ébranle profondément les communistes de l'Yonne, et les Rouges de Migennes en particulier. Camille, malgré la protection de Cordillot, est à nouveau sur la sellette, mais on a besoin de lui (toujours le CDH) : il survit de quelques mois à Môquet rentré à Paris. La voie est libre pour les ambitions électorales de Cordillot.

Le marasme local est en phase avec la crise qui secoue tout l'appareil du PC, isolé au sein de la gauche depuis 1948 par le climat national et international de guerre froide. L'anticommunisme culmine avec l'arrestation d'André Stil et de Jacques Duclos en mai 1952. Le premier est accusé d'avoir appelé à la manifestation interdite du 28 mai contre la guerre de Corée et la venue à Paris du général Ridgway. Les communistes reprochent au général américain d'être responsable, notamment, de l'utilisation d'armes chimiques contre les Coréens.

– Ils avaient raison, non ? disait Madeleine à JC.

Des pigeons voyageurs ont soi-disant été trouvés dans le coffre de la voiture de Duclos : la police française estime que les volatiles sont la preuve de l'activité d'espionnage des dirigeants du PC en faveur de l'URSS. Duclos est visé parce qu'il est le second de Thorez malade : de fait, le nouveau dauphin de Thorez dirige le Parti en son absence, Lecœur est sur la sellette.

Le 4 juin 1952, des grèves sont déclenchées dans toute la France pour réclamer la libération de Duclos – mais elles ne sont guère suivies. À Migennes, quelques communistes font grève au dépôt (Antoine Cairon, P'tit

Louis), et en gare, Camille est le seul. Le chef de gare Dumas le convoque : « S'il n'en reste qu'un, vous serez celui-là. » Madeleine a peur que ça recommence comme pendant la guerre : les communistes sont à nouveau arrêtés pour le seul motif qu'ils sont communistes. Des intellectuels, et le plus célèbre d'entre eux, Jean-Paul Sartre, s'indignent de ces arrestations et du montage policier manifeste. L'auteur des *Mains sales* devient pour quelques années, sans jamais adhérer au PCF, le compagnon de route des communistes, qu'il avait pourtant combattus depuis la Libération lorsqu'il dénonçait avec David Rousset les camps de concentration soviétiques.

Le 1er janvier 1953, Étienne Fajon publie dans *L'Humanité* un article intitulé « Les Liaisons policières de Marty ». L'ancien mutin de la mer Noire est exclu, et Charles Tillon, fondateur et commandant en chef des FTP, limogé de toutes ses fonctions.

Le 23 mars, nouvelle vague d'arrestations de dirigeants du parti communiste et de la CGT : Benoît Frachon entre dans la clandestinité. Il sera arrêté puis relâché au bout de quatre jours en novembre.

Menacé à l'intérieur et à l'extérieur, l'appareil stalinien sécrète une paranoïa atteignant à ce moment-là sa phase paroxysmique, latente depuis la Libération : l'explosion du nombre des adhérents avait alors ébranlé le système de contrôle centraliste du Parti, particulièrement là où les nouveaux venus, comme Camille à Migennes, avaient renforcé les traditions rouges d'autonomie anarchisante. Au sommet comme à la base, les anciens résistants, réputés fortes têtes et à la trop encombrante popularité, ont été les premières victimes des épurations internes.

– Comme dans les démocraties populaires de l'Est, disait JC.

Dans l'Yonne, le recentrage stalinien fait une victime locale de poids : René Millereau. Le frère de René Millereau, Louis Millereau, est policier. Pendant la guerre, il exerçait à Paris et a fait profiter la Résistance de renseignements recueillis dans le cadre de ses fonctions, prévenant plusieurs Juifs de leur arrestation imminente. Adhérent du parti communiste après guerre, il s'en est éloigné ensuite. La direction fédérale exige de René qu'il rompe entièrement avec son frère. René refuse : il est exclu de la direction et licencié de son poste de permanent.

Madeleine a voté contre l'exclusion de René au comité fédéral : dans la salle à manger des Cités, elle explique à Robert Simon passé prendre le café qu'on ne peut exiger de lui, alors qu'il est seul dans la vie, de rompre avec son frère. Et puis : « Qu'est-ce qu'il va devenir ? Il y a longtemps que la ferme d'Avigny n'est plus exploitable et il ne peut pas en vivre. – Vous me faites rigoler, objecte Camille, son frère, à René, il est à Paris, il ne le voit jamais, qu'est-ce que ça lui fait de promettre au Parti de plus le voir ! Faut vraiment pas avoir le sens commun ! » Lui, Camille, il a voté la résolution et désapprouve l'obstination de René. L'essentiel, c'est de ne pas laisser les ennemis du Parti avoir prise sur nous. Il y a dans sa tranquillité goguenarde un vague sentiment de revanche contre René-le-Héros et René-le-Parfait, unanimement vénéré par sa femme, les frères de sa femme, son fils aîné Francis et même sa toute petite fille : Françoise. La sœur de Bébé sera toute son enfance amoureuse du Commandant Max, comme les enfants continuent à l'appeler.

Robert Simon aime bien Camille. Il essaie de lui dire que les choses ne sont pas si simples. Grâce à ses amitiés dans les réseaux d'anciens déportés, Simon sait ce qui se passe dans les dites « démocraties populaires » de l'Est et en Union soviétique. Ce qui arrive à René, ça se pratique à grande échelle là-bas : on exige des camarades de renier un frère, un père, sous peine d'être exclu. Et ce frère, ce père disparaissent. On ne sait pas ce qu'ils deviennent. Simon a remarqué aussi que dans les instances internationales il y a une grande différence entre le discours et les faits. Par exemple, on leur a présenté de soi-disant anciens déportés soviétiques, dont il était clair, au bout de deux minutes de conversation, qu'ils n'avaient jamais mis les pieds dans un camp. Madeleine ne sait quoi penser mais enregistre.

Camille hausse les épaules et se met à gueuler comme chaque fois qu'il est emmerdé. D'ailleurs, Cordillot lui a dit de se méfier de ce gars-là (Simon), que c'est un oppositionnel.

Simon laisse tomber. Il se garde bien d'approfondir. Le Parti a demandé à la femme de Marty de témoigner contre son mari. Mais ça, il n'en dit rien à Camille et à Madeleine. Il ne dit rien non plus de la pendaison du communiste Laszlo Rajk le 15 octobre 1949 à Budapest. Se reconnaissant coupable d'être un espion titiste, Rajk est exécuté quand même. Camille et Madeleine ne sauront pas non plus qu'à Prague, onze des quatorze accusés d'un imaginaire complot titiste viennent d'être exécutés par les nouveaux dirigeants staliniens inféodés à Moscou. Parmi eux, l'ex-secrétaire général du parti communiste tchécoslovaque, Rudolph Slansky. Les trois autres accusés sont emprisonnés et torturés : Simon connaît bien l'un d'eux : Artur London. London, ancien des Brigades internationales devenu ministre des Affaires étrangères de la jeune République tchèque, a été son compagnon de déportation à Mauthausen. Il est juif comme onze des quatorze autres accusés des Procès de Prague. Réhabilité en 1956. Artur London, émigré en France en 1963, témoignera du procès Slansky et des tortures subies dans son livre, *L'Aveu,* publié en 1968. Simon ne raconte pas non plus à Camille et Madeleine qu'en Union soviétique Staline, en plein délire antisémite, arrête des médecins juifs, accusés d'assassinat : les « blouses blanches » sont censées être le cœur d'un complot sioniste contre l'Internationale communiste.

– C'est un article paru dans *La Nouvelle Critique* qui a déterminé Simon à monter un groupe d'oppositionnels, disait Bernard à Madeleine, en 2011, à Vézelay.

Un article intitulé « Sur l'humanisme socialiste » mettant sur le même plan les SS et les « si justement pendus de Prague » (Annie Besse, *La Nouvelle Critique,* n° 45). La future politologue Annie Kriegel, auteure de cet article, était allée en 1953 jusqu'à minimiser la Shoah pour promouvoir les fusillés communistes au titre de seules victimes du nazisme (Annie Besse, « À propos du sionisme et de l'antisémitisme », *Cahiers du communisme,* n° 2) : elle sera à la fin de sa vie une anticommuniste sioniste aussi fanatique qu'elle avait été une stalinienne ultra-virulente. De l'art des puissants d'avoir toujours raison au bon moment.

À la même époque, on raconte dans les cercles dirigeants du Parti qu'Elsa Triolet, l'épouse écrivain de Louis Aragon, aurait confié à Pierre Daix à son retour d'URSS : « Tu sais, Pierre, ce sont des nazis. »

– S'ils savaient, pourquoi ils se sont tus ? se demandait encore Bernard à Vézelay en 2011.

– De l'art des puissants de se donner raison en privé pour s'exonérer de leurs actions publiques, disait Madeleine à JC.

Lui, Camille, préfère se concentrer sur la campagne pour libérer le marin Henri Martin, un copain emprisonné parce qu'il distribuait des tracts contre la guerre d'Indochine. La nuit prochaine, il va aller au lavoir des cités ; la peinture blanche est déjà prête. Antoine Cairon et Marcelin Mulet seront de la partie : ils traceront avec application les grandes lettres blanches LIBÉREZ HENRI MARTIN sur le mur du lavoir près duquel tous les cheminots passent pour rentrer chez eux, quand ils reviennent de la gare par les voies. Plus tard dans la nuit (c'est plus risqué), même opération sur le tablier du pont du chemin de fer, en passant par la fenêtre du poste d'aiguillage III, où Camille travaille, pour que l'inscription soit visible du rapide Paris-Dijon-Marseille. Elle le sera encore dans les années 1980 : un journaliste du *Monde*, Pierre Viansson-Ponté, l'apercevant du train, écrira un bel article sur les cheminots anonymes qui en avaient été les auteurs.

En mars 1953, Camille monte à Paris pour la Conférence nationale préparatoire au Congrès du Parti : c'est l'apothéose de sa carrière de militant.

En pleine conférence, on annonce la mort de Staline. À Migennes, Bébé rapporte le journal en courant de la grande librairie, dans le tournant de la rue Victor-Hugo : « Deuil pour tous les peuples qui expriment dans le plus grand recueillement leur amour pour le grand Staline », titre *L'Huma.* Madeleine se sent trahie par cette incroyable nouvelle : « On le croyait immortel », disait encore Madeleine à Madeleine, dans les années 1970, à Migennes. Bébé est triste : la mort du dirigeant soviétique se confond avec l'absence de son père monté à Paris. L'institutrice de Cheny, Mme Duport, s'en étonne auprès de Madeleine. « Lui qui est si turbulent d'habitude ! » Bernard est son élève préféré, le meilleur qu'elle ait jamais eu. Tout le contraire de son frère aîné, sage comme une image, mais qui n'a jamais rien fait à l'école et l'a déjà quittée. Francis est entré en apprentissage dans une teinturerie.

Les grèves d'août 1953 font tout oublier, les exclusions et les oppositionnels. Et même la mort du Petit Père des peuples. Le gouvernement Joseph Lainiel (centre droit) annonce dès sa mise en place des hausses des loyers et des impôts, et des remises en cause de la Sécurité sociale et du système de retraites. La grève débute à Bordeaux le 4 août chez les postiers CGT-FO ; le 7, les trois syndicats CGT, FO et CFTC (chrétiens) appellent les transports et les autres services publics à cesser le travail. La métallurgie rejoint le mouvement. C'est la première grève unitaire depuis 1947 : soutenue par les communistes et les socialistes. Il y a quatre millions de grévistes dans le pays. À Migennes, le 10 août, jour anniversaire du déclenchement des grèves insurrectionnelles de 1944, le bureau fédéral de l'Union départementale CGT décide la grève générale.

Les cheminots bravent l'ordre de réquisition : quatre d'entre eux sont sanctionnés. Le 23 août, jour anniversaire de la libération de Migennes, un cortège silencieux de mille cinq cents cheminots, ouvert par Camille et les quatre suspendus, dépose une gerbe sur la plaque commémorative de la Résistance.

Deux jours plus tard, le 25, la victoire sur les retraites est acquise. Les roulants révoqués couvrent leurs machines de fleurs. Les sanctions seront annulées en novembre.

Dix-huit jours de grève, c'est long. « Mais enfin ces grèves, c'était quand même merveilleux, disait Madeleine à Radio Triage en 1982. On faisait réunion chez nous tous les soirs, tous les soirs ! Et vraiment jamais personne ne s'est plaint qu'on faisait du bruit ou ainsi de suite. Camille partait le matin en sonnant le rappel dans les rues des cités avec un tambour. Le comité de grève avait demandé aux femmes de cheminots d'aller collecter. Moi j'étais allée à Bonnard et Bassou avec d'autres femmes voir les maires des communes pour leur demander si i'pouvaient aider les grévistes parce que y en a qui tenaient p'u. C'était dur dix-sept jours sans être payés. Elles disaient : on n'aura pas d'argent, comment on va faire pour nourrir les gosses, et ainsi de suite. Non, vraiment, ça a été une grève magnifique. »

L'année précédente, un socialiste indépendant, Didier Lesseur, a été élu maire de Migennes : Camille soutient son idée de construction de maisons individuelles par coopérative. Il est le premier à souscrire. Les maisons doivent être construites entre l'étang de Fouchy, le quartier cheminot et l'Armançon – en zone inondable.

Camille a quarante-huit ans : il doit songer à la retraite, mais c'est surtout à sa petite femme qu'il pense. Jusque-là, leur idée était de revenir à Mailly pour leurs vieux jours, de racheter la maison de cousine Jeanne, sur la route de Sézy. Il dit à Madeleine de pas s'en faire, qu'il va lui refaire un petit Mailly plus vrai que le vrai, avec de la vigne, un beau potager, ses roses pâles préférées et des lapins pour les déjeuners du dimanche. Un petit Mailly, mais à Migennes. Dans sa ville à lui, Camille. Parce que maintenant c'est sa ville. Il veut y avoir sa maison. Il choisit l'emplacement : dans la rue de Marcel-Thibault et de Robert-Roux, à côté de chez Georges Laurent, l'ex-socialiste résistant avait fait construire avant guerre. La rue du Bout-de-Cheny a été rebaptisée du nom du communard blanquiste Édouard Vaillant par l'ancien maire socialiste. Ce sera au numéro 17 : La Commune et la Révolution russe. « Tout notre programme, en somme », disait Madeleine. Le programme des Rouges. À droite, il y aura les Barandon, leurs voisins du dessus chez le boulanger Carré à Cheny en 1946.

Cordillot, le secrétaire fédéral, prévient Camille : « Tu fais construire : tu es perdu pour le Parti. »

De fait, après les grèves de 1953, Camille cesse d'appartenir aux instances dirigeantes du département.

À Migennes, il est remplacé par Ducrot, cadre des PTT arrivé en juin de Brazzaville, qui devient secrétaire de la section. Mais ce n'est pas parce qu'il a cessé de militer. Depuis la mort de Staline, les prolétaires communistes, les staliniens de Migennes, ont été écartés et remplacés par des intellectuels et des techniciens des classes moyennes.

Georges Laurent qui aide Camille à creuser le trou pour sa maison commente : « Maintenant qu'on est dirigés par des instits et des cadres, on va devenir comme les socialistes : des réformistes. »

XI

Les khrouchtchéviens de Migennes

Bernard

Au début du mois de juin 1954. on fait demander Madeleine à la fête de l'école de Migennes : « Votre mère est en train de mourir. » Camille est en service. Madeleine confie Bébé à Mme Roux et prend la micheline pour Mailly avec Françoise. Francis les rejoindra en vélo. Bébé pleure chez Mme Roux. Il pleure encore à côté de son père dans la micheline, et au cimetière de Mailly, et au retour.

– À Mailly, j'ai vu un mort pour la première fois : ma grand-mère, la mâchoire fermée par un chiffon ensanglanté. Pour me calmer, ma mère m'avait raconté une nouvelle fois la mort de Simon, et ma résurrection. C'est cette fois-là que j'ai compris que je lui devais la vie deux fois, racontait Bernard à Madeleine en 2011, à Vézelay. Pendant l'enterrement, je suis resté chez les Vattaire avec mon cousin Serge (le fils aîné de Lucien et Marcelle). Cachés au fond du jardin, on a allumé deux cigarettes. Et là brusquement, j'ai attrapé les deux mégots et je les ai écrasés sous mon talon. À Serge, la main sur le cœur, j'ai juré solennellement que plus jamais je ne fumerais. Avant j'étais terrible, je fumais en cachette, je cachais les cigarettes dans le tas de bois à la cave. À partir de ce jour-là, je suis devenu un garçon *sérieux*.

Camille rentre à Migennes juste après l'enterrement : il doit continuer à creuser les fondations de sa maison avec les copains (Georges Laurent, Marcelin Mulet et Robert Roux). Madeleine reste à Mailly jusqu'au lendemain : elle va faire une dernière visite au cimetière avec ses trois enfants. Le cercueil de sa mère a été déposé dans la fosse du petit Simon-Gabriel. Elle fleurit aussi les autres tombes : Élise, Jules-Antoine, Camélinat.

Avant son mariage, Madeleine s'était promis d'avoir une vie plus libre, plus pleine, plus audacieuse que celle de la bonne Noémie confinée dans sa cuisine, toujours occupée à satisfaire les besoins des uns et des autres dans l'oubli de soi. Dans le dur exil prolétaire, loin de Mailly, il ne lui restait qu'à tenter de surpasser sa mère dans l'abnégation, en hommage secret à son quant-à-soi discret et obstiné, écrasé par la truculence brutale de Jules. Et maintenant c'est de Mailly qu'elle doit faire le deuil : cette maison sur la route de Séry, c'était son dernier rêve.

L'après-midi, René Millereau passe à la forge. L'ex-Commandant Max s'est mis à boire. Ça ne se voit pas tout de suite. Mais sa peau, un peu grise, gonflée, ses dents, le tremblement de ses mains... Son bégaiement aussi s'est accentué : « Depuis qu'il n'est plus permanent du Parti, René est détruit. »

Le soir, Jules prend le train pour Migennes avec Madeleine et les enfants : il va vivre avec eux quelque temps. Dans la salle à manger des cités, quand ils arrivent, Robert Simon est en grande conversation avec Camille : le Parti a demandé à René Camphin, sous peine d'exclusion, d'accuser Auguste Lecœur du déraillement du Paris-Lille en décembre 1947 : à l'époque, Lecœur avait mis cette affaire sur le dos de Camphin – qui avait assumé. Pour ne pas avoir à choisir entre l'accusation d'un camarade et l'exclusion, Camphin s'est suicidé. Le 6 mars 1954, Lecœur, déjà sur la touche, est démis de ses fonctions de secrétaire à l'organisation.

L'ami de Simon, Pierre Hervé, chef du mouvement de résistance Libération-Sud pendant la guerre, député communiste à la Libération, professeur de philosophie dans l'Yonne, est en train d'écrire un livre, *La Révolution et ses fétiches*, qui annonce les analyses du communiste yougoslave Milovan Djilas sur les dérives de la bureaucratie stalinienne. « Le Parti doit se débarrasser du stalinisme », explique Simon. Madeleine est un peu dépassée, mais elle pense à René Millereau et raconte à Simon : l'ancien résistant, celui que tous admiraient, a été écarté par le Parti. « René est détruit. Il fait le journalier, le représentant en outillage, il s'est mis à boire. C'est à faire pitié. » Pour une fois, Camille, penaud, se tait.

Simon n'insiste pas : il ne cherche pas à gagner Madeleine et Camille à son activité fractionnelle. Leur foi et leur loyauté de Parti sont trop fortes : ça les rendrait malades.

Les jours suivants, Madeleine est triste à mourir. La rétrogradation de Camille a eu la sienne pour conséquence : il a repris la cellule Péri-Riglet des cités, dont elle s'occupait depuis la fin des années 1940. Bien sûr, elle l'aide. La direction fédérale a imposé les procès-verbaux de cellule et les comptes écrits : c'est elle qui s'en charge. Mais ça n'est plus pareil.

Ducrot, le nouveau secrétaire de section qu'on leur a envoyé, Madeleine et Camille ne l'apprécient guère : ils ne se reconnaissent pas dans sa manière de dire « les camarades » et « les Soviétiques », d'obliger ses cinq enfants à apprendre le russe, de s'interdire de parler à la première personne, il l'interdit même à ses enfants.

– Les gars à la base, ils disaient : les copains, les Russes, disait Bernard à Madeleine en 2011 à Vézelay.

Madeleine et Camille sont choqués par-dessus tout que Ducrot vienne leur emprunter au 15 du mois alors qu'il gagne le triple de Camille. Madeleine plaint sa femme pianiste, moralement abîmée par la vie dans les colonies, et le piano qu'ils ont vendu.

Elle aussi, Madeleine, elle a renoncé à tout, même à la lecture. À quarante-sept ans, sa vie est finie. Heureusement il y a les enfants. Elle leur dit, le nez dans son mouchoir : « Si vous n'étiez pas là, je me tuerais. »

Jules fuit l'amertume de sa fille : installé sur une chaise en bas de l'escalier de la cité, il chique. Sur le coup de six heures, s'arc-boutant sur sa canne, il se lève en grognant et descend la rue Pierre-Sémard à petits pas pour aller s'enfiler un godet chez Chifkot, l'épicerie-café de la rue Victor-Hugo. Les patrons sont des cousins par sa femme, il leur raconte ses chasses à Mailly : la fois où ce sanglier lui avait foncé dans les jambes et le saut en l'air qu'il avait fait, et il offre une prise aux gars qui rentrent du boulot. Bébé, en le ramenant à la cité pour le dîner, lui annonce la nouvelle : il a été reçu au concours pour entrer en sixième.

À l'école de Cheny, ils sont trois sur trente-cinq à avoir été admis Cette nouvelle, c'est l'éclaircie dans le ciel sombre de Madeleine. Ça compense l'échec de Francis, qui a quitté l'école à treize ans. Elle s'y accroche comme le noyé à la branche : son fils cadet va pouvoir devenir instituteur, ou professeur, ou médecin, comme elle en avait rêvé autrefois pour elle-même. Toute sa force d'espérer, elle la reporte sur lui. Ce qu'elle n'a pas pu faire, Bernard va le faire. Le lycée, réservé aux bourgeois, elle le veut pour lui, il y a droit. Rendez-vous est pris avec le proviseur du lycée Jacques-Amyot à Auxerre.

Belle encore dans sa robe de tergal fleuri, le chignon noir bien lisse, tiré en arrière sans un cheveu qui dépasse, la femme de cheminot à l'échelle 6 (la plus basse : Camille n'est jamais monté en grade à cause du syndicat) trouve la force d'affronter de ses yeux gris le regard distrait et condescendant du *Monsieur très bien* qui la reçoit dans son immense et superbe bureau de l'imposant bâtiment du XVIe siècle. Le Monsieur très bien est bien aimable, il feuillette le livret de classe de son fils et accepte sans difficulté de le prendre dans son établissement. Son fils ! Au lycée d'Auxerre ! Sa fierté est immense.

Mais tout le long du chemin du retour, Bébé pleure. Il geint doucement dans ses larmes : « J'veux pas vous laisser, j'veux pas aller chez les étrangers. – Un grand garçon comme toi, de douze ans ! Auxerre, c'est pas la mer à boire, vingt kilomètres ! » Madeleine fronce les sourcils, inflexible. Elle observe son fils sur la banquette en bois de la micheline, les culottes courtes qui découvrent les genoux cagneux, les galoches aux pieds, les cuisses fortes qu'il s'écorche avec les ongles, les bleus qu'il attrape à jouer au foot et à se bagarrer comme un diable, les yeux verts très clairs dans le visage large qui lui valent cette réputation de ressembler à Thorez. Et elle revoit la cour d'honneur du lycée, les garçonnets bien mis, en costume-cravate, chemise blanche et chaussures de cuir fin. Des petits messieurs. Comment lui infliger ça ?

Au retour, Camille tranche : « Il est mieux chez nous que chez les bourgeois. » Camille ne veut pas que son fils parte.

– Camille ne veut jamais que personne ne parte, disait Bernard à Madeleine en 2011 à Vézelay. Il est fou d'inquiétude dès qu'un membre de la famille s'éloigne de la maison.

Madeleine obtient quand même que son fils cesse de vendre *L'Huma Dimanche* : « Il doit se consacrer à ses études. »

Mais c'est trop tard.

En février 1955, Camille, Madeleine et les trois enfants emménagent dans la nouvelle maison du 17 rue Édouard-Vaillant. Le grand luxe : trois étages, une chambre pour chaque enfant, une pour les parents, une salle à manger, une cuisine, et pour la première fois, une salle d'eau avec un lavabo. Dès que le terrain a été à lui (un grand rectangle de mille cinq cents mètres carrés), Camille a déployé tout son savoir-faire paysan pour embellir la cour côté rue et concevoir le grand jardin-potager derrière la maison.

On entre dans la maison parementée de pierres de Bourgogne jointoyées de ciment blanc par un escalier qui conduit à un petit perron : le rez-de-chaussée est surélevé parce que ces terres marécageuses à la confluence de l'Yonne et de l'Armançon sont inondables. À l'avant de la maison et sur le côté, le sol est jonché de petits cailloux de rivière rapportés du lit de l'Armançon. Le portail qui s'ouvre rue Édouard-Vaillant et la rampe de l'escalier du perron sont en tubulures de locomotives que Camille a fait souder et peindre dans le même vert bouteille que les volets de bois. Deux rangées de tubulures ornent aussi le muret qui longe la rue et laissent passer les têtes des rosiers pâles que Madeleine préfère. Un lilas mauve s'étale en parapluie au-dessus du portail.

Accrochée à droite du perron, une tonnelle de vigne vierge. Entre le perron et la rue, trois parterres de fleurs encorbellées de violettes de jardinier. Au centre de chaque parterre, un yucca. Les trois yuccas fleurissent tous les quatre ans, de très hautes hampes de clochettes blanches, comme de monstrueux muguets, entourés de pensées de toutes les couleurs.

À gauche de la maison côté sud, côté Georges Laurent, ce sont, mêlées aux roses pâles que Madeleine préfère, de petites roses anciennes rouge coquelicot, et à l'automne une flambée de dahlias orange et violets. Contre la maison, de part et d'autre du large escalier qui descend au sous-sol, des pivoines grasses d'un beau rouge sombre, des cactées, des tulipes, et à l'arrière, côté potager, des iris, et du muguet, des marguerites, des giroflées, des *ne-m'oubliez-pas*. La vigne à vin toute jeune fait comme un collier tout autour de la maison.

Le domaine de Camille, c'est le sous-sol. L'escalier s'ouvre sur la salle, encombrée de journaux et de chaises, où ont lieu les réunions du Parti. Au fond, une petite chambre-cuisine est louée à de jeunes cheminots en stage. À gauche, côté jardin, la cave occupe deux petites pièces éclairées de trois soupiraux. Dans la première sont entreposés le vin et le cidre en bouteilles, les bocaux de cornichons, de cerises, de prunes à l'eau-de-vie et de confiture, les pommes, et les pommes de terre sur des clayettes ; la seconde s'ouvre sur le côté nord de la maison, côté Barandon : Camille y a installé son établi. Il fabrique là les meubles qui manquent et les passe au brou de noix.

À l'angle sud-ouest de la maison, tout contre celle de Georges Laurent, le garage, et sous le pommier, la niche du chien. Camille ne va plus guère chasser du côté de Mailly (Jules est trop vieux à présent), mais de plus en plus souvent en forêt d'Othe, au nord de Migennes, avec son fils Francis.

Derrière la maison, le potager tout en longueur s'étale autour d'une allée centrale sablée, délimitée par des traverses de chemin de fer. Du côté droit de l'allée court le fil de fer où Madeleine étend le linge.

Le long du muret nord, les poiriers en espalier abritent les fraises des bois. Au fond du jardin, le verger, cerisiers, pruniers, pommiers, framboisiers, fraisiers, et encore une rangée de vigne ; cachés derrière, les cages à lapins et les faisans. Pas de poules : Camille les a en horreur. Ça lui rappelle le village de Dampierre et la faim.

Bébé ne s'intéresse pas au potager de son père et préfère collectionner les fossiles. Toujours aussi bon en mathématiques, il aime par-dessus tout l'Histoire, l'histoire de l'homme et l'histoire de la Terre : la géologie. Mais l'année de sixième au cours complémentaire de Migennes est morne malgré les enchantements de la mythologie grecque, et il s'ennuie. Le soir après le goûter que lui prépare Madeleine, il prend l'habitude d'aller causer au bout de la rue avec Marcel Thibault : Marcel lui raconte l'histoire des cheminots de Migennes, comme en 46 à Camille, et lui montre son jardin mitchourinien.

Mitchourine, c'est l'autre passion du cheminot communiste avec la réparation des vélos. Le savant soviétique Mitchourine, explique Marcel à Bernard, a révolutionné la production agricole en Union soviétique en créant des hybrides de plantes : des patates carrées pour pouvoir mieux les entasser dans les cageots, des haricots ou des tomates super-productives. Avec seulement deux graines de haricots mitchouriniens, on obtient un pied comme un arbuste, alors que ne pousse qu'une touffe avec huit graines normales. Il a donné des plants de tomates à P'tit Louis. Mais les tomates mitchouriniennes de P'tit Louis, elles ont la taille des olives : le climat bourguignon n'est pas favorable, justifie Marcel.

Le clou de la collection de Marcel, c'est son lapin mitchourinien. Bébé ne voit pas bien la différence avec les bêtes de son père. Mais il se fâche quand Camille répète à table que les lubies de Marcel, ça le fait doucement rigoler.

Quand Marcel n'est pas là, Bébé monte à Cheny chez Sylvain Bourgoin. Ce cheminot fils d'institutrice, que Camille a fait adhérer en 1953, se pique d'être un intellectuel : il lit *L'Express*. Le futur maire du village est intarissable sur la Révolution et Robespierre, et prête au fils de Camille les trois volumes de discours du révolutionnaire préfacés par Jean Poperen (le futur cadre dirigeant du parti socialiste est encore communiste à cette époque).

– Plus pour très longtemps, disait JC à Madeleine.

Pendant deux ans, Bébé les lit et les relit, les discours de Robespierre. Parfois tout haut à Madeleine.

– « Je ne suis pas le défenseur du peuple, je suis du peuple, je n'ai jamais été que cela, je ne veux être que cela. Je méprise quiconque a la prétention d'être quelque chose de plus », récitait encore Bernard à Vézelay, en 2011. Robespierre, c'était ma passion, j'en étais presque amoureux.

Assise près de la fenêtre à côté de la machine à coudre Peugeot, Madeleine secoue la tête, inquiète de l'enthousiasme de Bébé pour l'intransigeant exécuteur du Comité de salut public : « Robespierre, il *exagère*. » Mais impressionnée par les lectures de son fils, elle n'ose pas s'opposer à lui.

En janvier 1956, le Front républicain de Guy Mollet remporte les élections : Jean Cordillot est élu député avec cent cinquante autres communistes. Il a vingt-six ans et est l'un des plus jeunes de l'Assemblée avec Jean-Marie Le Pen.

– C'est une grande victoire pour la politique de Front populaire à nouveau prônée par Thorez, disait Bernard à Madeleine.

Soulevé d'enthousiasme par les meetings et la victoire dont il n'a pas manqué une miette, Bébé adhère au cercle migennois de l'UJRF, l'Union des jeunesses républicaines de France, recrute dans les cités et fonde son propre cercle.

En février 1956, quelques jours avant l'ouverture à Moscou du XXe Congrès du PCUS, Pierre Hervé, l'ami de l'oppositionnel Robert Simon, est exclu. À Migennes, ça passe inaperçu, mais des échos sont parvenus du houleux XIVe Congrès du Havre en janvier : « Il y a des copains qui critiquent, qui ruent dans les brancards : des intellectuels. Staline est mis sur la touche », disait Camille en 1982, à Radio Triage. Pour la première fois, un intellectuel, Roger Garaudy, entre au Bureau politique. La priorité absolue accordée jusqu'alors aux cadres d'origine ouvrière est définitivement abandonnée.

Les questions théoriques deviennent prédominantes. Les intellectuels et les artistes célèbres, compagnons de route du Parti, forment avec les cadres dirigeants et les journalistes de *L'Humanité* une nomenklatura ménagée par Thorez : le secrétaire général envoie ses émissaires personnels à Pablo Picasso pour lui expliquer sa politique.

À Moscou, au XXe Congrès du PCUS, Thorez et Duclos ont en main une traduction du rapport secret de Khrouchtchev, le secrétaire général du PCUS, qui dénonce les crimes de Staline. Thorez décide, contrairement à son homologue italien Togliatti, de ne pas en révéler l'existence en France.

– Sa priorité : sauver le Parti, préserver son unité face au séisme, disait Bernard à Madeleine.

Le 4 juin 1956, coup de tonnerre dans le ciel communiste : le *New York Times* puis *Le Monde* publient le rapport Khrouchtchev. Les cadres du Parti sont à présent des hommes au niveau d'instruction élevée : dans l'Yonne, Lavrat et Cordillot lisent *Le Monde*. L'étendue de la répression stalinienne en URSS et dans les pays satellites ı connue d'eux, et le rapport Khrouchtchev, c'est ...e d'eau. Surtout pour Lavrat.

...ıis Thorez fait appel à leur loyauté de Parti et ils fo... bloc contre l'ennemi bourgeois. La crise est évitée de justesse, ou plutôt, elle est reportée à plus tard.

En juin, toute la famille monte à Auxerre dans la vieille camionnette bâchée qui n'a plus de plancher. Marcel Cachin, très âgé (il a quatre-vingt-un ans) est sur la tribune du meeting pour soutenir Prosper Môquet à l'élection législative partielle de la circonscription de Joigny. Madeleine écoute avec une piété religieuse le vieil homme aux cheveux blancs. Camélinat racontait à la forge comment Cachin, le directeur de *L'Humanité* d'avant la Grande Guerre, était monté chez lui 135 rue de Belleville pour le convaincre de rejoindre l'Internationale communiste. « Certes Staline a commis des erreurs, concède Cachin, mais tout de même, c'était un génie. – Ben oui quoi, Staline, c'était-y pas le chef de l'Armée rouge pendant la guerre, c'est-y lui ou non qui a fait reculer les nazis à Stalingrad en 1943 », renchérit Camille, rassuré, à la sortie du meeting. Il paraît que dans son rapport, Khrouchtchev raconte qu'en 1924, devant la dépouille encore chaude de Lénine, Staline avait insulté Kroupskaïa : « C'est pas sûr que vous soyez la femme de Lénine, qu'il lui aurait dit. » Ça le fait bien rigoler, Camille. Il ne voit pas où est le crime. N'empêche que le portrait du tsar rouge envoyé par Moscou, il l'a monté au grenier et ne l'en descendra plus.

Bébé, lui, est inquiet.

À Madeleine, à Vézelay, en 2011, il disait :

– La mariée n'était pas vierge. Il y avait une tache de sang sur la robe. Une faute avait été commise. Quelqu'un l'avait violentée.

Le parti communiste a voté en mars (avec des réserves, précisait Bernard) les pouvoirs spéciaux conférés à Guy Mollet pour rétablir l'ordre en Algérie. En mai 1956, des appelés français ont été envoyés pour mater la révolte des fellaghas. Début juillet, les Algériens d'Algérie et du continent sont en grève générale. Le 28, les communistes refusent de voter la confiance au gouvernement – sans se prononcer nettement en faveur ni de l'indépendance (massivement impopulaire en France) ni de l'aide aux indépendantistes (illégale et condamnée, jusqu'à ce qu'elle soit finalement tolérée en interne). Le PC demande le cessez-le-feu et une paix négociée.

17 rue Édouard-Vaillant, on a peur que Francis, qui a dix-neuf ans, soit du prochain envoi de troupes. Camille, Barandon, Cairon, Mulet, Ternat distribuent des tracts contre la guerre.

En octobre, Bébé apprend par la radio les émeutes hongroises :

– Les mecs chopent les communistes, leur mettent des billets de banque dans la bouche et foutent le feu, se souvenait encore Bernard en 2011.

La révolte qui avait commencé par une manifestation d'étudiants à Budapest est durement réprimée. Il est surpris et choqué par la haine des insurgés : « Et si nous n'étions pas du bon côté ? » Ça lui traverse l'esprit à lui, le petit vendeur de *L'Huma Dimanche,* et ça lui fait mal.

Bébé vient d'avoir quatorze ans et porte toujours des culottes courtes, mais c'est en pantalons longs qu'il monte à Paris début novembre, pour participer à la fondation des JC, les Jeunesses communistes. Le soir, la marraine de la fête, Jeannette Vermeersch, danse une polka effrénée. Bébé aurait préféré croiser Thorez, mais le secrétaire général, d'abord annoncé, s'est décommandé.

À son retour de Paris, la maison est sens dessus dessous : Francis a disparu. Avec quatre copains, ils étaient allés tracer les lettres blanches sur le mur avec du carbure : PAIX EN ALGÉRIE. Camille rentre du travail à quatre heures du matin, remonte sur son vélo et va chercher son fils au commissariat de Migennes. Francis est condamné à une amende de quatre-vingt mille francs. « C'est le Parti qui a payé. »

Le lendemain, Bébé est sur la photo du Congrès de fondation des JC que *Les Nouvelles de l'Yonne* publient en première page. La gloire d'un de ses fils efface aux yeux de Madeleine les bêtises de l'autre.

Le 4 novembre, les troupes soviétiques entrent en Hongrie et écrasent l'insurrection. Deux mille cinq cents Hongrois sont tués et sept cents Russes. Toute opposition publique est supprimée. À Migennes, les copains sont tous pour l'Union soviétique, ils n'ont aucun doute : « C'est une contre-révolution, il faut l'écraser. »

Quelques jours plus tard, Bébé assiste à la réunion du comité de section, au sous-sol de la maison. Victor, un cheminot d'origine espagnole, ancien des Brigades internationales, demande la parole : « Les gars, vous le savez, je suis un Rouge, un communiste, y a pas plus communiste que moi. Mais j'ai des copains espagnols, réfugiés dans les pays de l'Est. Ils m'écrivent. C'est pas comme on croit. Y a pas de liberté, et des difficultés de vie. Alors voilà : je suis contre l'intervention soviétique. Je veux pas que vous m'excluiez. Je quitte le Parti. »

Victor se lève et, avant de quitter la pièce, dans le silence qui s'est fait, il s'adresse à Camille : « Camille, tu continueras à m'amener *L'Huma Dimanche*. » Et puis il s'en va.

Ça jette un froid. Ducrot est emmerdé. Pas Camille : « Victor, enfin le camarade, il pense ce qu'il veut. Du moment qu'il continue à prendre *L'Huma*, c'est que c'est toujours un copain. » Pour Camille c'est tout ce qui compte : les copains. Ceux qui sont de notre bord. Maintenant : savoir si les Russes ont raison ou non, « c'est une aut' paire de manches ».

À Paris, le 7 novembre, pendant la manifestation contre l'intervention soviétique, l'attaque violente des manifestants anticommunistes contre le local du Parti, 44, rue Le Peletier, avec la passivité sinon la complicité des forces de police, ressoude les rangs.

La Hongrie, l'Algérie, le rapport Khrouchtchev :

– Je suis devenu communiste dans ce climat tourmenté, disait Bernard à Madeleine.

Un peu à contretemps, en somme.

Taraudé par le doute, comme ses aînés khrouchtchéviens, Bébé se voue à sauver le bateau communiste « qui prend l'eau ». En plus de *L'Humanité* quotidienne, il s'astreint à lire *France-Nouvelle, Les Cahiers du communisme* et tous les rapports du Comité central et autres textes internes, qu'il souligne et annote, commence à remplir de son écriture appliquée des cahiers entiers de citations et de commentaires, tient méticuleusement le journal de son cercle des JC, qu'il montre, encore fier, à Madeleine, à Vézelay, en 2011. Il faut faire attention à ne pas commettre de fautes. Des fautes ont été commises. Bébé traque les fautes.

Un peu avant Noël, Jules est enterré à Mailly dans la tombe de Noémie et Simon-Gabriel. Il avait quatre-vingt-un ans. Madeleine pleure le père et le fils. Heureusement, il y a l'esprit : Camélinat. En apparence, terriblement amaigrie, elle semble mieux accuser le coup que pour l'enterrement de Noémie. En fait, elle est déjà malade mais ne le sait pas encore.

À l'enterrement, Bernard retrouve son cousin Serge : ils vont en vélo ensemble à Vermenton acheter des clous pour les chevaux. La forge est en pleine faillite. Rien ne marche, ni la ferronnerie d'art ni la station d'essence que Lucien a montée : plus jamais personne ne passe sur l'ancienne voie romaine Auxerre-Clamecy devenue une minuscule route départementale. Lucien et Marcelle veulent tout vendre et monter à Paris.

En septembre 1957, la section de Migennes est reprise par le numéro deux de la Fédération : Guy Lavrat. Le jeune instituteur a été nommé à Migennes et il loue une maison à la Belle-Idée, côté ville, au nord du pont du chemin de fer. Ce joli brun aux manières suaves n'aime pas le rude Camille, et moins encore que Cordillot, les gars des cités. Il leur fait des leçons de morale, corrige leurs fautes d'orthographe, exige qu'on lève la main avant de parler. Les réunions qui duraient des nuits entières sont liquidées en une heure. Madeleine l'admire et le respecte autant que Cordillot parce qu'il est instruit, mais elle se méfie de son côté enjôleur et faux jeton. Camille déclare que le camarade n'est rien qu'un pommadin. Il raconte ses faits et gestes à Cordillot, qui s'appuie plus que jamais sur lui pour contrer l'influence de Guy.

Bébé, lui, est séduit par Lavrat. Il prend l'habitude de passer voir le secrétaire de la section tous les jours entre midi trente et une heure et demie : au début pour lui demander conseil, et puis ensuite parce qu'il a trouvé en lui son mentor. C'est en discutant avec Lavrat qu'il comprend qu'il ne suffit pas d'être communiste comme son père, qu'il faut devenir marxiste. Chasser le vieil homme, la vieille métaphysique, devenir un *homme nouveau*. Et chercher dans la théorie de quoi résister aux fautes auxquelles a succombé le camarade Staline.

Il a quinze ans. Il est en classe de troisième. Il lit pour la première fois *Le Matérialisme dialectique et le Matérialisme historique*. Lavrat est heureux de réfléchir aux classiques avec un élève intelligent et attachant. Mais c'est pas facile. « La dialectique est inhérente à l'essence même des choses. » Bébé cherche dans le dictionnaire Larousse : *inhérent, essence, dialectique.*

Publié par Staline en septembre 1938, *Le Matérialisme dialectique et le Matérialisme historique* est un résumé-commentaire du texte de Lénine *Matérialisme et Empiriocriticisme*.

– Ce texte occupe depuis les années 1930 une place de choix dans la hiérarchie des classiques du marxisme, disait Bernard à Madeleine. C'est un texte décisif parce qu'il institue le matérialisme dialectique en dogme d'État.

Autrement dit : en religion officielle, pense Madeleine. Malgré le rapport Khrouchtchev, on continue à le faire lire aux novices. À la même époque, le prudent Thorez, pourtant hostile au dégel khrouchtchévien, fait suspendre la publication des *Œuvres complètes* de Staline aux Éditions sociales.

Cinquante ans et des poussières plus tard, à Vézelay, Bébé a encore en tête les premières phrases du texte de Staline : « Le matérialisme dialectique est la théorie générale du parti marxiste-léniniste. »

Quand Francis est mobilisé en janvier 1958 et part pour l'Algérie, Bébé l'accompagne en gare, et au retour il pleure. Il pleure tout le reste de la journée. Pour toute la maisonnée, c'est une catastrophe. Madeleine et Camille détestent la guerre.

Le 13 mai 1958, le palais du gouverneur général est pris d'assaut à Alger, un Comité de salut public est formé. De Gaulle se déclare prêt à assumer le pouvoir. « Je m'rappelle, mon gars était en Algérie, ma femme à l'hôpital pour lui enlever un rein, disait Camille à Radio

Triage en 1982. J'avais à la maison ma belle-sœur, Henriette, qu'était venue aider parce que j'étais tout seul avec les deux gamins. Et Lavrat vient me voir. I'me dit : "Camille, va falloir qu'on parte, qu'on prenne le maquis, j'enfile mon uniforme d'officier (il avait une barrette de lieutenant, Guy), tu viens avec moi, on se présente à la caserne d'Auxerre et on prend les armes." C'est qu'il y allait pas de main morte, Guy ! Il pensait que l'arrivée d'De Gaulle au pouvoir, c'était pas seulement la droite, la réaction, il pensait et on pensait tous que c'était l'arrivée des gars de l'OAS, des fascistes, quoi [Camille dit les *fassistes*]. Que nous les communistes, on allait être interdits et rentrer dans la clandestinité. Y a des gars de chez nous qui voyaient des parachutistes arriver de partout. Les gens étaient inquiets. Le soir, on a fait une réunion à l'ancienne cantine, au Rond-Point. Et on a pris une décision… décisive. »

De retour rue Édouard-Vaillant, Camille brûle tout le matériel militant au fond du jardin. Les gaullo-fascistes au pouvoir, ça signifie : retour aux règles de la clandestinité. Se préparer à la lutte armée.

Depuis que le café du Rond-Point, Les Belles, a fermé en 1956, toutes les archives de la Fédération de l'Yonne du parti communiste sont dans le grenier du 17 rue Édouard-Vaillant. Il y a là aussi le dossier du Xe Congrès du PC avec les photos des camps de concentration, le portrait de Staline, le lit en fer-blanc sur lequel Guy Môquet dormait à Chateaubriant, que Prosper avait donné à Camille en 1952. Madeleine insiste pour que Camille cache les archives à la cave, au fond des sacs à patates.

Le 28 mai 1958, le président du Conseil Pierre Pflimlin démissionne et le président confie le 1er juin la présidence à de Gaulle. Le PCF dénonce une collusion entre le complot d'Alger et les gaullistes, mais il n'est pas interdit : personne ne prend le maquis. Malgré l'opposition de Sartre et de quelques intellectuels, c'est un raz-de-marée du Oui au référendum de septembre pour une nouvelle Constitution. Le PC qui avait appelé à voter Non passe de cent cinquante à dix députés aux législatives de novembre. Le coup est très rude : la presse locale communiste disparaît, sauf dans quelques grands fiefs, Marseille et le Nord-Pas-de-Calais. Il n'y a plus d'argent dans les caisses : le Parti cesse de louer le local d'Auxerre. On y déménage le mobilier au sous-sol de la maison de Migennes : une longue table en bois aux bouts arrondis, et encore des chaises et des chaises.

Dans son cercle des Jeunesses communistes, Bébé fait partager ses lectures aux gosses des cités qu'il continue de recruter et leur lit *in extenso L'Histoire du mouvement ouvrier français* de Jean Bruhat. En juillet, il est reçu au BEPC avec la meilleure moyenne du département.

Le lendemain des résultats, à la fête des *Nouvelles de l'Yonne*, pendant le défilé, Jean Brigeois tient l'autre bout de la banderole « Paix en Algérie » avec lui. Brigeois est de l'Aube, sa mère est une prolétaire, son père est mort. De quatre ans son aîné, il a adhéré en 1953 au Parti : promotion Staline. Cordillot l'a pris sous son aile et l'a formé lorsqu'il est arrivé à Sens en 1956.

Quand Bébé et Brigeois se retrouvent, ils se tapent dans la main puis lèvent le poing en scandant d'une seule voix : « Vivent les bolcheviks marxistes-léninistes ! » Brigeois déclame ensuite : « Quand la ligne est fixée, ce qui compte, c'est le choix des hommes (Lénine). » Bernard répond : « Un communiste, ça fait un bon officier (Malraux). »

Bébé passe l'été à poursuivre son programme de lecture très chargé : il lit le *Que faire ?* de Lénine, et du même, *Matérialisme et empiriocriticisme,* qu'il a emprunté à Cordillot, et aussi *De la pratique et de la contradiction* de Mao Tsé-Toung : on est en plein rapprochement Thorez-Mao pour faire front contre Khrouchtchev et les Italiens. Quand ses yeux sont fatigués, il fonce en vélo à la baignade de Charmoy piquer une tête. En sortant de l'eau, un dimanche, il aperçoit une jolie Parisienne en bikini qui lit *Le Grand Meaulnes* allongée sur l'herbe et tombe amoureux. La Parisienne repart en septembre sans qu'il ait osé lui adresser la parole.

L'année de préparation du concours d'entrée à l'École normale d'instituteurs d'Auxerre, Bébé, un peu triste sans se l'avouer, redouble de sérieux et de lectures politiques : il lit tout Thorez. Et Marx : *Les Luttes de classes en France, Le Dix-Huit Brumaire, La Guerre civile en France, La Guerre des paysans, Anti-Dühring*, d'Engels, *Anarchisme et Socialisme* de Plekhanov, *Les Principes du léninisme* de Staline.

Madeleine se remet lentement de son opération du rein. Elle a été soignée par le jeune docteur des cheminots, respectueux et charmant, qui vient d'arriver en gare de Migennes : Marc Cazassus, dit Caza, est catholique et pas du tout de gauche, mais un lien fort se noue entre la fille du forgeron de Mailly et ce fils de paysans du Cher, qui a fait ses études en se serrant la ceinture. Caza veut convaincre Madeleine qu'elle est plus chrétienne qu'elle ne croit. Madeleine a un demi-haussement d'épaules coquet. Le nez dans sa couture, mais l'œil gris pétillant à nouveau d'ironie : « Par le fait, j'étais sûrement bien plus sérieuse que bien des femmes qui vont le dimanche à l'église », disait Madeleine à Madeleine dans les années 1970.

Pour comble de joie : en juin, Bernard est reçu troisième du département au concours d'entrée à l'École normale d'instituteurs. Babillon, fils d'un peintre en bâtiment socialiste qui habite en ville, est premier. Deux autres copains de Migennes sont reçus aussi : Breugnot et Guy Burel, fils de cheminots. Le deuxième est Gérard Barret, « qui deviendra un copain ».

Il avait été entendu que, si Madeleine disparaissait, Camille se remarierait avec sa sœur Henriette. Mais c'est Henriette qui meurt d'un cancer. Camille et Madeleine apprennent le même jour la mort d'Henriette et celle de René Millereau. René a été asphyxié par les émanations de son poêle dans sa maison d'Avigny. Madeleine et Camille sont persuadés qu'il s'est suicidé. Il avait quarante-deux ans.

Le double enterrement est une dure épreuve : quatre très proches perdus en moins de cinq ans. Noémie en 1954, Jules en décembre 1956, Henriette et René en 1959. Les ponts sont définitivement coupés avec Mailly. Tout a été vendu. Lucien est devenu roulant comme P'tit Louis, et avec Marcelle, ils ont acheté un appartement dans le XIIe à Paris, près de la gare de Lyon. « Leur départ n'a pas dû arranger l'isolement de René », disait Madeleine.

Il ne reste rien du Mailly de Jules. Le village est vide, les paysans sont devenus des étrangers, repliés sur leurs terres, politiquement conservateurs. Il ne reste rien que le cimetière : aux tombes de la visite rituelle à Mailly s'ajoute désormais celle de René (Henriette est enterrée à Saints). Le Commandant Max est dans la même rangée qu'Élise, Jules, Noémie, Simon-Gabriel, entre eux et Camélinat. Le Parti a fait une belle plaque à René.

Serge, le fils de Lucien et Marcelle, raconte à Bernard qu'il appartient au réseau Jeanson de soutien actif au FLN : il transporte des documents, de l'argent, distribue des tracts. Élève au lycée Louis-Le-Grand à Paris, encarté aux JC, bien sûr, Serge est proche des dirigeants parisiens « italiens », krouchtchéviens et trotskisants : Kravetz, Krivine, Kouchner, Chisserey.

Dès son arrivée à l'École normale d'Auxerre en septembre 1959, Bébé monte un cercle des JC et un comité Paix en Algérie : il a très vite vingt adhérents et le double de sympathisants.

Camille et Madeleine ont été les premiers du quartier à avoir la télévision. Trois mille francs, un luxe, l'équivalent de quatre mois de salaire, tombés du ciel, ou plutôt de Mailly-la-Ville et de la part qui revenait à Madeleine des biens vendus : la forge du père Jules s'est métamorphosée, soixante-dix kilomètres au nord, en boîte à images. Coincée entre la machine à coudre Peugeot et le buffet Henri II, la télé a détrôné le poêle à charbon. Nouveau cœur du foyer, l'électron luminescent a supplanté la première des techniques : la maîtrise du feu. Au-dessus de la nouvelle machine, en souvenir des ancêtres forgerons, un fer à cheval est suspendu au mur.

Après les informations, Madeleine est devant sa machine à coudre, et sont assis sur le divan Camille, Bernard, dix-sept ans, revenu de l'École normale comme tous les vendredis soir, Françoise, la petite dernière, douze ans. Francis est en Algérie. Ils regardent un film sur la montée du nazisme en Autriche.

Un gamin dénonce ses parents. Les militants nazis n'ont que ce mot à la bouche : *le Parti, le Parti, le Parti.* À chaque nouvelle occurrence du mot, le malaise augmente dans la salle à manger. On se regarde en coin. Ici aussi, toute la journée, on dit : *le Parti, le Parti, le Parti.*

Au Parti aussi, on demande aux militants de dénoncer les membres de leur famille : on a demandé à la femme de Marty de dénoncer son mari, à Camphin de dénoncer Lecœur, à René de rompre avec son frère.

« Et nous, qu'est-ce qu'on ferait si le Parti nous demandait de nous dénoncer les uns les autres, ou de rompre les uns avec les autres ? » demande Madeleine après le film. Camille grogne. « Qu'est-ce que tu vas chercher ? » Mais Madeleine poursuit sa pensée et déclare gravement : « Il faut qu'on se jure que la famille passera toujours avant le Parti, et que rien ni personne ne pourra jamais nous diviser. » Camille, Bernard, Françoise, tous jurent à Madeleine, et vont se coucher tourneboulés. Surtout Bébé.

En mai 1961, peu après le XXIe Congrès du PCUS à Moscou, s'ouvre le XVIe Congrès du parti communiste français. Thorez préside une séance du Bureau politique consacrée aux erreurs politiques de Staline. Ouvertement contesté à l'intérieur du Parti par Laurent Casanova et Marcel Servin, le secrétaire général se rallie enfin à Khrouchtchev.

Politiquement, Bébé est thorézien, c'est-à-dire convaincu que l'activité du Parti doit être centrée sur l'action de masse : recrutement massif et formation théorique des militants. Il ne s'émeut pas du paradoxe qu'il y a à écarter les khrouchtchéviens Casanova et Servin (exclus du Bureau politique en février 1961 et rétrogradés à la base), juste au moment où on se rallie à Khrouchtchev.

– Casanova et Servin sont des opportunistes de droite, explique Bernard à Madeleine, en 2011, à Vézelay.

Ces intellectuels coupés des masses veulent transformer le PC en parti municipaliste et parlementariste. Mais Bébé est soulagé du ralliement à Khrouchtchev : il redouble de vigilance et mesure au millimètre les évolutions idéologiques dans les rapports politiques et dans la presse du Parti. Crayon en main, il relit tout, obsessionnellement : est-ce que les erreurs sont imputables à l'homme Staline ou à la pensée marxiste ? Tous les week-ends, il en discute avec Lavrat.

La brochure *Le Matérialisme historique et le Matérialisme dialectique* a disparu des étalages du CDLP (toujours tenu par Camille à Migennes) : le credo de Staline est remplacé par le rapport de Waldeck Rochet *Qu'est-ce que la philosophie marxiste ?*

– Mais ça ne change rien au dogme léninisto-stalinien qui fait du matérialisme dialectique une théorie pour l'action et hypostasie la philosophie marxiste en métaphysique du Parti, disait Madeleine à JC.

D'ailleurs, la philosophie marxiste, transformée en dogme d'État par Lénine et Staline, est assez retorse pour prévoir même les fautes et les erreurs que traque Bébé. La thématique des erreurs est le cœur sans cœur de la rhétorique léniniste et stalinienne. Staline n'est pas le crétin monstrueux et sanguinaire qui rassure les bien-pensants, pressés de placer les autocrates hors de l'humanité pour exonérer le reste de la population de sa complicité dans le crime. Son style, incroyablement répétitif, entêtante mélopée, est tout entier autocritique. «Le dictateur rouge intègre à sa pensée totalitaire et à sa mécanique criminelle la conscience séparée de l'individu libre, explique Bernard à Madeleine : il exige des meurtriers qu'ils tuent librement et rationnellement. »

Par exemple dans ce texte que Bébé relit en 1961 : *L'Homme, le capital le plus précieux,* publié en français dans une des brochures de la série *Les Éléments du communisme.* C'est un discours que Staline a prononcé au Kremlin le 4 mai 1935 « à l'occasion de la promotion des élèves de l'académie de l'Armée rouge ». Soit en pleine terreur. L'autocrate du Kremlin avait prévu l'arrestation de 193 500 « éléments nuisibles à l'Union soviétique » et l'élimination physique de 75 000 personnes : il déplore ce jour-là que le zèle des « camarades de la base » ait porté ces chiffres à 767 000 déportés en camps et 387 000 fusillés. Certains, emportés par une passion insuffisamment réfléchie, vont jusqu'à décapiter à la hache lesdits éléments nuisibles. Dans son discours du 4 mai 1935, le tsar rouge annonce qu'il va faire diligenter des contre-enquêtes pour, dit-il, « corriger les erreurs » des zélateurs.

Ou encore dans cet autre discours, du 3 mars 1937, en pleins procès de Moscou : Staline présente un rapport à l'Assemblée plénière du Comité central du PCUS, *Pour une formation bolchevik – Défauts du travail du Parti et mesures à prendre pour liquider les gens à double face, trotskistes et autres,* et cite cette phrase de Lénine que Bébé souligne et encadre : « L'attitude d'un parti politique en face de ses erreurs est un des critériums les plus importants et les plus sûrs pour juger si ce parti est sérieux et s'il s'acquitte réellement de ses devoirs envers sa classe et envers les masses laborieuses. Reconnaître franchement son erreur, en découvrir les causes, analyser les circonstances qui lui ont donné naissance, examiner attentivement les moyens de corriger cette erreur, voilà la marque d'un parti sérieux, voilà ce qui s'appelle, pour lui, s'acquitter de ses devoirs, éduquer et instruire sa classe et, ensuite, les masses » (*La Maladie infantile du communisme*). « Cela signifie, commente Staline, que le devoir des bolcheviks n'est pas de voiler leurs *erreurs*, d'en éluder la discussion comme cela arrive souvent chez nous, mais de reconnaître honnêtement et ouvertement les mesures nécessaires pour corriger ces *erreurs*, de corriger leurs *erreurs* honnêtement et ouvertement. » Bébé, à son tour, commente en marge : « PASSAGE ESSENTIEL, TRÈS IMPORTANT. Alors, Messieurs, voilà qui vous chagrine ! Continuerez-vous à prétendre que le Parti ne VEUX [*sic*] PAS RECONNAÎTRE SES ERREURS ! Vous voyez : critique, autocritique, cela nous connaît. »

En effet.

– L'autocritique est au fondement de la terreur stalinienne : elle est la méthode de son intériorisation, disait Madeleine à JC. Le nihilisme de la conscience séparée, source de liberté naturellement empressée à nier les passions, devient le plus sûr moteur de l'obéissance. Le communiste n'est jamais assez communiste, jamais assez marxiste-léniniste, jamais assez vidé de ses affects et de sa subjectivité pour se conformer à l'idéal militant.

À la fin du même texte, Staline insiste pour dire que l'assimilation pleine et entière du marxisme n'est pas requise pour être un bon militant, mais que chaque militant doit « s'efforcer » sans cesse de « devenir un vrai marxiste, un marxiste éprouvé, possédant une formation théorique », laquelle seule est susceptible de permettre l'accès à la compréhension véritable du Programme.

Cette injonction cléricale de confession flagellatrice (– Pas si éloignée de la morale ascétique chrétienne de l'Imitation du Christ, justement dénoncée par Nietzsche comme nihiliste, disait Madeleine à JC) séduit très profondément le bon élève appliqué qu'est Bébé : lui aussi, poussé toujours plus avant par le désir de perfection de Madeleine, devenue au fil des ans et de ses renoncements, pure passion sublimée, Bébé veut reconnaître ses erreurs pour pouvoir les corriger.

Comme tous les khrouchtchéviens, il est pris dans cette vertigineuse rhétorique du soupçon qui creuse et retourne dans tous les sens la théorie marxiste – sans jamais remettre en cause son caractère de loi infrangible.

– Du coup, à sa manière, Bébé, dès l'âge de quatorze ans, participe à la frénétique agitation théorique de la fin des années 1950 et du début des années 1960 : sa relecture infinie des textes a en commun, avec celles de Garaudy, de Lucien Sève, de Sartre ou d'Althusser, de considérer comme indépassable l'*horizon* marxiste, disait Madeleine à JC. Marx a raison, mais l'interprétation qu'on en fait est fausse : sur ce point, tous sont d'accord.

Deux critiques incompatibles de cette position officielle s'élaborent à ce moment-là : la critique humaniste de Roger Garaudy remettant en cause le déterminisme matérialiste et dialectique au nom d'une philosophie de la conscience, et la critique dite antihumaniste d'Althusser, cherchant au contraire à poursuivre, en s'appuyant sur les récentes analyses linguistiques et structurales des déterminismes collectifs, la quête dialectique et formaliste d'une fin de la métaphysique et de la philosophie du sujet, en accusant le stalinisme d'en être un avatar. En réalité, l'althussérisme, en considérant, dans la lignée de Lénine polémiquant avec les réformistes, que le cœur de la *faute* stalinienne est une mécompréhension de la philosophie matérialiste marxiste, constitue une impasse qui répète le geste léninisto-stalinien.

Au même moment Sartre, polémiquant avec l'idéalisme de Garaudy, produit une somme, *Critique de la raison dialectique* (1958), qui, dans la lignée des théoriciens marxistes italiens Gramsci et Labriola, tente de penser ensemble, grâce au concept de *praxis* d'origine aristotélicienne, la liberté d'action d'individus en proie au besoin et l'inertie des grands déterminismes institutionnels, État et partis.

Bref, pendant quinze ans, les philosophes marxistes et marxiens, Sartre compris, rivalisent de subtilités exégétiques avec vingt siècles de théologie chrétienne. L'*erreur* stalinienne est l'aiguillon comme autrefois le *péché*. Le Royaume est la société sans classe et sans État. Mais nul ne voit l'évidence : à savoir que la politique est une *foi*.

Certains finiront par se rendre compte de l'aporie théoriciste et idéaliste, en assumant plus ou moins son caractère religieux et métaphysique : l'althussérien Badiou se convertissant à un néo-platonisme scientiste et ultra-formaliste, ou bien Garaudy revenant au christianisme de son enfance avant de devenir un fondamentalisme islamiste et de dériver en négationniste de la Shoah ; ou encore Sartre acceptant, peu de temps avant sa mort, de dialoguer par l'intermédiaire de son secrétaire Benny Lévy avec le messianisme juif. Dans la période suivante (à partir des années 1980), l'antimarxisme désormais de rigueur (après avoir été la panoplie obligée de l'intellectuel des années 1960) ira jusqu'à suspecter toute conviction politique de fanatisme théocratique (Benny Lévy), et prônera une séparation radicale du spirituel et du politique, qu'on préférera abandonner à la pensée unique des *experts* et aux techniciens gestionnaires du système dominant d'organisation matérielle (Bernard-Henri Lévy).

Sartre, dans sa première philosophie, avait été de tous celui qui s'était le plus approché d'une pensée de la foi qu'il avait nommée désir d'être *ens causa sui,* c'est-à-dire Dieu ; mais en 1958, en écrivant sa *Critique de la raison dialectique,* il s'est conformé à l'air du temps matérialiste et économiste : sa pensée du désir et du manque-à-être est devenue une philosophie du besoin matériel. Dur refoulement. La passion d'être est une économie parallèle à propos de laquelle un autre penseur, au début du siècle, avait tenté d'attirer l'attention : Freud. La politique n'y échappe pas, elle ne relève pas du calcul, mais de la croyance, quoi qu'en disent ses grands inquisiteurs.

– Il ne s'agit pas d'assumer je ne sais quelle extravagance irrationnelle, disait Madeleine à JC. À s'avouer comme foi, la politique gagne seulement à se connaître elle-même. L'essentiel est de refuser les calculs à la petite semaine, qui ne sont que refoulement et camouflage (de la passion et du crime).

Que de temps gagné s'ils avaient lu Jaurès. Seul dans son genre, Jaurès avait vu que la lutte politique pour la justice est une élaboration rationnelle du besoin d'amour. La réflexion et l'objectivation sont des opérations de séparation et de division de l'être qui condamnent la conscience à la solitude dirimante de la pensée : tôt dans la vie des individus et dans l'histoire des peuples, le désir d'être-avec et d'être-Tout naît d'une nostalgie d'unité, la conscience séparée aspirant à se nier elle-même comme origine de la séparation sans pouvoir y parvenir. La politique comme l'amour, comme la religion sont autant de moyens rationnels trouvés par l'homme de combattre la malédiction nihiliste de l'intérêt égoïste et la solitude de la conscience. Tant qu'elle est pensée du vivre-ensemble, et se sait aspiration à la *fusion* (aurait dit Sartre), la politique n'est pas criminelle.

– Ce n'est pas *parce qu'elle est une foi* que la politique est criminelle, disait Madeleine à JC, mais elle le devient au contraire quand elle ne se connaît pas elle-même comme telle et retombe dans la séparation en faisant endosser à sa prétendue rationalité l'élimination d'une partie de l'être censée contenir le mal.

Dans un autre passage de la brochure *Pour une formation bolchevik* que Bébé relisait en 1961, Staline précisait : « Les bolcheviks nous rappellent, selon moi, le héros de la mythologie grecque, Antée. De même qu'Antée, ils sont forts parce qu'ils ont des attaches avec leur mère, avec les masses qui leur ont donné naissance, qui les ont nourris et les ont formés. Et aussi longtemps qu'ils restent attachés à leur mère, au peuple, ils ont toutes les chances de rester invincibles. » Bébé note dans la marge : « Cette comparaison est formidable, géniale. » L'Esprit de Parti ne se nourrit pas seulement d'Imitation de la Loi marxiste, il est communion avec le corps des masses – nouvelle Vierge Mère.

Bébé, fils élu de sa mère, colle à elle comme aux masses ouvrières, qu'il veut faire communier par son intercession dans l'esprit communiste dont le nom propre est Camélinat. Telle est l'équation psychologique et religieuse de sa foi politique.

– Qui lui jettera la pierre ? demandait Madeleine à JC. En tout cas pas moi.

Peu après le XVIe Congrès, la conférence fédérale se réunit un dimanche matin salle Baptiste à Migennes, au café du Terminus, derrière la gare. Bernard arrive d'Auxerre. Il s'assoit en face de Robert Simon. Simon est en guerre contre Cordillot et Lavrat depuis leur arrivée dans l'Yonne. Tous connaissent ses activités d'oppositionnel, malgré l'anonymat des publications du groupe Débat-Unir qu'il anime. Et la direction fédérale a décidé d'en finir. Le rapport politique de Cordillot l'assimile aux opportunistes de droite Casanova et Servin, et conclut en demandant que le camarade ne soit pas réélu au comité fédéral. Une discussion s'engage. Simon est aimé et se défend.

Bernard, dix-huit ans et demi, prend la parole pour témoigner de l'activité fractionnelle de Simon et de celle de Villerey : Michel Villerey, d'un an plus âgé que lui, chaperonné par Simon, déploie à l'École normale d'Auxerre toute une rhétorique trotskisante (il deviendra trotskiste lambertiste), qui contrarie l'influence de Bébé.

L'intervention de Bernard, alors qu'on sait que Simon est un vieil ami de Camille et Madeleine, est décisive : Simon n'est pas réélu au comité fédéral et donc exclu de la direction du département. Quelle que soit la virulence de son discours critique, pour ce militant dans l'âme qu'est Simon, cette exclusion des instances départementales du Parti est un échec et une blessure, et il ne s'en remettra jamais.

Bernard, en 2011, à Vézelay, se reprochait encore cette *faute*.

En juin 1961, il est reçu à la première partie du bac, et le conseil des professeurs le choisit avec un autre normalien de Migennes, Gérard Babillon, pour intégrer la classe de terminale en philosophie à l'École normale supérieure de Dijon. Deux autres normaliens (dont Breugnot de Migennes) sont admis en Mathélem (Bernard avait demandé Mathélem, mais ne l'a pas obtenu). Les meilleurs élèves issus des classes populaires sont autorisés depuis peu à préparer le concours d'entrée à l'École normale supérieure qui forme les futurs agrégés et professeurs d'université : les élèves de l'École normale supérieure étaient presque tous issus jusque-là des lycées bourgeois de centre-ville. Les autres élèves de l'École normale d'Auxerre reçus à la première partie du bac sont destinés à devenir instituteurs dans le département.

– On aimerait voir aujourd'hui un tel souci républicain de former une élite de professeurs issus de toutes les couches de la société, disait Madeleine à JC.

Bernard intègre donc l'École normale de Dijon en septembre 1961, et fonde immédiatement un cercle des JC. Il recrute cinquante normaliens et le comité Paix en Algérie contre le fascisme compte rapidement cent vingt garçons (sur un total de cent cinquante) et soixante filles. Ce succès militant lui vaut d'être promu responsable des Jeunesses communistes de l'Yonne et de la Côte-d'Or.

Bébé (son surnom l'a suivi à Dijon) est aussi le meilleur élève de sa classe. Une interne se distingue chez les filles : Arlette. Les autres élèves les mettent en compétition : à qui battra l'autre.

Le directeur de l'École normale, un radical-socialiste à l'ancienne, chrétien et laïcard, admirateur du pédagogue soviétique Makarenko, observe Bernard avec bienveillance. Il ferme les yeux sur la ronéo planquée dans le dortoir et les paquets de tracts sous les lits – sans parler du fusil Lebel qui servait à la préparation militaire, et qu'un trotskiste, un « farfelu », avait jugé opportun de réquisitionner : Bernard avait été le premier à l'engueuler.

Un soir, très tard, le directeur l'aperçoit assis dans le couloir, un bouquin sur les genoux. C'est tout à fait contraire au règlement et il s'apprête à l'engueuler, mais aperçoit le titre de son livre : *Thérèse Desqueyroux*. « Ah c'est bien, vous lisez Mauriac. »

Le samedi matin suivant, à la réunion d'instruction civique et morale à laquelle toute l'École normale assiste chaque semaine, le directeur déclare : « Je vais vous passer un disque pour vous prouver que tous les militaires ne sont pas des tortionnaires et des fascistes. » Les normaliens n'en reviennent pas lorsqu'ils reconnaissent les Chœurs de l'Armée rouge et *Le Chant des partisans russes*. Ils interprètent l'ironie du radical socialiste comme une façon tacite de soutenir Bernard.

Arlette et Bernard ont pris l'habitude de s'asseoir côte à côte en cours. Quelqu'un les prend en photo, assis derrière le pupitre à deux places. Elle, pas très grande, fine, jolie, avec ses cheveux blonds coupés court, de grands yeux bleus cachés derrière des lunettes en ailes de papillon comme c'est la mode, le nez droit aux narines bien dessinées. Lui, large d'épaules, les yeux très clairs dans le visage carré, les lèvres minces, la raie sur le côté, la mèche châtain roux sur le front (noire sur la photo), la chemise blanche et la cravate. Ils se tiennent très droits. Ils sont beaux. Les autres ont compris avant eux. Bernard, à Vézelay, en 2011, se souvenait encore très bien du jour où Arlette était entrée pour la première fois au local des JC dans le centre-ville de Dijon.

Le 22 décembre, ils prennent ensemble le train Dijon-Paris pour aller voir au TNP la pièce de Musset, *Lorenzaccio*. Bébé n'est jamais allé au théâtre. Gérard Philipe-Lorenzaccio en tyrannicide suicidaire les émeut, surtout Bébé. En sortant de Chaillot, ils ne savent pas où dormir : Bernard n'ose pas ramener Arlette chez Lucien et Marcelle. Ils restent toute la nuit dans un café près de la gare de Lyon. Et se racontent en se tenant la main.

Arlette a passé le concours d'entrée de l'École normale à Paris et rejoint ensuite la toute nouvelle École de Nevers. Après quoi, comme Bernard, elle a été choisie pour intégrer la préparation de l'ENS à Dijon. Une autre fille vient de Nevers : Claude Alban.

Arlette ne reçoit aucune aide de sa famille. Son père, Paul, un ingénieur alcoolique incapable de rester plus de trois mois dans la même place, a quitté sa mère et disparu quelque part du côté de Toulouse. Trimballée depuis quinze ans de ville en ville à travers toute la France, la famille a finalement échoué en banlieue parisienne à Sevran, rue Camélinat ! Sa mère, Thérèse, élève tant bien que mal, aidée par la paroisse locale, ses cinq frères et sœurs plus jeunes qu'elle. Arlette a été très catholique vers l'âge de quatorze-quinze ans, faisant sa communion et sa confirmation. Mais depuis qu'elle est en philo, elle en est revenue : son philosophe préféré est Kant. Son frère cadet, Paul le fils, qui a seize ans et a quitté l'école, vit aux crochets de sa mère, collé à elle, chapardant et volant pour elle l'argent qu'ils vont dépenser ensemble dans des restaurants de luxe à Paris.

Bernard pense à son frère Francis. À Arlette, il peut raconter : depuis qu'il est rentré d'Algérie, Francis boit et fait la bringue. Camille lui avait trouvé un emploi gare de Lyon, mais une nuit, avec son copain Jeff qui faisait le commis boulanger dans le XIIe, ils ont volé un sac dans une voiture et se sont fait arrêter. La voiture s'est trouvée appartenir à un comique célèbre, Jean Rigaux. Camille et Madeleine sont allés voir Rigaux : le comique a été touché par ce couple éploré et digne, accablé par ce grand malheur qui n'en est pas un pour lui, et il a retiré sa plainte.

Mais quelle blessure d'orgueil pour eux : « Notre fils est un voleur. » Madeleine le disait souvent à Madeleine dans les années 1970 à Migennes : « Nous ne sommes RIEN. Tout ce que nous avons pour nous, c'est d'être des gens bien, c'est d'être propres (moralement et physiquement), de nous tenir, de ne pas boire. C'est notre honnêteté. » Tout ce qu'ils voulaient pour leurs enfants, Camille et Madeleine, c'est qu'ils cherchent à s'élever, à s'instruire. « Notre seule dignité à nous gens du peuple, c'est le savoir et l'instruction », répétait sans se lasser Madeleine à Madeleine.

Et voilà que cette dignité leur est enlevée. Francis est sur une mauvaise pente, il s'est acheté un blouson noir et une moto, on ne peut plus lui parler. Il ne chante plus de sa belle voix de basse, comme autrefois, du Berthe Sylva, du Tino Rossi ou du Dalida. Avant la guerre d'Algérie, à Migennes, on l'appelait Bambino. Maintenant, il s'enferme dans sa chambre pour écouter des disques de rock'n'roll et ramène des filles impossibles à la maison. Camille ne sait pas trop sur quel pied danser : les enfants, même si les siens il les adore, il faut les corriger, et si nécessaire au martinet – une sorte de fouet dont il usait encore contre mon cousin José dans les années 1970 à Migennes. Ou au moins hurler très fort pour que tout le quartier sache bien qu'il est maître chez lui.

– Mais Francis n'est plus un enfant, il a fait la guerre, et quelle guerre. Trente mille morts pour rien côté français, et au moins un demi-million de morts côté algérien, parce que les Français refusaient une décolonisation que leurs dirigeants, de Gaulle le premier, savaient inéluctable, disait Madeleine à JC.

Repéré comme communiste, Francis a été emprisonné là-bas pour avoir distribué le tract en faveur du Non au référendum que Camille et Madeleine lui avaient envoyé, et il a fait quinze jours de mitard pour avoir insulté son capitaine. Il se retrouvait en prison pour la seconde fois. La première, c'était en 1956, à cause de l'Algérie, déjà. Comment supporter la violence qu'il a vue là-bas : les petits enfants des Arabes qui venaient manger dans les poubelles du camp et que les appelés s'amusaient à viser et à mitrailler, petites cibles mouvantes, les villages en flammes, les fellaghas torturés, comment leur dire, à Camille et à Madeleine ? Il faudra que je lui arrache les mots de la bouche, beaucoup plus tard, pour qu'il parle de cette horreur-là. Mais à l'époque, Francis, depuis si longtemps enfermé dans son silence, depuis toujours inhabile à plaider sa propre cause auprès d'une mère qui lui préfère son cadet volubile, se tait.

La moto, la musique, les disques, le blouson de cuir, ça lui rappelle quelque chose à Camille : ça ne change rien à l'affaire qu'à la raie au milieu Francis préfère la banane des rockers, et qu'il troque *Mimile Prud'homme* pour Johnny Hallyday, venu chanter à Migennes en avril 1960 (c'était le premier contrat du jeune crooner, à l'Escale). Mais ce qui l'inquiète, c'est qu'il ne retrouve pas chez son fils sa bonne humeur à lui, son appétit d'ogre, sa colère. Il y a une tristesse chez Francis qui n'a jamais été la sienne, et qui lui fait penser à son père Eugène. À René Millereau aussi. René : le héros de Francis et de Françoise. Francis enfant et adolescent avait la tête pleine des histoires de torture du boulanger Carré (il s'en souvenait mieux que Bébé qui n'avait que quatre ans à l'époque), il avait la tête farcie des exploits de René et des aventures de la Résistance. Tout ça pour se retrouver compromis à vingt ans dans cette sale guerre d'Algérie qu'il avait tout de suite haïe.

La lente dérive et la mort du Commandant Max pendant qu'il était là-bas n'ont rien arrangé.

Le samedi après-midi qui a suivi leur retour à l'École normale, Bernard « fait le mariole » au tableau de la salle d'étude : « Le monde se développe dialectiquement. Démonstration. Thèse : le prolétariat est révolutionnaire ou il n'est rien. Karl Marx. Nous, les gamins des cités de Migennes, on n'est rien, on sent mauvais, nos parents sont des abrutis alcooliques et illettrés, on a mauvaise réputation. Là où je suis né, pour m'en sortir, c'est la politique. Antithèse : je prends conscience du RIEN que je suis, je deviens communiste. Synthèse : je me supprime comme sujet, *Je* devienT marxiste, *Je* devienT dialectique, *Je* devienT l'anonyme éducateur des masses. *Je* devienT l'Esprit de Parti. Le pur instrument de la transformation des ouvriers en classe consciente d'elle-même et de la mission historique du prolétariat. Conclusion : et s'il faut incendier Rome, on incendiera Rome (il vient de lire *Caligula* de Camus). Être prof, c'est de la merde. C'est travailler à la reproduction du système. Ce qu'il faut, c'est la table rase. L'homme nouveau. La Révolution communiste. »

Il croit à ce qu'il dit, Bébé, et en même temps, ça lui fait comme un vertige, comme une ironie tuante, comme le petit couteau tyrannicide et masochiste caché dans le manteau de Lorenzaccio, comme une énorme blague – mais une blague qui fait mal, une blague qui tourne mal, une blague triste. La dialectique marxiste s'enroule en spirale autour de la faute, ça se court après, la justice et le crime, Bébé tourne avec, il est dans l'œil du cyclone et il le sait. Arlette est effrayée. « Les types d'Auxerre, ils ont un esprit impossible, ils critiquent tout », disent les filles de l'École. Mais lui, c'est autre chose. Arlette le trouve étrange, fantastique : « Ça se cassera la figure, ton histoire. Tu les quitteras. »

En février 1962, juste avant les vacances, le journal local, *La Dépêche de Dijon,* titre « Les normaliens disent non au fascisme » avec en dessous une grande photo de la manif : on le voit lui, Bernard, drapeau rouge en tête, et la moitié de l'École normale derrière. Le soir à vingt et une heures, le prof de gym vient prévenir que la police débarque pour perquisitionner : « Il faut cacher les papiers si vous en avez. » Bernard répond en rigolant que c'est déjà fait depuis dimanche.

Le directeur est d'accord sur le fond. Il vient de lire *La Question* d'Henri Alleg interdit par le gouvernement français : le militant communiste algérois raconte dans ce livre les tortures que des officiers de l'Armée française lui ont fait subir dans les baignoires d'El Biar près d'Alger. Mais contraint de hausser le ton pour la forme, il convoque Bernard dans son bureau.

« Il faut que vous me promettiez qu'il n'y a jamais eu de réunion dans l'enceinte de l'École et que le tract distribué a été rédigé à l'extérieur. » Bernard promet et trouve drôle que la seule remarque que lui fasse le directeur à propos du tract soit pour lui reprocher d'avoir écrit Paye tout court au lieu de M. Lucien Paye (« Paye, c'était le ministre de l'Éducation nationale de De Gaulle »). Le directeur le prévient pour finir qu'il ne pourra pas le soutenir toujours.

Aux vacances de février 1962, Bébé présente Arlette à ses parents : elle couche dans la chambre du fond en haut, la chambre de Francis, et lui, dans sa petite chambre d'enfant, juste à côté, où trône encore, au-dessus de la commode en acajou de Pépé Jules, la photographie ovale encadrée du visage rêveur et poupin de Bébé en gloire, prise en janvier 1945 : Simon-Gabriel était encore vivant. Sur le tablier en marbre gris de la commode, le Barbedienne que Camélinat avait offert à Jules : un étrange loup en fonte noire, surpris par le chasseur et sur le point de s'élancer pour fuir. Arlette découvre la vraie vie de famille.

En mars, au Conseil national de l'UJCF (Union des Jeunesses communistes de France), Bébé est nommé responsable de la Bourgogne et du Jura. Il se demande s'il l'a bien mérité. « En même temps, c'est très gratifiant. Mais tout de suite ils me disent qu'il y a un problème politique à régler : un type de Melun qu'il fallait critiquer. » On lui explique la marche à suivre : « Tu prends la parole contre untel, tu dis ceci et cela. » Bébé s'exécute un peu perplexe. Le soir, il s'éclipse pour aller au TNP voir avec Arlette une pièce sur l'Irlande : *Les Roses rouges*

En mai, des types de sciences veulent lancer une grève pour protester contre la mauvaise bouffe : ils viennent trouver Bébé parce que lui, il sait faire, il sait organiser. Lui trouve qu'il n'a jamais mieux mangé qu'à l'École normale de Dijon : des escargots mais aussi des trucs jamais goûtés avant, des moules. « À l'École normale d'Auxerre, c'était pas mal non plus, sauf que les normaliens mangeaient dans les assiettes de la Kommandantur installée là pendant la guerre. Ça coupait un peu l'appétit. »

Bernard accepte de rédiger le tract, et la grève de la cantine est suivie à l'unanimité. Les filles font le mur et apportent à manger en douce.

Là, le directeur trouve que la coupe est pleine. Il convoque une nouvelle fois Bernard qu'il croit à l'origine de cette affaire. Bébé est impressionné par le ton de la réprimande : « Je vous croyais responsable. Vous me décevez. En fait, vous êtes chargé de foutre le bordel partout et vous obéissez à Moscou comme les jésuites au Vatican. Ce que vous aimez, c'est détruire. Au fond vous êtes un nihiliste, vous êtes Stavroguine ! »

Bernard vient de lire *Les Possédés*. Il est à la fois séduit et troublé par cette comparaison. Le directeur interdit aux filles de lui adresser la parole.

Et puis ça se tasse : en juin, le directeur le félicite de ses fiançailles avec Arlette et encourage le mariage, prévu pour septembre. Le second bac est une formalité. Bernard reçoit deux nominations : l'une, du ministère, au lycée Henri-IV pour préparer l'entrée à l'École normale supérieure (on lui accorde une bourse), l'autre, de l'académie, au centre PEGC de Dijon (centre de formation pour les professeurs de collège). Malgré leurs excellentes mentions au bac, ni Breugnot (pourtant génial matheux) ni Arlette n'ont obtenu de bourse. Il va falloir choisir : Paris seul ou Dijon avec sa future épouse.

En août 1962, Bernard emmène Arlette à Rimini, en Italie, sur la côte Adriatique dans le paysage du film de Fellini *E la nave va*. Sauf que, côté ambiance, c'est plutôt *Prima della rivoluzione* de Bertolucci. Au lieu de profiter de la plage, Bernard, que le Parti a envoyé là pour diriger un camp de vacances des Jeunesses communistes, s'irrite du manque d'organisation : au bout de huit jours, aucun camarade n'est encore arrivé.

– Qu'est-ce que c'est que ces vacances de bureaucrate aux frais de la princesse ? se demandait encore Bernard, à Vézelay, en 2011.

Heureusement, il a dans sa valise les *Œuvres complètes* de Thorez et les relit dans l'anxiété. Toujours l'*erreur.* Il ne voit rien de l'Italie – *portant son ciel en soi, jamais il n'a contemplé l'horizon pour y suivre une nuée folle, une étoile d'or, le soleil mourant.* Arlette se promène toute seule dans les rues de la petite ville, émerveillée et esseulée. Au bout de dix jours de ce régime, Bernard de plus en plus sombre déclare qu'il y en a ras le bol : « C'est pas sérieux, je rentre. » Le camp commence deux jours après leur départ.

La lettre officielle de convocation à Henri-IV l'attend à Migennes. Cordillot passe voir Madeleine : « Bernard ne doit pas faire l'erreur que j'ai faite, il doit préparer Normale sup. » En 1954, Madeleine voulait que son fils aille au lycée. Il n'y est pas allé et a tout de même été reçu brillamment au bac : il va devenir professeur. Alors pourquoi demander davantage ? Madeleine ne comprend pas l'enjeu : qu'est-ce que ça peut faire que l'école soit à Paris ou à Dijon ? Elle ne sait pas que l'École normale supérieure est encore, à l'époque, la voie royale : la grande école d'où est censée sortir l'élite de la nation, celle qui avait formé Sartre (et son condisciple stalinien Jean Kanapa). Cordillot, lui, sait. Il aime bien Bernard et perçoit des failles dans son activité de militant, quelque chose d'un peu trop absolu et de peu compatible avec la vie de professionnel de la politique. Mais Bébé a pris sa décision : ce sera le centre de formation des professeurs de collège d'enseignement général, à Dijon. Il ne veut pas abandonner sa femme.

Le mariage a lieu le 22 septembre 1962, à la mairie de Migennes. La famille d'Arlette (excepté Paul père), est hébergée rue Édouard-Vaillant chez les Barandon et chez P'tit Louis à Cheny. Le courant ne passe pas vraiment entre Madeleine et Thérèse : l'ex-belle femme un peu fantasque, pas très futée, catholique par tradition familiale, devenue une spécialiste de la plainte mendiante, ne prononce plus jamais le nom de son mari fugueur (Paul père), qu'elle appelle l'Autre et agonit d'injures ; elle entretient avec son fils aîné (Paul fils) une bizarre relation fusionnelle.

Le soir, grimpé debout sur un des deux piliers qui encadrent le portail de la maison, Bébé chante :

> Quand un soldat s'en va-t-en guerre il a
> Dans sa musette un bâton de maréchal,
> Quand un soldat revient de guerre il a,
> Dans sa musette, un peu de linge sale.

C'est une des chansons du petit carnet orange : le recueil de chansons communistes rapporté de Rimini, qu'il donnera à Madeleine plus tard et qu'elle gardera toujours. « Le jour de mon mariage, j'étais heureux et en même temps je me doutais que ça n'allait pas être de la tarte. »

À Dijon, Bernard et Arlette emménagent 2 rue d'Arsonval, au centre de la ville : une grande pièce, un coin cuisine, WC douche. Camille vient faire les peintures. Et la guerre commence : Arlette sombre dans une espèce de dépression.

La directrice de l'École demande à Bernard ce qu'il fait là : « Vous êtes nommé à Henri-IV ! » Ils ne comprennent pas. Le recteur de l'académie de Dijon colle un premier blâme au jeune couple parce qu'ils n'ont pas demandé la permission de se marier par voie hiérarchique. Et un second parce qu'ils ont manqué les cours un samedi matin : Bernard devait assister au Conseil national des JC et Arlette l'avait accompagné.

Au Conseil national des Jeunesses communistes, Marc Kravetz, futur grand reporter de *Libération*, fait une intervention purement krouchtchévienne. Les Italiens, comme on les appelle aussi, sont pour le salaire étudiant. Bébé croise pour la première fois les gars de l'Union des étudiants communistes (UEC) : Alain Krivine, Claude Chisserey, Bernard Kouchner. Krivine s'opposera au soutien du PCF à la candidature de Mitterrand à la présidentielle de 1965 et sera exclu en janvier 1966 : il fondera en avril de la même année la Jeunesse communiste révolutionnaire (trotskistes pablistes). Chisserey entrera à l'OCI (trotskistes lambertistes) : devenu le dirigeant de la FER (étudiants de l'OCI) puis de l'AJS (organisation de jeunesse de l'OCI), il sera le mentor de JC, le député socialiste, au début des années 1970.

Bernard refuse de militer à l'UEC : il est contre le salaire étudiant. L'émancipation financière des étudiants de centre-ville en costards et boutons de manchettes de leur tutelle parentale bourgeoise n'est pas son problème « ni celui des masses ». Pour lui, les types de l'UEC sont des opportunistes de droite et des arrivistes. D'ailleurs, l'article que publie Bernard Kouchner dans *Clarté* le dit en toutes lettres : « Je suis communiste et Rastignac. Les communards montaient à l'assaut du ciel, nous, nous montons à l'assaut des places. » Dans les soirées estudiantines en marge du Conseil national, Bernard et Arlette sont mal à l'aise : ils ne possèdent pas les codes ni l'ironie de ces Parisiens qui se regardent vivre.

À Dijon, Bernard est choqué que les types de l'UEC aient des postes dirigeants dans l'UNEF alors qu'ils sont minoritaires. Cette manière de prendre le pouvoir par manœuvres de type parlementaire et autres tactiques d'alliance, ça lui paraît « incompatible avec le travail de masse ». Il est contre la conquête de l'UNEF par le haut : contre les manœuvres d'appareil et autres coups de force dans les congrès, spécialité des trotskistes. Mais en même temps il aime bien les dirigeants locaux : Béziers, ou Gérard Robin, un fils de cheminot en khâgne.

Plus grave : Bébé se retrouve en conflit avec la direction fédérale du Parti (on est en Côte-d'Or), qui s'oppose à la politique d'union de la gauche prônée par Thorez et le khrouchtchévien Waldeck Rochet. Lui, depuis le début, soutient la politique d'unité qui aboutira au soutien à la candidature Mitterrand en 1965. Il est également en désaccord sur le travail d'encadrement. Partisan de recruter le tout-venant, il considère que l'éducation politique, c'est le problème des cadres.

– Les masses ne sont jamais responsables, disait encore Bernard à Vézelay en 2011.

La direction fédérale comme l'UEC sont au contraire sur une ligne de recrutement par cooptation et connivence préalables. Ils accusent Bernard d'activisme politique et de trotskisme, et s'opposent à ce qu'il organise à Dijon un bal avec orchestre de rock.

Bébé réplique par un rapport au Bureau politique via la direction nationale des JC. C'est la première fois qu'il entre en conflit ouvert avec des camarades. Il n'en dort pas de la nuit. Arbeleau, le secrétaire fédéral, excédé par ses leçons de thorézisme, le menace : « Tu te crois indispensable. Tu ferais mieux de passer tes examens. Personne n'est indispensable au Parti. » La direction fédérale réclame des sanctions contre lui, mais Lucien Lanternier du Comité central, descendu à une réunion du comité fédéral, s'aligne sur ses positions et accuse la Fédération de sectarisme. Il a gagné.

Dans le train vide qui le ramène à Dijon en janvier 1964, Bébé est de très bonne humeur. Il chante à tue-tête *Julie la rousse* : « P'tite gueule d'amour, t'es à croquer, C'était toi la reine de la place Blanche, pas coupé des années 30… » À Sens où il est intervenu en fin d'après-midi au nom des JC devant une salle de six cents personnes, on l'a présenté à Jacques Duclos, qui est encore officiellement le numéro deux du Parti. En rentrant dans le petit studio de Dijon, il fait un enfant à sa femme.

En mai, le père d'Arlette est renversé par une voiture à Toulouse. Cela fait des mois qu'elle ne l'a pas vu, elle ne répondait plus à ses lettres agressives : il avait des dettes, réclamait de l'argent, et menaçait d'un procès pour obtenir une pension alimentaire.

En juin, à l'examen de sortie de l'École normale, Bernard est reçu trente-septième et sa femme trente-huitième sur trente-neuf, alors que ce sont les deux meilleurs élèves : ils ont été rétrogradés à cause du mariage et de la politique.

Bébé serait bien monté à Paris pour continuer les études en faculté, mais Arlette, qui est enceinte et n'a guère dans sa valise en carton qu'une jupe et deux chemisiers, ne se sent pas la force d'affronter la vie chère et les fils de bourgeois parisiens. Justement Cordillot demande à Bébé de reprendre la section de Migennes.

Il accepte.

Membre du CN (Conseil national) des Jeunesses communistes, Bernard est d'office intégré à la direction fédérale où il retrouve Jean Cordillot, Guy Lavrat, Jean Brigeois, Pierre Vigreux et Jean Bordeaux, l'aîné de tous (il a quarante-cinq ans).

– À Migennes, je recommence le même circuit que mon père, disait Bernard à Vézelay, en 2011.

En juillet 1964, lorsque Thorez meurt, dans le car qui les emmène à l'enterrement, ils sont soixante de Migennes. Bébé a peur de ne plus être d'accord avec personne : il trouve que le Parti n'avance guère sur la question des erreurs du stalinisme, et récuse l'idéalisme de Garaudy aussi bien que le néo-stalinisme d'Althusser, l'idole des types de l'UEC.

– Les normaliens althussériens de l'organisation étudiante communiste, dont Benny Lévy, qui sera mon prof de philo à Jussieu, Robert Linhardt ou Serge July, quitteront l'UEC pour créer en 1966 l'UJC-ML maoïste et, en août 1968, la Gauche prolétarienne, disait JC à Madeleine. D'autres normaliens althussériens, comme Alain Badiou, animeront des mouvements maoïstes concurrents (UCF-ML) ou suivront leur propre voie (Jacques Rancière).

Les recherches de Bébé sur la faute sont au point mort : il n'a pas encore trouvé où Staline a violé le marxisme et cherche maintenant comment sortir du stalinisme sans cesser d'être communiste.

– Seul Thorez aurait pu me la faire boucler.

Mais reste Antée et la terre mère : le travail de masse, qui lui donne le courage de soulever les montagnes. Il va jusqu'au bout de la logique : abandonne toutes ses responsabilités nationales aux JC pour se consacrer entièrement à Migennes et au Parti.

En août, il reçoit son affectation : il est nommé à Charny, et Arlette, au cours de filles de la mairie de Migennes. Ils s'installent à Cheny : dans l'appartement de fonction au-dessus de l'école.

En septembre, dans la voiture qui les ramène d'une réunion du bureau fédéral à Bonnard, Cordillot explique à Bébé que Lavrat est un « opportuniste de droite ». Ça n'est pas tant que le dirigeant fédéral reproche à son second ses prises de position khrouchtchéviennes un peu précoces, puisque entretemps, c'est devenu la ligne du Parti. Mais le futur maire de Migennes a, selon Cordillot, des méthodes « caporalistes » : il place ses hommes, drague les notabilités locales, noue des alliances réformistes avec Mabille, le patron du cinéma de Migennes, s'est rapproché des prêtres-ouvriers et même du curé. Et surtout : il néglige les cités.

En un mot :

– Lavrat a capitulé devant le travail de masse, disait encore Bernard à Madeleine, en 2011, à Vézelay.

Résultat : les cellules déclinent. Pire : l'ancien mentor de Bébé a une maîtresse.

La nuit suivante, Bébé rêve que Cordillot le surprend en train de coucher avec Suzanne, la femme de Lavrat.

Le lendemain, quand il arrive chez ses parents pour le comité de section, en descendant au sous-sol, il entend Robert Roux dire à Camille et Georges Laurent : « Tu parles d'une nouvelle, tout le monde sait depuis longtemps que Guy a des femmes. I'm'font rigoler les gars du Parti. » À quoi Laurent rétorque : « Depuis qu'on est dirigés par des instits, on devient comme les socialistes. » Roux hausse les épaules, mais Bébé pense à son rêve : est-ce que lui, Bernard, il ne serait pas gagné aussi par la corruption sociale-démocrate ?

Le soir du 12 octobre 1964, après la réunion de section, toute la famille est attablée devant le poste de télévision. Mais la nouvelle qui tombe suspend les fourchettes en l'air : Khrouchtchev, le secrétaire général du parti communiste de l'Union soviétique, l'auteur du fameux rapport contre Staline, a été limogé.

Une pluie de neige fine qui ne doit rien au climat russe zèbre les massives silhouettes grises des nouveaux hommes forts du Kremlin : Leonid Brejnev, Nikolaï Podgorny, Vladimir Semitchastny, Alexandre Chélépine. Les hommes du Comité central ont débarqué leur secrétaire général : Nikita Khrouchtchev. « Les apparatchiks reprennent en main le régime pour sauver leurs privilèges », continue le présentateur du journal télévisé.

Alors quoi ? se dit Bébé. Oubliée, la déstalinisation ? Oublié, le rapport Khrouchtchev sur les crimes de Staline ?

Oubliées, les révélations du XXIIe Congrès sur les procès de Moscou et le Goulag ? Oubliées, les timides tentatives de desserrer l'étau policier, la petite propriété paysanne renaissante, l'augmentation du niveau de vie ? Oubliée, la détente ? La guerre froide a repris de plus belle entre les deux blocs américain et soviétique, tempérée, vue de France, par les velléités d'indépendance anti-atlantistes du général de Gaulle. Depuis août, les B52 américains de Lyndon Johnson pilonnent le Nord-Vietnam.

Pour Bernard, le limogeage de Khrouchtchev est une catastrophe personnelle. Il sait qu'il ne pourra pas revenir en arrière. Que va faire le Parti ? Il faut attendre jeudi : à la réunion du comité fédéral, Joannès donnera la position du Comité central.

Un tube grisâtre sur fond noir occupe tout l'écran de télévision : « Le *Voskhod-1*, premier vol spatial de plus d'une personne sans combinaison », explique le présentateur du journal télévisé.

« Ils sont forts, les copains soviétiques, tout de même ! Même dans le poste, ils sont obligés de le reconnaître ! » Flairant dans l'air que ce n'est pas trop le jour de vanter les mérites de la Patrie des travailleurs mais décidé à détendre l'atmosphère, Camille se tourne vers Bernard, l'œil rigolard : « En même temps, écoute voir c'que j'vas te dire, j'comprends pas bien ce qu'ils foutent dans ces espèces de suppositoires volants, les camarrades russes. » Le petit gars de Dampierre, à présent cheminot en retraite, fait rouler le *r* de camarades plus solennellement et ironiquement que ne l'exige habituellement son accent morvandiau : « C'est-y qu'ils veulent aller placer des cartes du Parti sur la lune ? – C'est le progrès, Camille », rectifie Madeleine de sa voix nasale, voilée, sévère, toujours légèrement agacée.

Et à l'adresse de son fils, muet, immobile, le visage fermé et la fourchette en l'air : « Mange donc ta soupe, mon grand, elle va refroidir. »

Francis est silencieux aussi, mais ni plus ni moins que d'habitude. Françoise, encore tout enfant malgré ses dix-sept ans, épanouie dans le ronron de la voix paternelle, l'odeur du rôti, la chaleur de la tablée, baye aux corneilles, le visage dans la main.

Dans la rue, une moto freine, un coup de klaxon. Camille attrape son fils aîné par le bras, mais il est pris d'une de ces quintes de toux comme ça lui arrive à tout moment depuis sa tuberculose. Francis en profite pour se dégager, et prend le temps d'arranger sa banane de rocker avec son peigne, devant la glace accrochée trop bas pour lui. Camille veut crier, mais il s'étouffe. Francis aperçoit dans la glace, entre son coude et son visage, les yeux gris pâle et vides de sa mère. Madeleine fixe un point dans sa direction comme s'il était transparent, elle regarde au-delà de lui, au travers de son grand corps maigre et élégant dans le blouson de cuir noir et le pantalon étroit. Elle ne peut pourtant pas ne pas le voir. Il se retourne vivement.

La mère et le fils aîné se ressemblent, même visage émacié, un nez fin, les cheveux très noirs, la même âpreté d'avance découragée. Les yeux de Francis, bien fendus, sont d'un très beau vert : « C'est Jeff, il m'attend. »

Françoise, rousse comme son père, le visage mangé par de grandes lunettes, maladivement timide, fait effort pour trouver dans le fond de sa gorge une drôle de voix rauque et rancuneuse : « Dis plutôt qu'tu préfères aller traîner chez les étrangers, le frangin. »

Francis balaie l'air de sa main : « Occupe-toi de tes oignons, sœurette. »

La porte d'entrée claque avec son bruit lourd de ferraille et de verre. Les pas sur le sable de la cour. La plainte métallique des gonds du portail. Les motos démarrent. Francis est parti.

Camille sort le nez de son mouchoir ensanglanté et jure : « Vains dieux de vains dieux ! » Mais il s'étrangle à nouveau. « Si c'est pas malheureux », gémit Madeleine.

Françoise se penche vers sa mère, et tout bas pour que Bébé n'entende pas : « Te fais pas de mauvais sang, Maman, on n'y peut rien, c'est l'Algérie. »

Madeleine rapporte le plat vide à la cuisine et remplit le compotier de pommes du jardin. Francis va encore rentrer à pas d'heure et dans un état. Ivre mort toutes les nuits. Comment je vais faire pour le tirer du lit à six heures ? Ils vont le mettre à la porte de l'usine. Et puis alors après. Ça va mal finir. Bernard se tourmente à cause de Moscou. Faudra pas qu'il oublie de remonter à la maternité après le film. C'était une fausse alerte hier soir, mais ils ont gardé Arlette.

Le bébé, c'est pour cette nuit.

Bernard a eu tant à faire aujourd'hui. Ses cours, le comité de section, la réunion du bureau fédéral à préparer, et puis ce journal du Parti qu'il veut créer : *Migennes Démocratie*.

« Notre Bernard, il est dévoué. Ça, pour être dévoué. » Elle fait ce qu'elle peut pour l'aider, Madeleine. « Il faut bien que quelqu'un le fasse marcher, le Parti. S'il fallait compter sur les autres ! Les grosses légumes, qui nous donnent du Mon petit camarade, ils ne savent pas ce que c'est, le travail à la base. "Notre Bernard, c'est Maurice tout craché". Il paraît que Joannès aurait dit ça à Cordillot. Comme de juste. Il sait de quoi il parle, Joannès. Il a été secrétaire de Thorez jusqu'à sa mort, et maintenant, directeur de l'Institut Maurice-Thorez. C'est sûr qu'il est capable, Bernard. Lavrat dit qu'il pourrait en remontrer même aux gars du Bureau politique. Il ira loin. Seulement il prend les choses trop à cœur. Il est trop consciencieux. Tous ces scrupules qu'il a, ça le mine. Les cahiers qu'il remplit. C'est bien qu'il soit resté manger avec nous. Françoise a raison après tout. Faudra leur dire aux gars du Parti : c'est pas *leur* Bernard, c'est *le nôtre*. – Un d'ces quatre, j'vas lui flanquer une de ces calottes », réussit enfin à articuler

Camille en remuant la main en direction de la porte par où Francis vient de sortir.

Madeleine lève les yeux au ciel et secoue la tête. Justement elle s'ouvre à toute volée, la porte : un petit homme replet, avec une grosse tête à crinière noire et gros sourcils prend la pose, le nez en l'air, le torse bombé, et lance d'une voix de basse à ébranler les murs : « Salut la compagnie ! »

C'est P'tit Louis. Le roulant se fait un point d'honneur de conserver les vieilles manières des gueules noires, les mécaniciens-chauffeurs des locomotives à vapeur dont il a été, avant l'électrification. Il se sait l'héritier des constructeurs du rail et des forgerons compagnons du Devoir de Liberté comme étaient son père Jules et son arrière-grand-père Antoine-Cyprien. Dimanche, quand Camille est passé, il était en service, alors il vient régler son *Huma*.

« Comment qu'ça va-t-y, mon Camille, tes poumons ?
– Oh ben dis, on fait aller », Camille reprend son souffle, la toux s'est calmée, le ton de l'engueulade provocatrice peine à contenir le rire qui roule dans sa gorge : « T'as vu les informations ? Tu vois-t-y pas qui va falloir le r'mettre en place, le portrait de Staline qu'est au grenier ? Et un peu p'us, je l'mettais au feu ! Heureusement qu'ma femme m'a empêché ! »

P'tit Louis se marre : « Ah, ben ça, on peut dire qu'i'nous en auront fait voir, les rousski ! »

Bernard se lève, passe à côté de son oncle sans le saluer et descend au sous-sol. P'tit Louis, un peu surpris, raidit la nuque et le suit des yeux. Françoise met un doigt sur sa bouche pour lui signifier de se taire.

Assis au milieu de la longue table en bois du local d'Auxerre, Bébé met au propre le procès-verbal de la réunion de section. Autour s'empilent les tracts et ce qui reste des paquets de *Nouvelles de l'Yonne,* le journal départemental du Parti. Camille est allé les chercher en gare à six heures ce matin, et il en a mené une partie à Laroche chez Gaillard. Les autres ont été distribués aux gars du comité de section réunis là tout à l'heure. Le reste, c'est pour les cités.

Quand il a fini, Bernard range le cahier dans la sacoche en cuir de la section. Le sol se dérobe sous ses pieds. Pour tenir bon, il fait le point en alignant des colonnes de chiffres. Deux cent vingt adhérents à la section de Migennes, dix cellules de quartier, une d'entreprise, trois rurales. En moins d'un mois, il a déjà recruté vingt-cinq personnes, en comptant les copains qui s'étaient éloignés, et les femmes : Suzanne Lavrat s'est mise à militer, Arlette aussi, malgré sa grossesse. On n'est plus en 1956, il n'a plus quatorze ans. On ne peut lui refaire le coup de l'écrasement de l'insurrection hongroise. Le retour à la normalisation stalinienne, il ne pourra pas. Cette fois, il ne marchera pas. Sa première mesure en arrivant à Migennes avait été pour exiger la réunion régulière des organismes dirigeants. Tous les lundis à dix-huit heures : comité de section 17, rue Édouard-Vaillant. Le mardi : bureau de la cellule de Cheny à l'École. Tous les jeudis : bureau fédéral à Bonnard. Tous les vendredis : bureau de section aux anciennes douches SNCF rue Pierre-Sémard avec les membres des bureaux de cellule. Bébé a exigé que les bureaux de cellule se réunissent au moins une fois par semaine, et la cellule entière une fois par mois. Chaque bureau de cellule est composé du trésorier chargé de faire rentrer les cotisations, du responsable à la propagande et de la vente de *L'Humanité Dimanche*, du secrétaire qui est le responsable politique chargé de faire descendre la ligne et de faire remonter les discussions qu'elle suscite. Chaque cellule tient un journal mensuel, collectant les faits de vie sociale locaux, accompagnés d'un commentaire politique. Bébé doit présenter au prochain bureau fédéral, jeudi, le projet du quatre-pages bi-semestriel qu'il a décidé de créer: *Migennes Démocratie* sera financé par les souscriptions et la publicité commerçante locale, et distribué à trois mille exemplaires dans toutes les boîtes aux lettres des cités. Les principaux événements locaux y seront analysés en relation avec la situation nationale et internationale. Le travail de masse: la seule manière d'éviter le double écueil de l'opportunisme réformiste et du culte de la personnalité stalinien. *Les masses ont toujours raison.*

Madeleine fait la vaisselle dans la cuisine. P'tit Louis penche le torse en avant dans l'encadrement de la porte, comme s'il allait y basculer la tête la première et lance à sa sœur sur un ton qui se veut de confidence complice, c'est-à-dire sans hurler de toute sa voix: « Ah le premier, ça fait toujours que'qu'chose, après, i'paraît, on s'habitue. Moi j'en sais rien, j'en ai fait qu'un. – Vous, les roulants, tous feignasses et bons à rien! rigole Camille dans son dos. – Me chauffe pas les oreilles, mon petit Camille. » Et comme son beau-frère attrape le bocal de cerises dans le buffet: « Non, laisse, c'est pas qu'ça m'tente pas, mais je vais m'faire engueuler par ma p'tite femme, elle m'attend pour souper. »

Il tourne les talons. La porte claque derrière lui, avec son bruit lourd de ferraille et de verre.

Camille levé de table se frotte vigoureusement le dos contre le mur puis se laisse tomber sur le divan. Madeleine lui apporte le café, la bouche pincée et les yeux baissés.

« Koik'j'ai encore dit d'mal ? se défend Camille. C'est-y ma faute si les staliniens ont r'pris le pouvoir au Kremlin ? »

Françoise se précipite dans l'entrée et se penche sur l'escalier du bas: « Bernard, le film sur Robespierre, ça commence ! »

Après la vaisselle, Madeleine reprend sa place habituelle devant la machine à coudre Peugeot, près de la fenêtre. L'ourlet de la robe à Mme Laurent, elle aurait dû le finir la veille. Le premier épisode de *La Terreur et la Vertu*, sur Danton, c'était bien, mais elle redoute un peu celui-là. Mme Rocher, son institutrice, le lui disait vers 1917 : « Robespierre, il est pas humain. Il *exagère*. »

Bernard et sa sœur, assis à côté de leur père sur le divan, applaudissent quand l'élégant orateur jacobin emperruqué confie à l'ami Desmoulins sur l'air de *La Profession de foi du vicaire savoyard* de Rousseau : « Ce qui est important dans la vie, ce n'est pas d'être riche et d'être glorieux, ce qui est important c'est d'être fidèle à soi-même, de vivre selon une certaine idée qu'on a. » Madeleine hoche la tête en signe d'assentiment. Camille grogne un peu de ce qu'ils s'agitent trop à côté de lui, et sa tête retombe sur ses bras croisés. Il dort.

C'est que ce matin, il s'est levé à l'aube pour monter en gare à vélo. Et puis la Révolution, c'est comme Moscou, ça fait loin. L'URSS (prononcé en une seule syllabe et une seule aspiration d'air), c'est entendu, c'est la patrie des ouvriers, et on finit toujours par comprendre qu'ils ont raison de faire ce qu'ils font. Même si au début ça surprend un peu. Comme le pacte Hitler-Staline en août 1939. Mais enfin, les coupoles du Kremlin, la grande salle grise où se réunit le Comité central du PCUS, ça se confond avec les temps d'autrefois ou ceux qui ne sont pas encore arrivés.

« On verra bien s'ils riront quand les cosaques viendront faire boire leurs chevaux dans l'Armançon, disait encore Camille dans les années 1970. – Mais par le fait, objectait Madeleine, c'est pas demain la veille. On a le temps de s'faire des cheveux. »

Sa vie à Camille, c'est Migennes. Et ici, le nom de Staline, ça sonne un peu comme une revanche sur les instits beaux parleurs qui les ont écartés, lui et le copain Laurent, depuis 1953.

Dans la télé, Robespierre, malade et épuisé, se prive de sommeil et d'amour pour écrire la nuit les discours qu'il prononcera pendant le jour à la Convention. Sept jours sur sept, en plus des vingt-deux heures de cours, les réunions, les meetings, sillonner le département dans la Simca rouge Étoile que Bébé vient d'acheter, écrire les interventions, les rapports politiques, les articles pour *Les Nouvelles de l'Yonne*, les tracts, faire les comptes de la Fédé : Cordillot l'a fait nommer trésorier. « Maman m'aide. C'est bien. Elle est toujours derrière moi. »

« Bernard, et le CDH, tu y as pensé ? Ils ont pas eu assez d'*Huma Dimanche* à Laroche, la semaine dernière. »

Marié pour la vie. Et maintenant : père. À vingt-deux ans. Ça leur paraît normal. Si c'est une fille, elle s'appellera Madeleine.

À dix heures du soir, à l'heure exacte où Madeleine aspire sa première goulée d'air, Robespierre frappé au col par les thermidoriens s'effondre. La mâchoire fracassée retenue dans un mouchoir ensanglanté, la perruque de travers, l'homme agonisant attend qu'on le porte jusqu'à la guillotine. Affichée au mur qui lui fait face, la *Déclaration des droits de l'homme et du citoyen* : sa mission sur terre est accomplie, il peut mourir. Le conventionnel a sacrifié sa vie pour que tous puissent devenir des citoyens égaux devant la loi.

Le second épisode de *La Terreur et la Vertu* est terminé : Bébé pleure, pleure, sous le regard inquiet de sa mère et de sa sœur.

Il arrive trop tard à la clinique pour assister à la naissance de sa fille.

TROISIÈME PARTIE

Les trotskistes

«*Ma io, con il cuore cosciente*
Di chi soltanto nella storia ha vita,
potro mai piu con pura passione operare,
se so che la nostra storia è finita?»

«Mais moi, avec le cœur conscient
de celui qui ne peut vivre que dans l'Histoire,
comment pourrais-je désormais œuvrer de passion pure,
puisque je sais que notre histoire est finie?»

Pier Paolo Pasolini

XII

1968

Quitter le Parti

Le matin du jeudi 15 octobre 1964, Victor Joannès, l'ancien secrétaire de Thorez, membre du Comité central, descend à la réunion du comité fédéral qui a lieu à Auxerre. Jean Brigeois fait le rapport politique et soutient le limogeage de Khrouchtchev. Pierre Vigreux et Jean Bordot sont aussi pour les Soviétiques. Lavrat et Cordillot se taisent. Joannès rectifie : la ligne du Comité central est de demander des explications à Moscou. Waldeck Rochet, le nouveau secrétaire général du PC français, a des doutes sur le nouveau dirigeant russe : Brejnev. « On ne veut pas d'un nouveau Staline. » La réunion est tendue. Bernard écoute Joannès mais n'intervient pas. Il est trop accablé par les événements familiaux des dernières vingt-quatre heures.

Sa fille, née il y a trois jours, est en incubateur. La nuit du 12 au 13, elle est devenue toute bleue, sa température est descendue à 35. Heureusement qu'Arlette la tenait par la main : elle a senti que son bébé se refroidissait. Il doit passer les voir toutes les deux après la réunion, et puis il filera à l'hôpital d'Auxerre : le lendemain de la naissance de Madeleine, Francis a eu un accident de moto sur la route de Brienon. Les bouchers de l'hôpital ont mis un plâtre sur sa plaie, la gangrène s'est prise, ils n'ont rien trouvé de mieux à faire que de l'amputer de la jambe droite.

Pendant le déjeuner, Jean Brigeois et Pierre Vigreux y vont de leur couplet stalinien sur la loyauté qu'on doit au grand frère russe. Brusquement Joannès, d'habitude très calme, sort de ses gonds : « Ça suffit les copains sur l'URSS : il y a eu des crimes de masse. Ils ont déporté des populations entières, tchétchènes, tartares. »

– Tout y passe comme dans la chanson de Bécaud, *Nathalie*, disait Bernard à Madeleine en 2011, à Vézelay : Les famines d'Ukraine, les procès de Moscou, les millions de fusillés, les camps de concentration du Goulag, l'assassinat de Trotski par le NKVD. Et de combien d'autres.

« Et Katyn, hein, Katyn : eh bien c'était pas les nazis, c'était nous. C'était Béria et Staline. C'était le NKVD », continue Joannès emporté par son élan.

Dès août 1941, les nazis avaient découvert près de Smolensk les cadavres de milliers d'officiers et de civils polonais : ils avaient attribué ces tueries aux Soviétiques, et aux Juifs. La vérité est qu'en 1940 Béria avait donné l'ordre à des unités spéciales du NKVD, la police politique soviétique, d'assassiner les prisonniers polonais : en moins de trois mois, quatre mille quatre cent quatre Polonais avaient été exécutés d'une balle dans la nuque et jetés dans les fosses communes de la forêt de Katyn, ou exécutés à Karkov, à Tver, en Ukraine et en Biélorussie. En tout vingt-cinq mille à vingt-six mille personnes.

Lavrat et Bernard se regardent, effarés. *Les gouttes de sang sur la robe de la mariée*. « La place Rouge était vide », chantait Bécaud. Bébé aurait bien voulu en discuter avec Lavrat, mais il n'a pas le temps. Il doit filer à la maternité dans la Simca rouge Étoile.

Khrouchtchev, en 1962, avait autorisé la publication (en partie censurée) d'*Une journée d'Ivan Denissovitch* de Soljenitsyne, qui raconte une journée dans un goulag soviétique. L'édition française, parue en 1963, est préfacée par Pierre Daix, rédacteur en chef des *Lettres françaises*, l'hebdomadaire culturel des communistes dirigé par Aragon.

En mai 1965, Bernard est en train de le lire quand Arlette entre dans la chambre : son père s'est échappé de la maison de convalescence d'Auch où il était soigné pour son accident. Il est allé se soûler au café, et en sortant, il s'est écroulé sur la chaussée. Il était mort quand les secours sont arrivés. Au lieu de se préparer à partir pour aller reconnaître le corps, comme la Croix-Rouge le lui demande, Arlette s'allonge sur le lit et reste là, immobile, les yeux au plafond. Personne ne viendra réclamer la dépouille de Paul. Son cadavre sera enterré dans le béton d'une fosse commune.

Depuis que Francis est à l'hôpital, Colette, son amante d'avant la guerre d'Algérie, vient le voir tous les jours. Fille de paysans, placée comme bonne à Paris très jeune, elle est ouvrière chez Vandelle. C'est une jolie petite brune avec de grands yeux bleus dans un visage tout rond de poupée. Son père et sa belle-mère l'ont mariée avec un homme de vingt ans plus âgé qu'elle : elle a eu un enfant de lui et il la bat. Dès qu'elle a su pour Francis, elle est venue.

Quand il sort de l'hôpital, elle s'installe rue Édouard-Vaillant avec son fils José : ils habitent la petite chambre du fond, dans le sous-sol. Francis reste des journées entières dans le noir à mordre un oreiller : il souffre atrocement de la jambe qui lui manque.

À la rentrée de septembre, après des semaines de prostration complète, Arlette reprend le travail, mais s'enfonce dans le silence. Bernard a trouvé un appartement à louer à vingt mètres de l'école de Cheny : ils occupent le premier étage d'une maison, c'est spacieux, il y a deux chambres, une salle à manger et une grande cuisine. La petite Madeleine s'est bien remise de ses difficiles premières semaines : c'est maintenant un beau bébé en pleine santé, très éveillé et rieur. En rentrant de ses cours, en attendant Bernard qui n'est jamais là, Arlette peint des roses rouges. Un soir, elle découpe dans *Le Monde* un dessin satirique qu'elle affiche au mur de l'entrée : Marx affublé d'une couronne d'épines. Madeleine l'avait prévenue : « S'il devient secrétaire de section, vous ne le verrez plus. La politique, c'est pas une vie. » Arlette avait encouragé son mari, mais elle n'avait pas prévu que sa belle-mère en rajouterait, toujours à lui demander s'il n'a pas oublié ceci ou cela.

Bernard soutient la politique d'union de la gauche de Waldeck Rochet contre les sectaires : son vieux copain Jean Brigeois est contre. François Mitterrand, candidat à la présidence de la République pour la première fois, fait plus de trente pour cent des voix au premier tour, mais il est battu au second.

La section a deux cent quarante adhérents. Le journal qu'il a fondé, *Migennes Démocratie*, est un succès. Il écrit un article pour expliquer sa politique de souscription : obtenir que deux mille électeurs communistes soutiennent financièrement le Parti le plus régulièrement possible. Dans le même ordre d'idées : toucher les masses et les jeunes, il organise un concert Jean Ferrat au marché couvert. Joannès rédige d'élogieux rapports sur lui. « Thorez en personne reviendrait là pour le contester, il lui citerait un de ses textes, et c'est encore lui qui aurait raison. » On souhaite en haut lieu qu'il monte dans l'appareil. Lavrat dit à Madeleine : « Je n'ai pas de conseil à donner à Bernard, tout ce qu'il fait est parfait. »

En mars 1966, *Les Lettres françaises* publient, avec l'accord de Waldeck Rochet, le plaidoyer d'Aragon en faveur des écrivains soviétiques dissidents Iouri Daniel et André Siniavski, emprisonnés pour avoir publié à l'étranger. Bernard suit de très près les timides prises de distance de l'appareil français avec les apparatchiks brejnéviens au pouvoir à Moscou. C'est la voie étroite, au milieu du torrent des fautes.

En juillet 1966, le Comité central l'envoie en stage d'été à Choisy-le-Roy : la maison de Marcel Cachin, une villa de la marquise de Pompadour, héberge l'École centrale du Parti dirigée par Angioli, un ancien mineur. Bébé y retrouve les Parisiens, leur ironie, leur sécheresse : « Ce sont des hâbleurs, des baratineurs, des crâneurs, des bêcheurs. » Il déteste leur manière de dire « les patrons » pour désigner les dirigeants du Parti. Et pourquoi lui interdit-on de raconter ce qui se passe à l'École ? Même à sa femme, il n'a pas le droit de divulguer le nom des professeurs, l'intitulé des cours, etc.

– C'est une école-prison pour cadres dirigeants, disait Bernard à Vézelay.

En cours, il a remarqué une belle blonde sculpturale avec une longue tresse, une prof de gym un peu plus âgée que lui, elle doit avoir dans les vingt-sept ou vingt-huit ans. Elle s'appelle Noëlle Valat. Mais en dehors des cours et des parties de volley-ball ou de foot, il profite de son temps libre pour continuer ses recherches sur l'*erreur*.

Le dernier jour, Angioli fait un étrange rapport entièrement centré sur l'une des règles non écrites du centralisme démocratique : on ne couche pas avec les femmes du Parti – sauf bien sûr si on les a épousées préalablement. Le directeur leur soumet pour conclure une résolution « condamnant une série d'actions qui se sont produites durant le stage » et propose que chacun, tour à tour, procède à son autocritique.

Noëlle Valat prend la parole la première : familière des méthodes de l'appareil parisien qu'elle côtoie à longueur d'année (elle travaille pour *L'École de la Nation,* la revue sur les nouvelles pédagogies, et appartient à diverses commissions dépendant du Comité central), la jeune femme sert à l'assemblée attentive un petit laïus sur la nécessaire moralité des communistes et les arguments qu'il ne faut pas fournir à l'adversaire. Mise en cause directement, elle n'offre aucune prise à ses censeurs. Et vote la résolution. Les autres l'imitent.

Quand vient son tour, Bernard explique qu'il ne peut voter un texte dont il ne comprend pas les tenants et les aboutissants. « Évidemment toi, t'as rien vu », rigole Angioli. Arrive le tour de l'amant : des visages carnassiers se tournent avec avidité vers cette proie facile.

– Le silence est glacial, l'atmosphère terrifiante, disait Bernard à Madeleine, en 2011, à Vézelay.

Le petit jeune homme de vingt-deux ans, extrêmement malheureux d'avoir été *faible,* avoue du bout des lèvres, la voix tremblante : « Le soir du 14 Juillet on est montés dans ma chambre, mais je vous jure, il s'est rien passé. » Tous se regardent le sourire en coin, le mépris et la jouissance dans les yeux.

En rentrant à Cheny, Bernard tombe malade : un zona très sévère qui le tient un mois couché. Ses relations avec Arlette se dégradent. Sa femme a été nommée à Saint-Florentin en septembre : tous les jours, quatre-vingts kilomètres aller-retour en mobylette, elle est crevée. Au mutisme ont succédé les pleurs. Des nuits entières à pleurer. Lui a été nommé à Chablis, qui n'est guère plus près, et n'arrive pas à se remettre de son zona.

Avec sa femme, ça ne va pas, et la politique, « ça prend l'eau ».

Dans l'Yonne, l'atmosphère a changé. Cordillot s'est relâché, il se contente d'une espèce de routine, du train-train de l'Union de la gauche : « On va toujours frapper aux mêmes portes. Il n'y a plus d'unité idéologique. La plupart des militants sont des croyants qui vont à la messe, et tout à coup, il n'y a plus de messe. » Au bureau fédéral, Bernard interpelle la direction : « Il ne suffit pas de dire qu'on est le parti de la classe ouvrière, il faut l'être réellement, aller chercher les gars. » Il est mis en minorité. Le Parti qu'il avait dans la tête n'existe pas.

Guy Lavrat obtient un score inespéré aux élections législatives de mars 1967 dans la circonscription d'Auxerre : il devance le candidat socialiste. Bébé n'y est pas pour rien. Mais au second tour, les accords de désistement obligent Lavrat à se retirer au profit de Louis Périllier, le candidat FGDS : bien que le parti de Mitterrand ait obtenu moins de voix. Le futur maire de Migennes s'incline mais ronge son frein. Nationalement, l'Union de la gauche a été favorable au PC.

Arlette se fait mettre en congé de maladie par le directeur de l'hôpital psychiatrique d'Auxerre, Schérer, et part vivre deux mois chez sa mère à Sevran. Au retour, elle entame une psychothérapie, affiche des envies d'émancipation personnelle et déclare qu'elle veut reprendre ses études à Paris. Tant mieux : Bernard en rêve. À Migennes, il sent qu'il ne peut pas aller plus loin, que la boucle est bouclée. Il a recommencé le même circuit que son père : secrétariat de section, secrétariat fédéral, et ça c'est épuisé. Ce nœud coulant le prend à la gorge.

Quand il annonce à Joannès sa décision de quitter l'Yonne, le camarade du Comité central s'y oppose. À Lavrat, Joannès dit : « Si Bernard monte à Paris, il est perdu pour le Parti. » Tous mettent sa décision sur le compte de ce zona dont il ne s'est pas bien guéri. Cordillot vient sonner chez lui à Cheny proposer son aide. Mais c'est trop tard. *Les jeux sont faits.*

Bébé pleure, pleure des journées entières quand ils partent de Migennes en septembre 1967.

Coopté secrétaire d'une des quatre sections de Montreuil, gros bastion de la banlieue rouge, il s'installe avec sa femme et sa fille Madeleine dans l'appartement au premier étage de la vieille maison bourgeoise qui sert de local du parti communiste, place de l'Église. Elle n'existe plus aujourd'hui. La section revendique cinq cent vingt adhérents. Bernard descend dans chaque cellule et révise les chiffres à la baisse : trouve trois cent quatre-vingt-sept adhérents encartés seulement, six cellules et non dix, fait le ménage lui-même au local, jette toutes les vieilleries qui traînent. Les militants n'ont jamais vu ça. Le secrétaire fédéral de la Seine-Saint-Denis, Périlleau, est furieux. Mais Jacques Dietrich, le secrétaire de Georges Marchais, militant dans la section, le soutient.

Il n'est pas permanent : il travaille à *L'Humanité* au service de diffusion. Neuf mille CDH (points de vente militants) répartis sur toute la France, à gérer avec la femme du secrétaire général du PC espagnol en exil, Santiago Carrillo : répondre au courrier, régler les conflits. Il fait embaucher son cousin Serge Sautreau. S'inscrit à la Sorbonne en philo.

Grand lecteur de Breton, du *Grand Jeu* de Roger Vailland, ami d'Henri Michaux et de René Char, Serge vient de publier son premier livre de poésie, *Aïsha*, écrit avec André Velter : il a été salué par Aragon et Sartre. Le fils de Lucien et Marcelle a connu Sartre à l'époque des réseaux Jeanson : proche de l'UEC tendance Krivine, il est toujours rattaché à la cellule de son père dans le XIIe.

– Serge est trotskiste mais pas anticommuniste, disait Bernard en 2011, à Madeleine. On a pigé depuis le XXIIe Congrès (du PCUS en 1961) que Trotski n'était pas un salaud.

En 1962, les deux cousins sont allés ensemble à la Mutu écouter le poète russe Evtouchenko.

Le 6 novembre 1967, le jour du cinquantième anniversaire de la révolution d'Octobre, pour fêter ça, Bernard entre pour la première fois dans le temple du marxisme critique, la librairie Maspéro à côté de la Sorbonne, et achète… *La Science de la logique* de Hegel.

– C'est mon premier acte de dissidence, racontait-il à Madeleine en 2011, à Vézelay.

Le soir, à la Maison du Parti de Montreuil, en guise de commémoration de la Révolution russe, il fait projeter *L'Idiot* de Dostoïevski, avec Gérard Philipe dans le rôle-titre. Après le film, il se demande s'il n'est pas *l'idiot* communiste.

Le bébé Madeleine essaie d'attraper son gros orteil avec sa bouche, enlève les *colutes* de laine qui se sont fourrés entre les doigts de ses petits pieds. Pas un souffle. Elle se redresse en s'accrochant aux barreaux en bois blanc et regarde : le grand lit est vide, même pas défait. Un rayon jaune traverse la chambre, passe sur elle. Une voiture. Ça fait un grand froid dans sa poitrine. Elle appelle. Personne. Les barreaux du lit sont faciles à escalader, mais chaque fois, ça l'impressionne le moment de se lâcher dans le vide, et de sauter de l'autre côté.

L'immense porte de la chambre s'ouvre en grinçant, et la lumière blanche du néon blesse les yeux. Elle appelle encore. Aucun bruit ne monte de la grande salle du bas où ils se réunissent.

On habite la Maison du Parti. Il y a toujours du monde d'habitude. Une chaleur qui vient d'en bas, des voix. Surtout le soir. L'escalier fait peur à descendre, comme une grande montagne à l'envers, avec, à ses pieds, l'immense porte cochère verte, un gouffre qui donne sur la rue, le froid.

Les marches sont hautes et elle ne les a jamais descendues ni montées toute seule. Elle n'a pas le droit. Elle a peur mais elle veut la voir, la salle, en bas, elle veut se baigner dans leur chaleur, dans leur odeur de tabac. Elle hésite. Ils ne peuvent pas l'avoir laissée toute seule dans la maison, il y a forcément quelqu'un. Elle appelle. Rien. Maintenant elle préfère désobéir et se faire mal plutôt que de rester là toute seule.

Elle prend appui sur le sol, le dos tourné à l'escalier, les deux bras bien tendus, les mains à plat sur le plancher brun qui sent la cire et, à l'aveugle, risque sa jambe gauche dans le vide. Son pied ne trouve pas la marche, elle se cogne le genou en le repliant. Recommence.

La descente est lente, une marche après l'autre. Elle a peur de regarder en dessous. Elle va dégringoler en bas c'est sûr. Mais impossible de revenir dans la chambre vide, et c'est trop dur de remonter. Elle pleure tout à fait à présent, faiblement, sans espoir qu'on l'entende : *Papa, Manman*.

Et puis ça y est, elle y est arrivée : elle est en bas, il n'y a plus de marche.

Ivre de joie, elle court vers la porte de la salle pour leur faire la surprise. Elle est fermée. Madeleine s'accroche à la poignée, la porte s'ouvre sous son poids et elle tombe en avant : noire. La grande salle est toute noire : elle distingue peu à peu la forêt des pieds des chaises et de la table. Elle ne reconnaît rien, seulement l'odeur âpre qui lui fouette le nez.

D'habitude Papa la hisse là-haut sur la très longue table en bois et, pendant des heures, elle joue avec les mégots du cendrier, marche à quatre pattes en se faufilant à travers les verres et les paquets de tracts, ou s'assied dessus et se raconte des histoires dans le brouhaha des voix. Papa est assis sur le côté, au centre, avec les autres hommes autour. Il parle, il parle, il parle. Les deux coudes sur la table, le stylo plume à la main. Sa voix de basse fait comme un matelas doux. Il porte une chemise blanche, une cravate noire étroite, un costume sombre. Son visage est carré et jeune, ses yeux verts, lumineux. Plus tard, elle a trouvé cette photo de lui comme ça, les deux coudes sur la table, le stylo plume dans la main, la cravate jetée sur l'épaule. C'est une photo noir et blanc avec un rebord crénelé, ses cheveux châtain-roux ont l'air bruns, on voit bien le trait de la raie dans les cheveux, bien sage, sur le côté. Il se tient droit, le visage sculptural tourné vers l'objectif, un demi-sourire aux lèvres.

Derrière lui, debout, sur la photo, la grand-mère de Madeleine, les cheveux encore bruns tirés en arrière en chignon bas, les bras repliés, les yeux gris sérieux et même sévères défient le photographe, la large bouche est un peu pincée. Madeleine monte la garde, attentive à ce que rien ne trouble le fils dans ses œuvres.

Mais ce soir personne, cette odeur d'absence, le silence jaune et noir, la hauteur vertigineuse des plafonds et des portes. Madeleine s'approche de l'immense porte cochère et la considère longuement : la rue ! On entend le bruit du dehors. C'est mal fermé.

Assise contre la porte, elle se lasse vite de dépiauter la peinture vert foncé qui se détache par plaques. Pour se distraire, elle passe sa main dans l'ouverture. Ça fait froid sur le poignet. Elle fait coucou aux passants. C'est amusant. Elle veut voir. La lourde porte s'ouvre davantage en grinçant. Madeleine se redresse : elle est dehors, debout, toute seule, dans la rue ! C'est grisant et c'est terrifiant. L'air froid la happe dans son manteau glacé. Des points lumineux l'éblouissent, les réverbères, les phares des rares voitures qui passent.

Une grosse masse noire surgit soudain devant elle, un bruit de frein, une nappe d'air chaud.

Un homme barbu, très grand, les cheveux bouclés et noirs, sort de la voiture, se penche vers elle. Ça fait comme un feu qui s'approche. Vassili le Grec ! Elle le reconnaît ! Elle l'aime beaucoup, c'est un grand ours tout rond, tout doux. Elle lui fait la fête. Papa l'admire parce qu'il a été en prison chez les colonels, et qu'il est clandestin. Plus tard, Maman chantera une chanson qui parle de lui : *Avec sa gueule de métèque, de Juif errant, de pâtre grec et ses cheveux aux quatre vents.* Madeleine frappe dans ses mains : Basli, Basli ! Basli l'emporte dans ses bras, c'est moelleux et moite avec le parfum fort des hommes dans la grande salle. De sa grosse voix chaude avec son drôle d'accent, il dit : « Qu'est-ce que tu fais là, p'tite alouette ? »

Le lendemain matin, Maman vient chercher Madeleine chez Vassili le Grec : elle lui donne une gifle parce qu'elle a descendu le grand escalier.

C'est oublié maintenant. Maman ne quitte plus le lit de toute la journée. Dans le lit, elle pleure. C'est Papa qui lave Madeleine le matin au-dessus du lavabo dans le petit cabinet de toilette de la chambre, et c'est Papa qui l'emmène à l'école. Papa dit que Maman pleure à cause de son Papa à elle qui est mort quand Madeleine est née. C'est pourtant Maman qui a voulu venir vivre à Paris.

Dès l'arrivée de Dubcek au pouvoir en Tchécoslovaquie, le 5 janvier 1968, Bernard et Serge soutiennent ouvertement les démocrates du Printemps de Prague et condamnent en mars le très stalinien et brejnévien Gomulka qui fait tirer sur les étudiants polonais. À *L'Huma*, très vite, ils se font mal voir, surtout Bernard. Ses chefs de service lui reprochent de trop parler politique. Serge est plus prudent. Un tiers de l'appareil est sur les positions de Garaudy de liquidation réformiste et néo-idéaliste de la pensée de Marx, et la plupart des camarades qui travaillent au journal affichent volontiers un antistalinisme bavard, tout en pratiquant au-delà du nécessaire le « patriotisme de Parti ». Toujours la même chose : il faut hurler avec les loups, attendre que le Comité central se prononce pour savoir quoi penser de la répression en Pologne. Mais Bernard n'a plus besoin de personne pour avoir son idée : « Comment le Parti peut prétendre soutenir en même temps Gomulka et Dubcek ? »

Certains de ses chefs de service sont de simples militants à Montreuil, et il n'hésite pas à les rappeler à l'ordre : « Vous ne pouvez pas considérer que votre boulot à *L'Huma*, c'est du militantisme. » C'est peu dire que les camarades chefs sont surpris. La rupture a lieu à propos de la « lutte contre les gauchistes », en particulier ceux des comités contre la guerre du Vietnam, très actifs à Montreuil. Bernard pense qu'il faut les gagner, pas les tabasser. D'ailleurs ce ne sont pas des concurrents sérieux : ils ne font pas de travail de masse, se contentent de recruter individuellement. La meilleure arme contre eux : la diffusion sur les marchés des journaux de cellule et du journal de section, où les copains sont invités par Bernard à parler en leur nom et à signer leurs articles.

Un trotskiste est particulièrement dans le collimateur des dirigeants locaux du PC : le directeur de la maison des jeunes. Bernard, lui, le trouve sympa. À la réunion du comité fédéral, il prône le dialogue. Est mis en minorité. Adrienne Maire, imposante Walkyrie stalinienne, conseillère générale et conseillère municipale de la mairie de Montreuil, tranche : « Matraquez-les. » Armés de manches de pioche, les gros bras du service d'ordre font des descentes à la maison des jeunes et dans la rue contre les colleurs d'affiches d'extrême gauche. Il y a des blessés.

– Mais je n'avais encore rien vu, disait Bernard à Madeleine, à Vézelay, en 2011.

À la Maison du Parti, dans son propre bureau, le maire adjoint communiste de la mairie de Montreuil téléphone devant lui au commissaire de police pour dénoncer deux maoïstes qui distribuaient un tract antistalinien et antiflics. Quand il raccroche, le camarade-maire-adjoint se marre : « Tu sais ce qu'il m'a dit, le commissaire ? Ces jeunes gens nous mettent dans le même sac. » Bernard, outré, monte au premier et dit à Arlette : « Staline n'est pas mort. »

Arlette, allongée sur le lit, les yeux au plafond, ne répond pas. Il s'allonge près de sa femme, la prend dans ses bras, et pleure avec elle.

Le lendemain, le comité de section, sous son influence, vote un blâme contre les agissements policiers du camarade-maire-adjoint. Le camarade-maire-adjoint, furieux, le menace : « Tu milites trop, tu finiras trotskiste. » Il est écœuré.

Le 5 janvier 1968, le réformateur Alexander Dubcek a pris le pouvoir en Tchécoslovaquie. Le Printemps de Prague, comme la presse occidentale nomme la libéralisation du régime communiste, commence véritablement en avril : réhabilitation de Rudolf Slansky, liberté de la presse, décentralisation de l'économie et création de coopératives avec conseils de travailleurs associés au management, reconnaissance des minorités et fédéralisme (création d'une République tchèque et slovaque).

– La politique du Printemps de Prague est un réformisme démocrate socialiste, véritable retour aux sources antémarxistes de l'histoire des Rouges, disait Madeleine à JC.

Bernard est séduit, et redoute que l'URSS intervienne militairement : si cela se produit, il faudra que le Parti rompe toute relation avec le grand frère soviétique. Ou alors…

Il n'ose pas encore se formuler clairement la possibilité de quitter le Parti. À *L'Huma,* il a de plus en plus de mal à supporter les camarades chefs. Serge a raison : ce sont de vrais bureaucrates. Le 3 mai 1968, le jour où débutent en France les événements étudiants, il démissionne de son travail. La direction, prise de court, lui propose de l'embaucher dans les revues culturelles du Parti, mais il refuse.

– À l'époque, je me considère comme un militant politique, je ne veux pas devenir un intellectuel du Parti, disait Bernard à Vézelay en 2011.

Alors on l'envoie en vacances pour gagner du temps. Dietrich lui dit : « Ton histoire sent mauvais. Je t'ai soutenu jusque-là mais je pourrai pas toujours. Il faut que tu prennes du champ. » Le secrétaire de Marchais lui trouve un nouveau logement, un trois-pièces dans un grand ensemble HLM neuf : 20, rue des Grands-Peupliers.

Le vendredi 13 mai 1968, c'est l'énorme manif et le début de la grève générale : les ouvriers rejoignent les étudiants. Bernard est avec le service d'ordre de la CGT où une consigne d'apaisement a été passée : « Il y aura des drapeaux rouges, noirs et tricolores, mais on doit pas bouger. »

Le soir, il rejoint Arlette à Montreuil : son cousin Serge a amené sa copine, Odette, qui se fait appeler Anaïs en hommage à l'amante de Henry Miller, Anaïs Nin. Odette-Anaïs se déclare féministe et *bi*. Le dîner est joyeux, ils sont heureux. Quelque chose est en train d'arriver. « On va la faire enfin, la Révolution, la vraie, celle qui change la vie », dit Serge. En fin de soirée,

Serge, qui a des secrets pour changer la vie sans attendre la Révolution, flirte ouvertement avec Arlette. Odette aimerait bien une partie carrée, mais Bernard fait la gueule.

Alouette, petite alouette,
Alouette, je te plumerai !
Je te plumerai le bec,
je te plumerai la queue,
Et le bec, Et la queue,
Et le bec, Et la queue…
Aaaaa Alouette, petite alouette…

C'est une chanson que Papa a inventée spécialement pour Madeleine et qu'il lui chante le dimanche matin quand elle va les rejoindre dans le grand lit dans le HLM des Grands-Peupliers où ils ont emménagé. Mais ce matin, Madeleine est tout étonnée : sa chanson à elle, la chanson que Papa a inventée pour elle, elle sort du petit transistor noir.

Et puis on monte dans la 4L bleue toute neuve. Direction : le Sud. On s'arrête pour mettre de l'essence dans la voiture à la station de la porte d'Orléans. Très longtemps après, sur le bord de la nationale 7, Bernard colle le petit transistor noir contre son oreille pour mieux entendre les informations. Son visage est crispé. Quelque chose est en train d'arriver. *Les événements.* Bernard et Arlette causent là, dans la voiture arrêtée au bord de la route : et puis ils décident de laisser Madeleine rue Édouard-Vaillant à Migennes et de reprendre la route vers le sud.

Au marché couvert de Migennes, Madeleine est assise sur les genoux de Madeleine. À la tribune décorée de drapeaux rouges, *pépère* Camille roule les *r* plus fort qu'un Russe, un lit de torrent rocailleux sort de sa bouche. Madeleine ne comprend pas ce qu'il dit. Elle reconnaît seulement son refrain fétiche : « Un jourr les cosaques viendrront fairre boirre leurrs ch'vaux dans l'Arrmançon. » Il allonge les syllabes démesurément en roulant des yeux, il les chevauche pour prendre son envol. C'est un cosaque. Madeleine l'imagine à cheval, une chapka sur la tête comme le général Dourakine, un drapeau rouge à la main, traversant la rivière à l'usine électrique où on va se baigner l'été. À la fin de chacune de ses phrases, tout le monde hurle : « Gou-vernement-ouvrier-et-paysan, Gou-vernement-ouvrier-et-paysan. » Madeleine saute sur ses pieds et chante avec eux l'air à défaut des paroles : *La-lalala-lalala-la-lalala*. C'est une grande joie.

La grève a démarré à Sud-Aviation dans la région nantaise. La métallurgie, Renault, la RATP rejoignent le mouvement. Le 21, le pays est entièrement paralysé : dix millions de grévistes. Bernard et Arlette se baladent sur la Côte d'Azur dans un savant compromis entre son désir de vacances à elle et la Révolution : à Toulon, ils chantent *La Marseillaise, L'Internationale* et *Le Chant du départ* au milieu des drapeaux rouges et des drapeaux tricolores brandis par les ouvriers des chantiers navals en grève.

Au même moment, à Paris, la Bourse est en feu. Le 27 mai, les accords de Grenelle sont rejetés par la base. Le 30, Bernard et Arlette remontent à Migennes : Arlette a sa séance de psychothérapie avec Schérer à Auxerre. De Gaulle a disparu depuis la veille : on le dit en Allemagne. Il aurait rencontré les chefs de l'armée. Soudain le général réapparaît. Bernard écoute son discours dans un café en attendant Arlette. Quand elle revient, il lui dit : « On a perdu. »

– On a perdu parce qu'on n'a pas su construire le front unique des masses. Sortir les drapeaux rouges, ça suffit pas. Il fallait accepter de s'entendre avec les gauchistes. Mitterrand voulait gouverner seul et Mendès ne s'intéressait qu'aux étudiants, mais nous, on aurait pu imposer l'unité du mouvement et prendre le pouvoir, disait encore Bernard à Madeleine, en 2011.

Le 4 juin, c'est la reprise du travail. À Migennes, les cheminots votent contre mais, découragés par la trahison de leurs dirigeants syndicaux et politiques, ils acceptent de rentrer. « Il faut savoir arrêter une grève », raille Camille, qui est en retraite depuis 1963 et continue à s'occuper du CDH. Il en a vu d'autres, mais il est aussi déçu que les copains : « C'est pas encore skoussi kon prendra le pouvoir. »

Depuis le 30 mai, la droite et l'extrême droite défilent au cri de « À bas la chienlit ». Le 4 juillet, Bernard se rend la rage au cœur à sa convocation militaire à Beynes dans les Yvelines. La vie de caserne s'accorde trop bien avec le climat de contre-révolution qui règne dans les rues. Dans un fourgon de l'armée, il écrit son premier texte de poésie : *Le Divin Enfant*. Arlette dépose Madeleine à Migennes et part rejoindre Serge. La femme du *Divin Enfant* couche avec son cousin.

Le 21 août 1968, Bébé monte la garde en uniforme de toile beige, brodequins et guêtres. À dix-huit heures, levée des couleurs : il descend le drapeau tricolore du mât, le coince sous son bras droit, et le bras gauche lancé en avant, au pas cadencé, l'emporte dormir dans un placard. Vers vingt-trois heures, le vent souffle dans les baraquements, des chats miaulent, le sommeil le gagne. S'il dort : quinze jours de taule. Les officiers font leur ronde deux fois dans la nuit. À une heure, c'est fini. Trois heures de sommeil. À cinq heures, café dans le baraquement : les types sortent les cartes pour la première belote. À cinq heures trente, l'un d'eux ouvre la radio : « Hier soir à vingt-trois heures quarante-sept, les armées du pacte de Varsovie sont entrées dans Prague », dit le speaker de la radio.

Un tremblement de tout le corps le prend. Ce qu'il avait redouté est en train d'arriver : « Si Waldeck ne rompt pas avec les Russes, je quitte le Parti. » À midi, la déclaration du Bureau politique tombe : ils n'ont pas rompu. Sa décision est prise. Il lui faudra encore plusieurs mois avant de rendre sa carte.

À partir de septembre, Bernard est cantonné au château de Vincennes et rentre dormir presque tous les soirs à Montreuil. Inscrit en deuxième année de philo à la Sorbonne, il lit *Nadja* de Breton et *Jean-Christophe* de Romain Rolland, reprend ses recherches sur le marxisme. Trouver l'*erreur*. En octobre, Arlette prend un nouvel amant, un barbu, Michel. Une fois, elle emmène Madeleine chez lui. Le présente à Bernard. Ils décident d'un commun accord de se séparer.

Bernard trouve une chambre dans le Ve à côté de la Mutualité. Couche avec une amie de Serge et Odette. Serge lui fait la morale : « Tu devrais être plus discret, ça va faire de la peine à Arlette. Au fond elle t'aime. » Bernard trouve qu'il est gonflé.

Un matin, il arrive à la caserne et entre dans le baraquement des officiers sans frapper. Un adjudant qui l'a dans le nez lui ordonne : « Sortez de cette pièce. – Je vous emmerde », répond Bernard. Et l'adjudant ravi : « Ça y est, je vous tiens. » Le capitaine le convoque : c'est un Corse ex-OAS qui aime se faire passer pour un type cultivé et adore discuter politique avec lui : « Comment avez-vous pu vous faire piéger par ce con ? » Le capitaine lui colle quinze jours de prison au lieu du mois réglementaire et le prévient : « En taule, vous ne pourrez même pas lire. Rentrez chez vous ce soir, ça ne fera plus que quatorze jours. » Bernard rentre aux Grands-Peupliers.

Madeleine est tout étonnée de voir Papa entrer dans l'appartement en habit de militaire. Il s'arrête dans le couloir devant le dessin que Maman a affiché au mur : un monsieur barbu avec une couronne d'épines sur la tête. Des larmes coulent sur les joues de Papa. Il dit à Maman : « Je pars en Suisse. » Et redisparaît. Il est peut-être parti à la guerre.

Serge, Odette et Arlette, sinistres, l'accompagnent gare de Lyon. Plus tard, Madeleine imaginera la scène engluée dans le brouillard pathétique de l'après-68.

– L'émotion politique s'est ombiliquée en drame intime, expliquait Madeleine à JC.

Dans le train, Bernard s'aperçoit qu'il a oublié son portefeuille : il ne peut pas passer la frontière. À Dijon, où il descend à trois heures du matin, il téléphone à Serge pour lui demander de lui apporter ses papiers. Passe la nuit sur un banc de la gare et va sonner chez Béziers le lendemain très tôt. Le copain de l'UEC lui prête son appartement. Le reste de la journée, il attend Serge à la brasserie de la gare.

Sur la table de la brasserie, posé devant lui, l'un des quatre volumes d'Auguste Cornu sur la formation de la pensée de Marx et Engels, que tante Marcelle lui a payés à la fête de l'Huma en septembre dernier. Il avait rencontré le vieux Cornu en avril à la Mutualité. À l'époque, il voulait écrire un livre contre Garaudy. « Un café noir ? » demande le garçon. Bernard, plongé dans ses pensées, répond sérieusement : « Pourquoi, vous en vendez des blancs ? »

Serge raconte qu'ils sont allés voir le capitaine tous les trois avec Arlette et Odette. Qu'il lui a montré le mot que Bernard leur avait laissé : « Je ne déserte pas pour des raisons politiques. » Il a dû se marrer le capitaine. Serge, lui, il a apprécié la citation d'Essenine et *les fautes de ponctuation de la vie.* Mais ça l'a effrayé : le poète fils de boucher s'est suicidé en 1925 à Leningrad. Du coup, Serge n'a pas apporté les papiers. « Tu te trompes, Essenine a été assassiné par le Guépéou, se marre Bernard. – Et puis avec quoi tu vas vivre en Suisse ? Ici tu peux te faire réformer par un psychiatre. Mais il faut faire vite. La police lancera un mandat d'arrêt sept jours après ta disparition. Si tu restes en état de désertion, tu risques au moins un mois de prison ferme. »

On veut mettre un point final, on n'y arrive pas.

Bernard reste deux-trois jours chez Béziers. Seul, il reprend pied : après tout ils ont peut-être raison. Rentre à Migennes. Cazassus convoqué par Madeleine dans tous ses états explique la marche à suivre, écrit un mot pour Schérer, le psychiatre-psychothérapeute d'Arlette. Schérer reçoit Bernard à l'hôpital psychiatrique d'Auxerre.

Et le fait interner aussitôt.

Bébé a confiance dans les médecins que sa mère révère. Estime Schérer dont Arlette lui a dit du bien : sa vaste culture littéraire, même si c'est un réactionnaire. Prend consciencieusement le Nozinan qu'on lui prescrit. Ne supporte pas les loques humaines soliloquant dans les couloirs de l'hôpital psychiatrique. A le sentiment de perdre tous ses repères. « Dans quel pétrin je me suis fourré. C'est pire que la prison. » Il aime sa femme, mais elle lui présente ses amants. Il est communiste, mais il a quitté le Parti. Il n'a pas voulu se dérober au service militaire, et il a déserté l'armée. Vingt-six ans. Sa vie est une impasse totale. Faire le point. Devenir prof ? Non. Reprendre ses recherches sur l'*erreur*. « Je ne veux pas être un intellectuel. Qui je suis ? Un militant politique. L'anonyme éducateur des masses. Coupé des masses. Un Sans-Parti. Rien. Ma vie est brisée. Une boule dans sa gorge. Et si j'étais fou. Maman. »

Quand Madeleine vient le voir à la fin de la semaine, elle le trouve à faire peur. Le psychiatre explique : « Votre fils est très structuré. Quand une telle catastrophe morale arrive à ce genre de personnalité, c'est long à se remettre. »

La procédure de réforme pour troubles psychiatriques exige qu'on le transfère à l'hôpital militaire de Dijon. Sa destination finale sera le Val-de-Grâce à Paris, puisque son domicile est en région parisienne.

Fin novembre 1968, on le fait monter dans l'ambulance blindée en pyjama, avec sa capote militaire par-dessus – pour l'empêcher de se sauver. Une épaisse couche de neige est tombée dans la nuit. La route est glissante. Bébé a peur comme il n'a jamais eu peur, que la camionnette dérape, tombe dans un trou. Il passe quinze jours dans la même chambre qu'un jeune militaire devenu parano : un vrai fou qui hurle la nuit qu'il ne veut pas qu'on lui coupe les couilles. Les infirmières lui enfilent la camisole de force.

À Dijon, malgré l'absence de sommeil (« Très difficile de dormir dans un hôpital psychiatrique »), Bernard se sent à nouveau plutôt en forme (« Je ne fous rien de la journée ») et lit *L'Arrache-cœur* de Boris Vian : « L'histoire du type sur la rivière qui ramasse avec ses dents les déchets de la vie. Tout à fait moi. » Ça le fait rire. Rien n'est grave. *Ça ne fait rien.*

Le voyage en train pour Paris est une seconde épreuve : menottes aux poignets, enchaîné pendant trois heures au fou qui répète en boucle : « Dis, i'vont m'opérer, hein, dis, ils m'emmènent pour m'opérer, je le sais, tu veux pas me le dire, mais je le sais. J'veux pas qu'on m'opère, j'veux pas qu'on m'opère. »

L'hôpital du Val-de-Grâce est plutôt un endroit agréable au premier abord : de l'extérieur, l'ancienne abbaye du XVIIe est majestueuse, les couloirs du bâtiment principal sont propres et vastes, il y a des bocaux de poissons rouges dans les chambres. Arlette, Odette, Serge passent.

– C'est ici, au Val-de-Grâce, en 1917, disait Bernard à Madeleine, que les jeunes étudiants en médecine Breton et Aragon s'étaient liés d'amitié.

Serge ne manque pas de le rappeler. Arlette et Odette-Anaïs en frissonnent de plaisir. La folie les excite : nous sommes tous fous, visionnaires, prophètes, poètes. Mais au fond ils ont peur. Tous les trois se persuadent que *Bernard va mal.*

On lui présente un jeune psychiatre très brun, d'une beauté du même type que celle de Francis : Strazzula est interne, il a trente-trois ou trente-quatre ans, quinze ans d'armée derrière lui, a épousé une prof de lettres comme beaucoup de ses collègues, se demande pourquoi il n'a pas vu venir 68, est en train de se former pour devenir psychanalyste : « C'est inadmissible, ces doses de Nozinan qu'on vous a prescrites. On est le 1er décembre, il faut que vous soyez sevré d'ici quinze jours, trois semaines – que vous puissiez passer Noël en famille. »

Dans sa chambre, six malades, dont un militaire de quarante ans qui lit des polars toute la journée. Il a l'air normal à cela près que, toutes les demi-heures, il vérifie que sa valise, qu'il a entourée d'énormes chaînes, est bien fermée. Un jeune type de vingt-deux ans confie : « Ils veulent me réformer mais moi j'veux pas, parce que mon rêve, c'est d'entrer aux PTT. » Difficile de savoir si celui-là est dingue ou complètement crétin. Au bout du couloir, très glauque avec sa voûte basse, un autre couloir semblable échoue sur une porte bardée de fer avec une petite fenêtre grillagée. Derrière : le quartier des fous furieux. D'étranges cris en parviennent.

Bernard est traduit devant un panel de psychiatres, le colonel Juillet, et Mabille, le collègue et ami de

Strazzula, qui lui demande ce qu'il est en train de lire : « *L'Idéologie allemande*, de Marx et Engels. » Les jeunes psychiatres, surtout Strazzula et Mabille, sont très intéressés : ils connaissent le nom de Marx seulement depuis mai, et sont ravis d'en apprendre davantage.

« Les philosophes n'ont fait qu'interpréter le monde, il s'agit maintenant de le transformer. » En fait, explique Bébé, la traduction de la onzième thèse sur Feuerbach est fautive. Il faut comprendre : « Les philosophes n'ont fait qu'interpréter le monde de diverses manières, ce qui importe c'est de le transformer. » Autrement dit, il ne s'agit pas d'opposer l'action pratique de transformer le monde et l'action intellectuelle de l'interpréter, mais de trouver une philosophie qui transforme le monde. Le monde humain de toute façon se transforme, il est historique, les sujets ne ressentent le monde qu'autant qu'ils agissent sur lui, et ils agissent sur lui d'une certaine manière – parce qu'ils l'interprètent d'une certaine manière. Marx n'appelle pas, dans ce texte du moins, à la révolution, mais à une meilleure *compréhension/* transformation du monde.

Ouf ! Ces inquiétantes subtilités exégétiques ont donné le tournis aux psychiatres, mais les voilà rassurés : la Révolution est une affaire purement *textuelle*. Bernard est réformé.

Il rentre à Migennes le 20 décembre tout à fait heureux, quoique encore lesté de médicaments qu'il avale consciencieusement. Camille et Madeleine pensent que leur fils est *malade* parce qu'il a quitté le Parti. La preuve : Bébé éclate en sanglots en regardant une émission sur la Commune de Paris. « Nous on te remettra », dit Camille. « On avait peur que tu ne souries plus jamais », dit Françoise.

Toutes les semaines, prendre le train : une séance de psychothérapie chez Strazzula. La nuit, il dort bien, mais cette espèce de creux dans l'estomac qui le reprend dès qu'il se lève.

Lavrat passe. Ils ont de longues conversations. La direction du PCF a « désapprouvé » l'intervention soviétique à Prague, sans condamner formellement « pour ne pas intervenir dans les affaires des partis frères » : les *frères* tchécoslovaques ont dû apprécier ce pur jésuitisme. Lavrat pense aussi que le Parti aurait dû rompre complètement avec les Russes. Mais il est déchiré : « Je ne peux pas quitter le Parti. Le Parti, c'est ma vie. » C'est lui qui prête à Bernard *L'Aveu* d'Artur London, publié quelques mois auparavant. Depuis août 1968, Lavrat est considéré comme un oppositionnel à cause de ses prises de position sur la Tchécoslovaquie : il a été écarté du secrétariat fédéral mais a gagné Brigeois, et travaille à marginaliser Cordillot, rallié à la ligne du Bureau politique.

Madeleine et Camille s'occupent toujours de la cellule. Camille vient d'être choisi pour aller à Moscou au printemps 1970 avec les vingt meilleurs responsables de France des CDH. Il continue d'aller chercher en gare *Les Nouvelles de l'Yonne*, et de les rapporter à la maison pour préparer les paquets avec Madeleine. Francis a monté une section CGT à la CAPPY, l'usine d'abattage de porcs où il travaille à la lingerie, et a été élu délégué du personnel. Bébé ne peut pas exiger d'eux qu'ils quittent le Parti. Françoise est amoureuse d'un… René, un cheminot de Narbonne, d'origine espagnole et communiste, à qui Camille louera le sous-sol quand Francis partira habiter au HLM avec sa femme, son fils et le fils de sa femme.

Un dimanche matin, Bernard dit à Madeleine : « Écoute, Maman, prépare cinquante journaux pour moi, je vais monter à Cheny. » Il a fait ça toute sa vie, le porte-à-porte, Bébé. Il vend la presse du Parti depuis l'âge de sept ans : « Toc, toc, toc, b'jour, m'dame, je viens vous vendre des journaux contre la guerre de Corée. »

Il monte le pont de l'Armançon, le paquet de journaux sous le bras, allègre. Cette envie qu'il a, c'est sûrement que ça va mieux.

Au bout de trois portes, une honte terrible le prend. Des images de tortures lui passent dans les yeux. Impossible de continuer. Redescendu rue Édouard-Vaillant, Bébé pleure : « J'ai honte, honte, honte. » Madeleine ne comprend pas. Il lui raconte *L'Aveu.* La pendaison des onze accusés des Procès de Prague en 1952, la torture. Un étudiant vient de s'immoler par le feu sur la place Venceslas à Prague : Jan Palach. « Le Goulag a fait dix millions de victimes, de l'Ukraine au Kamtchatka. Les morts me murmurent à l'oreille : Bernard, toi, tu es un type bien, dis-nous pourquoi ils nous ont tués. »

Quand Bernard a déserté l'armée, Arlette a déclaré que c'était au-dessus de ses forces *psychiquement* de s'occuper de sa fille, et l'a déposée chez Madeleine et Camille. On a dit plus tard à Madeleine que Papa était là, dans la maison de Migennes, avec elle, mais elle ne se souvient pas.

Madeleine ne se souvient pas de Papa dans la maison de Migennes, mais seulement de cette chanson qu'il chantait pour la faire rire : *Connaissez-vous Zouzou, la femme en caoutchouc, qui bouffe des élastiques et chie des bombes atomiques.*

Madeleine est tout le temps malade, toutes les maladies d'enfance à la file, la coqueluche, la scarlatine, les oreillons. Dans la gorge le docteur a coupé les amygdales. C'est une comédie à chaque repas pour lui faire avaler une bouchée, et le soir pour dormir. Elle n'aime que la bouillie que Colette, la femme de Francis, donne à son fils Gérard dans la petite chambre du fond au sous-sol ; Madeleine la lui enfourne dans la bouche au bébé cadum, comme on fait pour elle : « Une cuillerée pour Maman, une cuillerée pour Papa. » Le soir, grand-mère

Madeleine fait mine d'attraper quelque chose dans sa tête pour qu'elle ne fasse plus de caprices : « *Pfuitt*, enlevée la malice. »

Entre deux maladies, le grand-père l'emmène en triporteur avec ses cousins à la maternelle des cités, à trois rues de là, derrière les HLM. Ça fait un énorme bruit de teuf-teuf, des cahots et beaucoup de fumée. Pour pas tomber, on s'accroche aux bords, les petits bancs en velours râpé que le grand-père a trouvés aux fouilles (la décharge de Cheny) branlent à l'arrière. On s'écroule les uns sur les autres en criant et en riant.

À l'école, il y a tante Colette qui est dame de ménage. Heureusement : ça fait moins froid, même si elle est un peu brusque. La maîtresse, Mme Berneau, décide que Madeleine est à part : elle doit apprendre à lire pendant que les autres jouent. Ça lui plaît bien, à Madeleine. Le soir, grand-mère Madeleine veut lui faire lire dans le livre d'école : *Noémie fait des confitures.* Elle ne veut pas. Madeleine n'aime que la confiture de Mme Berneau.

En avril 1969, son congé maladie terminé, Bernard reprend un poste de professeur PEGC à Saint-Florentin. Arlette vient le voir tous les week-ends à Migennes.

Quand Maman est là, elle oblige Madeleine à faire la sieste et l'enferme à clef dans la chambre du bas, celle où Francis reste dans le noir quand il souffre de sa jambe coupée. Madeleine hurle de tous ses poumons, et quand elle est fatiguée de hurler, elle déchire le papier peint au-dessus du lit : sous le papier, c'est mou, le doigt s'enfonce, c'est agréable et défendu.

Pendant les vacances de Pâques, Bernard emmène Arlette passer quelques jours à La Chapelle-d'Angillon, le pays perdu du *Grand Meaulnes*, son roman préféré : « Les histoires d'amour, c'est l'impossible. » L'été, avec Serge et Odette, ils font des virées dans la campagne en déclamant face aux têtes dressées des épis de blé toute la poésie qu'ils connaissent : Serge récite du Aragon ou du Michaux, et Arlette *La Nuit de décembre* de Musset :

Au chevet du lit vint s'asseoir
Un orphelin vêtu de noir
Qui me ressemblait comme un frère.

Bernard ânonne en allemand *Die Lorelei* de Heine, d'un drôle de débit mécanique qu'il adopte dans cette langue :

Ich weiß nicht, was soll es bedeuten
Daß ich so traurig bin
Ein Märchen aus uralten Zeiten
Das kommt mir nicht aus dem Sinn.

Je ne sais pas ce que ça veut dire
que je sois si triste.
Une histoire des anciens âges
hante mon souvenir.

Tous les dimanches après-midi, on va se promener à pied sur la côte d'Ormoy, le petit village au-dessus de Cheny, ou bien on emmène Camille et Madeleine à Vézelay dans la 4L bleue. Madeleine montre à Madeleine chaque pierre du village dans la rue qui monte, la maison de naissance du protestant Théodore de Bèze, l'hostellerie où avaient dormi Louis VII et *saint-Bernard-qui-a-prêché-la-seconde-croisade* : « Regarde, c'est historique. » Sur le monticule, en contrebas de la colline, Madeleine le voit, Bernard, devant la foule assemblée. Il chante *L'Internationale* le poing levé.

Papa a offert à Madeleine un petit agenda de l'année 1969. Sur le petit carnet, elle écrit : « Ne pas oublier de faire ma prière. » Elle s'est inventé un Dieu qui la punit quand elle n'est pas sage à l'école. Dans le grand buffet Henri II à Migennes, le missel de sa grand-mère est bien caché tout au fond du tiroir. Personne ne veut lui expliquer ce que c'est que cette histoire de passion, de chemin de croix et de Jésus-Christ. Bien sûr elle n'est pas baptisée. Son père non plus. Mais Maman a fait sa première communion, et elle a vu la photo : les cheveux blonds de Maman à quinze ans presque blancs sur la robe de communiante blanche, la croix noire sur la poitrine. Un jeune curé gris foncé est assis à la table, la figure toute repassée. Maman dit : « J'étais amoureuse de lui. »

Sur son petit carnet, Madeleine recopie une phrase de son volume d'Alphonse Daudet : « Athénien, mon bel ami, les histoires les plus vraies ne sont pas celles qui sont arrivées. »

Un matin d'octobre 1969, à Migennes, quelqu'un cogne à la porte de la classe de Mme Berneau. Arlette vient reprendre Madeleine pour la ramener aux Grands-Peupliers à Montreuil. C'est un bonheur, c'est une aventure, c'est violent.

À Montreuil, sa nouvelle institutrice s'appelle Mlle Nivée, elle est gentille comme une crème. Madeleine lui explique qu'elle a peur d'aller dans le grenier toute seule à cause du portrait de Staline. « Papa dit : J'ai du sang sur les mains. Et il pleure. Papa dit : C'est la faute aux vingt volumes vert clair des œuvres complètes de Lénine. C'est la faute au matérialisme-dialectique. C'est la faute à la-onzième-thèse-sur-feuerbach et à la critique-de-l'empiriocriticisme. Tu comprends, maîtresse ? » Elle aime bien ces mots difficiles dialectique, empiriocriticisme, feuerbach, plekhanov, elle se les récite dans le coin le plus sombre au fond de la cour, derrière le gros marronnier. Ils ne sont pas de son âge, elle fait bien attention à ne pas les écorcher : ce sont les mots de Papa. Elle reste là toute seule, l'air absorbé par ces choses tellement plus importantes que les jeux des enfants. « Quand je serai grande, il faudra que je me souvienne que je n'étais pas la petite fille qu'ils croient. »

Mlle Nivée trouve que cette gosse est un peu perturbée et convoque sa mère. Pendant que les deux femmes parlent, Madeleine chante à tue-tête :

> De bon matin, j'ai rencontré le train
> De trois grands rois qui partaient en voya-age,
> De bon matin j'ai rencontré le train
> De trois grands rois qui partaient en chemin.

Bernard a loué une chambre de bonne au Quartier latin rue du Cardinal-Lemoine. Il enseigne dans un collège du XIIIe arrondissement et est reçu aux examens d'entrée en licence : pour l'épreuve de sociologie, il parcourt les œuvres complètes de Max Weber la nuit d'avant l'examen. Air du temps oblige : on le fait plancher sur *Le Politique chez Marx.* Il s'inscrit en licence.

Il a comme prof Pierre Macherey : l'ancien normalien fait régner la terreur dans son cours et porte Bernard au pinacle pour sa connaissance exceptionnelle des textes de Marx. Un autre prof, Olivier Bloch, lui fait découvrir Aristote : « Je suis tombé amoureux de la praxis aristotélicienne. » Il se lie avec Évelyne Pisier et Élisabeth de Fontenay, une aristocrate du VIIIe arrondissement, tout à fait ravie de connaître cet authentique fils d'ouvrier à la gueule d'ange, elle le tutoie : ces fils de bourgeois ou de grands bourgeois devenus profs de fac singent la camaraderie ouvrière et font *ami-ami* avec leurs étudiants.

– Ça leur passera avec la mode marxiste, disait Madeleine à JC.

Côté étudiants, Bernard est impressionné par le très brillant normalien althussérien Paul-Laurent Assoun. Il aime aussi Robert Maggiori, un fils d'immigrés italiens, qui est mao. Et il se sent en accord politique et intellectuel total avec Petr Fleischmann, le fils de l'attaché culturel de l'ambassade de Tchécoslovaquie passé à l'Ouest en août 1968 : depuis, toute la famille de Petr est traquée par la police politique tchèque.

Petr a vingt-quatre ans. Madeleine, qui en a quatre, est amoureuse de lui. Elle l'accompagne avec Maman place Dauphine. Dans le grand appartement très clair et très haut de plafond, le visage d'une grosse dame très gentille et très petite se fend tout en large d'un grand sourire rouge et blanc.

– Simone Signoret, disait Madeleine à JC.

Au café du coin, un grand gaillard brun, en bras de chemise, soulève Madeleine de terre et la pose sur le billard en rigolant : Yves Montand. Les deux célèbres acteurs hébergent chez eux les dissidents menacés d'enlèvement par les services secrets de l'Est.

XIII
L'affaire de 70

– Au fond, si je veux la raconter *notre histoire,* c'est aussi pour en finir avec ce stalinisme à la française qui a cassé la vie de mon père en deux, disait Madeleine à JC, en 2010, à Vézelay. C'est drôle qu'à assembler ces syllabes, « l'affaire de 70 », un effroi d'enfant me prenne, l'enfant que j'étais alors.

– Tu veux réparer, répondait JC. Tu ne peux pas réparer. C'est au-dessus de tes forces. C'est au-dessus de nos forces.

L'année communiste débute en fanfare avec l'exclusion de Roger Garaudy. Garaudy, le philosophe membre du Bureau politique, voulait liquider le matérialisme dialectique. Sa proposition est rejetée comme révisionniste, puisque la remise en cause de la philosophie marxiste, ou du moins de sa lecture léniniste, est ce qui caractérise, pour les marxistes orthodoxes (et ils le sont tous, y compris les gauchistes maos ou trotskistes), les traîtres *réformistes* Bernstein et Kautsky.

Bernard se sent personnellement menacé par cette exclusion, même s'il considère que Garaudy est un idéaliste qui n'a rien compris à Marx. Mais comme Garaudy, et contrairement aux althussériens, il veut en finir, lui aussi, avec le matérialisme dialectique. Il renonce à écrire ce livre contre Garaudy dont il avait parlé à Auguste Cornu en avril 1968, pour concentrer ses attaques contre le néo-stalinisme de Louis Althusser, toujours membre du Parti.

Le maître à penser de son ami Assoun, et de Pierre Macherey, répétiteur à Ulm, est l'objet d'un véritable culte parmi les normaliens, particulièrement ceux de l'UEC devenus maoïstes. Contre le retour à Marx que propose Althusser, Bernard propose au contraire d'abandonner la philosophie de l'Histoire d'origine hégélienne (la « mission historique » du prolétariat) et de s'en tenir strictement au Marx de la conception matérialiste de l'Histoire, c'est-à-dire à la description des rapports sociaux de production qui en sont le moteur. Il propose, en bref, de s'en tenir à une lecture politique et historique des textes de Marx : la lecture philosophique est une impasse.

Il y a quelques engueulades pendant le cours de Macherey, et Macherey, agacé de sa réticence à penser la téléologie marxiste (la finalité de l'Histoire), lui dit un jour : « Si vous ne voulez pas faire de la philo, écrivez de la poésie. » Mais au nom de l'autre culte, commun à tous celui-là, Marx, et par sympathie pour Bernard, il accepte quand même de diriger son mémoire de maîtrise, bien que ce soit une attaque en règle du livre d'Althusser *Lénine et la philosophie*.

Bernard a repris la vie commune aux Grands-Peupliers et prête sa chambre à Petr Fleischmann toujours traqué par la police tchèque. De fortes fièvres le forcent à se faire arrêter. Dès qu'il n'enseigne plus, la fièvre tombe. Strazzula le met en congé de longue maladie pour trois ans. Il se lance à corps perdu dans la recherche de l'*erreur*.

L'isolement et l'absence d'activités politiques sont difficiles à supporter. Malgré sa décision de quitter le Parti, il paie jusqu'en avril 1970 les cotisations que lui réclament ses anciens camarades communistes parisiens.

Et réussit à convaincre Paul-Laurent Assoun, Robert Maggiori et Petr Fleischmann de monter avec lui une revue : *Informations et recherches marxistes.* Son idée est de republier au fil des trente numéros prévus tous les textes des marxistes russes, italiens, allemands, polonais et de tous les pays du monde, se réclamant du matérialisme dialectique et historique depuis la fin du XIXe siècle.

« Je voulais réunir les documents qui permettraient de faire l'histoire de ce courant de pensée sans *a priori* dogmatique, en toute indépendance critique. »

Par Petr et son père, Ivo Fleischmann, il entre en contact avec des marxistes dissidents de l'Est, une Hongroise, un Polonais. Et discute avec Hussein Celik, un marxiste turc de sa cellule du Ve. Périer, un prof d'italien ex-collègue de Saint-Florentin, s'engage à traduire des inédits de Gramsci et Labriola. Robert Maggiori prospecte pour lui des textes d'auteurs marxiens et marxistes italiens moins célèbres : Maggiori et Dominique Grisoni sont en train de rédiger un livre sur Gramsci.

Bébé passe ses journées à la Bibliothèque nationale ou à l'Institut Maurice-Thorez, 64, boulevard Blanqui : il y dépouille les revues communistes – et la grande revue sociale-démocrate allemande de la fin du XIXe siècle, *Die Neue Zeit*.

Il trouve que le social-démocrate allemand Bernstein, hostile au matérialisme comme à la dialectique, a placé au centre des débats la notion de matérialisme dialectique, qui ne se trouve ni chez Marx ni chez Engels. Laura Lafargue, l'une des filles de Marx, introduit pour la première fois l'expression en français en 1898, la reprenant au social-démocrate russe Gueorgui Plekhanov : elle donne ce titre, « Le matérialisme dialectique », au quatrième chapitre du *Ludwig Feuerbach* d'Engels. C'est Lénine, en disciple de Plekhanov, qui, dans son texte de 1908, *Matérialisme et empiriocriticisme*, assimile définitivement la philosophie marxiste au matérialisme dialectique, qu'il redéfinit. Staline hypostasie le dogme léniniste en religion d'État dans ce bréviaire de l'idéologie soviétique totalitaire qu'est, en 1938, son texte *Le Matérialisme dialectique et le Matérialisme historique*, que Bébé relit depuis l'âge de quinze ans.

Au printemps 1970, alors que son père s'envole pour Moscou, Bébé pense avoir trouvé enfin l'*erreur* dont il s'agit encore et toujours de sauver Marx (et les Rouges : puisqu'il assimile le communiste allemand à *notre histoire*) : « *L'erreur* est d'avoir confondu la pensée de Marx avec le matérialisme dialectique inventé par Plekhanov et Lénine. Marx lui-même n'est pas marxiste, puisque l'expression matérialisme dialectique n'est pas dans ses textes. » Sur ce point, Bernard est d'accord avec Garaudy – et Bernstein : il n'y a rien d'autre chez Marx qu'une conception matérialiste de l'histoire. « Le matérialisme dialectique est l'*erreur* de principe non seulement de Staline, mais de la plupart des "marxistes". Le stalinisme n'est pas une déviation du marxisme qu'on peut corriger : il est l'accomplissement politique du marxisme hypostasié en métaphysique, et devenu dogme d'État. » Pour Bernard, l'intérêt de l'œuvre de Marx est historique, économique, politique, mais pas philosophique. Le matérialisme est un déterminisme et la dialectique un néo-blanquisme, un révolutionnarisme.

– Un millénarisme, disait Madeleine à JC.

Il n'y a pas de philosophie marxiste : et s'il y en a une, elle est stalinienne et, par essence, totalitaire.

Dit plus abruptement encore : il n'y a pas de théorie marxiste, il n'y a qu'une pratique politique : celle des Rouges. Or, les luttes ouvrières du XIXe et du XXe siècle, induites par des rapports de forces socio-économiques, s'inscrivent dans l'élan démocratique d'égalité civique impulsée par la Révolution française, selon une logique que Balzac qualifiait à juste titre de *communiste*. L'histoire du mouvement ouvrier est spontanément démocrate et communiste. « Républicain et socialiste », aurait dit Jaurès.

– Mais Jaurès ne fait pas partie des références politiques de mon père, disait Madeleine à JC.

Ce communisme ou ce socialisme de base est une force d'opposition politique qui est le moteur de la démocratie. Il n'a pas pour objectif premier la prise du pouvoir mais la défense des intérêts ouvriers.

Le mouvement ouvrier est innocent des déviations criminelles staliniennes et, plus encore, de leur justification théorique.

– On est toujours innocent quand on élude la question de la prise du pouvoir et la violence qui va avec, objectait JC à Madeleine.

Au fond, Bernard tente d'expliquer aux intellectuels marxistes (la majorité des intellectuels ou presque en 1970 : les autres se cachent) que leur théoricisme est une impasse, et que rien d'autre n'a jamais eu lieu que *notre histoire* – l'histoire des Rouges. Le problème est que ce théoricisme passionné est la raison d'être de tous ces jeunes hommes, étudiants et professeurs – et que paradoxalement Bébé lui-même, qui s'oppose à eux frontalement, s'est déjà transformé, à son corps défendant (le corps des masses), en intellectuel.

Malgré le soutien relatif de Macherey, ou l'amitié de Paul-Laurent Assoun et de Robert Maggiori, Bernard est menacé par l'isolement qui a été fatal à Roger Garaudy.

– La relégation de Garaudy a été aggravée, après son exclusion du PC, par le mépris des gauchistes pour son idéalisme humaniste. La solitude et la marginalisation qu'il a subies expliquent au moins pour une part son tortueux parcours, même si elles n'excusent en rien sa délirante dérive négationniste, disait Madeleine à JC.

Le destin de Garaudy est le symptôme d'un retour catastrophique du refoulé religieux. Le déni du besoin d'unité comme affect générateur de la passion politique propre au théoricisme marxiste allait exploser en un dénouement encore plus tragique dans la vie de Louis Althusser. Le crime passionnel ou le suicide ne sont-ils pas l'ultime protestation de l'intime lorsque toutes ses autres voies d'expression ont été empêchées ? La politique réduite à un calcul ou à une rationalité positive ne permet pas de nouer, contrairement au fait religieux, l'élan collectif du vivre-ensemble à la passion intime qui à la fois l'inspire, le déborde nécessairement, ne peut s'y réduire, et finalement le contredit, si l'on interdit la possibilité de son expression propre – si l'on n'admet pas, si l'on ne pense pas, si l'on n'affirme pas, par-delà le Bien et le Mal, son irréductible liberté. Sa transcendance, disent les philosophes.

En avril 1970, Maman réalise enfin son rêve : habiter vraiment dans Paris. Ils emménagent tous les trois dans un immeuble qui vient d'être construit porte Didot, sur les Maréchaux. C'est tout juste Paris, mais c'est Paris. Du troisième étage, le boulevard extérieur est un fleuve houleux. Quelquefois Papa et Maman emmènent Madeleine à la Sorbonne. Madeleine aime bien Pierre Macherey : avec son chapeau et son grand cache-col noir, on dirait Zorro. Il n'oublie jamais de demander comment va sa petite étudiante.

Petr Fleischmann passe le soir dans l'appartement du boulevard Brune. Madeleine s'installe sur ses genoux et lui lit *Le Général Dourakine* de la comtesse de Ségur. Le jeune Tchèque traqué par la police de son pays se confond avec le prince polonais à moitié mort de faim que Sophie découvre dans la forêt aux confins des domaines de son oncle. Madeleine va dans la cuisine lui chercher des carrés de chocolat et des berlingots Nestlé qu'elle emballe soigneusement dans du papier d'argent : c'est ce qu'il y a de meilleur au monde, ce qu'elle a de plus précieux, et elle lui donne. Elle aimerait bien jouer à l'infirmière avec lui, faire semblant de soigner une blessure à son bras, comme elle fait avec ses poupées, mais elle n'ose pas.

Madeleine a écrit un conte, qui est en même temps une lettre d'amour pour Petr : c'est l'histoire du prince Gautier, un orphelin qui a perdu sa famille dans la guerre. Il est recueilli par une princesse, et l'épouse après une terrible bataille contre les ennemis de Gautier et de sa famille, par-dessus le grand mur en fer de Berlin. La reine, la Maman de la princesse, arrive en retard au mariage parce qu'elle lisait Immanuel Kant dans le texte et dans le métro, et qu'elle a oublié la station.

Sur son bureau repeint en bleu, Bernard répond longuement à la lettre de son ancien mentor. Lavrat lui a donné un peu d'argent pour sa revue, et l'adresse de Robert Simon, l'*oppositionnel* que sa famille connaît depuis les années 1930 : « Ce camarade que tu connais très bien parle très couramment l'allemand, et sa fille Catherine le parle et l'écrit encore mieux que lui. Par ailleurs, en raison du milieu assez cosmopolite qui est le sien, il peut te fournir des noms de traducteurs pour d'autres langues que l'allemand, et il peut sans doute aussi te tuyauter sur les questions concernant l'édition de ta revue, puisqu'il a été responsable de la parution de la revue du Mouvement de la Paix dans les années 1950. » Bernard envoie une lettre d'excuses à Simon pour avoir voté son exclusion de la direction fédérale en 1961. Simon répond le 11 avril 1970 en le remerciant de son geste, et en le mettant en garde concernant son projet de revue : « Je te signale ce que tu aperçois déjà de ton propre mouvement : différencier le marxisme *élaboré* du pseudo-marxisme *catéchisé*, c'est entrer en conflit suraigu avec la hiérarchie [du PC], ce qui attire sur toi l'anathème et tout ce qui s'ensuit. »

Simon lui propose de rejoindre son groupe Débat-Unir et de signer l'Appel du comité du 5 janvier qu'il fait circuler, appelant le PCF à condamner unilatéralement l'intervention soviétique en Tchécoslovaquie, et la *normalisation* : euphémisme stalinien pour désigner la répression féroce qui a suivi. Simon réclame dans ce texte la réhabilitation de tous les acteurs du Printemps de Prague et de leur politique d'ouverture démocratique. Alexander Dubcek a été démis de toutes ses fonctions par les brejnéviens au pouvoir : il est jardinier dans un parc public.

Bernard tourne et retourne cette lettre, hésite. Relit la lettre d'Auguste Cornu : le vieil historien, en odeur de sainteté communiste au point d'avoir longtemps travaillé en RDA, lui a fait quelques remarques de forme sur son projet, mais l'approuve. Si Bébé rejoint Simon, il entre en guerre ouverte avec le Parti : mener de l'extérieur ce qu'il nomme lui-même « une activité fractionnelle » lui semble une trahison à laquelle il ne se résoudra qu'en cas d'ultime recours – en légitime défense en quelque sorte. Et puis il n'est plus très sûr qu'il soit encore possible de réformer le Parti de l'intérieur. Contrairement à Lavrat – qui s'est prononcé contre l'exclusion de Roger Garaudy lors des réunions préparatoires du XIXe Congrès du PCF. À la conférence de section de Migennes, malgré l'opposition de Jean Cordillot, Lavrat a fait voter à l'unanimité un amendement renforçant le passage très bref du rapport préparatoire au Congrès consacré à l'intervention soviétique en Tchécoslovaquie, dans le sens d'une condamnation nette et d'une dénonciation de la *normalisation*. L'amendement de la section de Migennes a été censuré par *L'Humanité* (le journal publie tous les amendements sauf celui-ci et quelques autres). Le membre du Comité central chargé des fédérations, Georges Gosnat, est envoyé pour « aider » la Fédération de l'Yonne à « surmonter ses difficultés ». La « difficulté » est la suivante : Jean Cordillot, le secrétaire de la Fédération, est sur la sellette, parce qu'il reste fidèle à la ligne du Parti concernant les deux points litigieux depuis 1968 : l'attitude à adopter envers les gauchistes et l'intervention soviétique en Tchécoslovaquie. La majorité des membres du bureau fédéral sont sur les positions de Lavrat et réclament que Cordillot soit remplacé par Jean Brigeois.

Enfin, Bernard se décide à signer le texte de Simon. Il l'annonce le 3 mai 1970 dans une lettre à Jean Brigeois, son petit camarade bolchevik depuis les années 1950, et qu'il envisage de se résoudre au travail fractionnel, « si la pression s'accentue ». Cette lettre à Brigeois, ainsi que les deux précédentes des 16 mars et 8 avril 1970, serviront quelques mois plus tard de *pièce à conviction* contre lui.

Les deux premières lettres ne concernaient que sa revue et la recherche de collaborateurs.

Voici le texte de celle du 3 mai, que je transcris non à partir de l'original mais de sa copie tapuscrite archivée par le Comité central du PCF. Si extravagant que cela puisse paraître et pour des raisons qu'on va comprendre, les trois lettres manuscrites originales de Bernard à Jean Brigeois se trouvent à Moscou, dans les archives du PCUS récemment ouvertes. Mon lecteur comprendra qu'il soit nécessaire, à ce moment du récit, d'entrer un peu dans le détail des documents que Bernard a confiés à Madeleine à Vézelay, en 2011. Si cette *affaire* locale a un intérêt, c'est qu'elle permet d'observer dans toute sa subtilité la mécanique bureaucratique à l'œuvre aussi bien en France qu'à Prague et dans les autres pays de l'Est au même moment, avec des conséquences humaines plus meurtrières.

> Cher Jeannot,
>
> Mes parents m'ont répété ce que tu leur as dit concernant la situation dans la Fédé. La situation a évolué… N'est-il pas significatif que cela se fasse alors que *L'Humanité* condamne le film *L'Aveu*, qu'Artur London considère lui-même comme fidèle à son livre ? [Le film, sorti sur les écrans parisiens au printemps 1970 avec Yves Montand dans le rôle d'Artur London, montre les tortures mentales et physiques subies par les accusés des Procès de Prague en 1952.] Par ailleurs j'ai assisté au défilé du 1er Mai et aux manœuvres du service d'ordre du Parti et de la CGT pour isoler les 10 000 à 15 000 « gauchistes » (dont la moitié étaient des militants de la Ligue) et les conduire à l'affrontement avec les CRS. Je partage entièrement l'avis du BP de la Ligue [le Bureau politique de la Ligue communiste : trotskiste pabliste] déclarant qu'il s'agit d'une provocation montée par le Parti et la CGT contre les « révolutionnaires » (les seuls à n'avoir pas oublié que le 1er Mai est une journée internationale de lutte). De mon côté, je poursuis ma réflexion commencée voilà maintenant plus de deux ans… J'ai rencontré Robert Simon… Nous nous sommes trompés totalement sur son compte, il faut le reconnaître nettement. Devant l'annonce de l'exclusion d'Artur London (et l'article de *L'Humanité*), j'ai décidé de signer le texte du Comité du 5 janvier sur la Tchécoslovaquie… j'essaierai même

de le faire signer. Par ailleurs pour le projet de revue dont tu as le texte, je suis maintenant en contact avec des camarades espagnols (j'espère rencontrer Jorge Semprun), italiens, grecs, turcs, tchèques, hongrois. Un camarade milite dans une organisation de communistes révolutionnaires qui travaillent clandestinement en URSS (ceci, il va sans dire, STRICTEMENT ENTRE NOUS). Parmi les gars qui travaillent à la revue, nous avons, outre les gars du Parti, des militants de différents groupes (encore que nous ne soyons encore que 25-30)… Mardi, je contacte un camarade de la Ligue communiste, nous verrons… En ce qui me concerne personnellement, je suis « encore » membre du Parti, bien que je n'y milite plus. Comme je suis peu enclin à faire de « l'entrisme », comme disent les trotskistes (par tempérament et parce que j'ai trop « cru » qu'au Parti il s'agissait avec les « camarades » d'une lutte « d'idées », de « persuasion », de « conviction »), je pense que tôt ou tard il me faudra rompre (ou alors il faudrait que le Parti change, et vite… ce qui m'étonnerait beaucoup actuellement). Voilà où le Parti conduit les véritables « bolcheviks » que je continue à penser que nous sommes.
En ce qui concerne l'Yonne, devant les manœuvres de Cordillot et du CC [Comité central, le Parlement du PC], je pense que la meilleure arme est *l'unité* de votre « groupe » avec chantage collectif à la démission (« Unis comme les 5 doigts de la main »)… Encore que si la pression s'accentue, je crois qu'il faudra entreprendre un *travail fractionnel de masse dans les cellules du Parti*… avec envoi de lettres au CC… pétitions (à partir de la section de Migennes par exemple)… à toi de voir… mais insiste auprès de Guy [Lavrat] pour que votre unité soit *totale*… même si cela ne correspond pas tout à fait à la réalité… Excuse-moi d'intervenir dans « vos » affaires, je ne voudrais nullement que tu prennes tout ceci pour des conseils, prends cela tout au plus pour *mon* avis.
Si un jour tu passes à Paris, *viens !* Je serai de toute façon (en dehors de toute question politique) très heureux de te voir…

Au juste samedi prochain, nous avons réunion pour notre revue, pourrais-tu d'ici là me dire si Gauthier-Moreau accepte de collaborer ? [...]
Je compte sur toi...

Très amicalement,
Bernard

Brigeois fait à cette lettre une réponse embarrassée de six pages exposant en détail ses relations avec Simon et les trotskistes Laguillaumie (pabliste de la Ligue) et Villerey (lambertiste de l'OCI), dont il déclare se méfier.

Au même moment dans l'Yonne, les majoritaires oppositionnels du bureau fédéral réclament une entrevue avec le camarade du Bureau politique chargé des liaisons avec les fédérations. Ils veulent des clarifications « sur la forme et le contenu de l'aide politique du membre du CC, le camarade Léon Feix », qui vient d'être désigné par le Parti pour « aider notre Fédération sur les questions qui se rattachent à la liaison avec la direction du Parti » [*sic*]. Le 8 mai, Cordillot transmet cette demande au Bureau politique, en précisant qu'il l'approuve. Gaston Plissonnier, membre du Bureau politique et secrétaire à l'organisation, répond le 11 juin par une convocation des membres du bureau fédéral de l'Yonne au siège du Comité central. La réunion est prévue pour le mercredi 9 septembre à quatorze heures.

Pour préparer cette rencontre, Léon Feix a un entretien avec Jean Cordillot le 26 août à Sens. Cordillot lui confie que « la direction fédérale n'évolue pas dans le bon sens : sur les treize membres du bureau fédéral, cinq seraient pleinement d'accord avec la politique et la direction du Parti, trois seraient en désaccord, cinq apporteraient sur divers points des critiques ou manifesteraient des hésitations ».

Le lendemain, Léon Feix remet un rapport au Bureau politique sur la situation dans l'Yonne, signalant entre autres que le comité fédéral a coopté comme treizième membre du bureau fédéral un camarade notoirement en désaccord avec la direction du PCF : Philippe Breton, responsable de *L'Humanité Dimanche*, des *Nouvelles de l'Yonne* et responsable départemental de l'ARAC (Anciens Combattants). Feix écrit et souligne : « *Cela veut dire que, dans certaines circonstances, la majorité du BF* [bureau fédéral] *peut prendre une attitude d'opposition.* »

Après une série de critiques sévères du travail politique de Brigeois et des tentatives de la direction fédérale pour mettre à l'écart Cordillot, Feix précise encore que Brigeois a profité d'une réunion parisienne des secrétaires d'organisation pour aller voir le film de Costa-Gavras tiré du récit d'Artur London : *L'Aveu*. Feix écrit : « Brigeois a déclaré ensuite que le réalisateur du film devrait être hautement félicité. »

Feix met également en cause « l'activité de Robert Simon », qui a publié le 20 août dans *L'Yonne républicaine* un long article « signé » dénonçant la politique prosoviétique masquée du PCF, et renvoie à une lettre de Cordillot du 21 juin. Cette lettre évoquait sûrement l'Appel du comité du 5 janvier que Simon fait circuler depuis le début de l'année, et qui sera invoqué en novembre pour justifier son exclusion.

En juin 1970, Simon a signé également un Appel aux communistes en soutien au texte de Garaudy, Tillon, Kriegel-Valrimont et Pronteau paru dans *Le Monde* du 3 juin et qui réclamait un débat interne au sein du PCF, ainsi que la condamnation unilatérale de la *normalisation* tchécoslovaque. Parmi les signataires Philippe Robrieux, le futur auteur d'une *Histoire intérieure du parti communiste* qui fait référence.

Feix conclut ainsi son rapport : « La réunion du 9 septembre devrait permettre de faire comprendre aux membres du BF présents que certains comportements sont inadmissibles, parce qu'ils sont contraires à l'unité et aux statuts du Parti. Cela exprimé dans les formes voulues, suivant ce que sera la discussion, mais fermement.» Et il recommande «l'envoi sur place d'un camarade politique qualifié: il est peut-être préférable de ne pas avancer nous-mêmes l'idée le 9».

Le rapport de Feix est adressé au Bureau politique. Sur la première page, Gaston Plissonnier note au stylo en date du 3 septembre: «À garder; très sérieux; prendre mesures efficaces et rapides en vue de redresser.»

Le 5 septembre 1970, dans son rapport préparatoire à la réunion du 9, Jean Cordillot précise au nom du secrétariat fédéral: «Depuis le printemps 1969 mais surtout depuis l'automne 1969, des appréciations différentes ont été portées, au sein du bureau fédéral, sur l'attitude du Parti dans diverses questions et notamment sur son attitude à l'égard du problème tchécoslovaque.» Prose euphémistique et autocensure typiques de la mentalité totalitaire.

Le mercredi 9 septembre, au siège du Comité central 44 rue Le Peletier, un membre du Bureau politique, René Piquet, et cinq membres du Comité central, Claude Poperen, Léon Feix, Georges Gosnat, André Vieuguet et Marcel Zaidner, reçoivent la délégation de la Fédération de l'Yonne: les trois secrétaires fédéraux, Jean Cordillot, Jean Brigeois et Pierre Vigreux, sont accompagnés des six autres membres du bureau fédéral: Guy Lavrat, Alain Michot (métallo chez Fruhauf à Auxerre), Jacques Baron, Jean Chignier, Gilbert Beckrich et Philippe Breton.

Lavrat expose la position majoritaire du bureau fédéral: l'accord avec les analyses critiques de Roger Garaudy sur «la situation dans les pays socialistes», et avec les partis communistes italien et espagnol, lesquels, contrairement au PCF, ont condamné unilatéralement l'intervention soviétique en Tchécoslovaquie. «Nous sommes en accord avec la ligne, nous cherchons seulement à l'améliorer, plaide Lavrat, mais il est difficile de s'exprimer dans le Parti sur ces sujets. »

Feix répond que les « divergences » empêchent de mener à bien le travail politique, et se déclare surpris du « laisser-aller », notamment dans l'« attitude envers Robert Simon, dont il entend parler depuis quinze ans ». Chignier (qui est sur une ligne franchement prosoviétique) renchérit : « Je suis un des seuls partisans de l'exclusion de Simon. » À quoi Brigeois rétorque qu'il est « impossible de critiquer les articles de Simon sur la Tchécoslovaquie ». Cordillot contre-attaque sur un autre terrain en mettant en cause le *travail politique* de Brigeois – qui réplique aussitôt qu'« à son avis, le premier secrétaire fédéral ne joue pas son rôle ».

À la fin de la réunion, le rapport conclusif de René Piquet noie le poisson en réduisant les désaccords Cordillot/Brigeois à des questions d'organisation : Piquet encourage les deux hommes à « poursuivre la discussion ». « La vie tranchera », dit-il.

Du coup Lavrat a le sentiment d'avoir gagné. C'est ce qu'il explique à Bernard le lendemain soir, boulevard Brune, où il est venu dîner et dormir avec sa femme en revenant de la fête de l'Huma. Lavrat est formel : cette réunion est pour lui une victoire *personnelle* – et une victoire *politique*, puisqu'il a pu exprimer librement ses positions sur Garaudy et la Tchécoslovaquie sans être sanctionné. La voie lui semble ouverte pour l'éviction de Cordillot.

– Je me réjouis avec lui, disait Bernard à Madeleine, à Vézelay, en 2011 : Si Lavrat a gagné, c'est que le Parti est réformable.

En fait, les deux hommes se trompent lourdement, et contrairement au mot apaisant de René Piquet, ce n'est pas exactement la vie qui va trancher. En échange de son apparente complaisance, la direction exige en contrepartie l'exclusion de l'*oppositionnel* Robert Simon. Lavrat et Brigeois, supputant les bénéfices politiques de ce sacrifice, acceptent d'en voter le principe le 24 septembre à la réunion du bureau fédéral. En se démarquant du travail de fraction de Simon, et en offrant ce gage de leur loyauté de Parti, les deux hommes pensent renforcer leur position. Ce qu'ils veulent obtenir, c'est le soutien du Parti pour écarter le légitimiste Cordillot.

Le Bureau politique remplace alors Feix par Auguste Brunet, un autre membre du Comité central, chargé de descendre dans l'Yonne le temps qu'il faudra pour suivre la Fédération et régler le problème politique. Brigeois lui-même, autre concession, a demandé cette aide, tout en réclamant que soient données en même temps les informations nécessaires à la clarification de la discussion sur la question tchécoslovaque.

Dans le même temps, le 5 octobre exactement, Jean Cordillot accuse réception des documents communiqués par le Comité central prouvant l'activité fractionnelle de Robert Simon, et il promet de conduire « cette démarche à son terme dans les meilleures conditions pour le Parti ».

Des notes manuscrites d'Auguste Brunet agrafées à sa lettre précisent : « 1. à Auxerre, Edwige K pas d'accord pour exclure Simon ; 2. dans la section de Migennes, Brigeois et Lavrat sont des éléments liés (traduction : ils sont liés au groupe oppositionnel de Simon) ; 3. Simon et Bernard (+ parents) mèneraient un travail fractionnel ouvert. »

C'est la première fois que le nom de Bernard apparaît dans les documents.

Conclusion des notes de Brunet : « Taper sur Simon et le faire exclure rapidement ; essayer de faire bouger Brigeois sur *lettres* (le mot est souligné trois fois) : qu'y a-t-il au fond ? Pourquoi ne pas en avoir parlé franchement au Parti ? S'il fait un pas (blâme du CF [comité fédéral]), sans doute ne pas le garder permanent ? ; être prêt à la rupture *de leur part* ; faire gros effort personnel auprès de chaque camarade du BF, CF, secrétaires de section ; utiliser le camarade du BN. »

L'apparition *a priori* incongrue de Bernard dans ces notes consacrées à la Fédération de l'Yonne dont il ne fait plus partie depuis 1967 s'explique par le fait qu'à la date où Brunet écrit (entre le 5 et le 10 octobre), les trois lettres que Bernard avait envoyées à Brigeois les 16 mars, 8 avril et 3 mai 1970 sont déjà en sa possession, et qu'il les a déjà transmises au Bureau politique. Brunet propose à la direction du Parti d'utiliser ces lettres privées pour démasquer le soi-disant *groupe fractionnel* Brigeois-Lavrat-Simon-Bernard.

Mais comment des lettres privées se sont-elles retrouvées entre les mains de Brunet ?

Quoi qu'il en soit, le problème politique de la Fédération de l'Yonne est devenu, aux yeux de la direction du Parti, à Paris, une véritable *affaire*. Gaston Plissonnier, chargé du rapport pour le Bureau politique, écrit que les lettres de Bernard sont la preuve de l'existence d'« une activité visant à provoquer la scission dans le parti communiste français et dans un certain nombre de partis communistes frères » [*sic*]. Les lettres sont donc en conséquence transmises à Moscou au *grand frère* soviétique.

Au dos d'un des jeux de copies tapuscrites des lettres, une note manuscrite de Gaston Plissonnier précise qu'un dossier est en voie de constitution sur Bernard : « Bernard F. : Dominique Baraglioli peut donner renseignements : travaillait avec lui. Il aurait été renvoyé de *L'Huma* (embauché par annonce) ; aurait déserté du régiment, le capitaine n'aurait pas donné suite. »

Pendant ce temps à Paris, Bernard ignore tout de cette *affaire* dont il est devenu à son insu le principal protagoniste. Tout en poursuivant la rédaction de sa maîtrise de philo, il s'est inscrit en licence d'histoire et s'est découvert une passion nouvelle : le Moyen Âge. Il lit Georges Duby et noue des relations d'amitié avec un de ses profs, spécialiste de la métallurgie médiévale, Paul Benoît.

Début novembre, le fils d'un journaliste sportif de *L'Huma* fait un exposé au cours de Pierre Macherey expliquant que la philosophie de Staline n'a rien à voir avec sa pratique criminelle du pouvoir. À cette date, tout le monde est marxiste, les Nouveaux Philosophes sont encore althussériens. Bernard provoque un scandale en objectant qu'au contraire « la philosophie marxiste de Staline, c'est la philosophie du phénomène de mort politique de masse en Union soviétique ». Bronca dans la salle : sifflets et hurlements. Les staliniens veulent lui casser la gueule. Les gauchistes maos et trotskistes aussi. Les socialistes le traitent de théologien marxiste.

La nuit suivante il rêve qu'il marche dans le vide. « Je suis Peter Schlemihl, l'homme qui a vendu son ombre au diable. »

Le 12 novembre, l'exclusion de Robert Simon est à l'ordre du jour de la cellule d'Auxerre. Simon prononce un discours d'une heure et demie, reconnaissant qu'il a violé les statuts du Parti, non seulement depuis six mois mais depuis 1951. Oui, il s'est opposé à l'exclusion de Marty en 1953, oui, il a combattu la politique d'alignement sur l'URSS en novembre 1956 et en août 1968, et la politique antigauchiste depuis 1968. Il dénonce la mainmise sur le Parti de Georges Marchais, l'homme de Moscou, qui a succédé dans les faits au secrétaire général khrouchtchévien Waldeck Rochet. « Waldeck est, dit-il, *étrangement tombé malade* à Moscou après avoir présidé la réunion du Comité central du PC désapprouvant l'intervention soviétique en Tchécoslovaquie. »

Brigeois intervient pour dire que « Simon défend une ligne qui n'est pas actuellement celle du Parti », et vote son exclusion. Edwige Klobukowski, secrétaire de la cellule, s'impatiente mais s'abstient. Simon est seul à voter contre sa propre exclusion. Cinq des membres de la cellule se sont fait excuser et n'ont donc pas participé au vote.

Brunet est présent à cette réunion et prend des notes qu'il envoie à Paris. Le lendemain, c'est au tour de la section d'Auxerre de se réunir. « Pénible réunion », note Brunet, qui dure jusqu'à une heure du matin : « Nous avons au Parti des militants qui ne défendent ni la ligne ni les cadres. Il y a des années qu'on y cultive l'antisoviétisme. Simon, Brigeois, Lavrat ont fait du mal. Cordillot, bon camarade, mais on ne peut lui demander plus : manque de vigilance. » Auguste Brunet résume sa propre intervention : il aurait « appris beaucoup de choses sur la vie personnelle de Brigeois : détournement de mineur [*sic*]. Brigeois est en liaison avec des éléments de la bourgeoisie déclassée, joue de l'argent ». Le rapport policier de Brunet se poursuit par des bons points distribués aux camarades loyalistes qui ont approuvé l'exclusion de Simon. Les « bons militants » en question, comme il les nomme, sont prosoviétiques et favorables à la *normalisation* tchèque. Note que « la plupart des membres sont annihilés [*sic*] par le passé de résistant de Simon ». Cela signifie, on le suppose, qu'ils hésitent à exclure un homme qui fut notoirement un grand résistant. Conclusion de Brunet : « En fait, Simon a conditionné toute une génération de normaliens et normaliennes, les recevant chez lui, tout en faisant de l'anticommunisme. » Auger et Ménéléon refusent de voter l'exclusion, Edwige K. et une autre secrétaire de cellule s'abstiennent. Les douze autres présents votent l'exclusion, « dont Michot et

Brigeois », souligne Brunet avec satisfaction (l'ouvrier Michot avait défendu Simon jusque-là). Brigeois n'a pas répondu aux insinuations injurieuses de Brunet à son égard.

Le samedi 14 novembre au soir, le comité fédéral se réunit à Auxerre pour ratifier l'exclusion de Simon. Les vingt-huit présents dont Lavrat votent pour – sauf Edwige Klobukowski, qui s'abstient à nouveau.

Mais la réunion est loin d'être terminée.

Cordillot distribue aux participants les copies des lettres de Bernard en guise de *pièces à conviction*, et prononce un véritable réquisitoire contre Brigeois. Selon la propre expression de Brunet, « cela provoque un choc ».

Brigeois intervient en premier, et, ému aux larmes, la voix blanche, se défend de tout travail fractionnel : « Les documents ne prouvent rien, je n'ai débauché personne, je n'ai pas répondu aux lettres de Bernard. Je n'ai revu qu'une fois Camille. Depuis que je suis au Parti, je suis un militant dévoué, tout le monde le sait. Je ne suis pas un traître. Je ne sais pas pourquoi je n'ai pas fait état de mes discussions avec Simon et Bernard. »

Michot déclare qu'il était au courant pour les deux premières lettres, que Brigeois lui en avait parlé, mais qu'il n'y a pas de groupe. Puis Chignier, Lelu font de « bonnes interventions », note Brunet. Cela signifie qu'ils enfoncent Brigeois : son *antisoviétisme* leur avait mis la puce à l'oreille, etc.

Lavrat, enfin, prend la parole : « Confirme avoir des liaisons avec Bernard mais qu'il n'y a pas de travail fractionnel et que la majorité des camarades de la Fédé en ont assez des exclusions, qu'il y a un malaise depuis la conférence fédérale [préparatoire au XIXe Congrès], que des groupes, il y en a peut-être plusieurs : va-t-on exclure tout le monde ? » Il s'est « beaucoup battu », écrit Brunet. Le prosoviétique Pierre Vigreux revient à la charge, puis

Brunet lui-même sur le thème de la *défense du Parti* : « Vous avez essayé de démolir Cordillot. »

Brunet lit la résolution proposée au vote du comité fédéral :

> Le comité fédéral de l'Yonne du parti communiste français, réuni le 14 novembre 1970 à Auxerre, a eu connaissance de documents reçus par le camarade Jean Brigeois, membre du secrétariat fédéral, de Bernard F. qui développe sur le plan national et international une activité visant à provoquer la scission dans le parti communiste français et dans un certain nombre de partis communistes frères [*sic*].
>
> Le comité fédéral considère comme extrêmement grave le fait que Jean Brigeois n'ait jamais informé les instances du Parti de cette correspondance. En effet le contenu de la lettre du 3 mai 1970 reçue par Jean Brigeois est d'une gravité qui n'a pas pu lui échapper, et qui aurait motivé que le comité fédéral et le Comité central en soient informés.
>
> Or Jean Brigeois n'a rien dit ni au comité fédéral ni au Comité central.
>
> Le comité fédéral considère que les faits révélés par les documents sont d'une extrême gravité.
>
> Ils constituent des violations des articles 7 (avant-dernier paragraphe) et 10 des statuts du Parti.
>
> En conséquence, le comité fédéral décide de relever Jean Brigeois de ses fonctions au secrétariat fédéral et au bureau fédéral et de le suspendre du comité fédéral. À partir de ce jour, il cesse également ses fonctions de permanent fédéral du Parti.

Brigeois se défend violemment, reprend l'argument de Simon au sujet de l'*étrange maladie* neurovégétative qui a pris Waldeck Rochet à Moscou : « Il y a des précédents », dit Brigeois. Lavrat dénonce une opération montée de toutes pièces, exige que Brigeois soit lavé de tout soupçon.

Finalement la résolution est adoptée par vingt voix contre sept, dont six parmi les membres du bureau fédéral : Lavrat, Baron, Bardin, Richardot, Breton, Michot, Edwige Klobukowski.

Brigeois, brisé, refuse de prendre part au vote.

Brunet conclut : « Le comité fédéral est sous un coup dont on ne peut mesurer la profondeur. Lavrat a donné l'impression d'avoir compris qu'il était battu. » Et soumet à ses supérieurs hiérarchiques des propositions pour la suite des événements : « Faire compte rendu dans les comités de section sauf Auxerre et Migennes. Transmettre texte de la résolution et la lettre du 3 mai de Bernard F. à tous les membres du comité fédéral et les secrétaires de sections : cela fait cinquante lettres.

Régler le cas de Bernard F. »

On voit à peu près comment le cas de Bernard F. aurait été *réglé* si les staliniens, qui dirigeaient le PCF en 1970 et ont continué de le diriger bien longtemps après, avaient été au pouvoir. Le voisin de Camille, celui qui se vantait de l'assassinat du maire de Joigny, le dira à Bernard dans les années 1990 : « Ça aurait été le peloton d'exécution. »

Après la réunion, vers minuit, Lavrat gare sa voiture au rond-point en bas du pont de Cheny et se rend à pied chez Madeleine et Camille *en rasant les murs*.

La première chose que Lavrat leur dit, c'est : « Je ne suis jamais venu ici. » Et il raconte : l'exclusion de Simon, les lettres de Bernard, la double résolution du comité fédéral, Brigeois démis de ses fonctions au secrétariat fédéral et de son poste de permanent du Parti, Bernard accusé de mener une activité fractionnelle à l'échelle nationale et internationale en liaison avec Simon. Pour finir, il les avertit : « Mon courrier est surveillé par les postiers CGT de Migennes, le mien et le vôtre aussi. »

Deux jours plus tard, le matin du lundi 16 novembre, Bernard reçoit une première lettre. L'enveloppe contient deux feuillets. L'écriture de Lavrat est méconnaissable, tremblée :

Mon cher Bernard,

Une affaire terrible vient de se passer dans notre Fédération. Tu sais mieux que quiconque que je t'ai tenu à l'écart des problèmes de notre Fédé et je ne le ferai pas plus aujourd'hui [*sic*].
Mais le véritable déluge de lettres que tu as envoyées à Brigeois [*sic*] peut donner à croire qu'il y a effectivement une activité de groupe dans la Fédération, avec toi et Simon au centre, et Brigeois dans notre sillage.
Pour ma part, je n'ai pas vu Simon depuis 1968 mais je ne pense même pas qu'il ait pu organiser un groupe (ou alors un mini-groupe !), et en tout cas pas avec Brigeois.
De toute façon je veux que tout soit tiré au clair et je veux connaître la nature exacte de tes relations avec Brigeois. Je te demande de me téléphoner à midi 30 précises ou à 18 h 30 précises, ce lundi. Je veux absolument savoir où tu en es en ce moment : si tu as toujours les positions exprimées dans les lettres à Brigeois et dont tu m'avais fait part un jour vers le mois de juin (au sujet de Krivine [l'ancien de l'UEC, dirigeant de la Ligue communiste pabliste]).
Je voudrais savoir où tu en es avec Simon et Brigeois en ce moment. J'ai toujours été contre les activités fractionnelles et je le serai toujours, tu le sais.
Si je te demande de me téléphoner, c'est que je pourrai mieux te questionner de vive voix et que de toute façon je veux être au fait tout de suite, car après la séance d'hier, je n'ai pas dormi et je sens que mes nerfs craquent (mon téléphone : 0096 Migennes).

Bien amicalement à toi et à Arlette, Lavrat

PS : Je ne veux pas croire que la revue dont tu m'avais vaguement parlé une fois débouche sur un travail scissionniste national et international. Ce serait énorme. [Il souligne.]

Sur le coup, Bernard ne se souvient pas des lettres qu'il a envoyées à Brigeois au printemps d'avant.

Il en était resté aux nouvelles rassurantes que Lavrat lui avait données à Paris le 10 septembre. C'est peu dire qu'il est surpris.

À midi, il appelle Lavrat, qui l'interrompt tout de suite : « On ne peut pas parler, je suis sur table d'écoute. » Bernard se marre : « Et alors, qu'est-ce que ça peut faire que les flics écoutent notre conversation, on n'est pas en URSS. » Lavrat raccroche.

Bernard va se promener avec Arlette au Luxembourg et rit avec elle : cette affaire est *faramineuse,* rocambolesque.

Vers dix-sept heures, au courrier de l'après-midi, il trouve une seconde lettre dans une petite enveloppe bleue ornée de la belle écriture appliquée de Madeleine :

Migennes, samedi soir 23 heures

Mes très chers enfants,

Lavrat sort d'ici et venait du CF [comité fédéral]. Brigeois a été démis de toutes ses charges *dès ce soir*. Ils ont fouillé dans son bureau au local fédéral qui pourtant était fermé à clé. Ils ont trouvé des lettres que tu avais écrites à Brigeois en mai – et c'est de ces lettres qu'ils se sont servis pour accuser Brigeois. Brigeois reste membre du Parti malgré tout et n'a pas été exclu. Ils ont également posé des questions à Lavrat : s'il avait des rapports avec toi ! Car Bernard, tu serais un agent national et international scissionniste ! Et cela, parce

que sur ces lettres de mai, tu parlais de ta revue, et tu disais que des camarades turcs, italiens, espagnols y participaient. Donc ils en ont conclu que cette revue était un vaste réseau international antiparti. Il y avait à cette réunion un membre du Comité central (son nom est Brunet je crois) qui a dit : Bernard F. *est connu et surveillé* [Madeleine souligne].
Simon a *été exclu ce soir*. Brigeois était effondré – à la fin, n'y tenant plus, il a pleuré.
C'est Cordillot qui a fait le rapport – long, détaillé, très émotionné [*sic*], sa voix changée.
Lavrat va te téléphoner dès Lundi. Il voudrait entrer en communication avec toi. Il demande que tu détruises toute ta correspondance où tu parles de lui (Lavrat) et de Brigeois. Il croit que ton courrier est surveillé. Il veut savoir si dans les lettres que tu nous as écrites tu parlais de lui ou de Brigeois. Car Lavrat pense être visé à présent, et voudrait absolument rester en place – pour le moment tout au moins. Il nous demande de ne dire à personne qu'il est venu chez nous ce soir. Personne ne le sait. Il nous dit : Je sens très bien que je suis à présent le premier visé.
Ils vont peut-être venir ici… Enfin… nous allons voir.
Papa [Camille] est très fâché. Dans une lettre à Brigeois, tu disais : Mes parents m'ont mis au courant de ce qui se passe à la Fédé. Nous leur dirons : Oui, nous avons parlé de la Conférence fédérale qui nous a profondément écœurés – en particulier Gosnat.
Autre chose : j'irai à Paris le samedi 21. […]

De gros baisers à tous trois, Papa et Maman.

PS : Enfin ne vous en faites pas trop. Lavrat dit : Bernard, lui, n'est plus membre du Parti, alors ils ne peuvent rien contre lui. Mais il craint fort que ton courrier soit surveillé – c'est son idée fixe : Ne contresigne pas tes lettres, dit-il ce soir. Je ne contresigne pas celle-ci. Nous ne nous en faisons pas – nous attendons… Je voudrais bien qu'ils viennent : nous nous expliquerions… Hier pourtant, Papa était à une réunion inter-cellule de Migennes pour former la liste [en vue des municipales] : Papa était inscrit dessus. Je dis Étais, car d'ici les élections, comme dit Lavrat, serons-nous encore au Parti ? Papa était très content de cette réunion et ce matin, il a été prospecter dans les cités avec Fouache : ils ont placé 20 *Huma* dans les cités-casernes. Papa était heureux. Encore de gros baisers à tous trois, gros baisers à Palou [surnom familier de Madeleine].

Bébé relit ces mots : « Ils ont placé 20 *Huma* dans les casernes. Papa était heureux. » Et il pleure. Il pleure.

Le prix à payer du choix à faire entre la piété familiale et la fidélité au Parti, cette lettre le dit.

Le soir Bernard a une séance de psy avec Strazzula et lui raconte. Exactement les mêmes méthodes staliniennes que celles pratiquées en URSS et dans les pays de l'Est, vol de courrier, intimidation, etc. Sauf qu'on est en France et que le PCF n'est pas au pouvoir. Lavrat risque au plus l'exclusion. Alors, de quoi a-t-il peur ? Tout cela est une *plaisanterie,* dans le genre de celle racontée par Kundera dans le roman qui vient de paraître en français. Son ancien mentor lui paraît ridicule. Le Roi est nu.

Strazzula trouve que la lettre de Lavrat est paranoïde, et met en garde Bernard contre sa propre absence de réaction : « Méfiez-vous de vous-même et de votre rapport passionnel à la politique. Vous n'en rirez peut-être pas toujours. »

– La paranoïa a bon dos, disait Bernard à Madeleine en 2011, à Vézelay.

Madeleine, dans sa lettre, était plus clairvoyante : *Lavrat veut rester en place.*

Le dimanche 22 novembre, Francis écrit à son frère :

Migennes, le 22 novembre 1970

Chers frère, belle-sœur et petite Palou,

Ce n'est pas de gaieté de cœur que je quitte le Parti dans lequel j'avais mis toutes mes espérances. Du fond de ma pensée je reste communiste mais je ne peux plus donner ma cotisation ni mon appui à un parti qui renie ses origines et trahit la cause du marxisme-léninisme en coopérant avec le capital et en employant des manières policières dignes des SS pour limoger des camarades qui sont trop rouges au regard de leur politique.
J'estime que les communistes, c'est nous. Et que la majorité des dirigeants du PC aussi bien en France que dans les démocraties populaires sont à la solde de la bourgeoisie capitaliste.
Bernard, je voudrais entrer en relations plus étroites avec toi. Il faut changer le Parti, le ramener à ses origines révolutionnaires et en refaire un parti de la classe ouvrière. Limoger les traîtres à la solde de l'impérialisme qui le dirigent actuellement.
Je suis de tout cœur avec toi. Il faut faire quelque chose, quitte à se battre. Il vaut mieux mourir debout que de vivre à genoux sous n'importe quel régime que ce soit.
Vive le marxisme-léninisme
Vive la démocratie véritable
Vive la liberté de pensée sans contraintes
Quant à ma démission : fais-moi un texte. Tu es plus fort que moi. Ici on ne peut compter sur personne, malgré leur soi-disant compréhension. Je pense que tu vois de qui je veux parler.

Francis

Lavrat est celui dont Francis veut parler : il vient tous les jours en grand secret rue Édouard-Vaillant, harcelant

Madeleine et Camille, exigeant d'eux à la fois qu'ils ne fassent pas trop de vagues à propos de Bernard, et qu'ils l'aident à dénoncer auprès des camarades de la section de Migennes l'*opération* de Cordillot.

Camille se défend comme d'habitude par la colère. Il hurle et traite tout le monde, Lavrat compris, de bande de salopards. Ce qui l'ennuie surtout, c'est que sa femme a perdu le sommeil.

Finalement le dimanche dans la nuit, sous la pression de Lavrat, mais aussi sous l'influence, repérable, de Bernard, Madeleine écrit dans un état de grande tension une première lettre très longue, qu'elle adresse par voie hiérarchique

> Au comité de section de Migennes : par le camarade Marcel Richardot, secrétaire de section ;
> Au comité fédéral de l'Yonne : par le camarade Jean Cordillot : secrétaire de la Fédération ;
> Au Comité central du Parti communiste français : par le camarade Georges Marchais, secrétaire général adjoint du PC.
>
> Chers Camarades,
>
> Militants très dévoués de notre parti depuis bien avant la guerre, nous avons occupé différentes responsabilités depuis 1937 jusqu'à ce jour, et nous continuons à travailler dans notre cellule (nous avons diffusé 90 *Huma Dimanche* pendant près de deux ans, et actuellement encore 47).
> Nous avons été désagréablement surpris des sanctions (non justifiées) prises à l'égard du camarade Jean Brigeois dont nous apprécions beaucoup le dévouement au Parti.
> Mais surtout, ce sont les procédés *particulièrement scandaleux utilisés par certains membres du comité fédéral* pour obtenir ces sanctions, qui nous étonnent.

D'autant plus que notre fils Bernard a été *mensongèrement dénoncé* comme *agent national et international scissionniste* ; ce que, de par les rapports très étroits que nous avons avec notre fils, nous ne pouvons considérer que comme une plaisanterie du plus mauvais goût.
Oui, notre fils a quitté le Parti au 1er avril 1970 [il a payé ses timbres jusqu'à cette date].
Oui, il n'a jamais caché à qui que ce soit sa façon de voir, tant dans ses lettres qu'oralement.
Mais il est particulièrement odieux de penser que, selon les propos tenus par le camarade Brunet, membre du CC, *notre fils puisse être surveillé*. Ces méthodes ne sont-elles pas *dignes du plus complet stalinisme ? Où va donc le Parti ??? Attention !!!*
Il est odieux que les lettres écrites par mon fils à Jean Brigeois aient pu être dérobées à celui-ci. Ceci remet en cause le droit élémentaire à correspondre avec toute personne de son choix.
De même qu'il est odieux que l'on fasse pression sur Guy Lavrat – ami de mon fils – pour qu'il ne le revoie plus.
Il est odieux qu'à partir de ce courrier dérobé, des propos *absolument faux* aient été tenus à ce comité fédéral sur les projets de notre fils, au sujet d'une Revue Collection, projets dont nous étions complètement au courant : revue marxiste et *non anticommuniste*.
Nous cesserons toutes nos activités au Parti tant que *les propos entièrement faux* tenus sur notre fils n'auront pas été démentis publiquement dans la page des *Nouvelles de l'Yonne* de *L'Huma Dimanche*.
Au cas où cette mesure n'intervenait pas, nous nous verrons *contraints* de quitter le Parti, et de publier cette lettre.
En conséquence nous demandons au comité fédéral de l'Yonne qu'une entrevue avec une délégation du comité fédéral ait lieu chez nous, 17 rue Édouard-Vaillant, afin de tirer cette affaire au clair.

Camille et Madeleine F.

> [En post-scriptum, Madeleine précise :] Nous avons eu trois enfants, tous trois élevés dans l'esprit du Parti. Ils ont adhéré très jeunes au Parti, quinze et seize ans. Bernard, dès quatorze ans, milite très activement à la JC.

Etc. Suit une biographie de Bernard déroulant ses responsabilités successives dans les organisations communistes.

Au fond, Madeleine pense comme son fils Francis : nous sommes de bons communistes. Nous sommes les vrais Rouges. Et notre fils Bernard est à jamais des nôtres. Si le Parti accuse l'un de nous, c'est qu'en son sein certains membres servent d'autres intérêts que ceux de la classe ouvrière. *La classe ouvrière, c'est nous. Le peuple, c'est nous.*

Lavrat a raison de penser qu'il est visé par l'appareil. Une note du Dossier Bernard F., rédigée par Marcel Zaidner pour le Bureau politique, le confirme. Le mercredi 25 novembre, il passe à nouveau rue Édouard-Vaillant, en compagnie, cette fois, de Brigeois, et en utilisant les mêmes précautions : l'heure tardive de la visite, la voiture garée très loin. Camille fait exprès de les accueillir à grand bruit.

« Pour gagner, il faut *désamorcer* cette affaire à tout prix », explique Lavrat à Camille et Madeleine. Il veut *mener la bataille politique*. Et il en a trouvé le moyen : Madeleine doit expliquer dans une lettre que son fils a écrit à Brigeois dans un état d'aliénation mentale. « Cela serait facile à prouver, plaide-t-il, puisqu'il a été hospitalisé en psychiatrie quand il a déserté à l'automne 68. »

Madeleine le regarde, abasourdie. Elle ne parvient pas à « réaliser » ce que Lavrat est en train de lui demander.

Les deux hommes tombent mal : le dimanche soir précédent, la télévision a diffusé une interview de Boukovski. Le dissident russe racontait qu'en Union soviétique on fait passer pour fous les opposants politiques : ils sont internés dans des hôpitaux psychiatriques, et on les annihile en leur faisant ingurgiter des doses massives de médicaments.

« Dis donc, mon petit Guy, c'est-y pas toi qu'es devenu un peu zinzin, de vouloir que je traite mon fils de fou ? » ricane Camille. Et Madeleine, qui a froid dans les os : « Comment tu peux nous proposer une chose pareille, Guy ? »

Ce qu'elle avait craint dix ans auparavant en regardant ce film sur les nazis est arrivé : le Parti lui demande de dénoncer son fils.

Lavrat a réponse à tout : ça n'a pas d'importance pour Bernard, puisqu'il a décidé de quitter le Parti. Mais il faut à tout prix obliger le Parti à revenir sur les sanctions contre Brigeois. Brigeois a les larmes aux yeux, il supplie. Camille n'a jamais aimé les permanents : agacé par ce type qui vient larmoyer parce qu'il va être obligé d'aller bosser, il fait observer qu'en ce qui le concerne il a fait ça toute sa vie. Qu'il n'y a pas de quoi en chier une pendule.

Lavrat soupire : il a toujours eu un peu de mal avec la prose fleurie de Camille, et se sent soudain très las. Mais une autre idée lui vient : et si Bernard écrivait lui-même cette lettre ? « Vous pouvez toujours essayer de lui demander », répond prudemment Madeleine, qui se sent souvent dépassée par les raisonnements compliqués de son fils. Après tout, peut-être accepterait-il de s'auto-accuser pour tirer ses camarades d'affaire. Bernard aime tellement Guy.

Le lendemain, jeudi 26, Camille accompagne Lavrat à Paris et téléphone à neuf heures du matin de la gare de Lyon à son fils. Bien sûr que Bernard est d'accord pour qu'ils viennent chez lui. Les deux hommes arrivent une demi-heure plus tard dans l'appartement du boulevard Brune.

Lavrat croit Bernard quand celui-ci lui répète que sa revue n'a rien à voir avec une *activité fractionnelle*. Que tout cela est un montage pour le déstabiliser lui, Lavrat. Que la seule chose à faire est de leur opposer la plus grande fermeté. Mais extrêmement nerveux, Lavrat répond que la seule manière de se laver de ces accusations serait d'expliquer que les lettres à Brigeois ont été rédigées *en état d'aliénation mentale* : « Ce serait une manière de réparer le mal que tu as fait. »

C'est tellement énorme que Bernard met quelques secondes à comprendre.

On lui demande en somme d'accréditer l'idée que la dissidence est un trouble mental. Exactement comme à Moscou. Il insiste à nouveau pour que Lavrat traite ces accusations surréalistes par le mépris. Mais il trouve la plaisanterie de moins en moins drôle.

L'autre réattaque sur le mode du chantage affectif : « Tu l'avais dit toi-même : il faut rester unis comme les cinq doigts de la main pour gagner. C'est le moment de s'entraider. Tu dois nous aider à reprendre la Fédé. Après on pourra faire de grandes choses ensemble pour réformer le Parti. » Lavrat sort de son portefeuille le modèle qu'il a préparé : « Tu n'as plus qu'à recopier. »

Là Bernard trouve que Lavrat y va fort. « Je suis encore capable d'écrire une lettre tout seul. » Sur le moment, c'est tout ce qu'il trouve à répondre, et, *éberlué,* déstabilisé, il lit quand même pour voir : « Moi, Bernard F., déclare que j'étais malade quand j'ai écrit à Jean Brigeois les lettres des [les dates sont laissées en blanc], et récuse les prises de position qu'elles contiennent. »

– On vole mes lettres, on m'accuse d'un complot grotesque, et je dois faire des excuses en m'auto-accusant d'être un malade mental, répétait Bernard à Madeleine à Vézelay en 2011.

Lavrat, accusé par le Parti d'être un oppositionnel, n'a rien trouvé de mieux à faire, pour sauver sa position, que d'emprunter aux staliniens leurs propres méthodes. Au lieu de mener la bataille politique sur les principes !

Bernard est d'autant plus troublé que Maspéro vient justement de refuser d'éditer sa revue. Strazzula, le psychiatre qu'il a connu à l'armée, l'a mis en congé de longue maladie et sa situation sociale est fragile. Certes on n'est pas en URSS, mais ici aussi la caractérisation de malade mental est synonyme de relégation sociale. Il explose enfin de colère. Ça ne lui arrivait jamais avant ; depuis août 1968, c'est de plus en plus souvent. Il explose de colère *comme son père.* Il se voit hurler, vociférer, et se heurte au mépris glacé qui suinte sous l'onctuosité fade de Lavrat, habile à prendre des airs effarouchés, se drapant dans une attitude d'offensé : « Je crois que tu ne comprends pas la situation, Bernard. Tu en fais trop une affaire personnelle alors que ce n'est pas toi qui es en cause. Tu n'es pas loyal, l'intérêt du Parti, l'intérêt de la classe, tu les as perdus de vue. » Bernard s'étrangle : « Et toi, ton intérêt personnel, tu l'as perdu de vue ? Tu veux que je te dise, ce sont eux qui ont raison : tu es un *opportuniste*. »

C'en est trop pour Lavrat, qui se lève avec des airs de tragédienne incarnant l'Amitié trahie et la Rectitude idéologique bafouée.

Le dimanche suivant, Bernard reçoit un coup de fil de son père. D'habitude c'est Madeleine qui téléphone. Lavrat est revenu les *embêter* : il veut savoir qui a parlé avec qui et de quoi et à quelle date, et si Bernard est en lien avec les gauchistes, et qu'après tout Bernard pourrait être manipulé par la police, etc. Ils n'en peuvent plus,

Madeleine pleure jour et nuit. Ils veulent que Bernard soit là quand Cordillot va venir vendredi.

Georges Marchais leur a écrit :

> Chers camarades,
>
> Votre lettre du 22 novembre a retenu toute mon attention.
> Je sais que notre camarade Jean Cordillot a l'intention d'avoir avec vous, comme vous le demandez, un entretien portant sur les questions que vous avez soulevées dans votre correspondance, et qu'il ne manquera pas de me tenir informé de son résultat.
> C'est donc dans cette attente que je vous adresse, chers camarades, mes salutations fraternelles.
>
> Georges Marchais
> Secrétaire général adjoint

Waldeck, malade, est toujours, officiellement, secrétaire général du Parti.

Vendredi 4 décembre, vers dix-huit heures trente, Jean Cordillot passe en effet chez Camille et Madeleine, accompagné du prosoviétique Pierre Vigreux. La réunion du comité de la section de Migennes doit avoir lieu juste après, à vingt heures. Les deux hommes s'assoient sur les chaises Henri II sous le miroir rescapé de Mailly. Cordillot va droit au but : il demande à Madeleine et Camille de ne pas lire au comité de section leur lettre du 22 novembre et de renoncer à rendre cette affaire publique.

Bernard, arrivé la veille, est en train de lire dans sa chambre au premier : il descend. Surpris, Cordillot et Vigreux protestent qu'ils ne sont pas venus le voir lui mais ses parents, et esquissent un mouvement pour sortir. Bernard ferme la porte à clé et menace de prendre le fusil de chasse de dessus l'armoire (dont il ne sait pas se servir) : « Vous ne sortirez pas d'ici tant que vous ne m'aurez pas rendu mes lettres. »

Cordillot, froid et calme, comme à son habitude, mais blanc comme un linge, s'adresse exclusivement à Madeleine et Camille : « Vous avez toujours été très dévoués au Parti, et nous vous avons toujours beaucoup estimés. Nous estimions également beaucoup Bernard. Mais Bernard est devenu *antiparti* : ses lettres le prouvent, et malgré l'amitié passée, le Parti ne peut admettre que des camarades qui ont des responsabilités importantes soient en liaison avec lui. »

Vigreux enchaîne sur un registre nettement plus violent : « Vous êtes naïfs de croire que votre fils agit seul. D'où vient l'argent de la revue ? Des gauchistes ou de la police. Qui d'autre y aurait intérêt ? » Et il ajoute, martial : « Nous avons saisi le consulat soviétique. »

Madeleine s'interroge tout haut : « Mais alors au juste, Jean, si on était en régime socialiste, qu'est-ce qui arriverait ? » Vigreux, rageusement : « Bernard serait en prison. »

Pierre Vigreux connaît Madeleine et Camille depuis l'avant-guerre et joue à fond la corde de la culpabilisation et de la *trahison*. Si Madeleine et Camille écrivent à *L'Yonne républicaine*, comme ils en ont manifesté l'intention, ils font le jeu des anticommunistes, de la droite et des gauchistes, qui n'attendent que ça. Et c'est renier toute leur vie militante passée.

Brutal, rustique, sectaire, Vigreux ne compte pas aux yeux de Madeleine. En revanche, elle admire l'intellectuel Cordillot : il est plus austère que Lavrat, peu chaleureux, et elle aime son *sérieux*, sa réserve. Il a l'aura de ceux qui se tiennent loin et parlent peu. Mais elle n'a pas compris pourquoi il essaie de barrer la route à Brigeois, plus jeune, et son successeur naturel aux yeux de tous. En tout cas, ça éclaire ce mot de *stalinisme,* jusque-là un peu flou pour elle, et ça donne raison à son fils qui répète depuis 68 qu'il faut changer les pratiques à l'intérieur du Parti.

Elle supplie une dernière fois : « Jean, tu connais Bernard depuis toujours, tu l'as vu vendre *L'Huma* dans les cités étant petit, comment peux-tu soutenir qu'il est devenu antiparti ? » Cordillot ne répond pas : il est fatigué et veut partir.

À la salle Chantoiseau de Migennes, avenue Jean-Jaurès, une ancienne maison bourgeoise du XIXe siècle, la réunion du comité de section est commencée quand Madeleine et Camille arrivent. Francis et Bernard les ont accompagnés jusqu'à la porte de la grande salle et sont allés prendre un Vittel fraise chez Wattelier, le café d'en face. Les gars sont tous venus, il y a P'tit Louis et Denise, c'est réconfortant. Camille serre des mains, salue de sa casquette ceux qui sont plus loin. La section de Migennes est une place forte du groupe Lavrat – comme l'appareil nomme les *oppositionnels.*

Cordillot n'est pas là : il est allé à une réunion du Conseil général. Richardot fait le rapport sous l'œil attentif de Brunet : il explique pourquoi il a voté contre le limogeage de Brigeois. « En gros, tout le comité de section est sur ses positions », note Brunet. Lavrat prend la parole : il assure ne pas chercher à s'en prendre à la ligne du Parti. « Le *stalinisme* n'est pas le fait du Parti, mais de Cordillot et Gosnat », accuse-t-il. Quant à Bernard, Lavrat lâche : « Il n'est pas normal, cela ne sert à rien de discuter de ses lettres. »

La salle proteste vigoureusement. Denise prend Madeleine par la main, Camille accuse le coup. Là-dessus, Francis et Bernard, qui s'ennuyaient devant leur Vittel fraise, entrent dans la salle. « Les gars du comité de section sont étonnés, observe Brunet, mais pas forcément contre. » Brunet demande qui sont ces deux hommes (il ne les a jamais vus). Camille, qui s'est un peu remis, répond en montrant son fils Bernard : « C'est l'agent international. » Explosion de rires.

Bernard fonce sur Brunet : « Où sont mes lettres ? » L'autre proteste que ces *provocateurs* n'ont rien à faire là, et : « Si tu as des couilles, tu t'adresses au Comité central. » Francis l'attrape au col, il se dégage et cherche à isoler Bernard des gars de la section qui l'entourent. « Toi, tu fermes ta gueule, tu n'as rien à foutre là, réplique Bernard réconforté par la présence des *gars.* On n'est pas à Moscou, on est à Migennes. Et ici, c'est chez moi. » Mais comme il veut continuer à répondre aux copains qui le pressent de questions, Lavrat l'interrompt froidement, avec toute l'autorité qu'il sait avoir sur lui : « Bernard, tu n'appartiens plus à cette section. C'est notre affaire. Laisse-nous la régler entre nous. »

Douché par cette ultime trahison, incapable d'articuler un mot, Bébé s'exécute et sort. Dans le couloir, il se laisse glisser contre le mur, et s'affaisse, la tête dans les mains.

Francis, furieux de voir son frère s'effondrer, s'énerve : Il le relève, le bourre de coups de poing pour le ravigoter. « Viens, on va leur péter la tête, et à Lavrat aussi. »

Dans la salle, P'tit Louis demande la parole. Membre du comité fédéral, il n'était pas là le jour où le limogeage de Brigeois a été voté : il déclare voter contre, et explique pourquoi. Brunet note : « Louis Sautreau demande si le comité fédéral et en particulier Beckrich n'ont pas été soudoyés. Il explique que sa femme a déjà démissionné de toutes ses fonctions au Parti, et qu'elle a écrit une lettre », annonçant qu'ils quitteront tous les deux le Parti si Brigeois n'est pas maintenu et si son courrier personnel ne lui est pas rendu.

Lavrat, qui sent qu'il est allé trop loin contre Bernard, met tout sur le dos de Cordillot : « Il faut revenir à froid sur cette affaire au comité fédéral, remettre en cause la résolution qui a été votée. Cordillot a agi comme un salaud. »

Brunet, remonté à la tribune, impose le silence. Les *gars*, respectueux du camarade du Comité central descendu chez eux, acceptent d'écouter son long discours soporifique. « Non, il n'y a pas de désaccord sur la Tchécoslovaquie, puisque le Parti a condamné l'intervention soviétique. Non, il n'y a pas de méthodes policières dans le Parti, mais la vigilance nécessaire pour lutter contre les *antipartis* qui ont intérêt à détruire notre *unité* », etc.

Derrière la porte, dans le couloir, Bernard écoute la voix ronronnante de Brunet en train de reprendre la main. La colère revient : « Pas eux, pas ceux de Migennes, pas les miens. Il ne va pas réussir à les entourlouper. » Francis le pousse vers la porte, et comme Bébé hésite : « Tu te souviens la fois où on avait foutu le feu dans le four au père Carré ? On va les écrabouiller. Je suis avec toi, petit frère. Les copains, ils sont tous avec nous. » Ils entrent une seconde fois dans la salle : « Brunet, tu es un policier », crie Bernard. « Qui tu es toi, je ne te connais pas », aboie Beckrich.

Il y a soudain un étrange silence, et la voix sourde de Madeleine s'élève comme une plainte : « Comment que tu peux dire ça, Beckrich, que tu viens chez nous depuis que t'es gosse. » Une incroyable bousculade s'ensuit, tout le monde est debout, parle en même temps, Camille a saisi Beckrich au col. Francis le traite de *vendu* et le menace du poing. Brunet tambourine sur la table à la tribune, et soudain hurle : « La séance est levée. » Et un ton plus bas, comme le silence se fait : « On ne peut pas continuer dans ces conditions. » Lavrat, resté calme, se lève et proteste que ce n'est pas à lui, Brunet, de lever la séance, qu'une autre séance doit être prévue à huis clos. Sans lui.

Dehors, c'est la sortie du cinéma Le Palace. Camille, Francis et Bernard ont rattrapé Brunet qui profitait de la foule pour filer à l'anglaise. Un attroupement se forme autour du petit bonhomme. « Ce sont des types dans ton genre qui ont torturé London et qui ont assassiné Rajk et Slansky», hurle Bernard. Madeleine essaie de calmer ses deux fils et son mari. «Allons, allons. On ne peut pas donner le Parti en spectacle comme ça. » Brunet en profite pour s'éclipser.

Toute sa vie Bernard regrettera de ne pas lui avoir « cassé la figure, au flic du Comité central ». Le sentiment d'impuissance qu'il ressent en rentrant rue Édouard-Vaillant lui fait comme du verre pilé qu'il aurait avalé. De rage et de désespoir, il brise sur le carrelage de la cuisine le bol de café noir que lui a préparé sa mère. Il n'a plus aucun moyen d'action. Il est hors jeu. Tout est fini. Consommé. « Si seulement j'avais été un agent scissionniste, si seulement j'avais comploté contre eux. »

Vingt-quatre heures plus tard, le dimanche 6 décembre 1970, Madeleine et Camille mettent le point final à leur lettre de démission du Parti :

> Nous n'acceptons pas et nous n'accepterons jamais ces pratiques policières, contraires aux intérêts de la classe ouvrière, de la démocratie et du socialisme auxquels nous restons fermement fidèles, comme ce fut le cas toute notre vie.

« Comme ce fut le cas toute notre vie » : cette lettre est posthume. *Notre histoire* est finie. Ils l'envoient à *L'Yonne républicaine*, au *Monde*, à *L'Humanité*, au supplément *Les Nouvelles de L'Yonne* de *L'Humanité Dimanche*. *L'Yonne républicaine* publie.

Le mardi 8, P'tit Louis retrouve ses accents trotskistes d'avant guerre pour écrire à son tour :

> Depuis la Libération nous avons fait de grandes erreurs : [...] la dissolution des milices patriotiques, la politique du « retroussons nos manches », la collaboration avec des gouvernements de droite, les pleins pouvoirs accordés à Guy Mollet au moment de la guerre d'Algérie... Pour en arriver à mai-juin 68 qui fut la grande trahison du Parti, par son refus de prendre ses responsabilités dans la lutte contre l'État gaulliste qui croulait sur ses bases sous les coups de boutoir de toute la classe ouvrière en grève et des organisations gauchistes. Au lieu d'aider ces braves camarades, les organisations du Parti ont donné et donnent encore des « coups de main » à la police de Pompidou pour leur faire la chasse [...]. Puis ce fut la Tchécoslovaquie, le retentissement du livre d'Artur London, l'exclusion de Garaudy et de Tillon, le chef de l'état-major militaire des FTPF : il est vrai que la Résistance a si peu de valeur pour le Parti qu'on a comme secrétaire général M. Georges Marchais, qui fut travailleur libre en Allemagne nazie et a peut-être fabriqué les balles qui ont tué nos camarades résistants, Varenne, Guy Môquet, et tant d'autres. [...] Nous pensons que Bernard a eu raison de quitter cette organisation et qu'il est juste que nous prenions une position identique à tous les membres de la famille Sautreau qui a lutté pour le communisme depuis 1932 : à savoir, quitter le Parti. [...]

Toute la famille quitte le parti communiste. Dans la section d'Auxerre, Lise Cadenet et Robert Auger démissionnent aussi. Seize personnes en tout.

Le lendemain de la réunion du comité de section de Migennes, Bernard s'était dit qu'il ne pouvait pas en rester là avec Lavrat. Il avait passé le pont du chemin de fer, était allé sonner rue Mozart au portail de la maison modeste que Lavrat habitera jusqu'à la fin, dans le quartier de la Belle-Idée. Guy n'était pas là. Claude et Mireille, ses enfants, avaient accueilli chaleureusement Bernard. Furieux contre son père, Claude, adolescent en pleine révolte, avait dit : « Papa est un salaud. Ce qu'il a fait hier soir est dégueulasse. »

En revenant chez ses parents, Bernard écrit une lettre à Guy. Lavrat lui répond dans le courant du mois :

> Mon cher Bernard,
>
> Ta lettre m'a bouleversé, chacun sait que j'ai beaucoup d'affection pour toi, tu le sais aussi. Je crois te l'avoir prouvé lorsque tu étais à Migennes l'an dernier en attendant ta réforme du service militaire. Tu n'as pas le droit de me retirer ton amitié parce que tu en auras encore besoin, comme de l'amitié de tous ceux qui t'ont connu tout enfant à Migennes. [...] Tu n'as pas le droit de penser que je veux te faire du mal, je voudrais au contraire que tu continues tes études et que tu oublies les difficiles moments que tu as passés. [...] Je n'ai aucune honte à t'avouer que mes nerfs craquent et si je dois me voir astreint à un repos forcé, j'aurai peut-être moi aussi besoin d'une affection comme celle que je t'ai donnée en d'autres temps.
> Je t'adresse mon amitié, ainsi qu'à Arlette.
>
> Lavrat

Guy Lavrat sera élu maire de Migennes en 1977, mais ne deviendra jamais député. Il cumulait, comme les cadres communistes de sa génération et de la suivante, l'addiction au pouvoir tant reprochée aux sociaux-démocrates, et l'identification profonde, affective et intellectuelle, au Parti, propre aux staliniens. Onctueux, charmeur, d'une souplesse de jongleur et d'un pragmatisme dénué de scrupules, implacable pour atteindre ses objectifs, il se sait incapable de vivre sans être soutenu à l'existence par ces autres qui croient le vénérer et, en fait, nourrissent en la personne du chef leur narcissisme et le sien.

Toute l'intelligence et l'habileté de ce type d'homme sont sans cesse mobilisées dans l'esquive des conflits et la pérennité de leur système de séduction. Pur miroir de ceux qui les *supportent*, réceptacle passif de leur besoin d'admirer et de s'admirer, le politique séducteur est en fait prisonnier d'une sorte de donjuanisme d'un genre particulier, d'ailleurs très compatible avec un donjuanisme plus classique.

Madeleine et Camille n'avaient jamais été dupes de la manière qu'avait Lavrat de payer des canons aux gars des cités et d'en penser pas moins. Ils ne le seront jamais des flatteries qu'il continuera à leur prodiguer.

Noël est triste. Camille souffre. Il a soixante-trois ans. Il a été communiste pendant quarante-cinq ans. « Le Parti, c'était not'vie, tu comprrends, ma p'tite-fille. » Les anciens camarades changent de trottoir quand ils le croisent. « Ça fait mal au cœurr. » Il va quand même chez Chifkot acheter des crottes en chocolat comme chaque année et rapporte un *Pif gadget* pour Madeleine. Le 24 janvier 1971, Lavrat ne participe pas aux cérémonies du cinquantenaire de la naissance du PCF : épuisé, il a demandé au Parti un congé de deux mois.

Parmi les festivités communistes, une cérémonie est organisée sur la tombe de Camélinat, au cimetière de Mailly-la-Ville. Camille n'en est pas, ni aucun membre de la famille Sautreau.

Bizarrement, le sentiment de culpabilité de Bernard s'est encore aggravé. Enfermé dans l'affaire de 70 comme le séquestré d'Altona dans son grenier, il commence à compter les victimes du Goulag. Et ne cessera plus. *La tache de sang sur la robe* a envahi tout le paysage. Bébé se sent personnellement responsable de la mort de masse propre au phénomène totalitaire : « La faute était en nous. La faute est en moi. La mort était dans notre système. »

Et ce n'est pas la moindre des fautes que d'avoir contraint les siens à quitter le Parti. D'avoir brisé l'idylle du *nous* qui donnait sens au couple de ses parents, qui cimentait *notre histoire.* Nous : le Parti, nous la famille. L'unité du Nous : le dieu des communistes. Ce *Tout* que le Peuple-*Rien* devient par la grâce de l'Esprit de Parti, dont Robespierre fut le premier prophète. Autoséquestré dans la culpabilité, Bébé se lance dans les milliers de pages de sa thèse sur l'identité communiste, pour sauver sa foi. Notre foi.

Comme le personnage de Sartre, Franz von Gerlach, il prend le siècle sur ses épaules et dit : « J'en répondrai. »

Avec Arlette, ça ne va pas fort. Sa mère a un cancer, elle est *déprimée*. On commence alors à employer ce mot. À la Sorbonne, Bernard a sympathisé avec une petite brune assez mignonne : il a rendez-vous avec elle ce soir, mais il a peur de ce qui peut se passer entre eux.

On est le 21 février 1971, c'est un lundi matin, il est assis à son bureau bleu : ça fait trois fois qu'il remet au propre la même page de son écriture serrée, noire. Il relit son titre : *Matérialisme historique et Matérialisme dialectique : la faute à Plekhanov.* Le cours de Macherey est à dix-huit heures : il n'aura jamais fini de préparer son exposé.

Soudain, il n'en peut plus. Il étouffe. Le *sérieux* de ce travail de bénédictin l'étrangle. Il faut qu'il s'échappe. Il faut qu'il parte.

En quelques minutes, quelques chèques en blanc sont disposés bien en évidence au milieu du bureau bleu. Avec un mot : ne pas s'inquiéter surtout, il donnera des nouvelles, etc. Deux chemises et un pantalon sont fourrés dans un sac. Cinq cents francs retirés à la banque en bas de l'immeuble. Un billet pour Strasbourg acheté gare de l'Est. Une heure à tuer. Il monte avec une prostituée. Pas baisé depuis deux ans.

Dans le train, un couple de profs engage la conversation : Mai 1968, la politique, le marxisme. La femme l'invite à dormir chez eux.

Papa a encore disparu. Tard le soir, Madeleine et sa mère vont en métro à la Sorbonne. C'est amusant d'ouvrir les salles vides les unes après les autres, d'interroger les rares étudiants qui traînent dans les couloirs ou les cafés alentour. Bernard devait faire un exposé au cours de Macherey. Il n'est pas venu. Personne ne l'a vu. En sortant de la faculté, il fait nuit.

Arlette appelle Robert Maggiori et sa femme Hélène : ils viennent dormir à la maison. Madeleine est contente : elle aime bien Hélène. Elle la trouve belle. Le lendemain matin, elle va dans leur lit peigner ses longs cheveux noirs lisses et brillants. Elle aimerait bien échanger l'âpreté nerveuse de sa mère contre la douceur ronde d'Hélène. Et puis Hélène est russe. Son arrière-grand-mère était une princesse anarchiste : en 1905, à Saint-Pétersbourg, Sofia Perovskaïa, condamnée à mort pour l'attentat contre le Grand-Duc, avait vu sa peine commuée en travaux forcés parce qu'elle était enceinte du père d'Hélène. Lorsque Robert et Hélène s'étaient mariés à l'Église orthodoxe, Madeleine, petite fille d'honneur de la mariée, tenait le bout de son voile blanc, habillée dans la longue robe en soie bleue et dentelles de la princesse terroriste, qu'on avait ajustée à sa taille.

Arlette, Robert et Hélène décident d'appeler la police. Un mandat de recherche est lancé contre Bernard.

Bernard fait du stop de Strasbourg à Trèves, *Trier* en allemand, comme les dernières lettres de son nom : il en est frappé.

En apparence, plus aucune trace de ces « armées d'enfants envoûtés par le désir d'aller à la mort ». La ville allemande est paisible et romaine : dans les pas de Georges Bataille, l'auteur du *Bleu du ciel*, il passe le pont sur la Moselle, visite les thermes et les ruines de l'amphithéâtre, la basilique des premiers siècles de l'ère chrétienne. Le parti socialiste allemand a transformé la maison natale de Marx en un joli musée. Il habite dans un petit hôtel 78 Romanbrücke strasse et s'y sent bien. La nuit, il erre dans le cimetière éclairé de bougies. Et le jour prend plaisir à parler allemand, sa première langue à l'école, au cours complémentaire de Migennes, pacifisme d'après guerre oblige. *Ich weiß nicht, was soll es bedeuten, Daß ich so traurig bin, Ein Märchen aus uralten Zeiten, Das kommt mir nicht aus dem Sinn.* D'enthousiasme, il écrit à sa femme une lettre rédigée dans cette langue. Quinze jours après, Arlette lui répond : « Je t'aime. Tu me manques. »

Aussitôt Bébé reprend le train pour Paris. La vie est belle. Il suffit de s'accorder un peu de liberté. Il aime sa femme. Il est heureux de la retrouver enfin. Peut-être.

Boulevard Brune, l'accueil est rude : « On a eu tellement peur pour toi. On t'a cherché partout. On a cru que tu t'étais suicidé. J'en ai parlé avec Strazzula. Tu es malade. On ira le voir ensemble lundi. »

Et après le repas : la vaisselle. « Il n'y a pas de raison que je fasse tout dans cette maison. »

Le lundi, Strazzula explique à Bébé qu'il est dangereux pour lui-même. Quelques jours de repos dans sa clinique privée lui seront d'un grand profit.

Après tout pourquoi pas. Il se laisse faire.

Le soir, une piqûre le plonge quatre jours dans un sommeil sans rêve. Le réveil est pénible : une sale impression d'être enfermé dans un bocal de ouate. Mais la clinique d'Andilly est une belle propriété, très agréable, les chambres sont confortables. Dès le lendemain, il recommence à lire et à rédiger sa maîtrise sur Engels. Prépare les examens de sa licence d'histoire. Les repas sont excellents. Le soir, il hasarde quelques pas lents et malhabiles dans le parc magnifique. La vie de château. Le seul problème : les médicaments lui coupent l'appétit et il n'arrive plus à parler.

Madeleine est venue avec Madeleine à la clinique du docteur Strazzula. Papa est blême et très maigre, fondu dans le lit blanc, peinant à articuler ses phrases. Au moment où sa fille va partir, il fait effort pour se redresser sur le coude et, de sa bizarre voix nouvelle, pâteuse, aphone, mécanique, péniblement lui explique comment on dit « Au revoir » en allemand : *Auf wiedersehn,* dit l'un avec la voix qui monte, *Auf wiedersehn,* répond l'autre avec la voix qui descend.

Dans le train qui les ramène à Paris, Madeleine, effondrée, répète tout le long du chemin : « Bernard est malade, Bernard est malade. » Et sa petite-fille : *Auf wiedersehn* (avec la voix qui monte), *Auf wiedersehn* (avec la voix qui descend).

Trois mois après, Bébé reprend le chemin de la Sorbonne. À la fin d'un cours, impossible de se lever, comme s'il avait des semelles de plomb. Il reste là un quart d'heure, et puis ça passe. Le soir, comme il raconte son malaise à Strazzula : « Ne vous inquiétez pas, c'est un dysfonctionnement dû aux médicaments. » Pour la première fois, il prend conscience des effets secondaires des dépresseurs, antidépresseurs et autres stabilisateurs dont on l'a gavé. Une colère terrible le submerge.

Pendant le repas dans la cuisine blanche du boulevard Brune, il accuse Arlette de l'avoir fait tomber dans un traquenard et, de rage, casse une pile d'assiettes. Arlette ne se laisse pas démonter : elle est à présent prof de français dans un collège du XIIIe arrondissement. Si Bernard n'est plus malade, il n'a qu'à prendre un poste aussi. « Il faudrait savoir : je suis fou ou juste bon à ramener un salaire ? » Des semaines d'engueulades ininterrompues s'ensuivent, et de sinistres promenades le dimanche dans la forêt de Fontainebleau ou à Milly-la-Forêt, avec Robert et Hélène.

Dans l'Yonne, *Unir-Débat*, la feuille de Robert Simon, et *La Taupe rouge*, le journal local que les trotskistes de la Ligue viennent de créer, rendent compte de l'*affaire*. Les deux courants principaux du trotskisme, pabliste et lambertiste, se disputent les faveurs de Camille et Madeleine : Pierre Laguillaumie de la Ligue communiste et le jeune disciple de Robert Simon, Michel Villerey, devenu responsable départemental de l'OCI lambertiste, leur rendent visite. Laguillaumie, qu'ils connaissent davantage, emporte le morceau : Francis et Camille adhèrent à la Ligue. *Rouge*, le journal national de la Ligue communiste, publie une photo de Camille posant devant le Kremlin au printemps 1970, et une longue interview de lui sur l'affaire, et ses raisons de rejoindre la Ligue communiste et la Quatrième Internationale : « Nous on voulait que des jeunes accèdent aux postes de responsables, que les gars n'aient pas peur de discuter et qu'ils ne disent pas seulement amen. À la place de ça, les staliniens Cordillot, Chignier, Vigreux, Brunet ont imposé la *normalisation* dans l'Yonne. »

Daniel Bensaïd, du Bureau politique de la Ligue, vient tenir meeting à Migennes. Camille colle partout dans les rues des affiches annonçant la venue de Krivine, l'ancien de l'UEC devenu leader de la Ligue. L'objectif de conquérir ce bastion ouvrier du PC semble à portée de main.

Guy Lavrat a réussi à se faire introniser candidat du PC aux élections municipales. Il se sent tout à fait réconcilié avec son Parti : Georges Marchais, devenu premier secrétaire après le retrait définitif de Waldeck Rochet, se rallie au mouvement eurocommuniste : les partis communistes italien, français, espagnol, anglais et hollandais affirment l'existence d'une voie démocratique du communisme, distinct du modèle soviétique. En France, dans son *Manifeste de Champigny*, Marchais met l'accent sur la politique d'« union de la gauche » et la « démocratie » comme « but de la transformation sociale ». Un Programme commun est rédigé avec le nouveau parti socialiste : à Épinay, l'année précédente, François Mitterrand a réussi à réunir en une seule organisation la myriade de groupuscules et clubs dissidents de la vieille SFIO exsangue, sur une ligne d'union de la gauche.

Conscient des ravages de l'affaire de 1970 et du danger que représente l'offensive des trotskistes, le futur maire de Migennes donne une longue interview à *Migennes Démocratie* fondé par Bernard, pour dénoncer les « manœuvres des gauchistes » visant à « récupérer » une affaire « strictement privée ». Leur seul but, écrit Lavrat, est de « diviser la classe ouvrière » : ils font le jeu de la droite.

Le meeting de Krivine a lieu le 24 avril 1972 salle Chantoiseau à Migennes. Deux mois après l'assassinat de Pierre Overney par un vigile de Renault, l'extrême gauche a le vent en poupe. Quatre-vingt-dix personnes se sont déplacées, dont un nombre significatif de cheminots ramenés par Camille : c'est un succès. Quand il ne fait pas son jardin, Camille anime la section locale des retraités CGT et continue à passer sa vie en gare ou à rendre visite aux uns et aux autres. L'influence du syndicat déborde très largement celle du PC, et Migennes renoue avec la tradition anarcho-syndicaliste rouge d'avant guerre. Bernard appelé en renfort par son père et son frère a répondu à Lavrat dans une longue interview pour *La Taupe rouge,* et, pendant le meeting, raconte longuement l'affaire :

– Un vrai roman, disait Bernard à Madeleine en Vézelay en 2011. La preuve que le PC est incapable de se réformer et qu'il faut le quitter. Comment Lavrat peut-il reprendre à son compte la rhétorique antigauchiste qu'il avait lui-même dénoncée en 68 ?

Krivine trouve que ce discours très structuré contre le réformisme stalinien du PC est digne d'un cadre politique de la Ligue. Il veut gagner Bernard. Après le meeting, la conversation se poursuit tard dans la nuit, mais Bernard refuse d'adhérer. Il explique au leader trotskiste que le gauchisme a beau être une fiction policière et stalinienne, les organisations d'extrême gauche divisées en chapelles trotskistes et maos sont incapables de s'implanter durablement dans la classe ouvrière (« Il y avait même un mao à Migennes, très isolé et bien content de trouver table ouverte chez Madeleine et Camille »). Faute d'unité et d'une organisation de masse, elles sont condamnées à avoir une influence marginale et urbaine. Quant à la critique de Trotski de la bureaucratie stalinienne, c'est une bonne chose, mais elle est insuffisante, particulièrement en ce qui concerne l'épineuse question de la philosophie marxiste.

En avril 1972, Thérèse meurt. Arlette recommence à pleurer toute la journée et toutes les nuits. Bernard quitte le domicile conjugal en octobre et prend une chambre dans le XVe, rue Santos-Dumont.

Madeleine vient y passer les mercredis après-midi. Il y a là Petr, et une nouvelle venue, une jolie brune d'origine hongroise, la petite trentaine, Krystina. Ils forment une espèce de trio : Krystina vient se faire consoler par Bernard des infidélités de Petr. Madeleine assiste à ce nouveau mélodrame, oubliée dans un coin : on ne lui a pas prévu de rôle, alors elle écoute, elle les regarde se rouler des pelles. Les démêlés sentimentaux se mélangent aux histoires de dissidents russes et de police secrète, et aux considérations théoriques sur les causes du stalinisme. Petr est censé écrire une thèse sur Pierre Leroux et le premier socialisme français. Ils passent surtout leur temps à fumer des boyards dans une atmosphère électrique. Le frigo est vide : elle ne les a jamais vus en train de manger ni de se demander comment gagner de l'argent. Ils sont trop occupés pour y songer. Madeleine a faim mais elle n'ose pas le dire.

Petr introduit Bernard dans le milieu des dissidents de l'Est : il rencontre Olga Zwinzov et sa sœur Lydia, Jan Marejko (ce fils d'un officier de l'Armée soviétique suicidé deviendra un philosophe du libéralisme), lit et relit *Le Maître et Marguerite* de Boulgakov, Serge Essenine, Andreï Biély et Alexandre Blok. C'est sa période russe. Le temps s'est arrêté à Leningrad vers 1925 :

> Si le ciel, dans sa bonté, me réservait un de ces moments si rares dans la vie où le cœur est inondé de joie par quelque bonheur extraordinaire et inattendu ; si une femme, des enfants, des frères, séparés de moi depuis longtemps, et sans espoir de réunion, devaient tout à coup tomber dans mes bras, je voudrais que ce fût dans une de ces belles nuits de Saint-Pétersbourg, sur les rives de la Neva, en présence de ces Russes hospitaliers.

Ce n'est pas les *Soirées de Saint-Pétersbourg* mais les *Considérations sur la France* de l'ultramontain Joseph de Maistre qu'il annote vers janvier 1973 : son ticket de métro beige perforé d'un petit trou à la station Javel marque encore la page 175 du texte intitulé *Lettre à une dame russe, sur la nature et les effets du schisme, et sur l'unité catholique* :

> La conscience est une lumière si profonde et si éclatante, que l'orgueil même n'a pas la puissance de l'éteindre entièrement ; or cette conscience enseigne à tout homme qu'il serait souverainement déraisonnable de vouloir s'arroger le droit de se séparer d'une Église quelconque, et de refuser ce même droit à un autre. Ce sentiment seul frappe de mort toutes les Églises séparées, ou ne leur laisse qu'une vaine apparence, semblable à celle de ces arbres pourris qui ne vivent plus que par l'écorce. En effet, dès qu'il n'y a pas d'autorité infaillible pour tous les chrétiens, toute question se trouve renvoyée au jugement particulier. Tous ces évêques [des différentes Églises dissidentes et schismatiques] ainsi indépendants d'une autorité communes et étrangers les uns aux autres, tristes jouets de l'autorité temporelle qui leur commande comme à ses soldats, sentent fort bien dans leur cœur ce qu'ils sont, c'est-à-dire RIEN. Et comment les estimera-t-on plus qu'ils ne s'estiment eux-mêmes ?

En lisant ces lignes, Bébé pense aux trotskistes, nouveaux schismatiques condamnés à la marginalité. Et se prend d'une étrange passion pour la prose magnifique du contre-révolutionnaire de Maistre. Est-il frappé par l'inattendue et ironique analogie entre la conception marxiste de l'Histoire s'achevant dans la société sans classe et sans État, et l'interprétation providentialiste de la Révolution française du papiste de Maistre, qui la considère vers 1820 comme un fléau nécessaire envoyé par Dieu pour punir les classes dirigeantes de l'Ancien Régime d'avoir oublié les principes de l'Évangile ? Je ne le sais toujours pas.

À l'évidence, Bébé est saisi par l'évocation, reprise plus tard par Romain Rolland, d'un Robespierre instrument aveugle d'une force collective et métaphysique qui le dépasse, à la fois meurtrier et sacrifié. De Maistre a raison : l'individu isolé n'est RIEN parce que sa solitude introduit la division et le désordre. Le mouvement de la masse agitée comme la mer par une force diluvienne transcendante à chacun est TOUT. La vérité (divine pour de Maistre, communiste pour Bernard) sort de la bouche du peuple. La volonté subjective coupée des foules est toujours autocratique et diabolique (contre-révolutionnaire, pense Bernard) parce que potentiellement contraire à la Loi divine (à l'intérêt de l'*immense majorité,* pense Bernard). L'homme de pouvoir est le Diable ou Staline. Pas d'autre issue que d'être d'Église – ou de Parti.

L'orphelin de l'Esprit de Parti qui veut sauver sa *foi* communiste ne peut que retourner au désert se faire ermite ou mendiant. Pour Bernard désormais, aucune communauté ne tient le coup : le *social,* somme anarchique de ressentiments particuliers, d'intérêts personnels ou claniques, est pourri. Il lit les Évangiles en même temps que Nietzsche et Rimbaud : faut-il sauver la bonne nouvelle de la fin de l'Histoire par le *dérèglement de tous les sens* ?

La Marguerite de Boulgakov vend son âme au diable (au professeur Woland) pour que la vérité de l'œuvre du Maître éclate malgré les contrefaçons de la bureaucratie stalinienne. Et si la fantaisie, l'ivresse bachique, la folie poétique, autres noms du diable, étaient l'ultime recours de l'innocent (du croyant) ? La vérité est diabolique : si Dieu a laissé mourir Jésus-Christ innocent, Ponce Pilate (Staline) a raison de se laver les mains du crime commis. Dostoïevski l'avait déjà dit dans *Les Frères Karamazov* : il y a toujours un inquisiteur de l'Église ou du Parti pour venir vous expliquer que c'est faire le bonheur du peuple et garantir la paix sociale que de lui offrir en holocauste le sacrifice de l'innocent. Le vrai dieu se tait, il est comme la statuette de bronze retrouvée à Mailly : il a un doigt sur la bouche.

À Londres, au printemps 1973, Bernard tombe amoureux de la blonde Mary aux longs cheveux et aux robes pastel en cotonnade indienne. Il porte des chemises de surplus militaires américains et des jeans kaki qu'il couvre de fleurs colorées, fume de l'herbe sur la tombe de Marx, en déclamant, les cheveux portés long dans les yeux, et la moustache rousse au vent, *Une saison en enfer*.

C'est l'époque des *beatniks* et de la pop. Serge vit aux Baléares avec son petit frère Philippe et Odette-Anaïs. Bientôt il partira avec André Velter en Afghanistan apprendre le sanscrit, fumer du kat à Aden-Éthiopie sur les traces du dernier Rimbaud – celui qui avait même renoncé à *faire le poète*. Serge écrit *Le Gai Désastre,* Bernard *La Gaieté blanche*. Et il dessine des hommes tremblants à moustache rousse perdus au milieu des fleurs rouges et des femmes nues.

De Trèves à Londres, de la maison de naissance de Marx à sa tombe, le petit vendeur de *L'Huma* escorte le fantôme de Georges Bataille. L'auteur de *Ma mère* écrivait *Le Bleu du ciel* en pleine marée montante du meurtre, fouetté par la sévère mystique marxiste Lazare (la philosophe Simone Weil). Bataille avait trouvé que la religion primitive, celle qui englobe toutes les autres, la catholique et la communiste, c'était le désir de l'unité retrouvée avec la terre-mère. Supprimer la division de la conscience, nager comme un poisson dans l'être, entre RIEN et TOUT. Sauf qu'étreindre la mère (les masses, pense Bernard), c'est aussi forniquer avec la mort.

Bataille en riait à mourir. Bébé se marre moins.

À Londres avec Mary au printemps 1973, il passe à l'Ouest. Et puis il rentre chez sa femme. Plus sensible à la prose d'Aragon qu'à celle de Bataille, il est hanté comme lui par une Marguerite moins fantaisiste que celle de Boulgakov. L'enfant bâtard Louis Aragon avouait dans son roman *Les Communistes* que la vierge-mère militante Marguerite Corvisart, double romanesque de sa véritable mère, était le cœur secret de sa fidélité au Parti. *La mère n'était pas vierge. Il y avait une tache de sang sur la robe. Quelqu'un l'avait violentée.*

La foi sauve, mais de quelle peine secrète ?

XIV

Mai 1981
Les lambertistes

> « L'amour d'un disciple n'admet pas le hasard. »
>
> Nietzsche, *L'Antéchrist*, 40.

La Ligue communiste vient d'être interdite par le ministre de l'Intérieur Raymond Marcellin, et son dirigeant, Alain Krivine, est assigné à résidence. Un soir de juin 1973, Krivine invite Bernard et Arlette à dîner. Devant la porte de son immeuble, un policier armé monte la garde : il faut montrer ses papiers. Après le repas, Madeleine joue avec son fils. Pour une fois elle n'est pas toute seule pendant qu'ils parlent.

En août, c'est toute seule, *comme une grande*, dit Maman, qu'elle prend le train pour Fontliesse, une auberge de jeunesse dans la montagne au-dessus de Digne, tenue par Pipa et Paul, des amis des voisins du dessus. Pipa est russe, petite et boulotte, autoritaire et bonne. Elle sonne la cloche quand le repas est prêt dans la grande salle qui sert de réfectoire. Certains jours on jeûne, à d'autres on fait la journée à l'envers : le bortsch de Pipa au petit déjeuner, le café au lait avant de se coucher. Dans le congélateur de la cuisine commune, chacun se fabrique des sorbets de cassis, de fraise, des glaces à la vanille. Deux fois par semaine, randonnée dans la montagne sous la conduite de Paul, sa silhouette sèche de vieil ermite ouvre la colonne en marche. La veille, sur le tableau du réfectoire, chacun inscrit son nom sous celui de la voiture qui l'emmènera au point de départ du circuit. Quand il fait très chaud, on se baigne tout nus dans le bassin aux têtards, ou on se réfugie dans la bibliothèque en mezzanine au-dessus de la grande salle à manger pour écouter des disques de flûte indienne allongés sur les tapis en mouton. Là, un astrologue anglais, venu avec son fils, explique à Madeleine le Big Bang. Dès que la chaleur tombe, elle fait de la balançoire jusqu'au coucher du soleil en regardant les champs de lavande et d'oliviers qui dévalent la pente devant la maison, vers les montagnes. Un photographe allemand, Hans Peter Schmidt, la poursuit avec son appareil. Le soir on joue à l'ambassadeur ou au Scrabble en buvant de la sauge. On dort sous la tente dans les grillons ou dans l'immense dortoir. Quand des nouveaux arrivent, tout le monde crie : « Les tartares, les tartares ! »

Le retour à Paris raccourcit l'horizon. Heureusement il y a le square bétonné entre les immeubles neufs : ce n'est pas drôle d'y traîner le cartable trop lourd pour aller jusqu'à l'école de la rue Maurice-Rouvier, mais la joie est grande de l'arpenter en patin à roulettes des mercredis et des dimanches entiers.

Et puis il y a Migennes aux vacances scolaires.

La maison est douce comme une seconde peau et le jardin clos, un résumé du monde.

Dehors le grand jeu, qui dure des heures, toute la vie, est de se laisser glisser, dix fois, cent fois, mille fois de suite sur la rampe de l'escalier du perron en rêvant des vies futures. Le perron, c'est la tour de contrôle de l'aéroport. De là, Madeleine régule tout le trafic, annonce les vols en provenance de Rome, de Moscou, de New York. À midi, la sirène retentit. Francis revient de l'usine en voiture.

Il se dirige vers la tonnelle en se déhanchant à cause de sa jambe de bois, allume sa pipe, fixe un point devant lui, ne bouge plus. Il rêve. Il rêve, l'ancien *voyou* sentimental qui avait assumé autrefois le rôle du mauvais fils, et il chante. Il chante de sa belle voix de basse *Tu sais bien que je t'adore, Bambino, Bambino, et que tu as de jolis yeux*, ou *La Butte rouge : Elle en a bu des larmes, cette terre, Larmes d'ouvriers et larmes de paysans*. Des moineaux viennent percher sur son bras. Madeleine l'appelle quand le déjeuner est prêt : Colette est de service à l'école et n'a pas le temps de préparer son déjeuner au HLM. Il ne prononce pas une parole pendant le repas, malgré les efforts de Camille pour le faire réagir aux informations. Seulement des *Mouais* dubitatifs ou faussement définitifs, histoire de ne pas avoir l'air d'insulter père et mère. Après le repas, il reprend son poste de vigile muet devant la tonnelle, et Madeleine renifle l'odeur suave de son tabac hollandais. Quelquefois il l'attrape et la fait tournoyer dans l'air. La plupart du temps, il ne s'aperçoit pas de sa présence.

Un jour, sous la tonnelle de vigne vierge, très sombre, Gérard et Madeleine ont creusé un tunnel pour aller de l'autre côté de la Terre, jusqu'en Chine.

Après le départ de Francis, Madeleine s'élance dans le ciel : elle a demandé à grand-père Camille d'installer la balançoire là, sur la branche basse du pommier à cidre, à la place de la niche du chien, mort depuis longtemps. Camille ne chasse plus. Francis non plus.

L'après-midi, les cousins de Madeleine, Gérard et José, arrivent en vélo : on observe les armées de doryphores manger les feuilles des pommes de terre. On coupe des vers de terre en trois pour voir si ça repousse. On jette des cailloux dans le jardin du père Laurent. On se bat comme des chiffonniers. Quand on a faim, on mange les fraises des bois parfumées. Le plus amusant, c'est de jouer à cache-cache dans les haricots grimpants hauts comme des arbres : c'est interdit, on n'a pas le droit de quitter l'allée centrale. Ou alors c'est au risque de voir Camille surgir de son établi comme un diable, on l'entend hurler de l'autre bout du quartier. Il brandit un martinet pour rosser les gamins, et quand il a bien crié, il distribue du chocolat en tablette.

Le verger, derrière le potager, c'est le coin sauvage : quatre cerisiers donnent des cerises aigres ou douces, des rouge-noir ou des Napoléon blanches et rouges. Au-dessus, la silhouette du HLM où Gérard et José habitent avec Francis et Colette. Par terre, au printemps, des violettes, des coucous et des primevères, les mauvaises herbes, la viorne qu'on fume en cachette, la menthe, les framboisiers, les bosquets de groseilliers le long du mur du fond, à droite des cabanes à lapins. C'est là que les chats abandonnent agonisants oiseaux et souris. C'est là qu'on fait des feux et qu'on enterre en grande pompe les ossements des lapins avec des croix en bouts de bois sur les tombes, et, une fois, Arthur, le poisson rouge.

C'est là que Camille tue le lapin, presque chaque dimanche. Opération secrète : on n'a pas le droit d'y assister. Mais des coupelles de sang traînent partout. Avec, Gérard et Madeleine confectionnent une mixture magique : la *gadoue.* Il faut mélanger le sang et la boue récoltée dans le caniveau du trottoir, devant la maison.

C'est aussi au fond du jardin qu'une fois, José, qui a deux ans de plus que Madeleine, lui offre des boucles d'oreilles en cerises. Il installe le petit banc en velours du triporteur (qui ne sert plus à présent) sous les bosquets de groseilliers, pour se faire une maison d'amoureux : blotti contre Madeleine, il l'embrasse sur la bouche. Après, ça lui paraît un crime terrible, à Madeleine, qui pèse lourd et qu'elle ne peut confier à personne.

Sur le côté droit de la maison, côté Barandon, derrière l'escalier qui descend à la cave, elle cultive un petit jardin de giroflées, parce que ça lui fait penser à la chanson du carnet orange de Rimini que lui avait donné Papa :

> Que tu as de belles filles
> Giroflée Girofla
> Dans leurs yeux où la joie brille
> l'amour descendra.
> Que tu as de belles filles
> Giroflée, Girofla
> Dans la plaine on se fusille
> L' soldat les violera.

Il faut demander l'autorisation pour prendre dans le garage un des vieux vélos récupérés par Camille aux fouilles et rafistolés par le père Thibault. Si Madeleine donne la permission, on va faire des balades à Cheny au bord de l'Armançon jusqu'à l'usine électrique, et du côté du pont aux Vaches : on pousse parfois jusqu'à Bonnard et le port des Fontaines, une île au milieu de l'Yonne, pour y pêcher des tanches et des perches. La terre argileuse de l'étang de Fouchy donne une idée à José : au lieu d'attraper des écrevisses, on va fabriquer des poteries et les vendre. Madeleine rit en contemplant la collection de cendriers cabossés que ses petits-enfants veulent cuire au four : « C'est pas du Bernard Palissy. » Les voisins des maisons alentour achètent quand même leurs œuvres, de drôles de pots plus tordus que dans un tableau de Van Gogh, des assiettes hérissées de cailloux. Avec les sous, on monte à Cheny se payer des lignes et des hameçons pour la pêche.

Quand Papa et Maman sont là, ils imposent la rituelle promenade sur la côte d'Ormoy. Dans la Grande Rue de Cheny, Madeleine retient sa respiration en passant devant le monument aux morts, et elle oblige Gérard à faire pareil. Du haut de la colline, on aperçoit tout Migennes. Et puis ça redescend vers le bois des Presles et le village d'Ormoy, niché dans un creux autour de la petite église trapue. Sur la place, Gérard et Madeleine grimpent sur le perron de la mairie et jouent à la Révolution :

> Ah ça ira, ça ira, ça ira,
> les aristocrates à la lanterne,
> Ah ça ira, ça ira, ça ira, les aristocrates, on les pendra.

« Et si on les pend pas, on leur coupera les couilles, et si on les pend pas, les couilles on leur coupera », hurle Gérard du haut du perron.

Quand Madeleine fait la balade seule avec ses parents, elle se raconte toujours la même histoire : c'est la guerre, le village qu'on habite a été détruit, il faut tout reconstruire et « vivre avec les moyens du bord », comme dit Maman. Elle passe en revue dans sa tête son « plan quinquennal », comme dit Papa : les maisons à reconstruire, l'agriculture et l'élevage pour nourrir les habitants du village, l'école à organiser, la maison commune pour les fêtes et le théâtre. Un jour, elle profite d'une pause dans leur conversation pour leur raconter. « Je ne sais pas jouer du violon mais je peux faire un grand État d'un petit village, dit Arlette. – Thémistocle, répond Bernard. – Non : Lawrence d'Arabie. »

Pour une enquête que Gérard doit faire pour son école, Madeleine l'accompagne à Cheny : dans la ferme à gauche du pont dans la Grande Rue, les bâtiments d'habitation et les granges donnent sur la basse-cour boueuse et jonchée de paille. On les invite à entrer dans la cuisine : au sol, de la terre battue, les déjections des bêtes, les poules picorant les épluchures de légumes jetées là. L'odeur est irrespirable. « C'est comme ça qu'ils vivaient autrefois, les paysans », leur explique Madeleine avec une moue de dégoût. Madeleine et Gérard trouvent que leur grand-père, avec son accent morvandiau incompréhensible et ses manières rudes, est un paysan.

– Lui qui avait tant voulu ne plus l'être, disait Madeleine à JC. Il portait en lui, malgré lui, le savoir-faire de ses ancêtres, la vigne, le potager, le soin des animaux, la chasse. Pour Madeleine, il avait appris à cultiver les fleurs.

Quand il pleut, et qu'on a fini de jouer aux dés, au Mikado, au jeu de l'oie, au Monopoly, aux Mille Bornes, à la belote ou au huit américain, planqués avec Éric Bourdon et Éric Billotte, deux autres gamins du quartier, dans la petite chambre du fond au sous-sol, ou qu'on en a assez de regarder à la télé *Amicalement vôtre* et *Les Mystères de l'Ouest* allongés par terre sur le carreau froid de la salle à manger dans le ronron de la machine à coudre de Madeleine, on monte au grenier.

Au milieu des chaises cassées et des vieilles guenilles, trône dans la pénombre le portrait en velours de Staline. Tout au fond, dans le coin le plus sombre, des têtes peintes de chevaux surgissent des toiles d'araignées par-dessus le lit en fer-blanc de Guy Môquet : ce sont les rescapés du manège qu'autrefois le Parti installait chaque année à la fête de Migennes. « Hou ouh le fantôme », fait José, la tête couverte d'une vieille chemise. Il éteint la lumière et enferme Madeleine à clé dans le grenier. Elle hurle de terreur.

Un jour que José n'est pas là, Gérard et Madeleine fouillent dans les vieux cartons et tombent sur des dizaines d'étranges photos : des corps vivants décharnés, en pyjamas rayés, défilent au milieu de baraquements. Quelques-uns d'entre eux envoient des pelletées de terre dans une fosse remplie d'ossements et de bouts de corps entassés.

Madeleine leur explique les camps de concentration nazis où étaient enfermés les Juifs et les communistes.

– Ces photos de la libération des camps par les Russes et les Américains font partie du dossier du Xe Congrès du parti communiste et servaient aux expositions itinérantes qu'organisait Camille à Cosne en 1945, disait Bernard à Madeleine à Vézelay en 2011.

Réfugiés dans le ronron de la machine à coudre de Madeleine, à quatre pattes par terre sur le carrelage froid, Gérard et Madeleine ramassent avec les deux gros aimants en U les épingles éparpillées partout, en se demandant si leur grand-père, Moïse dit Camille, est juif. Au cimetière de Cheny, ils inventent une histoire aux défunts des tombes délaissées qu'ils couvrent de fleurs cueillies à pleines brassées dans les champs : violettes, coucous, pâquerettes, soleils, coquelicots.

Et puis c'est le soir, Gérard et José sont partis. Il faut aider Madeleine à étendre le linge dans le jardin ou aller derrière le garage couper de l'oseille pour la soupe et du persil pour le rôti. L'été, quand il fait très chaud, la soupe d'oseille est remplacée par des bols de lait froid : on y trempe des mouillettes de pain et du sucre en morceaux.

En février 1974, Madeleine passe les vacances avec son père : il a de nouveau quitté Maman et pris un appartement avec Mary à Auxerre. Dans l'appartement du lotissement HLM, Mary se dessine les sourcils au crayon et porte un chapeau à très large bord en velours violet. Madeleine essaie en cachette ses longues robes en cotonnade indienne.

La nuit, Bernard lit Freud ou parle à Mary, qui l'écoute. Le jour, il dort. Le drame politique s'intériorise en autoconfession psy. Un barbu a succédé à l'autre, les anciens marxistes se convertissent en bloc au freudisme.

Papa offre à Madeleine son premier disque 33 tours : *C'est une maison bleue, accrochée à la colline.* Dans son lit, le visage tourné contre le mur, elle observe pendant des heures les saillies du crépi : des personnages s'animent, *Lizzard et Luc*, et un barbu grec sur un nuage, qui fait Chut, le doigt sur la bouche. Elle fait remarquer à Papa : « Regarde, les personnages, ils vont toujours par trois. » *C'était toujours la même, mais on l'aimait quand même, la fugue d'autrefois qu'on chantait tous les trois,* chante Maxime Le Forestier.

Une nuit, Mary et Bernard se sont engueulés plus fort que d'habitude, la porte a claqué. Un peu plus tard, dans la chambre d'à côté, Mary gémit d'une drôle de voix cotonneuse : « Je vais mourir, je vais mourir. » Elle a avalé un tube de barbituriques. Madeleine appelle les voisins. À l'hôpital, on lui fait un lavage de l'estomac. Papa revient habiter avec Maman boulevard Brune.

Au printemps 1974, c'est la campagne présidentielle. Le dimanche, au marché de la porte Didot, une jolie députée socialiste propose à Bernard de venir à une réunion de quartier : Mitterrand sera là. Un soir de la semaine suivante, il emmène Madeleine.

Dans le local, quatre ou cinq militants s'attardent autour du candidat socialiste à la présidentielle, la réunion aurait dû être finie depuis longtemps, François Mitterrand est arrivé très en retard et il n'a pas l'air pressé de partir. Ce jeune type avec ses jeans fleuris de gauchiste et ses citations de Joseph de Maistre l'amuse.

Il n'est pas très séduisant, Mitterrand, presque bègue, tout à fait chauve et bedonnant dans son costume mal taillé, le cou sanglé dans une affreuse cravate beige très large. La bouche sans lèvres, toujours tendue en avant, cherche ses mots, qui ne viennent pas assez vite pour démentir le regard réticent, ironique, hautain, aux cils sans cesse papillonnants, comme si les yeux voulaient fuir loin. *L'Archipel du Goulag* de Soljenitsyne vient de paraître, et Bernard cherche à coincer le rassembleur d'Épinay sur le genre de socialisme qu'il prétend mettre en œuvre : « Eh bien, inventons ensemble. C'est à vous de me dire ce que ça peut être un socialisme démocratique. » La voix monte sur les dernières syllabes : « C'est à nous tous de la bâtir la *nouvelle alliance* du socialisme et de la démocratie. »

Madeleine voit bien que le pathos de Papa et ses provocations glissent sur l'homme de pouvoir, habile à l'esquive. Elle sent que l'essentiel se déroule ailleurs, dans cette puissance d'attraction exercée par le candidat à la présidence de la République sur tous ces hommes plus beaux, plus jeunes, plus heureux sûrement, et pourtant avidement penchés sur lui, l'encerclant accrochés à leurs cigarettes, leurs chaises en plastique rapprochées centimètre par centimètre. Madeleine a l'intuition quasi physique qu'ils sont comme aspirés par cette aura qui se dégage du leader socialiste malgré ses tics et son quasi-bégaiement, et que leur désir le nourrit. Bernard sort de la réunion déçu et furieux comme un amant éconduit. « Mitterrand ne comprend rien au stalinisme, il ne sait rien du mouvement ouvrier. » Sa colère impuissante et humiliée peine Madeleine.

Il vote Chaban-Delmas aux présidentielles.

C'est le moment de sa vie où il a été le plus près de rompre vraiment avec le communisme. Annie Kriegel, l'ancienne permanente et journaliste communiste devenue éditorialiste du *Figaro* et professeur de sciences politiques, dirige sa thèse sur l'Identité communiste. Madeleine comprend mieux sa mère qui est pour Mitterrand, sans en attendre rien.

Dans le collège du XIIIe où la mère de Madeleine est prof de français, elle a sympathisé avec une de ses collègues, une jolie rousse aux cheveux courts, qui se fait appeler Sonia. Un jour, Sonia emmène Madeleine à la foire du Trône et l'accompagne partout : le grand huit, la chaussette, les avions, le train fantôme. Les squelettes chatouillent la jolie rousse qui hurle de rire. Madeleine ne s'est jamais autant amusée. Personne autour d'elle n'aurait eu l'idée de l'emmener dans un endroit pareil. Au retour, Sonia doit passer chez elle, un petit deux-pièces. Dans la chambre minuscule, un grand lit défait avec des draps froissés en soie noire occupe toute la place. « Les draps de soie noire, c'est une idée de Chisserey, et avec lui, pas moyen de transiger. » Elle rit tout le temps, Sonia, en secouant ses mèches rousses et ses yeux verts brillent : Chisserey, son amant, est un *vrai révolutionnaire*, un dirigeant de l'OCI, l'organisation trotskiste lambertiste à laquelle Sonia appartient aussi : « Un type comme ça. Dans la tête aussi. »

– Claude Chisserey, mélancolique et drôle, était l'intello des lambertistes, disait JC à Madeleine, le seul à oser contredire Lambert. Du petit parti lambertiste, il disait « c'est une maison de fous ».

Chisserey ne s'était jamais pardonné d'avoir empêché les étudiants lambertistes de se joindre au mouvement de Mai 68 : nostalgique d'une foi qui l'avait depuis longtemps déserté, il s'est jeté dans la Seine en 1981.

Un dimanche, en revenant de la forêt de Fontainebleau où Sonia est allée se promener en compagnie d'Arlette et de sa fille, sa Mini Austin tombe en panne. Elle téléphone d'une borne sur le bord de l'autoroute et une demi-heure plus tard une DS noire conduite par un chauffeur à casquette vient les chercher. Le père de Sonia est un diplomate de carrière, sénateur UDR, directeur de cabinet du ministre des Affaires étrangères.

Olga Zwinzov habite pas loin de la maison, derrière la rue Didot : sur le chemin, Papa explique à Madeleine qu'un grand dissident russe, un mathématicien, sera présent : Leonid Pliouchtch. Pliouchtch avait signé en août 1968 une déclaration de solidarité avec le mouvement démocratique tchèque. Il a été arrêté en janvier 1972 et enfermé dans un hôpital psychiatrique un an plus tard : une commission spéciale l'a déclaré atteint de *schizophrénie atone* caractérisée par un *délire réformiste* avec des *éléments messianiques* [*sic*].

– Autrement dit Jaurès, comme nom d'une maladie mentale, disait Madeleine à JC.

– C'est ce qui me serait arrivé s'ils avaient pris le pouvoir en France, disait Bernard à Madeleine en 2011 à Vézelay.

Pliouchtch est passé à l'Ouest grâce à une campagne menée par les mathématiciens du monde entier et, en France, par le trotskiste lambertiste Michel Broué. Un meeting se tient à la Mutualité : à la tribune, Yves Montand, Simone Signoret, Jean-Paul Sartre, Simone de Beauvoir.

Dans les manifestations parisiennes qu'Olga organise devant l'ambassade soviétique en faveur des dissidents russes, Papa dit qu'il y a beaucoup de policiers : « Des gens qui travaillent pour le KGB, et en même temps pour la CIA et les services secrets français. »

Olga Zwinzov est une blonde d'une quarantaine d'années. Dans la pièce enfumée, la plupart des sept ou huit personnes présentes sont assises sur des poufs ou sur le divan autour d'une table basse marocaine et d'un énorme samovar en cuivre. Marc Kravetz, le grand reporter de *Libération*, est assis à califourchon sur une chaise, la pipe à la bouche. Il a le visage ouvert et sympathique. Bernard est assis à côté de lui, les jambes croisées. Madeleine s'allonge par terre sur une peau de mouton. Comme d'habitude, personne ne s'occupe d'elle. C'est pratique pour bien regarder et écouter.

Leonid Pliouchtch est assis légèrement à l'écart, dans la pénombre, sur un fauteuil, la figure jaune et très maigre allongée par une barbichette en pointe. Il a l'air de souffrir beaucoup. De temps en temps, comme à regret, sa bouche articule un ou deux mots en russe, qu'Olga traduit par de longues phrases. Son silence mystérieux pèse d'autant plus qu'il est l'objet de la conversation. Olga, en reconduisant Bernard, lui demande de traduire un message qu'un autre dissident toujours en prison en Russie soviétique, Orlov, lui aurait transmis. « Mais tu ne connais pas le russe ! » s'étonne Madeleine.

– C'est Olga qui m'a fait lire le grand roman de Vassili Grossman, *Vie et Destin,* disait Bernard à Vézelay en 2011. Le texte avait été sorti d'URSS grâce à Andreï Sakharov.

Le lendemain, un policier français du SDECE invite Bernard à déjeuner pour lui proposer de travailler dans le grand centre de documentation sur l'Est à Munich : « On vous trouvera une place comme chercheur au CNRS : le CNRS, c'est notre maison. »

Le soir, dans la cuisine blanche du boulevard Brune, autour de la table ronde en plastique blanc, sous l'affiche de Roy Lichtenstein où Madeleine s'amuse à retrouver toute la famille, Papa raconte en riant sa rencontre avec le flic et reprend son éternelle conversation de philo avec Maman. Ils parlent de Kant surtout, qu'Arlette révère. Impossible de leur demander de passer le sel. Bernard accuse sa femme d'être une idéaliste et une moraliste, elle lui réplique qu'il l'est davantage qu'elle, de ne pas savoir qu'il l'est.

Ou bien Bernard raconte interminablement ses séances d'analyse, et s'interroge longuement sur les détails érotiques de ses rêves. Heureusement il y a toujours un moment où Arlette exige qu'il fasse la vaisselle.

Madeleine a quatorze ans, elle est en seconde. Le matin elle se lève tard, et au lieu d'aller en cours, retrouve sa bande au café de la porte de Vanves. À la maison, le mélodrame perpétuel se poursuit. Personne ne se demande où elle est.

Au café, le grand Constantin, fils de boucher, un type de terminale qui se distingue des babas cool avec ses polos Lacoste, compte ses sous. Il a pris le contrôle du marché de cannabis au lycée et parie qu'il se payera une Porsche avant la fin de l'année. (Il n'a pas eu sa Porsche mais il est entré à Sciences-Po.) Constantin sort avec la nouvelle copine de Madeleine : Corinne, une petite brune qui se tricote ses pulls angora et se fabrique ses bijoux, des médaillons peints de scènes naïves. Madeleine adore l'accompagner dans l'atelier capharnaüm de son grand-père, rue du Pot-de-fer : Étienne-Martin, doux comme un Père Noël, leur fait des nouilles au milieu de ses sculptures géantes et des têtes de lions empaillées.

Au café il y a aussi Clémentine : elle habite devant le métro Vanves une drôle de maison tout étroite complètement baroque et bordélique. Son père juge n'est jamais là, et sa mère, paradant avec son amant au volant de sa décapotable violette habillée de pied en cap en rose fuchsia, tient boutique de colifichets au rez-de-chaussée. Chez Clémentine, où Madeleine va tous les soirs, il faut faire attention de ne pas écraser l'animal domestique : un caméléon qui se promène en liberté dans la moquette en laine bouclée. Clémentine a inventé un nouveau jeu : écumer les boutiques chic de la rue Vavin et chaparder le maximum de plumes, de perles, de petites boîtes peintes à la russe ou recouvertes de tissu Liberty, de minuscules pots d'encres de toutes les couleurs, dorée, violette, argentée, rouge. Arlette en a découvert un lot sous le lit de Madeleine : Vlan, une gifle. « Tu es une voleuse. » Tant mieux, comme l'oncle Francis. Clémentine étale leur dernier butin sur la table : des gants de toutes les couleurs volés aux Galeries Lafayette.

À la table d'à côté, Cristina, une fille de diplomates suédois, embrasse à pleine bouche son copain. Ils s'occupent du ciné-club avec l'autre grande amie de Madeleine, Flo Dugowson, dont le père est cinéaste et avec qui elle joue Molière au Théâtre 14 : grâce à eux, elle a vu *Metropolis* de Fritz Lang, et *Le Chagrin et la Pitié* de Marcel Ophüls. Ou encore le film d'Alain Resnais *Nuit et Brouillard* : les mêmes images que dans le grenier de Migennes. Cristina met du sou dans le juke-box : *Because the Night* de Patti Smith, pour la quinzième fois. Constantin joue au flipper avec Jean-Luc, un petit brun qui a toujours l'air de préparer un mauvais coup.

Le soir, Madeleine passe des heures à sa fenêtre, à essayer de repérer l'appartement où vit Jean-Luc, dans les immeubles en brique de l'autre côté du boulevard Brune, par-dessus le fleuve de voitures. Au début de l'année, il portait un blouson de cuir ringard à col de fourrure synthétique, et se baladait sur une vieille mobylette bleue. Mais depuis qu'il traîne avec les *junkies* du deuxième, des jumeaux fille et garçon virés d'un lycée de Versailles et fans de David Bowie, il se pavane dans un très long manteau de vison élimé en faisant sonner sur le bitume ses santiags gravées de fleurs. Constantin a interdit à Madeleine de lui adresser la parole. Elle n'a pas le droit non plus de prendre des tafs de joints. Le dealer a décrété : « Pas bon pour toi. » Lui-même ne fume pas : « Je vends la marchandise, je ne la consomme pas. »

Soudain, de l'autre côté de la vitre du café, derrière la clope de Jean-Luc, qu'il garde au bec en clignant des yeux façon Clint Eastwood, les mains occupées à secouer le flipper : le père de Madeleine, sa grosse moustache rousse et ses cheveux châtains, sa chemise beige et son pantalon kaki à pattes d'ef de surplus américain, la ceinture sanglée sur le ventre plat.

Séducteur, Bernard plaisante avec les mecs, complimente les filles, embrasse Madeleine sur la bouche, comme ça lui arrive dans ses accès de bonne humeur. Depuis qu'il est en analyse, Bébé prétend que les filles devraient se faire initier sexuellement par leurs pères, et que de toute façon Madeleine ne trouvera jamais de meilleur amant que lui. « Bernard, tu exagères », proteste faiblement Arlette, excitée.

Constantin le regarde de travers et fait signe à tout le monde de lever le camp.

Bernard, qui s'ennuie déjà, change de ton : le lycée a téléphoné, ils n'ont pas vu Madeleine depuis cinq jours : « C'est une bande de cons, c'est vrai, mais toi, tu dois être une fille *sérieuse*, aller en cours, apprendre tes leçons. Tu fumes pas du haschisch au moins ? » Elle le regarde avec un demi-sourire ironique. Il s'énerve : « Je crois que tu ne te rends pas compte de ce qu'on vit, ta mère et moi. » Et de raconter sur un ton de tragédie le vaudeville en cours : l'ex-petit ami d'une copine d'Arlette avec qui Bernard couche s'est suicidé.

« Je m'en fous de vos histoires », dit Madeleine. Bernard gifle sa fille, soulagé d'avoir trouvé un prétexte valable pour retourner à ses affaires.

Madeleine reste un moment seule, vide, sort du café, descend dans la bouche du métro, monte dans une rame, descend n'importe où, marche au hasard. Quand elle revient tard dans la nuit, elle a 40° de fièvre.

Le 23 mars 1979, tout François-Villon ou presque participe à la manifestation des sidérurgistes CGT : une soixantaine de lycéens au moins. Bernard aperçoit sa fille, lui ordonne de s'en aller : « Ça va péter. » Elle s'en fiche, elle veut rester avec ses copains, elle veut rester avec Flo.

Boulevard Bonne-Nouvelle, des affrontements violents se déclenchent à quelques lignes des lycéens. Les autonomes, comme on commence à dire, ramassent ce qu'ils trouvent et bombardent les CRS. Le service d'ordre de la CGT arrivé par-derrière les prend en tenaille et leur ordonne brutalement de se retirer. C'est la cohue et la panique. Tout le monde court dans tous les sens. Madeleine a peur. Flo la prend par la main et l'entraîne vers le Théâtre du Gymnase où Coluche fait son show le soir. Sur le bord du trottoir, devant le théâtre, un CRS tabasse une fille à terre. Le sang gicle. La concierge vient aider Madeleine et Flo à porter la fille évanouie à l'intérieur de sa loge et ferme la porte cochère au nez des flics. Furieux, ils balancent des grenades lacrymogènes sur la porte. Il n'y a pas d'autre issue, on étouffe dans la loge. La fille est toujours inconsciente. Les secours mettent deux heures à arriver.

En se quittant boulevard Brune, Flo habite au 65 et Madeleine au 69, les yeux rouges, leurs imperméables maculés de sang, les deux filles se promettent de se retrouver tous les dix ans à cet endroit, sous les arcades qui conduisent au square où elles ont tant joué.

En avril 1979, Arlette et Madeleine quittent le boulevard Brune pour emménager rue d'Alésia, dans un vrai appartement ancien avec des cheminées et du parquet. Cette fois ses parents se sont vraiment séparés, il est même question qu'ils divorcent. Depuis le XXIe Congrès du PC en 1976 et la rupture de l'Union de la gauche en septembre 1977, Bernard s'est rapproché des communistes. Il leur envoie des lettres pour qu'ils *révisent* le *procès* qu'ils lui ont fait en 1970, et s'est réconcilié avec Lavrat, maire de Migennes depuis deux ans. En juin, Madeleine est exclue du lycée François-Villon pour indiscipline. On lui fait redoubler sa seconde et on l'exile au lycée Duruy, dans le VIIe, le quartier des ministères. Elle se lève chaque matin à l'heure où elle devrait partir, paresse dans le bain, traverse la place Montparnasse en vélo en slalomant dangereusement entre les voitures, arrive avec deux heures de retard. Les autres croient que c'est exprès. Pas exactement. Mais elle fait comme si : ça lui donne une contenance au milieu des *extraterrestres* de Duruy, parfumés et habillés de frais tous les matins en bleu marine et blanc.

Finis, les sacs US avec la langue des Stones, les jeans troués et les vieux pulls effilochés de Villon. Finis, les nuages de fumée dans les cours et les alertes à la bombe dès qu'il y a un rayon de soleil. Finis, les voyous de la porte de Vanves et les tables gravées au couteau *No future* ou *Fuck the clock*. Un autre monde. À la porte du lycée, même les dealers d'héroïne ont l'air de sortir de boutiques de marque. Des Porsche pour de vrai viennent attendre les filles de terminale déguisées en starlettes. Un prof de gym se fait virer parce qu'il a exigé du fils de Raymond Barre, un peu enveloppé comme son père, qu'il saute au-dessus d'une corde comme tout le monde. Madeleine, avec son pantalon de velours à côtes rose trouvé aux Puces de Vanves et le vieux manteau en astrakan râpé de sa grand-mère, tranche. Virtuose pour lancer des discussions interminables pendant les cours de français et d'histoire, dès que la cloche sonne, elle se lève et sort de la salle sans attendre l'autorisation du prof. Les autres *adorent*.

En français, on étudie *L'Idiot*. Un des types de la classe, plutôt pas mal, la surnomme Nadejda. Madeleine trouve plutôt qu'elle est l'idiote. Le *Molière* de Mnouchkine vu au cinéma avec sa mère l'enthousiasme : le lendemain, malgré son retard, elle obtient la meilleure note à sa dissert sur *L'École des femmes*. Mme Collet, la prof de français, demande ce que signifie le nom du personnage féminin des *Mains sales* de Sartre, Olga Lorame. « Morale », répond immédiatement Madeleine. Morale et communiste. Comme Madeleine. Évidemment à Duruy, qu'est-ce qu'ils peuvent y comprendre ? « Ils commencent par vouloir la justice et ils finissent par organiser une police » (Albert Camus). Commentez cette phrase. Aucun problème : chez les révolutionnaires, il y a ceux qui veulent le *pouvoir* et ceux qui ont la *foi* : « Nous ne sommes pas de ce monde, nous sommes des justes. » Parfois, ce sont les mêmes. Tous se retrouvent *avec du sang sur les mains.*

Interrogation écrite en histoire : *le 9 Thermidor.* Madeleine écrit sur sa feuille le nom de Robespierre, sa mâchoire fracassée. Puis plus rien. Un grand blanc. 1 sur 20.

Bernard habite à nouveau avec Mary, mais il vient au moins une fois par semaine rue d'Alésia dîner dans la cuisine jaune, et ensuite au salon, fumer cigarillo sur cigarillo en monologuant sur le canapé en velours gris cerclé d'acier, acheté à crédit chez Conforama à l'époque du boulevard Brune. Madeleine trouve que son *design* italien 70 jure avec les moulures du plafond et le vieux papier peint à rayures dorées. Bernard aide Madeleine à confectionner une affiche pour appeler les lycéens à la grève contre les dernières mesures d'Alice Saunier-Séité qui veut faire raser Vincennes. Ça marche à fond : c'est la première fois que le lycée Victor-Duruy se met en grève.

Son amie Cristina, exclue de Villon en même temps qu'elle, a réussi à convaincre la direction du lycée de monter un ciné-club. Yves Montand en manches de chemise avance en tête de la manifestation : il vient d'intervenir à la tribune du meeting que le parti socialiste grec a réussi à tenir. La police charge, il se met à courir. Une balle le fauche en pleine poitrine.

C'est Z de Costa-Gavras, inspiré par l'assassinat du député Grigoris Lambrakis en mai 1963.

– Les colonels prendront le pouvoir en Grèce quatre ans plus tard, leur régime fasciste durera jusqu'en 1974, expliquait JC à Madeleine.

Madeleine pleure comme une madeleine la mort de Montand/Lambrakis : elle pense à Petr, en 1969, place Dauphine. Elle pense à Vassili le Grec.

15 avril 1980 : « Sartre est mort », titre *Libération*. Le 19, dans la manif-enterrement à Montparnasse, Madeleine et Cristina sont en train de rigoler quand elles croisent Robert Maggiori. Le chroniqueur philo du journal fondé par Sartre est en pleine extase sacerdotale et n'apprécie pas leur gaieté. Grimpée au-dessus de la tombe voisine, Madeleine laisse tomber sur le cercueil une rose rouge, dont la tige est enveloppée dans l'article de Robert. Elle rit parce que ce n'est pas la mort, c'est l'annonce d'une résurrection, comme l'enterrement de Camélinat.

– Après la mort de Sartre, les articles de Robert Maggiori seront ce qui se fera de mieux dans ce journal, disait Madeleine à JC.

Madeleine sèche les cours avec Christophe Ledu, un type de première, auréolé d'une fugue qu'il a faite en début d'année. Ils rejoignent Cristina et sa copine Sidonie, au foyer du lycée, au fond du parc. Sidonie fume le cigare, porte des bibis extravagants et veut faire l'école du cirque. Ensemble, dans le local nu et gris, au milieu des mégots de joints et des seringues usagées, ils imaginent des canevas de pièces de théâtre : *Landru chez le psychanalyste, La Bande à Bonnot.*

En remontant la rue de Babylone jusque vers la rue de Buci, Christophe, fasciné par les grands criminels et les grands voyageurs, raconte à Madeleine la vie sur les bateaux à voiles dans les mers du Sud, l'épopée de Marco Polo, et les pères jésuites sillonnant la Chine au XVIe siècle. Dans sa chambre de bonne, au-dessus de l'appartement familial, rue du Regard, il veut l'embrasser. Mais Madeleine ne sait trop quoi faire de ce Pierrot lunaire qu'elle aime tout habillé, tout immatériel.

Ils vont au cinéma Champollion voir *Loulou* de Pabst. Le soir, à la maison, elle peint dans un dégradé de gouache bleue Jack l'Éventreur suivant Louise Brooks dans une rue de Londres vers 1889. L'homme à la mâchoire carrée s'apprête à commettre son crime amoureux, le regard plein d'effroi. Madeleine note sous son tableau, en lettres majuscules : CHERCHE TUEUR À GAGES POUR ABATTRE SURMOI.

Pour les vacances de Pâques, son père l'emmène à l'île de Ré : une copine de fac de Mary a prêté sa maison d'Ars. Madeleine lit sur la plage *Les Nourritures terrestres,* et écrit des lettres à Christophe qu'elle ne lui envoie pas. Partout, sur le coin des nappes en papier dans les cafés et les restaurants, elle dessine ses sourcils en accent circonflexe, ses yeux noirs et son visage pointu : il est l'homme errant, le *Melmoth* de Robert Maturin, fantôme des exigences idéales traînant sa lourde immortalité à travers les siècles.

En juin 1980, Bernard expose ses dessins dans un café du Marais. Madeleine l'aide à trouver des titres pour chacun, à les accrocher aux cimaises. Au vernissage, Serge est là, revenu des Baléares où il vit « d'amour et d'eau fraîche », dit Arlette. Il a les mêmes yeux verts que Bernard, et les mêmes cheveux blond vénitien que Madeleine, Camille, Bernard, Jules-Antoine. Mais il est plus petit que son père, de complexion plus fragile, encore plus bavard. Il raconte des heures Rimbaud à Aden, son rêve d'y fonder une Maison de la Poésie, l'Afghanistan qu'il a sillonné avec l'ami Velter, ses rencontres avec Char, Michaux, Aragon et Sartre. Madeleine est justement en train de lire *Les Chants de Maldoror* qu'elle a dans sa poche. Il en récite par cœur des passages.

De retour rue d'Alésia, elle cherche dans le placard cette petite photo noir et blanc prise en 1969 : on voit seulement deux paires de pieds aux ongles peints et quatre pieds masculins : Serge, Bernard, Odette-Anaïs, Arlette. En 68, ils se sont davantage amusés qu'elle ne pourra jamais le faire. La Révolution, c'est terminé. Constantin, qui est entré à Sciences-Po, le disait à Madeleine à Villon : « Les *hippies* et les *beatniks* sont *has been*. Le seul *trip*, gagner du pognon. »

Au lycée Duruy, l'administration la fait suivre et envoie à sa mère un relevé de ses allées et venues motivant le renvoi : « Dix heures trente, Madeleine, Cristina et Christophe se retrouvent devant le lycée et traversent le boulevard pour mendier devant le Saint-François-Xavier (le café en face du lycée). Les sous récoltés, ils s'attablent en terrasse et restent là jusque vers quatorze heures, Sidonie les rejoint, et le compagnon de Cristina qui n'a pas été exclu de Villon. » Le reste de l'après-midi au fond du parc, dans le local nu et gris, ils rêvent de monter un nouveau Théâtre du Soleil. Ils sont renvoyés tous les quatre du lycée.

Les résultats scolaires de Madeleine sont plutôt bons, et on lui fait passer un examen de passage en première pour éviter l'exclusion du système scolaire : elle est reçue largement, mais son dossier disciplinaire est si chargé qu'aucun lycée parisien ne l'accepte. Arlette déclare : « Tu finiras dans le caniveau. » Madeleine trouve absurde cette expression venue de loin, de la mère de sa mère. Mais le sens en est clair : tu n'es RIEN, un déchet. Elle veut travailler et se payer des cours de théâtre. Sa mère lui répond que « puisque c'est comme ça », elle doit d'abord l'aider à payer le loyer. Dès juillet, Madeleine est vendeuse dans une boulangerie de la rue d'Alésia : « Maintenant, tu vas *gagner ta vie* », dit Arlette. Elle s'empiffre de nounours en chocolat en observant la patronne maigrissime et désespérée se soûler au gros rouge dans l'arrière-boutique.

Rosy Kreise lui donne une méthode pour apprendre à taper à la machine : leur ancienne voisine du boulevard Brune a appris à quinze ans, et elle est devenue la secrétaire d'écrivains célèbres. Madeleine veut faire pareil. Le vieux coucou sur lequel elle s'entraîne lui blesse les doigts.

En août, Arlette et Madeleine sont près de Toulouse dans la maison d'Ursule, ex-femme d'un ex-dirigeant mao devenu philosophe et mandarin gauchiste. La clope au bec, cette grande brune à lunettes en écaille noire, le corps épais enveloppé de robes de cotonnade indienne démodées, fait son pain elle-même, et la morale à Madeleine. « Paresseuse comme tu l'es, tu ne peux que rater ta vie. » Et en plus il faut dire merci.

Arlette part à la recherche de la tombe de son père dans une voiture louée. Madeleine scrute cette photo des années 1950 de son grand-père, la seule qui existe, floue. Et si Paul n'était pas mort ? Hallucinée, elle le voit partout : c'est Paul ce petit homme à la dégaine de Serge Reggiani qui sort d'un hôtel crasseux de Toulouse. C'est Paul cet ivrogne effondré sur le bar d'un café minable.

Au cimetière d'Auch, enfin : son nom sur le registre. Enfin presque. Le mort s'est ajouté une particule : *Paul d'Asson.* Ce fils d'ébéniste, grand lecteur de Balzac, s'était persuadé qu'il descendait de la famille qui avait régné au Moyen Âge à Clisson, son bourg natal. Réduite à la misère après la mort de son mari, tué la première semaine de la guerre de 14, la mère de Paul l'avait confié bébé à son frère et s'était prostituée dans un bordel de Nantes. Quinze ans plus tard, elle avait voulu prendre son fils avec elle dans la maison close. Paul s'était enfui. Amoureux des avions, à force de cours du soir, il était devenu ingénieur en aéronautique. Mais il n'arrivait jamais à rester plus de six mois dans une place : un jour ou l'autre, il s'engloutissait dans le quartier aux putes, se soûlait et se battait avec les macs. Renvoyé, il changeait de ville. Ils avaient fini par échouer à Paris dans le salon d'une comtesse de la Trémoille à qui il tirait le tarot en buvant sa cave. Sous les toits de l'hôtel particulier, dans le VIIIe arrondissement, sa femme et ses six enfants s'entassaient dans deux chambres de bonne. Arlette, l'aînée, s'occupait des petits, leurs cheveux bien peignés, leurs habits lavés et repassés la nuit. Au square, pendant qu'ils jouaient, elle rêvait de devenir danseuse étoile.

Pour toujours cette misère pèse sur elle comme une menace : tout ce qu'elle a, tout ce qu'elle fait, elle l'arrache à ça. C'est une guerre atroce, interminable.

Quinze ans, seule dans l'appartement du quatrième étage au-dessus de la rue d'Alésia. Madeleine n'ose rappeler ni Christophe, ni Sidonie, ni Cristina, encore moins Flo, qui est en terminale à Henri-IV. Travailler ses cours par correspondance ? Pour qui, pour quoi ? Affalée sur le canapé gris, elle écoute tous les 33-tours de la maison : Vivaldi, la flûte indienne, Jean Ferrat, Barbara, Brel, Moustaki, Reggiani, *Bella ciao* et les chants révolutionnaire italiens offerts par Robert Maggiori. *Les Chœurs de l'Armée rouge*.

Elle demande à sa mère de lui dresser une liste de livres de philosophie. Une après-midi de pluie, elle commence les *Méditations métaphysiques* de Descartes. Le doute radical, la table rase. La seule certitude : *Je pense, je suis*. Est-ce que les gens, en bas, dans la rue d'Alésia, ils existent pour de vrai, ou est-ce que ce sont juste des parapluies qui passent ?

Difficile de descendre au milieu des parapluies chercher du travail.

L'agence d'intérim Kelly Girl accepte de l'inscrire, bien qu'elle n'ait aucune qualification. Sa première mission commence le jour anniversaire de ses seize ans. Au quarante-troisième étage de la tour Montparnasse, Madeleine trie des factures, des roses, des bleues, des vertes, qu'elle range dans de grands classeurs. C'est payé le SMIC moins la commission de l'agence, sa mère lui en prend les trois quarts. Impossible de se payer des cours de théâtre. Devant les montagnes d'absurdes paperasses, elle a souvent du mal à garder les yeux ouverts.

Les jours de loisir, dans les rues grises prises au hasard, elle se transporte comme un paquet encombrant. Son corps, lourd ballon qu'elle porte en avant d'elle, entrave sa marche. Elle a beau se creuser les côtes, cacher cette masse molle autour de ses os dans le grand pull bleu de son père qui sent le cigarillo et la sueur d'homme, pas moyen de dissimuler les larges seins qui lui ont poussé, pas moyen d'éviter les grossièretés des hommes dans les rues, comme des coups reçus. Elle est tout le temps fatiguée, ses yeux verts sont cernés et tristes. Elle n'a de désir pour rien. Qui pourrait en avoir pour elle ?

– Je suis nulle. Je ne suis RIEN.

Le 10 mai 1981, Arlette a emprunté une petite télé noir et blanc pour l'occasion. Madeleine l'installe sur une chaise branlante au milieu du bureau de sa mère : c'est l'endroit où l'image est la moins brouillée et on voit l'écran de la cuisine jaune. Elles dînent.

À dix-neuf heures quarante-cinq, Bernard téléphone : « T'as vu la tête d'Elkabbach ? Ils sont foutus. On a gagné. » Sa voix de basse au débit accéléré, excité, dans le combiné gris, ça lui fait mal dans l'oreille, à Madeleine.

Le journaliste giscardien Elkabbach égrène le compte à rebours. Quelque chose d'inouï va se produire. Quelque chose qui va tout arranger, remplir tous les vides, ressusciter le vieil espoir rouge enfoui dans les siècles. Madeleine essaie de ne pas y penser. Si elle le désire trop, ça ne va pas arriver.

En 1974, le dimanche du second tour, ils avaient passé la soirée chez Robert et Hélène à Fontainebleau.

Robert pleurait parce que Mitterrand avait perdu. Dans la 4L bleue, en revenant sur Paris, Bernard s'était foutu en rogne : « Quel con ! Qu'est-ce qu'il croit ? On s'est battu, et on a perdu. Toujours. Ils sont les plus forts. C'est comme ça. »

Qu'est-ce que ça peut bien vouloir dire, *gagner*, puisqu'on est depuis toujours ceux qui perdent ? Les *opprimés,* les écrasés, les faibles.

Et puis quand même : la face de Mitterrand se dessine dans la télé, le front d'abord, les yeux, le nez, la bouche.

La gauche a gagné.

Un cri s'arrache d'elle.

Et aussitôt quelque chose se brise.

C'est la *victoire*, et c'est fragile. Elle sent qu'il faut qu'elle en rajoute pour sauver sa joie.

Arlette lui donne la permission de quitter la table sans débarrasser. Elle vole une rose rouge dans le vase sur la cheminée, et descend quatre à quatre les escaliers étroits. Il faut courir vite pour attraper ce qui déjà s'échappe.

En bas de l'immeuble une voiture est arrêtée au milieu de la chaussée, ça fait un embouteillage heureux, ça klaxonne de joie. Un homme d'une quarantaine d'années crie à sa fenêtre : « Mitterrand ! Mitterrand ! » Le conducteur de la voiture sort, ouvre les deux bras vers le ciel. Sa femme sort de la voiture aussi, ils s'étreignent. On n'entend pas bien ce que chacun crie, ça fait un énorme brouhaha. Place Victor-Basch, des gens agitent des drapeaux. Madeleine court tout au long de l'avenue d'Orléans, en comptant : sept, douze, vingt et une voitures arrêtées. Elle compte aussi ceux qui sont aux fenêtres, ceux qui crient *On a gagné !*, ceux qui se tapent sur l'épaule, ceux qui se tombent dans les bras, ceux qui débouchent une bouteille de champagne. En haut du boulevard Saint-Michel, la circulation est arrêtée, le bourdonnement de klaxons assourdissant. Madeleine continue à courir et à compter *nos forces renaissantes.*

À l'angle du boulevard Saint-Michel et du boulevard Saint-Germain, certains ont des banderoles, elle ne peut pas lire ce qui est écrit. Elle s'approche. Un groupe, passablement éméché, chante :

À la Bastille,
On aime bien
Nini Peau d' chien,
Elle est si bonne et si gentil-le,
On aime bien
Qui ça ?
Nini Peau d' chien
Où ça ?
À la Basti-i-ille.

Amusée mais déçue, elle s'éloigne. D'autres arrivent d'une rue adjacente, ils sont sept ou huit, et se joignent aux premiers. Eux chantent *L'Internationale*. Elle s'arrête, intimidée, lève le poing, pas bien sûre de la manière dont il faut aligner la main serrée par rapport à l'épaule et au bras, elle a toujours eu un doute à ce sujet. Mais la confiance vient, elle hurle avec eux : *Nous ne sommes RIEN, soyons TOUT*. Ils ne connaissent que le refrain, ça s'épuise vite, le rassemblement se défait, ils n'étaient que dix-sept en tout. Ça n'est pas encore ça. Il faut aller à la Bastille. Traverser la Seine. Dépasser la préfecture et le Palais de Justice sur l'île de la Cité, le Châtelet. À la terrasse du Sarah Bernhardt, au coin du Théâtre, les gens sont debout sur les tables et chantent *La Marseillaise*. Mais déjà sur le boulevard Sébastopol, des groupes plus importants. Ils crient : « À la Bastille ! À la Bastille ! »

Madeleine doit d'abord passer chez son père faubourg Saint-Martin. Elle veut y aller avec son père. Bernard dit : « Ou c'est la grève générale ou il ne se passe RIEN. »

Ils repartent ensemble vers République avec Mary. Les attroupements sont de plus en plus nombreux, des groupes de quinze-vingt personnes marchent ensemble.

Soudain une centaine d'hommes de vingt à trente ans en blousons de cuir débouchent du boulevard Saint-Martin. Ils défilent en carré, drapeau rouge au poing, en chantant le *Chant des partisans* russe :

> À l'appel du grand Lénine
> se levaient les partisans.

Ils sont dix par ligne, il y a dix lignes. Et un homme devant, avec un porte-voix. Cent hommes. Un détachement, presque une armée.

Madeleine et Bernard chantent avec eux à pleine voix :

> Notre paix, c'est leur conquête
> Car en mil neuf cent dix-sept
> Sous les neiges et les tempêtes
> Ils sauvèrent les Soviets.

Est-ce qu'enfin le grand moment approche ? Est-ce que les temps d'autrefois et ceux qui ne sont pas encore arrivés vont se mêler ? Est-ce qu'enfin Madeleine va assister à la naissance de la République, la Bonne, la Vraie, la Sociale, les assemblées populaires, les votes à main levée, les engueulades fraternelles, une grande conversation générale ininterrompue le jour, une cérémonie perpétuelle la nuit, la révolution permanente sans bureaucrates, le pouvoir pour tous, les smicards ministres, les étudiants députés, les poètes des rues orateurs, la fin de l'esclavage salarié, tous ensemble dans la grande Commune égalitaire ? *De chacun selon ses capacités, à chacun selon ses besoins.* Nous n'étions RIEN, ensemble nous serons TOUT.

Place de la Bastille, du monde débouche de toutes les rues. Un podium a été monté où commencent à défiler les responsables politiques, mais les dirigeants importants ne sont pas encore là. Ça se bouscule quand même aux abords.

Le chauve et ventripotent Gaston Defferre, avec sa voix de crécelle distinguée, marionnette d'un autre âge, laisse la place à un grand jeune homme brun, aux yeux noirs fendus en amande, le visage adolescent. Malgré son air juvénile, il porte un costume sombre, une chemise blanche et une cravate noire, ses cheveux lisses sont sagement séparés par une raie sur le côté, une mèche retombe sur son front. Son nom est annoncé, un nom à consonance grecque, quelque chose comme *Lambrakis*. Elle le regarde avidement et vibre en elle une nappe sonore d'où émergent les expressions *Front unique ouvrier*, *Gouvernement d'unité PS-PC*. Les hommes en cuir de tout à l'heure entourent la scène, et à chaque fin de phrase, scandent en lançant les drapeaux rouges : « Unité ! Unité ! » À la fin de son intervention, le jeune homme très beau, le visage ouvert comme dans l'amour, chante avec eux *La Jeune Garde* : *Nous sommes les enfants de Lénine* – ils ajoutent : *et de Trotski,* en lançant les drapeaux en l'air. *À la faucille et au marteau, Nous reconstruirons sur vos ruines Le communisme ordre nouveau*. Madeleine s'étonne de cette version. Son père balaie de la main : « Des trotskistes », et l'air de se moquer de lui-même : « des *hitléro*-trotskistes ».

Mais il reprend avec eux :

> Prenez ga-arde, prenez ga-arde,
> Vous les sabreurs, les bourgeois, les gavés
> V'là la Jeune Ga-a-rde ! V'là la Jeune Garde,
> Qui descend sur le pavé.

L'homme au porte-voix (Madeleine se souviendra plus tard que c'était Ben) explique à Bernard et Madeleine : « À la tribune, c'est JC, le président du syndicat étudiant UNEF-ID. Le PS nous a demandé d'assurer le SO sur la place. On est alliés avec eux dans l'UNEF, mais nous on est de l'OCI. On est des militants révolutionnaires. » Oui, c'est ça, Lambert. Les trotskistes lambertistes.

Toute la nuit, Madeleine reste seule sur la place – assise au milieu des bateleurs, funambules, artistes des rues, acrobates, cracheurs de feu, clochards, avec leurs chiffons de coton noués autour du cou, les grandes chemises qui pendent sur les vieux jeans troués. Elle en connaît quelques-uns qu'elle a vus faire le mime sur le Pont-Neuf ou déclamer des poèmes devant Beaubourg. Ils font de grands feux et brûlent Elkabbach en effigie. C'est plutôt triste, comme un geste de superstition pour conjurer les futures défaites, un geste de faibles. Un type soûl, les bras tatoués sortis de son gilet de cuir sale, prend Madeleine par la taille, elle le repousse.

C'est une nuit comme une autre, dans le Paris nocturne de la cour des miracles. Ceux-là ne seront jamais du côté de ceux qui *gagnent*.

Quand leur histoire avait commencé, en 1987, dans ces restaurants où ils se retrouvaient pour déjeuner, Madeleine avait raconté à JC qu'elle était là lorsqu'il avait parlé place de la Bastille en mai 1981. Elle avait seize ans, il en avait à peine trente.

JC était entré en politique quand Bernard en sortait. Comme elle en 1981, il avait seize ans, en 1967, lorsqu'il avait adhéré à ce groupuscule anarchiste, Rouge et Noir. C'est à Nanterre qu'il avait rencontré les lambertistes, en 1970.

Pierre Lambert appartenait après guerre au parti communiste internationaliste qui rassemblait presque toutes les composantes trotskistes (sauf le groupe Barta qui deviendra Lutte ouvrière). En 1952, Lambert est en désaccord avec la politique d'entrisme dans les partis communistes prônée par le secrétaire général de la Quatrième Internationale Michel Raptis, dit Pablo. Il se fait exclure avec la majorité des militants du PCI, et fonde en 1965, après quelques années de traversée du désert, l'OCI (Organisation communiste internationaliste). Krivine appartient au PCI pabliste dès 1960 : en 1969, la Ligue communiste naît de la fusion de cette organisation et de la Jeunesse communiste révolutionnaire (JCR), qu'il a créée en 1966 avec d'autres dissidents de l'UEC.

C'est donc à la dissidence lambertiste de la Quatrième Internationale fondée par Trotski en 1938 qu'adhère JC en 1970. Comme tous les militants de l'AJS (l'Alliance des jeunes pour le socialisme, l'organisation de jeunesse de l'OCI), il milite à l'UNEF, puis, après la scission de 1971, à la dite « UNEF-AJS », dont il devient le président en 1978.

En août de cette année-là, en jouant aux échecs avec l'ami Ben qui dirige le secteur étudiant de l'OCI, JC imagine de réunifier une partie des organisations syndicales étudiantes (sauf les communistes, regroupés dans l'UNEF-SE : la réunification complète aura lieu en 2001). La CGT-FO, la CFDT et le parti socialiste encouragent le processus : le vieux syndicat étudiant UNEF coupé en morceaux depuis 1971 est en voie de réunification. L'UNEF-ID voit le jour le 5 mai 1980, à l'issue d'un congrès houleux de plusieurs jours : elle regroupe l'UNEF-AJS, le MAS contrôlé par la Ligue communiste révolutionnaire, les CCA (trotskistes autogestionnaires), ainsi qu'une partie des étudiants socialistes : les rocardiens et les mitterrandiens du PS (les chevènementistes appartiennent à l'UNEF-SE communiste).

JC est élu président de l'UNEF-ID grâce à une alliance de l'OCI et des mitterrandiens (qui dirigent le MJS présidé par Jean-Marie Le Guen et Jean-Michel

Grosz, président de la MNEF), contre Julien Dray, dit Juju, ancien dirigeant du MAS. *Trahi* par les CCA, Juju est battu. Il aura sa revanche au début des années 1990, lorsque ses amis prendront le contrôle de l'UNEF-ID, mais l'antagonisme entre Juju et JC (et leurs partisans) perdurera dans le parti socialiste bien au-delà de cette date.

En octobre 1980, Pierre Bérégovoy, secrétaire national du parti socialiste aux relations extérieures, invite Pierre Lambert et JC à déjeuner au restaurant Le Petit Riche, et leur propose d'entrer au PS. Lambert exige que sa composante garde son autonomie, Bérégovoy n'accepte pas ses conditions. En fait le Vieux (Lambert a hérité du surnom traditionnellement donné à Trotski) ne veut pas saborder l'organisation qu'il tient à bout de bras depuis 1952 et à laquelle il est viscéralement attaché.

En janvier 1981, au congrès de Créteil du parti socialiste, François Mitterrand est désigné candidat à la présidentielle. Lionel Jospin est élu premier secrétaire. Or, ce jeune *loup,* énarque de la mitterrandie avec Paul Quilès et Laurent Fabius, a été militant de l'OCI.

– Il a conservé un contact direct avec Lambert, disait JC à Madeleine. Ce qui permet au Vieux de prétendre influer directement sur Mitterrand.

Mais qui influence qui ? Mitterrand va tirer un bénéfice immédiat de ce lien avec les lambertistes.

Depuis 1978, le parti socialiste est devenu le premier parti de France : il devance le parti communiste aux élections. Partout en Europe, les communistes en recul sont pris dans le même piège : contraints par les révélations sur le Goulag soviétique à évoluer, malgré l'opposition de Moscou, vers un socialisme démocratique *eurocommuniste*, il leur faut se démarquer des sociaux-démocrates pour continuer à exister politiquement. Mais il est tout aussi vital pour eux de maintenir des accords électoraux pour faire réélire les cadres de l'appareil. D'où une ligne peu cohérente et peu lisible pour les électeurs, oscillant entre la spectaculaire rupture du Programme commun en 1978 et l'entrée des ministres communistes au gouvernement en 1981. Le déclin du PC est amorcé.

– *A contrario,* les sociaux-démocrates ont le vent en poupe, disait JC à Madeleine. Au Portugal le PS triomphant de la révolution des Œillets a marginalisé le PC ; de même en Espagne lors de la transition démocratique et alors que le PC était le cœur de la résistance à Franco ; en Pologne, dans le syndicat Solidarnosc, les trotskistes d'Edmund Baluka (proche des lambertistes) luttent main dans la main avec les socialistes.

En mars 1981, Lambert récompense JC de ses succès syndicaux en le cooptant au Bureau politique. Le même jour, le Comité central de l'OCI décide d'appeler à voter Mitterrand dès le premier tour.

Ben, qui dirige la composante étudiante (la Fédérale étudiante), s'abstient. La Ligue communiste révolutionnaire de Krivine accuse les militants de l'OCI d'être des rabatteurs du PS à l'extrême gauche et il n'est pas indifférent à cette accusation de *duplicité*. Il trouve compliqué d'apparaître comme l'aile marchante de gauche de la social-démocratie. Stéphane Just, un ex-cheminot, le plus ancien compagnon de Lambert, vote contre. Parmi ceux qui votent pour, certains militent pour l'entrée en fraction au parti socialiste (Joubert et Broué).

– Comment Lambert justifie-t-il cette alliance *objective* avec le parti socialiste et la mitterrandie ? demandait Madeleine à JC.

– Par la politique d'entrisme dans la SFIO prônée par Trotski en 1934, et le mot d'ordre de front unique ouvrier : choisir toujours la stratégie organique qui va dans le sens d'une unification du mouvement ouvrier contre les diviseurs staliniens ou réformistes.

– C'est resté ta ligne politique, disait Madeleine à JC en 2010 à Vézelay : la réunification du mouvement ouvrier et son alliance tactique avec des franges de l'oligarchie.

Les lambertistes se distinguent des amis de Krivine par leur refus de l'entrisme au PC. Le PC stalinien par essence est pour eux le premier ennemi des révolutionnaires. En revanche, en tant que parti ouvrier traditionnel issu de la SFIO de Jaurès, le parti socialiste, plus ouvert, peut être infléchi à gauche. Si le PS arrive au pouvoir, une situation de Front populaire peut offrir l'occasion à ses alliés lambertistes, extérieurs ou intérieurs (les sous-marins trotskistes), de diriger un mouvement de type prérévolutionnaire.

En 1981, avant la présidentielle, pour Jospin comme pour JC, cette hypothèse demeure pertinente. Ni l'un ni l'autre n'ont de raison véritable de rejeter le jeu des institutions démocratiques bourgeoises, auxquelles ils sont, par leur pratique politique au parti socialiste ou dans le syndicat étudiant, complètement intégrés.

C'est Jospin qui informe Lambert par téléphone, un peu avant dix-huit heures, de la victoire de Mitterrand. L'OCI appelant à voter pour le candidat socialiste dès le premier tour a joué un rôle mince, mais non négligeable, dans cette victoire très serrée de la gauche.

Sur la tribune de la Bastille, Jospin, comme toujours, fait mine de ne pas connaître JC. JC s'empare du micro que lui tend Claude Villers, ému de s'adresser au peuple de Paris rassemblé comme en 1791, comme en 1848, comme en 1871, comme en 1936, la foule hurlante de Paris, plutôt indisciplinée et peu attentive, d'autant qu'il commence à pleuvoir. Les camarades de l'OCI reprennent en chœur le mot d'ordre que les ronéos lambertistes impriment sur des milliers de tracts : *Majorité PS/PC à l'Assemblée nationale.*

Au siège du parti socialiste, rue de Solférino, JC aperçoit d'assez loin le visage blême de Mitterrand, arrivant de la Nièvre, comme statufié et posthume : « C'est Kerenski, lance-t-il à Jean-Loup Salzmann et Jean-Marie Le Guen, mi-provocateur, mi-pythie trotskiste. Mitterrand porte la mort sur son visage. » Paul Quilès s'esclaffe.

– J'avais le sentiment qu'un masque était au pouvoir : Mitterrand avait atteint l'objectif de toute sa vie, son ombre seule en jouissait, disait JC à Madeleine.

À deux heures du matin, dans la brasserie des grands boulevards où JC termine la soirée, sa vision des choses se clarifie un peu. Il observe ses camarades sociaux-démocrates. Le père de Jean-Loup Salzmann est un ami historique de « François » : « Tu sais, JC, je te fais rencontrer le Président quand tu veux. » JC observe ses alliés du MJS dans l'UNEF : tout en eux respire le *pouvoir*. Ça n'est pas le Palais d'Hiver, c'est Versailles. Il va falloir *s'adapter*, *s'intégrer* à ce monde-là, sinon, à défaut de balayer Kerenski-Mitterrand comme en 1917, c'est lui, JC, qui risque de finir dans la Seine, comme Chisserey. L'ancien dirigeant de l'UEC puis de la FER, qui avait été son mentor dans les années 1970, vient de se suicider.

Grandi à Sarcelles entre une mère divorcée employée à la Banque de France dans l'absence d'un père marginal très *pâtre grec* à la Moustaki, éternel métèque inassimilable, émigré au Canada, JC ignore tout de la culture catholique de droite dont Mitterrand a dû s'affranchir. Et contrairement à d'autres, il n'a pas à faire le deuil du messianisme révolutionnaire : sa mémoire du mouvement ouvrier, profonde mais livresque, n'a guère été affectivement intériorisée que grâce aux souvenirs de jeunesse de son grand-père maternel, qui fut militant communiste avant de fonder son entreprise. Le fond de son engagement, comme celui de Lionel Jospin, est l'antistalinisme. Quant au léninisme organisationnel, il l'a adopté avec la panoplie *AJS-barre de fer* comme antidote viril à l'anarchisme esthétique, sentimental et romantique de son adolescence : au lycée, il avait monté une troupe de théâtre en même temps qu'il continuait à faire de la danse classique avec sa sœur, souvenir de l'époque où il était le bel enfant trop aimé de sa mère. Pendant ses huit années d'ascension dans l'appareil de l'OCI et à l'UNEF, il a appris à vivre dans le réalisme des rapports de forces. À trente ans, il sait déjà que, pour pouvoir, il faut tout promettre : que le pouvoir tient dans cette promesse qui n'engage que ceux qui y croient.

Mais en même temps, il y croit vraiment, à la « nouvelle alliance » du socialisme démocratique que Mitterrand annonce dans son discours d'investiture du 21 mai 1981. Du militantisme révolutionnaire, il ne lui reste qu'un goût prononcé de l'émotion politique.

JC a le sentiment de voir plus loin que le Vieux, de voir plus loin que Jospin, Bérégovoy ou Mitterrand.

– Mitterrand, ça n'était pas Jaurès ! disait JC à Madeleine. L'unité de la gauche, la vague qui l'a portée, ça n'a été qu'un moyen de conquérir le pouvoir. Il déçoit forcément les folles attentes placées en lui.

Tôt ou tard, la gauche sera à reconstruire. Imaginer, ou laisser imaginer, comme Lambert le fait, que l'extrême gauche bénéficiera de la déception politique est un leurre. Le Parti des dix mille, mot d'ordre lancé par l'OCI, ça n'est qu'une tactique à court terme, à trop courte vue. Stratégiquement, c'est un renoncement : la résignation à végéter dans l'impasse groupusculaire.

– Moi, disait JC, je rêvais plutôt à une vaste recomposition de toute la gauche, socialistes, communistes et extrême gauche comprise, dans un grand parti organique sur le modèle de l'UNEF-ID – que je dirigerais bien sûr.

– Reformer le parti des Rouges, disait Madeleine.

JC souriait à cette idée : elle est son unique désir, son obsession, le seul *destin* qu'il ait jamais convoité.

En juin 1981, Madeleine travaille deux semaines dans une filiale du Groupe Suez. Elle est payée en pourcentage sur les actions qu'elle doit placer par téléphone à des retraités fortunés qui gémissent : « Depuis que les *socialos* sont au pouvoir, c'est sauve-qui-peut, on a tout placé à l'étranger. » Elle n'en vend pas une seule et se fait licencier.

Au mois d'août, sa mère l'emmène à Florence. À la chapelle des Médicis, ébahie par la nudité des grands corps noueux sculptés par Michel-Ange, plus grands, plus forts, plus vivants que les vivants, Madeleine trace leurs contours dans son carnet de croquis. La jeune vigueur inquiète et pensive de Lorenzo de Médicis contemple le dieu du Temps, langoureux vieillard allongé dans les coussins du moment.

Une après-midi, Arlette lui demande d'aller se promener parce qu'elle reçoit dans sa chambre d'hôtel un genre de Mastroianni à lunettes. Place de la Repubblica, elle se laisse embrasser dans la bouche par un vendeur de yoyos grec.

Piazza della Signoria, au coin du Palazzo Vecchio, Botticelli aurait gravé dans la pierre le profil de Savonarole pendant son exécution par le feu.

Un moine joue une *toccata* de Bach à l'église Santa Croce. Assise sur un banc de la chapelle Bardi, Madeleine regarde la fresque de Giotto : *La Mort de saint François*. Ces yeux noirs fendus en amande, soulignés par le trait byzantin, ça lui fait comme une impression de déjà-vu. Le jeune orateur sur la place de la Bastille, le soir du 10 mai 1981, elle n'a pas oublié son visage. Soudain, les tendres couleurs passées de la fresque, orangées et rosées, prennent la consistance des choses concrètes, l'épaisseur molle et la profondeur infinie de l'espace réel : par cette brèche dans le mur, le cours du temps s'inverse. Les joues de Francesco Bernardone dit François d'Assise s'animent, comme si l'homme mort allait ouvrir les yeux et prêcher de sa tribune murale la gloire de la pauvreté et la splendeur simple des innocents aux mains pleines.

Le lendemain matin au réveil, dans la chambre d'hôtel, le front de Madeleine est brûlant. La fièvre est très forte sans cause apparente et le médecin italien est perplexe. À Paris, un spécialiste diagnostique la maladie du baiser qu'on appelle aussi mononucléose. Madeleine ne peut pas faire cent mètres sans une extrême fatigue. Elle s'inscrit dans un cours de dessin place des Vosges pour préparer les Beaux-Arts mais doit abandonner.

En juin 1981, Mary et son père ont eu deux fils, des jumeaux, et ils ont emménagé dans un nouvel appartement. Mary sous-loue à Madeleine son petit deux-pièces du faubourg Saint-Martin. Camille vient refaire les peintures chez sa petite-fille et dans l'appartement de son gars.

Une fois installée, elle se rend compte qu'elle ne peut pas vivre seule : faire à manger, la vaisselle, le ménage, les courses, tout lui paraît *au-dessus de ses forces*. Les minces allocations chômage que lui ont values ses petits boulots de l'année précédente passent en montagnes de croissants et pains au chocolat dont elle se nourrit exclusivement.

Quand elle ne lit pas sur son lit (*Nadja* de Breton), ses surcroîts d'énergie dans cette vie languide, elle les dépense à déclamer *Le Christ aux oliviers* de Nerval ou à chanter à tue-tête, les fenêtres grandes ouvertes, tout le répertoire de chansons révolutionnaires du camp des JC à Rimini : elle a toujours gardé le petit carnet orange que son père lui avait donné quand elle avait huit ans.

Vers le 15 du mois, il lui reste juste assez d'argent pour prendre un taxi et acheter un billet de train pour Migennes.

Rue Édouard-Vaillant, rien n'a bougé depuis son enfance. Comme à quatre ans, elle s'assoit près de la fenêtre, à côté de la machine à coudre Peugeot où travaille sa grand-mère. Elle joue avec le bras en fonte qui crisse, et s'égare à trouver mystérieuse sa fonction – qui est de supporter une rallonge depuis longtemps disparue. Elle aime oublier des choses évidentes : une fois, pendant tout un repas, elle n'arrive plus à se souvenir d'où viennent les œufs et s'amuse à faire toutes sortes de conjectures fantaisistes à ce sujet.

En cousant les robes fleuries des voisines, Madeleine égrène comme un chapelet les mêmes histoires depuis toujours : Camélinat à la forge racontant la Commune, son élection comme député de Paris en 1885, son enterrement à Mailly en mars 1932, le comité Amsterdam-Pleyel, la cellule Camélinat, le drapeau rouge de 36 qu'elle avait cousu, le bonheur des congés payés, la débâcle, René Millereau devenu le Commandant Max, l'attaque du convoi hippomobile allemand par le maquis Camélinat en 44, la mort de Simon-Gabriel, la résurrection de Bernard, Juliette Môquet racontant la mort de ses deux fils, la dernière lettre de Guy Môquet, le suicide de René, la forge de Mailly vendue. Et puis un grand soupir. Madeleine pense à l'affaire de 70. Ça, elle ne peut pas raconter. C'est trop dur. L'histoire des Rouges épuisée, elle passe à la Grande Histoire d'avant la Révolution : les religieuses de Port-Royal, les horreurs des guerres de Religion, les crimes de Catherine de Médicis, la liste des rois de France depuis Charles Martel. En guise de bouquet final, une ou deux fables de La Fontaine, de préférence la fable du *Héron,* dont la morale est que, dans la vie, il ne faut pas être trop difficile (pour trouver un mari).

Sa voix nasale et sourde mêlée au ronron de la pédale de la vieille machine à coudre Peugeot, ça fait comme un bruit d'éternité.

La nuit dans sa chambre, Madeleine lit *La Moisson* de Galina Nicolaïeva, prix Staline 1950, qu'elle a trouvé dans le cosy de la petite chambre du haut et les quatre volumes du *Poème pédagogique* de Makarenko. Elle rêve kolkhoze soviétique, pédagogie libre. Sa mère lui a offert *Libres enfants de Summerhill* d'A. S. Neill et elle a un peu de mal à interpréter ce geste : Arlette a toujours été plutôt autoritaire avec elle, distribuant sans compter les paires de gifles.

Mais le récit qui la bouleverse vraiment, c'est *Le Docteur Pascal* de Zola.

Un jour, à défaut d'avoir pu devenir médecin ou astronome, elle soignera l'hérédité familiale, elle réparera l'arbre généalogique, comme le docteur Pascal. Elle ne sait pas encore comment, mais elle le fera. En prévision de cette future tâche, Madeleine établit à sa demande un arbre généalogique de la famille Sautreau à Mailly. Lorsque trente ans plus tard, avec mon frère et mon père, je relirai la feuille quadrillée soigneusement conservée et que je vérifierai, archives d'état civil à l'appui, les noms, les dates de naissance et de mort inscrites au crayon de papier de la main de Madeleine, je ne trouverai aucune erreur.

Au printemps 1982, Alain Vincent vient raconter un soir à Camille et Madeleine son projet de monter une radio libre : Radio Triage. Le studio d'enregistrement est installé dans un appartement aménagé tout en haut d'un HLM des Mignottes, le quartier construit sur la colline dans les années 1960. Madeleine y passe ses nuits avec Gérard et José qui animent un « show des anciens ». Alain Vincent invite Camille dans son émission de souvenirs : toute la famille l'accompagne, les deux Madeleine, Gérard, José, Francis, Bernard. Un vieux copain de Camille, Jacob Platzmann, passe au studio pour raconter comment, en mars 1970, il était tombé sur Camille en entrant au musée de l'Ermitage à Leningrad : « C'est la vérité vraie, dit Camille, on s'est retrouvés à dix mille kilomètres d'ici, tous les deux Platzmann. J'ai dit Tiens, t'es là, il m'a dit Toi aussi. Ben j'ai dit Oui. Voilà comment ksèk'on se retrouve. »

Madeleine écoute son grand-père raconter sa vie. Il mange ses mots, parle trop vite. On sent qu'il a conscience de ne pas parler *com'i faut*, et ça accentue encore sa maladresse et ses roulements de *r* morvandiaux.

Il tient à conclure l'émission par un petit discours de sa façon sur la *situation actuelle* : « Nous les retraités CGT, on va se battre encore à Paris le 5 mai. On ira voir le ministre des Transports, en délégation, pour discuter de l'augmentation de nos pensions et je crois qu'on sera très bien reçus. » (*Rires dans la voix.*) Le ministre des Transports, Charles Fiterman, est un des quatre ministres communistes entrés au gouvernement en juin 1981. « Mais je pense à ces femmes de cheminots veuves qu'ont même pas deux cent mille à manger par mois : le gouvernement doit prendre en compte notre revendication qu'on leur donne la retraite de leur mari défunt à taux plein. Hier, le président de la République a porté à sept pour cent l'augmentation aux vieux retraités, et ça c'est une chose *trrrès trrrès* bien.Tous ces ministres, aussi bien socialistes que communistes que radicaux de gauche, font tout leur possible pour subvenir aux besoins de la classe ouvrière, et je dis que des améliorations ont été faites. Mais à l'heure actuelle, y a encore beaucoup de choses à faire ! Et croyez-vous qu'on vous l'apportera sur un plat ? Faudra encore lutter pour l'avoir ! Comme nous on a lutté toute not'vie. Je fais appel à mes vieux cheminots retraités : rejoignez le syndicat des cheminots retraités CGT, ce syndicat combatif, ce syndicat énergique, avec une équipe dynamique qui ne sont pas tous jeunes, c'est vrai, mais qui se battent pour que vos pensions, que vos retraites soient indexées sur l'inflation. Et je dis aussi qu'à l'heure actuelle, il faut former des comités de vigilance comme on a fait en 36, des comités de soutien pour soutenir le gouvernement de la gauche qui lui seul vous amènera le bien-être, le réconfort, et de ne plus voir arriver au pouvoir cette droite dirigée par les monopoles et les capitalistes. »

Il n'oublie pas la *situation internationale* : « Mon point de vue à moi, c'est que lorsqu'on dit que les peuples doivent disposer d'eux-mêmes, il faudrait quand même que ça arrive, parce que, faut dire la vérité, il y a des peuples qui sont opprimés, le Chili, l'Argentine, l'Afrique du Sud. Et même les démocraties populaires. Faudrait quand même qu'on arrive au résultat que tous ces peuples-là soient libres de disposer de leur territoire à leur façon, à leur guise, à leurs manières de vivre et à leurs idées politiques. Nous, nous n'avons pas à nous immiscer dans les affaires intérieures d'aucun pays que ce soit. »

S'il n'y avait pas eu l'affaire de 70, lui, Camille, il aurait été élu au conseil municipal de Migennes en 1977, et il appartiendrait toujours au comité fédéral du parti communiste. Ç'aurait été le couronnement de sa carrière de militant.

Dans son élocution embarrassée, dans ce manque d'assurance qui lui est venu avec l'âge, il y a la rupture douloureuse avec les *copains* communistes, cet échec – que pour rien au monde il n'exprimerait publiquement.

Solennellement, présidentiellement, il conclut : « Tant que je serai debout, je militerai sur le plan syndical et sur le plan politique, avec un seul objectif : l'union des Rouges, et demain, l'union du peuple de France. »

Madeleine est assise à côté de son grand-père et elle rit aux éclats. Elle a dix-sept ans mais, comme quand elle était petite, elle regarde avec lui *Au théâtre ce soir*. Sa grand-mère coud le dos au poste pour ne pas voir ces niaiseries.

En deuxième partie de soirée, c'est *Apostrophes*. Madeleine retourne sa chaise et se rapproche de la télé : Bernard Pivot reçoit Jean d'Ormesson, l'auteur d'un roman sur l'histoire de sa famille, *Au plaisir de Dieu*. Camille, d'habitude assoupi depuis longtemps sur le divan, est très éveillé : il ne manque jamais une apparition du descendant des Lepeletier de Saint-Fargeau, mais n'écoute pas la voix distinguée de l'académicien : « Regarde-moi ce vieux beau avec sa gueule d'ange ! Ah l'hypocrite ! C'est pas croyable ce qu'i peut débiter comme menteries ! – Tais-toi don(c), Camille, on n'entend rien », se plaint Madeleine. Mais Camille est lancé : « Ah tu peux faire le fier mon coquin ! Le fait est que tu l'as p'us, ton château de Saint-Fargeau, t'as été obligé de le vendre ! Faut voir comment kizan étaient toqués, de leurs vieilles pierres ! – Par le fait, un beau château, et qui remonte au Moyen Âge, ajoute Madeleine, prompte à rétablir la vérité *historique*. – C'est qu'on y était bien reçu ! continue Camille en se tournant vers sa petite-fille. Je repartais jamais les mains vides, y avait toujours kèkchose pour nous à la cuisine, un café au lait, un biscuit, ah pour ça i-z-étaient pas fiers ! I'comprenaient la misère du p'tit peuple bien autrement que les patrons et les bourgeois ! Et la fois où j'ai fait danser la fille au comte ! »

Alors là, n'y tenant plus, il se lève de son fauteuil, le sourire jusqu'aux oreilles, fredonne une valse, esquisse deux ou trois pas de danse en s'entourant les épaules de ses bras, tournant jusqu'au vertige, jusqu'à ce que, essoufflé, il manque de tomber et soit obligé de s'appuyer au mur. « Allons allons, Camille, arrête-toi don(c), c'est p'us de ton âge », proteste Madeleine, amusée malgré elle. Pour faire peur à sa femme, il se raccroche à la glace de Mailly, fait mine d'étouffer. Et puis soudain bondit vers la télé et son doigt sous le nez de l'ancien chât'lain de Saint-Fargeau qui continue à pérorer en gros plan : « C'est pas d'main la veille qu'tu m'enterreras, vieux coquin ! Non crois pas ça, vieille baderne ! » Et il se relève en se frottant les reins au mur, hilare, heureux. Il s'en est bien tiré, le petit garçon boucher d'Entrains toujours à moitié crevé de faim. Il a construit sa maison, il a son jardin, et « p'us d'années d'retraite que d'vie active au chemin de fer » ! La belle vie en somme. Dans son château de béton décoré de la vieille pierre de Bourgogne, il règne, et, grâce à la télé, le monde vient manger dans sa main.

Les Lepeletier de Saint-Fargeau avec leurs grands airs, il les a mis dans sa petite boîte à images : « Le vieux comte, il a dû se retourner dans sa tombe d'avoir des fils communistes et des arrière-petits-fils gauchistes ! Et celui-là, tout comte d'Ormesson qu'il est, il vient faire le clown dans ma télé pour gagner sa croûte. Au plaisir de Dieu, qu'ils disaient ! »

C'est à croire qu'il y a un dieu des communistes.

En septembre 1982, Bernard est avec son père à la fête de l'Huma. Sur le stand de l'URSS, Paul Laurent les invite à s'asseoir à la table où il reçoit une délégation du Comité central soviétique conduite par Youri Afanassiev.

L'apparatchik, très loin du cliché du bureaucrate gris, est rieur, séduisant, souple. On le sent désireux de ne pas avoir l'air d'un plouc de Russe. Malgré son français approximatif, il tente de soutenir une conversation avec Bernard. Très vite, les allusions au Goulag fusent : Soljenitsyne, les prisonniers politiques, Solidarnosc et l'état de siège en Pologne. Afanassiev s'en tire par des plaisanteries ou fait semblant de ne plus comprendre le français, mais conserve son attitude détendue, laissant entendre qu'il n'en pense pas moins. Madeleine, encouragée par son air bonhomme, montre son verre de Coca-Cola : « En fait, vous êtes un agent de la CIA. » Afanassiev se lève, fait le tour de la table et lui enfonce sur la tête d'un geste comique le petit couvre-chef que vient de lui offrir une délégation ouzbékistanaise. Je l'ai longtemps gardé.

Afanassiev est un proche de Mikhaïl Gorbatchev, qui le fera nommer directeur de l'Institut d'études historiques de Moscou au moment de la *perestroïka* (en 1985) : il soutiendra la politique de démocratisation du régime socialiste jusqu'à l'éclatement de l'URSS en 1991.

Au stand de l'Yonne, Bernard réadhère au parti communiste. Madeleine prend sa carte aussi. Elle n'assistera qu'à une ou deux réunions de cellule avec son père, dans un appartement, derrière la gare de l'Est.

Début octobre, toute la famille se retrouve dans l'arrière-salle d'un café de Laroche pour les noces d'or de Camille et Madeleine. Une grande photo immortalise la cérémonie à la mairie : Guy Lavrat, maire de Migennes, se tient sur la droite légèrement à l'écart.

La grand-mère de Madeleine parle sans cesse de sa mort prochaine. Elle fait monter une perle sur la bague de fiançailles en or de sa grand-mère, Louise Perreau, et la donne à Madeleine pour l'anniversaire de ses dix-huit ans.

Le lendemain, il fait beau et chaud : Madeleine part se promener en vélo jusqu'au port des Fontaines avec Gérard et Éric Bourdon. Sur l'île, on pêche, on fait un feu. Éric embrasse Madeleine. Elle *sort* avec lui depuis l'été. Camille aime bien Éric et lui offrirait bien sa petite-fille en mariage, mais ça n'effleure pas Madeleine, d'épouser qui que ce soit. Ce qu'elle veut, c'est rentrer à Paris et reprendre ses études : en juin, elle s'est inscrite en capacité en droit à l'université Paris I – une formation qui permet d'entrer à l'université sans le bac.

Bien sûr, Madeleine n'est pas baptisée, comme aucun enfant de la famille depuis la dernière guerre ; jamais elle n'est allée à la messe. Mais elle est curieuse depuis toujours de cette région du monde qui lui est, de naissance, interdite. Elle demande à la fille du docteur Cazassus, Hélène, si elle peut venir avec eux un dimanche à l'église d'Ormoy. Elle ne comprend rien à ce qui s'y passe, avale l'hostie comme un médicament et manque de s'étouffer. Quand elle revient rue Édouard-Vaillant, Camille l'attend devant le portail, un martinet à la main. Il hurle que sa petite-fille l'a *déshonorrré*. Madeleine hausse les épaules, mi-fâchée, mi-amusée.

Le jour de la rentrée universitaire, tout en bas du vaste et sombre amphi 34B de Tolbiac, sur l'estrade, derrière le bureau, trois garçons d'une vingtaine d'années se sont emparés du micro, martelant l'air de leurs index levés. Ils annoncent la nécessité inéluctable que s'instaure, à la fin des temps toute proche, la *dictature du prolétariat*. Interloquée, Madeleine va leur parler : « Comment vous, des trotskistes, vous pouvez encore soutenir ce que même les communistes n'osent plus défendre ? » Le dogme de la dictature du prolétariat a été abandonné par le PC à son XXIIe Congrès en 1976. Madeleine le sait parce que c'est ce qui a justifié, avec la volonté de peser à gauche sur la politique de Mitterrand, la réadhésion de son père. Au lieu d'aller en cours, elle accepte l'invitation des trois trotskistes lambertistes d'aller continuer la discussion « en se faisant une bouffe ».

Pendant le repas au Zéro de conduite, boulevard Saint-Michel, Frédo, Wachs, Satie et la discrète Barbara expliquent à Madeleine que l'abandon de la dictature du prolétariat est la cause de la dégénérescence du communisme soviétique en bureaucratie d'État. Madeleine n'est pas très convaincue, mais propose à la petite bande de finir la soirée chez elle. Là, sur la table récupérée dans la rue qu'elle a peinte en noir laqué, sous le regard grave de Modigliani (elle a affiché au mur le poster de la grande rétrospective du musée d'Art moderne qui a eu lieu l'année précédente), elle leur raconte l'affaire de 70. Barbara est partie depuis longtemps. Satie, Wachs et Frédo tardent tant qu'ils peuvent : c'est à celui qui réussira à « sauter le contact ». Satie gagne, parce qu'il est le plus bavard. Elle n'a aucun désir pour lui et préfère Frédo, malgré son invraisemblable dégaine de maffioso italien, borsalino et chaussures bicolores : ces trotskistes-là n'ont vraiment pas l'air de gauchistes. Sa première expérience sexuelle n'est pas une partie de plaisir.

Madeleine prend sa carte au PCI (le nom de l'ex-OCI depuis juin 1981) parce que c'est plus exaltant de préparer l'avènement du vrai communisme que d'apprendre le code civil par cœur pour un jour, peut-être, passer le concours d'entrée à Sciences-Po : son idée est à ce moment-là d'obtenir un Deug de droit et de préparer le concours de Sciences-Politiques. Même les études, elle ne les envisage que dans le but de faire de la politique :

que vaut la vie d'un esclave salarié, même bien payé, *s'il n'est pas révolutionnaire* ? Est-ce qu'elle ne doit pas, prolétaire de base ou de luxe, poursuivre la mission historique de libération assignée aux siens ?

Il y a aussi qu'André Breton et Léon Trotski ont rédigé ensemble au Mexique en 1938 le manifeste *Pour un art révolutionnaire indépendant*, preuve que le trotskisme, mieux que le communisme autoritaire, est capable de réconcilier en Madeleine son désir de politique et son désir d'art.

Il y a enfin et surtout la solution trouvée au problème de son père. Le Bureau politique du PC a félicité Bernard de sa récente réadhésion mais en esquivant ses demandes de *réhabilitation.* Dans un accès de rage mélancolique, Bébé vient de déchirer en petits bouts sa thèse sur l'Identité communiste. Ni avec eux ni sans eux : déchiré. Le trotskisme paraît à Madeleine, pour lui, pour elle, pour les Rouges, la voie d'un compromis acceptable. Un communisme non stalinien.

Militer au PCI et à l'UNEF-ID est un travail à temps complet. Parallèlement, pour gagner sa vie, Madeleine est vendeuse au rayon Jouets du BHV. Les journées sont trop courtes, les nuits aussi. Rapidement, elle cesse d'assister aux cours de capacité en droit et ne se présente pas à l'examen de fin d'année. Les quatre années suivantes, elle milite à Tolbiac sans être inscrite en fac : sans être étudiante.

Dans le grand magasin sans fenêtres, sous les néons, on vit tout le jour dans le brouhaha moite des allées et venues et la bande musicale diffusée par les haut-parleurs :

> Ne la laisse pas tomber,
> elle est si fragile,

être une femme libérée,
tu sais c'est pas si facile.

Heureusement, à l'étage du dessous, Madeleine retrouve un camarade lambertiste, Jeannot. Il a dix-neuf ans, habite Aubervilliers avec sa mère dans une pièce unique où son lit est juste séparé du sien par un paravent, porte un blouson de cuir et des lunettes de vue en forme de Ray-Ban, aime le hard-rock, les films *gore* et la castagne. Surtout en théorie. En pratique, il n'y a pas d'être plus doux. Jeannot parle beaucoup de troncher les filles, mais il est aussi vierge que Madeleine, que sa nuit avec Satie n'a pas vraiment déflorée.

À la fac de la rue de Tolbiac dite Tolbiac ou Totol, les journées se passent en diffusions de tracts (les *diffs*) et en interventions dans les amphis (les *interves*), un coup au nom du PCI, un coup au nom de l'UNEF-ID. En juin, de sept heures du matin jusqu'à huit heures du soir, placer des adhésions à la MNEF dans les queues d'inscription. Le dimanche matin, sur les marchés du XIIIe, boulevard Blanqui, vendre *Informations ouvrières,* l'organe central du Parti, dont Madeleine n'arrive pas à lire le moindre article en entier tellement ça l'ennuie, et qui se le reproche. Le soir, diff à la Cité U d'Antony. Après quoi, on « se fait une bouffe » dans une brasserie de la gare de l'Est si Barbara est en fonds, sinon, des pâtes chez Madeleine, rue du Faubourg-Saint-Martin. L'heure du dernier métro passée, ceux qui ne peuvent pas rentrer à pied chez eux dorment sur le divan ou sur la moquette.

Barbara paie le restau parce qu'elle est la seule à avoir un salaire : pionne en banlieue, où elle habite une *turne*, elle est aussi la seule à posséder une voiture : sa R5 trimballe tout le monde d'un bout de Paris à l'autre. Fille d'une employée des postes (son père est mort), elle prépare le CAPA pour devenir avocate, comme Françoise Baluka, qu'elle admire : la camarade Baluka, expulsée de Pologne en 1981, est mariée avec le dirigeant de Solidarnosc Edmund Baluka, qui est en prison depuis la proclamation de l'état de siège. Brune, les cheveux courts coupés à la garçonne, le visage mignon aux lèvres toujours impeccablement rouges, petite et replète, Barbara porte tour à tour les deux tailleurs-jupes gris de sa garde-robe, une unique paire de chaussures à talons aiguilles et à bouts pointus, se peint soigneusement les ongles pour se conformer en tout à l'idéal féminin du PCI. « L'idéal féminin des lambertistes, explique doctement Jeannot, c'est Carole Bouquet dans *Rien que pour vos yeux*. On n'aime pas les babas cool. » Et considérant d'un œil réprobateur les pulls trop grands et les jeans trop larges dont s'affuble Madeleine : « Tu serais pas mal si tu t'arrangeais un peu. » Madeleine croit entendre un de ses cousins.

Platoniquement amoureuse de JC, Barbara, toute pleine de soupirs, cherche à communiquer sa vénération pour le numéro deux du Parti, qu'elle décrit comme une espèce de demi-dieu lointain, inaccessible, auquel il ne faut même pas oser espérer adresser la parole. Ses « Ah JC, tu verras » et ses « Oh JC », les yeux au ciel, agacent Madeleine, qui n'a pas encore eu l'occasion d'apercevoir l'homme providentiel.

Galway, passionné par l'histoire de l'Irlande, n'est pas le plus vieux, mais c'est le plus savant de la bande : il prépare le Capes d'histoire. La réunion de cellule le vendredi soir sous sa férule est chaque fois une fête. On a du mal à trouver une salle à Totol, alors on en retient une au 87, toujours la même, au rez-de-chaussée sur la cour : le local du PCI se trouve 87 rue du Faubourg-Saint-Denis. Outre Jeannot et Barbara, il y a là Jacques, Agnès, Vincent, Mehdi, Barth.

Jacques ne manque pas une bouffe et il est le plus assidu chez Madeleine avec Jeannot, même si lui ne reste jamais dormir, peut-être par pudeur : éternellement fringué, été comme hiver, d'un vieil imperméable Burberry qui a dû appartenir à son père, ce « fils de bourge », pied-bot de naissance, a été relégué par ses parents dans la chambre de bonne au-dessus du grand appartement familial, derrière Trocadéro. On lui donne de l'argent de poche, à peine de quoi ne pas mourir de faim.

La blonde et jolie Agnès, une fille d'instits qui bosse presque autant que Barbara et dort dans une des minuscules chambres déprimantes d'Antony, est tout épanouie depuis qu'elle sort avec Vincent, un « fils de bourge » rive gauche, lui aussi, mais timide et magnifique. Vincent vit avec sa mère, une « baba cool déjantée » (traduire : une soixante-huitarde), dans un appart bordélique du VIe payé par le père divorcé.

Mehdi, beau comme Omar Sharif dans le *Docteur Jivago* en plus jeune, est le fils d'un cadre du FLN mort quand il était bébé : terreur des quartiers nord d'Amiens à quinze ans, il a rencontré les lambertistes, abandonné sa bande, repris ses études.

Barthélemy dit Barth, qui n'est pas toujours là parce qu'il dirige le secteur Sciences humaines de Paris I, est d'origine réunionnaise : enfant adopté par des cathos du XVe qui voulaient en faire un séminariste, champion d'escrime à quinze ans, il a rompu avec eux pour entrer au PCI. Sa culture catholique est stupéfiante. Curieusement, il ne l'a pas reniée : son *blaze,* Barthélemy, évoque le massacre des protestants français par Catherine de Médicis en 1572.

Après le rapport politique de Galway et l'analyse des *résultats* comparés aux *objectifs* dont les camarades ont pris l'engagement à la fin de la réunion précédente, le tour de table sur la ligne du Parti est une formalité. Personne ne la conteste : ce serait « se mettre de soi-même en dehors du Parti ». Mais des blagues fusent et les comparaisons cocasses : la Ligue catholique et la Quatrième Internationale trotskiste pour Barth, l'histoire de l'Irlande pour Galway, la guerre d'Algérie pour Mehdi.

Quant à Jeannot, dès qu'on fait allusion à des représailles contre les stals ou à l'histoire tragique des trotskistes, il se met à entonner à pleine voix des chants nazis (il a un sacré répertoire). Galway embraie. C'est censé signifier de manière comique que la violence, ça ne nous fait pas peur. Madeleine a du mal à rire.

Il arrive toujours un moment où ces débordements menacent de perturber l'ordre du jour. Galway, faisant ses armes de prof, sévit : menaces de blâme ou de suspension du Parti. On se réserve alors sagement pour le repas qui va suivre.

Galway est un peu amoureux de Madeleine depuis qu'on la lui a confiée en stage : chaque militant du PCI doit subir une préparation théorique en quatre séances dans un GER. Les Groupes d'études révolutionnaires sont supervisés par un membre du Comité central, le camarade Pierre Dardot – un des quatre intellectuels du PCI avec Pierre Broué, Jean-Jacques Marie et Pierre Fougeyrollas. Madeleine écoute avec ferveur Galway raconter l'histoire des deux derniers siècles. Le soir avant de s'endormir, elle lit consciencieusement les quatre chapitres correspondant au cours, dans la bible des lambertistes, *Introduction à l'étude du marxisme*, qu'on appelle le *Foulan,* pseudonyme transparent des deux auteurs réels, Fougeyrollas et Lambert. Elle l'a achetée au Cermtri, la librairie du 87.

Ça n'est pas un effort très grand pour Madeleine de se persuader que, « sans révolution communiste (la Vraie, la trotskiste, guérie du mal stalinien), la civilisation humaine est menacée d'être emportée dans une catastrophe ». Le capitalisme mène le monde à sa perte, et déjà « les forces productives ont cessé de croître » (Trotski, 1938). Madeleine renoue dans l'émerveillement avec l'histoire des siens : sa piété filiale la réclame depuis toujours, cette eschatologie politique de la société sans classe et sans État. Que désirer d'autre que le royaume futur de fraternité et de justice – et tant mieux si la révolution doit être interminable et permanente. L'impression de familiarité domine, mais mêlée à un sentiment de perte : quelque effort qu'elle fasse, ça lui échappe, ça demeure hors de portée, c'est impossible à saisir en totalité. Ça ne fait rien : que chaque jour qui passe soit consacré à vaincre le doute et la fragilité de la foi. Le catastrophisme de Trotski, tellement présent dans le discours des lambertistes, est parfaitement accordé à l'alternative qu'elle ressent de manière si tragique : justifier l'existence de son père, de son grand-père, de René Millereau, de Guy Môquet, de Camélinat et d'Antoine le Jacobin en donnant un sens à l'Histoire. Ou se résigner au nihilisme désespéré d'une vie vécue pour RIEN, dans une multitude insaisissable d'instants éclatés et absurdes.

Il lui reste à être adoubée par un dirigeant pour sa *titularisation*.

Justement, Ibsen, membre du Comité central et vice-président de l'UNEF, désigne Jeannot, Madeleine et Jean-Marc, un grand type rigolo qu'ils viennent de recruter sur le campus de Totol, pour aller à Montpellier faire la campagne des élections du CROUS (Centre régional des œuvres universitaires et scolaires, en partie géré par des étudiants élus). Rue du Faubourg-Saint-Martin, avant de partir à l'aéroport, Jean-Marc fume un joint et, dans le RER, communique son fou rire à Madeleine et Jeannot. Le camarade du Comité central les attend au terminal de Roissy très énervé : ils sont en retard de cinq minutes.

Avant de monter dans l'appareil, Ibsen déclare, blafard et d'un sérieux sans réplique : « On s'assied à l'avant de l'appareil, on a plus de chances de s'en tirer en cas de crash. La vie d'un militant révolutionnaire, c'est précieux. » C'est la première fois que Madeleine prend l'avion, ça ne la rassure pas, mais la rigolade avec Jeannot et Jean-Marc prend le dessus. Sanglé dans son imperméable beige, avec sa moustache noire et ses lunettes d'écaille, Ibsen ressemble davantage à un policier en civil qu'à un camarade. Ou plutôt à un personnage de *Tintin* : le flic de la police secrète de la Bordurie qui se cache derrière les journaux du jour (il les a tous achetés et les feuillette compulsivement). Cette comparaison de Jean-Marc provoque un nouveau fou rire. Malgré la consigne, Jeannot, Jean-Marc et Madeleine sont allés s'asseoir dans le fond de l'appareil à moitié vide. Le *chef* – comme l'appelle Jeannot, ce qui énerve Madeleine – est resté tout seul à l'avant avec sa mauvaise humeur.

Dès l'arrivée sur le campus de lettres, réunion avec les camarades locaux. Ibsen distribue les tâches, écrit le tract, qu'on ronéotype avec le matériel du local de l'UNEF, repère les lieux de diffs guidé par un camarade local, tâte la température du côté des stals. À midi, rendez-vous à la cafète d'où on se répartira sur les trois campus. Chacun des trois camarades venus de Paris doit superviser le travail sur chacun des campus, et rendre compte au camarade du CC (Comité central). Enfin plus exactement, Ibsen restera avec la camarade Madeleine sur le campus de lettres. Il les engueule pour conclure : « On n'est pas venus là pour se marrer, on n'est pas au Club Med », et enchaîne en racontant, avec Jeannot en écho qui en rajoute, toutes sortes de bastons avec les stals, dans un crescendo de détails violents dont Madeleine comprend vite qu'elle est la cible sensible.

Après le déjeuner, bien obligée de suivre Ibsen. Au détour d'un des interminables couloirs gris, sombres et déserts, il est deux heures et tout le monde est en cours, deux jeunes étudiants arborant des badges UNEF-SE (l'autre syndicat issu de la scission de l'UNEF, dirigé par des étudiants du PCF) installent leurs paquets de tracts sur une table. Ibsen se retourne vers Madeleine : « Ouvre grands tes yeux et tes oreilles. » Il fait signe au plus costaud des deux camarades de Montpellier qui les accompagnent. Et commence : « Alors les louveteaux, on en pince toujours pour le Petit Père des peuples ? » Les deux stals, plutôt chétifs, essaient de rire : « Hé, tu sais pas qu'il est mort, le camarade Staline ? » Ibsen colle son mètre quatre-vingts en forme de barre de fer contre le rigolo qui a osé lui répondre : « Tu me nargues, là ? Le coup de piolet dans la tête de Trotski, tu veux que je te le rende en petite monnaie ? Tu vois la chaise ? (Il montre une chaise cassée en contreplaqué et tubes de fer.) Et tu constates : autour de toi, y a personne, pas de témoin. Elle va aller dans ta gueule, la chaise, et tu te reconnaîtras pas dans la glace. »

Madeleine commence à se sentir mal. Le deuxième étudiant essaie de se tirer en douce, mais le camarade de Montpellier l'attrape par le bras et le balance contre le mur. Madeleine demande à Ibsen d'arrêter. Le visage plus flic que jamais, il l'attrape par l'épaule et la serre à lui faire mal, l'entraînant dans un autre couloir : « On m'a dit que tu venais du PC et ton père aussi ? Tu sais ce qu'on leur fait aux stals infiltrés ? » Madeleine essaie de protester. Ibsen continue, implacable : « Il paraît qu'à Totol ils t'ont demandé d'aller *faire le soum* (faire de l'entrisme : entrer en « sous-marin » [soum] dans une autre organisation) dans ta cellule du Xe, et que tu as été infoutue d'écrire un rapport. Tu joues double jeu ou quoi ? » Il ne la laisse pas répondre. « Il faut que ça rentre dans ta petite tête (il tape durement de son index le front de Madeleine) : les stals, c'est nos ennemis. Et nous "on combat le stalinisme par les méthodes du stalinisme". Pierre Lambert. Alors maintenant il faut que tu choisisses ton camp, et tout de suite. »

Madeleine, terrorisée, bredouille que son père a été la *victime* des staliniens. Ibsen la coupe : « On sait tout ça. Ce que tu as raconté aux camarades, c'est remonté. Qu'est-ce que tu crois ? Tout remonte. » Au bord des larmes, Madeleine essaie de rassembler ses idées, mais déjà Ibsen relâche la pression, content de son petit effet. Il lui fourre son pouce, puis son index et son majeur sous le nez : « Trois choses : 1. Tu refous plus les pieds au PC. 2. Je te lâche pas d'une semelle : tu es ici à l'épreuve. 3. (Il fait un clin d'œil aux autres camarades et se détend tout à fait.) Jeannot et Jean-Marc vont coucher chez le camarade Truc, et toi tu viens avec moi chez le camarade Machin. Il n'y a qu'un canapé-lit, je te fais passer pour ma copine. » Jeannot, qui s'est rapproché, un peu inquiet pour Madeleine, ricane mais le cœur n'y est pas. Madeleine se sent piégée. Tout l'après-midi, elle se réfugie à intervalles réguliers aux toilettes. Elle a la nausée mais ne peut même pas vomir.

Le soir, elle se couche tout habillée dans le canapé-lit. Ibsen lui demande, d'une voix tout à fait radoucie : « Tu veux pas mon pull en plus ? » Elle essaie de sourire. Il la fixe : elle se démonte complètement. Le camarade, qui ne s'est pas déshabillé non plus, se glisse sous les draps, lui tourne le dos et se met aussitôt à ronfler. Madeleine, soulagée, presque contente, n'arrive pas à s'endormir.

Le lendemain, dans la cuisine, à six heures du matin, elle dévore une dizaine de tartines beurrées à la confiture pour trouver la force d'affronter la journée. Ibsen avale son café et lui dit que si elle continue à bouffer du sucre comme ça, dans deux ans, elle ne sera « plus baisable ». Sans transition, il lui ordonne de ne jamais, jamais dire à personne qu'il ne s'est rien passé entre eux. « Tu comprends, j'ai une réputation à soutenir. Et puis comme ça, je saurais si tu peux garder un secret. »

À la cafétéria de l'aéroport, avant le décollage, d'excellente humeur – les élections ont été un succès complet : les stals sont enfoncés jusqu'au trognon –, Ibsen avoue qu'il a une trouille bleue de l'avion. Et raconte comment il portait des cheveux longs jusqu'aux reins au début des années 1970, lorsqu'il faisait le tour de l'Inde *raide mort* avec son sac à dos. C'était avant de rencontrer les TK (les trotskistes) : « Ils m'ont sauvé. » Et d'expliquer qu'on ne doit donner aucune arme à nos ennemis politiques ni à la police : « On n'est pas des gauchistes décomposés. Pas de shit, pas de drogue. Sinon c'est l'exclusion. Nos camarades doivent faire des études, bosser, se faire une place dans la société, le plus haut possible, pour intervenir là où ils sont, et *peser*. Comme Jospin. – Jospin, le premier secrétaire du parti socialiste ? demande Madeleine. – Un camarade à nous », répond Ibsen. Il met un doigt sur sa bouche : « Ce que je vous dis là, je l'avouerais pas même sous la torture, et celui qui en touche un mot à l'extérieur, c'est les caves du 87. » Jeannot éclate de rire et se frotte les mains sous le nez de Madeleine en imitant l'accent allemand : « Nous a*f*ons les moyens de *f*ous faire parler. »

Dans l'avion, Ibsen annonce la bonne nouvelle : Madeleine et Jean-Marc sont titularisés. Soudain rêveur, reprenant le fil de ses pensées, il confie à Madeleine : « Tu vois, maintenant, ce que j'aimerais, c'est retourner en Inde avec une jolie femme, mais dans les hôtels chic, pas comme un pouilleux. » Il demande à Madeleine ce qu'elle lit : *L'Amour fou,* de Breton. Sur la page de garde du livre, il écrit avec son stylo plume : « Sur la table trois allumettes. La première pour voir ton visage tout entier. La deuxième pour tes yeux. La troisième pour illuminer ta bouche… Et l'obscurité tout entière pour me souvenir de tout cela en te serrant dans mes bras. Jacques Prévert. » Madeleine est conquise.

Tous les mercredis, les camarades parisiens de la Fédérale étudiante se réunissent à dix-neuf heures tapantes au 87 dans la grande salle à gauche en entrant. Il faut sonner à la première grille, puis donner son *blaze* au camarade qui tient la garde dans la loge : chaque camarade parisien a ses jours de garde. Les filles de la Fédérale étudiante, elles, ont des jours de garde comme secrétaire d'accueil au local de l'UNEF-ID 35 boulevard de Strasbourg. Le camarade de garde, s'il ne connaît pas votre tête, vérifie dans un gros registre. « Lisa », annonce timidement Madeleine : c'est le *blaze* que lui a choisi Galway (Élise, le prénom de la sœur défunte de sa grand-mère, lui était venu à l'esprit, mais il a préféré Lisa). La deuxième grille s'ouvre. La cour d'une cinquantaine de mètres carrés est pleine de monde. Pas une tête connue, ni Barbara, ni Jeannot, ni Galway, ni Jacques. Madeleine a l'impression de se retrouver dans la cour du lycée, d'autant que ça sent le bizutage. Adossée au mur de gauche, une jolie brune la regarde en rigolant. Autour d'elle, trois camarades : le premier a les yeux blancs et un air désagréable mais dégage une espèce d'assurance indémontable, le deuxième un grand brun nonchalant, l'air indifférent à tout, le troisième est assez petit mais avec une belle gueule coupée au couteau à la Pier Paolo Pasolini.

La brune s'approche de Madeleine et lui souffle la fumée de sa gitane dans la figure : « Tu sais que t'es drôle avec ta dégaine de *gauch'pat* et ta petite natte de première communiante ! T'es en train de te tailler un succès. »

Gauch'pat ? Madeleine apprendra ensuite que ce terme désigne les gauchistes qui portent des pantalons larges « pattes d'éléphant » ou « pattes d'ef ». Les plus vieux disent « ploums ploums » pour « Ploum ploum tralala Anarchie vaincra », slogan des hippies anars au début des années 1970. Prune a le même accent parigot que Barbara, mais en plus prononcé encore. Sa voix rauque part bizarrement dans les aigus quand elle s'adoucit, c'est-à-dire une fois par phrase. Prune, Michel (« mon mec »), Laurent *alias* Gautier (Pasolini) et le grand Malik sont de Nanterre : « Après la réu, viens dîner avec nous au chinois. »

Tout le monde entre dans la salle. Affichés au mur du fond, quatre immenses visages noir et blanc : Marx, Engels, Lénine, Trotski.

Dessous, la tribune.

Au centre : JC.

Il a vieilli depuis la place de la Bastille en mai 1981 : c'est un homme. Madeleine le regarde parler, mais elle n'arrive pas à écouter ce qu'il dit. Elle n'y arrivera jamais. Pendant quatre ans, chaque semaine, elle entendra ses rapports politiques, sans être capable d'en comprendre la moindre phrase.

Ce n'est pas faute d'attention : elle boit ses paroles avec les yeux et rien ne lui échappe de chaque trait de son visage, de chaque mouvement de son corps. Le son de sa voix grave fait comme une vibration continue, agréable, le ton est chantant, avec des envolées puissantes et des retombées murmurées dans les basses : « Alors, camaraaade, le moment politique que nous vivons [grand silence pathétique, tout le monde retient son souffle] est favorable à l'émergence de la révolution [pause] mondiale [presque inaudible]. »

Barbara, qui est arrivée en retard, lui balance un coup de coude : « Je te l'avais dit ! Quel orateur ! Moi je trouve qu'il est meilleur que Lambert. Il est le meilleur. » Et Prune, qui ne lâche plus Madeleine : « Toutes les filles sont raides dingues de lui, moi la première. Mais t'affole pas, il a une femme et deux maîtresses. »

Le discours d'Ibsen est plus tranchant et plus concret, plus énergique et plus plat. Madeleine se méfie de l'attrait que JC exerce sur elle, de la vénération unanime qui l'entoure : elle choisit Ibsen comme champion.

Barbara décline l'invitation d'aller dîner au chinois avec la bande à Prune : « Fais attention à toi, les camarades, ils sont pas toujours corrects. » Au chinois, ceux de Nanterre occupent deux tablées. Les blagues fusent, une ironie agressive plane. Madeleine se sent un peu seule, mais le mauvais vin rouge coule à flots et, rapidement, ils sont tous ivres. Elle est heureuse de hurler avec eux « Nous sommes les enfants de Lénine – et de Trotski. Nous reconstruirons sur vos ruines, le communisme, Ordre nouveau ». L'intimidant Gautier-Pasolini hurle plus fort que les autres, épanoui et hilare. La timidité de Madeleine tombe. Tout le petit carnet orange du camp des JC de Rimini y passe. Ils ne connaissent pas *Gloire au 17*^{e}, la chanson écrite en 1907 pour célébrer les soldats mutinés du 17e régiment d'infanterie de ligne fraternisant avec les vignerons du Languedoc en révolte : *Salut, salut à vous, Brave pioupious du XVII*^{e}*, Salut, salut à vous, la France vous a-dmire et vous ai-me.* La chanson de la Commune, *La Butte rouge,* ne fait pas non plus partie de leur répertoire :

Sur c'te butte-là, y'avait pas de gigolettes,
pas de marlous ni de vrais muscadins,
Ah c'était loin du Moulin d' la Galette
et de Paname qu'est le roi des pat'lins.

C'qu'elle en a bu du sang cette terre,
sang d'ouvriers et sang de paysans,
Car les bandits qui sont cause des guerres
n'en meurent jamais, on n'tue qu'les innocents !

La Butte rou-ouge, c'est son nom, l'baptême s'fit un matin,
où tous ceux qui grimpaient roulaient dans le ravin,
Aujourd'hui y a des vignes, il y pousse du raisin,
Qu boira d'ce vin-là boira l'sang des copains.

Depuis la place d'Ormoy et son cousin Gérard, jamais Madeleine n'a eu de public. Bien sûr, elle ne la chantera jamais aussi bien que Francis, et Madeleine dit que son grand-père Antoine la chantait mieux encore. Le camarade Alexis enchaîne avec *L'Internationale* en russe. Les mines redeviennent graves. Gautier-Pasolini, « complètement bourré », dit Prune, casse une assiette en montant sur la table et se met à déclamer : « Je préfère marcher dans la nuit à me croire celui qui marche dans le jour. – *Nadja,* Breton », s'exclame Madeleine, les joues embrasées comme si elle approchait enfin du feu.

Pour le premier de l'an, Jeannot a convaincu ses potes d'aller faire la fête chez un camarade d'Aubervilliers qui bosse à l'inspection des impôts : « On a beaucoup de camarades dans ce secteur », lui explique Barbara. Madeleine veut inviter Gautier-Pasolini. Depuis la soirée au chinois, elle s'est raconté toute une histoire : de son *blaze,* Gautier, elle a conclu – à tort – qu'il aimait comme elle les poésies du poète romantique Théophile Gautier, qu'elle se récite dans son petit appartement de la rue du Faubourg-Saint-Martin :

Ainsi dans les puits de Venise,
Un prisonnier à demi fou,
Pendant sa nuit qui s'éternise,
Grave des mots avec un clou.

Elle a repéré ses jours de garde, et elle lui rend visite dans la loge du 87. Surpris, mais le visage d'autant plus impassible (ne jamais montrer ses émotions, surtout pas à une femme), Gautier lâche un « Peut-être » ni encourageant ni trop distant.

Depuis le début de la soirée, Madeleine attend. Elle porte un borsalino noir acheté aux puces et le grand manteau en laine bouclée « manches raglan-col-corsage » que lui a cousu sa grand-mère ; dessous, une longue robe bleue taillée dans une soie sauvage qu'elle a choisie elle-même avec sa mère au marché Saint-Pierre. Elle s'est soigneusement maquillée. Onze heures trente : il ne viendra plus. Jeannot, sensible à sa tristesse, passe le seul morceau de hard rock qu'il a réussi à lui faire aimer : *Joan Crawford,* de Blue Öyster Cult. Ça commence par un solo de piano, et ça continue dans le crissement des guitares électriques. Le refrain surtout lui plaît : *No, no-no-no, no, no-no-no, no, no-no, no, Joan Crawford has risen from the grave.*

Madeleine danse seule, les yeux fermés. Une main sur sa taille : c'est Gautier. Il l'embrasse longuement dans la bouche. La vraie vie commence.

Mais à la fin du morceau, Malik vient taper à l'épaule de Gautier. Gautier se dégage et décrète qu'il ne peut pas rester une seconde de plus dans cette « banlieue de merde ». Peinée de planter là ceux de Paris I, Madeleine un peu froissée de la brutalité de la bande de Nanterre, mais ivre et amoureuse, se laisse entraîner.

Dans la voiture, ça ne va pas : « On va t'emmener dans le grand monde, tu vas voir, ça va te changer de ces prols tocards. – Ces quoi ? » s'étonne Madeleine, qui croyait qu'on se battait pour la victoire du prolétariat.

Au troisième étage d'un immeuble haussmannien près de Bastille, le décor est en effet radicalement différent. La dernière fois qu'elle a vu un appartement aussi grand et aussi haut de plafond, c'était chez un type du lycée Duruy, un Américain qui l'avait invitée à son anniversaire boulevard Saint-Michel. Prune continue à la chaperonner : « On est chez la mère d'un camarade. Une bourge qui voyage beaucoup. » Le camarade en question a l'air plutôt sympathique : un grand type à lunettes, en tee-shirt et jean, plus simple et plus ouvert que les trois de Nanterre. Quelques semaines plus tard, Olivier Roux (c'est son nom) se fera arrêter en Pologne pour détention de matériel politique illicite. Madeleine et les autres colleront des affiches, distribueront des tracts, hurleront sur les marchés et dans les facs : *Libérez notre camarade.*

Gautier a disparu, Madeleine, dégrisée, a l'impression de revenir trois ans en arrière : elle est à nouveau la fille déphasée qui n'a pas les codes. Ceux qui l'entourent ont lu les mêmes livres qu'elle, vu les mêmes films, sortent des mêmes lycées, elle aurait dû devenir comme eux, s'il n'y avait pas eu l'exclusion de Duruy. Et maintenant, alors qu'elle voulait recommencer ses études, le piège de ce parti trotskiste où règne une secrète hiérarchie qui la relègue du côté des *prols tocards*.

Malik l'enlace brusquement et lui roule un patin. Gautier est assis un peu plus loin et regarde. Elle va vers lui, il se lève comme à regret, lui fait traverser l'un des salons. Au passage, un type dans l'ombre, cigare au coin des lèvres, en train de distribuer des cartes sur la table ronde à côté de la porte à deux battants par où Gautier l'entraîne, lui lance : « Bon courage, camarade Lisa. »

Dans la pièce plongée dans le noir, Gautier entreprend de l'asseoir sur ses genoux, de la peloter et de l'embrasser. Mais il se force. Malik passe la tête à travers la porte. Gautier s'écarte et dit : « Tu sens la transpiration. » Elle se lève, blessée.

Dans le couloir, Prune a perdu sa superbe, elle pleure seule avec ses gitanes. Madeleine remarque pour la première fois la petite robe noire élimée, les escarpins usés, la longue chevelure noire ébouriffée : celle-ci n'est pas non plus dans le ton de la soirée : « Mon mec me plaque, j'peux pas rentrer à Livry-Gargan, j'ai raté le dernier métro. »

Prune habite avec ses parents et son frère dans le tout petit logement de fonction de son père directeur d'une école maternelle de Seine-Saint-Denis, mais ces derniers temps, elle vivait dans un « super appart » dans le XIVe qui donne sur un jardin, avec Michel aux yeux blancs : « Il fait des études d'archi, c'est un mec super doué. C'était le grand amour, et puis depuis quelque temps… » Prune en a gros sur le cœur, elle balance : « Et Gautier ? Tu sais où il va rentrer crécher ce soir ? Dans l'hôtel particulier de ses parents, rue de la Pompe. Des aristos soi-disant fauchés. Ils ont une grosse bagnole mais pas le pognon pour refaire la peinture du salon, tu vois le genre. Malik, lui, c'est un fils de concierge. Ils se sont connus à Janson-de-Sailly. Il sort avec la petite grosse, là-bas, avec le béret noir, une fille de gros bourges qui se donne le genre bohème. Les trois sont inséparables, à se demander si les deux mecs sont pas un peu pédés. » En tout cas, Malik, lui, il a acquis les codes, pense Madeleine. Du côté de la rue du Ranelagh, c'était ça ou crève. Prune montre aussi Maheu : le petit-fils du directeur de Beaubourg, amoureux de Simone de Beauvoir dans les années 1930, dirige le secteur Médecine de l'UNEF-ID. Sa copine affiche déjà le genre femme de médecin, bagues aux doigts et cheveux permanentés.

Maheu cause avec un type blond que Madeleine a déjà remarqué au 87 parce qu'il a plutôt la dégaine des fachos du GUD (organisation étudiante d'extrême droite) : sans charme particulier, mince, hautain, poseur, affichant un ennui aristocratique. Une grande brune anorexique aux yeux bleus, très jolie, le suit partout. Il s'appelle Decaze : une grande famille dont la noblesse remonte, paraît-il, au Moyen Âge. « C'est le chouchou de JC, il s'occupe des relations internationales à l'UNEF », dit Prune. Tant qu'elle y est, Prune profite de l'occasion pour évoquer l'autre *aristo* du PCI : Plantagenêt, un petit gros à lunettes, qui descend en ligne directe de Richard III d'Angleterre et des catholiques anglais chassés de l'île après la décapitation de Marie Stuart. Prune a retrouvé sa gouaille du début de la soirée et oublié ses rancœurs, ravie d'en mettre plein la vue à la *petite* – qui l'invite à dormir chez elle rue du Faubourg-Saint-Martin.

Le lendemain, Madeleine prend un train pour Migennes. En regardant défiler le paysage de la banlieue, la forêt de Fontainebleau puis les collines du

Jovinien après Montereau, elle doute. La guéguerre dans la Fédérale étudiante entre Paris I et Nanterre, ça ressemble furieusement à une *lutte de classes* : d'un côté les enfants de prolos, de l'autre les jeunes bourgeois qui se paient une tranche d'exotisme révolutionnaire pour pimenter leurs études. Elle et eux, ils n'appartiennent pas à la même *histoire.*

Entre eux, une frontière, celle qu'il faut franchir en passant sous le porche des HLM pour rejoindre le lotissement de Fouchy. Pourtant, Madeleine n'est pas non plus de Migennes. Elle est de Paris XIVe les lycées parisiens. Sa mère est prof, son père, éternel étudiant, est un *intellectuel.* Ils lui ont transmis une bibliothèque, le goût de la lecture, de la peinture et de la musique. Ni d'un côté de la barrière ni de l'autre. Nulle part.

Madeleine n'a pas prévenu de son arrivée et Camille n'est pas venu l'attendre avec son vélo pour lui faire traverser les voies. Elle est sortie côté ville, a longé le canal et passé le pont du chemin de fer au-dessus de la ligne Paris-Dijon.

Dès qu'elle entre dans la maison, elle sent qu'elle dérange. Madeleine et Camille partent le lendemain matin de bonne heure passer quinze jours à Martigues, chez leur fille Françoise. Françoise vit maintenant là-bas avec René et ses deux enfants. Bien sûr Madeleine peut rester là en leur absence, mais avec quel argent : « Tu pourrais pas aller gagner ta vie au lieu de venir traîner chez nous à te lever à midi et à lire toute la journée ? » s'énerve Camille. Son contrat de trois mois au BHV s'est achevé et elle n'a rien fait pour le faire renouveler. Douchée par sa soirée du premier de l'an, elle n'a pas envie de recommencer cette vie trop parisienne chez les trotskistes. Et si, maintenant, même ses grands-parents…

Dans la petite cuisine blanche, elle accroche le calendrier 1983 que les lambertistes vendent sur les marchés.

Chaque mois, une photo commémore un événement révolutionnaire : 1917, 1936, la Libération, Allende, la révolution des Œillets, la démocratie grecque, etc. « Ils sont sérieux au moins tes amis trotskistes ? » demande Madeleine. Comment lui avouer qu'elle est amoureuse d'un aristo révolutionnaire qui ne la trouve pas assez bien sapée ?

Dans la salle d'eau, Madeleine regarde Madeleine peigner ses longs cheveux encore bruns devant la vieille glace tachetée de noir. Cet air fragile qu'elle a sans son chignon, dans ce déshabillé en nylon effiloché aux bords, la peau affaissée sous les bras, si douce. Elle a soixante-quinze ans. Madeleine sent le regard de Madeleine sur elle : « Je ne veux pas devenir une vieillarde, être à la charge des miens, je voudrais mourir avant. » Depuis un an, Madeleine répète que, si elle meurt, Camille devra « se mettre avec Mme Roux ». Madeleine se sent coupable : en novembre, un jour que Jeannot l'avait emmenée voir au Grand Rex un des immondes films *gore* qu'il adore, elle a oublié aux toilettes la bague que sa grand-mère lui a offerte en octobre, la bague de fiançailles de Louise Perreau.

À l'aurore, le bruit de ferraille et de verre la réveille : ils sont partis. Elle passe la journée à errer dans le jardin encore tout nu à cette période de l'année, la terre soigneusement bêchée par son grand-père, les salades sous les serres. Le soir, Gérard vient la chercher. Francis et Colette ont fait construire une maison près de l'étang du côté nord de Fouchy, juste avant les voies, en bordure de la nouvelle zone industrielle. Une fois la table de la salle à manger débarrassée, on commence une belote. La sonnerie du téléphone retentit : Kalinka, la petite sœur de Gérard et José, pousse un cri et Madeleine a un coup au cœur. Le téléphone sonne rarement chez eux. Francis, surpris, se lève à contrecœur : « Vains dieux, que j'ai mal à la patte. »

Il décroche : « Allô… Oui… Oui. » Et reste un temps interminable au milieu du salon, muet, immobile, l'écouteur collé à l'oreille. Kalinka, inexplicablement, comprend tout de suite : « Mémère. » Madeleine a froid dans le ventre. Francis raccroche enfin et articule avec une drôle de voix changée de petit garçon : « Maman a été renversée par une voiture. C'est grave. »

Elle est morte deux heures plus tard sans avoir repris connaissance. Son cadavre est ramené en ambulance et installé dans la chambre verte, la chambre des essayages, sur le lit où Madeleine dort.

La machine à coudre Peugeot a disparu dans le ventre du meuble transformé en table – seule la pédale en dessous demeure visible. Dès que Madeleine tourne la tête de ce côté-là, elle pleure.

Il a bien fallu rentrer à Paris. Madeleine s'installe chez son père, dans son bureau, un matelas par terre, s'y allonge et reste là, immobile, les yeux au plafond. Il n'y a plus qu'une seule Madeleine. Comment lutter contre l'oubli et la mort ? Au bout de quinze jours, son père lui signifie qu'il aimerait bien pouvoir disposer de son bureau.

Sur la porte de son appartement, faubourg Saint-Martin, un message. L'écriture de Gautier. Elle l'appelle. Il monologue pendant le dîner au restau chinois, André Breton, le livre qu'il veut écrire, distant, comme prêt à fuir, ne lui demande pas d'où elle vient, comment elle va, il s'en fout. Elle réussit enfin à prononcer une phrase. Il la reprend : « On ne dit pas *c'te livre* mais *ce livre*. » Elle rougit, ne prononce plus une parole jusqu'à la fin du repas. *Je ne sais pas parler.* Ça ne fait rien. J'apprendrai.

La chaleur des bouffes avec Barbara, Jeannot, Jacques, Galway et les autres la réconforte. Sa situation lui donne une idée : construire une branche du syndicat étudiant pour les non-bacheliers inscrits à la préparation de la capacité en droit et à l'ESEU, l'Examen spécial d'entrée à l'université. Elle expose son projet à l'assemblée générale parisienne de l'UNEF-ID, qui a lieu à Nanterre. Son intervention est trop longue et un peu confuse. La demi-seconde de silence qui suit ses derniers mots lui semble durer des heures. Et puis JC applaudit. Les autres suivent. Elle a le feu vert du Bureau national pour créer son syndicat et, pendant un an, sillonne les campus de la région parisienne avec Jeannot, intervenant dans tous les amphis de capacité en droit et de l'ESEU, écrivant les tracts, allant chercher le *matos* au BN de l'UNEF-ID pour les diffs.

Fermeture de la fac oblige, elle revient dans l'Yonne l'été, fréquente le terrain d'aviation de Saint-Florentin où Arlette prend des cours de vol avec Mme Cazassus, sympathise avec une amie d'Hélène Cazassus, Valérie. Un routier, membre du club de vol à voile, propose aux deux filles de les emmener en Italie dans son camion. À Padoue, il exige que l'une ou l'autre partage sa couchette. Madeleine décide de le planter là, Valérie la suit. Le centre-ville est loin.

Elles sont attablées à une terrasse de café fermé, tard dans la nuit, lorsqu'un type à vélo passe en sifflotant. Renato est un bel Italien blond aux yeux noirs, fils d'industriels, parfaitement francophone et complètement héroïnomane. Il les embarque dans sa virée à travers la ville à la recherche de son dealer, Ignazio, et d'*una ragazza* : la *ragazza* fait le tapin au coin d'une rue. Après la piqûre d'héro sur une autre terrasse de café déserte, Ignazio secoue Renato qui tourne de l'œil. Une Jaguar blanche se gare sur la place : le conducteur les embarque tous. Dans l'immense villa des quartiers résidentiels chics où ils débarquent, au mur du salon, des Giacomo Balla, un Modigliani, un Matisse. Des gens polis et bien habillés boivent du whisky et sniffent de la cocaïne présentée en énormes tas sur des plateaux en argent.

Quinze jours sans manger ou presque, et sans dormir, ou seulement quelques heures en fin de matinée dans un hôtel trouvé par Ignazio. Et puis un midi, le type du bar qui sert de lieu de rendez-vous dit à Madeleine : « *Renato è morto.* » Les deux filles errent longtemps dans le parc public et rencontrent deux jeunes comédiens qui jouent *Comme tu me veux* de Pirandello. Ils se cotisent pour leur payer le voyage de retour.

En octobre, Renato débarque chez Madeleine à Paris : décidé à arrêter la dope, il se fait embaucher avec elle à la FNAC Halles, au rayon disques « variétés internationales ». Madeleine est censée gérer les réassorts des petits labels punks, milite, boit beaucoup, dort très peu, perpétuellement dans un état de surexcitation extrême parce qu'elle croque des tubes entiers de vitamine C avec Renato et les autres vendeurs. La nuit elle danse le pogo aux concerts de Nina Hagen. Assiste gratos au dernier concert à Paris des Clash.

XV

Madeleine et JC
La fin de l'histoire ?

> « LADY ANNE : *I would I knew thy heart.*
> RICHARD GLOUCESTER : *'Tis figured in my tongue.*
> LADY ANNE : *I fear me both are false.*
> RICHARD GLOUCESTER : *Then never man was true.* »
>
> « LADY ANNE : Je voudrais connaître ton cœur.
> RICHARD GLOUCESTER : Il est ce que dit ma langue.
> LADY ANNE : J'ai peur que tous deux soient faux.
> RICHARD GLOUCESTER : Alors aucun homme n'a jamais parlé vrai. »
>
> Shakespeare, *Richard III*, I, 2.

Fin 1983, JC a dix ans de plus qu'Alexandre le Grand à sa mort en Asie, et l'âge du Christ sur le mont Golgotha : il mène une vie de *bureaucrate,* de conférence de presse en réunion du Bureau politique, entre le 87 et le BN de l'UNEF au 35 boulevard de Strasbourg. Sa vie sentimentale a un caractère tout aussi installé : sa compagne, enlevée de haute lutte à un camarade aux temps héroïques de l'UNEF-AJS, s'impatiente de leur vie d'éternels étudiants fauchés dans le deux-pièces-cuisine qu'elle a hérité de ses parents. Lui en est déjà au jeu de cache-cache des infidélités et autres demi-aveux. Il a beau fréquenter les ministres, il est à presque trente-cinq ans sans diplôme monnayable sur le marché, quand l'ami Ben, qui finit sa thèse sur le leader du MNA algérien Messali Hadj, est sur le point de décrocher un poste de maître de conférences à l'université.

Lambert et son fief du 87, qui lui ont été si accueillants, JC les aime bien. Mais depuis 1981, ce petit pouvoir local, il en a exploré à fond les illusions et les impasses : il ne peut pas rester éternellement numéro deux d'un groupuscule gauchiste condamné au nanisme politique. Le Vieux n'est pas près de passer la main, et son grand rêve d'un parti organique de toute la gauche est au point mort, d'autant que le tournant de la rigueur de mars 1983 a contraint le PCI à radicaliser son discours. Ses cheveux commencent à tomber, il a tendance à prendre du poids. Sa beauté n'est pas pour rien dans la fulgurance de son ascension politique, et elle menace de s'estomper. Chaque matin, avant de s'asseoir derrière un bureau, il s'astreint à nager cent longueurs.

Il lui faut inventer quelque chose. D'abord quitter la présidence du syndicat étudiant : Ibsen lui succédera au prochain Congrès qui doit avoir lieu courant mars 1984. Ensuite, séduit par les succès du parti des travailleurs brésilien fondé par Lula, il veut convaincre Lambert d'appeler à construire un parti des travailleurs français ouvert aux déçus du stalinisme et de la social-démocratie – que les TK, se maintenant officiellement en fraction, dirigeraient de fait.

Stéphane Just, le vieux compagnon de Lambert, s'oppose violemment à cette orientation.

Le 9 mars 1984, à l'Élysée, François Mitterrand reçoit JC et Ben pendant trois heures. Le Président commente longuement la phrase fameuse du *Dix-Huit Brumaire* de Marx : « Les hommes font leur propre histoire, mais ils ne la font pas de leur plein gré, dans des circonstances librement choisies ; celles-ci, ils les trouvent au contraire toutes faites, données, héritage du passé. »

« Vous avez évolué et agi en parallèle avec nous, conclut le Président. Un jour ou l'autre, il faudra un nouvel Épinay, nous monterons ensemble une Convention de toute la gauche, vous serez la tendance de gauche d'un parti socialiste rénové. » JC sourit intérieurement : pourquoi quitter le ghetto gauchiste éternellement minoritaire pour le reconstituer à l'intérieur du PS ? Ce qu'il faut, c'est se placer au centre du processus de recomposition.

Lambert interdit aux deux hommes de divulguer cette rencontre aux autres membres de la direction.

Le Congrès de l'UNEF-ID s'ouvre à la Mutualité quelques jours plus tard. Dans la grande salle, tout le monde dort, fume ou discute pendant que Gautier s'échine à lire un rapport sur l'état des cités universitaires. Prune vient chercher Lisa : « Il y a du nouveau. »

JC, Ben et Ibsen, la mine à la fois affairée et faussement impassible de ceux qui dominent de leur sang-froid des événements considérables, entrent à la Mutu au moment où les deux filles en sortent. Prune, attrapant Lisa par la taille, sourit à JC de toutes ses oreilles.

Le soir où Prune s'est fait définitivement larguer par Michel aux yeux blancs, elle faisait la garde au BN de l'UNEF. JC, qui repassait vers vingt et une heures chercher un papier, l'avait trouvée en larmes derrière le bureau de l'accueil.

– Prune si jolie, comment pouvait-elle pleurer ce type aux allures de représentant de commerce ? disait Madeleine à JC.

Il l'avait consolée et, du jour au lendemain, elle était devenue sa secrétaire particulière, et, épisodiquement, sa maîtresse.

La vénération de Prune pour le patron de la Fédérale étudiante s'était muée, dès le soir de la consolation, en passion exclusive. Depuis, elle travaille pour lui de huit heures du matin à dix heures du soir. Le reste du temps, guette ses allées et venues attablée au Major, le café qui fait l'angle du passage du Désir et du boulevard de Strasbourg, à mi-chemin du Bureau national de l'UNEF et du 87. Raconte les plus intimes secrets de JC à Madeleine, chez qui elle s'est installée : c'est plus pratique que de rentrer à Livry-Gargan. Les deux filles dorment dans le même lit, se tiennent par la taille et se font de petits bisous sur la bouche en public. Succès de provocation garanti au milieu des machos lambertistes. JC est amusé.

Au café Le Victoria, en face de la Mutualité, Prune explique à Madeleine que JC, Ben et Ibsen arrivent du 87 où s'est tenue une réunion « ultra-importante » du Comité central. « Stéphane Just est contre la ligne du Parti (la ligne de JC, ajoute Prune) : il a voté contre la création du Mouvement pour un parti des travailleurs. » Le Bureau politique demande aux cellules de se réunir immédiatement pour voter à main levée l'exclusion du vieux cheminot à casquette.

Jeannot surgit comme un diable : « Réunion immédiate ! – Où ? – Ici, au Victoria ! Et que ça saigne ! »

Galway, mis au parfum, récite la leçon : « Des prrrovo-ca-teurs, staliniens, socedems [sociaux-démocrates], pablistes, tous agents infiltrés de la bbbourgeoisie, qui récusent la nouvelle ligne révolutionnaire de la création du Mouvement pour un parti des travailleurs. » Bref : « Des enculés ! résume Jeannot. – Des *en/kk(j)uuulés* », reprend Mehdi. Madeleine les regarde articuler avec une moue gourmande le mot fétiche de la Fédérale étudiante, avec cette espèce de jouissance qui leur est particulière, comme de boire du gros rouge et de fumer des gitanes maïs. Elle n'entend que ça, le *k* qui claque : les *enk(j) ulés/exclusion*.

L'affaire de 70. Je n'exclurai jamais personne.

Just, qu'elle n'a jamais vu, qu'elle ne connaît pas, est-ce qu'il n'était pas le compagnon historique de Lambert, aussi vieux que le Vieux, exclu avec Lambert de l'ancien PCI en 1952 ? Est-ce qu'il n'a pas, comme Lambert, presque connu Trotski en personne ?

« Un enculé », répète Mehdi. L'index pointé en avant, Galway continue : « Il s'agit du programme, de la fidélité au Parti, de la loyauté envers les camarades. »

Les mêmes mimiques que Lambert. JC imite Lambert, et tous les cadres de la Fédérale étudiante imitent JC.

« Je te préviens, camarade, jamais je ne voterai l'exclusion de personne », déclare Madeleine, énervée par cette atmosphère d'urgence violente.

Galway reprend plus calmement : « La nouvelle orientation est vitale pour sortir de la marginalité où nous cantonne la stratégie du Parti des dix mille, il faut faire un bond en avant. – Alors on exclut ceux qui sont pas d'accord, comme chez les stals ? objecte Madeleine. – Camarade, si tu t'obstines sur ta position, tu te mets de toi-même en dehors du Parti, assène Galway froidement. – La même phrase, la même phrase que chez les stals ! bondit Madeleine, hors d'elle. – Ta gueule, Lisa ! Comment tu peux comparer le procès stalinien dont ton père a soi-disant été la victime à la juste défense des intérêts antistaliniens de la Quatre ? » La voix de Mehdi couvre le brouhaha du café où dix cellules se réunissent en même temps. Il y a un silence. On se tourne vers eux. « Chut, les chefs nous regardent », dit Barbara doucement.

Les chefs ! Madeleine tourne la tête du côté du bar et hausse les épaules : debout, le dos appuyé au bar, JC, la pipe à la bouche, le visage fermé mais les yeux brillants et rieurs, la fixe avec une sorte de défi. À côté de lui

Ibsen, sanglé dans son éternel imperméable d'inspecteur de police, les yeux braqués sur elle dans une intention plus menaçante. Ibsen, qu'on va élire tout à l'heure nouveau président de l'UNEF-ID. Ibsen qui avait même pensé à elle pour je ne sais quel grenouillage préliminaire à son intégration à la direction du syndicat, mais elle s'était dérobée, et il avait fait embaucher pour le job une certaine Isabelle Thomas. Le refus bruyant de la camarade Lisa risque de faire tache d'huile et il faut aller vite, ne pas laisser le temps aux militants de réfléchir au paradoxe de la situation. Ibsen touche le bras de JC : « Je m'en charge. » Et fait signe à Gautier et à Prune de s'approcher.

Prune caresse les cheveux de Madeleine, replace les boucles rebelles dans sa natte et murmure à son oreille : « T'as raison, ma belle : faut se débarrasser de la gangrène bureaucratique. JC le sait, il veut en finir avec tout ça, les pratiques staliniennes, les exclusions. L'idée du parti des travailleurs, c'est d'élargir la base du parti révolutionnaire, de le dissoudre dans un ensemble plus large, avec plus de démocratie, plus de pluralisme. JC veut ouvrir le Parti à des gens comme ton père, à des anciens du PC, à des socedems, et Just s'y oppose. Tu comprends pas, parce que tu connais pas l'histoire du Parti. Tu te goures, c'est pas nous les staliniens. Just, c'était un de nos meilleurs dirigeants, mais il était sectaire, tout le monde le savait. C'est lui qui a exclu Berg en 1979. JC s'est fait coincer par le Vieux, et maintenant, c'est une lutte à mort entre lui et Just. Avec Just, on n'arrivera pas à se débarrasser des méthodes staliniennes. Si c'est sa ligne qui gagne, on est foutus. »

Madeleine réfléchit. *Combattre le stalinisme avec les méthodes du stalinisme.* Pierre Lambert. Toujours la même histoire. Quand est-ce qu'on va en sortir ? « JC dit que c'est la dernière fois. Tu sais, il faut lui faire confiance. Il sait ce qu'il fait. Il prend tout sur lui. »

Madeleine a une boule dans la gorge. Le café s'est vidé, la plupart des cellules ont terminé la réu. JC resté au bar, raide, encravaté, accroché à sa pipe, la regarde toujours, avec cette fois une nuance de curiosité inquiète.

– C'est parce que tu avais compris qu'il fallait te gagner, disait JC à Madeleine en 1987.

Il faut qu'elle soit avec lui pour partager le poids de ce paradoxe, le poids de la situation : combattre le stalinisme avec les méthodes du stalinisme.

– Je me demandais ce que tu pouvais bien trouver à Gautier. Mais je sais : la littérature, le surréalisme, la poésie. Écrire.

Et lui, JC, enfermé volontairement depuis treize ans dans l'activisme politique forcené. La camarade Lisa a l'âge qu'il avait lorsqu'il avait rencontré les TK (trotskistes) : dix-neuf ans. Lui aussi, il lisait *Nadja*. Lui dire ça un jour. Trouver le moment.

– Ce qu'on désire vraiment, ça finit toujours par arriver, disait JC à Madeleine en 2010 à Vézelay.

Madeleine soutient son regard. Leur faire confiance ? Lui faire confiance ? Choisir JC contre le vieux cheminot à la casquette ? Contre le vieux stal ? Admettons. Mais justement.

Elle est sur le point de renoncer à la politique, elle va basculer de l'autre côté. Elle a déjà l'habitude de partir de partout. D'autres amis l'attendent ailleurs : Renato, les copains de la FNAC, Flo, sa meilleure copine du lycée Villon, qu'elle a retrouvée. Ça n'a pas d'importance. Pourquoi JC la retient-il, elle, la fille de stal, petite-fille de stal, la fille de son suicidé social de père, enfermée avec lui dans *notre histoire*. Est-ce qu'il a la solution ? Une voie tenable entre le suicide et la trahison, entre le refus de la vie et la compromission avec le système : entre le martyre et la corruption sociale-démocrate ? Lui qui fricote avec les socialistes, lui dont on dit qu'il est un ambitieux. Cette ambition, cet élan, cette volonté d'entraîner tout le monde pour sortir du cadre TK, étroit, léniniste, canonique, mystique, sectaire, suicidaire de l'éternel groupuscule révolutionnaire, elle a horreur de sentir l'irrésistible attraction que cela exerce sur elle.

Voter l'exclusion, ce serait faire allégeance à cet homme qu'elle a tout fait pour ne pas trop regarder – sauf le mercredi : elle est obligée parce qu'il fait le rapport. Un *chef*. Elle n'aime pas les chefs. La révolution, oui, mais sans leader charismatique, sans dirigeant, sans exclusion, sans hiérarchie, sans cette servitude volontaire des camarades, qui obéissent sans réfléchir. La révolution contre le pouvoir, contre l'injustice de tous les pouvoirs de quelques-uns sur tous.

Mais comment ne plus faire de politique ? Le prolétaire n'est RIEN, s'il n'est pas révolutionnaire.

Jeannot est revenu voir ce qui se passe. Il s'assoit de l'autre côté de la petite table ronde en marbre du Victoria. Jeannot, avec ses lunettes en forme de Ray-Ban, sa maigreur, sa maladresse timide, sa gentillesse désarmante, ses vingt ans, sa mère italienne magasinière dans un supermarché que Madeleine a vue une fois, aussi belle que Sophia Loren dans *Une journée particulière*. Jeannot lui glisse à l'oreille : « On est bien ensemble, non ? On se fend bien la gueule. Tu vas pas nous laisser tomber ? »

Les éclopés de la vie, comme elle : ses potes. La piétaille utilisée par les dirigeants. Elle sait que leur destin ne sera pas celui de JC. Le parti n'est pour eux qu'un moyen de ne pas être complètement écrasés. Un espoir gardé. Une foi qu'il ne faut pas trop interroger, une petite flamme fragile, à entretenir avec la chaleur des amitiés. Et c'est vrai qu'on se tient chaud.

Madeleine embrasse Jeannot. C'est lui qui a gagné. Si elle reste, ce ne sera pas pour JC, ça ne sera pas pour Gautier, ça sera pour lui, Jeannot, et aussi pour Jacques, pour Mehdi, pour Barbara, pour Galway, pour Vincent, pour Agnès, pour Prune.

Elle retourne à la table où sont toujours réunis les camarades de cette cellule si spéciale, la cellule Histoire-Droit de l'université Paris I, elle qui n'est même pas étudiante, elle qui n'a même pas le bac. Elle sent dans sa chair ce que coûte à un homme comme Just d'être exclu pour la deuxième fois de sa vie de son Parti, le PCI. Elle qui n'a pas vingt ans, elle choisit de briser ce vieux militant qu'elle ne connaît pas et pour qui le parti de Lambert, le PCI, ex-OCI, est tout depuis plus de trente ans. Et déjà plus grand-chose pour elle.

En excluant Just, Madeleine assume à la fois les méthodes staliniennes (le sang sur les mains) et la rupture avec la foi *révolutionnaire.*

Parce qu'elle n'agit pas par conviction : elle sait que JC a raison de dénoncer les méthodes du PCI, mais elle sait aussi que le vieux cheminot a raison de trouver que la ligne de JC, la dissolution du parti TK dans un parti des travailleurs ouvert aux autres courants du mouvement ouvrier, est une orientation sociale-démocrate. C'est le retour à la SFIO de 1905. Et il faudrait un Jaurès pour que l'horizon révolutionnaire puisse être sauvegardé et formulé autrement qu'en termes léninistes. À défaut de quoi, il ne s'agit au mieux que de viser la prise du pouvoir dans le cadre de la démocratie bourgeoise.

À la sortie des réunions, il y a toujours un moment de flottement, d'inquiétude, un risque que ça se déchire, ce tissu qu'ils tramaient à eux tous, les militants révolutionnaires. La nuit est presque tombée, des groupes se forment, d'autres se disloquent. Avec qui continuer à être ensemble ? Il faut s'approcher les uns des autres, mais pas trop, négocier, laisser venir, se montrer disponible sans quémander. Le Dunkerque : ceux de Nanterre se sont donné le mot, que Prune répète à Madeleine et à Rodolphe : on se retrouve au Dunkerque, près de la gare du Nord. Rodolphe, qui jouait au poker dans l'ombre, le soir du premier de l'an, drague Madeleine depuis peu. Il est le dirigeant politique pour la fac de Nanterre, l'équivalent de ce qu'est Gautier pour le syndicat – et aux yeux de Madeleine quelque chose de plus solide, de plus sérieux. Rodolphe a cette réputation de fiabilité. Elle l'aime bien. Lui ne vient pas du XVIe mais de Mantes-la-Jolie, où sa mère d'origine polonaise s'est installée après la mort de son mari : elle est concierge dans un lotissement de résidences pour petits cadres. Son père, fils d'immigrés italiens, ouvrier à Renault-Billancourt, s'est suicidé après que des ennuis de santé l'ont réduit à faire le ménage dans l'usine. Rodolphe raconte à Madeleine ses trois vies, sa vie d'étudiant en sciences économiques, de portier dans un hôtel de la rive gauche, et de dirigeant de secteur du PCI. Il n'a pas besoin de dormir beaucoup, il tient bien l'alcool, il sait qu'en toutes circonstances il s'en tirera. Madeleine observe son visage décharné qui ne connaît ni la détente ni le repos. Elle se dit que lui elle pourrait l'emmener à Migennes.

Le Dunkerque est un chouette restau : les plats sont à volonté. On s'en met plein la lampe pour pas cher. Madeleine ne se demande pas si c'est bon ou pas, son appétit est énorme, insatiable, surtout lorsqu'elle est en nombreuse compagnie comme ce soir, et comblée de cela. Le vin aussi est à volonté : on est là pour manger énormément, pour boire énormément et que ça dure une partie de la nuit. Ceux de Nanterre ont investi tout le premier étage, une grande tablée d'environ vingt ou vingt-cinq personnes, recouverte d'une nappe à petits carreaux blancs et rouges. Madeleine est encadrée par Prune d'un côté, Rodolphe de l'autre. Gautier est presque en face d'elle, sur la droite, à côté de Malik, flanqué comme d'habitude de sa copine au béret. En face de Gautier, une jolie jeune femme brune d'à peine vingt ans, toute fine, habillée avec un certain raffinement : le clou de la soirée, un contact de Gautier – qui lui fait son grand numéro.

Gautier boit encore plus que d'habitude, mange à peine, et pérore : Trotski est réfugié au Mexique, Ramon Mercader, son futur assassin, rôde autour de lui. Mercader, c'est un fou, un pauvre type, un séducteur sans scrupule qui a séduit la secrétaire de Trotski en même temps qu'un agent du NKVD mandaté par Staline. « Regarde-le : il se prend pour Delon dans *L'Assassinat de Trotski* », raille Rodolphe. Gautier, passant sans transition de Joseph Losey à André Breton, conclut en prenant la main de la fille : « Seul l'amour eût pu permettre ici l'accomplissement du miracle. »

Encore *Nadja* : Madeleine frissonne. Rodolphe hausse les épaules : « De la littérature. » Le contact de Gautier commence à s'ennuyer : elle s'excuse poliment et s'en va. De plus en plus soûl, Gautier continue d'éructer tout seul : « Je t'en foutrais, moi, des petites connes pareilles. Mais elle va revenir, tu vas voir, et elle va plus me lâcher les couilles. Toutes des saalooopes. » Madeleine a pitié. Rodolphe lui entoure les épaules, l'embrasse près de l'oreille. « Lisa, la petite oie blanche. Mon cul ! ricane Gautier. Ce crétin de Rodolphe, qu'est-ce qu'il croit. » Rodolphe se soulève à peine et fait mine de le gifler par-dessus la table : « Ta gueule, mon petit père. Va cuver ton vin ailleurs. »

Gautier se retourne vers les trois prostituées qui occupent la table d'à côté : « Allez, les filles, je vous offre un coup. Ce soir, c'est la grande fraternité révolutionnaire.

On est tous des prostitués du système, et le système on va le balayer. » Il se met à brailler, le poing levé, de sa voix sourde, nasale, retenue même dans l'ivresse :

Prenez garde, prenez garde.
Vous les sabreurs, les bourgeois, les gavés
Et les curés !
À la Jeune Garde, à la Jeune Garde,
Qui descend sur le pavé,
Sur le pavé.

Deux des trois prostituées acceptent de rejoindre la tablée des étudiants. L'une d'elles, une brune très abîmée d'une quarantaine d'années, fume cigarette sur cigarette : « Et ta révolution, qu'est-ce qu'elle compte en faire des putes ? » Gautier fait le geste de charger une mitraillette : « On t'enverra au front, petite mère courage, remonter le moral des camarades qui se battront contre les Blancs. *Tatatatatatata.* On a besoin de toutes les énergies ! Après la révolution, on t'enfermera dans un camp de rééducation de l'amour, tous les matins, tu devras réciter ta prière. » Il se lève et se met à déclamer, la main sur le cœur :

Nous aurons des lits pleins d'odeurs légères,
Des divans profonds comme des tombeaux.

La copine de la fille, une blonde platinée dans la trentaine, pas laide, mais le visage défait, se fait remplir depuis un moment verre sur verre par Gautier qui fait mine de la mater. Tout à coup, comme saisie par le poème, elle se lève et cherche à le gifler : « Espèce de puceau, petit con, branleur, crétin, t'arrête tes bobards, oui. » Et puis aussi brusquement qu'elle s'est levée, tirée en arrière par la brune, elle retombe sur sa chaise et se met à pleurer, la tête dans les mains. Madeleine se dégage des bras de Rodolphe et prend la prostituée par l'épaule : « Comment tu t'appelles ? » La fille gémit très bas : « Je suis foutue, je suis foutue. » Gautier se réfugie dans le sarcasme : « Le coup des larmes, même les putes ! Saaalope, toutes des saaaalopes. »

Rodolphe lassé de cette atmosphère glauque veut rentrer se coucher. « Elle s'appelle Valérie, dit l'autre fille toujours aussi placide. Mais ils ont raison tes potes, c'est pas ta vie, fous le camp. » Malik dort sur la table, la tête dans les mains. Prune, qui tient l'alcool comme personne, fume autant que la prostituée brune, avec la même placidité. Elle est bien, là, elle s'amuse.

Le lendemain, Madeleine va trouver Ibsen au 87 pour qu'il l'envoie en Pologne passer du matériel aux camarades trotskistes de Solidarnosc. Ibsen lui rit au nez : « On n'envoie pas de femmes. Et certainement pas toi. » Mais il l'inscrit dans l'équipe qui part à Reims faire la campagne des élections européennes. Pour la première fois, Pierre Lambert se présente sous son vrai nom : Pierre « Boussel » conduit la liste du Mouvement pour un parti des travailleurs (MPPT).

Sur l'autoroute, un membre du Comité central conduit : Angelo vient de la Ligue, le frère ennemi pabliste. Madeleine aime les diffs à l'heure de l'embauche et de la sortie des bureaux, ou, à l'aube et à la nuit, devant les usines de la zone industrielle. Elle aime, le reste du temps, sillonner la ville avec la camionnette, s'arrêter dès qu'on voit un mur, sortir le matériel, placarder les affiches à grands coups de balais et de colle. Et le soir, au restau, manger des profiteroles au chocolat avec les camarades.

Les ouvriers sortent de la taule harassés, sombres. Ils se cognent à Madeleine sans la voir, ou s'arrêtent, par désœuvrement, pour se distraire un peu. « Des rigolos, les gauchistes, mais qui nous veulent du bien. Quoique. » Un mec, petit, fonce droit sur Madeleine, la saisit au col de sa chemise et la soulève de terre : « Qu'est-ce que tu viens nous narguer ? Toi et tes copains, vous deviendrez profs ou députés, que nous on sera toujours dans not'merde. »

Elle n'a pas le temps de se remettre qu'un vigile l'attrape par le bras et la refoule brutalement derrière le portail. Un car de police débarque, elle ne les a pas entendus venir : « Alors là, mes petits pères, on va pas vous louper. Ça fait trois jours qu'on vous suit. 1. On vous colle une amende pour affichage sauvage. 2. Les diffusions de tracts sont interdites dans l'enceinte de l'usine : rebelote. 3. Vos papiers. »

Madeleine est stupéfaite : elle est révolutionnaire, mais dans le fond elle a confiance dans les institutions républicaines de son pays et ne peut pas concevoir qu'on puisse être interpellé comme des criminels parce qu'on distribue des tracts devant une usine nationale et même européenne pour une élection. Elle monte avec Angelo dans le panier à salade. On leur confisque leurs papiers, qu'un des flics part faire vérifier au commissariat. Une heure après, il revient, interroge chacun d'eux à part. Les tutoie. À Madeleine, il explique qu'elle est fichée comme toute sa famille de « cocos », et parce que son père a fait de la prison pendant son service militaire. À tous, les flics ordonnent de quitter la ville dans les vingt-quatre heures, sous peine d'être placés en garde à vue.

À Carmaux, la ville de Jaurès, les diffs à la sortie de la mine sont plus bouleversantes encore : les hommes sortent des monte-charge en titubant, les visages noirs, aveuglés par la lumière du jour et brisés de fatigue. L'un d'eux, hagard, le regard fou, parle tout seul. Ces mineurs, comme nombre d'ouvriers, ne survivront pas à la retraite. Ce sont les esclaves modernes.

Le soir, Madeleine dort avec Angelo dans une chambre d'hôtel minable à deux lits. Elle commence à faire sa toilette au-dessus du lavabo. Il l'entraîne vers le lit. Et le lendemain reprend son habituel ton brutal.

Au retour à Paris, Angelo demande à Madeleine de lui prêter son appartement pour recevoir des *taupes,* des *clandés,* des *soums* – des camarades TK planqués au PS, quoi.

Le lendemain soir, coup de téléphone. Belle, la copine d'Angelo, supplie Madeleine de lui avouer ce qui s'est passé à Carmaux. Belle cherche un prétexte valable pour quitter Angelo et afficher sa liaison avec un dirigeant de la Fédérale étudiante. Madeleine avoue, et que ça n'a aucune importance pour elle. Deux heures après, faubourg Saint-Martin, Angelo l'insulte violemment. Après son départ, elle appelle Prune en pleurant : en plus, elle vient de perdre son boulot. Son contrat à la FNAC est terminé et on ne l'a pas reprise. Prune fait remonter. Angelo reçoit un blâme.

Une semaine plus tard, JC propose à Madeleine de l'embaucher comme secrétaire d'une espèce de structure politique fantôme, intermédiaire flou entre le PCI et le futur parti des travailleurs, qu'il vient d'inventer parce qu'il ne supporte plus d'être enfermé au 87. Il en est le seul membre avec le fidèle Raillard. Le local est situé 84, passage du Désir. En face de l'entrée du passage, côté faubourg Saint-Denis : le 87. À l'autre bout, à droite de l'entrée du passage, le n° 91 rue du Faubourg-Saint Martin : l'appartement de Madeleine est situé au premier étage de l'un des escaliers de la cour. Le passage du Désir est coupé en son milieu par le boulevard de Strasbourg. Au coin du passage du Désir et du boulevard de Strasbourg, côté faubourg Saint-Denis, le troquet Le Major. Entre le Major et le métro Château-d'Eau, le BN (Bureau national) de l'UNEF. Prune et Madeleine déambulent toute la journée dans ce territoire en forme de croix.

Installée au rez-de-chaussée, au fond du petit local du passage du Désir, Madeleine est censée répondre au téléphone. Mais, à part Prune, personne n'appelle jamais, et il n'y a aucun courrier à classer. Non seulement elle ne remercie pas JC de ce drôle d'emploi à temps partiel et au SMIC qu'il lui a trouvé, mais elle lui en veut. Pour lui manifester sa réprobation, elle ne répond pas aux « Bonjour, mademoiselle » sonores et ironiques qu'il lui lance chaque fois qu'il entre.

En passant, il dépose devant elle une liasse de feuillets : la bibliographie de la thèse de sociologie politique qu'il est en train de rédiger, *Les Structures sociales et politiques du bonapartisme : de Napoléon Ier à François Mitterrand.* Et s'enferme dans son bureau du premier étage avec le fidèle Raillard.

Voilà où elle en est, à subir la charité du *chef.* Ce qu'elle voudrait, ce n'est pas s'ennuyer dans ce local à taper à la machine l'écriture hiéroglyphique de JC, mais reprendre des cours de théâtre, apprendre le piano et le chant. Le chauffard qui a tué sa grand-mère a versé à toute la famille des dommages et intérêts : avec l'argent, elle vient d'acheter un magnifique piano Yamaha noir. Il ne lui reste pas le moindre sou pour se payer des cours.

Prune passe ses soirées à fumer des gitanes filtre au Major en attendant JC. Vers minuit, quand elle est certaine qu'il ne viendra plus, elle rentre chez Madeleine et lit à voix haute les longues lettres enflammées qu'elle lui écrit quotidiennement. Madeleine trouve Prune pathétique et JC salaud.

Un jour qu'elle va porter un document au 87, les deux grilles s'ouvrent sans qu'elle ait besoin de sonner. Sorel, le trésorier du PCI, monte la garde en l'absence du camarade de service et lui demande si elle est bien la camarade Lisa : le Vieux convoque son père tel jour telle heure dans son bureau.

Madeleine s'étonne auprès de Prune : c'est une idée de JC. Il a parlé de Bernard au Vieux, de cette thèse qu'il écrit sur l'Identité communiste, de son expérience politique, de tout ce que Madeleine ne lui a jamais dit directement mais que Prune lui a répété. Ce n'est pas elle qu'on autoriserait à pénétrer dans le saint des saints ! Elle n'a jamais vu Pierre Lambert que de loin, à la tribune de la grande salle du 87, ou de la Mutualité.

Après son entretien avec Lambert, Bernard écrit une série d'articles dans la revue du PCI, où il annonce la fin imminente de l'URSS : « L'effondrement électoral du PCF de 1981-1984 est le signe, dans l'un de ses points d'ancrage les plus solides, les plus anciens et les plus hautement significatifs, de la crise terminale du stalinisme. Le phénomène communiste mondial a perdu la compétition qu'il poursuivait avec et contre les pays capitalistes d'Occident. » JC le coopte dans sa cellule.

Un midi, comme Madeleine chante à tue-tête en remontant quatre à quatre les marches de l'escalier du métro Château-d'Eau, la silhouette de JC se dessine dans le soleil. Il marche vers elle, en grande tenue de visite aux ministères, costard-cravate et cartable de cuir à la main. Il est beau. Il a l'air gai lui aussi. Ses yeux noirs lui sourient. Elle se sent désirable soudain, comme si un corps nouveau lui était donné, elle est une plante assoiffée recevant une douce pluie d'été. Confuse, elle arrête sa chanson au milieu d'une phrase, et, sans y penser, saisie, surprise, pour la première fois répond à son salut.

Tout le reste s'efface : le PCI, l'UNEF-ID, la politique, Prune, son père. Deux corps flottent dans l'air, et c'est comme si, seuls de leur espèce, ils se reconnaissaient.

Plus tard, Madeleine a pensé que ce jour-là et pour toujours ils s'étaient donné raison d'exister.

Au mois d'août, Madeleine est allongée nue au soleil dans le parc de la maison que sa mère a louée à Saint-Florentin, près du terrain d'aviation (l'amant d'Arlette est pilote de ligne). Elle lit *Que faire ?* de Lénine. Cette conception militariste du militantisme et du parti révolutionnaire est entraînante. Mais ce qu'il faudrait, c'est reprendre la question politique autrement, d'une manière plus radicale. Dans une vague réminiscence de Descartes, elle se demande : là, nue au soleil, *quels sont mes vrais besoins* ? Comme autrefois sur la côte d'Ormoy, elle veut reconstruire l'ancien village détruit par la guerre, mais l'organisation lui importe moins à présent que la qualité des relations nouées entre les villageois. Elle se dit que, dans son militantisme, seule est entièrement valable l'amitié nouée avec Prune, Barbara, Jeannot, Mehdi, Jacques, Vincent, Galway.

Ses réflexions l'éloignent considérablement de l'intervention qu'elle prépare pour le camp d'été réservé aux cadres où elle est conviée pour la première fois. Dans ce mouvement vers son sentiment intérieur, elle ne va pas jusqu'à interroger son désir.

Le camp a lieu fin août sur le campus de l'université d'Amiens. Quand elle entre dans l'amphi, Frédéric Decazes est au beau milieu d'un soporifique rapport-fleuve sur l'histoire de la lutte pour les droits civiques aux États-Unis. Il n'y a plus que quelques camarades sur les gradins : JC, Prune, Jeannot, Nadejda et Madeleine. Tous les autres sont allés prendre le soleil sur les talus herbeux qui jouxtent les terrains de sport. Madeleine observe Nadejda assise un rang en dessous, penchée sur un carnet qu'elle noircit avec conscience : elle n'aperçoit que son profil, un beau visage plein de matriochka et l'épais chignon brun. Quand Decazes a enfin terminé, Nadejda range ses affaires dans une serviette en cuir blond, qui ressemble étrangement à celle de JC, et avec les mêmes gestes lents, comme calqués sur ceux de JC, sort de la salle sans regarder personne. JC la laisse passer devant lui, d'un mouvement de retrait à la fois indifférent et trop appuyé.

Prune raconte à Madeleine que Nadejda a encore piqué une crise avant les vacances. Le jour de sa mutation dans le secteur Travailleurs, elle a passé toute une nuit couchée devant la porte de JC au 87. Le matin, quand il est arrivé, elle l'a supplié à genoux, les mains jointes, de ne pas la chasser, qu'elle ne peut pas vivre sans lui et qu'il ne peut pas vivre sans elle, qu'il le sait très bien, et autres propos du même tonneau. Des camarades témoins de la scène ont proposé d'appeler un médecin, mais JC s'y est opposé. Il l'a reçue pendant deux heures dans son bureau, après quoi elle est redevenue normale et s'est résignée, semble-t-il, à son sort. On l'a conviée au camp d'été de la Fédérale étudiante pour ne pas « charger la barque », et parce que c'est une camarade courageuse, déterminée, qui peut rendre encore bien des services.

Sur ce, Prune se sauve en courant : elle veut arriver à temps pour déjeuner à la table de JC. Jeannot et Madeleine se regardent et éclatent de rire. Chisserey (qu'ils n'ont connu ni l'un ni l'autre) avait raison : c'est une *maison de fous.*

Au réfectoire, chaque fois que Madeleine lève la tête, elle croise le regard de JC : il est assis à l'autre bout de la salle, juste en face d'elle. Elle se dit que c'est un hasard, mais ne peut s'empêcher de vérifier s'il la regarde toujours. Aucun doute. Elle détourne les yeux, essaie de combattre le vertige qui la prend, se moque de cette hallucination de solitude à deux au milieu des camarades et l'enferme à double tour dans un petit coin souterrain de son être, parce que ça fait trop plaisir, et que c'est impossible. Elle ne veut pas être folle comme Nadejda, comme Prune.

Dehors, tout le monde s'est éparpillé sur les pelouses. JC s'est laissé entraîner à contrecœur dans une partie de foot. Madeleine trouve qu'il joue mal, mais chaque fois qu'il a le ballon, les autres crient : « Bravo, JC. Vas-y, JC. » C'est ridicule.

Assises au bord du terrain : les femmes. Nadejda se tient à l'écart. Madeleine s'assoit à côté d'elle. L'autre, l'air furieux, la toise sans répondre à son salut. Jeannot et Jacques rappliquent en rigolant de l'intervention pipeau de Decazes. Nadejda les interrompt sèchement : elle a été impressionnée par la masse de lectures, l'exposé historique. Madeleine objecte que c'est curieux d'entendre citer Tocqueville dans un camp d'été du PCI. « Decazes, c'est un droitier, balaie Mehdi. Mais tu as loupé le plus beau, le rapport de JC : il remet en cause les avant-gardes révolutionnaires et le centralisme démocratique ! Si c'est pas du pipeau socedem, ça ? » Nadejda sourit finement : « Ça fait partie de son plan. » Madeleine lui demande de s'expliquer : « Je ne peux pas dire tout ce que je sais. »

La pauvre !

La première réunion de la Fédérale étudiante en septembre 1984 est houleuse : JC, plein de lui-même et de la ferveur des autres, trône au milieu de la tribune : douce musique, tout le monde se fout des paroles. Comme d'habitude, Madeleine ne l'écoute pas. Elle le regarde.

Mehdi l'interpelle soudain du fond de la salle, de sa voix hachée, précipitée, tout son souffle explosant à chaque attaque de syllabe : « Ta seule ligne, camarade, c'est de ménager tactiquement les socedems ! Mais quelle est ta stratégie ? Un parti des travailleurs, ça se décrète pas ! Même si tu réussis à les noyauter, en dernière analyse, c'est eux qui te baiseront : soit tu rallieras leur politique, soit tu te seras confiné dans la marginalité avec les deux socedems que tu auras réussi à leur arracher. »

JC, visage fermé, regarde le pupitre sur lequel il appuie ses deux bras tendus. Laisse Ibsen faire le sale boulot. De toute façon le problème n'est pas là, et tout le monde le sait : ce que le Parti reproche à Mehdi, c'est de s'être trop impliqué dans la Marche des Beurs de décembre 1983. Lambert considère que ces mouvements sociétaux divisent la classe ouvrière et contreviennent aux principes universalistes de construction du parti révolutionnaire. Mais rien ni personne n'empêchera Mehdi de participer à la préparation de la nouvelle Marche pour l'égalité et contre le racisme qui doit avoir lieu en novembre. Il répète : « On est en train de perdre une occasion historique de gagner les enfants d'immigrés. » Et refuse de rejoindre SOS Racisme, structure artificielle créée de toutes pièces par l'Élysée et financée par Pierre Bergé, le P-DG d'Yves Saint Laurent. Beaucoup de militants de l'UNEF autour de Juju sont dans le coup. « L'objectif des anciens pablistes devenus socedems, explique Mehdi à Madeleine, est de *récupérer* le mouvement au détriment des leaders beurs issus de la Marche. JC, pris entre deux feux, l'hostilité de Lambert et ses alliances avec les mitterrandistes dans l'UNEF, n'a pas une attitude claire. »

– C'est Mehdi qui avait raison : l'occasion a été manquée à gauche et à l'extrême gauche de reconnaître une légitimité politique aux revendications des enfants d'immigrés. On ne les a pas laissés conquérir leur autonomie politique. Les conséquences ont été très lourdes : ça a laissé le champ ouvert aux autres sortes d'activisme, le retour à la religion, voire l'adhésion à l'islamisme radical, disait Madeleine à JC en 2010 à Vézelay.

Les accusations qu'Ibsen lance maintenant contre Mehdi ont été soigneusement préparées depuis trois mois : aventurisme, ultra-gauchisme, voire déviation terroriste pour séquestration de député. La partie est jouée d'avance. Personne ne bronchera. Personne ne le défend. Ils font tous corps autour de JC et du Parti.

Tous sauf Madeleine. Et c'est pire que si elle la fermait. D'ailleurs Mehdi lui fait signe de se taire. « Tu vois pas que ça l'enfonce encore plus », dit Jeannot. Mais c'est plus fort qu'elle : ce n'est pas Mehdi qui avait décidé de soi-disant séquestrer Paul Quilès dans son bureau de la mairie du XIIIe, c'est l'ensemble de la cellule Histoire-Droit. « On a tous voté pour. Et d'ailleurs Quilès (Madeleine s'énerve), personne ne l'a *séquestré* : avec quoi on l'aurait menacé, on n'avait aucune arme ! On lui a seulement dit qu'on resterait dans son bureau tous les trois tant qu'il aurait pas téléphoné à la mairie de Paris pour faire part de nos revendications. On était Jacques, Mehdi et moi, Jeannot attendait en bas, tu parles d'une bande de terroristes ! On voulait qu'il promette de défendre la gratuité dans le métro pour les chômeurs de moins de vingt-cinq ans. C'était dans le programme du PS, non ? Et le PS, c'est pas des *ultragauchistes*, que je sache. »

Madeleine ne sait pas que Paul Quilès, depuis peu ministre du Logement et des Transports, a été élu maire du XIIIe avec le soutien actif des lambertistes locaux.

Mehdi est plié en deux sur sa chaise, la tête dans les genoux. Responsable depuis la rentrée de la cellule Histoire-Droit de Paris I, il avait succédé à Galway qui a eu le Capes et a rejoint le secteur Enseignants. Il sait qu'il sera démis de ses fonctions et qu'au mieux il s'en tirera avec un blâme. Ibsen reprend très calmement, avec le petit ton doucereux et ironique qu'il adopte spécialement pour Madeleine : « Depuis quand, chère camarade Lisa, une cellule décide à elle toute seule de la ligne du

Parti ? » Madeleine s'époumone : « Je croyais que c'était à l'ordre du jour de remettre en cause le centralisme démocratique ! » Ibsen hurle pour couvrir sa voix et la décourager de continuer.

Le soir en rentrant, elle décide de quitter la Fédérale étudiante.

En novembre 1984, Madeleine emménage dans le XVIIe avec Rodolphe, qui cherche du travail. Ils rejoignent la cellule locale dite cellule Villiers qui se réunit rue de Lévis chez la camarade Vlassik. La responsable de la cellule est Nadejda. La création du Mouvement pour un parti des travailleurs suscite de nombreuses discussions. Les camarades sont de plus en plus sceptiques : le recrutement n'a pas fait de bond significatif. Pourquoi s'encombrer d'une nouvelle organisation qui redouble l'ancienne, toujours existante : le PCI est une composante du MPPT. Au fil des semaines, il devient de plus en plus évident qu'une lutte souterraine oppose les partisans d'une dissolution du PCI dans un parti des travailleurs qui serait proclamé, et les tenants de la ligne Lambert, qui condamne le MPPT à demeurer une organisation fantôme, succube attrape-tout du PCI.

L'amour de Nadejda pour JC s'est retourné en haine, et elle insiste à tous les détours de ses rapports politiques sur la nécessité de constituer avant tout une avant-garde de révolutionnaires professionnels – autrement dit un parti marxiste-léniniste-trotskiste pur, sans mélange avec les autres tendances de gauche. Madeleine objecte : « Comment justifier alors l'exclusion de Just, qui ne disait pas autre chose ? »

L'obstination de Nadejda à défendre cette ligne sectaire est d'autant plus irritante que sa rigidité est trop visiblement le rempart défensif d'une fragilité qui affleure. En la combattant, Madeleine lutte contre sa propre faiblesse : Nadejda n'est pas une adversaire coriace, elle s'énerve tout de suite. Mais elle est soutenue par Catherine Vlassik, la sœur du garde du corps de Lambert. Membre du Comité central en charge du service d'ordre du PCI, Lionel Vlassik est réputé pour sa violence et son machisme – réputation qu'il entretient avec soin. Recruté en Israël juste après la guerre des Six Jours par le Brésilien Felipe (secrétaire général de la Quatrième Internationale lambertiste), Vlassik est, dit-on, un ancien agent du Mossad.

En tout cas dans la cellule Villiers, Catherine Vlassik est l'œil de Lambert.

Nadejda propose de voter un blâme contre Madeleine parce qu'elle défend l'orientation de la dissolution du PCI dans le parti des travailleurs. Cette initiative se retourne contre elle : les autres camarades de la cellule, irrités par les manières ultra-dirigistes de leur responsable, refusent de prendre part au vote et en appellent au secteur. Nadejda est sur la sellette.

La réunion de secteur a lieu dans une petite salle du 87, juste en face du bureau de Lambert. Tous les membres de la cellule Villiers ont été convoqués, mais seules Nadejda et Catherine Vlassik sont présentes. Madeleine est très en retard : il n'y a plus de place autour de l'immense table ovale quand elle arrive. Elle s'assoit légèrement en retrait. Aucun visage connu parmi les responsables des cellules Travailleurs du XVIIe. Le membre du Comité central qui préside la séance (elle ne l'a jamais vu) en est à la situation internationale, dernier point du rapport politique.

Nadejda, tirée à quatre épingles comme d'habitude, très sombre, les yeux cernés, le visage bouffi, noircit un carnet. Madeleine se sent tout à coup très lasse et ne sait plus trop ce qu'elle fait là.

Chacun des responsables rend compte des discussions dans les cellules : c'est vite bouclé, ça tourne autour de la même question, le scepticisme des camarades quant à la nouvelle organisation, le MPPT. Le rapport de Nadejda est honnête : elle expose le désaccord de fond entre Madeleine et elle.

La réponse du membre du Comité central surprend autant Nadejda que Madeleine : il est clair que c'est un proche de JC (il quittera l'organisation avec lui quelques mois plus tard) : « Le Mouvement pour un parti des travailleurs prend acte de la crise des partis ouvriers traditionnels, non seulement la mort annoncée du PCF, orchestrée par Mitterrand, mais aussi la crise de la social-démocratie, qui a débuté au moment du tournant de la rigueur en 1983. »

« Ouais, on les enterre un peu vite, les stals et les socedems », grogne Catherine Vlassik. Les autres en profitent pour rire un peu, se détendre, tousser. Le membre du Comité central ramène le calme d'un geste et continue en pointant son index, signe que ça devient sérieux : « Ceux qui regardent en arrière et ne sont pas capables de s'adapter aux exigences nouvelles de la situation sont objectivement complices de la politique de division des staliniens : ils combattent la vitalité de la classe, qui sait, à chaque étape de développement de la situation mondiale, inventer toujours de nouvelles issues aux pires situations qui lui sont faites. »

Traduction : les *sectaires* qui s'opposent à l'inéluctable proclamation du parti des travailleurs et à la dissolution des trotskistes dans cette nouvelle organisation centriste sont des ennemis à combattre aussi férocement que les staliniens.

Et sans transition, le membre du Comité central aborde le dernier point de l'ordre du jour (le problème politique de la cellule Villiers) : « Nous proposons à la camarade Nadejda de remettre sa démission de responsable pour dénouer l'impasse dans laquelle se trouve la cellule Villiers. »

Nadejda s'affaisse dans un petit cri.

Un instant, Madeleine est submergée par un sentiment de triomphe. Mais l'effondrement de Nadejda est effrayant. Son joli visage est méconnaissable. D'une voix blanche, elle déclare s'incliner devant la décision de la direction et renoncer à briguer à nouveau la responsabilité de cette cellule. Sa phrase se finit dans un hoquet de larmes. Elle quitte précipitamment la pièce. Catherine Vlassik, qui a assisté sans mot dire à l'hallali, sort avec elle.

Le camarade du Comité central, l'air visiblement soulagé par cette double sortie, donne la parole à Madeleine avec un sourire détendu et complice.

Madeleine est désorientée : elle avait combattu farouchement Nadejda parce qu'elle croyait s'attaquer en minoritaire à la ligne de la direction. Et voilà que le rapport de forces s'est inversé. Ça ne lui convient pas du tout : elle balbutie qu'elle n'est pas venue là pour faire le *procès* de la camarade Nadejda, et qu'elle n'a pas cherché à la pousser à la démission. Tout ce qu'elle dit sonne faux. Le membre du Comité central ne manque pas de le lui faire remarquer : ce serait bien qu'elle se propose pour diriger la cellule Villiers. Madeleine bredouille, s'embrouille, bafouille, refuse.

Elle en a par-dessus la tête de ce fonctionnement bolcheviko-léniniste, ne croit plus un instant qu'un tel parti soit capable de prendre la tête d'une quelconque *révolution* – et n'est franchement plus très sûre de le souhaiter.

Après cette affaire, Madeleine demande à rejoindre la cellule Spectacle. JC l'envoie à Felipe : le camarade brésilien, responsable de l'Internationale lambertiste et du secteur Arts, accepte de l'y coopter. Sa nouvelle idée est de devenir cinéaste en se formant sur le tas et de réaliser un film sur Migennes et l'affaire de 70. Maurice Dugowson, le père de Flo, lui procure un stage de montage 35 mm.

Les réunions de la cellule Spectacle ont lieu chez… Sonia, alias Louve, l'ancienne amante de Chisserey le suicidé, l'amie de sa mère dans les années 1970. Madeleine pensait bien l'avoir aperçue une fois dans la cour du 87, mais elle n'était pas sûre. C'est une étrange coïncidence de la retrouver là. Les autres membres de la cellule ne sont pas moins curieux. Ce sont les stars du PCI : Corentin Quideau, directeur commercial chez Cartier, le metteur en scène Bernard Murat, Nadine Trintignant, Pierre Arditi, le comique Alex Métayer, les réalisateurs Alain Corneau et Pierre-William Glenn. La plupart d'entre eux demeurent invisibles. Des camarades sont désignés pour aller réclamer leurs « cotises ».

En fait, à partir de cette époque nouvelle, le lien de Madeleine avec le PCI devient très ténu. Elle n'assiste plus que sporadiquement aux réunions – surtout depuis qu'elle a entendu le camarade Corentin Quideau soutenir un parallèle entre l'extension de la révolution mondiale et la politique du commerce extérieur chez Cartier.

La bouffonnerie a assez duré.

En décembre 1985, JC fait une nouvelle proposition au Congrès du PCI : convoquer en juin 1986 un congrès de fondation du parti des travailleurs ouvert à tous les militants révolutionnaires appartenant ou non aux partis traditionnels du mouvement ouvrier PS et PC. Le conflit souterrain depuis un an et demi éclate soudain au grand jour : Lambert combat ouvertement la motion de son dauphin. Madeleine trouve la situation grotesque : la ligne de JC est pourtant dans la logique de la création du Mouvement pour un parti des travailleurs. À l'évidence, Lambert a peur de perdre le contrôle de son groupuscule et ne veut pas rompre avec les méthodes de gestion staliniennes qu'une organisation plus ouverte rendrait impossibles.

Dans la cellule Spectacle, le ton s'est durci : le monteur d'Alain Corneau est sur les positions de Lambert. Ses rapports politiques, saturés de menaces, traitent JC de génie de village (l'insulte préférée de Lambert) : ses fausses bonnes idées cacheraient un vrai travail de fraction.

Les habituelles provocations ironiques de Madeleine sur l'absence de discussion et de démocratie dans le Parti la font soupçonner d'appartenir à la clique JCiste. Elle en rajoute. Qu'on en finisse. Quelle différence entre les méthodes staliniennes revendiquées par Lambert et le PC des années 1950 ? La justification par la lutte contre le stalinisme est insoutenable.

Au passage, Madeleine se demande si elle n'a pas adhéré au PCI précisément parce que les lambertistes sont des staliniens qui s'ignorent : même ouvriérisme, même faux accent faubourien pour les anciens vrais prolos ou les tout à fait faux se payant une tranche d'exotisme social, comme Gautier, même haine affichée des pédés et des gauchistes. Le statut des femmes y est pire encore : rares, elles sont cantonnées pour la plupart au rôle de pot de fleurs que s'échangent les mâles dominants. La rigidité doctrinaire est encore plus caricaturale.

L'histoire se répète. Sauf que : « La première fois, c'est une tragédie, la seconde fois, c'est une farce ». Karl Marx.

Le dimanche 16 mars 1986 à vingt heures, une cinquantaine de camarades parisiens regardent la télévision installée au milieu de la grande salle du 87 : la droite a gagné les élections législatives, et pour la première fois le Front national a des députés. Madeleine, attristée par les résultats, est assise au premier rang sur les longs bancs de bois, entre Mehdi et Prune. Ceux qui ont gagné ce soir, ce sont les revanchards de 1981, les chemises rayées et les polos Lacoste de l'Ouest parisien. Ceux qui ont perdu :

tous les autres. Et ça fait un moment qu'ils ont perdu, depuis au moins mars 1983. Depuis toujours peut-être, pense Madeleine.

Prune lui chuchote à l'oreille qu'il se passe des choses graves. Au fond de la salle, JC est entouré de Ben, d'Ibsen, de Michel, de Gautier : ils ont des mines de conspirateurs mais pas beaucoup plus que d'habitude. Madeleine s'en fout des histoires de JC, elle est d'une humeur noire, surtout depuis que Lambert a commencé son petit discours. C'est la première fois qu'elle voit le petit homme de près : elle le trouve mécanique, pas convaincant, vraiment pas à la hauteur des événements. Prune insiste : « Lisa, il va falloir que tu choisisses ton camp. JC a constitué une fraction. » Madeleine sursaute : Lambert, qui parlait très bas, presque inaudible, s'est mis soudain à hurler, l'index plus menaçant que jamais : « *Les… camarades… qui s'imaginent… qu'ils peuvent… im-pu-né-ment*… Il s'arrête longuement toutes les deux-trois syllabes, ralentissant le rythme à tel point qu'on peut penser qu'il va s'arrêter… *trahir… l'organisation*… Il vocifère maintenant, son visage est une grimace hideuse… *sans-laquelle-ils-ne-seraient*… Il lève lentement son bras, le laisse tomber en travers comme un coup de fouet, et hurle de tous ses poumons : *RIEN*. »

Madeleine ne comprend qu'après coup ce qu'il dit : « Les camarades qui s'imaginent qu'ils peuvent impunément trahir l'organisation sans laquelle ils ne seraient RIEN ne méritent que notre mépris, le mépris dédaigneux que la classe a toujours réservé à ses renégats. »

Agitation au fond de la salle. Deux groupes se font face, du côté droit Vlassik, Dan, Lacaze, Angelo. Du côté gauche Malik, Michel, Gautier, Yvernat, Ibsen : on dirait qu'ils vont se battre. Madeleine fait enfin le lien entre les vociférations de Lambert et ce que Prune vient de lui dire. Mehdi glisse son bras sous le sien et lui murmure à l'oreille : « Il a raison le Vieux, qu'est-ce qu'on en a à foutre de ces petits bourges de la Fédérale étudiante, hein Lisa ? » Un genou s'enfonce fortement dans les reins de Madeleine. Elle se retourne : c'est Ibsen venu se placer juste derrière elle. Il plante les yeux dans les siens. Mehdi lui serre un peu plus fortement le bras. Un brouhaha. Elle se retourne encore : JC quitte la salle d'un pas vif, encadré par Malik, Gautier et les autres. L'autre groupe hésite à les suivre. Vlassik consulte Lambert du regard. Le Vieux balaie discrètement l'air de la main, comme pour dire : « Qu'ils partent ! » Et continue son rapport sur la « fausse gauche sociale-démocrate des patrons, des coquins et des maroquins qui a récolté ce soir les fruits de sa trahison ».

Madeleine veut se lever, Mehdi l'en empêche et recommence à chuchoter dans son oreille : « Tu te souviens de Quilès péteux dans son putain de bureau ? Ils doivent en mener pas plus large à présent, JC et ses potes. Ils sont de mèche avec les socedems, ils l'ont toujours été. C'est pour ça qu'ils m'ont mis un blâme. Ils veulent rejoindre le PS. Qu'ils y aillent, qu'ils aillent se faire mettre. » Le genou d'Ibsen s'enfonce dans les reins de Madeleine à lui faire mal. Elle explose : « Merde, Ibsen, fous-moi la paix ! J'ai quand même le droit de parler à Mehdi. » Ibsen s'en va. Prune revient s'asseoir à sa gauche. Mehdi regarde Prune méchamment : « Tu veux tenir la chandelle ? » Madeleine s'aperçoit alors qu'il a l'air fébrile et fatigué. Qu'il a grossi, enlaidi. Elle lui dit de laisser tomber, que de toute façon elle n'y croit plus. Elle lui raconte Nadejda, la cellule Spectacle, Corentin Quideau. Il pousse de grands soupirs à chaque récit. Pour finir elle lui sert son petit topo sur la démocratie dans le Parti mis au point au fil des cellules avec Nadejda et le monteur, sans se rendre compte qu'elle lui inflige le discours des *fractionnistes*. Soudain, très las, il retire son bras de dessous le sien : « Tu fais ce que tu veux, Lisa. Moi, quoi qu'il arrive, je reste fidèle au Vieux. Mais ça veut dire qu'on ne se reverra pas. » Elle essaie de rire, lui dit qu'il dramatise, qu'ils ont tous « la tête à l'envers ».

À présent, Lambert est parti, la salle se vide, la tension retombe, mais la tristesse est poignante, envahissante. Mehdi redevient tendre : « Promets-moi que tu vas t'occuper de toi. Pas d'eux, de toi. Eux, ils vont chercher à t'instrumentaliser, c'est tout. JC surtout. Fais gaffe à JC. »

Madeleine lui demande ce qu'il fait en ce moment. Mehdi suit un stage d'assistant réalisateur à la SFP : « Mais j'ai pas d'illusions et toi non plus tu dois pas en avoir. Tout leur est réservé. Pour réussir, il faut être un chien, une pute. Je ne crois pas que je sois fait pour ce métier. Toi encore moins. » Madeleine se tait et essaie de lui sourire : elle voudrait lui trouver un espoir qu'elle n'a pas pour elle-même. « Me regarde pas avec ces yeux-là. Fous le camp maintenant. » Elle veut protester, mais Mehdi se lève et s'éloigne. Prune lui envoie dans le dos son chapelet de jurons obscènes. Pour la forme. Il se retourne encore vers Madeleine : « Tu te rappelleras ce que je t'ai dit ? »

C'est la dernière fois qu'elle croise son regard.

Elle apprendra sa mort, par hasard, bien des années plus tard.

Prune l'attrape par le bras : « Bon, on va se faire une bouffe au chinois, que je te raconte. » Madeleine suit encore un peu Mehdi des yeux, mais la curiosité est la plus forte, et l'envie de soûler sa tristesse dans le bavardage de Prune. Elle passe la double grille du 87 : ça aussi, c'est pour la dernière fois. Jeannot les a rejointes, ils tournent et retournent ensemble les derniers événements : « Est-ce qu'on va vraiment quitter le Parti pour rejoindre le parti socialiste ? Est-ce que c'est un truc arrangé de longue date entre JC et Jospin-Mitterrand ? » Madeleine se demande soudain ce que devient Nadejda : « Tu ne sais pas ? »

Non, Madeleine ne sait pas.

« Nadejda est morte. »

À l'automne passé, un an après cette réunion de secteur au 87 où Nadejda avait démissionné de ses fonctions de responsable de cellule, des passants avaient alerté la police parce qu'une jeune femme s'était mise nue sous le buste impassible d'Henri Becque, place Villiers, et qu'à genoux, elle lui adressait de déchirantes et érotiques suppliques.

Nadejda n'avait personne en France, aucun parent, aucun ami. Il ne lui restait comme famille qu'une vieille *babouchka* à Moscou. Sur elle, ils ont trouvé seulement un numéro de téléphone, celui de Catherine Vlassik. « C'est la sœur du garde du corps de Lambert qui a signé l'autorisation d'internement à Sainte-Anne. »

Ce seul fait aurait déjà bouleversé Madeleine. Mais Jeannot continue sans répit : « On l'a trouvée morte dans sa chambre le jour de Noël. Elle avait peut-être absorbé trop de médicaments. Il paraît qu'elle buvait en cachette. Mais comment aurait-elle pu se procurer de l'alcool à l'hôpital ? »

Madeleine pense : « Cette fille, c'est moi qui l'ai tuée. »

Le 14 avril, la fraction JC-Ben quitte le PCI en bloc. Madeleine écrit sa lettre de démission le 21. Prune lui raconte : « les hommes de Lambert ont loué un appartement pour surveiller nos allées et venues au nouveau local rue de Lancry. » Les menaces de mort pleuvent. JC doit changer de planque tous les trois jours. Il ne tiendrait pas le coup sans sa compagne : pour l'honorer, il a baptisé US, pour Unité socialiste, le groupe des quatre cents de la Fédérale étudiante sortis du PCI avec lui.

Comment ne pas être avec JC ?

De *chef,* il est devenu *martyr.*

Aux réunions d'Unité socialiste, l'atmosphère est au sauve-qui-peut individuel et, à ce jeu, tout le monde ne part pas exactement à égalité de chances. Madeleine sympathise avec une jeune femme marrante en rollers qu'elle n'avait jamais vue chez les lambertistes. Née à Migennes, Carine travaille dans la pub : elle est la fille du patron de la CAPPY, l'usine dont Francis avait été licencié en 1975 après une longue occupation très dure, qu'il avait dirigée.

Le 7 juin 1986, à Clichy, les quatre cents militants d'Unité socialiste votent à l'unanimité l'entrée au PS. Madeleine monte à la tribune : « Nous sommes démocrates, nous sommes socialistes. Nous sommes démocrates-socialistes. Nous sommes les Rouges. » JC se lève et applaudit. Il envoie Ibsen proposer à Madeleine d'intégrer la direction du groupe.

Madeleine passe son mois d'août dans un bureau sur le bord du périph à trier des factures de la MNEF pour moins que le SMIC. Qu'est-ce qu'elle va faire de sa vie ? Cette fois, il lui faut vraiment reprendre des études : elle décide de préparer l'année suivante l'Examen spécial d'entrée à l'université réservé aux jeunes salariés sans bac : l'ESEU.

– Mitterrand ne voulait pas que je dissolve Unité socialiste : il voulait qu'on rejoigne le PS à l'occasion d'une nouvelle grande Convention de la gauche qui aurait permis de recommencer l'opération d'Épinay, disait JC à Madeleine en 2010.

Mais, prenant acte du vote des militants, le Président lui propose de fonder une tendance de gauche dans le PS. JC refuse. Il en a assez de tenir à bout de bras ce groupe qui n'a aucune cohérence politique : à US, certains sont encore révolutionnaires, d'autres depuis longtemps sociaux-démocrates ou même, déjà, sociaux-libéraux.

Madeleine, elle, aurait préféré l'entrée en fraction au parti socialiste sur une ligne de gauche préalablement définie. À la dernière assemblée générale d'US, elle s'oppose à la ligne de JC, qui propose que chacun des militants adhère individuellement au PS. Elle est mise en minorité mais réussit à faire voter le principe de la rédaction par la direction d'un texte programmatique, définissant une plate-forme minimale d'objectifs politiques. Une date est fixée pour élaborer ce texte.

Le jour convenu, lorsqu'elle arrive au local, elle comprend tout de suite que personne ne veut de cette réunion. Elle se met en colère. « Tu veux qu'on se réunisse, alors on va se réunir », menace Ibsen. Tous les membres de la direction présents finissent par s'asseoir autour de la table dans une salle, Yvernat, Raillard, Michel, Belen, et trois ou quatre autres, goguenards. Tous sauf JC : il est dans son bureau, juste à côté, la porte ouverte, mais n'apparaît pas.

Ibsen sonne la charge : met en cause la situation personnelle de Madeleine (le chômage), ses amis marginaux (traduire : « extérieurs » au PCI et à US), son allure de punkette, ses opinions anarchistes et ses mœurs de gauchiste décomposée. Il ne la laisse pas articuler un mot. Si elle n'est pas contente, la porte est grande ouverte. On n'a pas besoin d'aventurière. La réunion vire au lynchage de la camarade Lisa. Elle quitte la réunion en larmes, sans avoir eu le loisir d'articuler un argument. À la sortie, Assoun la bouscule violemment : « Fais attention à toi, parce que tu commences à nous emmerder sérieusement. » Belen fait mine de la consoler : « La politique, c'est pas toute ta vie. »

Le lendemain matin, la rage a succédé à la désolation. Madeleine fait ce qu'elle aurait dû faire la veille : elle surgit dans le bureau de JC et lui balance dans la figure qu'elle n'est pas dupe de sa petite opération, contrairement à la bande de crétins qui l'ont *tuée* la veille : « Toi, tu deviendras député, tu seras le seul à tirer un bénéfice politique de ce qui est en train de se passer. Et tu le sais. »

JC lève lentement la tête, ramassé sur lui-même dans son fauteuil pivotant en cuir. Il la fixe sans rien dire. Ses yeux noirs brillent, ses joues sont empourprées, un léger sourire se dessine sur ses lèvres. *Toi, tu deviendras député. Tu feras une carrière politique au parti socialiste*. Le temps d'articuler ces phrases longuement ruminées, et la colère de Madeleine tombe. Elle a beau prononcer le mot « carrière » avec toute l'ironie méprisante qu'elle peut trouver en elle, ses mots résonnent soudain tout autrement dans le petit bureau.

JC n'est encore, à ce moment-là, que l'ex-président de l'UNEF-ID, ex-numéro deux d'un des trois groupuscules trotskistes, en rupture de ban, et n'entraînant avec lui au parti socialiste qu'une poignée d'étudiants fortement divisés. En affirmant comme un fait accompli son but secret : se faire élire député, intégrer la direction du parti socialiste, elle a exprimé son désir. Surtout : elle lui a fait ce plaisir d'énoncer comme un fait certain ce qui n'est encore pour lui qu'une bataille à l'issue douteuse, loin d'être gagnée.

Pire : non seulement l'agression tourne au compliment, mais il est évident que, malgré elle, quelque chose dans ce qu'elle dit ou dans la manière dont elle le dit, quelque chose dans l'obscur interstice de leur sous-conversation, sa présence même devant lui ce matin, lui notifie qu'à ce désir, qu'à son désir à lui, elle consent.

JC le disait beaucoup plus tard à Madeleine :

– En me présentant comme un grand manipulateur, tu me supposais une puissance que je n'avais pas.

Madeleine prête à JC une force qu'en l'énonçant elle fait exister.

Mais du coup, tout le paysage est changé. Ce qu'elle est venue dire à JC, ce n'est plus la vérité de son opération politique, mais la confirmation du pouvoir qu'il a pris sur les autres – elle comprise. La portée de ses paroles contredit leur sens. De dénonciatrice, elle devient complice. Complice de la jouissance de JC.

Madeleine se sent nue sous son regard dans sa courte robe vert pomme. Se trouble. Continue à soutenir sa colère par des phrases, mais en dessous, souterrainement, elle ne peut empêcher qu'une autre vérité, une vérité parallèle, chemine : le désir de JC se nourrit de son consentement secret à sa volonté de puissance.

Le mirage de 1984 reprend.

Elle s'en va désarçonnée, partagée entre la tristesse de la rupture avec les ex-lambertistes, et un réconfort secret, vague, impossible à définir, qui l'embarrasse.

Le mois suivant, JC lui fait passer par Prune le message qu'il veut l'aider à trouver un stage de cinéma, qu'elle peut l'appeler. Prune ajoute même : « Tu lui plais. Je suis jalouse. » Alors pourquoi accepte-t-elle de servir de boîte aux lettres ? Madeleine ne donne pas suite.

Après deux réunions chez les socialistes du XVIIe, elle arrête la politique. Son diagnostic est fait, il ne changera plus : le parti socialiste, clanique et clientéliste, n'est pas un parti politique mais une officine de placement.

Il reste l'autre *dignité* prêchée par sa grand-mère Madeleine : l'instruction, la culture.

Lorsque le mouvement étudiant de décembre 1986 éclate, elle n'a pas encore réussi à assister à un seul cours de l'ESEU. Elle croit un moment à un nouveau 68, court le long de la Seine poursuivie par les CRS à la fin de la grande manif du 5 décembre. Tous les ponts sont bloqués par des tanks à eau. De très jeunes lycéens affolés tombent. Un étudiant est tué par la police en fin de soirée. Le samedi suivant, une terrible angoisse l'étreint à la marche silencieuse d'hommage à Malik Oussekine.

Mais le mouvement de 86 la réconcilie avec l'idée de devenir elle aussi une vraie étudiante, et à la rentrée de janvier 1987, deux mois après le début de l'année universitaire, elle réussit enfin à entrer dans la salle de Jussieu où se tiennent les cours de préparation de l'ESEU. Judith Miller, ex-activiste mao et fille de Jacques Lacan, commente *Le Discours sur l'origine de l'inégalité* de Rousseau.

Ça n'est pas facile de recommencer ses études. Pas facile d'aller s'asseoir au milieu des autres et de sagement écouter le prof, après quatre années de rupture et de vie sauvage. La blessure d'avoir été exclue du lycée est ravivée, brûlante. La nuit, elle rêve qu'elle n'a pas le bac et qu'on lui donne l'ordre de le passer : c'est un terrible cauchemar. Rodolphe de son côté, malgré son doctorat de sciences-éco, ne trouve pas de travail, et il faut payer le loyer du studio de la rue de Saussure. Dès le premier mois de l'année, leurs allocations chômage à l'un et à l'autre se tarissent. Un jour que Rodolphe, de plus en plus aigri et avec qui elle s'entend de moins en moins bien, la somme de contribuer aux dépenses communes, elle appelle JC devant lui, par défi : « Tu veux que je trouve du travail ? Tu vas voir, je vais en trouver. »

JC l'invite immédiatement à déjeuner.

Dans le métro qui la conduit à Opéra, Madeleine sait qu'il ne s'agit pas de trouver du travail. Elle regarde son reflet dans la vitre du métro avec inquiétude. Une femme d'une soixantaine d'années assise en face d'elle lui sourit : « Ne t'en fais pas, tu es jolie. » Des larmes lui montent aux yeux.

Il l'attend là, place de l'Opéra, du côté de la rue Scribe, sous les bronzes dorés de Camélinat, et l'emmène dans un de ces restaurants cossus et confortables où elle n'a jamais mis les pieds. Sous la grâce retrouvée du regard de JC et des égards qu'il lui manifeste, la fille fauchée se métamorphose en princesse. Mieux : elle est une Grande Vivante, l'un de ces corps glorieux sculptés par Michel-Ange pour la chapelle des Médicis à Florence.

Toutes ces choses urgentes qu'elle a à lui dire ! Elle lui raconte toute l'histoire, *notre histoire,* depuis la Révolution. Elle invente pour lui des *opéras fabuleux* : cet art total qu'elle voudrait créer et vivre, en musique, danses et chants, ni prose ni temps mort. JC dit : « Tu devrais écrire un roman, l'histoire de l'intégration d'une famille sur plusieurs générations. »

Et il se raconte aussi : la Grèce de Mytilène et d'Alexandre le Grand du côté de ses ancêtres paternels, l'Espagne, la Belgique et le nord de la France du côté maternel, cette arrière-grand-mère qui aurait été, dit-on, la maîtresse de Napoléon III, l'Amérique où son père s'est exilé, le Canada, où il est tombé d'une fenêtre du troisième étage à l'âge trois ans, la danse, le théâtre, les anarchistes, les lambertistes. La marginalité de son père. Son désir d'intégration à lui, le fils du paria grec. *Intégration* : c'est son mot. Il le répète tout le temps. Madeleine et JC se parlent et mangent la nourriture raffinée et familiale de ces restaurants un peu vieillots, chauds et doux, qu'il aime. Quatre mois plus tard, ils se parlent encore. Ne se touchent pas. Pendant quatre mois, de mars à juin, ils déjeunent ensemble tous les quinze jours, et c'est de plus en plus difficile de se quitter.

Un jour de la fin juin, Madeleine monte au dernier étage de la tour du quartier chinois où JC a installé son nouveau quartier général. Elle vient lui annoncer qu'elle a été reçue à l'ESEU, classée deuxième. Qu'elle va enfin pouvoir devenir étudiante, faire des études de lettres, de cinéma. Prune l'aperçoit et, croyant que Madeleine est venue pour elle, lui raconte la nuit qu'elle a passée la veille avec JC.

Madeleine se tait mais son ventre se tord. Elle quitte Prune brusquement et entre sans frapper dans le bureau où JC est en train d'écrire. Elle reste sur le seuil de la porte, attend qu'il lève les yeux. Et des larmes dans la voix : « Je ne veux plus jamais te revoir. »

Deux jours après, elle reçoit une lettre de deux pages : « Je viens de comprendre. J'écris pour réparer. Je ferai tout dans ce brouillard qui m'entoure pour saisir ta main. »

Leur premier rendez-vous d'amoureux est au Luxembourg, devant les orangers du Sénat. Ils s'embrassent. Pendant un mois, ils s'embrassent, à Paris, à Honfleur, sur la plage. Ils s'embrassent encore et encore, comme deux enfants perdus.

Madeleine commence à croire que c'est possible, le miracle accompli par l'amour.

Le 10 juillet 1987, un jour de plein soleil, elle a mis une robe pour la première fois de sa vie, une robe blanche. JC passe la prendre en voiture et la conduit dans un hôtel-restaurant avec piscine près de Mantes-la-Jolie : « C'est toi, ma jolie. » Un effroi la saisit : il l'emmène à l'hôtel, comme une maîtresse, *comme une prostituée*.

Mais dans l'ascenseur qui monte à la chambre, grisée par le champagne, elle est fleur, elle est eau, elle est la peau sous les doigts, la caresse réclamée partout. Son corps brun sur le lit : lisse et doux, large et fort comme le Christ de Michel-Ange au plafond du Vatican, le grain de sa peau si fin, les cheveux comme de la soie, le visage ouvert par l'amour, le trait byzantin des yeux noirs à la Giotto : « Je t'aime. Je voudrais mourir là. »

Au bout du troisième hôtel, début août, à côté de la place du Colonel-Fabien, Madeleine se met en colère.

Elle lui jette à la figure le billet qu'il lui tend pour qu'elle rentre en taxi : « Je ne veux plus te voir. C'est fini. »

En rentrant chez elle, une pneumonie la cloue au lit. Rodolphe la soigne.

À l'automne, Benny Lévy, l'ancien secrétaire de Sartre qui est son professeur de philosophie à Jussieu, la félicite pour son devoir libre en forme de dialogue platonicien : « Est-ce que je peux parler d'amour ? »

– Benny avait souligné ces passages, disait Madeleine à JC :

Elle : Tous ces mots, je les ai proférés dans cet unique but : t'avaler.

Lui : Si je suis piégé, ce n'est pas à tes mots, c'est à une beauté qui ne s'apparente à rien de connu, étrangement singulière. Et tu n'y peux rien.

Madeleine travaille porte de Champerret, dans une boîte de doublage de films, Télétota. En rentrant rue de Saussure à pied, assise sur un banc, elle recopie pour JC ces lignes de Breton : « C'est fermé de tous côtés, je vous assure. Vous ne vous éloignerez plus. L'avons-nous assez désiré cette ignorance du reste. Il commence à faire nuit. Quoi, vous pleurez ? Je crains que vous ne m'aimiez pas. »

Ils se revoient dans la chambre de bonne de Mirjam, boulevard Saint-Germain, le studio de Béatrice rue Jean-Pierre-Timbaud. Elle ne veut plus aller à l'hôtel. Vers la fin de l'année, elle apprend par Prune qu'en septembre il est devenu père d'une petite fille.

Un soir de février 1988, exténuée de doute, meurtrie de cette relation intermittente, elle avoue tout à Rodolphe. Il ne compatit pas, tremble de rage, la chasse à coups de poing. C'est très tard le soir. Elle attrape le dernier métro avec un sac en plastique où elle a rassemblé le maximum d'affaires et se réfugie chez Marie, une femme de quarante ans qui a obtenu l'ESEU comme elle et suit les mêmes cours de Deug à Jussieu. Dans la nuit, une seconde pneumonie se déclare et la cloue quinze jours sur la couche supérieure du lit superposé de la petite fille de Marie. Dans le délire de la fièvre, elle croit que « Paris s'est effondré hier ».

JC vient la voir. Il ne sait pas quoi faire de lui-même dans le tout petit appartement, modeste et joli.

Quand elle est guérie, il l'invite à déjeuner à la Closerie des Lilas. Elle est encore faible, c'est la première fois depuis trois semaines qu'elle sort. Les murs de Paris sont recouverts des affiches de Mitterrand pour la campagne présidentielle : « La force tranquille ». Le petit village sur la photo ressemble à Ormoy.

JC fait partie du staff de campagne. Il est question qu'il se présente aux législatives dans la circonscription gagnable de Picardie dont sa famille maternelle est originaire. Il déclare à Madeleine qu'il veut louer une petite maison à Saint-Valéry-sur-Mer : elle s'y installera. La moitié de la semaine, il vivra avec elle là-bas, et le reste du temps à Paris avec sa femme et sa fille. « Comme ça, tu pourras continuer tranquillement tes études, tu n'auras pas besoin de travailler. »

D'un côté, l'immédiat, le violent bonheur à l'idée de vivre avec JC. De l'autre, ce non-choix absurde, cette manière de la reléguer dans une existence semi-clandestine, de la séquestrer au fin fond de la province, privée de ses amis, de ses cours à la fac. D'en faire sa maîtresse cachée. La blessure l'emporte de loin sur la joie.

Madeleine ne prend pas le temps de réfléchir. Elle lui répond, sur un ton plein d'assurance, qu'il devrait plutôt accepter cette circonscription parisienne du XIXe arrondissement qu'on lui propose aussi, plus difficile à conquérir, mais qui correspond mieux à son ambition d'avoir un destin national. Et puis le XIXe, c'est l'arrondissement de Camélinat.

Il la regarde avec une espèce de saisissement. Une fois encore, elle a énoncé comme un avenir certain son désir secret : avoir un *destin national*.

C'est que, dans ce mythique restaurant de la rive gauche fréquenté par des écrivains et des intellectuels de renom, elle se sent forte et libre, tout à fait au-dessus de la situation à laquelle il veut la réduire. Elle est flattée qu'il lui fasse cette proposition à elle, l'étudiante myope et caractérielle, virée du lycée Victor-Duruy à quinze ans pour indiscipline, elle, le petit mouton noir, comme il l'appelait quand ils étaient encore au PCI, elle, l'incontrôlable, comme disaient les autres. Elle est flattée d'être là avec lui, malgré ses jeans troués et son invraisemblable allure d'adolescente attardée camouflant ses seins sous d'immenses chemises masculines, ses Doc Martens aux pieds et sa veste bariolée violette, presque la même que celle de Madonna dans *Recherche Susan désespérément*. Madeleine aime les situations cocasses, invraisemblables, qui transgressent les codes et les contraintes sociales, et ça lui semble le comble de la situation cocasse, ce futur député socialiste en costume-cravate sombre, qui lui fait à elle cette proposition. À elle, l'irrégulière, l'aventurière, la sans-diplôme, la pauvre fille. Au fond, elle est comblée à cet instant d'être à la fois l'aimée de cet homme, et, par son refus, de conserver entière sa liberté.

Et puis d'ailleurs, pour qui la prend-il ? Comment peut-il penser qu'on puisse ruser avec Madeleine en lui proposant des compromis boiteux ? *Seul l'amour eût pu permettre ici l'accomplissement du miracle.* C'est l'amour ou RIEN.

Madeleine ne peut pas rester éternellement chez Marie, et n'a pas un sou pour prendre un appartement. Frank, qui est en Deug de lettres et vient aussi de l'ESEU, lui propose de venir habiter chez lui, rue Simone-Weil, dans le XIIIe arrondissement. Il ne dit pas tout de suite à Madeleine qu'il vit ailleurs avec son ami. Il cache à tout le monde son homosexualité, aux autres étudiants, à sa famille, à ses collègues de travail (il fait le pion dans une maternelle). Madeleine accepte, sans savoir qu'il a l'intention de la faire passer pour sa copine. Et quand elle comprend, elle décide qu'après tout ça lui va : cette situation-là aussi est cocasse.

Frank est beau, tendre, gentil, parfois même séducteur, admiratif de ses bons résultats à la fac. Son deux-pièces, quasiment dans l'ombre de la tour où JC a conservé son QG, est agréable. Un grand piano demi-queue ravive le goût de Madeleine pour la musique, la bibliothèque est intelligente et variée, avec une note dominante très insistante : Marguerite Duras. *Marguerite*, comme l'appelle Frank, est en photo partout dans l'appartement : son visage jeune en Indochine, petite pomme ridée et rieuse rue Saint-Benoît, avec ses bagues et ses bracelets, ou en jupe, sérieuse, bottines et col roulé sur la plage à Trouville.

Madeleine veut l'écrire enfin ce scénario sur l'affaire de 70. Elle enregistre sur des cassettes ses conversations avec son père, part faire des photos à Migennes : le poste III où Camille travaillait, les cités, la maison de la rue Édouard-Vaillant. Aux HLM, une bande d'enfants vient se placer devant son objectif. Eux aussi sont nés là, mais leurs parents viennent de plus loin : Portugais, Turcs, Algériens, Marocains.

Un matin, rue Simone-Weil, elle est réveillée par la sonnette de la porte d'entrée. Elle ouvre les yeux : la chambre blanche aux stores légers, déjà baignée de soleil, le roulement régulier des voitures dans l'avenue d'Ivry. Ça ne peut pas être Frank, il a les clés et il est trop tôt : il ne passe jamais avant neuf heures moins le quart.

Elle enfile lentement un grand tee-shirt, prend le temps de noter les mots venus dans le sommeil : « Tant d'ombre en moi pour calmer la lumière dont je redoute le plus précieux. » Un nouveau coup de sonnette. Elle se lève et court vers la porte en attachant ses cheveux en chignon avec son stylo.

Sur le palier sombre, brillants dans la pénombre, les yeux noirs rieurs, fiévreux, de JC. Dans ses mains, un bouquet de roses rouges et une bouteille de champagne.

Madeleine se rappelle : le deuxième tour des législatives, la veille. Lui, sur le plateau de la Trois, maladroit et radieux. Frank avait regardé juste le temps de s'assurer de la victoire de la gauche, après quoi il était parti draguer dans les bars du Marais. Elle était restée toute seule dans le noir, devant la télé, heureuse et triste.

JC député. Comme Camélinat. Comme Prosper Môquet.

Et maintenant il est là, le député, sur le palier sombre et laid, et elle ne sait à quelle impulsion céder : ce *cœur de fleur sans cœur* qui s'ouvre à lui, ou sa réticence rancuneuse de petite fille rétive.

Dans le doute, elle le fait cérémonieusement entrer dans l'étroite cuisine tout en longueur, et l'invite à s'asseoir à la petite table sous les photos de Frank et de Marguerite Duras : Frank et ses amis, plus ou moins habillés, Frank entouré de sa mère et de ses sœurs, Duras sous toutes les coutures.

Entre eux, la bouteille de champagne et le bouquet de roses rouges serré dans sa corolle de papier vert.

Lui ne bouge pas. Laisse s'installer le silence.

Sa victoire, c'est pour elle, il la lui offre.

Mais Madeleine s'accroche rageusement à l'idée qu'il est venu chercher une espèce de récompense pour son élection, et elle ne veut pas la lui donner. « Député. Tu parles d'un exploit. Tu étais nul hier soir à la télé. »

JC ne répond pas. Ne cesse pas une seconde de la fixer, enregistre avidement les signes qu'elle laisse échapper de son trouble : sa gaucherie tendre sous la bouderie butée.

Il ne veut pas son désir. Pas encore. Il veut la fléchir. Il veut son assentiment. Il veut ce consentement qui est sa grâce à elle pour lui. Il veut son indulgence sous la colère, le brusque et doux affaissement de son intransigeance, cette faiblesse qu'elle a pour lui *en connaissance de cause*, et dont il lui faut, chaque fois, retrouver le secret chemin.

Elle n'est pas encore prête à céder. Se raidit, ironise avec de grands moulinets de bras pour appuyer démonstrativement le flot de paroles. « Des années de militantisme révolutionnaire pour en arriver là. Acheté, oui. À la télé, tu as l'air d'un type qui entre sur la pointe des pieds dans le cercle des arrivés. Pour un peu tu t'excuserais. Il est passé où, le Thorez trotskiste ? Il est passé où, le fameux orateur dont, paraît-il, on buvait les paroles au 87 ? »

JC laisse passer l'orage, essuie toutes les attaques, l'air juste un peu surpris, savamment indulgent à déceler les nuances de sa souffrance à elle. Il se défend un peu mais pas trop, répond juste ce qu'il faut, modeste et vrai, il sait que ce n'est pas la peine de lui raconter des histoires. Qu'elle ne marchera pas. Il attend.

Elle voudrait sa colère. Elle a vu sa colère une fois, quand elle exigeait qu'ils entrent en fraction au parti socialiste. Il s'était emporté contre elle pendant une réunion de la direction. Mais depuis, jamais. Seulement ce regard surpris, comme à la Closerie des Lilas, pas même offusqué. On dirait qu'il est d'accord avec elle, que tout ça, son élection, ce n'est RIEN, que ça n'a pas d'importance.

C'est un siège. Elle se sent cernée par sa présence patiente. Se démène encore un peu, pour la forme, déjà tellement réconfortée par cette attention totale qu'il lui porte. Il n'y a plus qu'eux au monde. Depuis juin 1984, il n'y a jamais eu qu'eux.

Il dit seulement : « Ma jolie. » Et : « Tu vois, je suis venu. Je suis venu pour toi. Je suis là. Je serai toujours là. »

Une clé tourne dans la serrure de la porte d'entrée. Frank vient prendre son café et sa douche, comme tous les matins avant d'aller bosser à la maternelle d'à côté. Il aperçoit l'homme en costume-cravate dans la cuisine et s'arrête, stupéfait, mi-mécontent, mi-ravi.

Un type du parti socialiste, avec un nom turc ou grec, il n'arrive plus à se rappeler. Madeleine, gelée en dedans, fait les présentations. Le visage de JC ne trahit pas le moindre embarras : il considère avec curiosité le joli jeune homme brun dans son tee-shirt trop petit. « Le champagne et les roses, c'est pour fêter votre élection ? » demande Frank. Geste vaguement agacé d'elle et demi-sourire de lui : « Bon, eh bien buvons-le ce champagne. Buvons à la réélection de Mitterrand et à la victoire de la gauche ! »

Se saisissant de la bouteille, Frank la débouche, sort les coupes, les remplit, dispose le bouquet de roses rouges dans un vase : « Magnifiques, ces roses ! » Il s'agite, se déploie, virevolte, la mèche sur l'œil, mène le jeu, pose des questions, s'amuse.

JC lui oppose son impassibilité d'homme politique qui serre des mains, imperturbablement affable. « Non, la campagne n'a pas été facile. » L'extrême gauche surtout l'a attaqué. Une partie du PS local était hostile.

Madeleine, absente, se soustrait aux regards interrogateurs de l'un, à l'emprise de l'autre. Attend que ça passe. Narquois mais déférent – après tout, il est flatté d'avoir si matinalement un député fraîchement élu dans sa cuisine –, Frank n'insiste pas. Il pose son verre sur la table, habile à lire les marques de lassitude sous les propos impersonnels, et lance dans sa direction à elle, avec une sorte d'inquiétude jalouse : « Amusez-vous bien. »

Dès que Frank est sorti de la pièce, JC recommence à fixer Madeleine, plus insistant, plus tendu, presque agressif. Elle s'excuse vaguement de la situation. « Eh bien oui, on est ici chez Frank. »

Il lui prend la main, la plaque contre sa bouche à lui faire mal. Elle se dégage. Il se replie, l'air accablé, tassé. Se tait. Et ses yeux noirs de colère qui ne la regardent plus. Et déjà, ça lui manque à Madeleine. Elle a froid soudain et, avec effort, le remercie, pour les roses.

La veille, il a pensé à elle, il n'a pas pu l'appeler, il est venu ce matin, à cause de ça, parce qu'il aurait voulu partager ce moment avec elle et qu'il ne pouvait pas.

Elle le croit, à cause de cet air de souffrance et de fatigue qu'il a maintenant. Elle l'imagine, pensant à elle, seul au milieu de la cohue de Solférino, dans le taxi qui le conduit à la télé, avec cette petite chose secrète dans sa tête, elle, et ce matin, se levant tôt malgré les nuits sans sommeil, pour aller vers elle, achetant ce bouquet de roses et cette bouteille de champagne pour elle, et courant vers elle, déposer sa victoire à ses pieds.

Et elle, murée dans son orgueil. Alors qu'elle aurait dû se jeter dans ses bras. Elle le voudrait maintenant. Qui est-elle pour le dédaigner ? Pourquoi est-il là si ce n'est seulement pour elle – seul pour elle ? Elle voudrait réparer. Caresser son doux visage, se glisser contre lui, se chauffer à sa chaleur, s'anéantir dans sa présence. Elle se lève. On entend la porte de l'appartement claquer. Frank est parti.

Il se lève aussi. Ils sont face à face maintenant. Lui si grand la domine et l'enveloppe sans la toucher. Elle pourrait lui dire de s'en aller, ça lui traverse l'esprit. Mais depuis un moment déjà, elle n'en a plus la force. Elle s'est levée dans un élan, et maintenant ses jambes se dérobent sous elle ; elle voudrait s'évanouir, disparaître. Une mollesse suave l'envahit, ça fait comme une source d'eau vive sous son plexus et dans son ventre, elle n'est plus que le désir de se fondre à lui, elle n'est plus que sa présence à lui, que le plaisir de flotter dans sa présence encore, de disparaître sous son corps si lourd si chaud si lourd pesant de tout son poids sur elle.

Il n'a pas appelé depuis deux jours. *Il était une fois je t'ai partout suivie, Absence.* Elle n'est plus RIEN que ce vertige de vide et de plein. *Et ce fut plus long que toute ma vie.*

Au deuxième étage du 135 rue de Belleville dans le XIXe arrondissement, une porte rouge sombre, fermée : la porte de son appartement.

Sa femme ouvre. Une femme brune et dure, pleine d'elle-même, de son bon droit, de son rang social. Une femme de député. Madeleine, blanche comme un linge, tragique et désordre, balbutie qu'elle a un message urgent pour JC.

Il la reçoit à l'écart, l'air de rien au possible. Tendu et blême. Ils sont debout, ne se parlent pas, pas un mot. Ne se regardent pas. Pendant dix longues minutes. Autour d'elle : le sol, les murs, les meubles, les murs. Elle dit : « Je voulais voir. » Et lui, comme vidé de l'intérieur, d'une méchanceté neutre et lasse, presque tendre : « Bon : tu as vu. » Et il la reconduit à la porte.

Elle a voulu voir la vérité de sa vie. Elle a vu la vie confortable, arrangée, le duplex cosy, les fruits dans le compotier au milieu de la table de la cuisine américaine. C'était comme Ben lui avait dit quelques jours plus tôt : « Il ne la quittera jamais. »

Elle s'assoit sur un plot dans la rue. Sans force, sans désir, sans colère, inutile, jetée là, sans projet, rien, juste les larmes qui coulent. Une vieille dame attentionnée s'approche. Elle s'échappe. Dans les rues, marche au hasard, vers Ménilmontant, jusqu'à Montmartre. Ça monte. *Les escaliers de la butte sont durs aux miséreux.* Elle grimpe. *En haut de la rue Saint-Vincent,* elle est tout à fait *la fille au jupon plein de trous* de la chanson, la *mendigote*, la *homeless*, la Sans-Domicile Fixe.

À bout de fatigue, elle s'assied devant le Sacré-Cœur. L'église bâtie *pour effacer la mémoire de la Commune. Car les bandits qui sont cause des guerres N'en meurent jamais, on n'tue qu'les innocents !*

Paris à ses pieds. *La butte rouge. L'baptême s'fit un matin Où tous ceux qui grimpaient roulaient dans le ravin.*

Notre histoire.

Elle aussi elle dégringole de là-haut. Le prolétaire est révolutionnaire ou il n'est RIEN. *Aujourd'hui y a des vignes, il y pousse du raisin, Qui boit de ce vin-là, boit le sang des copains.*

JC a beau dire que « *notre histoire*, ça n'a rien à voir avec la politique ». Madeleine dit que si. Elle dit que *notre histoire*, ça a à voir avec cette politique qui est finie.

Dans sa poche, le petit volume de la collection « Poésie » de Gallimard qui ne la quitte pas depuis des semaines. Pier Paolo Pasolini, *Le Cenere di Gramsci* : « Avec le cœur conscient de celui qui ne peut vivre que dans l'histoire, comment pourrais-je désormais œuvrer de passion pure, puisque je sais que notre histoire est finie ? »

À ses pieds, Paris flambe : c'est l'aube.

Seul l'amour eût pu accomplir ce miracle.

Le téléphone sonne sans discontinuer. Frank répond pour la troisième fois d'une voix agacée qu'elle dort, et que non, il n'est pas question de la réveiller. Vers midi, de guerre lasse, elle se lève. Une voix de femme.

Madeleine raccroche. L'instant d'après, c'est à la porte que ça sonne.

JC. Il a l'air de ne pas avoir dormi de la nuit.

Il dit que chez lui, c'est *l'émeute*.

Elle dit : Pourquoi ta femme appelle ici ? Qui lui a donné mon numéro ?

Il dit : Ce serait peut-être bien que tu lui parles.

Elle dit : Je n'ai rien à lui dire.

Il dit : Ça ne va pas. Tu as bien vu que ça n'allait pas. Je ne peux pas.

Elle dit : C'est fini ?

Il dit : Si tu poses la question comme ça, je vais répondre non. Je ne veux pas te faire de mal. Je ne peux pas te résister.

Elle dit : C'est ma faute. J'aurais dû.

Il dit : Non, ce n'est pas toi. C'est parce que je ne peux pas. Dans quelque temps, tu m'en voudras, tu me reprocheras des choses, tu penseras que je suis un salaud. Tu me mépriseras. Tu riras de moi.

Elle dit : Je t'aime comme tu es.

Les larmes lui viennent.

Il dit : Pleure. Pleure comme tu veux.

Elle dit : Non, je ne veux pas pleurer. Ma mère pleurait toujours, elle pleurait comme une Madeleine.

Il dit : Pourquoi elle pleurait ta mère ?

Elle dit : On se raconte tous des histoires.

Il dit : Non, c'était pas une histoire. C'était très vite pour qu'on vive ensemble.

Elle dit : Explique-moi.

Il dit : Il faudrait que je bouleverse tout. Je ne peux pas affronter deux choses à la fois. Ils me font une réputation d'homme de fer, mais je suis seul. Je tiens à bout de bras des dizaines de personnes. Je cherche la voie à tâtons. En ce moment, il faut reconstruire. J'ai mon idée là-dessus. Je ne peux pas prendre de risques. Je ne peux pas avoir d'états d'âme.

Il dit : Sans la politique, je ne suis RIEN. Ben m'a dit, les mecs qui sortent des partis révolutionnaires finissent tous mal. Je ne veux pas me détruire comme ton père.

Elle dit : Tu deviendras un bureaucrate socialiste ?

Il sourit : Chaque fois que je serai tenté de le faire, je penserai à toi.

Ils restent longtemps là dans le couloir, devant la porte, et puis ils glissent vers la chambre.

Il dit : Je n'arrive plus à rien faire. Je n'arrive plus à me concentrer. Je n'y arrive plus.

Il s'assoit sur le lit. Elle, debout, caresse ses cheveux noirs, si doux.

Il la prend par la taille : Ce que j'aime en toi, c'est que tu es pareille dedans et dehors. Tu es entière, entière.

Elle dit : Je te soutiens dans ce que tu es. Je te soutiendrai toujours. Je ne cesserai jamais d'espérer que tu deviennes celui que j'aime.

Il la serre fort, la caresse rudement comme s'il voulait la réduire en une petite boule qu'il pourrait tenir dans sa main. Elle cherche sa bouche, mais il ne veut pas. Il souffre.

Il dit : J'ai fait du mal. À toi d'abord, et puis autour de moi. Et je me suis fait beaucoup de mal aussi.

Elle dit : Tu auras d'autres histoires.

Il dit : Non, pas comme ça. Toi et moi, on a commencé par s'embrasser, par parler.

Elle dit : On ne devrait pas mais on se sert de l'amour pour s'aider à vivre.

Il dit : On ne devrait pas mais on le fait.

Il dit : Dans six mois, on s'appellera, on ira dans un endroit neutre pour ne pas être tentés de faire l'amour. On parlera. On se racontera tout.

Elle dit : Comment tu peux dire que c'est fini ?

Il dit : Tu rencontreras un homme qui t'aimera. Moi j'ai trente-sept ans, ma vie est faite. Je ne veux pas être faible comme mon père. Je ne peux pas me sauver avec toi.

Mais si tu as besoin de moi, je serai toujours là.
Je serai toujours là.

Après son départ, il fait nuit. Elle reste dans l'entrée derrière la porte à contempler la moquette bleue. Dans le ventre, le coup de poing. Elle n'a pas encore mal, c'est juste anesthésié. Mais ça va venir, la douleur. Le vide.

Elle monte sur un tabouret dans la cuisine pour tirer une bouteille de la réserve de Frank et boit, goulée après goulée, sans reprendre son souffle. Soûle, peut-être qu'elle aura la force de grimper sur la fenêtre et de basculer. Deux étages. Elle se concentre sur cette idée. Prendre l'élan du couloir vers la fenêtre du salon qui donne dans l'avenue d'Ivry où sa voiture passe quand il revient de la Tour. Elle ouvre la fenêtre, se recule jusque dans l'entrée. Après le choc, elle ne sentira plus rien. Il n'y aura plus ce vertige du RIEN qui creuse son cerveau, elle sera dans le rien.

À la place, dans un sursaut de rage, elle fait demi-tour et fonce contre la porte par où il est parti. La tête la première contre la porte.

C'est là que Frank la trouve le matin. Derrière la porte. Il l'aide à se traîner jusqu'à la chambre. Lave le sang séché sur son front. Ramasse les restes de la bouteille brisée. Un peu plus tard, il la réveille et l'engueule : « Maintenant tu arrêtes tes conneries. Le partiel de latin, c'est à quatorze heures. » L'oblige à se redresser dans le lit et à avaler ça : 2 000 mg d'aspirine. « Lève-toi et habille-toi. » Elle enfile le vieux tee-shirt qui lui arrive à mi-cuisse et les vieilles tennis. Il dit gentiment : « Non, là, tu n'es pas habillée. C'est pas comme ça s'habiller. » Elle sourit un peu. Il attrape un vieux jean à lui dans le placard et un tee-shirt propre.

Dans le métro, Frank la soutient, sa tête tourne, elle s'assoupit, il la secoue. Dans l'amphi 24, il lui tend les antisèches bourrées de fautes, assorties d'un coup de coude dans les côtes pour la maintenir éveillée : « On a besoin de toi. » Les lignes dansent devant ses yeux, ça se dissipe quand elle commence à corriger. Frank refait passer. En bas sur l'estrade, le prof, Charpin, un type aux cheveux frisés, le visage ouvert et bon, lit *Le Monde*. Il a fait cours toute l'année sur *L'Âne d'or* d'Apulée et fait semblant de ne rien voir. Il s'en fout. Toute la rangée obtient son UV de latin.

Après, la soirée se passe à fumer des cigarettes au Nemrod, et encore le jour suivant. Le samedi soir, il y a fête chez Marie. Madeleine a invité Renato.

Renato : l'anti-JC. Ses cheveux blonds, très longs, et ses santiags bleu clair. Son énorme rire, en cascade, comme un hennissement, par quoi il se secoue de tout ce qui pèse. Il travaille six mois de l'année et, dès qu'il a amassé un peu de fric, s'essaie au *dérèglement de tous les sens* à l'autre bout de la planète. Un jour, dans le métro, pour l'épater, il a ouvert les deux bras en penchant la tête un peu sur le côté et s'est mis à gueuler vers les voyageurs assis, avec son léger accent italien : « Maintenant je vous ordonne de me perdre et de vous trouver. Et ce n'est qu'après que vous m'aurez tous renié, que je vous reviendrai. » Les vieilles dames et les jeunes filles ont souri. Depuis, elle l'appelle Renato Zarathoustra. Il vient d'arrêter l'héroïne, une nouvelle fois, et combat le manque en se brûlant la gorge à la vodka. Toute la soirée, elle cache les verres qu'il se remplit. Le lendemain, il l'appelle pour la remercier de son geste. Lui donne rendez-vous au musée d'Orsay à midi.

Devant les portes tournantes de l'ancienne gare transformée par Mitterrand en musée, elle s'arrête, soudain incapable d'avancer : impossible de franchir le seuil, comme si s'ouvrait là, devant elle, un de ces sauts-de-loup qu'on creuse dans les campagnes pour empêcher les vaches, sujettes au vertige, de sortir de l'enclos où elles sont parquées. Renato l'attend de l'autre côté. Elle aperçoit dans la foule sa silhouette longiligne et élégante, ses longs cheveux blonds, son air supérieur de grand cheval sauvage. Elle lui fait des signes. Il ne la voit pas. C'est comme dans les cauchemars, on veut crier et aucun son ne sort. Elle finit par s'en aller.

Dans le métro, une angoisse inconnue lui serre la gorge. Une sensation d'étouffement, une tension de tous ses muscles, elle est un animal en danger, pris au piège, mais lequel ? Son cœur bat trop fort. Ça se calme quand elle remonte à la surface. Dans l'ascenseur, ça recommence. Assise à la table de la cuisine, elle essaie de manger, mais rien ne passe, la masse des objets alentour fond sur elle et l'oppresse, le temps s'abat par rafales, respirer est un effort. Son cœur sonne dans sa poitrine comme une monstrueuse cloche : c'est sûr, elle va mourir. Elle veut appeler du secours, mais *elle ne sait plus parler*.

Pendant des semaines Madeleine s'endort par surprise, se réveille en sursaut, épuisée, retrouvant aussitôt dans l'estomac vrillé la sensation de catastrophe imminente, la mort inéluctable, le vortex qui l'aspire. Sa respiration siffle comme un soufflet de forge et lui fait mal dans les côtes. La tête est libre, elle réfléchit très vite. Se soulage de l'horreur qui la fouaille en pratiquant l'écriture automatique, de longues listes de mots pour tromper l'angoisse, et note aussi ses rêves sur des feuilles blanches, cent, deux cents pages noircies. Elle réfléchit, dans la peur qui ne la lâche pas, avec ce point dans la poitrine qui la transperce, papillon crucifié dans le grand livre de *notre histoire*.

Dans la peur, elle réfléchit pendant vingt ans.

Vingt ans passés à employer toutes sortes de ruses pour vaincre l'angoisse, trouver le moyen de passer les portes, traverser les rues, les ponts, supporter les insomnies la nuit, les phobies le jour, l'ascenseur, le métro, l'avion, la foule, les assauts de panique et les trous noirs. Regagnant pas à pas du pouvoir-vivre, de la nourriture à pouvoir avaler, de l'air à pouvoir respirer, des mots à pouvoir parler. Réussissant quand même à collectionner les diplômes. Remplissant quatre-vingts cahiers de journal intime pour soutenir à l'existence qui, quoi ? Et si je meurs c'est que tout va mourir.

Notre histoire.

Dans ses rêves, elle est enfermée dans la Tour, dans l'ascenseur, dans la cave, dans un avion, dans un bateau, prise en étau dans une *émeute* entre les manifestants et la police parce qu'elle a insulté la femme de JC.

Dans ses rêves, JC est toujours loin, à l'autre bout de la salle, à l'autre bout de la table. Elle est séparée de lui par toute cette foule, les militants. Il ne tourne jamais la tête vers elle. Toujours il fixe un point devant lui, les yeux baissés. *Ne me touche pas.* « Tu t'enfermes dans ton malheur, dit Renato. Tu t'enfermes toute seule dans le labyrinthe de ton malheur. »

Frank a disparu de sa vie depuis longtemps. Elle vit avec Renato Zarathoustra, comme si c'était possible de vivre avec Zarathoustra.

Elle est avec Renato le 9 novembre 1989 lorsque le mur de Berlin tombe. Elle est avec Renato au Pays basque lorsque la télé montre tard dans la nuit les époux Ceaucescu condamnés à mort et exécutés. Elle est avec Renato et les étudiants de l'UNEF-ID, en mars 1990, dans le Train de la démocratie allant porter dans les universités de l'ex-bloc soviétique la bonne parole de la tradition républicaine française, de Leipzig à Prague, de Budapest à Cluj, de Timisoara à Bucarest, et retour par Salzbourg, la ville de Mozart. Une invention de JC.

En août 1991, l'URSS cesse d'exister. Devant la grosse télévision, à Migennes, Camille essuie une larme :

« Alors, le communisme, qu'était toute notre vie, c'est fini ? » Bernard l'engueule violemment : « Enfin papa, l'URSS, c'était pas le communisme ! »

Malgré la peur de l'avion, elle s'envole avec Renato à New York en septembre. Les USA : le pays ennemi.

Quelques heures avant d'embarquer, JC lui dit :

– Plus rien à faire qu'à voyager.

– Parce que tu crois que c'est la fin de l'Histoire ? demande Madeleine.

Parce que avec JC ça a recommencé. Pas une fois, pas deux fois, mais mille fois. Ils se sont revus et ils ont cessé de se voir. Ils n'ont plus fait l'amour et puis ils ont refait l'amour. Incapables d'être ensemble, incapables de rompre. *Nec sine te nec tecum vivere possum.*

JC a tenu sa promesse de 1988 : pendant vingt ans, d'une manière ou d'une autre, *il a toujours été là.* Sous une forme ou sous une autre, leur impossible histoire, en secret, a continué.

À chaque retrouvaille, en guise de préliminaires, une engueulade politique. JC argumente patiemment, la regagne pas à pas :

– Tu veux toujours aller trop vite. Tu ne tiens pas compte des rapports de forces. Tu vis dans le rêve.

La réalité, c'est le discours de vérité des sociaux-libéraux. La réalité, c'est le parti socialiste. La réalité, c'est JC.

Le 1er mai 1993, Madeleine est à Migennes avec Renato lorsque la télé annonce le suicide de Pierre Bérégovoy. Camille est là, Bernard et Arlette aussi. La gauche vient de perdre les élections législatives. L'ancien ouvrier devenu Premier ministre s'est tiré une balle dans la tête au bord du canal de Nevers. « Il aurait dû rester de not' bord », dit

Camille. Il n'a pas supporté de *trahir*, pense Madeleine. *Qui boit de ce vin-là boit le sang des copains.* Bernard est pris d'une de ces irrépressibles et violentes colères qui effraient tant sa fille : « Comment pouvez-vous pleurer ce social-traître. » Une fois pour toutes : c'est lui, Bébé, la victime de notre histoire. Personne d'autre. Arlette ramène sa fille à Paris dans sa voiture, et, comme toujours, lui trouve des excuses. Madeleine décide : « C'est eux ou moi. Je ne remettrai plus jamais les pieds à Migennes. »

En rentrant à Paris, elle appelle JC. Il a été battu aux élections, il n'est plus député. Elle avait commencé à écrire *notre histoire* : elle y renonce. JC est en difficulté. *On s'aidera à vivre.* Elle doit le soutenir. Ils se revoient.

En septembre, elle repart à New York pour y passer son DEA :

– Pars. Moi je serai toujours là.

Quand elle revient en janvier, JC s'est marié avec la mère de sa fille et vient d'avoir un autre bébé. Ce n'est pas par lui que Madeleine l'apprend. Dès son arrivée à Paris, leur relation reprend. Et les engueulades :

– Ta réalité, c'est les compromis boiteux de la monarchie socialiste mitterrandienne. Ta réalité, c'est les accommodements avec le système des privilégiés. Ta réalité, je n'en veux pas. Je la vomis, ta réalité.

Il invente les Assises de la transformation sociale et la Gauche plurielle. Et prétend dresser l'inventaire des années Mitterrand.

À Madeleine, il dit :

– À nous deux, on fait l'Union de la gauche.

Au lieu d'écrire *notre histoire,* elle consigne obsessionnellement dans son journal de longs comptes rendus exhaustifs de chacune de ses conversations avec lui. Et poursuit ses études.

En mai 1997, entre les deux tours des législatives, JC, en pleine campagne pour sa réélection dans le XIXe, assiste à la soutenance de thèse de Madeleine dans une salle de Jussieu. Renato aussi est là. Madeleine lui a dédié son mémoire sur les romans de Nathalie Sarraute et placé en exergue cette phrase de *La Nausée* de Sartre : « Je ne veux pas qu'on m'intègre. »

L'identité personnelle n'existe pas, explique Sarraute :

> À une certaine profondeur, nous ne sommes RIEN et nous sommes TOUT. L'identité n'est pas vraie et vu du dedans il y a tout. Il y a l'univers entier. Je suis tout. Oui. Il n'y a personne et je suis tout.

Ni intégration ni identité communiste. Aucune assignation sociale ni amoureuse n'a de prise sur cette intériorité sensible et mouvante, indicible, dit Sarraute : le monde des tropismes.

Julia Kristeva, sa directrice de thèse, lui objecte qu'on ne peut pas vivre dans ce monde-là.

Parfois, il semble à Madeleine que tout ce qu'elle fait, ces études interminables, cette relation secrète avec JC, cette relation intermittente avec Renato, ce n'est pas la vie, c'est une préparation à la vie. Ou plutôt : une préparation au roman qu'elle veut écrire. Non pas l'histoire de l'intégration d'une famille communiste sur plusieurs générations, comme le voulait JC en 1988. Mais le roman d'un *je* qui est la chambre d'écho des histoires qu'on lui a racontées. L'histoire d'un *je* qui est *notre histoire.*

La gauche gagne les élections le dimanche suivant. Lionel Jospin est nommé Premier ministre. JC retrouve son poste de député, et devient numéro deux du parti socialiste. Loue une maison pour Madeleine et lui à l'île de Ré. N'y dort que la veille de l'ouverture de l'université d'été du parti socialiste à La Rochelle et reprend l'avion pour Paris très tôt le lendemain, avec Lionel Jospin.

– Laisse-moi encore un an, et je prendrai une décision.

En juillet 1998, JC promet à Madeleine de passer un week-end entier avec elle, ce n'est jamais arrivé. Décide d'une date. Mais une réunion de dernière minute, le dimanche, limite l'escapade aux environs de Paris. Madeleine choisit le château de Chantilly. Dans le parc où jadis la duchesse de Montmorency avait accueilli le poète Théophile de Viau menacé de mort, JC rêve tout haut de fête galante et de la somptueuse robe pivoine qu'il veut lui offrir depuis longtemps et qu'elle porterait enfin pour leur mariage. Madeleine a froid. Elle voulait être l'amante du dieu des communistes, elle n'est que la maîtresse d'un député socialiste. Le lendemain matin, elle lui annonce que *c'est fini*.

En août, Madeleine a loué au hasard des petites annonces une minuscule maison en Ardèche, au centre du village d'Entraigues. Assise sur la terrasse, elle écrit un résumé de *notre histoire*, pour la revue littéraire fondée par un copain de fac. Vers le soir, elle lève la tête : la petite place s'est recouverte de longues tables et de bancs. Un peu plus tard, le Comité central du parti communiste, au grand complet, banquette avec les élus locaux. Jean Ferrat est assis à côté de Robert Hue, le nouveau secrétaire général. Madeleine fredonne :

C'est un joli nom Camarade
Pendant des années tu sais
Avec ton seul nom comme aubade
Les lèvres s'épanouissaient
Que venez-vous faire Camarade
Que venez-vous faire ici
Ce fut à cinq heures dans Prague
Que le mois d'août s'obscurcit

Un an plus tard, elle reçoit son affectation d'agrégée dans un lycée normand. Puis décroche par concours, l'année suivante, un poste de professeure à l'IUT du Havre.

Au printemps 2006, un matin, avant de partir travailler, elle achète *Libération* : en gros titre, le début du procès de la MNEF. Dans les pages intérieures, une grande photo de JC au tribunal. Son visage fermé, déformé par l'humiliation. Elle lui envoie un SMS : « Je suis avec toi. » La MNEF ! Des années durant, volontairement, gratuitement, des mois de juin entiers, de sept heures du matin à huit heures du soir, des dizaines de militants lambertistes comme elle (qui n'était pas même étudiante), hantant comme des mendiants les files d'inscription à l'université, volontairement, gratuitement, parce que ça faisait partie de leurs « tâches », ont fait adhérer à cette mutuelle des milliers d'étudiants. Est-ce que la MNEF aurait seulement pu continuer à exister sans eux ? La MNEF, que certains socialistes et ex-lambertistes ont bradée par morceaux, allant jusqu'à retirer de cette vente des bénéfices tellement colossaux qu'ils ont de quoi vivre, dit-on, jusqu'à la fin de leurs jours.

Mais ceux-là, leur nom n'a pas été cité au procès : c'est « normal », c'est légal, c'est le système capitaliste. JC paie pour eux et pour tous ceux, anciens ministres et autres, impliqués dans cette affaire, parce que non-énarque, funambule de la politique, il est le maillon le plus faible de la chaîne : c'est le système « médiatico-clanique ».

Ils déjeunent ensemble. Après un moment d'émotion, la bagarre recommence. Il a voté pour le Oui, elle a voté pour le Non au Traité constitutionnel européen. Elle ne comprend pas comment il peut s'allier à DSK, cet ultra-libéral.

Leur conversation continue par SMS et ne cessera plus. Madeleine attaque. JC ne renonce jamais à répondre, expliquer, se justifier, argumenter en plusieurs points. Il promet que bientôt, très bientôt, elle va voir ce qu'elle va voir, qu'il va se démarquer des droitiers, faire entendre sa voix. Et puis chaque fois, le coup de grâce :

– Tu es la seule à qui je laisse me dire. Tu es la seule avec qui. Je suis seul.

En novembre 2008, Madeleine, à Vézelay, décide de remonter le fleuve des anciennes croyances. Pour s'entraîner, pour trouver la force, elle écrit quatre livres commandés par la maison Gallimard. Elle s'est mise en disponibilité de l'enseignement, elle a vendu sa maison d'Étretat, pour ne plus faire que cela : écrire *notre histoire*.

En septembre, à la fête de l'Huma, le directeur du *Dictionnaire biographique du Mouvement ouvrier* a demandé à Bernard de rédiger sa propre notice. Claude Pennetier lui propose d'aller chercher le dossier « Bernard F. » dans les archives du PC. Finalement il y va lui-même. Et découvre les documents qu'il m'a communiqués plus tard, en novembre 2011, à Vézelay, et que j'ai utilisés.

Sa notice biographique paraît avec retard dans le Maitron, un peu modifiée, avec deux erreurs mineures mais significatives de l'embarras qu'elle a suscité : on y lit qu'il était lié au groupe oppositionnel UNIR, ce qui est faux. Et on lui met sur le dos l'exclusion de Robert Simon, qui aurait eu lieu en 1961 : mais Robert Simon, comme on l'a lu ici, a été exclu en novembre 1970. Bernard n'était plus membre du PCF à cette époque. En 1961, Robert Simon avait seulement été démis de ses fonctions de la direction départementale de l'Yonne.

À Madeleine, il dit :
– En 70, si on avait été en régime communiste, ils m'auraient fusillé. Il ajoute : Ils auraient eu raison.

Et Madeleine, dans l'effroi, se rappelle ces vers de Baudelaire :

Je suis la plaie et le couteau !
Je suis le soufflet et la joue !
Je suis les membres et la roue,
Et la victime et le bourreau !

Je suis de mon cœur le vampire,
– un de ces grands abandonnés,
au rire éternel condamné
Et qui ne peuvent plus sourire !

Aux élections européennes de 2009 naît le Front de Gauche, du rapprochement du PC et du parti de gauche social et écologiste créé par Jean-Luc Mélenchon. Ancien lambertiste, Jean-Luc Mélenchon a quitté le parti socialiste l'année précédente. Il place la fondation de sa nouvelle organisation sous les auspices de Jean Jaurès et de Louise Michel. Madeleine est intéressée mais n'y prête guère attention.

En juin 2010, JC déjeune avec elle à Vézelay : elle lui annonce qu'elle est en train de l'écrire, *notre histoire*. Il tente de la décourager :

– Les petites affaires de JC et Madeleine, ça n'intéresse personne.

Leur « banale histoire d'amour » n'a rien à voir avec la politique. Ce jour-là, il récuse l'idée que la politique soit une foi, qu'elle ait jamais été pour lui une foi, il se qualifie lui-même de *joueur léniniste*, avide de trouver la combinaison gagnante de cette dialectique subtile qu'ont été depuis deux siècles la politique et sa promesse révolutionnaire. D'ailleurs à l'Est, les régimes communistes ont été des gouvernements totalitaires. Toute foi est nécessairement autoritaire et théocratique, etc. Seules comptent les stratégies rationnelles et les tactiques de pouvoir. Les puissants toujours gouvernent, et il faut ruser pour leur arracher la moindre parcelle de justice.

– Tout le reste, ce sont des rêves. Et même des rêves dangereux.

Madeleine objecte que, en Europe de l'Ouest, en France, en Italie, le communisme a fait vivre et donné un contenu à la démocratie : il a permis l'expression politique d'intérêts divergents de ceux des possédants. Sans les communistes, héritiers des Rouges, sans ces rêves, sans cette foi insubmersible en un monde où la masse des individus ne serait pas écrasée par une minorité, il n'y a plus d'expression du désir de justice. Et si l'idée de justice n'est plus pensable, alors elle n'est plus *possible*.

– Or toi-même tu déclares vouloir la justice. Comment peux-tu soutenir le très libéral DSK ?

S'il soutient DSK, c'est parce que la gauche n'a jamais gagné que grâce à de grands bourgeois ralliés, comme Blum, et qu'on ne peut accéder au pouvoir sans le soutien d'une partie des oligarchies. « C'est *mathématique.* » JC croit que DSK peut soutenir une politique de croissance industrielle verte, qu'il se distingue des économistes valets de la finance par son volontarisme industrialiste :

– C'est la seule voie pour nous sauver du *désastre*.

Madeleine lui demande s'il pense *vraiment* qu'au FMI, face à la crise financière, DSK est l'homme de la situation, s'il a réellement la volonté politique de retourner en faveur des peuples la logique de récession où s'enferrent les oligarchies pour sauver leurs profits à court terme. JC hésite, puis répond clairement :

– Non.

Madeleine sourit. Elle lui prend la main. Tout n'est pas perdu. Un instant attendri, il dit :

– De toute façon, *notre histoire*, tu ne peux pas l'écrire, parce qu'elle n'est pas finie.

En septembre, écœurée par la politique policière d'un Sarkozy-Bonaparte au très petit pied, qui ose, comble de cynisme, se réclamer de Guy Môquet, elle s'abonne au journal fondé par Edwy Plenel et l'ancien lambertiste Laurent Mauduit, et commence à rédiger un blog de résistance citoyenne à l'incroyable régression politique et sociale qui s'abat sur ce pays.

En mai 2011, en résidence d'écrivain à la Maison Jules-Roy de Vézelay, elle écrit l'histoire des *Madeleines orantes*, du commencement du monde jusqu'à ce jour. En décembre, son père accepte de venir la retrouver chez Cabalus : pendant trois jours, dans la salle de l'ancienne hostellerie où Saint-Bernard avait dormi en 1146, Bébé parle, parle. Madeleine écoute. Et transcrit ensuite dans le vertige : ça tourne sur soi, ça digresse, ça se répète, ça revient toujours au même point : l'affaire de 70. Je suis engloutie. L'ordinateur m'aide à rétablir le saint ordre historique : la chronologie. Bébé le reconnaît : « Dans chaque village, nous retrouvions les pionniers du monde futur, les nôtres. Nous étions des millénaristes. »

Le 18 mars 2012, jour anniversaire de la Commune de Paris, Jean-Luc Mélenchon, place la Bastille, raconte l'histoire des Rouges : Madeleine l'écoute du studio à Vézelay où elle travaille à la première version de son livre. Le leader du Front de Gauche parle de nous, et il emploie ce vieux mot : les Rouges. *Notre histoire* n'est pas finie, elle vient à peine de commencer.

Le 22 avril, comme Bernard, comme ses frères, comme son oncle Francis, comme Alain Sautreau, le fils de P'tit Louis, comme son fils Patrick, comme toute la famille, Madeleine vote pour le Front de Gauche au premier tour des élections présidentielles. Les Rouges recueillent près de quatre millions de voix.

En août, Bernard fête ses soixante-dix ans 17 rue Édouard-Vaillant. Ils sont tous là ou presque, du moins ceux qui habitent Migennes ou les environs : Francis, Colette, José, Gérard, leur sœur, Kalinka, et leurs copines, Alain, Nicole, leur fils Patrick. Ça faisait longtemps que ça n'était pas arrivé.

Le cousin de Madeleine, José, a apporté toutes sortes de victuailles et des chaises de chez lui pour que tout le monde puisse s'asseoir. Le potager a disparu, et le jardin, à l'arrière de la maison, est maintenant une sorte de parc, avec pelouse tondue, arbres nombreux et rosiers.

Il ne fait pas chaud, bien qu'on soit le 17 août : « C'est qu'i'caille ! rigole Francis. Vous êtes pas un petit peu zinzins de rester dehors comme ça au froid, on va attraper la mort ! » Traduction : les Parisiens sont un peu zinzins. Les Parisiens : Bernard, sa femme Corinne, sa fille Madeleine, ses fils, Nicolas et Guillaume, leurs petites amies, leur copain Jedediah. Bernard, qui a vécu ici, est considéré comme un Parisien, c'est-à-dire un bourgeois qui a une résidence secondaire, aimant la nature mais l'ignorant, coupé de ses sensations, acharné à prendre le café dehors même s'il fait cinq degrés, emmitouflé dans d'incompréhensibles pull-overs, faisant pousser dans son jardin une jungle suspecte : « C'est dangereux, les arbres, on l'a bien vu en 1995 », disent les voisins. Pourtant, aucun arbre n'est jamais tombé sur les maisons du quartier.

Deux groupes distincts se sont formés : la génération de Bernard, et celle de sa fille. Madeleine va d'un groupe à l'autre.

Francis n'a rien abdiqué de son élégance : haute silhouette prise dans la chemise de coton blanche à fines rayures, son gilet vert d'eau met en valeur ses yeux, le pantalon au pli impeccable tombe sur les chaussures de toile beige : difficile de croire qu'il a soixante-quinze ans. Il a vendu sa maison de Fouchy pour retaper une ancienne ferme dans un petit village près de Joigny.

Alain, fils de P'tit Louis, petit-fils de Jules le forgeron, a fait construire sur les hauteurs de Migennes : la station-essence qu'il a longtemps tenue rue Victor-Hugo à Migennes, sur l'ancienne route de Cheny, a fait faillite. Sa retraite est maigre et Nicole, sa femme, n'a pas le nombre d'annuités requises : elle est obligée de continuer à travailler à plus de soixante ans malgré son épuisement.

Patrick, leur fils, la quarantaine, ne s'est pas joint aux « jeunes » : ouvrier dans une usine qui fabrique des extincteurs près de Brienon, il vit seul avec ses chiens dans la maison de P'tit Louis, à Cheny. Sa grand-mère, Denise, femme de P'tit Louis, fille de Maurice Patin, l'oncle socialiste de Camille, très âgée, est, depuis quelques années, pensionnaire de la maison de retraite du Vieux-Migennes. Alain a hésité à « la descendre » : « Ça lui aurait fait trop tard, elle se serait endormie. » Patrick reste à l'écart, muet, intimidé peut-être, ou un peu réticent.

Madeleine prie son oncle de bien vouloir chanter *Bambino* ou *Gigi l'amoroso*, *Les Gitans* ou *La Butte rouge*. Au début, il refuse : « J'peux pas chanter : j'ai plus de voix. » Mais il aime trop ça. C'est un murmure d'abord, sa voix de basse est fragile, elle se brise, on ne l'entend plus guère mais elle est toujours là, murmurante, charmeuse, et ses vibratos insinuants.

D'où viens-tu, gitan ?
Je viens de Bohê-hê-hême.
D'où viens-tu, gitan ?
Je viens d'Italie.
Et toi, beau gitan ?
De l'Andalousie.
Et toi, vieux gitan, d'où viens-tu ?
Je viens d'un pays qui n'existe plus.
C'est le chant des errants qui n'ont pas de frontière.
Chante, gitan, ton pays de Cocagne.
Chante, gitan, ton château en Espagne.

Côté « jeunes », ils ne sont plus si jeunes, on écoute les blagues rudes de José et les histoires salaces de Gérard en se roulant discrètement des joints. Jedediah les fait taire pour écouter Francis.

Les frères jumeaux de Madeleine ont la trentaine. Nicolas, diplômé de Sciences-Po et qui prépare l'ENA, est venu accompagné d'une jolie fille. Guillaume, agrégé d'histoire et thésard, est marié à une jeune femme psychiatre. Leur copain Jedediah s'intéresse à la musique populaire. Rien qui puisse impressionner José et Gérard, qui ne prennent de la vie que ce qu'elle donne dans l'instant. Les corps, leur charme, leur force, le pugilat des railleries bonnes ou mauvaises, souvent violentes. Ils ne doutent de rien, font feu de tout bois, rien de ce qui n'est à portée de leur main n'existe. Ils ont été beaux, Gérard l'est encore, José a beaucoup grossi depuis son accident. Nicolas, Guillaume, Jedediah et leurs amies, non moins charmants mais plus retenus, sont un peu gênés par leur *tchatche* envahissante et un brin agressive, mais évitent de protester pour ne pas la jouer petits bras. Gérard drague effrontément l'amie de Nicolas en vantant vertement ses inégalés talents érotiques. Nicolas a un peu de mal à suivre la surenchère pornographique du cousin et laisse tomber. La nouvelle amoureuse de Gérard, il vient de quitter sa troisième femme pour elle, sourit complaisamment. Nicole, la femme d'Alain, sert le café : « Toujours à parler cul, celui-là. » Kalinka, drapée dans un beau châle en cachemire, hausse les épaules de mépris : « Le frangin, c'est un obsédé. » Jolie et coquette, Kalin, comme on l'appelle (elle doit son prénom à la chanson russe rendue célèbre par les Chœurs de l'Armée rouge dans les années 1960), ne se laisse pas impressionner par ses frères. Elle vit seule avec sa fille dans un appartement loué à Auxerre et vient de perdre son travail de vendeuse : la boutique a fermé. Son nouvel ami, un plombier prospère d'une quarantaine d'années, « de droite, mais plein aux as », raille Francis, est discret, rieur, affable : il a apporté l'herbe.

Gérard se tourne vers Madeleine : « Tu sais, ma cousine, que toi et moi, on a l'âge parfait pour s'envoyer en l'air avec qui on veut quand on veut. Des jeunes, des vieux, t'as l'embarras du choix. Mais ton problème, c'est que tu t'habilles comme une petite Rom. »

La condescendance fière et amusée de Francis envers les Parisiens, c'était aussi celle de Camille, c'est celle de ses cousins à son égard.

Madeleine fronce les sourcils. Il se récrie : « Ah, me fais pas le coup du racisme. J'suis pas raciste, moi. Je les aime, les Roms. Hein, José, on les aime. Même que José, il a vécu un temps avec eux dans un cirque, tu te souviens de sa fugue ? » Il prend sa cousine dans ses bras : « Ma petite Rom préférée. Je l'aime, ma petite Rom. »

Puis changeant de tactique, attaque par un autre côté : « Mais dis donc, tes pompes, c'est des Adidas. Mauves et orange (il fait la moue). Je m'trompe ? Avec ton jean troué, c'est pas petite Rom que tu fais, c'est petite bourge. Tu t'embourgeoises, ma cousine. » Gérard hésite, cherche et, triomphant, balance le mot juste à la cantonade : « Hé, ma cousine, c'est une bobo. »

Madeleine n'a plus un sou, n'en a guère gagné avec les livres qu'elle a publiés, mais Gérard a raison, c'est une bobo : elle peut reprendre quand elle veut un poste dans l'enseignement, ses problèmes d'argent, pour aigus qu'ils soient, ne résultent que du choix qu'elle a fait de se consacrer au récit de *notre histoire*. Comme prof, elle gagne mille euros de plus que le salaire moyen des Français, mange bio, déteste l'homophobie et le racisme, ne regarde pas la télévision, sa nostalgie de la campagne est aussi impérieuse que son incapacité à rester trop longtemps éloignée de Paris. Elle aime travailler dans les cafés, aller au théâtre ou au concert, adore Pina Bausch.

Gérard, lui, n'est pas un bobo. Malgré son diplôme de graphiste, il est au chômage, et le métier de photographe qu'il exerce à son compte dans la région pour des particuliers (mariages, etc.), ça ne marche pas fort en ce moment *à cause de la crise*. Ses blagues ne font pas rire

Madeleine. Mais quoi qu'il dise, c'est son petit cousin, et elle se souvient toujours de la fois où ils avaient creusé ce trou sous la tonnelle pour aller en Chine. Gérard tremble de froid. Madeleine va chercher un vieux manteau de fourrure qui a appartenu à la grand-mère de son amie Sandra, Sylvia Bataille, la femme de Jacques Lacan. Gérard se débat et avec son rire de sale gosse : « Hé, José, elle me prend pour une tantouze. » Il fait des mines. « Ta virilité est si fragile qu'elle ne supporte pas un manteau de fourrure, mon cousin ? » réplique Madeleine. Gérard est un instant interloqué par l'agression imprévue. José vole au secours de son frère : « Remarque que nous on n'a rien contre, c'est juste qu'on veut pas se faire enculer. » La blague tombe à plat. José se fait engueuler par Sandrine, sa copine : « Tu veux que j'te dise, tu me fais honte. »

Ils ont eu tous les deux un grave accident de moto, il y a quelques mois : José conduisait un soir sur une départementale, un chevreuil a coupé sa route : il ne peut plus élever de chiens, son occupation de ces dernières années, et surtout, il ne peut plus danser. Ça lui arrive encore de faire le DJ le samedi soir, mais les copains se sont dispersés. Sandrine est ouvrière dans une usine qui fabrique des emballages en aluminium près de Saint-Florentin. Elle travaille de cinq heures du matin à treize heures ou de treize heures à vingt heures ; avant, elle était de nuit (vingt heures-cinq heures), mais le médecin l'a dispensée à cause de son dos. Elle gagne mille trois cents euros par mois primes comprises. « À l'usine, les filles ne portent pas de masque filtreur, deux copines sont mortes à cause des poussières d'aluminium, raconte Sandrine. Notre trouille, c'est de ne pas survivre à la retraite, et avec l'allongement de la durée de cotise qu'ils sont en train de nous coller ! – Les syndicats ? Tu parles, ils s'en foutent, ils sont cul et chemise avec le patron. Une chance que ma maison soit payée, parce que sinon, avec mes enfants et ceux de José, qui ne touche que quelques euros par jour de la Sécu, je sais pas comment on ferait pour s'en sortir. » Sa fierté, c'est de bien tenir sa maison. Parfois, il lui arrive de se relever en pleine nuit pour faire le ménage et le repassage. Malgré la fatigue et de constantes douleurs dans la colonne vertébrale, elle est jolie, bien maquillée, les cheveux courts blond oxygéné, coquettement habillée d'une jupe en cuir et d'un chemisier en dentelles.

Patrick, plus tard, tiendra à faire remarquer à Madeleine que lui n'est ni homophobe ni raciste : « Chacun est comme il est et fait ce qui lui plaît. » Son meilleur copain est un type qui a décidé de vivre *en dehors du système*. Paysagiste de formation, Matt vit du RSA, habite la maison que lui a léguée son père, cueille des champignons à l'automne, des brassées de muguet le 1er Mai, cultive son jardin, celui des autres à l'occasion, et aussi l'amitié. L'été, il passe ses journées à la pêche. Patrick le rejoint dès qu'il peut : Madeleine l'a rencontré la semaine d'avant à l'usine électrique, où on continue d'aller se baigner malgré les interdictions. Patrick et lui se rendent une foule de services mutuels, s'échangent des plants de tomates, boivent des bières, jouent à la DS des soirées entières sur l'énorme télé, sous la photo encadrée de Jules-Antoine et Jules, à la forge, vers 1902. Il n'y a que les petites amies qu'ils ne partagent pas, l'un est aussi chaste que l'autre est « coureur ».

La nuit tombe. Dans la maison, devant la baie vitrée que Bernard a fait percer pour admirer le jardin, la conversation devient générale. Un peu absent jusque-là, Bébé est enfin au centre de la fête et entonne le refrain que tous attendent : « Si on se laisse faire, si on ne vote pas pour les Rouges, si on ne défend pas nos retraites, si on ne crée pas des syndicats dans les entreprises, ils vont gagner et tant pis pour nous. Faut savoir ce qu'on veut. – Le peuple est patient, réplique Francis doucement, ils ne perdent rien pour attendre. On n'a pas dit notre dernier mot. »

Madeleine est gênée de ce *nous* dans la bouche de Bernard. À sa connaissance, il n'a jamais travaillé en usine. Comment ose-t-il leur donner des leçons ?

Mais s'ils sont là, dans la maison de Migennes, aujourd'hui, c'est aussi parce que cette histoire de l'ancien temps, menacée d'oubli, ils sont heureux que Bernard la fasse ressurgir de terre. C'était le temps où on était *tous ensemble, du même bord*. Par-delà la politique, ils ressentent une nostalgie, que je ressens avec eux, la nostalgie des anciennes solidarités de Parti, la nostalgie de Mailly, de la forge, de cet âge d'or d'avant 1914, où on était maître chez soi et qu'*on avait un fusil au-dessus du foyer.*

Francis a recréé le jardin de Migennes à Béon, son nouveau village, en mieux encore. Dans son potager, il n'emploie pas d'engrais, se nourrit exclusivement de ses légumes et a hérité de sa mère le goût des fleurs. Elles y sont toutes : les roses pâles qu'aimait Madeleine, les églantiers, les violettes de jardinier, les œillets de poète, les giroflées, les pivoines rouge sang, le lilas blanc et le lilas mauve, l'incendie de dahlias orange et violets à l'automne.

Mais il a aussi quitté Migennes pour une autre raison : la cité rouge a plus que jamais mauvaise réputation. Ce ne sont pas les gueules noires disparues, ni les cheminots syndiqués des cités, pas même le maire Front de Gauche, François Meyroune, qui posent problème : ce sont les HLM construits dans les années 1960 et les cités-casernes, habitées maintenant par des familles de travailleurs immigrés.

Alors certes, ni Francis, ni Alain, ni personne de la famille ne votera jamais Front national. À cause du 17 rue Édouard-Vaillant, à cause des Rouges, à cause de Bernard. Mais cette mémoire est fragile, elle est menacée par l'isolement social.

Voter Front national pour emmerder les grosses légumes, envoyer tout valser : les bien-pensants parisiens et leurs leçons de morale, céder au racisme à cause de la blessure du déracinement qu'ils ressentent de manière aussi brûlante que les immigrés africains… Ils pourraient. Francis à cause de la guerre d'Algérie et ses trente mille morts français pour rien. Lui, Francis, il s'était fait emprisonner pour avoir écrit sur les routes de Migennes *Paix en Algérie*. Mais qui s'en souvient ? La vie des individus est bien plus courte que les longs mouvements souterrains de l'histoire. Les massacres bien plus inexpiables que l'on ne croit. Les crimes d'État cheminent dans les consciences et les chairs qu'ils ont atteintes, et pourrissent lentement en rancœurs qui n'ont pas de mots pour se dire, et s'aigrissent en haine de l'ancien ennemi. Si Francis n'a guère changé de lieu de vie depuis cinquante ans, malgré son jardin, il a le sentiment d'un exil et d'une relégation. Chez Colette, cela se traduit par des peurs irraisonnées dans cette nouvelle maison de Béon qu'elle aime, mais qu'elle n'arrive pas vraiment à habiter. L'impression domine que quelque chose est perdu : les anciennes solidarités de village et de famille sont cassées, on ne se parle plus entre voisins, on regarde la télé. Aucun parti, pas même les militants du Front de Gauche, ne vient sonner à leur porte.

Madeleine a beau passer pour une bobo aux yeux de son cousin et partager la phobie du monde industriel de ses semblables parisiens (c'est vrai que ce n'est pas joli à regarder), elle ne peut ignorer, contrairement à eux, que la classe ouvrière existe toujours.

Chassés des villes, émiettés, spoliés de leur tradition politique et syndicale, isolés dans de minuscules entreprises perdues dans la campagne, où l'arbitraire règne, et qui sont tout ce qui reste du tissu industriel français, les ouvriers partagent avec les employés, tous secteurs confondus, les mêmes salaires bas et la même précarité de situation. Quatre-vingt-quinze pour cent de la population est devenue salariée. La plupart de ces salariés ne possèdent rien : ils sont donc des *prolétaires*. La prophétie marxiste s'est réalisée : les prolétaires sont devenus « l'immense majorité ». En France, la moitié de la population gagne moins de mille six cents euros par mois.

L'histoire des Rouges est ici, dans Migennes la Rouge, presque oubliée. « Comme un fleuve redevenu souterrain », dit Bernard. Lorsqu'en 2012 François Meyroune a baptisé « Guy et Prosper Môquet » le rond-point du bout de la rue Édouard-Vaillant, le fils d'un ancien copain de Camille est venu lui dire : « Ils auraient mieux fait de l'appeler rond-point Camille F., au moins on aurait su qui c'était. » D'autres ont la mémoire plus longue et collectent des documents qu'ils viennent apporter 17 rue Édouard-Vaillant : Bernard les classe, les scanne et les publie sur son site. Depuis la mort de Camille et malgré Bernard qui n'est pas toujours là, les miens ont été dépossédés de leur histoire. *Nous* en avons été dépossédés.

C'est pour eux que j'écris ce livre. C'est pour *nous*.

Et pour tous ceux, au-delà de Migennes, qui se reconnaîtront en nous. L'histoire des Rouges, je la leur rends. Elle nous appartient. Elle vous appartient.

Un jour, à l'automne 2011, en revenant de la gare en voiture, Madeleine a aperçu sur un banc au bord du canal, dans le quartier de la Belle-Idée, une silhouette au maintien fier, qu'elle a immédiatement reconnue : le corps bien droit, les deux bras étalés sur le dossier du banc, Guy Lavrat. L'ancien maire de Migennes contemplait, de l'autre côté du canal, le trafic des trains de marchandises de la ligne Paris-Lyon-Marseille. C'est de cela qu'il a immédiatement parlé : l'incompréhensible démantèlement du ferroutage, alors que la logique écologique et économique exigerait le contraire. Le visage encore beau sous le masque du vieillard, Lavrat a demandé à Madeleine de saluer Bébé : « Tu sais, je l'ai toujours beaucoup aimé. » Bernard, souvent, avait projeté d'aller le voir rue Mozart : « Il faut qu'il se dépêche, je n'en ai plus pour longtemps. »

Guy Lavrat est mort à l'automne 2012. Bernard n'a pas pu lui rendre visite. Trop difficile, trop douloureux. Francis est allé à l'enterrement.

En janvier 2013, Madeleine, en mal d'argent, revient vivre rue Édouard-Vaillant.

Migennes est redevenu un gros village. L'ancienne gare de triage, la plus importante après Villeneuve-Saint-Georges, est à présent un très modeste arrêt minute. Elle se promène dans l'ancien dépôt avec son fils, lui montre la plaque tournante que René Millereau avait fait sauter en 1944. La demi-rotonde côté Fouchy est un beau vestige des temps glorieux, à l'allure presque romaine. En rentrant à la maison, on salue Mme Guichard, la seule dame du quartier que Madeleine connaisse encore, elle l'a toujours connue, et Mme Chevaux, qui habite juste en face. Le gendre de Mme Chevaux, Michel, fait de menus travaux dans la maison de Bernard ; lui aussi est ouvrier, chez Crève-la-dalle, comme il dit, une entreprise allemande de béton armé du nom de Stradal, installée depuis quelques années dans la zone industrielle qui s'est étendue au-delà de l'étang et la rive nord de l'Armançon. Leurs gros camions ébranlent toute la semaine la chaussée de la rue Édouard-Vaillant.

Bernard, arrivant de Paris, déclare : « Meyroune ne sera pas réélu, il y a de l'herbe sur les trottoirs. »

En juin 2013, Madeleine est en train de travailler dans le jardin. Elle entend des bruits de fête pas loin. Prend le vélo de son fils et se laisse guider par la sono très puissante jusque devant l'entrée de l'ancien stade SNCF. Les animatrices du centre aéré et les institutrices de l'école de Fouchy où elle allait à quatre ans, ont organisé une fête de fin d'année, comme cela se fait partout. Au milieu du vaste espace herbeux, qui était autrefois le stade où Bébé et Francis jouaient au foot, des Français d'origines diverses, française, turque, yougoslave, portugaise, se mêlent. Ou plutôt ne se mêlent guère.

Les Arabes, comme disent les gens, habitent majoritairement le HLM où habitait Francis dans les années 1970 et les cités où mes grands-parents vivaient après guerre. Sur la table, des pâtisseries orientales de toutes les couleurs, appétissantes et belles. Les institutrices, vaillantes et souriantes, sont déguisées en fées. Les petites filles sont maquillées. Madeleine demande à une animatrice quelle est la fonction de ces bâtiments en préfabriqué, en face du rutilant terrain de basket bizarrement entouré de hautes grilles peintes en bleu. « Ce sont les baraques de la restauration scolaire et de la garderie », lui répond la jeune femme.

On dirait des cabanes de chantier provisoires. Il est évident que la moindre flammèche pourrait les réduire en cendres. D'ailleurs, dans Migennes, une école en préfabriqué vient de brûler. Les parents d'élèves ont dû former une association pour récolter les fonds nécessaires à sa reconstruction et à la location de locaux provisoires.

Madeleine a honte.

L'État s'est désengagé de la construction des bâtiments scolaires, et les villes petites et moyennes, aux ressources très inégales, n'ont plus les moyens de construire en dur. La cantine et la garderie des petits élèves de Fouchy sont plus précaires encore que les cabanes en planches où Camille et Madeleine avaient habité avant d'emménager dans les cités-casernes. Pourquoi ne peut-on pas trouver de l'argent pour leur construire une garderie en pierre ? Pourquoi laisse-t-on les si vaillantes institutrices et animatrices, si mal payées, inventer seules un nouveau vivre-ensemble auquel toute la société devrait réfléchir et travailler ? L'école de Migennes est-elle encore l'école de la République ?

Madeleine traverse les groupes en étrangère qu'elle n'est pas mais qu'elle a l'air d'être. Les familles immigrées autant que les familles de Français de souche regardent l'inconnue avec méfiance, blessées dans leur orgueil d'être ainsi observées de l'extérieur.

Par discrétion et par timidité, elle ne s'attarde pas. Comment leur dire qu'ils n'ont pas lieu d'être inquiets ? Que ce qu'elle voit, ce sont de jeunes êtres beaux, de très jolies petites filles aux traits orientaux, leurs mères en foulard aux beaux yeux faits, leurs pères au maintien fier, de belles jeunes femmes et de « beaux gars » comme aurait dit mon grand-père, de souche étrangère ou française, employés et ouvriers, comme nos voisins qui habitent la maison des Barandon et qui ont repris la tradition du potager tenu au cordeau : Thomas, arrivé de Clamecy, est ouvrier métallurgiste dans la zone industrielle d'Auxerre.

À Laroche-Misère, comme disent les gens du département, le Front national est très haut. Le racisme omniprésent. Elle entend d'ici ses semblables, les bobos parisiens, accuser cette classe ouvrière *ringarde* d'être raciste et crypto-fasciste. Mais qui se soucie encore, ici, de tisser le lien républicain entre des populations si manifestement hétérogènes, aux racines si dissemblables, et qui n'ont en commun que le sentiment de la relégation et du déracinement ?

Ils sont jeunes, ils sont beaux, mais ils sont tendus et un peu tristes. Un rien suffirait pour qu'ils aient à nouveau la fierté des jardins magnifiques et des maisons bien arrangées, pour qu'ils s'invitent à dîner le soir autour d'un barbecue, comme certains font déjà. Tous, de souche française ou non, vivent de la même façon. Ils ont le même accent de Migennes, que je reconnais entre tous. Tous ils sont de Migennes, comme Madeleine.

Tous sont des déracinés : qu'ils viennent du Morvan, comme Thomas et le grand-père de Madeleine, ou de beaucoup plus loin, du Portugal, de Turquie, d'Afrique.

Pour Madeleine, ça ne fait guère de différence.

Elle voit bien pourtant que c'est compliqué. Même à elle, ça fait un drôle d'effet de savoir qu'à trente mètres de la maison de son grand-père une mosquée (très discrète, sans minaret ni appel à la prière) a été construite. Elle y va pour voir. C'est une expérience étrange : Madeleine est née à Migennes, Migennes est sa ville natale. Elle a passé son enfance à arpenter les rues de Fouchy en vélo, entre le pont de l'Armançon, l'étang et les cités. Et soudain, comme elle approche du sanctuaire musulman, un autre espace, une autre culture, très inconnue d'elle, s'ouvre devant ses pas.

Quelques babouches sont posées sur le seuil, mais il n'y a personne. Elle n'ose pas entrer. Des moucharabiehs simplifiés grillagent de bleu le mur blanc. De jolis tapis orientaux par terre sont disposés les uns à côté des autres. Tout est calme et paisible. Personne ne surgit pour lui demander ce qu'elle fait là. Elle est à Migennes et en même temps elle est loin.

Comment aurait réagi Camille en apprenant qu'une mosquée s'installait à quelques mètres de sa maison ? Elle l'imagine se tournant vers son fils, mi-rigolard, mi-provocateur, je l'entends d'ici : « On s'est ben débarrassés de nos curés, ils vont ben trouver moyen de s'débarrasser de leurs imams. » Les youyous des femmes du

HLM le soir au moment du Ramadan l'étonnaient un peu, mais il n'y trouvait rien à redire: «C'est comme ça, koiktu veux dire, c'est leur coutume. Nous autres on récitait nos patenôtres et on dansait au-dessus du feu à la Saint-Jean.»

Un jour, Madeleine était montée à Migennes avec ses grands-parents dans le compartiment d'un train qui revenait de Marseille. Camille avait engagé la conversation avec le type assis sur la banquette en face: un Algérien qui revenait du pays et travaillait dans une usine de la région parisienne. Au bout d'un quart d'heure, il savait tout de lui, son âge, son métier, l'âge et le métier de ses parents, de sa femme, de ses enfants, le village où il était né, l'endroit où il habitait à présent, ses opinions sur le *régime actuel* en Algérie et sur les syndicats en France.

Que le type soit algérien entrait peu en ligne de compte. Au bout d'une demi-heure, il faisait partie de la famille, Camille l'appelait «mon gars» en lui tapant sur l'épaule et le tutoyait comme il tutoyait tout le monde. Du coup, il se permettait aussi de l'engueuler avec cette espèce de rire dans la voix, parce qu'il n'avait pas sa carte d'un syndicat, ou respectait un peu trop la religion: «Permets-moi de te dire, mon p'tit bonhomme, si tu te défends pas toi-même, personne le fera à ta place, et c'est pas ton bon dieu qui va t'augmenter ton salaire...» Il faisait ça avec tout le monde. Ce qui comptait pour Camille, c'était d'établir le contact. Son besoin irrépressible de contact: sa façon d'être un humain. Ça répandait dans l'air quelque chose de joyeux et de léger et de chaud. On se quittait contents.

Le soir du 14 juillet 2013, Madeleine, Corinne et Bernard vont voir le feu d'artifice à Bonnard. Bernard montre la mairie où, en 1964, se réunissait le bureau fédéral tous les jeudis. En revenant en voiture, on s'arrête à Cheny. Sur la place, du côté du café, un podium avec orchestre est installé devant de longues tablées. Les chansons sont françaises : du Johnny, du Joe Dassin. Le maire de Cheny, un ex-communiste, est assis à côté du plus gros propriétaire du coin. Autour, des couples âgés d'au moins cinquante ans, qui se sont mis sur leur trente et un pour l'occasion. Certains dansent entre les tablées et le podium. Le maire vient saluer Bernard. Madeleine traverse la place : du côté de l'église, un groupe de jeunes, sur un banc, blacks et beurs, comme on disait dans les années 1980. Ils s'ennuient. Madeleine leur demande pourquoi ils ne réclament pas au DJ une musique qui leur plaise. « Surtout que notre pote, là (l'un d'eux montre un grand type), c'est un vrai pro, il pourrait même chanter. » Un autre répond : « On n'est pas invités. » Madeleine retraverse la place et demande au maire pourquoi les jeunes du village ne sont pas conviés à la fête : « Vous rigolez, c'est que c'est une vraie racaille. Ils vont me foutre des canettes de bière partout. »

Étrange anniversaire de la prise de la Bastille, étrange fête républicaine.

Madeleine se souvient des bals au marché couvert quand elle était adolescente : il n'y avait pas un Arabe, ou très peu (ils étaient très minoritaires à l'époque). Et ça se terminait invariablement en horribles beuveries avec dégueulis et bagarres générales. Il y avait souvent des blessés. Parfois des morts. Personne n'y trouvait rien à redire.

Avant de repasser le pont de l'Armançon, Bernard montre à Madeleine, comme toujours, la boulangerie et la maison où il habitait enfant, et où Françoise est née.

Un peu plus loin, en direction du pont aux Vaches et du lavoir, le château de Cheny, un ancien relais de chasse XVIIIe, racheté par le « duc de Bourgogne », comme les gens d'ici appellent l'ancien patron du Leclerc de Migennes : Kalinka et la première femme de José y ont travaillé comme vendeuses à temps partiel pour beaucoup moins que le SMIC.

Les maisons nouvelles dans le lotissement autour du château de Cheny, ce sont les Arabes des HLM qui les ont fait construire. Leurs enfants se promènent en vélo sur le chemin du tacot où autrefois le père Laurent avait fait sauter un train d'Allemands, et vont pêcher des tanches et des perches dans l'Yonne. Ils cultivent les derniers jardins-cheminots.

C'est aussi pour eux que j'écris : pour leur raconter l'histoire de Cheny et de Migennes dont ils font maintenant partie. Pour qu'ils puissent l'habiter vraiment, cette terre.

Eux aussi sont nostalgiques de leur village : ils l'ont laissé quelque part *là-bas*, beaucoup plus au sud ou à l'est que Mailly-la-Ville. L'habitat, le climat, la nourriture, la religion ne sont pas les mêmes.

Mais leur histoire est-elle si différente de la nôtre ?

Eux aussi sont des exilés, eux aussi ont été expropriés, un peu plus tard que Camille, un peu plus loin d'ici, mais c'est tout. Et pour les mêmes raisons : l'immense mutation anthropologique qu'aura été sur toute la planète la révolution industrielle n'est pas terminée. Le système capitaliste, nouveau féodalisme, continue d'imposer dans la violence, partout dans le monde, la prolétarisation et le déracinement des populations, l'isolement individuel, l'acculturation des anciennes techniques de vie collective, et d'appropriation des fruits de la terre. La disparition de la culture populaire, des chansons anciennes à la connaissance des espèces végétales, est un des moyens les plus sûrs de l'asservissement.

Avant-hier, Madeleine ouvre le portail de la maison pour sortir sa voiture. Une jeune fille de seize ans passe rue Édouard-Vaillant. Elle marche au milieu de la rue, les reins cambrés au-dessus d'un jean taille basse délavé aux cuisses, les seins en avant moulés dans un tee-shirt fuchsia, les cheveux teints. Madeleine la salue. Étonnée, la fille lui répond crânement et maladroitement : avec la claire conscience de l'effort qu'elle fait pour camoufler dans sa réponse trop polie tout ce qui la sépare de Madeleine, et que, rien qu'en jetant un coup d'œil sur Madeleine, elle sait mieux qu'elle.

Est-ce que Madeleine au même âge aurait été si différente de cette jeune fille si elle avait vécu toute sa jeune vie, là, en Fouchy ? Elle se serait habillée chez Leclerc, aurait ingurgité la bouffe industrielle qu'elle déteste d'une pure haine, d'autant que son manque de sous l'oblige à s'en contenter maintenant. Et cette crânerie maladroite, cet air de dire *Je suis au-dessus de ça, vous ne perdez rien pour attendre. Le peuple a tout le temps, il est patient.*

C'est tout Madeleine, cette jeune fille qui passe, c'est tout moi.

Le délaissement pousse les individus à partir en quête d'une autorité absolue et forte, qui les reconnaîtrait enfin. Le fascisme peut jouer ce rôle de prétendre à la refondation des « valeurs ». Pour d'autres, la religion remplit cette fonction. C'est un des sens du retour de l'islam. Nous en sommes là : l'autorité à défaut de la justice. Mais il est encore temps, il est toujours temps de « renverser la vapeur », comme aurait dit Camille.

Parce que ce n'est pas vrai que nous sommes voués à détester celui qui est seulement un exilé.

Ce n'est pas vrai que la fatalité est d'entasser partout sur la terre dans des villes surpeuplées des populations prolétaires acculturées et expropriées.

Ce n'est pas vrai que nos campagnes, désertées de tout service public, soient condamnées à subir le lent empoisonnement des engrais et des pesticides industriels, le labour trop profond des machines qui dessèchent les sols, l'entassement de nos enfants dans des cabanes en plastique dont mon arrière-grand-père Jules n'aurait pas voulu pour ses cochons.

Ce n'est pas vrai que nous sommes voués à l'atomisation et à l'esseulement. À la méfiance et au repli. À la peur et à l'angoisse.

Jaurès disait : « La démocratie est à peine à ses débuts, elle n'est pas en panne, elle est seulement fatiguée d'immobilité. »

D'où que nous soyons, reprenons possession de notre histoire, de nos lieux de vie, des moyens de notre survie. Racontons-nous, racontons à nos enfants ce qui nous est arrivé.

JC avait raison : l'histoire, elle n'est pas finie.

XVI
Les Madeleines orantes

Sur la colline de Vézelay, au commencement du monde, tout au sommet, la pierre calcaire blonde dressée en hymne au soleil. De la terre s'élèvent les arbres, chênes, hêtres, merisiers, alisiers, cormiers, érables, charmes, trembles, cornouillers, fusains, troènes, viornes, genévriers. En bas dans la vallée de la Cure, jaillissent les eaux guérisseuses salées, azote, hélium et radon. Partout dans les bois alentour, bois des Ferrières, du Fourneau, de la Souche-Noire, à fleur de terre, le minerai de fer, la limonite peroxydée : partout, entonnoirs d'extraction, puits d'eau et d'argile, fosses et patouillets, fontaines, chemins ferriers, forges. Dans les villas des bords de la Cure et de l'Yonne, au Ier siècle de notre ère, on extrait le fer et le sel, on cultive la vigne que les Romains ont plantée, et sur la pierre à quatre dieux des Fontaines-Salées, cohabitent Jupiter, Mercure, Vulcain et le dieu celte de la foudre et des eaux, du tonnerre, du feu, de la guerre et de l'agriculture, le patron des guerriers, des forgerons, des artisans et des paysans : Taranis.

Depuis les débuts de l'âge de fer, partout sur la terre, le chef du village est sorcier et forgeron. Du feu maîtrisé, naissent entre ses mains les armes pour se défendre et le soc de la charrue qui fend la terre et l'ensemence, le couteau qui taille les pierres dont on fait les villes, le bois pour se chauffer : les instruments de mort et de puissance, et les instruments de vie.

À mi-pente de Vézelay, c'est la foire aux bestiaux: Simon le forgeron est venu de Mailly avec Vattaire le maquignon et Camélinat le tailleur de pierre. À l'emplacement de la future église Saint-Étienne, le temple de Bacchus. Au-delà, la forêt a reconquis les hauteurs de la colline. Seuls quelques druides y honorent encore les restes d'un ancien oppidum, vaste terrasse circulaire cernée de mégalithes disposés en cadran solaire.

Elle vient de loin, la Madeleine. Elle vient du IXe siècle, elle est moniale au couvent de Saint-Père sous Vézelay.

Elle a seize ans, elle est vierge, elle est belle. Elle est née à vingt kilomètres de là, à Mailly. Son père est le forgeron du village. Il s'appelle Simon. Il s'est opposé à sa vocation, mais Madeleine n'a pas cédé. Assise au fond de la petite église carolingienne, elle admire la belle prestance du comte Girart de Roussillon et de sa femme Berthe, dans leurs habits colorés.

Une nuit, le comte de Nevers s'est introduit dans sa cellule pour se venger de n'avoir pas reçu l'hospitalité dans le nouveau monastère implanté sur ses terres. Depuis, c'est là, à l'intérieur de son corps. Elle n'ose implorer du secours.

L'enfant du comte de Nevers est né. On l'a appelé Simon. Le père de Madeleine, Simon le forgeron, n'a pas chassé sa fille. Mais Simon bat Simon, comme il bat son enclume. Pour en faire un bon ouvrier. Alors l'enfant se sauve chez les moines. Les moniales ont été chassées par les barbares et les bénédictins se sont installés à Saint-Pierre de Vézelay. Simon grandit parmi eux.

Il est au couvent lorsque les Vikings arrivent par la Cure et ravagent toute la vallée. Avec l'abbé Eudes et ses autres compagnons, il monte se réfugier en haut de la colline.

Simon devient forgeron pour aider à la construction de la nouvelle église dédiée à la Vierge Marie, bâtie sur l'ancien temple solaire. C'est lui qui forge les outils pour Camélinat le tailleur de pierre.

Plus tard, la nuit en cachette, dans la nouvelle église, la fille de Simon vient s'allonger sur la pierre nue, prosternée devant la Madeleine. De partout, on vient la voir, *la sainte amante de Dieu*, ses os dans la châsse en or. La fille de Simon s'appelle Madeleine. Elle a peur de la fin du monde. Elle croit que là, allongée, sa peau contre la pierre inégale de la crypte, devant les restes de la Madeleine, rien de mal ne pourra advenir. Que l'enfant qu'elle porte, le fils du comte de Nevers, survivra à la fin des temps.

Le jour de ses dix-huit ans, à minuit, Simon, le fils de Madeleine, enfourche un des chevaux que son grand-père Simon vient de ferrer. Il suit la Cure jusqu'à la colline, monte jusqu'à l'abbaye, et va surprendre l'abbé Artaud dans sa cellule pour le tuer.

On dit à Mailly qu'il a agi sur ordre de son père, le comte de Nevers. Simon le forgeron ne dit rien, il aide Simon le fils à s'enfuir avant l'arrivée des moines.

Au XIIe siècle, l'abbaye est à son apogée, le pèlerinage de la Madeleine célèbre dans toute l'Europe. Malgré cette prospérité, les moines, qu'il vente ou qu'il pleuve, prélèvent sans pitié la dîme et les autres impôts sur les bourgeois et les manants de la potée. Les années de mauvaise récolte, la disette règne dans les bourgs. Le comte de Nevers exploite le mécontentement du petit peuple, et n'a pas de mal à convaincre artisans et paysans de venir forcer avec lui les portes du monastère. Les chevaliers et leurs fantassins ravagent l'abbaye. Simon le forgeron et Camélinat le tailleur de pierre sont avec eux.

L'année suivante, le 22 juillet 1120, Simon grimpe sur la colline avec sa fille Madeleine et son petit-fils Simon pour assister à la fête de la Marie-Madeleine. Soudain, dans l'Église dédiée à la sainte prostituée, un formidable incendie se déclare ; la voûte de l'église carolingienne s'effondre sur la foule amassée : mille hommes, femmes et enfants périssent écrasés. Par miracle, les deux Simon et Madeleine en réchappent. Madeleine décide de prendre le voile et de consacrer son fils du péché à la religion.

Simon le père et le voisin Camélinat, le tailleur de pierre, se font engager sur le chantier de construction de la nouvelle église : de leurs mains naît la belle nef aux voûtes polychromes. Sur les chapiteaux ornés en pierre tendre de Mailly, Dieu et diables s'affrontent, la Nouvelle Alliance du Christ ressuscité embrasse d'un geste large toutes les anciennes croyances, cultes solaires, zodiaques antiques, dieux forgerons du tonnerre, Phéniciens sacrificateurs d'enfants, Dieu juif de l'Ancien Testament, métamorphoses d'Ovide, les signes sont tous là, inscrits dans la spirale du temps, sur la robe du Christ en gloire. Simon exulte : la pécheresse que son feu sculpte est pour toujours rachetée en douce amoureuse, elle a trouvé en Jésus-Christ le vrai amant que très ardemment elle aime. Madeleine, inventée par les hommes du XIe et du XIIe siècle en même temps que l'amour, bouscule la hiérarchie de la puissance fondée depuis les Romains sur l'exclusion des femmes et la capacité de continence sexuelle des hommes. À la fin des temps tous seront réconciliés dans l'Amour du dieu vivant.

Le jour de la Pâque 1146, un 31 mars, Nevers en armure et revêtu de la tunique des croisés se rend avec ses gens sur le versant nord de la colline de Vézelay. Sur la route d'Asquins, Madeleine se jette sous son cheval. Elle supplie son seigneur de l'emmener jusqu'à Jérusalem. Terrassé par le beau visage blanc, malgré le passage du temps, le comte se souvient qu'il a engrossé la femme et la prend en amazone sur son cheval.

En contrebas de l'église fièrement dressée, au sommet d'un monticule herbeux, se tient un petit homme maigre à tonsure, noyé dans une large robe blanche barrée d'une grande croix. Bernard de Clairvaux est entouré du roi Louis VII de France et de sa très jeune femme, la belle Aliénor d'Aquitaine, qu'au siècle suivant Bernard de Ventadour ressuscitera dans ses poèmes en reine des troubadours.

Le cistercien de Clairvaux, théologien de l'Amour et grand réformateur, hostile à la persécution des Juifs, prêche à contrecœur la seconde croisade, imposée par Louis à son ami et disciple, le pape Eugène III. « Dieu le veut ! » Sa voix domine la vallée creusée en amphithéâtre devant lui, portant loin, couvrant tout, cliquetis des cavaliers chamarrés en armure, piétinement de leurs chevaux, flamboiement sourd des oriflammes, vent dans les ormes, souffle continu de la pluie battante.

Le fils de Madeleine, Simon, protégé de l'abbé Ponce, est retourné à la forge pour aider son grand-père à fourbir les outils des tailleurs de pierre travaillant au narthex roman. Quelquefois, Simon monte à l'abbaye et regarde Camélinat sculpter l'ange à l'olifan du portail latéral sud. Les moines ne paient pas les salaires. Cela provoque des révoltes sur le chantier. Un jour de disette, comme il faut bien nourrir tout ce monde, Simon s'en va braconner dans les bois de la Madeleine qui sont l'apanage de l'abbaye. Deux frères l'arrêtent et le conduisent à son protecteur. L'abbé Ponce ne peut contrevenir aux lois coutumières qui fondent son autorité sur les manants de la plaine et du plateau : les moines crèvent les yeux de Simon.

Fou de douleur et de rage, l'aveugle est l'un des deux meneurs, avec Hugues de Saint-Pierre, de la révolte des habitants du bourg de Vézelay contre l'abbaye, attisée en sous-main par le comte de Nevers. En 1152, la commune se déclare libre : les bourgeois renforcent l'enceinte qui entoure la ville et fortifient leurs demeures. Désormais sur la colline, deux libertés s'affrontent : celle de l'abbaye qui ne dépend que de Rome, perpétuellement en guerre à la fois contre le comte de Nevers et le Roi de France, et la liberté naissante, communale, des bourgeois, les habitants du bourg, commerçants, changeurs, artisans, maîtres de forges et vignerons. Une émeute se déchaîne lorsque l'abbé Ponce prétend soumettre l'un d'eux à un duel judiciaire. Les moines se réfugient derrière les murs de leur abbaye. Les bourgeois en armes mettent le feu aux bâtiments conventuels et s'en prennent aux objets du culte. La révolte est sévèrement réprimée, les maisons des insurgés détruites, les survivants se réfugient dans les bois alentour. Le comte de Nevers se prétend le médiateur de ce conflit, mais le compromis est en défaveur des bourgeois que le roi de France contraint à renoncer à leur commune.

Leur rancœur couvera pendant six siècles et éclatera à la Révolution.

En attendant, Hugues de Saint-Pierre a entraîné Simon dans l'hérésie cathare. Une communauté secrète de poplicains s'est formée : sept de leurs compagnons sont arrêtés et brûlés à Asquins. En 1160, Simon le Lépreux, comme on l'appelle dans le village, dicte à son fils vingt-sept traductions de psaumes en vers libres, qui sont une réponse terme à terme aux vingt-sept sermons de Julien de Vézelay. Dans l'un d'eux, il est dit : « Dieu est l'unité en trois personnes, ses trois filles, la liberté, l'égalité, la fraternité ; comme des sœurs, elles se tiennent, ces trois filles de Dieu, s'il n'est pas plus vrai de dire qu'elles sont, comme Dieu, une seule et même chose en trois personnes » (Pierre Leroux, *D'une religion nationale ou Du culte,* 1846).

Plus tard encore, Simon, fils de Simon le Lépreux, aide les compagnons de François d'Assise à bâtir le petit couvent de la Cordelle. Simon se convertit à la pauvreté franciscaine pour protester contre la trop grande richesse de l'Église romaine et sa justice inhumaine, qui avait crevé les yeux de son père.

François Ier, le premier monarque absolu du royaume de France, vient à Vézelay en 1521 et met fin dix ans plus tard à l'existence du monastère, remplacé par une collégiale de douze chanoines dont il nomme l'abbé. Depuis longtemps déjà l'église abbatiale est tombée en décadence et son fronton du XIIIe siècle commence à se disloquer.

Elle est vierge, elle est belle, elle a seize ans, elle s'appelle Madeleine. Simon, son père est le forgeron du village. Il voudrait cacher la beauté de son enfant, mais il ne peut pas. Il sait que le comte de Nevers va la prendre. Il implore les chanoines de Vézelay de l'aider à protéger l'enfant. La nuit, Madeleine se laisse enfermer dans l'abbatiale et descend dans la crypte : elle s'allonge sur la pierre douce polie par les pieds des pèlerins dans les siècles des siècles pour prier la sainte amante de Dieu de l'épargner. Une nuit, c'est là que Nevers vient la violer. Les chanoines ont-ils vendu la jeune fille au comte ? Simon le forgeron se fait mécréant et rumine sa colère. Madeleine ne veut plus de l'ancienne religion catholique et romaine. Comme son père, elle hait les chanoines buveurs, bâfreurs et, dit-on, fornicateurs, dans leurs longues robes noires crasseuses qu'elle a prises en horreur : « Des cafards », dit le père.

Vers le milieu du siècle, lorsque la religion réformée se répand dans la vallée de la Cure, Madeleine et son fils Simon en deviennent de fervents adeptes.

En 1569, Simon, le fils de Madeleine, monte à l'assaut de la colline de Vézelay avec la petite armée huguenote emmenée par le capitaine Sarrazin ; il escalade au risque de sa vie la façade occidentale de la Madeleine, et défigure, dans sa fureur iconoclaste, le Jésus-Christ couronné trônant au fronton de l'église.

À la fin du siècle suivant, à la forge, un soir, Camélinat, le tailleur de pierre, rabâche les nouvelles de Paris, la Bastille prise, le roi en fuite, la déclaration de guerre. Le fils de Belle Madeleine, Simon (on dit qu'il est le bâtard du duc de Nevers), forgeron de son état comme son grand-père, engagé avec les Fédérés pour sauver la patrie en danger, il était le 20 juin avec le petit peuple parisien entré en masse dans le Palais des Tuileries. Le roi, bien obligé, a reçu les insurgés, et c'est lui, Simon, qui s'est adressé à Louis :

– Moi, je serais un homme, et toi, tu serais roi,
Tu me dirais : Je veux ! […]
Et nous dirons : C'est bien : les pauvres à genoux !
Nous dorerons ton Louvre en donnant nos gros sous !
Et tu te soûleras, tu feras belle fête.
– Et ces Messieurs riront, les reins sur notre tête ! […]
Tu vois bien, c'est stupide… […]
Non, ces saletés-là datent de nos papas !
Oh, le Peuple n'est plus une putain.
Trois pas
Et, tous, nous avons mis ta Bastille en poussière.

Arthur Rimbaud, *Le Forgeron*.

À Vézelay, un Comité de salut public se crée. Il faut aller prêter main-forte aux jacobins contre les troupes du duc de Nevers. C'est pour demain. Ils partiront ensemble. Le Père en sera. Madeleine veut y aller aussi. Simon ne veut pas.

Dans la chapelle des Ursulines, le 26 octobre 1793, sous la présidence de l'abbé Lecoq passé de l'ancienne religion à la nouvelle, celle de la Liberté, ils votent à main levée, les citoyens, la destruction de toutes les croix et tous les insignes qui rappellent l'ancien esclavage et le despotisme féodal des abbés et des seigneurs. Simon et Camélinat sont payés par la Commune soixante-quinze livres dix sols pour marteler le tympan du portail extérieur et décapiter le Christ-Roi. Ensemble, le forgeron et le tailleur de pierre, ils partent à l'assaut de la Madeleine. Leurs ancêtres l'ont bâtie. C'est pour cela qu'ils la détruisent : la Madeleine, c'est leur bien. Ils le reprennent.

Elle a seize ans, elle est belle, elle est vierge. Elle s'appelle Madeleine. Elle est la fille de Jules le forgeron. Ici à Mailly, on n'a guère souffert de la Grande Guerre. Déclaré trop vieux et chargé d'enfants pour faire le soldat, Jules continue de ferrer ses chevaux. Le soir, à la forge, Zéphirin Camélinat, le fils du tailleur de pierre, vient raconter ses souvenirs : la naissance du mouvement ouvrier, la Commune de Paris. Madeleine a son certificat d'études, mais elle est couturière. Jules n'a pas voulu qu'elle devienne institutrice.

À l'enterrement de Camélinat, elle est au bras de son vieux père.

En septembre 1932, Jules la marie au jeune communiste à moto et paletot de cuir dont il s'est entiché. En octobre 1932, Camille fonde la cellule communiste de Mailly-la-Ville.

En 1936, Madeleine coud le drapeau rouge que Camille plante sur le toit de la gare de Cravant. À Auxerre, Madeleine et Camille scandent en riant : *Gou-vernement-ouvrier-et-paysan.*

À l'automne 1968, un dimanche, à Vézelay, Madeleine montre à Madeleine, qui a quatre ans, le monticule herbeux où saint-Bernard-prêcha-la-seconde-croisade. L'homme accroché au flanc de la colline dans sa grande robe blanche, c'est Camille au marché couvert de Migennes en mai 1968, c'est Bernard, son père, accoudé à la grande table dans la Maison du Parti, qu'elle acclame en scandant sans comprendre *Gouvernement-ouvrier-et-paysan.*

Madeleine a seize ans. Elle est jeune, elle est belle, elle est vierge. Quand elle arrive sur la place de la Bastille au bras de son père pour fêter la victoire de François Mitterrand, un jeune homme inconnu aux yeux noirs fendus en amande comme le saint François d'Assise de Giotto, une rose rouge à la main, parle à la tribune. Il dit 1936 et programme du Conseil national de la Résistance. Il dit 1968 et changer la vie. Il dit Front unique ouvrier, gouvernement-ouvrier-et-paysan. Il s'appelle JC.

En juin 1988, le lendemain de sa victoire aux élections législatives, JC vient déposer aux pieds de Madeleine une brassée de roses rouges.

Et puis il s'en va. *Ne me touche pas.*

Les roses jetées dans l'eau de sa vie ont dessiné une spirale de morts et de résurrections. Elle est TOUT. Elle n'est RIEN. Elle est la princesse. Elle est sa maîtresse.

Madeleine est enfermée dans *notre histoire.* Notre histoire finie, pas finie, jamais commencée. L'histoire des Rouges. L'histoire secrète de JC.

Si Madeleine ne croit plus en JC, il va basculer pour toujours du côté des *traîtres* à la Foi. Si elle le lâche, elle va se dissoudre dans l'air, comme ses chimères, comme le rêve communiste.

Madeleine est le nom d'une très ancienne mission dont sa piété filiale l'a investie. Madeleine est l'Antigone d'un Créon socialiste. Madeleine est Ariane abandonnée par le roi Thésée, attendant Renato-Bacchus qui ne vient pas toujours.

Madeleine est la Madeleine de JC, le dieu des communistes : la seule à l'avoir vu ressuscité après son agonie sur le golgotha berlinois de la chute du Mur. Elle est la seule à voir en lui Celui qu'elle a inventé place de la Bastille le 10 mai 1981. JC, figé à jamais dans la beauté glorieuse de ses trente ans, héritier de Jaurès, Blum plébéien d'un nouveau Front populaire, Thorez de la Troisième Voie, réussissant la *nouvelle alliance du socialisme et de la démocratie* là où Mitterrand a échoué.

JC : « Un Jules César qui aurait l'âme d'un Jésus-Christ », disait Renato Nietzsche Zarathoustra.

Ça n'est pas que j'attende encore des lendemains qui chantent.

Mais j'y *crois* à la promesse offerte par la Révolution française, à l'horizon d'espérance donné pour toujours à l'histoire des hommes : la liberté, l'égalité, la justice.

En un point de la spirale qu'est le voyage de toute conscience entre son désir d'appartenir et sa volonté de se distinguer, je suis Madeleine. Je suis *notre histoire*.

De ma force d'affirmation dépend que *notre histoire,* elle ne soit pas finie. De la puissance de ma foi en la justice, dépend qu'elle advienne au moins, localement, en un point éphémère du temps, comme cela s'est déjà produit quelquefois. Et peu importe si ça ne dure pas.

En un point de la spirale, je ne renonce jamais à vouloir convaincre JC d'abandonner les calculs égoïstes de la politique à court terme. Je lui fais confiance pour ne pas demeurer toujours, avec les autres sociaux-démocrates de bonne foi, les idiots utiles de la Puissance oligarchique.

D'ailleurs que cherche-t-il, JC, dans ce dialogue toujours maintenu avec Madeleine, malgré tout, à travers le temps ?

JC ne veut pas perdre de lui-même le plus précieux. JC ne veut pas perdre l'impulsion première à son engagement politique, celle qui donne du sens à tout le reste, et sans quoi sa vie s'effondre sur elle-même.

Tu es ma fée verte. Tu es ma fenêtre sur le monde. Dans ce brouillard, je veux tenir ta main.

De ma foi en l'amour dépend que l'amour soit. De personne il ne faut désespérer.

En un autre point de ma conscience, je suis une solitude pensante, plus séparée et plus libre que toutes, plus étrangère à tous, plus esseulée que chacun, là dans la maison de Migennes où j'écris. Je suis davantage isolée et autant que tous les miens que j'ai nommés, que tous ceux qui voudront bien me lire.

En ce point de la spirale, je sais qu'il n'y a pas de régime communiste. Je sais que le pouvoir et la foi, le calcul et le désir, l'amour intime et la fraternité ne seront jamais réconciliés. JC avait raison : leur histoire d'amour, en un point de la spirale, n'a rien à voir avec la politique.

En un point de la spirale, Madeleine n'a nul besoin d'un Jules César qui serait un Jésus-Christ. En un point de la spirale, je n'ai pas besoin de JC. En un point de la spirale, je sais que JC n'existe pas : il n'y a ni leader charismatique ni *divin amant.*

En un certain point de la spirale, je suis cette conscience libre et seule qui secoue le joug des générations mortes. Il n'y a pas de Parti que je ne me propose de trahir si tel est mon libre choix.

Même pas le Front de Gauche.

En un point de la spirale, je ne suis pas Madeleine. Loin de vous, vulnérable comme vous, j'oscille avec vous de l'impérieux orgueil de ma conscience séparée à la tendresse quémandeuse et fragile de mon besoin d'aimer. De l'intérêt bien compris à l'amour à perte qui est aveu lucide du manque et de la perte.

Qu'on ne compte pas sur moi pour colmater la brèche entre moi et moi, entre moi et Madeleine : la vulnérabilité et la foi, l'amour et la politique, je les assume autant que la clairvoyance hautaine de mon irréductible solitude.

Renoncer à la liberté de commettre le bien et le mal, et dénier le besoin d'unité et de foi, reviennent à la même folie narcissique : nous ne sommes ni pure conscience solitaire, ni immersion sans reste dans l'Être.

J'accepte ma double limite : limite de mon être mortel, *et* nostalgie de l'Un. Folie du désir et passion de la vérité. Liberté absolue du *je-pense* ET foi. Ni l'une éradiquant l'autre, ni l'une réconciliée avec l'autre. Au contraire : assumer l'irréconciliable.

Jaurès l'avait dit : « La race humaine ne sera sauvée que par une immense révolution morale. »

Éthique nouvelle, devoir nouveau : assumer l'irréconciliabilité de la raison et de la foi, du désir et de la vérité. Être capable de la dire et de s'y mesurer *en tout temps*.

Ce serait ça, la politique nouvelle.

Je veux bien qu'à nouveau, embarqués dans l'Amour et la Promesse politique, dernier avatar historique de la foi, nous repartions demain, forces libres et sauvages, élans toujours renaissants, à l'assaut de l'ordre dominant des grands calculateurs de la puissance, cochers aveugles et subtils des aventures collectives.

La démocratie est à peine à ses débuts.

Sauf que les petits cailloux de l'Histoire, c'est moi qui les réaligne dans le temps.

Dans la grande spirale de douceurs éclatantes et d'infâmes cruautés, le récit que j'en fais demeure le Lieu souverain où s'affirme ce qui vaut la peine, du règne de la vie ou du règne de la mort, du paradis de l'amour ou de l'enfer du calcul, d'être raconté.

Remerciements

À la mémoire d'Antoinette Sautreau Foutrier et Moïse Henri Camille Foutrier.

Et pour que mon fils, Léo-Victor Seguin, ait la liberté d'oublier.

Je remercie mon père, Bernard Foutrier, pour son témoignage, et pour avoir mis à ma disposition ses archives personnelles et celles des deux familles Sautreau et Foutrier, patiemment numérisées. On peut les consulter, ainsi que de nombreuses photographies et lettres personnelles, sur son site, rubrique « Photographies et archives » : http://bernardfoutrier.wordpress.com/.

Je me suis librement inspirée de ces documents pour écrire ce « roman vrai ».

Je remercie pour leurs encouragements chaleureux Joël Schmidt, Gérard de Cortanze et, tout particulièrement, Jean-Christophe Brochier, sans qui ce livre n'existerait pas. Je remercie ma première vraie lectrice, Michèle Fernandez, pour sa ferveur.

Je remercie Olivier Germain-Thomas pour sa relecture attentive du manuscrit.

Je remercie pour leur soutien historique ponctuel Claude Pennetier, le directeur du Maitron, Michel Cordillot, et plus particulièrement Denis Martin, auteur d'un remarquable mémoire de maîtrise sur *Les Rouges de l'Yonne en 1851*, qui m'a communiqué les « fiches de police » de certains protagonistes du livre.

Je remercie l'ensemble de ma famille, parents, frères, oncles, cousins, pour l'aide et les encouragements constants qu'ils m'ont prodigués. Ce livre est pour eux.

Je salue la mémoire de mon cousin poète Serge Sautreau, dont maints beaux textes évoquent la forge commune, et je remercie sa femme Anaïs qui m'a donné à lire des inédits.

À Serge, salut et fraternité.

Je remercie, au-delà des miens, tous ceux, hommes et femmes, à Paris et dans l'Yonne, qui m'ont soutenue d'une manière ou d'une autre dans l'épreuve qu'a été à maints égards l'écriture de ce livre, notamment Cécile Menon et Isabelle Grell. Je ne peux les citer tous, ils se reconnaîtront.

Une mention spéciale cependant à ceux de Vézelay.

Je remercie la Maison Jules-Roy, où j'ai pu me plonger enfin à corps perdu dans cette aventure, et ses habitants et organisateurs et organisatrices de m'avoir accueillie en résidence d'écrivain d'avril à juin 2011.

Je remercie la maison Cabalus, Ingrid et sa fille Jeanne pour l'humour, le feu dans la cheminée, le thé kashmiri, et les galantinos. Et tout particulièrement Christine Bercher : qu'aurais-je pu sans les gants sans doigts qu'elle m'a tricotés, indispensables à mon tapotage de clavier en hiver dans la chambre gothique, aurais-je survécu sans ses trésors de gentillesse et de riche vocabulaire puisé dans *notre* langue bourguignonne, populaire et française.

Je salue la mémoire d'Albert, maître des lieux, talentueux sculpteur.

Je remercie pour leur accueil souriant René Kiecken, monsieur le maire, monsieur le président du conseil général, moines et moniales chantant de Jérusalem, particulièrement sœur Jeanne, sœur Alexandra, sœur Gabrielle, sœur Rose-Marie et sœur Marie-Christine de la Maison Saint-Bernard, ainsi que Jérôme, ange accueillant du centre Sainte-Madeleine.

Je remercie de même Geneviève Pascaud, Pierre Morice des Amis de Vézelay, Martine Liégeois du centre Jean-Christophe (donation Romain-Rolland), Lorant Hecquet de la librairie L'Or des Étoiles, Marianne Fouchet, Christian Limousin, Muriel Flandin. Je remercie Frank Accart et Marie Accart. Je salue la mémoire d'Anne Headley et de Tatiana Roy.

J'embrasse Raoul d'Acquins.

Je demande pardon, à mon fils seulement, pour la place excessive qu'ont pu prendre dans ma vie quelques caractères noirs et feuilles blanches.

Madeleine remercie JC d'avoir rêvé avec elle, un peu.

Table

TROISIÈME PARTIE

Les trotskistes

RÉALISATION : IGS-CP À L'ISLE-D'ESPAGNAC
IMPRESSION : CPI BRODARD ET TAUPIN À LA FLÈCHE
DÉPÔT LÉGAL : MAI 2015. N° 123514 (3010173)
IMPRIMÉ EN FRANCE

Éditions Points

Le catalogue complet de nos collections est sur Le Cercle Points, ainsi que des interviews de vos auteurs préférés, des jeux-concours, des conseils de lecture, des extraits en avant-première…

www.lecerclepoints.com

DERNIERS TITRES PARUS

P3349. 7 jours, *Deon Meyer*
P3350. Homme sans chien, *Håkan Nesser*
P3351. Dernier verre à Manhattan, *Don Winslow*
P3352. Mudwoman, *Joyce Carol Oates*
P3353. Panique, *Lydia Flem*
P3354. Mémoire de ma mémoire, *Gérard Chaliand*
P3355. Le Tango de la Vieille Garde, *Arturo Pérez-Reverte*
P3356. Blitz, et autres histoires, *Esther Kreitman*
P3357. Un paradis trompeur, *Henning Mankell*
P3358. Aventurier des glaces, *Nicolas Dubreuil*
P3359. Made in Germany. Le modèle allemand au-delà des mythes, *Guillaume Duval*
P3360. Taxi Driver, *Richard Elman*
P3361. Le Voyage de G. Mastorna, *Federico Fellini*
P3362. 5e avenue, 5 heures du matin, *Sam Wasson*
P3363. Manhattan Folk Story, *Dave Van Ronk, Elijah Wald*
P3364. Sorti de rien, *Irène Frain*
P3365. Idiopathie. Un roman d'amour, de narcissisme et de vaches en souffrance, *Sam Byers*
P3366. Le Bois du rossignol, *Stella Gibbons*
P3367. Les Femmes de ses fils, *Joanna Trollope*
P3368. Bruce, *Peter Ames Carlin*
P3369. Oxymore, mon amour ! Dictionnaire inattendu de la langue française, *Jean-Loup Chiflet*
P3371. Coquelicot, et autres mots que j'aime, *Anne Sylvestre*
P3372. Les Proverbes de nos grands-mères, *Daniel Lacotte (illustrations de Virginie Berthemet)*
P3373. La Tête ailleurs, *Nicolas Bedos*
P3374. Mon parrain de Brooklyn, *Hesh Kestin*
P3375. Le Livre rouge de Jack l'éventreur, *Stéphane Bourgoin*
P3376. Disparition d'une femme. L'affaire Viguier *Stéphane Durand-Souffland*

P3377. Affaire Dils-Heaulme. La contre-enquête
Emmanuel Charlot, avec Vincent Rothenburger
P3378. Faire la paix avec soi. 365 méditations quotidiennes
Etty Hillesum
P3379. L'amour sauvera le monde, *Michael Lonsdale*
P3380. Le Jardinier de Tibhirine
Jean-Marie Lassausse, avec Christophe Henning
P3381. Petite philosophie des mandalas. Méditation
sur la beauté du monde, *Fabrice Midal*
P3382. Le bonheur est en vous, *Marcelle Auclair*
P3383. Divine Blessure. Faut-il guérir de tout ?
Jacqueline Kelen
P3384. La Persécution. Un anthologie (1954-1970)
Pier Paolo Pasolini
P3385. Dans le sillage du météore désinvolte.
Lettres de guerre (1914-1919), *Jacques Vaché*
P3386. Les Immortelles, *Makenzy Orcel*
P3387. La Cravate, *Milena Michiko Flašar*
P3388. Le Livre du roi, *Arnaldur Indridason*
P3389. Piégés dans le Yellowstone, *C.J. Box*
P3390. On the Brinks, *Sam Millar*
P3391. Qu'est-ce que vous voulez voir ?, *Raymond Carver*
P3392. La Confiture d'abricots. Et autres récits
Alexandre Soljénitsyne
P3393. La Condition numérique
Bruno Patino, Jean-François Fogel
P3394. Le Sourire de Mandela, *John Carlin*
P3395. Au pied du mur, *Elisabeth Sanxay Holding*
P3396. Nous cheminons entourés de fantômes aux fronts troués
Jean-François Vilar
P3397. Fun Home, *Alison Bechdel*
P3398. L'homme qui aimait les chiens, *Leonardo Padura*
P3399. Deux veuves pour un testament, *Donna Leon*
P4000. Sans faille, *Valentin Musso*
P4001. Dexter fait son cinéma, *Jeff Lindsay*
P4002. Incision, *Marc Raabe*
P4003. Mon ami Dahmer, *Derf Backderf*
P4004. Terminus Belz, *Emmanuel Grand*
P4005. Les Anges aquatiques, *Mons Kallentoft*
P4006. Strad, *Dominique Sylvain*
P4007. Les Chiens de Belfast, *Sam Millar*
P4008. Marée d'équinoxe, *Cilla et Rolf Börjlind*
P4009. L'Étrange Destin de Katherine Carr, *Thomas H. Cook*
P4010. Les Secrets de Bent Road, *Lori Roy*
P4011. Journal d'une fille de Harlem, *Julius Horwitz*
P4012. Pietra viva, *Léonor de Récondo*

P4013. L'Égaré de Lisbonne, *Bruno d'Halluin*
P4014. Le Héron de Guernica, *Antoine Choplin*
P4015. Les Vies parallèles de Greta Wells, *Andrew Sean Greer*
P4016. Tant que battra mon cœur, *Charles Aznavour*
P4017. J'ai osé Dieu, *Michel Delpech*
P4018. La Ballade de Rikers Island, *Régis Jauffret*
P4019. Le Pays du lieutenant Schreiber, *Andreï Makine*
P4020. Infidèles, *Abdellah Taïa*
P4021. Les Fidélités, *Diane Brasseur*
P4022. Le Défilé des vanités, *Cécile Sepulchre*
P4023. Tomates, *Nathalie Quintane*
P4024. Songes de Mevlido, *Antoine Volodine*
P4025. Une terre d'ombre, *Ron Rash*
P4026. Bison, *Patrick Grainville*
P4027. Dire non, *Edwy Plenel*
P4028. Le Jardin de l'aveugle, *Nadeem Aslam*
P4029. Chers voisins, *John Lanchester*
P4030. Le Piéton de Hollywood, *Will Self*
P4031. Dictionnaire d'anti-citations. Pour vivre très con et très heureux, *Franz-Olivier Giesbert*
P4032. 99 Mots et Expressions à foutre à la poubelle *Jean-Loup Chiflet*
P4033. Jésus, un regard d'amour, *Guy Gilbert*
P4034. Anna et mister God, *Fynn*
P4035. Le Point de rupture, *Marie Lise Labonté*
P4036. La Maison des feuilles, *Mark Z. Danielewski*
P4038. Le Mal napoléonien, *Lionel Jospin*
P4039. Trois vies de saints, *Eduardo Mendoza*
P4040. Le Bruit de tes pas, *Valentina D'Urbano*
P4041. Clipperton. L'atoll du bout du monde, *Jean-Louis Étienne*
P4042. Banquise, *Paul-Émile Victor*
P4043. La Lettre à Helga, *Bergsveinn Birgisson*
P4044. La Passion, *Jeanette Winterson*
P4045. L'Eau à la bouche, *José Manuel Fajardo*
P4046. Première Personne du singulier, *Patrice Franceschi*
P4047. Ma mauvaise réputation, *Mourad Boudjellal*
P4048. La Clandestine du voyage de Bougainville *Michèle Kahn*
P4049. L'Italienne, *Adriana Trigiani*
P4050. L'Inconnue du bar, *Jonathan Kellerman*
P4051. Une disparition inquiétante, *Dror Mishani*
P4052. M. Pénombre, libraire ouvert jour et nuit, *Robin Sloan*
P4053. Harmonium, *Wallace Stevens*
P4054. Belém *suivi de* Moscow, *Edyr Augusto*
P4055. Solo. Une nouvelle aventure de James Bond, *William Boyd*
P4056. Le cintre était sur la banquette arrière, *Alain Rémond*

P4057. The Kid, *Sapphire*
P4058. Brigitte Bardot. La femme la plus belle et la plus scandaleuse au monde, *Yves Bigot*
P4059. Al-Qaïda en France, *Samuel Laurent*
P4060. Dans le Pavillon rouge, *Pauline Chen*
P4061. La Petite Copiste de Diderot, *Danielle Digne*
P4062. L'Effrayant Docteur Petiot. Fou ou coupable ? *Claude Quétel*
P4063. Le Couteau jaune. L'affaire Dany Leprince *Franck Johannès*
P4064. Thèse sur un homicide, *Diego Paszkowski*
P4065. Thé vert et arsenic, *Frédéric Lenormand*
P4066. Étouffements, *Joyce Carol Oates*
P4067. Rien dans les poches, *Dan Fante*
P4068. Pain, éducation, liberté, *Petros Markaris*
P4069. No Bank, *Hugues Le Bret*
P4070. Elle marchait sur un fil, *Philippe Delerm*
P4071. Maudite Éducation, *Gary Victor*
P4072. L'Autre, *Sylvie Le Bihan*
P4073. Fille de Burger, *Nadine Gordimer*
P4074. Une vie de passions formidables, *Luis Sepúlveda*
P4075. Le Mystère Goldman. Portrait d'un homme très discret *Éric Le Bourhis*
P4076. Eux, *Claire Castillon*
P4077. La Plus Belle Histoire de la philosophie *Luc Ferry et Claude Capelier*
P4078. Les Apparitions, *Florence Seyvos*
P4079. Entre les jours, *Andrew Porter*
P4080. L'Humour au féminin en 700 citations *Macha Méril et Christian Moncelet*
P4081. L'assassin court toujours. Et autres expressions insoutenables, *Frédéric Pommier*
P4082. Devance tous les adieux, *Ivy Edelstein*
P4083. Contre vents et marées, *Denis Ledogar*
P4084. Cœur pur. Journal zen et lettres de Maura « Soshin » O'Halloran, *Maura O' Halloran*
P4085. Dans l'abîme du temps, *Howard Phillips Lovecraft*
P4086. L'Appel de Cthulhu, *Howard Phillips Lovecraft*
P4087. La Couleur tombée du ciel *suivi de* La Chose sur le seuil, *Howard Phillips Lovecraft*
P4088. Meurtre à Tombouctou, *Moussa Konaté*
P4089. L'Empreinte massaï, *Richard Crompton*
P4090. Pianotrip. Tribulations d'un piano à travers l'Europe *Lou Nils et Christophe Clavet*
P4091. Don Fernando. Le seigneur de l'Amazone *Fernand Fournier-Aubry*